LA BAIE DES MAUDITS

DU MÊME AUTEUR
CHEZ LE MÊME ÉDITEUR

Les Seigneurs de la haute lande
La Palombe noire
La Sève et la Cendre
Le Secret du docteur Lescat
Acadie, terre promise
Retour en Acadie
La Plantation de Bois-Joli

CHEZ D'AUTRES ÉDITEURS

La Rizière des barbares
Et tu franchiras la frontière
La Fin des mandarins

Vous pouvez retrouver l'auteur à l'adresse internet :
alain.dubos5@wanadoo.fr

Alain Dubos

LA BAIE DES MAUDITS

Roman

Production Jeannine Balland
Collection Sud Lointain

PRESSES DE LA CITÉ

ISBN 2-258-06731-6

A Jeannine Balland,
en souvenir d'Erwan

« En fin de compte, son seul biographe
sera sans doute le romancier. »

Joseph H. Ingraham,
Laffite, the Pirate of the Gulf

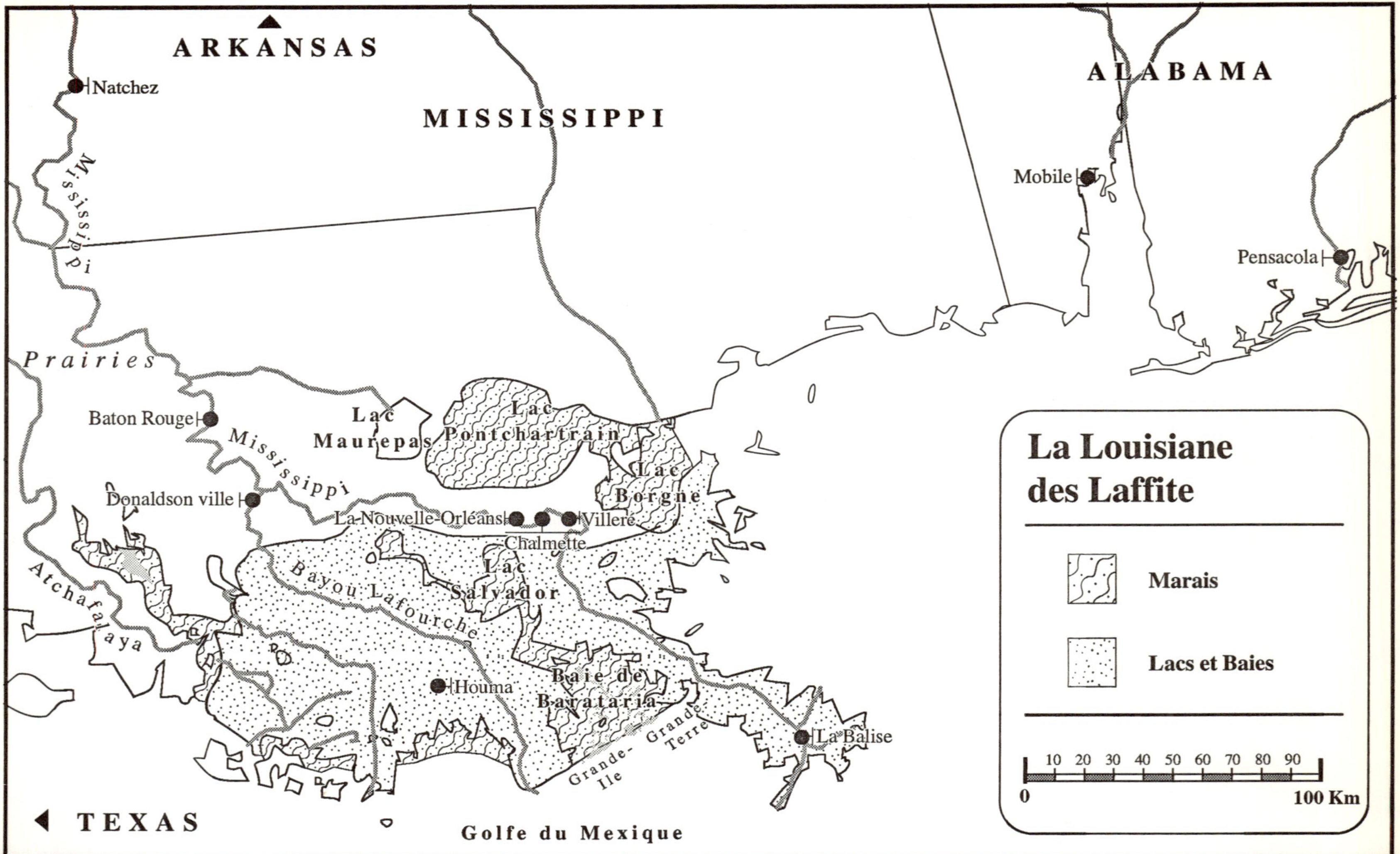
La Louisiane des Laffite
Marais
Lacs et Baies
0
10
20
30
40
50
60
70
80
90
100 Km
ARKANSAS
MISSISSIPPI
ALABAMA
TEXAS
Natchez
Mississippi
Prairies
Baton Rouge
Mississippi
Donaldson ville
Atchafalaya
Lac Maurepas
Lac Pontchartrain
Lac Borgne
La Nouvelle-Orléans
Villeré
Chalmette
Lac Salvador
Bayou Lafourche
Houma
Baie de Barataria
Grande-Terre
Grande-Ile
La Balise
Mobile
Pensacola
Golfe du Mexique

Personnages

A Barataria et à Galveston :

Jean et Pierre Laffite, leurs compagnes, **Catherine et Marie Villars**
Dominique Youx, artilleur de marine venu de France avec son ami **Jean Desfarges**
Barthélemy Lafon, cartographe
William Mitchell, Louisianais
« Don Luis » Aury, Latour, Gambi, Beluche... Les esclaves **Zabeth** et **Lubin**, **Grandmoman Villars**

Les Américains :

William Clairborne, gouverneur de la Louisiane
Le commodore Patterson, commandant la marine américaine
Ron Browman, agent du président Jefferson
Andrew Jackson, général, futur président des Etats-Unis
William Livingston, avocat des Laffite
James Long, général, aventurier
John Graham, agent du président Monroe
Jim Bowie, trafiquant, aventurier

Un Anglais :

Le capitaine **Lockyer**.

Les insurgents sud-américains, les Espagnols :

M. R. Toricès, gouverneur de la république libre de Carthagène
Elora Almagre, agent des insurgents
Simón Bolívar
Le père Sedella, agent de l'Espagne

Les Français :

Labranche, planteur sur le bayou Lafourche
Joseph Bonaparte
Le général Lallemand, « colonisateur » du Texas

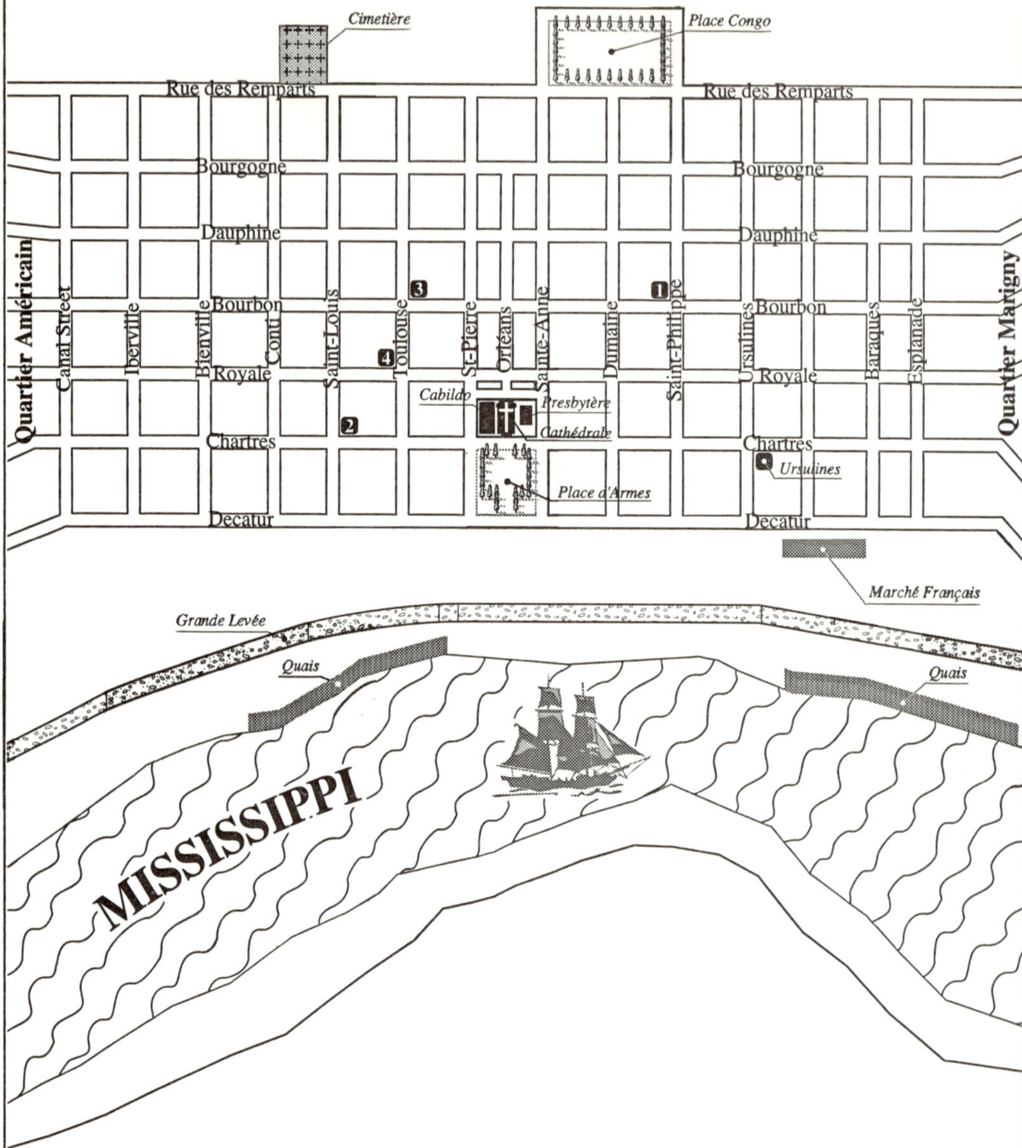

Le Carré Français de La Nouvelle Orléans

1 Forge des Laffite

2 Napoleon House

3 Opéra

4 Maspero's Exchange

PREMIÈRE PARTIE

BARATARIA

1

La Nouvelle-Orléans, 30 novembre 1803

Le ciel moutonnait jusqu'à l'horizon ; le soleil s'escamotait aussi brièvement qu'il se montrait, jouait avec les uniformes des soldats tour à tour éclatants de couleurs puis, soudain, ternes comme les visages des colons créoles présents ce matin-là sur la place d'armes. Ainsi les choses du climat allaient-elles, et les événements avec, rapides, parfois fugaces, éléments d'un décor que Pierre Laffite garderait imprimés dans sa mémoire jusqu'à son dernier jour.

Les balcons du Cabildo, massive pâtisserie espagnole servant d'hôtel de ville et de gouvernorat, étaient surchargés de spectateurs. Sur la vaste esplanade dominée par le toit pointu de la cathédrale Saint-Louis, une foule composite de planteurs et d'Américains, de nègres, de Noirs libres et de métis attendait, frémissante, que commençât la cérémonie. On était venus de Baton Rouge, de la Prairie, du pays acadien, des confins du Texas même, pour ce qui devait être un événement aussi important que la bataille de Yorktown ou la Déclaration d'indépendance ; la cession officielle, par la France, de la Louisiane aux Etats-Unis.

Les soldats bleus de France s'étaient alignés sur plusieurs rangs à l'est de la place d'armes. Face à eux, tenant leurs fusils en travers de la poitrine, les Américains, tout de marine vêtus, tournaient pareillement leurs regards vers le haut mât, point central de la ville ce matin-là, au sommet duquel les trois couleurs flottaient encore.

— Tudieu ! Cela valait la peine de se retirer de Saint-Domingue pour assister à ça, dit Pierre Laffite.

Il était petit et trapu, noir de cheveux, de moustache et d'iris. Son nez camus, ses sourcils épais donnaient à son visage aux joues creuses une expression de sévérité un peu soucieuse. A son côté, lui rendant une bonne tête, son ami Barthélemy Lafon, tout de brun vêtu, silencieux, mains croisées dans le dos, contemplait le spectacle avec aux lèvres une moue de scepticisme. En compagnie de quelques autres, les deux hommes avaient fui, la même année, les révoltes nègres de Saint-Domingue. Reliquats de l'armée de Rochambeau et de Leclerc, marins et marchands, colons et Noirs libres, la cohorte des vaincus avait dû forcer le blocus anglais pour gagner les côtes de la Louisiane.

— Les Français d'ici portent le deuil, murmura Pierre. On les comprend. Bonaparte s'en débarrasse comme on le fait d'une cargaison de veaux, de bacon ou de clous.

Il sourit, narquois. De débâcle en cession, indifférente et lointaine, la France liquidait ce qui restait de son empire d'Amérique. La déconfiture à l'amer, résumait Lafon. Pourtant, les Louisianais, à l'image des Français de la Caraïbe et des Antilles, avaient cru au miracle durant trois ans. Patriotes, nostalgiques d'une colonie créée par les glorieux pionniers de Louis XIV, leurs anciens, ils avaient vécu le joli coup de Bonaparte récupérant son bien ultramarin sur l'Espagne comme une victoire. Bien qu'ayant pris ses distances avec son pays natal, Pierre s'était persuadé, à tort, que la colonie, un morceau de continent vaste comme l'Europe, retournait pour toujours au giron maternel, échappant ainsi aux convoitises des Anglais, des Espagnols et, bien sûr, des jeunes Etats-Unis.

Avec sa mine de chien battu et sa petite taille, Lafon, cartographe de métier et associé de Laffite dans leur toute jeune affaire d'importation caraïbe, ressemblait à un enfant puni. Son visage émacié, tranché par un nez long et droit, son regard de sage ascète, bonhomme, malicieux parfois, qui le vieillissait, lui donnaient, à quarante ans, des airs de miniature humaine. Penchée, le jour durant et bien souvent la nuit, sur des cartes cent fois corrigées, redessinées sous le regard admiratif de Pierre Laffite.

— Regarde les Yankees, dit-il, grinçant. Ils auraient acheté des esclaves à un denier la pièce qu'ils n'auraient pas l'air plus réjouis.

Les civils américains exultaient. Il y avait de quoi. Venus à Paris pour acheter des quais à La Nouvelle-Orléans, les émissaires de Jefferson étaient rentrés chez eux avec en poche la cession des deux tiers de l'Amérique du Nord ; un territoire irrigué par le géant Mississippi, dont les limites se perdaient à des milliers de kilomètres de là, du pied des montagnes Rocheuses aux rives des Grands Lacs. Une France prodigieuse, vendue au tarif de six centimes l'acre, le prix d'un ananas au quartier du port.

Pierre Laffite haussa les épaules. Comme tous les témoins de cette scène, il ressentait son côté irréversible, sa fatalité historique, sa normalité. Le Mississippi devenait tout entier américain ; c'était logique en fin de compte, les élans de l'âme, les rêves, les utopies porteraient dorénavant de nouvelles couleurs.

— Pas de regrets, Barthélemy, Jefferson aurait de toute manière saisi par les armes ce qu'il obtient à la table de jeu. La Nouvelle-Orléans commande la moitié au moins de son commerce, Bonaparte n'aurait jamais pu la conserver. Nous devons réfléchir à notre place dans cette ville, au bord de ce fleuve et dans le futur Etat de l'Union. Car ce territoire sera bientôt absorbé, c'est une évidence.

Tandis que les soldats, attendant les ordres, piétinaient en bavardant, l'arme au pied, il songeait au modeste réseau de négoce qu'il avait mis en place. Le *Bellona* de Lafon, un sloop sauvé du désastre dominicain, cabotait avec un équipage d'une dizaine d'hommes entre le lac Pontchartrain et les bastions espagnols de Floride. En attendant que s'ouvrissent à nouveau les portes dorées de la Caraïbe, on transportait de la volaille et des clous, des céréales et des outils de ferme, pour l'officiel. Sous les ballots et boucauts, le reste, dissimulé ; de l'alcool et du tabac principalement, quelques fusils aussi. L'exercice était assez plaisant, facile, assorti à l'insigne faiblesse de la douane et de la garde côtière orléanaises. On était là dans la vieille tradition créole de Louisiane, la danse, le jeu, le duel et la contrebande. Qu'en serait-il désormais, sous la bannière aux quinze étoiles ?

Un roulement de tambour. Pierre Laffite cessa de rendre ses sourires à la mulâtresse assise sur un tabouret à quelques mètres de lui. Deux soldats français avaient fait avec raideur les quelques pas qui les séparaient du mât. Dans l'assistance, les cous se tendirent lorsque la batterie se tut, brusquement.

— J'ai le cœur qui bat plus vite, tout de même, dit Lafon à voix basse.

Les paupières plissées sous l'assaut du soleil, Pierre vit l'un des soldats saisir la cordelette de rappel et, l'ayant libérée d'un geste sec, la laisser filer doucement entre ses doigts. Le temps s'arrêtait. Sorti rampant de cent poitrines, un soupir d'agonie accompagna la lente descente des trois couleurs, tandis qu'à leur tour deux soldats américains en pantalon blanc, coiffés de bicornes emplumés, s'avançaient vers le mât.

Lorsque le drapeau français, pris dans une saute de vent, s'enroula autour de l'officiant, Pierre Laffite frissonna. La cérémonie avait de la gueule, peut-être parce que d'une absolue simplicité. La salve française le fit sursauter. Lafon avait ôté son chapeau de feutre, d'un geste machinal.

— Dans une minute, nous serons américains.

— Ta montre avance, plaisanta Laffite. Nous serons encore ce que nous voudrons pendant quelque temps et ce sera bien ainsi.

Il contempla les bandes rouges et blanches barrant le drapeau des acheteurs, les étoiles oscillant dans les rafales, le rectangle de drap dont l'ascension ouvrait les portes d'un monde nouveau. A la cérémonie manquaient les Espagnols. Furieux de voir Bonaparte trahir aussi cyniquement sa promesse de conserver la Louisiane, ils ruminaient ailleurs leur crainte de voisiner désormais avec les Américains au Texas, au Mexique et jusqu'à Cuba.

La salve des hommes en veste bleu marine claqua lorsque leur drapeau eut été hissé. L'Amérique changeait de mains à l'ouest du Mississippi. Dans le silence glacial qui suivit, les quelques hourras yankees firent un effet de fin de fête. Des balcons du Cabildo et du presbytère, du parvis de la cathédrale Saint-Louis et de la place d'armes, crépitèrent des applaudissements vite couverts par le murmure de la foule. Les gens semblaient soudain ne pas très bien savoir quoi faire de leur fin de journée. Ils avaient assisté à un événement incroyable qui laissait la majeure partie d'entre eux, français d'origine, entre hébétude et incrédulité.

— Tu connais cette mulâtresse ? demanda Laffite à son ami tandis que les soldats s'apprêtaient à rejoindre leurs quartiers.

Du menton, il lui désigna le tendron couleur de caramel brûlé avec lequel il échangeait des regards depuis le début de la cérémonie.

— Pierre ! L'Histoire passe devant toi et tu n'as d'yeux que pour une croupe. Non, je ne connais pas cette donzelle. Il en arrive pas mal du golfe du Mexique ces temps-ci, comme si cette manne préparait la ruée des Américains sur la ville. Les ligues puritaines qui ne tarderont pas à s'installer vont avoir de l'ouvrage à La Nouvelle-Orléans. Les mœurs, Pierre, les mœurs !

Lafon éclata de rire. Vieux garçon peu tenté par les pièges du mariage, il avait pris des habitudes au quartier du port et dans les maisons de la rue des Remparts, où des métisses travesties en honorables mères de famille négociaient les charmes de leurs filles quarteronnes avec les possédants de la colonie.

— Crois-tu qu'un joli cul m'empêche de regarder aussi passer l'Histoire, comme tu dis ? protesta Laffite.

— Regarde plutôt, Clairborne et Laussat, larrons en foire.

William Clairborne, un jeune homme de vingt-huit ans, au regard de source et de roche, aux rondeurs trahissant l'amateur de pâtisseries anglaises, gouvernerait le territoire au nom de Jefferson et du Congrès. Il triomphait avec modestie, l'esprit sans doute déjà aux tâches qui l'attendaient en Louisiane. Laussat, le vendeur français, un aristocrate aux allures adolescentes sous des frisottis de communiant, ne tarderait pas à retourner en Europe, plus léger, au nom du Premier consul, de quelques millions de kilomètres carrés de France américaine.

— La Navy est prête elle aussi pour la relève, remarqua Lafon.

Aux côtés des officiels, grand et maigre, le visage tanné, sanglé dans son uniforme bleu de la marine, le commodore Patterson savourait l'instant. L'homme était jeune lui aussi, auréolé d'une dure captivité à Tripoli, pendant la guerre contre les pirates barbaresques[1]. Son domaine s'étendrait désormais sur une bonne partie des rivages du golfe du Mexique. Ses bâtiments croiseraient également à l'est de La Nouvelle-Orléans, dans des régions de bayous et de marais où Laffite et

1. Fin du XVIIIe siècle, en Méditerranée.

son ami Lafon naviguaient et commerçaient à l'abri des regards indiscrets.

— Ça me barbe, d'un coup, dit Pierre. Les gens se réveilleront demain avec des maux de tête. Moi, je m'en retourne à l'échoppe, il y a du rangement à terminer là-bas.

Il louait pour habitation le rez-de-chaussée d'une ancienne maison normande, à l'extrémité est de la rue Bourbon, ainsi qu'un entrepôt, en vérité une maisonnette pareillement épargnée par les grands incendies[1], à cent pas de chez lui. Par là, à distance des grands édifices et des maisons cossues de la ville, transitaient les marchandises en partance légale pour la Floride et les autres, confiées à la contrebande par des acheteurs et des vendeurs peu enclins à payer les taxes.

La mulâtresse restait debout, seule, observant le reflux de la foule d'un air vaguement amusé. Les gens de sa condition bénéficiaient d'un statut particulier. Ni dominants ni esclaves, libres de leurs mouvements et de leurs entreprises, ils étaient l'étrangeté de la société, le mélange des races toléré à condition qu'il demeurât à sa place, en marge, silencieux et modeste. Pierre s'approcha de la jeune femme. Elle portait un tignon[2] rouge et jaune, un corsage gris boutonné jusqu'au col, une jupe stricte de paysanne acadienne et des souliers de peau, sous une cape de laine brune. Loin des élégances parisiennes, légères, volontiers coquines, des bourgeoises orléanaises.

Laffite se présenta. La fille avait passé l'âge d'être chaperonnée par sa mère. Pierre ne distinguait pas ses formes. Il les supposa rondes et fermes comme ses joues. Les esthètes de La Nouvelle-Orléans attirés par les mulâtresses se plaisaient à ces jeux excitants. Etait-on plutôt d'Afrique, les lèvres épaisses, le nez plat, la croupe arrondie comme un globe terrestre impatient que l'on posât la main dessus ? Ou d'Europe, et c'étaient alors les yeux qui fascinaient, de ces verts ou gris uniques, assortis au brun de la peau, lumineux comme les rayons de soleil filtrés par les chênaies et tombant sur les eaux sombres des bayous.

Elle tenait des deux ; ses yeux clairs étaient de France ou d'Italie, ses attaches, solides, de Guinée ou de Gambie. Elle

1. En 1788 (six cents bâtiments brûlés) et en 1794 (trois cents bâtiments).
2. Foulard de toutes les couleurs couvrant le chignon.

accepta de faire quelques pas sur la grande levée. Là, des sycomores, des chênes, des magnolias et dix autres espèces d'arbres offraient aux promeneurs leurs alignements ; on voyait aussi la ville enfouie dans sa verdure et le fleuve alangui. Entre les tempêtes d'octobre et la crue d'avril, novembre était un mois paisible, brumeux et frais, propice aux longues marches, aux chevauchées, à la rêverie.

— Nous parlerons de ce que nous venons de voir, proposa Pierre. Vous conviendrez que cela n'arrive pas tous les jours.

Elle ne répondit pas, se contenta de sourire. C'était une journée exceptionnelle, en effet. Personne en ville, y compris les signataires des accords avec la France, n'était capable de prévoir l'avenir, sauf qu'il serait américain, à jamais sans doute.

Elle ruisselait, au bout d'une longue étreinte. Appuyée sur un coude, la gorge offerte à la paume paresseuse de son amant, elle scrutait Pierre avec un mélange de curiosité et de contentement.

— Marie. Marie Villars. C'est un joli nom de France, dit-il.

Elle s'était donnée sans façon ni minauderie. Etait-elle de ces femmes qui, à peine installées dans un lit, s'y sentaient chez elles au point de s'en aller aussitôt sonder âmes et coffres, commodes et tiroirs secrets ? Celle-ci ferait vite le tour du domaine où elle séjournait ; un logement de célibataire, meublé du strict minimum, dont le seul luxe tenait à la largeur et au moelleux du lit.

Pierre la trouva belle, ainsi livrée. Il avait craint de se trouver bien vite entraîné dans une histoire de « plaçage ». Dès leur arrivée à La Nouvelle-Orléans, les métisses de la Dominique et des Antilles étaient repérées, chassées et capturées avant d'être établies comme maîtresses au nord de la ville, où elles élevaient leur progéniture quarteronne ou tierceronne[1] à l'abri des regards indiscrets. C'était là une petite industrie de

1. Pourcentage de sang noir chez les sang-mêlé. Ainsi, par exemple, le mulâtre naît-il d'un Blanc et d'une Noire, un quarteron, d'un Blanc et d'une mulâtresse, un octavon, d'un Blanc et d'une quarteronne, un tierceron, d'un mulâtre et d'une quarteronne, un griffe, d'un Noir et d'une mulâtresse, un marabon, d'une mulâtresse et d'un griffe, un sacreton, d'une Noire et d'un griffe.

la chair, jugée immorale par les Yankees et leurs pasteurs, gérée cependant en bons pères de famille par des maîtres papistes assez bien assortis à la morale de l'époque. Marie n'avait rien évoqué de semblable. Avec son regard soucieux, sa franchise, l'homme lui avait plu, voilà tout.

— Il y avait des Laffite à Saint-Domingue, dit-elle. Ma mère était servante chez eux.

Elle s'exprimait avec l'accent inimitable des créoles noirs, mangeant une partie des mots, chaloupant de sa voix grave et chantante. La révolte esclave avait effrayé sa mère. Une femme seule avec deux filles métisses dans une république nègre tourmentée par l'idéal révolutionnaire ? Mieux valait rejoindre les rivages apaisés de la Louisiane.

— D'autres Laffite sans doute, dit Pierre. Le nom est assez courant en Aquitaine et s'écrit de diverses manières, on y met autant de « f » et de « t » que l'on veut.

Il n'avait pas posé à sa conquête de question sur son père. Les choses du métissage demeuraient le plus souvent cachées, c'étaient des histoires de cuissage, de violences parfois. Villars, Laffite ou autres, ces femmes appartenaient dès leur naissance à une classe intermédiaire entre les maîtres et leurs esclaves. Leur beauté, leur charme étrange, la fascination sensuelle qu'elles exerçaient sur bien des Blancs leur épargnaient l'existence larvaire des enchaînés.

Tout au long de leur première étreinte, celle-ci n'avait cessé de lui soupirer à l'oreille son amour tout neuf, son bonheur de l'avoir choisi comme premier amant en terre américaine. Lui, qui prisait jusque-là les peaux blanches des hétaïres du port, s'était attendu à un réveil quelque peu décevant. Ces sang-mêlé façonnées par l'Afrique étaient réputées bonnes à prendre mais assez musculeuses, ahanant fort et râlant volontiers tels des automates. Certains Louisianais prisaient ce contact, d'autres le trouvaient sommaire et plutôt frustrant.

— Tourne-toi, beauté des îles.

Elle avait vingt ans, sa virginité était restée de l'autre côté du golfe du Mexique, à la Caraïbe, mais à la différence de pas mal de ses contemporains, Pierre ne recherchait pas les beautés adolescentes encore munies de leur pucelage.

— Tu as eu raison de choisir l'exil, dit-il en la caressant. Il eût été dommage de confier tes jolis reliefs à un fonctionnaire du sucre ou de la douane de Saint-Domingue.

Son corps épousait les formes rondes de Marie, le désir, déjà, l'investissait à nouveau, né de l'acceptation complice de la jeune femme, de la grâce innée de ses gestes, de son envie tout entière retenue dans ses reins. Le hasard des rencontres faisait assez bien les choses, célébrer ainsi la cession de la Louisiane aux Etats-Unis valait bien des libations, des discours mâles et autres plans sur la comète dans les cafés du Carré français ou les tavernes du port.

— Ouvre-toi, chuchota-t-il, tu me plais ainsi.

En même temps que celui de la posséder, il éprouvait déjà le besoin de la revoir, de ne pas la laisser partir, même. Longtemps, il s'était persuadé que sa vie serait pareille à celle des créoles blancs, un pied dans une plantation, l'autre dans un entrepôt, le ventre partagé entre légitime et concubine, sous le regard navré des prêtres. Et voilà qu'un démon plein de malice le tenait collé à une inconnue dans l'eau de leur commune sueur. C'était surprenant. Les affaires du commerce, qui occupaient jusque-là sans partage son esprit de célibataire trentenaire, devenaient tout à coup secondaires.

Elle soupira, impatiente, ses ongles griffèrent le drap. Il glissait sur elle comme une bûche sur de la mousse, plein d'une puissance insoupçonnée, humble en même temps. L'errance les rapprochait ; le marchand de Saint-Domingue ruiné et la fille de domestique, arrivés en Louisiane à la même époque, cherchant l'un comme l'autre un havre où se reposer un peu. Deux passants aux patries incertaines, aux destinées fragiles, décidant, au premier soir de leur rencontre, de poursuivre ensemble leur chemin.

2

Côte du Honduras, février 1823

Un rectangle de ciel, incandescent, au bas duquel la mer traçait une ligne bleutée à peine discernable, des palmes et des cimes de palétuviers tourmentées par un vent dont le souffle et la chaleur pénétraient en courtes rafales l'espace empuanti de la pièce, de la poussière soulevée en volutes, un visage d'enfant aux yeux écarquillés, apparu soudain sur le décor de canicule, questionnant :

— *¿ El capitan francés ?*

L'homme dont on parlait à voix basse dans le village était allongé sur un grabat, sa chemise de grosse toile souillée, ouverte sur son torse où la sueur ruisselait. A la vue de l'enfant, il s'appuya sur un coude, grimaçant, passa sa langue sur ses lèvres craquelées.

— *A beber, niño. El agua, aqui*[1].

D'un coup de menton, il désigna un carafon d'argile posé sur une table, dans l'ombre de la porte. L'enfant hésitait à entrer. L'homme le pria doucement, répéta qu'il avait soif.

— N'aie pas peur, gouyat. *Por favor.*

La veille au soir, le ressac avait achevé en quelques minutes de disloquer la chaloupe du *General Santander*. Le flanc rougi, sa chemise de toile blanche maculée de poudre et de boue, l'homme avait rampé sur le sable, franchi à genoux les premiers alignements de la mangrove avant de s'affaler sur un

1. « A boire, petit. L'eau, là-bas. »

chemin de terre rouge. Là, des femmes qui s'en revenaient d'une corvée de bois l'avaient découvert, inanimé.

— Pierre, où es-tu donc à cette heure ? murmura-t-il en se laissant retomber sur le lit.

Encouragé, l'enfant se risqua dans la pièce, saisit un bol qu'il emplit d'une eau limpide. Un reste de crainte le maintenait à distance de l'étranger ; il lui tendit le bol, retira prestement sa main.

L'homme n'avait pas la force de se soulever à nouveau ; il but avec difficulté, s'étouffa à demi, la face congestionnée par les quintes, versa le fond d'eau sur son front, sa nuque. Souffla, longuement.

— Sang du Christ, cette chaleur.

Puis se tournant vers l'enfant, qui l'observait, la tête penchée.

— *¿ Como te llamas ?*

— Juan.

Il avait les pommettes saillantes, le teint cuivré des Toltèques d'avant Colomb, un nez droit venu d'Europe ; né sans doute, comme ceux de son village, d'un mélange colonial assez méprisé par les maîtres blancs de l'Amérique du Sud pour ne pas avoir été réduit à l'esclavage.

— *¿ Y usted ?* demanda l'enfant.

— Juan, *el mismo nombre*, dit l'homme.

Les villageois devaient être de braves pêcheurs armés de leurs seuls harpons, peu désireux d'être impliqués dans les affaires politiques et surtout maritimes du moment. L'homme se souvint qu'il avait fait quelques escales dans les environs, séjourné à proximité de ce lieu isolé ; mais cela pouvait tout aussi bien s'être passé ailleurs, rien ne ressemblait davantage à une crique hondurienne qu'une anse de sable blanc bordée des mêmes frondaisons.

Il tairait son nom ; les légendes couraient les rivages caraïbes à la vitesse des bourrasques d'automne, mieux valait ne pas alimenter la sienne. Peut-être l'avait-on déjà reconnu, cela suffisait bien à son inquiétude. Il palpa son flanc droit. Des mains pressées y avaient appliqué une bourre de drap sale d'où s'échappait une odeur fade de sang de veau. Il caressa les reliefs familiers d'anciennes blessures. Creux et estafilades, labours de grenaille et piqûres de lames, ce corps couturé en maints endroits intéresserait quelque chirurgien habile au fusain ou désireux d'enseigner les étudiants.

— Vieille carne, murmura-t-il.

L'enfant quittait la pièce à reculons, fasciné par le spectacle du corps décharné avec sa tache brune en plein milieu. C'était donc ça, la guerre. La mer recrachait parfois sur le rivage les restes de joutes lointaines, de ces affaires entre gringos qu'au village les femmes évoquaient en se signant. Des morceaux de coques démantelées sur les plages, de la toile déchirée, des bouteilles vides avec quoi s'amusaient les vagues, telles étaient le plus souvent les traces laissées par les vaisseaux dont on apercevait de temps à autre les voiles, à l'horizon.

L'homme se laissa retomber sur sa couche, contempla le plafond. Des araignées montaient la garde au seuil d'écorchures de bois. Immobiles. Epaisses et bien vivantes, les sens en éveil, terrifiantes de détermination, de patience, guettant les mouches dont le bourdonnement aux à-coups subits, rageurs, peuplait la cambuse.

Dormir. Peut-être cela suffirait-il pour oublier le vacarme de la dernière bataille, le schooner d'où plongeaient en hurlant les marins, et tout ce qui avait précédé, vingt années de tumulte et de gloire, de peurs, de triomphes et de hontes, un morceau de vie emporté par le vent vers les profondeurs des forêts honduriennes.

Il éprouvait un sentiment étrange. Souvent, il avait songé à se reposer, comme savaient si bien le faire, en toutes saisons, les planteurs du fleuve et des bayous enrichis par leur seule naissance. Prendre le temps, jouir des heures dévidées tels les grains d'un chapelet ; soupirer, bavarder, danser, aimer. Jouer jusqu'au lever du jour, perdre et gagner, contempler le fleuve ou l'océan en songeant, pensif, à la brièveté de l'existence. Il avait frôlé tout cela, écouté ici ou là couler sa propre vie comme on prête l'oreille au chant d'un ruisseau, au déferlement d'une cascade. C'était sur des rivages à la trompeuse quiétude. Trop près des lieux secrets où naissaient les tempêtes. Trop près des humains, de leurs compromissions baptisées ordre, république, démocratie et, le pire, bonheur.

Il ferma les yeux. Son dénuement le stupéfiait en même temps qu'il le comblait d'une âcre satisfaction. Ainsi les nouveau-nés entraient-ils dans le monde. Ainsi les tout jeunes gens balancés au vent des révolutions débarquaient-ils un beau matin sur le port d'une ville inconnue, des rêves d'aventure et de conquête plein la tête, la besace vide et le cœur battant.

La Nouvelle-Orléans, printemps 1807

A la vue des trois couleurs de France flottant au grand mât de l'*Auvergne*, sous la bannière étoilée, Pierre Laffite sentit sa gorge se serrer. Le brick était à l'approche depuis déjà une bonne heure. Dégagé des derniers méandres du Mississippi, il s'avançait au ralenti, en majesté, portant dans ses flancs un peu de la lointaine patrie ; de la poussière, des odeurs, des gens et parmi ceux-ci un inconnu, un jeune homme de vingt-cinq ans que l'on s'amuserait à repérer au bastingage, parmi les passagers accoudés, serrés les uns contre les autres comme sardines en caque.

Il était beau, ce dimanche de mars. Les eaux du fleuve étaient basses, la crue de printemps se rassemblait, encore loin, gonflant l'un après l'autre les fleuves du nord, Ohio, Missouri, Tennessee et trente autres affluents. Pierre prit Marie par la taille, la serra contre lui. Le ventre de la métisse s'arrondissait pour la troisième fois ; Marie aimait se sentir pleine, la perspective d'une dizaine de grossesses ne l'effrayait pas.

— Mon frère Jean est noir de poil comme de regard, la prévint Pierre, je me souviens d'une sorte de *pingaï* coiffé à la barbe de blé d'Inde, le bougre, il a dû changer depuis le temps.

— Un pingaï ? s'étonna-t-elle.

— Ma grand-mère était des Landes, d'un pays de marais, de fièvres et de maringouins qui ressemble à la Louisiane par bien des traits. Pingaïs, oui, c'est comme ça qu'elle appelait ses poulets hauts sur pattes. C'était dans une autre vie.

En partant pour le Nouveau Monde, Pierre Laffite avait laissé derrière lui une famille assommée par la Révolution, avec pour héritier d'un désastre financier un petit choucas d'à peine douze ans, secret et colérique, capable de silences longs comme la pluie d'automne sur l'estuaire de la Gironde. Jean.

— Je me souviens de son sourire. Ça éclairait son visage, à faire pâlir le soleil. C'était la fierté de ma mère, sais-tu ; deux rangées de nacre sans la moindre rouille, alignées derrière des lèvres faites pour le baiser, l'appétit de vivre, la gourmandise.

Il plissa les paupières. Le soleil couchant donnait aux voiles à demi brassées du brick des teintes de peinture flamande ; les silhouettes des passagers prêts à débarquer se détachaient avec netteté sur le fond vert des bois.

— Où es-tu, petit ladre ?

Le port bruissait de murmures, des cris montaient vers le ciel d'un bleu de métal. C'était le moment de l'accostage, de la curiosité soupirante, des bienheureuses impatiences. Retrouvailles. Pierre distingua une longue silhouette coiffée de feutre, près de la barre de l'*Auvergne.* Il leva haut son chapeau, agita les bras, hurla le prénom de son frère. Un grand salut lui répondit. Le pingaï avait pris de la taille à défaut de volume. C'était toujours le même oiseau de nuit, long, maigre. Seul. Pierre étouffa un sanglot. Il avait quitté la France depuis plus de treize années, s'apprêtait à accueillir le dernier rejeton de sa lignée. Le reste de la famille Laffite gisait dans une fosse commune, au cimetière de Cauderan.

Il chassa ce fantasme morbide. Autour de lui, on applaudissait. Des enfants trépignaient, tout était à la joie et à ses débordements. Jean exhiba son bagage, un sac de toile fermé par de la cordelette. Son unique bien. Marie s'inquiéta.

— J'espère qu'il aura pu laver au moins une fois sa chemise. En quatre semaines de traversée !

Elle tenait par la main ses deux filles, Adèle, l'aînée, et Catherine-Coralie, sa cadette d'à peine un an ; deux adorables petits fruits du tropique, à la peau dorée, aux cheveux pareillement noirs et bouclés, aux yeux de la couleur des émeraudes. Pierre la rassura.

— Laisse donc. On va le brosser tout entier, le nourrir et lui offrir des horizons.

Il se frappait le cœur ; se mit à sauter sur place. Les corsaires anglais, qui rôdaient aux débouchés du Mississippi, n'avaient pas tenu le deux-mâts français dans la mire de leurs canons. Ce jour était béni, pour de bon, qui voyait Jean Laffite parvenir vivant à La Nouvelle-Orléans. Marie pourrait brûler quelques cierges et remercier la sainte patronne des voyageurs, sous les voûtes de la cathédrale Saint-Louis.

Pierre serra longuement son frère contre lui. L'eau avait coulé entre les rives du Mississippi depuis le jour où, tandis qu'à Paris les justiciers de thermidor en finissaient avec la tyrannie de Robespierre, il s'était embarqué pour les Indes occidentales. La Guadeloupe puis Saint-Domingue, des petits métiers, sur les navires et sur les quais, des emplois de commis puis de courtier pour le sucre ; juste assez d'ouvrage pour pouvoir envoyer de temps à autre un peu d'argent en France. Une vie solitaire au milieu des révoltes nègres, des assauts anglais, des sociétés coloniales dispersées aux vents du golfe.

— Tu vas te plaire en Louisiane, pingaïot. Oh oui, ce pays est fait pour toi.

— Il est maigre, Seigneur, souffla Marie. Mais qu'est-ce qu'on leur donne à manger, sur ces bateaux ?

Jean riait. Encore imprégné des mouvements du brick, il se balançait d'avant en arrière, dévorait des yeux le quai encombré de caisses, de sacs, de tonneaux, de mille richesses alignées, empilées, exhibées ; avec comme fond de décor les murs blancs, omniprésents, du roi coton dans ses ballots. Et cette foule résonnant de sa joie, au milieu de laquelle les esclaves courbés sous les charges tentaient de se frayer un chemin, ajoutait à sa douce sensation d'ivresse.

— Que de couleurs, partout, dit-il avec un fort accent d'Aquitaine. Jusqu'à tes enfants, Pierre. Elles sont à croquer, dame Jeanne Laffite notre mère aurait eu bien du plaisir à les voir, à les caresser, à les dorloter.

— Les gens, les objets, les nourritures, les vêtements des femmes, tout est couleur ici, en effet, petit frère.

Pierre embrassa à nouveau son voyageur. Il lui rendait une bonne tête, le bougre de poulet haut sur pattes avait pris aussi du muscle. Sa maigreur n'était qu'apparente, Pierre devinait, sous la chemise de toile épaisse, un torse large aux reliefs affermis par la manœuvre marine, des bras puissants. Jean devait être redoutable à l'épée comme au bordage d'un foc.

— Je veux tout voir ! s'exclama-t-il. Pardieu, j'entre dans un fier pays.

— D'abord, te restaurer, décida Pierre. La maison est à deux cents pas d'ici. Laisse-toi faire. Pour le moment en tout cas !

On l'avait fait asseoir au milieu de la longue table en cyprès, face à ses nièces qui le buvaient des yeux, dame, cela faisait un moment qu'elles entendaient parler de son arrivée prochaine. Il se mit à raconter.

— Notre pauvre mère est partie la première, comme je te l'ai écrit. On ramassait des dizaines de corps chaque jour dans Bordeaux, l'épidémie de fièvre typhoïde sévissait par quartiers, comme si on y avait établi des listes, ça rappelait les temps cruels de Robespierre, cette chiennerie. Père l'a suivie au bout d'une semaine mais lui était déjà mort depuis longtemps, en vérité depuis ton départ pour Saint-Domingue.

Il plongea sa cuillère dans la sauce odorante d'un civet. Le garçon avait de la race, les aristocrates d'autrefois, clients et amis du drapier Laffite, l'eussent accueilli comme un des leurs. Et du charme en plus, difficile à définir ; peut-être par la douceur amusée d'une mimique, effacée en un éclair sous la dureté d'un jugement. Cigare au bec, Pierre demeurait les mains croisées sur son ventre, contemplatif. L'appétit de son cadet faisait plaisir à voir, son accent du terroir girondin éveillait en lui des souvenances douces et amères à la fois.

— Du lièvre, apprécia Jean. Tu n'as pas perdu les bonnes habitudes familiales, je vois.

Il avait encore mille choses à raconter. Pierre les connaissait bien sûr mais il voulait les entendre comme si elles venaient à peine d'arriver. Avoir fourni, deux siècles durant, la noblesse girondine en drap, serviettes et langes n'avait guère porté chance aux Laffite. La Terreur avait épargné les vies mais ruiné les entreprises suspectes, renvoyé cousettes et ravaudeuses à leurs métairies. Bonaparte croisait le fer avec les Autrichiens, en Italie, lorsque Pierre avait quitté la France. Bien des années plus tard, l'aîné des Laffite s'en voulait de n'avoir pu aider les siens autrement que par les quelques subsides expédiés de Saint-Domingue ou de Louisiane. Jean le rassura.

— Tu as pris la bonne décision. Nos parents ont cru pouvoir s'en sortir, ils s'étaient persuadés d'être en fin de compte des bourgeois bordelais admis comme égaux dans les salons de l'aristocratie, par la force du négoce. Quelle foutaise ! Tu te souviens des notaires Aymard et Boutet, ces paillasses saluant les ducs et les comtes à cul ouvert. Ils nous ont dévorés. Le Directoire leur a offert les couronnes des princes déchus, demain, leur merde rejetonne en rachètera les particules, tu peux me croire. Malheur à toi si tu trébuchais dans les ornières des carrosses armoriés, leurs semelles à ces deux-là te maintenaient au sol. Etouffé, privé d'air, anéanti, tu n'avais plus qu'à crever. La maladie n'a guère eu à s'épuiser pour emporter les perdants. Pardieu, Pierre, je n'oublierai jamais ni l'agonie de nos pauvres vieux ni le silence qui l'a accompagnée. Nous fûmes trois à jeter de la chaux sur le cadavre de nos parents. Trois, le prêtre, un enfant pour balancer l'encensoir et moi.

Tout avait été vendu depuis longtemps. Maison et entrepôt, étoffes et machines.

— Vendu. Le mot fait sourire. Ces rats se sont jetés sur la dépouille, tu aurais vu ça ! Les bons conseillers, les chers amis, devenus soudain acheteurs de la fabrique entière au prix des bobines de fil. Je les revois, tous ceux-là, pourriture ! Tirés du caniveau par Danton, établis par Robespierre, engraissés par les Directeurs, demain, anoblis par le Corse. Gare à leurs fesses si d'aventure je les croise de ce côté-ci de l'Atlantique.

Il serrait les poings sous le regard inquiet de « Grand-moman » Villars, la mère de Marie ; une Africaine à la peau d'anthracite, forte de hanches, d'encolure et de croupe, régnant sans partage sur la cuisine et sur l'esclave Zabeth.

— Mangez au lieu d'vous met'en p'lote, dit-elle. Ils vous ont nou'i avec l'ai' d'la me', su'l'bateau. La faim po'te aux colè'es, c'est mal.

A entendre son parler nasal, ses consonnes mouillées, sa façon d'esquiver les « r », il se détendit un peu, sourit aux visages tendus vers lui comme devant une apparition magique. La famille de son frère était un doux mélange de couleurs de peaux, un dégradé de bois précieux, un camaïeu d'ambre stupéfiant pour des yeux gascons découvrant brusquement le Nouveau Monde. Pierre l'avait affranchi en quelques mots ; il y avait là une sorte de scandale, une étrangeté au sein de la société louisianaise. Les Français toléraient la chose, on voyait ça aux petits métis promenés çà et là par leurs mères entretenues. Pour les Yankees, le crime rejoignait la fin de Sodome dans l'insoutenable.

— Ainsi donc, tu es bon marin, c'est intéressant, lui dit Pierre.

Jean avait caboté sur des gabarres girondines, roulé par centaines des tonneaux de vin du Médoc entre Pauillac et Bordeaux, embarqué sur des bricks qui s'en allaient croiser jusqu'aux Açores, rapportant dans leurs ventres graines et fruits du tropique. Les alizés chantaient dans les focs et les fortunes carrées, les mâtures grinçaient doucement, la nuit durant. On redoutait l'Anglais avec son orgueil tout neuf de vainqueur à Trafalgar. Maître des mers. Jean s'essuya les lèvres. Aux listes de la conscription, il avait préféré celles des passagers pour l'Amérique.

— L'Empereur ? Merci bien. Il prépare les prochaines campagnes de ses armées, cherche de la belle jeunesse à enrôler. J'ai pensé que nous avions tous assez donné aux uns et aux autres. La France nous a ruinés ; je la garde pourtant au cœur, comme toi. Nous sommes quittes, ainsi.

Pierre le considérait avec un mélange de tendresse et d'admiration. Son cadet de dix ans bouillait d'une vigoureuse colère, ses longs doigts déchiraient l'air à mesure qu'il racontait, s'emportait, véhément. Les nouveaux riches engraissés sur les cadavres de la noblesse, le Corse et sa police de plus en plus présente, l'Europe enfin, inquiète de son voisinage, prête à s'unir contre lui à la moindre occasion et n'ayant qu'un seul but, l'abattre.

— Il y a des émigrés royalistes ici, dit Pierre, quelques centaines. Ils font de la musique en fanfares et jouent aux cartes chez les planteurs créoles. Certains travaillent. Comme nous, ceux-là sont partis avec la chemise.

— Et toi, mon Pierre ? C'est à ton tour, pardieu, je suis content de te voir installé, avec une famille autour de toi.

— C'est comme tu vois, petit frère, on se refait, petit à petit. Le commerce nourrit à peu près son homme. J'envisage même de restaurer quelque peu ce logis.

La maison à étage et grenier qu'il avait achetée un an auparavant aux confins de la rue Bourbon et du quartier Marigny ne payait pas de mine. Epargnée par les grands incendies, elle avait gardé son style normand, brique entre poteaux, torchis et colombages, et vieillissait assez mal. Les pluies rongeaient sa toiture de tuiles plates, on y sentait les fadeurs humides du tropique, les relents des saisons moites. La place n'y manquait pas, cependant, pour la nichée du négociant Laffite ; ses deux filles, qu'il couvait du regard avec tendresse, leur mère, ronde de buste, le cou un peu empâté par les grossesses et les civets, qu'une grâce lascive gardait pourtant désirable. Et cette grand-mère aux fourneaux, fille d'esclaves trépassés de la fièvre jaune à peine avaient-ils été affranchis.

— Manque le sucre d'orge de la maison, dit Pierre. Tu verras ça.

Jean brûlait de savoir comment se menait le commerce à La Nouvelle-Orléans. Pierre lui en parlait vaguement dans ses lettres. Acheter et vendre, il n'y avait pas grand mystère là-dedans. De la Caraïbe et du Brésil montait le convoi des brigantins, des goélettes, des sloops chargés d'épices et de fruits, de bois précieux ; croisant celui des cotonniers, de la ferraille, du grain. Pierre commençait à vivre assez bien de ce négoce.

— Lafon tient pour ça une boutique près de la place d'armes. Nous possédons également une forge.

— Une forge ! Tu manies donc le marteau et le soufflet.

— Moi non, avoua Pierre dans un sourire. C'est un simple placement.

— Ton frère n'est pas trop habile pour remuer ces instruments-là, se moqua Marie avec un peu d'aigreur. Il préfère tenir les comptes et naviguer.

Pierre ne releva pas, haussa légèrement les épaules.

— Les taxes montent en ce moment, expliqua-t-il. Ça grogne dans les entrepôts, tu peux me croire. La Louisiane n'est toujours qu'un territoire sans statut d'Etat. Cela n'empêche pas la politique de Washington et de Philadelphie de s'y répandre. Ici l'esclavage n'est pas aboli, seule l'importation du bois d'or[1] en a été interdite par le gouverneur Clairborne, il y a trois ans. Joli paradoxe puritain. Les planteurs finiront par faire travailler malades et vieillards sous le regard courroucé

1. Bois d'or : esclaves.

des moralistes. Tu verras cette ville, mon Jeannot, et ce pays ! Sous la torpeur tropicale, tout y est contraires, conflits, arrangements et lucre. Alors, te sens-tu déjà un peu américain ?

Jean éclata de rire, montrant sa belle denture. L'espace d'un instant, Pierre retrouva l'adolescent qu'avec une infinie patience leur père avait fait initier au latin, à la grammaire, aux mathématiques et, avec beaucoup plus de facilité, au maniement des armes.

— La liberté, voilà ce que je ressens ce soir, Pierre. Depuis la passe sud-est, j'ai vu défiler un paysage créé pour les oiseaux et les hommes sans entraves, un désert où tout semble possible. Quant à la ville, elle me plaît, parfumée à la cannelle et au poivre comme ce soir. Il y a de l'espace ici, tu as hâte de me montrer ça, je le sais bien.

Pierre lui pressa l'épaule, épanoui. Jean gardait le souvenir d'un aîné volontiers buté, obstiné, toujours, à parfaire ce qu'il avait commencé, bêtises incluses. Une sorte de rocher, rassurant comme l'étaient ce soir-là son accueil, son bonheur d'hôte et la fierté qu'il ressentait à voir ce qui survivait de sa famille rassemblé autour de lui.

— Viens, lui dit-il, je vais te faire découvrir d'autres parfums de cette contrée.

Jean tanguait encore un peu. Des restes de mouvements du navire se mêlaient en lui aux vapeurs de vin du Médoc. C'était une sensation délicieuse, tandis qu'il découvrait les façades de brique, les galeries fleuries, les ferronneries sévillanes du Carré français.

Il désirait tout voir, tout savoir, avant l'aube. Dormir, comme le lui avait conseillé Marie ? Et quoi encore ! Il n'avait pas traversé l'Atlantique, risqué la rencontre avec les corsaires anglais, humé tant et tant le vent du large qu'il s'en était bouché les narines, pour débuter son séjour louisianais sous une couverture.

— La ville s'est longtemps cantonnée à cet espace, lui expliqua Pierre. Depuis la cession elle se peuple à grande vitesse et s'étale de tous côtés.

Ils avaient traversé le faubourg Marigny, où s'entassait un peuple mêlé de marins, de Noirs libres, de petites gens et de migrants en transit. A l'opposé de ce quartier précaire de cabanes et de maisons basses que la fin du jour plongeait dans l'obscurité, se construisait celui des nouveaux possédants. Pierre poursuivit sa leçon d'humanités.

— Le quartier Sainte-Marie et ses nouveaux riches, en fait, la future ville américaine. Ceux-là viennent de la Nouvelle-Angleterre mais aussi du Kentucky, du Tennessee, des Etats du Sud engraissés par le sucre et le coton. Ne t'y trompe pas, mon Jeannot, ils sont déjà les maîtres du territoire. La finance, c'est eux, la grande comme la petite. Ils ne possèdent pas encore la terre mais ça viendra un jour ou l'autre. Quelques plantations ont déjà changé de mains.

Pour lui, les créoles se berçaient d'illusions ; leur antériorité historique, leur culture française, leurs esclaves et leur canne à sucre. Certes, ils s'étaient enrichis eux aussi. Mais le fleuve déversait désormais sur les quais de la ville une bonne part de ce que le Nord produisait d'industrie, de bétail, de grain, d'énergie humaine. Un peuple au berceau, sûr de sa force vitale, y conquérait son espace le long de voies boueuses où poussaient déjà les arbres de futures avenues.

— Tout va vite à La Nouvelle-Orléans.

Jean contemplait les chantiers ouverts le long des rues. A quelques pas de la ville ancienne, l'architecture prétendait avec éclat écraser la concurrence. A la brique et au fer forgé espagnols, au torchis normand du Carré français, on préférait la colonnade grecque, l'emphase ventrue des perrons et des galeries, l'addition des étages et des pignons, des dépendances et des parcs.

— Ici, on prie Dieu et on adore le dollar. Parler français est chose pénible, compromission et, pour certains, bassesse. Les puritaines du quartier américain aimeraient secrètement pouvoir tortiller du cul comme nos mulâtresses mais elles en sont foutrement incapables, alors elles se vengent en leur interdisant le port du chapeau. Tignon pour les négresses, dentelles, feutres et plumes pour ces dames. Attention, Jean. La société qui se construit en Louisiane aurait fait hurler de colère nos Conventionnels. Rien n'y est juste ou même pondéré. Marie et moi sommes scandaleux, mais le peu d'argent que je possède et investis suffit à me rendre vaguement respectable. Ici, les sourires, les saluts, les politesses peinent souvent à masquer le mépris.

Au port fleurissaient les enseignes en anglais, au milieu de leurs devancières françaises. Grainetiers et ferrailleurs, courtiers et agents de toutes sortes, armateurs et bateliers, cent métiers prenaient possession de rues, d'espaces, de quais neufs. Cela faisait du bruit jusque dans la douce nuit de mars, comme un poumon respirant la senteur du Mississippi, exhalant en retour des fumées, l'écho des forges, des ateliers.

— Le souffle d'une ville, qui ne cesse quasiment jamais, murmura Jean.

Bizarrement enclavé dans le quartier anglais, voisinant avec ses jardins aux délicates fragrances, le Swamp, prolongement crapuleux du port, offrait au passant ses remugles d'alcool, de tabac, de vice. Un cloaque puant, veiné de ruelles tortueuses, de la toile rapiécée au magasin des riches, une tolérance mollement surveillée par la milice.

— Quelques existences trouvent leur fin rapide par ici, dit Pierre. Il faut dire qu'on y boit plus volontiers du malt que de l'orange ou de la papaye. Normalement, tout doit fermer à neuf heures du soir mais le Cabildo laisse aller. Profitons-en, ça ne durera pas éternellement. Trop de débauche.

Ça grouillait d'un peuple de nuit, dans la lueur des tavernes d'où, la porte à peine ouverte, s'échappaient les vapeurs de la misère, de la crasse, du lucre. Femmes criardes et matelots ivres, joueurs, là, on se frôlait, se houspillait, se pelotait ou se provoquait en duel. Le fleuve ne charriait pas que du *flatboat*[1] ou du quillard plein de cochons, de vaches, d'outils ; une lie humaine que la bonne conscience des édiles cloisonnait à portée des crosses de la garde se déposait sur sa rive, pressée de dépenser et de jouir.

Les Laffite s'attablèrent. Pierre commanda du rhum et de la bière d'orange, offrit à son frère un cigare de Saint-Domingue.

— Tu devrais t'adonner à ces merveilles, petit frère. Ta pipe de marin arcachonnais fait un tantinet vieillot en Louisiane. Goûte.

1. Bateau à fond plat du Mississippi, activé par des rameurs.

Jean s'exécuta. C'était un mélange doux et fort en même temps, subtil, dans la bouche. Il s'y habituerait très vite.

— La vie est bonne, s'écria-t-il en levant son verre.

Il se sentait plein d'une bienheureuse fatigue. La brute laideur des lieux, les trognes poilues ou blafardes, les peaux collant aux chemises, les mains crasseuses au cul des femmes et celles-ci gloussant ou distribuant des taloches, rien du spectacle et de ses bruits ne le heurtait. Il y avait là l'expression bestiale d'une liberté qui lui convenait.

Il n'avait pas fait un long et périlleux voyage pour rien. Quand la jeunesse de France se recroquevillait dans la perspective d'être expédiée, fusil en main, aux frontières d'un empire incertain, l'Amérique se découvrait de nouveaux espaces pour hommes libres. « Hercule au berceau », disait Napoléon. Jean n'avait guère mis de temps à comprendre le discours de son frère. Il n'y avait pas encore de loi en Louisiane, où quelques règles de vie en commun faisaient office de Code. Certes, Jefferson y avait nommé un gouverneur ; on trouvait en ville des avocats, des officiers de douanes et de milice, des juges et au sud, à l'entrée du fleuve, un poste de contrôle, la Balise, devant quoi l'*Auvergne* s'était arrêté le temps d'un contrôle de ses cales. Le vrai pouvoir était ailleurs. Dans les plantations, les bureaux du port, les coffres des banques, partout où l'aventure américaine fédérait les ambitions, le rêve, le courage, la folie.

En même temps qu'il apercevait leurs failles, leurs faiblesses et, pour bon nombre d'entre eux, leur stupidité de primates, Jean éprouvait pour les personnages réunis dans la taverne un sentiment réel de fraternité. Certains de ces hommes, colosses aux poches vides, repartiraient vers le nord après avoir vendu leur bacon, leur laine, leurs marteaux et jusqu'aux planches pourries de leurs barcasses. De temps à autre, des âmes charitables en saisissaient un par le col et le pantalon pour le jeter, vomissant, à la rue. Ça riait fort, ça s'insultait. C'était de l'humain, en concentré, de la destinée pour journaliste en mal de pathos, une déraison à la mesure du fleuve et du pays tout entier qui plaisait à Jean.

Ils sortirent, vaguement ivres, sous le ciel blanc d'étoiles ; marchèrent un long moment sur la grande levée que la crue de printemps viendrait bientôt lécher.

— Ou noyer, plaisanta Pierre. La ville passe sept ou huit mois de l'année les pieds dans l'eau. Cette digue tient à peu près le coup ; qu'elle lâche, un jour, et c'en sera fait du Carré comme d'un bon nombre de ses habitants.

De la Balise à La Nouvelle-Orléans, Jean avait eu le temps de prendre la mesure du Mississippi. Fasciné au point d'en oublier parfois de respirer, il avait assisté au lent défilé des rivages, des marais couverts d'herbe étale, de l'horizon sans fin, piqué d'oiseaux méditatifs. Il s'était senti attiré par ces immensités comme à la pointe du Médoc, lorsqu'il apercevait la grande lande de Gascogne, ce désert où erraient les âmes des marcheurs égarés. Quand les passagers de l'*Auvergne* s'inquiétaient de découvrir une steppe détrempée infestée d'alligators, de serpents, de vermine et d'insectes, il avait eu envie de débarquer là, n'importe où, pour en comprendre et pénétrer le mystère à la proue d'une pirogue indienne.

— A ce point, s'amusa Pierre.

— Et plus encore sans doute, monsieur mon frère. J'ai vu des sloops glisser sur le fleuve à la vitesse des pélicans. C'est inouï. Si je possédais un blason, j'y mettrais ces deux symboles, l'oiseau et le navire.

Pierre rit franchement. On avait fait le tour de la cité, traversé la place Congo où les esclaves avaient droit à leur bamboula, le dimanche, longé le cimetière où les morts reposaient en hauteur pour cause de crues.

— J'aime ce pays, dit Jean. Nous y réussirons une nouvelle vie.

— Veux-tu voir la forge ? A moins que tu ne sois trop fatigué.

— En ai-je l'air ?

— Non. Il se peut qu'il y ait du monde, d'ailleurs.

— A cette heure de la nuit ?

Pierre le jaugea, faussement perplexe. Jean allait découvrir la face cachée de sa vie en Louisiane. Comment réagirait-il, lui qui, tel un naturaliste ou un enfant, s'extasiait encore d'avoir vu s'envoler des spatules et ramper des sauriens au bord d'un fleuve géant ?

Blanc-bec pour bureau de courtage ou vrai compagnon de route ? s'interrogea Pierre.

Il le saurait bientôt ; pressa le pas. Un gouverneur espagnol d'antan avait eu l'idée d'éclairer des rues de La Nouvelle-Orléans. Cela cessait opportunément vers l'extrémité est de la rue Bourbon. Pierre enjamba un canal d'où sourdait une senteur mêlée de pot de nuit, de boue et de légume pourri, s'arrêta devant une maison basse au toit percé par deux lucarnes. Tout, alentour, était plongé dans le silence et l'obscurité.

— J'ai acheté ça mille dollars à un grainetier de la rue Chartres, dit-il. L'échoppe de mon ami Lafon ne suffisait plus, il a fallu s'agrandir un peu. Les affaires, tu comprends.

Il donna deux tours de clé dans une énorme serrure, précéda son frère dans une vaste pièce fleurant le bois brûlé, qu'il éclaira à la chandelle. Un foyer ouvert de tous côtés occupait le centre de l'atelier, des outils étaient alignés le long des murs bousillés. Jean s'étonna ; le marchand de Saint-Domingue était vraiment devenu forgeron, Pierre ne parlait pas de cela dans ses lettres.

— Suis-moi au fond, petit frère.

Une porte basse, elle aussi fermée à double tour, donnait sur une sorte de cellier plein jusqu'au plafond de baricauts et de malles, de ballots ficelés, de meubles. Jean écarquilla les yeux. Dans la lueur tremblante de la chandelle, il devinait un véritable entrepôt, libre apparemment de toute ferraille ou forgerie. Il pointa l'index vers son frère, sourit. La maison ne recelait pas que des fers à cheval, des pelles ou des baïonnettes.

— Tu achètes ou tu vends, Pierre ?

— Présentement, je vends. A des prix intéressants correspondant, comment dire, à mon investissement augmenté d'une petite marge.

— Pas de taxes.

— Tout est dit. Ni taxe ni contrôle à la Balise. Tout ça grimpe ici par l'est. Lacs Borgne et Pontchartrain, bayous du Nord et Saint-Jean pour finir. J'ai quitté Saint-Domingue la queue entre les jambes mais je n'y ai laissé ni ma mémoire ni mes listes d'amis sûrs. De la Caraïbe à La Nouvelle-Orléans en passant par Cuba et les Florides[1], ce sont des navires par centaines qui transitent. Tu verras ça. Il y en a d'officiels et

1. Floride est (actuelle) et ouest (Mississippi et Alabama actuels).

d'autres qui le sont moins. La Louisiane possède une très ancienne tradition de commerce parallèle. Du temps des Espagnols, les planteurs créoles en avaient fait un exercice aussi excitant que la chasse à l'ours. Ils trafiquaient avec les Anglais alors propriétaires de la Floride ouest. Ces imprévoyants les ont chassés par les armes sous les bannières espagnoles, se rendant compte, un peu tard, qu'ils se privaient ainsi de leurs clients. La contrebande, c'est à cause de ce fleuve immense, tu comprends, et des mers chaudes, là, tout près. Ça porte à l'âme, je suppose, ça donne des envies de voyage.

Jean rit de bon cœur. Les périphrases de son aîné l'amusaient. Il souleva une bonde de tonneau, libérant un joli parfum de rhum. Certains ballots avaient une consistance assez molle et craquaient un peu au toucher, comme du tabac de cigare.

— C'en est, petit frère.

— Le Pedro, contrebandier. Diou biban de diou biban[1] !

Des hommes étaient entrés dans la forge, porteurs d'un complément de recel. Des pierres à fusil, des étoffes, des armes blanches, épées, poignards et dagues. Pierre fit les présentations. Il y avait là de l'italien, de l'irlandais, l'ami Lafon, qui venait d'accoster avec son *Bellona.* On ne traînerait pas dans la forge, les comptes seraient faits plus tard. Pas de registres. Chacun savait ce qu'il avait apporté. Pierre congédia les hommes, sauf Lafon, qui viendrait boire un pot de vin à la maison.

— Ah, voici donc notre jeune gabarrier de la Gironde, apprécia l'arrivant. Pas trop surpris par l'arrière-boutique du grand frère ?

— Un peu déçu qu'elle soit si réduite, dit Jean, un sourire malin au coin des lèvres.

— Il a de l'esprit ! Et des envies d'exploration, je parie.

— Oui-da, renchérit Pierre. Jean, tu as devant toi le meilleur cartographe de toute l'Amérique. Lafon te montrera ses trésors ; il dessine le golfe et le bayou depuis un bon lustre. Allons fêter cette rencontre sans tarder.

1. « Dieu vivant ». Juron gascon.

— Là, pingaïot, tu as tout de même l'air un peu flapi, remarqua Pierre lorsqu'il eut refermé la porte de la forge.

Il leva sa torche vers les yeux de Jean, rougis par la fatigue. Il y avait de quoi. Débarquer au Nouveau Monde, découvrir une ville côté soleil puis côté nuit. Et ce grand frère, jusque-là chroniqueur lointain d'une existence paisible, petite-bourgeoise, qui ouvrait sa caverne au trésor sans plus d'émotion qu'un douanier inventoriant une cale française à la Balise ! Tout cela en moins d'une demi-journée. Oui, on pouvait aller se reposer mais pas avant d'en savoir un peu plus sur ce qui, d'emblée, fascinait et excitait le voyageur.

Pierre s'approcha de son cadet. Dans la lueur de la torche, ils se ressemblaient, bien que de tailles fort différentes. Le même regard de charbon animé par la petite flamme de l'aventure, le même sourire, complice. Ces retrouvailles avaient du bon.

— Compagnon de route, murmura Pierre.

— Que dis-tu ?

— Rien, je me confirmais une impression. Ceci tout de même ; tu as vu des sacs de grain, des tonneaux d'alcool, des pierres à fusil et pas mal d'autres choses de la vie quotidienne. Il arrive que des marchandises d'un genre différent nous passent par les doigts. Du vivant. Dont le gouverneur Clairborne interdit formellement l'importation. Tu vois ce que je veux dire.

— Des nègres.

Pierre le fixait avec intensité. On pouvait sceller un pacte, là, tout de suite, et choisir de conserve un cap hasardeux ; ou rester simplement deux frères aux destinées divergentes. Pierre acceptait par avance l'alternative. Jean lui frappa l'épaule. Il serait de la forge, du lac Borgne, des bayous du Nord et de tout le reste.

— Bien, dit son aîné, satisfait. Lafon va te montrer ses cartes, tu auras tout loisir de les étudier. Et tu vas enfin connaître le goût du tafia, c'est le breuvage le moins buvable de la planète mais il est d'ici, diou biban. Un alcool de mélasse à côté de quoi les rhums les plus corsés font figure de jus de fruits. Un mot encore, petit frère. A la maison, nous discuterons métier dès que Marie aura regagné ses pénates.

— Elle ignore tes activités ?

— Pas vraiment. Elle est admirable, intelligente aussi. Etre sang-mêlé n'est déjà pas si simple à La Nouvelle-Orléans ; de plus, son exil de Saint-Domingue l'a fortement choquée, aussi aspire-t-elle à une vie calme. Elle sait, bien sûr, pour la forge comme pour le reste, mais elle affecte de ne pas s'y intéresser. Au fond, je crois que c'est son réel désir. Rester le plus possible en dehors de ça. Tous, autour de moi, respectent ce souhait.

Jean sentit un souffle sur sa joue, ouvrit un œil. Une lumière grise baignait la chambre, dessinait au plafond des figures géométriques animées avec lenteur par l'ombre portée de feuillages. Sa première pensée fut pour le vent, qui l'éveillait ainsi. Il y avait eu de pareils instants sur l'*Auvergne*, à l'approche des côtes de Louisiane. Le ciel, l'océan, le vent, surtout, tiède, un peu moite, attestaient que l'on changeait de monde.

Un visage se penchait sur lui. Enfantin, entre chocolat et café, un sourire qui allait avec, de la curiosité, deux grosses tresses noires pour l'encadrer.

— Ce n'est pas le vent, c'est moi, la sœur de Marie, je m'appelle Catherine mais comme je ne suis pas très grande, Catiche on dit et je dois m'occuper de votre déjeuner.

Elle avait dévidé son argument d'un jet, maniant la syntaxe à sa manière. Sa voix un peu aiguë, chantante, mangeait les r avec la grâce de ses sœurs de Saint-Domingue ou de la Guadeloupe. Il y avait eu une sorte de jeu verbal, en France, sous le Directoire. On se passait du « r », entre Inc'oyables et Me'veilleux. Pâle imitation de ces mulâtresses et quarteronnes au talent inné.

Jean s'appuya sur un coude ; il eût redouté réveil plus pénible que celui-là. La donzelle était ravissante, l'Afrique esclave avait laissé un reflet d'acajou sur ses traits étonnamment fins d'Européenne, en un mélange dont la conception n'avait guère plus de treize ou quatorze ans.

— C'est du chocolat ou du café, dit-elle, les deux si vous voulez, monsieur mon beau-frère.

Elle fut sidérée par la joie soudaine de l'hôte. On avait dû la chapitrer. Chocolat ou café ! Parlait-on d'elle, ou du déjeuner ? Jean se leva d'un bond, s'aperçut, un peu tard, qu'il était nu, s'excusa. Elle avait déjà disparu, vexée sans doute. Il s'habilla, de fort bonne humeur, lava son visage dans une coupelle d'eau tiède, ouvrit les volets. Une bouffée de chaleur entra dans la pièce, du soleil aussi, rasant les toits d'en face, jouant avec la végétation luxuriante des jardins. Il serra les poings, le cœur plein d'allégresse. Ce climat lui convenait, décidément.

Assis sur son fauteuil au haut dossier de bois brut, Pierre était à table, servi par Marie. Ses filles l'entouraient, bavardes, en chamaillerie pour une histoire de souliers. L'aînée se débattait de surcroît avec une tartine large comme un poêlon, d'où la confiture coulait généreusement. Jean trouva ses nièces absolument charmantes, avec leurs cheveux aux boucles serrées, leurs airs de petites bonnes femmes, leur regard d'eaux dormantes assorti à leur teint d'abricot. Pierre invita son frère à s'asseoir.

— Tu pouvais te reposer plus longtemps, Jean. C'est dimanche, jour chômé en Louisiane comme ailleurs. Ton réveil fut-il agréable ?

Jean s'installa devant un bol de café fumant, sourit à Catiche, qui lui répondit par un silence glacé.

— Agréable, c'est le mot. Quel âge a votre sœur, Marie ?

— Bientôt quatorze ans, s'écria la donzelle, assez en tout cas pour pouvoir choisir moi aussi entre chocolat et café ! Assez aussi pour répondre directement à vos questions. Vous n'êtes pas obligé de par ma sœur passer pour ça. Tonton !

— De par ma sœur passer ? Oui, bien sûr. A moi la garde, quoi qu'il en soit, je me rends, protesta-t-il en levant les bras. Cela étant, je ne suis pas ton oncle.

— Vous en avez la figure.

Elle se leva, furieuse, rejoignit l'esclave Zabeth devant le fourneau. La négresse, une femme robuste aux cheveux argentés achetée cent dollars à un négociant orléanais, lui tendit un torchon gonflé par une crème pâtissière qu'il convenait d'étaler sur un gâteau.

— Catiche et Jean ont fait connaissance, s'amusa Pierre. Regarde un peu ce tableau, petit frère, je suis un homme esseulé au milieu d'un gynécée aux humeurs de fauves. Il était temps que tu me rejoignes, je me sens plus fort tout à coup. Qu'elles soient noires ou couleur d'ambre, centenaires ou toutes petiotes, ces dames me mènent la vie dure, tu peux me croire.

Il y eut des haussements d'épaules, des bougonnements. Catiche avait une façon particulière de montrer son courroux. Son dos s'arrondissait, sa tête rentrait dans ses épaules.

— Je suis pas *centené* ! tempêta Grandmoman, *mo vaillante com ein piti zozo*[1].

Pierre s'esclaffa. Les manières de parler de sa belle-mère le mettaient en joie. Par une sorte de mimétisme, l'esclave Zabeth s'exprimait de la même manière. A bien regarder ces deux femmes aux destinées si contraires mais qui se ressemblaient par bien des traits, par leur langage aussi, Jean supposa qu'elles étaient peut-être bien de la même tribu.

Il s'était à tort attendu à entrer dans une famille rigidifiée dans ses codes, ses hiérarchies. Ainsi imaginait-on la colonie, en France. Des planteurs à cheval surveillaient la chiourme esclave tandis que leurs épouses accablées de chaleur s'éventaient le jour durant, à l'ombre des magnolias.

Pierre soupira.

— Tu vois, petit frère, cette maison, c'est un peu l'arche de Noé. On y trouve toutes sortes d'animaux. Le Seigneur nous en saura gré, le jour du grand règlement de comptes.

— C'est une bonne maison, dit Jean.

Le mobilier en était simple, sans la moindre ostentation. Les couleurs des gens s'y mêlaient dans une paisible harmonie, sur la face visible de la famille Laffite. Jean se souvint de la forge, des cartes de Lafon dépliées sur la table du salon, sur quoi l'on s'était penchés jusque tard dans la nuit, comme à la veille d'une bataille. Désormais il entrevoyait une existence parallèle, imaginait un univers de clandestinité au cœur duquel, à peine dégrisé de son voyage, il brûlait de pénétrer.

---

1. « Moi, vaillante comme un petit oiseau ».

Les affaires de Pierre Laffite marchaient en vérité plutôt bien, au point que l'homme, parvenu à l'âge de trente-cinq ans sans payer tribut à la maladie, se donnait au fil des ans les allures d'un parfait petit-bourgeois orléanais. Jean pensait qu'il avait là un modèle des plus remarquables, capable de troquer, le soir venu, la canne, le plastron, le jabot de soie et les bottes du maître de forge pour le bonnet, la chemise de toile, les pantalons serrés aux mollets et les souliers de peau du contrebandier. Plaisante métamorphose. Pierre avait patiemment reconnu les itinéraires clandestins. En quelques années, il avait parcouru jusqu'au moindre bras mort du plus petit des bayous entourant La Nouvelle-Orléans.

— Là où personne, jamais, ne va, expliqua-t-il à son cadet. En vérité, tout communique et finit dans le golfe. Je te montrerai dix chemins différents entre ici et le lac Borgne.

Jean ne demandait qu'à apprendre. Le jeu lui plaisait assez pour qu'il attendît avec une impatience de plus en plus grande les nuits de livraison à la forge. Pierre avait verrouillé son affaire de telle manière que les objets quittaient les confins de la rue Bourbon aussi discrètement qu'ils y étaient arrivés. Seuls des amis sûrs, planteurs pour bon nombre et tous français, pénétraient dans le sanctuaire. Les autres, dont on se méfiait, étaient fournis par des intermédiaires.

En même temps, Jean prit, entre deux reventes, le temps d'observer la société louisianaise au cœur de laquelle la greffe américaine affirmait chaque jour davantage sa présence et son influence. Les remugles du Swamp ajoutaient à cet entrisme sans masque leur note fétide et veule, sous le regard préoccupé du gouverneur Clairborne et de ses hommes.

Il n'était en effet de semaine où, déclenchée pour quelque obscure raison, n'éclatât une dispute parfois généralisée à une rue tout entière. Des ivrognes rendus agressifs par l'alcool se répandaient dans les rues, menaçant les gens. Pas de jour où, poussé par le whisky, la ruine, la colère ou le simple désir de se montrer et de s'exprimer, un quelconque passant n'en provoquât un autre pistolet en main. C'étaient là des choses nouvelles, horrifiantes aux yeux des anciens de la colonie pour qui le duel, activité réservée depuis toujours à l'élite, obéissait à des règles et à des codes stricts.

Pierre ne se commettait pas. Aux artifices du paraître créole, à la démesure affichée des Américains, il préférait le frisson intime et secret d'activités illicites que milice et douane ignoraient ou feignaient d'ignorer. Auprès de lui, d'une rencontre à l'autre, d'un souper dans une plantation créole à un âpre marchandage avec un Bostonien, Jean ne mit guère de temps à percevoir le mépris que Français et Yankees s'échangeaient très également. Dès que les nécessités du commerce cessaient de les rapprocher, apparaissaient leurs dissemblances. Les uns, conscients de leur antériorité historique, héritiers de fortunes terriennes qu'ils dilapidaient avec une insouciance égale à leur générosité, portaient leur origine française comme on brandissait une bannière ou un sabre. Les autres, méthodiques, austères et patients, posaient avec sagesse les piliers de leur réussite, grinçants contempteurs des papillons auxquels ils brûlaient secrètement de ressembler.

Le seul point sur lequel tous, pratiquants du Swamp compris, se mettaient aussitôt d'accord était l'absence totale de considération pour la négritude, qu'elle fût libre ou esclave. Le fait même, pour les plus chanceux de ces nègres arrivant des Antilles ou de Saint-Domingue, de s'installer au faubourg Marigny avec assez d'argent pour s'acheter à leur tour des serviteurs ne suffisait pas à en faire des citoyens à part entière. Quels que fussent leurs mérites, leur intelligence, leur volonté de s'intégrer et de servir les autres.

Au milieu de ces extrêmes, deux catégories de la population louvoyaient vers des horizons assez différents. Les Acadiens, qu'une longue habitude de l'exil, de l'errance et de l'arbitraire tenait à l'abri dans les bayous du Sud, et les sang-mêlé, des femmes pour la plupart et peu farouches, dont les culs rebondis, les bustes statuaires, le teint et les allures lascives fascinaient les maris autant qu'ils exaspéraient les épouses.

— Nous sommes un peu scandaleux, avec nos métisses, s'amusait Pierre. La hantise de nos clients est de découvrir un jour un peu de sang noir dans leurs lignées. Ou indien, d'ailleurs. C'est la Louisiane, petit frère, le nom en est mélodieux à l'oreille, la nature étonnante au regard, la réalité humaine, comment pourrait-on dire, contrastée. Pour le moins.

Tout cela faisait de la ville et de son port une ruche turbulente, pleine de bruit, de cris et de rumeurs, accostée par des marins du monde entier parlant dix langues différentes ; de la campagne, un monde clos où les esclaves trimaient d'un bout à l'autre de leurs courtes existences pour des maîtres peu regardants sur la dépense ; quant au reste, c'était depuis la nuit des temps l'espace sans fin du Sud, l'univers du bayou, le désert de marais, de chênaies et de cyprières, un paradis pour les oiseaux, les reptiles et les aventuriers.

Etonné de découvrir de telles disparités, Jean questionnait son frère.

— Quel réel pouvoir le gouverneur Clairborne peut-il exercer sur un pareil territoire ?

« Pauvre monsieur Clairborne », répétait Marie en se signant. Il venait d'être père de famille lorsque le vomito negro[1] lui avait enlevé la mère et l'enfant. Le gouverneur s'était bien remarié depuis mais on voyait bien qu'il n'était plus le même homme. Un bourreau de travail en tout cas, sans doute à cause de ce deuil terrible.

— Les Etats-Unis ont reçu il y a peu de la France un cadeau qu'ils ont du mal à ranger dans le placard, expliqua Pierre. Deux fois leur surface, à l'ouest, rien que ça. Ils sont comme le châtelain qui hérite un domaine immense mais en friche, de l'autre côté de la rivière. Que faire sauf mettre quelques gardes, laisser les gens s'installer, commencer à biner leur lopin de terre. Et repousser les grands travaux à plus tard. A moins que…

— A moins que ?

— Je ne sais, moi. Les crues du fleuve, les ouragans, les guerres ou le vomito, tout ça peut vider d'un coup la Louisiane. L'Union se forme aux dimensions d'un continent et s'agrandira encore mais à quel prix ? Personne n'est foutu de le dire. Regarde le Texas, notre voisin espagnol. Vide ou presque, de la terre à vaches grande comme la moitié de la France. Jefferson lorgne dessus, Madrid ne veut pas le lâcher. Si demain l'envie te prend d'aller y installer un comptoir, tu régneras sur l'équivalent de la Gironde ou de la Dordogne.

1. Stade terminal de la fièvre jaune.

Jean remettait à plus tard les craintes de la maladie, l'apitoiement sur ceux qu'elle frappait ; une manière d'exorciser ces fantasmes de mort. Pour le reste, qui seul l'intéressait, il apprenait vite. La France s'était mise hors du jeu. Elle avait jeté son Amérique par-dessus bord pour expédier ses armées en Prusse ou en Autriche. Tant pis pour elle. L'œil de Pierre s'allumait.

— L'Espagne coloniale, petit frère, voilà notre partenaire ! Elle s'accroche à ses possessions et à son or décati comme une maquerelle à ses clefs de chambres. De Pensacola à Carthagène, c'est une volaille bien grasse, ravitaillée chaque jour que Dieu fait par des dizaines de vaisseaux de ligne, de bricks et des goélettes. Mais ce colosse est miné de l'intérieur par la corruption, piqué au ventre par les révolutionnaires du Mexique, du Venezuela, de la Nouvelle-Grenade. La rébellion qui couvait commence à flamber. A Madrid, Napoléon a placé son frère Jérôme sur le trône. Vu d'ici, cela ne change pas grand-chose, on peut même dire que tout le monde s'en fout. En vérité, l'Espagne est une vieille duègne qu'Américains et Anglais rêvent d'enfermer dans sa chambre après l'avoir dûment troussée, et détroussée !

— Alors, on peut choisir qui haïr, dans cette Amérique-là, dit Jean.

Pierre avait vécu les horreurs de Saint-Domingue, vu les colons égorgés par centaines, assisté au désastre de l'expédition Leclerc, cinquante mille cadavres de soldats français bouffés par la malaria, la fièvre jaune, la dysenterie, enfouis à la va-vite dans des fosses communes. La fuite, enfin, éperdue des survivants blancs, des Noirs libres, des esclaves même, et lui au milieu, qui avait échappé de justesse à la pendaison. Jean était persuadé que son aîné en gardait une inexpiable rancune.

— Haïr ? Personne, petit frère, ne sois pas naïf et garde-toi des sentiments excessifs. On ne déteste pas ses partenaires commerciaux. Simplement, on se souvient qu'autour de la volaille livrée à elle-même hors du poulailler rôdent les prédateurs, les rapaces de toutes sortes, ceux du jour et ceux de la nuit. A Saint-Domingue, les vautours étaient anglais, nous autres, les proies. Ils armaient ici, soudoyaient là, manipulaient, partout où ils le pouvaient. Leurs corsaires guettaient les fuyards en haute mer pour finir de les détrousser. Une chasse méthodique, froide, calculée. Ils sont assez forts à ces jeux-là, beaucoup plus que ces rêveurs de Français. Il y a cinquante ans, ils ont planifié la déportation des Acadiens et l'ont réalisée sans l'ombre d'une émotion. Des maîtres. Alors, pas de haine, Jean, juste un peu de mémoire et la volonté imprimée dans ta chair de ne pas avoir à revivre ça.

Il tirait sur ses feuilles de tabac roulé, ses mains s'animaient. Le souvenir des tueries le hantait.

— J'ai vu cent mille nègres en révolte, une espèce d'Afrique sur le pied de guerre, retrouvant ses instincts de chasse. Drôle d'époque. Bonaparte a voulu y mettre de l'ordre, quelle erreur. Tu imagines des pauvres types de Sologne, de Lorraine ou du Perche dans de pareils climats, face à des fauves qui, de toute façon, n'avaient à perdre que leur peau. Les bandes de Toussaint Louverture[1] n'avaient pas trop de souci à se faire, la nature leur donnait un coup de main. Un désastre. Rochambeau a fermé la boutique au bout de dix ans d'une guerre parfaitement inutile. C'était ce qu'il avait de mieux à faire. Le vainqueur de Yorktown piégé comme un lapin dans son terrier, par les Anglais. Chacun son tour ! Dans ces conditions, ma foi, vive la république d'Haïti ! Elle est née de ces convulsions-là. Nègre. Mais elle commerce.

Il exhala une longue vapeur blanche aux senteurs de cannelle, de sucre, de tropique.

— Alors, demanda Jean, si l'on ne hait personne, aux côtés de qui se ranger ?

La question mit Pierre en joie. Jean s'inquiétait cependant pour le principe. La brillance malicieuse de son regard, la détermination qui se lisait sur son visage trahissaient sa naïveté feinte.

— De nous-mêmes, petit frère ! Des frontières du Brésil à celles de Floride et du Texas, Espagnols, Anglais et Américains se font la guerre par personnes interposées ; esclaves révoltés, corsaires en maraude, mouvements révolutionnaires,

1. Général français d'origine dominicaine, chef de la rébellion de 1791.

agents de toutes sortes, utilisés, manœuvrés, agités tels des pantins. Il y a des places à prendre aux marges de ces chicaneries pour grandes personnes, de l'espace à conquérir. Les guerres, ça se termine en général devant des verres de médoc ou de porto, autour d'une table, entre initiés. Les seuls vrais perdants de ces affaires-là, ce sont les morts, mon petit Jean, n'oublie jamais ça. Tant que tu survis, tu n'es pas encore vaincu. Dis-moi, te sens-tu proie, ou prédateur ?

Jean réfléchit quelques secondes, dans la fumée du cigare. Puis, souriant de toute sa belle denture :

— Impatient.

Pierre Laffite possédait, en compagnie de son ami Lafon, deux felouques nommées *Catiche* et *Marie*. On pouvait y embarquer à six ou sept à condition que la cargaison n'y fût pas trop encombrante. La plupart du temps, l'armateur de cette flotte prodigieuse naviguait dans un périmètre raisonnable autour de La Nouvelle-Orléans. C'était au nord et à l'est, dans l'entrelacs du bayou Saint-Jean et de ses affluents. On prenait la direction du lac Borgne, par où arrivaient les fournisseurs de Floride avec leurs chargements que l'on transbordait en pleine nature, sans témoins.

Jean fut aussitôt volontaire pour ces voyages à travers les immensités herbeuses. Pierre avait bien inventorié la région ; de terre ou d'eau, les chemins de contrebande y étaient nombreux, secrets, souvent inaccessibles pour qui n'en possédait pas la clef. Quant au décor, on comprenait qu'il décourageât les promeneurs et même les douaniers. Du marécage, partout triomphant, surgissaient, telles des verrues poilues sur une peau luisante, des bouquets d'arbres ; chênaies et cyprières aux longues pendeloques de mousse espagnole, peuplées d'oiseaux par milliers, cernées de vase. L'horizon fuyait sans cesse, effaçait par instants tout relief, au point qu'il devenait impossible de distinguer entre la terre et l'eau. Surgies de cette vacuité où l'intense lumière blessait l'œil, paraissaient des mâtures, des voiles. La rencontre s'opérait sur une de ces bandes de terre ou de sable dévolues à la contrebande depuis l'aube de la colonie. En quelques semaines d'expéditions, Jean avait fait le tour de la question.

— Le lac Borgne, les bayous du nord et de l'est, c'est bien mais trop près de la ville, expliqua-t-il un jour à ses aînés interloqués. C'est une solution de recours, une voie annexe. Les vrais itinéraires sont au sud, j'en suis persuadé.

Les cartes de Barthélemy Lafon ne lui suffisaient pas, les récits de son frère sur le golfe du Mexique, le souvenir de sa lente remontée du Mississippi stimulaient son imagination. Il voulait voir le pays, comprendre sa géographie si particulière, s'imprégner de ses paysages, de ses climats. Les vieux contrebandiers connaissaient bien sûr les rivages méridionaux de la Louisiane. Il y avait, là-bas, entre l'embouchure et le lointain Texas, des sites de débarquement, des lacs, des îles abritées des regards que l'on utilisait à l'occasion. Mais la proximité de la Balise et de ses douaniers les portait à préférer la voie du nord, plus sûre à leurs yeux.

Jean était formel.

— J'ai raison, Pierre, laisse-moi faire. Il y a des lacunes dans les petits dessins de ton ami Lafon. On sent que le bougre a renoncé à explorer maints endroits.

— Le danger est partout dans ces régions-là, petit. Les bestioles et toute une faune à plume, à poil ou à écaille y apprécient la bonne chère. Tu attraperas plus sûrement des fièvres et des coliques que des oiseaux aux ailes d'or. Ici, tout le monde s'infeste un jour ou l'autre. Je ne connais pas beaucoup de gens à La Nouvelle-Orléans qui ne retrouvent de temps à autre quelques lombrics dans leur pot de nuit. Le grand Sud favorise cette vermine.

— J'embarquerai sur la *Catiche*, seul, éluda Jean. Si l'esquif ressemble pour de bon au nom qu'il porte, il résistera aux tempêtes, aux crues du fleuve, aux « cocodrils » comme on dit par ici et aux crotales, même.

L'enthousiasme de son cadet eut raison des réserves de Pierre. Il avait à faire lui-même un long voyage en Floride, jusqu'à Mobile et Pensacola, où le commerce de la volaille offrait des perspectives intéressantes. Développer un projet au sud, pourquoi pas. Lafon agréait, la fougue du jeune Laffite, son goût pour les cartes lui plaisaient. Pierre se rangea à son avis.

— Moi en Floride et toi vers le golfe, soit. Ça reposera les femmes de ne plus nous avoir sur le dos, conclut-il.

3

Mai 1808

Quelques jours après que les hautes eaux du Mississippi eurent commencé à refluer, Jean prit la décision de partir. Il faisait grand beau, chaud, déjà. Les coups de vents caraïbes étaient encore loin.

La remontée du fleuve sur un esquif doté de deux petites voiles ne lui fut pas des plus aisées. C'était un peu comme sur la Gironde, il fallait tirer des bords, profiter des vents lorsqu'ils soufflaient du sud ou de l'ouest. Les eaux tourmentées charriaient encore des débris de la forêt emportée par la crue d'avril. S'abriter dès que tombait la nuit, naviguer les yeux rivés sur l'onde, les mains crispées sur la barre, prier pour qu'un tronc affleurant ne vînt pas percer la coque de la *Catiche*, le pari se payait quotidiennement de suées et d'angoisses. Dix fois, Jean songea à cesser la lutte, à rebrousser chemin, à se laisser porter dans le sens du courant jusqu'à La Nouvelle-Orléans. Les femmes de chez Laffite se moqueraient gentiment de lui, devant des bols de cacao ou de tisane.

Il avait choisi de ne pas céder à la fatigue, au découragement. Le confluent avec le bayou Lafourche fut pour lui une délivrance, un moment de grâce récompensant une longue semaine d'efforts. Le cours d'eau, paisible, semblait protégé des tempêtes et des crues par sa double haie d'épaisses chênaies. Il y avait là, égrenés comme sur un chapelet, blottis dans leurs frêles maisons de bois, des Acadiens ; trappeurs et pêcheurs d'écrevisses, fins tireurs, jaloux du sanctuaire pour errants qu'ils créaient en liberté depuis une trentaine d'années, ils l'accueillirent avec la générosité de ceux qui, ayant un jour tout perdu, gardent à jamais le sens du partage et de l'entraide.

Il vit les femmes et les jeunes filles sarcler le coton le jour durant ; courbées comme les esclaves, ahanantes, le front, le dos, les jambes ruisselants de sueur. Puis, s'étant longuement apprêtées dans leurs chambres au mobilier sommaire, devenir comme par magie les reines et les princesses des samedis soir. Aux « fais-do-do », possédées par la danse, papillons aux ailes de toutes les couleurs, elles triomphaient, radieuses, dans le vacarme des talons sur les planchers, les variations endiablées des violons, la joie de tout un peuple rassemblé pour la fête.

Il voulait explorer l'Ouest. Ses hôtes le conduisirent à travers les marais jusqu'à l'Atchafalaya, où il éprouva maintes fois le sentiment d'être à l'aube du monde. Là, posés sur l'eau comme de puissantes pyramides, leurs faîtes dressés vers le ciel tels des totems indiens, une foule de cyprès géants montaient la garde et cela s'étendait sur des dizaines de kilomètres. Quel semeur, avançant dans le marais sur des jambes de titan, avait planté là de telles graines ? Les barques acadiennes disparaissaient tout entières derrière les bases de ces arbres que les pendeloques de mousse espagnole, doucement agitées par la brise, semblaient animer.

Des oiseaux pensifs, aigrettes et hérons, spatules, attendant Dieu sait quoi des heures durant, piquaient ce paysage de leurs silhouettes immobiles, indifférents au vacarme des grenouilles comme au lent défilement des pirogues devant leur bec. A mesure qu'il pénétrait cet univers, Jean se sentait attiré par lui comme par un gouffre, jusqu'au vertige.

Une mer intérieure.

Où coulait un fleuve aux rives invisibles. Jean y prit, seul, ses quartiers durant de longues semaines, explorant sans relâche, dessinant à la mine les contours, les entrelacs, les culs-de-sac de la rivière. Puis, de retour à Lafourche, il poursuivit sa route vers le sud, chasseur découvrant la chair de bêtes improbables. C'étaient des serpents, des grenouilles énormes, des oiseaux, tirés depuis la *Catiche*, cuits sur des bancs de sable, dévorés avec du riz, des patates germées, de la semoule.

Aller plus loin : plus qu'un projet ; un besoin, une nécessité. Parfois, pris par le dessin qu'il faisait d'un bras mort, d'une jonction de bayous, d'un lac, il se laissait piéger au fond de nasses herbeuses et devait peser des heures durant sur ses rames et ses godilles, pour se désenvaser. Une rage le stimulait. On pouvait se perdre, oui, mourir de soif et de faim dans cet enfer. Ou le dompter.

Souvent, il ancrait la *Catiche* au milieu du bayou, mettait à l'eau une courte pirogue qu'il conduisait à travers le réseau serré des fils d'eau. Il lui fallait être précis ; le mât de la felouque ne tardait pas à disparaître derrière la végétation. Il lui arriva de se perdre, d'interroger sa boussole des heures durant sous le regard oblique des alligators, de sommeiller vaguement dans la nuit noire, la main sur la crosse de son fusil ou de son pistolet.

Parfois, il crut devenir fou ; tout semblait se liguer contre lui, les sables mouvants affleurant la surface, les cris incessants des grenouilles amoureuses, les rives masquées par d'épais rideaux de mousse espagnole. Des herbes hautes comme un homme et demi, forêt immobile où rampaient les serpents mocassins à la morsure fatale, obstruaient le paysage par pans entiers. Tout se fondait dans une désespérance glauque, sous des tunnels de végétation que le soleil lui-même ne pouvait pénétrer. Maintes fois, la peur de devoir se fondre à jamais dans un tel univers le fit hurler. A l'anxiété succéda pourtant, chaque fois, une joie d'enfant, lorsque enfin le précieux bout de bois apparaissait, portant sa toile brassée, attendant son maître, planté dans la rivière comme le mât d'un fort au milieu du désert.

Il poursuivit sa route vers le grand marécage du Sud, entra dans le territoire des Indiens Houmas, ces exilés de l'intérieur qui ne faisaient plus peur à personne depuis des lustres. Il longea leurs villages perdus sur des bancs de terre en partie submergés, partagea leurs soupers de poisson-chat, d'écrevisses, d'huîtres grasses comme des cailles. Ils lui indiquèrent des recoins de marais où personne, jamais, n'allait, des îles, à l'est, semées dans une baie profonde et abritée des tempêtes.

Barataria. C'était la mer, enclose dans le marécage, l'eau verte mariée à l'eau bleue. Sur ce lac, il vit cent soleils se lever, écarlates ou embrumés, simple lueur parfois, derrière les nuées prêtes à fondre sur lui ; éprouva la jouissance à nulle autre pareille de la totale liberté, de la fusion avec la nature, de la possession du monde.

Puis il pénétra dans les eaux troubles du golfe du Mexique tandis que soufflaient les premiers grands vents d'automne. Là commençait un autre monde, aperçu lors de son arrivée en Louisiane. Au-delà de l'horizon, invisibles, s'élevaient des forteresses naturelles, Cuba, la Caraïbe, les Antilles. Des terres que l'on s'en allait aborder sur des bricks, des goélettes, des vaisseaux de ligne. Un jour, il s'embarquerait pour ces îles parfumées, quand il posséderait un navire digne de l'aventure à laquelle il rêvait.

Il avait perdu la notion du temps ; ce furent les gens du Mississippi qui la lui rendirent, haleurs et bateliers, pêcheurs et trappeurs, le petit monde civilisé ou soi-disant tel, agrippé au rivage, marié aux humeurs du géant, à ses colères comme à ses indicibles langueurs.

Avec eux, il remonta vers le nord-ouest et la ville oubliée depuis cinq longs mois. C'était le temps de la roulaison dans les plantations du grand fleuve, une intense activité animait les champs de canne. Des silhouettes, noires, courbées, coupaient les hautes tiges à la machette, du lever au coucher du soleil, sous la surveillance de cavaliers. Des esclaves par milliers, vêtus de leur seul braguet, un pagne serré entre les cuisses, besognaient ainsi une savane plus haute qu'eux, uniforme jusqu'au vertige.

« Le sucre est français, sudiste, le coton américain, au nord de la ville », lui avait dit Pierre.

Il fallait à Jean cette dernière page de géographie pour en terminer avec son voyage. Le Sud était entré en lui.

Catiche eut du mal à reconnaître son tonton-beau-frère. Hâve, les yeux brillants, la peau croûteuse, Jean ressemblait à un spectre eczémateux échappé d'une cabane de cirque. On l'avait cru mort, désossé par les bêtes dans quelque fond de bayou. Il fut accueilli en fils prodigue, comme s'il revenait de croisade ou de guerre ; couvert de barbe, infesté de vers, pris de temps à autre par des frissons et des fièvres. Différent.

— Je suis de ce monde-là, Pierre, par toutes les fibres de mon âme. La mer et le marais, le soleil qui te fait délirer des heures durant, les bêtes collées à la vase, auxquelles tu finis par ressembler.

Il montrait ses cartes, ses dessins, ses notes d'explorateur ; Verazzane du bayou dont personne n'osait sourire. On se mit aux fourneaux pour lui, Marie, Grandmoman Villars et Zabeth. Il fallait remplir la carcasse creuse du voyageur, le réconcilier avec la vie citadine. On lui ferait manger des gombos aux crevettes et au poulet, de la viande bien bouillie, du riz sous toutes ses formes ; le riz, un bon remède contre les coliques et la dysenterie.

— Homme des eaux, pardi ! s'exclama Pierre. Tu as de la chance de ne pas avoir atterri dans les Appalaches, ou les Rocheuses.

— Tu te moques, mais je te le dis : je ne pourrai vivre sans ce mariage avec le bayou, le golfe, la misère et la grandeur de cette terre. La ville, certes, parce qu'il le faut. Mais c'est là-bas, au sud, que je veux retourner. J'ai vu des îles, des baies, des rivages où personne, jamais, ne viendra te chercher.

Catiche le considérait avec un peu d'inquiétude. Le soleil avait dû taper sur la tête de Jean. Nul en Louisiane ne pouvait ignorer que le pays, fait de rivages, de marais, d'îles et de baies, hébergeait une faune aussi nombreuse que variée. Quant à s'en aller vivre au milieu de ce néant, c'était affaire d'Indiens et de trappeurs acadiens plutôt que de négociants orléanais. Quelques écorces de quinquina macérées dans du rhum remettraient peut-être les idées du tonton en place.

— Moque-toi, tendron, lui lança Jean. Je pourrais bien te saisir par la peau des fesses et t'y emmener en promenade. Tu verrais ça !

Pierre hochait la tête. Son voyage en Floride l'avait déçu. Les comptoirs espagnols y végétaient, comme le commerce. Il avait laissé pas mal d'argent dans l'aventure, la vente des quelques esclaves ramenés clandestinement de Pensacola n'avait pas suffi à éponger ses pertes. Jean pointa le doigt vers lui.

— J'ai eu loisir de réfléchir, au fil de l'eau. Je te dirai ça dès que j'aurai pris un peu de repos.

Catiche riait derrière sa main. Jean lui lança des boulettes de pain, d'un geste que Marie, occupée à donner le sein à son fils Eugène, jugea sacrilège. Jouer ainsi avec le don le plus précieux du Seigneur ! Pierre se détendit. On avait craint pour son cadet. Le retour de Jean mettait dans la maison un peu de la gaieté qui l'avait fuie.

Cela s'était appelé autrefois le Coquet ; une grande bâtisse sur Saint-Philippe, dotée d'un étage, d'un toit en pointe et d'un perron à colonnes. Un propriétaire rêvant d'Orient l'avait rebaptisé Salle chinoise. Les manières y demeuraient cependant assez françaises dans un décor de laque rouge, de fausse calligraphie, d'ibis rêveurs et de fleuves serpentins.

Au rez-de-chaussée se donnaient des spectacles, des concerts et des bals où les Orléanais se côtoyaient. Un vaste café où l'on lisait le *Moniteur de la Louisiane* devant des verres de rhum, de bière ou de tafia, accueillait les joueurs de trictrac et de billard. Les puritains du quartier américain ne s'y montraient pas trop en dehors des fêtes, les braillards débauchés des pontons ou des flatboats non plus ; ainsi étaient-ils encore entre eux, planteurs créoles, marchands et armateurs dont les nouvelles en provenance d'Europe animaient les discussions. Par réaction à l'entrisme du Nord et à sa rigide prévention, les Noirs libres étaient acceptés et il était bien sûr inconcevable que la langue chérie, le français, ne dominât point les débats, en volume comme en qualité.

— On ne se laissera pas emmerder par ces culs-serrés de Canal Street, affirmait Pierre chaque fois qu'il pénétrait dans la place.

Il n'y en avait pas ce soir-là. Pierre reconnut une clientèle habituelle de joueurs de vingt-et-un, fumeurs de pipe ou de cigare, attablés dans la lumière d'un lustre digne d'une salle à manger de château médocain. Jean admira.

— On n'a pas encore touché pareil monument à la forge.

— Ça ne court pas l'océan.

— Qu'en sais-tu ? Il suffit d'aller voir.

Pierre salua ses amis, fit les présentations. Il y eut des sourires entendus, des hochements de tête complices. La forge de la rue Bourbon avait bonne réputation. On y trouvait de l'exotique et du rare, de l'épice caraïbe et de la fanfreluche sévillane, du tabac, de l'alcool, des armes et bien d'autres choses, à des prix défiant la taxation.

Pierre avait soif de rhum. Jean commanda un verre de liqueur d'orange. Face à lui, il aperçut aussitôt, derrière la charpente carrée de son frère, deux hommes aux allures et aux visages de France, discutant à voix basse dans un coin de pénombre. L'un, svelte et distingué, les cheveux ondulés noués en catogan, le jabot avenant, élégamment vêtu d'un gilet de lin et d'une veste de laine pourpre ; l'autre, un hirsute roux aux lèvres gourmandes, aux yeux petits, rapprochés, doté d'une barbe et de moustaches propres à inquiéter fort les enfants. Tout en parlant, celui-ci frottait ses mains l'une contre l'autre, comme pour les débarrasser d'une glu. Calfat, pensa Jean, qui croisa son regard et y lut une sorte de connivence intéressée.

— A l'empereur Napoléon, fit l'homme, buste droit, regard noyé, levant son verre, ajoutant comme en oraison « victorieux en Autriche, à Austerlitz précisément. On y était, pas vrai, Desfarges ? »

Jean sourit ; il prisait assez ce genre de rencontre. Une fanfare passait dans la rue, en route pour la place d'armes. Des royalistes en exil, que l'Empereur ne désirait pas spécialement voir revenir en France ; une curiosité louisianaise que ces cliques particulièrement appréciées des Noirs. A leur passage, on les voyait, dégingandés, qui tapaient des mains et du pied, en rythme, tressautant, gigotant, dansant presque.

Jean se leva à son tour, puis Pierre et les joueurs de cartes. On trinqua. Les affaires du pays natal concernaient désormais Jean de loin. Il avait échappé au rêve de grandeur de Napoléon et ne le regrettait pas, même s'il pensait que cela avait une autre gueule que la molle autorité du Directoire. L'Empereur, soit. Pour ses sujets. En Louisiane américaine, il n'y avait encore, grâce à Dieu, ni vrai pouvoir ni maître pour l'exercer.

Le géant devait bien mesurer six pieds de haut. Il hochait la tête avec l'air de revivre des événements incroyables. Ce fut son compagnon, un Tourangeau, qui se chargea d'expliquer. On avait débarqué la veille du *Plaisant*, un brick de Saint-Malo, après une passe d'armes avec des corsaires anglais. Avec quatre cents tonneaux de ferraille dans les cales, le navire n'était qu'une grosse enclume prête à couler tout droit. Mais il y avait à bord deux artilleurs, présentement clients de la Salle chinoise, ceux-là mêmes qui avaient éclairci les rangs des infanteries autrichienne et russe sur quelques fameux champs de bataille. L'anglais, une goélette armée de huit et de douze[1], ne s'attendait pas à la réponse ; il avait rompu assez vite.

— A la bonté divine, décréta le géant roux.

— A l'amitié, proposa son compagnon.

Et d'enchaîner :

Qu'un ami véritable est une douce chose,
Il cherche vos besoins au fond de votre cœur.
Il vous épargne la pudeur
De les lui découvrir vous-même.

— Il aime déclamer, expliqua l'artilleur barbu. En toutes circonstances. C'est un peu son défaut mais il en a d'autres bien pires.

On boirait à l'amitié, au hasard des rencontres, aux défauts inavouables et à d'autres choses aussi. Les politesses alcoolisées s'enchaînaient comme des perles, lorsque la porte s'ouvrit, livrant passage à un trio d'officiers de marine de Sa Majesté George III. Jean vit le grand roux s'arrondir du dos, des épaules et des poings. Les verres restèrent en suspens, dans l'attente. Jean frissonna. C'était tout de même étrange : voir entrer librement des gens qu'une police française eût immédiatement jetés en prison. Le roux ne se fit pas prier pour créer l'occasion de se battre.

— A l'empereur Napoléon et merde pour le roi d'Angleterre, qui nous a déclaré la guerre ! A soixante-dix ans, ce podagre serait plus utile comme jardinier à Versailles. Voilà, on peut s'asseoir maintenant.

Les trois Anglais s'étaient installés près d'une haute fenêtre au dessin d'ogive. Ils se dressèrent d'un même élan.

— *Hey, you !* cria l'un d'eux, le doigt pointé vers le trublion.

— C'est mon nom en effet, le hasard fait bien les choses. Dominique Youx, pour vous servir une ration de fer.

1. Calibre des boulets, en centimètres.

Jean était prêt à bondir. Pierre saisit son bras. On avait le sang chaud et le duel facile chez les Français de Louisiane, mais on ne se commettait pas dans ces sortes de rixes en bandes réservées aux soiffards du Swamp. Lorsqu'elle en éprouvait l'envie, ce qui était assez rare, la garde se chargeait de calmer ces mêlées confuses, à grands coups de crosse parfois.

— Minute, mon Pierre, fit Jean.

Il mit la main sur le pistolet qu'il se plaisait à porter à la ceinture ; une arme hollandaise achetée une semaine auparavant à des marchands d'épices venus de l'île Maurice. Pierre avait l'air navré. Il découvrait jour après jour le caractère de son cadet, un bloc d'amour-propre et d'énergie, une volonté en mouvement permanent, impatiente et prête à en découdre à tout moment.

— Laisse donc, grogna-t-il.

Les deux artilleurs français s'étaient levés, les joueurs de cartes aussi, tout ce petit monde se rassemblait. Jean vit des épées jaillir de fourreaux. On se battrait, sans attendre. Tétanisé, le gargotier, un Géorgien à tête de moine dont le corps ressemblait à ses tonneaux de rhum, béait, une bassine de punch entre les mains, tandis que la fanfare s'éloignait dans la rue au son d'un quadrille, suivie par une colonne de nègres hilares.

— Doux, messieurs, doux, tempéra Pierre.

Dehors, quelqu'un cria à la garde. Jean s'était avancé vers les Anglais, dague pointée, dans un grand désordre de chaises renversées, de vin répandu, de vestes jetées à terre. Pierre le vit qui chancelait, touché au front par un pot de terre cuite. Un Anglais se proposait de le percer. Pierre se rua, arrêta son geste tandis que le géant roux saisissait l'officier par le col et, ahanant tel un bûcheron, le projetait à cinq bons mètres de là.

On fut bientôt en ligne, à ferrailler, trébuchant au milieu d'objets divers. A ce jeu risqué, le compagnon de Dominique Youx n'était pas le moins habile. Juché sur une table, il bombardait l'adversaire à coups d'assiettes, de cuillères et de bols, tout en déclamant du Corneille. La rue ne tarda pas à s'emplir d'une foule de badauds, de clients fuyant l'affaire et, bientôt, de *watchmen* dont le premier réflexe fut de tirer en l'air afin de ramener le calme.

Un voile rouge troublait la vue de Jean, son crâne lui faisait mal. Hébété, il vit le grand artilleur, un canon de fusil sur la tempe, remiser à contrecœur sa rapière dans son fourreau.

— *Hey, you, hands up !* hurla le milicien qui le tenait en joue.

Il commandait une troupe d'Américains rompue aux arrestations de bateliers ivres, de nègres jeteurs de pétards, de voleurs de mouchoirs ou de maris violents. Youx considéra les pandores avec commisération, éclata de rire. Décidément, on ne cessait de l'interpeller par son nom dans ce pays ; une habitude à laquelle il devrait se faire. Il s'excusa.

— Eh bien quoi ! On s'explique un peu vivement, n'est-ce pas la même chose en Europe, par les temps qui courent ? Des pots de vin et quelques verres, nous paierons, si c'est cela qui vous inquiète.

Jean le vit écarter doucement le mousquet de sa tempe, réajuster la large ceinture de laine serrant sa taille, venir enfin vers lui en s'époussetant. L'esclandre avait duré quelques minutes à peine, personne n'était mort ni même blessé. Sauf Jean Laffite, dont Pierre humectait le front à l'aide d'une serviette.

— La cruche avait un bord tranchant, apprécia Dominique Youx. Où finit-on de vider ce genre de querelle, ici ?

C'était aux arrières de la cathédrale, la nuit de préférence. Les duels étaient interdits depuis la gouvernance espagnole, ce dont tout le monde se fichait bien. Depuis l'arrivée des Yankees, les choses de l'honneur prenaient même un tour suffisamment brutal, imprévisible et désordonné pour que la ville se fût déjà dotée d'une solide réputation de coupe-gorge.

Le chef de la garde prévint. Officiers ou civils, le Calaboso, austère et vétuste prison rongée par l'humidité, était assez vaste pour contenir tout le monde. Rats et cafards y étaient portés à l'hospitalité. Quant à l'Europe en guerre, elle se trouvait à deux mois de navigation de là.

— Ceux qui désirent se battre peuvent toujours y retourner, conclut-il, l'air rogue.

La bienséance voulant que l'on se séparât sans tarder, il invita les Anglais à sa suite.

— Ils se comprennent, dans la même langue, dit Jean. Qu'ils aillent au diable, tous ensemble.

Il était furieux, titubait encore, plein d'une colère qui étonna son frère. Le jeune homme aurait besoin de dépenser ses trop-pleins d'agressivité en prenant garde de ne pas y laisser trop tôt sa vie.

L'artilleur d'Austerlitz était aux anges. Tandis que la valetaille de la Salle chinoise s'activait au milieu des débris de vaisselle, il s'inquiéta de la manière la plus rapide de retrouver les trois Anglais. Sur ce point précis, Pierre fut catégorique.

— On en reste là quant à nous. Laissez donc, monsieur, il y a mieux à faire dans cette ville que de continuer des guerres lointaines au moindre prétexte. La milice est d'ordinaire plus accoutumée à la sieste et à la baguenaude qu'à l'action, mais vous avez constaté qu'elle est parfois capable de se manifester. Ceux-là devaient se trouver par hasard dans le coin.

— Soit, monsieur Laffite. Vous êtes d'ici et semblez raisonnable. Accepterez-vous cependant notre compagnie pour terminer cette soirée entre gentilshommes de France ?

Cela allait de soi. Youx tenait à payer la casse et les tournées, question de principe. Il jeta quelques pièces d'argent sur une table, puis on se retrouva dans la rue déserte, sous une pluie soudaine, un mur d'eau tiède propre à doucher enthousiasmes et emportements. On irait à la maison de la rue Bourbon.

Une heure à peine après qu'ils eurent ainsi fait connaissance, les quatre hommes étaient devenus amis. Tandis que Catiche et Marie bassinaient le front entaillé de Jean, on but à cette rencontre autour d'une bouteille d'alcool de Cognac. On but aussi à l'Empereur, à la France, aux colons de Saint-Domingue, à la liberté de circuler sur le Mississippi, à la liberté tout court et aux hommes qui la servaient. On but, assez pour oublier les courbatures et jusqu'aux multiples raisons pour lesquelles on avait, côte à côte, dégainé ce soir-là les lames.

Youx et Desfarges s'installèrent en ville, laissant le *Plaisant* repartir sans eux vers l'Europe. Le pays leur plaisait, la coterie de Pierre Laffite aussi. On était là entre gens de même philosophie, tous attirés par la semi-clandestinité sur un territoire encore mal contrôlé par les autorités. Pierre leur avait livré ses secrets de contrebandier. Jouer avec la nuit et le décor du marais, se fondre dans une nature à la fois rebelle et complice, attendre les rencontres furtives sous le ciel blanc d'étoiles ou lourd de menaces tempétueuses, les excitait.

Une petite armada se formait ainsi au fil des semaines, avec ses capitaines et ses matelots. On recruta, au hasard des arrivées de navires à La Nouvelle-Orléans ; des Grecs et des Portugais, des Guatémaltèques, des Russes, des Italiens, des Américains même.

— Le monde est notre équipage, s'enflammait Youx.

Il possédait un pécule personnel grâce auquel il acheta un sloop joliment nommé *La Sœur Chérie*. Avec le *Bellona* de Lafon et le *Patriote*, grosse felouque acquise par Desfarges, une flotte s'était constituée, capable de porter dans ses flancs toutes sortes de marchandises, dotée de poudre et de quelques couleuvrines ainsi que d'une armurerie légère, lames, fusils et pistolets.

— Chacun est libre de ses choix, de ses décisions, de ses mouvements et des risques encourus.

Telle était la règle non écrite, édictée par Pierre. On partageait simplement les frais des voyages groupés ainsi que le produit des ventes, au prorata des apports de chacun.

— Si l'un de nous est touché, blessé ou tué, les autres se préoccuperont de lui ou de la veuve et des orphelins. Si famille il y a. Mes chers amis encore célibataires, votre intérêt paraît être que je survive le plus longtemps possible.

Tous rêvaient d'aventure au large, d'océan et de vent, d'autre chose que le simple cabotage entre les bancs de sable du lac Borgne et les rivages de la Floride. Au sein de la confrérie naissante, Jean piaffait, la tête encore emplie des bruits, des couleurs, des solitudes du grand Sud.

— On vivote, Pierre, soupirait-il.

— Tu rêves d'espace, je te comprends, le tempérait son aîné, mais felouques et sloops sont de modestes vaisseaux ; compléter un équipage coûte mille dollars, changer une chaîne d'ancre, plus de trois cents. La forge rapporte, certes, pas assez cependant pour que nous passions du statut de petits commerçants à celui d'armateurs. A l'heure qu'il est en tout cas.

Pour tromper ses impatiences, Jean multiplia les expéditions, agrandit le réseau de relations des Laffite jusqu'au-delà de Baton Rouge et aux confins de la Prairie. « Marin-courtier-cavalier solitaire », disait Marie avec de l'inquiétude dans la voix.

— Ta femme pense que je suis un peu dérangé de la cervelle, à courir comme ça dans tous les sens, dit-il un jour à Pierre.

— Elle songe à une existence plutôt calme. Nos filles vont à l'école des Ursulines, où il se chuchote que leur père est un pirate. Tiens, le denier du culte et autres largesses pour le bon Dieu et ses serviteurs, voilà qui fait aussi partie des dépenses utiles, nécessaires même. Rien de tel pour calmer les sottes rumeurs. Mais ça coûte, petit frère, comme le reste.

Ils revenaient tous deux d'un périple qui les avait menés loin à l'est, à l'île aux Pitres, où des espagnols de Pensacola avaient pris livraison d'un chargement officiel de deux mille poulets. Et des quarante boucauts de whisky exportés hors les taxes sous la volaille caquetante. A trente-cinq cents l'animal, le voyage eût été d'un rapport modeste. L'alcool de contrebande le transformait en une opération rentable de près de trois mille dollars.

Crottés, fatigués par une longue navigation sous d'incessants orages, ils marchaient sur la grande levée, pressés de retrouver les douceurs de la rue Bourbon. Ce fut Jean qui aperçut le bateau.

— Tudieu, le beaupré ! Regarde ça, Pierre, en as-tu déjà vu de semblable ?

Les deux hommes s'approchèrent. La goélette, une américaine de Baltimore, avait été amarrée entre deux bricks hollandais que des marins chargeaient de coton. Ses voiles à demi brassées semblaient en médiocre état ; à bien les détailler, on y apercevait des déchirures, de la couture effilochée, de la corde usée. Avec sa peinture écaillée en maints endroits, son étoupe se délitant çà et là, la coque n'était pas en reste. Mais les vergues du navire étaient d'une longueur inhabituelle, le grand mât et le mât de misaine immenses, enfoncés dans ses entrailles comme autrefois leurs troncs originels dans la terre du Maryland ; capables l'un comme l'autre de porter une surface de huniers et de fortunes peu courante.

— Elle doit serrer le vent à l'étouffer, admira Pierre.

Le navire était bien dans son assiette. Jean béait devant ses trois focs faseyant sous la brise. L'artimon qui les portait pointait son bout-dehors comme un espadon sa lame d'os. Tout, sur ce vaisseau, donnait une impression de race, de vitesse, d'agressivité.

Le *Saint John* était désarmé, sabords ouverts par quoi l'on pouvait montrer une dizaine de gueules de huit, peut-être même de douze. Des couleuvrines judicieusement placées derrière le bastingage donneraient au bâtiment une redoutable puissance de feu.

— Tu penses comme moi, grand frère ?

— C'est un pur-sang, un bel hermaphrodite[1].

Jean en admira le profil en fuite. Les deux felouques de son aîné avaient l'air de barcasses de transbordement, à côté de cette merveille.

— Il est fait pour la course, Pierre, monsieur Surcouf lui-même rêverait d'une pareille monture.

— S'il est toujours en vie. Dangereux métier que le sien.

Jean ne l'entendit pas. Il était ailleurs, soudain, aux horizons caraïbes tranchés par cette lame de bois, de toile, de cordages. Fuyant au front d'une tempête tropicale à la vitesse des pélicans, surgissant de derrière un cap haïtien pour fondre sur quelque anglais ou espagnol de passage. Pierre vit ses poings serrés, comme ses mâchoires ; sa détermination, son envie. Jean ne se contenterait pas indéfiniment de mettre en ordre la pièce secrète de la forge avant d'aller croiser à Pontchartrain ou devant Mobile. Il lui fallait s'emplir l'âme et le corps des vents tièdes, des brouillards, des fantasmes du golfe, descendre vers le Brésil et plus loin encore, posséder dans la tête, le cœur, les tripes, la carte marine de ces royaumes à conquérir.

— *Hey, gentlemen*, le spectacle vous intéresse ?

Trois hommes pareillement coiffés de feutres à large bord, bottés de cuir, regagnaient le *Saint John* en titubant, deux

1. Bâtiment panachant des voiles carrées, à l'ancienne, et des triangulaires, plus maniables.

d'entre eux soutenant le troisième ; une loque pétante, râlante, vomissant les reliefs d'un copieux souper. Les Laffite se retinrent de sourire. A La Nouvelle-Orléans du gouverneur Clairborne, on en venait assez vite aux mains et aux armes pour une mimique mal interprétée. Pierre proposa son épaule. Ça puait fort de la gueule devant lui. Recrachés par le Swamp au bout de la nuit, les trois hommes refoulaient du whisky, du rhum, de la bière par tous les pores de leur peau. Pierre s'inquiéta.

— *Your captain ?*

Le comateux possédait la goélette. Il s'appelait O'Grady, arrivé de Baltimore avec un chargement de porcs, de farine et un équipage de huit hommes désormais sans emploi.

— On devait charger du rhum, des épices et du coton pour le voyage retour, expliqua l'homme qui devait être le second du *Saint John*. Seulement voilà, le capitaine voulait goûter l'air des tables de jeu de La Nouvelle-Orléans, même que ça le démangeait depuis le départ. Quand on l'a retrouvé ce matin, par toutes les putains de cette ville…

— Vous n'aviez plus de navire, supposa Pierre.

— Tout comme. Il a perdu aussi la cargaison à peine vendue.

— Et votre paye avec.

Jean maniait encore assez mal l'anglais. Le sens de la discussion ne lui avait pourtant pas échappé.

— Occupe-toi d'eux, parle-leur de travailler pour nous, de les dédommager, glissa-t-il à l'oreille de son frère.

Il débarrassa les Américains de leur fardeau, traîna le soiffard sur son dos, le long de la planche servant de coupée. O'Grady s'éveillait un peu, appelait à la rescousse une traliquée de saints irlandais bien en peine de l'assister. Jean le mit sur ses pieds, puis il le soutint dans l'escalier menant à la minuscule cabine d'officiers où, l'ayant installé sur son fauteuil de cuir, il se mit aussitôt en quête de papier, d'encre et d'une plume.

— *Hey, man.*

L'Irlandais ouvrait des yeux de bovin agonisant. Il était rond de joues, de cou, de taille, couvert de sueurs profuses. Son visage grêlé par la petite vérole, roux d'éphélides, exprimait l'hébétude et une intense fatigue. Jean ne perdrait pas son temps à lui faire raconter sa vie. Il arracha une feuille du journal de bord, la posa sur la table de bois brut autour de quoi les officiers prenaient leurs repas. Puis il alla tremper un linge dans une coupelle d'eau tiède, fouetta le visage d'O'Grady.

— Qu'est-ce que tu veux, toi ? lui demanda le propriétaire.

Il crachait ses mots comme de la guimauve trop sucrée. Une bouillie aux relents d'alcool et de vomi.

— Ton bateau, dit Jean.

Il secoua le capitaine. Parla, mélangeant anglais et français avec un peu d'espagnol, la langue commune autour du golfe.

— Regarde-moi, sang de Dieu ! Tu as perdu ta cargaison au poker et ton bateau aussi par la même occasion. Encore heureux que tu n'aies pas pris une lame dans le ventre, c'est courant, au Swamp. Il te faudrait réparer pour repartir. Impossible. Tu comprends ?

L'homme le regardait, atone. Peut-être éprouvait-il l'envie de trucider l'étranger qui venait ainsi le harceler chez lui mais, trop saoul pour esquisser le moindre geste, il demeurait les bras pendants, un peu de bave au coin des lèvres.

Un type fini, pensa Jean. Au bout du rouleau, destiné à sombrer un de ces jours avec sa goélette pourrissante, démembrée par la tempête.

— Je dis vrai, capitaine ?

— Vrai. Par toutes les putains de la Louisiane. Elles s'y connaissent, les truies. Et il y en a. De quoi remplir une cale.

Il s'éveillait, plombé par la réalité têtue des faits. Ses créanciers ne tarderaient pas à pointer leur nez à la proue du *Saint John*. Il était étonnant d'ailleurs qu'ils ne soient pas déjà là, inventoriant leur prise de jeu. Partager avec eux ce bijou de navire ? Jean se pencha vers O'Grady, frappa du poing sur la table. Il n'y avait pas de temps à perdre.

— Combien ?

— Combien quoi ?

— Le *Saint John*, où nous sommes, toi et moi. Qu'est-ce que tu as perdu cette nuit ? Cinq mille dollars ? Dix mille ?

Dodelinant, l'Irlandais tâchait de mettre son esprit en ordre. Il ne serait pas le premier à vendre son bien à La Nouvelle-Orléans. Flatboats agonisants débités en bois de chauffe ou de pontons, bricks taillés pour traverser l'Atlantique, quillards démembrés par les remous du Mississippi ; le marché s'ouvrait, avec ou sans notaires.

— Six, non, sept mille.

L'homme éructa, vomit un peu de bile sur son entrejambe. Jean le saisit par le col, poussa le matériel d'écriture sous son nez. O'Grady égrena une litanie de jurons de son Erin natale. Il avait tenu en main un brelan d'as et deux rois, écrasés par un carré de dix. Grotesque. D'une petite poche de son gilet, Jean sortit quelques pesos d'or qu'il fit tinter sur la table ; l'équivalent de cinq cents dollars, un geste commercial qui n'apparaîtrait pas dans les comptes définitifs.

— De quoi s'offrir trois ou quatre esclaves. Ou un voyage retour pour Baltimore. Signe, capitaine. Les joueurs seront payés avant midi et tes hommes aussi, foi de Laffite. Dépêche-toi, les gars qui vont bientôt pointer leur nez dans ta cambuse n'auront pas de ces égards.

— Laffite. Un foutu Français, constata l'homme de Baltimore.

— Je suis de Louisiane, la France, on s'en fout.

Jean avait décidé une bonne fois pour toutes de ne pas chercher à comprendre ce qui poussait un bon lot d'Américains à mépriser, voire à haïr et à ce point, ceux-là mêmes qui leur avaient permis de ne pas demeurer anglais. Un mystère, bon pour les historiens futurs.

— Signe, nom de Dieu, s'emporta-t-il, sans quoi je ramène tes créanciers.

Il n'avait aucune idée de ce qu'allait être la réaction de son frère. Une pareille somme amputait les revenus de la forge pour quelque temps. Bah. On mangerait des patates et du lard, comme les colons allemands du bayou Lafourche.

L'homme lui jeta un regard larmoyant. Puis il saisit la plume et s'exécuta d'un geste las. Jean acheva prestement de rédiger l'acte qui faisait de lui le propriétaire du *Saint John*. O'Grady avait trouvé une flasque de whisky sous sa veste. Il se mit à en téter le goulot tandis que Jean, la gorge nouée, les poumons dilatés par la joie, roulait le document entre ses doigts.

Un gréement neuf, de l'étoupe partout où l'incurie de l'ivrogne laissait paraître le jour et sourdre l'eau de mer ; il ne serait de drisse, de palan, d'étai, qui ne fût réparé ou changé.

Le beaupré porterait quatre focs. Un cacatois et un perroquet larges comme ceux d'une frégate, une fortune carrée bombant plus rond que celle d'un vaisseau à trois ponts, telle serait la voilure que le *Saint John* offrirait aux vents.

— La *Diligente*, Pierre. Elle est à nous.

— Diou biban, tu as fait ça.

Jean avait déjà trouvé un nom à sa prise. Dégrisés, les seconds d'O'Grady assistaient à ce spectacle étrange : un grand jeune homme tout vêtu de noir prenait possession de leur navire et leur offrait aussitôt, avec un sourire de vieil ami, d'y servir encore. Pierre comptait mentalement. Il interrogea son frère du regard. Jean lui montra le papier signé par le vendeur.

— Sept mille dollars. La moitié de ce que valent ses voisins hollandais. Pour un service bien autre.

Il avait la mine d'un félin repu. « Sept mille dollars », répéta machinalement Pierre. Il en faudrait, des poulets, pour amortir une telle somme. Jean lui serra l'épaule. Même si Pierre s'en défendait, ils rêvaient l'un comme l'autre, et depuis longtemps, de mettre cap au sud sur un coursier de ce calibre. Voir s'ouvrir l'océan devant eux, oublier pour un temps les petites affaires de la forge, la routine contrebandière.

— Vivre en plus grand, en plus vaste, en plus loin, Pedro. Voilà l'outil. Tout nous est permis sauf la crainte.

Jean se mit à rire, imité par les deux Américains. Ceux-là ne rechigneraient pas à la tâche, rue Bourbon comme au grand large. Leur capitaine, une fois dessaoulé ? Jean n'en voulait pas. Un homme qui laissait un tel bijou des mers dans un aussi triste état ne méritait pas le titre de compagnon.

4

Mai 1809

Le voyage avait été long, difficile. De la Jamaïque à Cuba, le ciel s'était chargé d'orage avant de s'ouvrir sur la goélette. Un flot tiède, tombant droit d'une chape noirâtre, s'était abattu sur les Laffite et leurs hommes. Tout s'était imbibé au fil des jours, les voiles, le pont, les cordages, jusqu'aux âmes attristées des marins. Mer et nuées ne faisaient qu'un, uniformément plombé, une houle exténuante s'était formée, jouant avec la *Diligente* comme avec un vil morceau de bois, au point qu'il avait fallu tout amarrer dans la cale et attendre que cessât enfin cette interminable punition.

Jean observait son équipage. Dominique Youx avait recruté une douzaine d'hommes entre le Swamp et la grande levée. Avec les compagnons habituels de Pierre, cela formait un équipage assez disparate de Français, d'Américains et d'Irlandais, rien de bien original cependant dans cette région du golfe. On avait embarqué des piments et des épices à Campeche, des fruits étranges à la Caraïbe et de ce tabac cubain que l'on revendrait à bas prix dans les tavernes de la ville.

— Il est temps que cette traversée se termine, répétait Pierre.

Youx acquiesçait. Jean lui avait décerné le grade de second, une position que le géant roux occupait avec un certain talent. Bonhomme et volontiers fraternel, assez fort pour carguer, border ou affaler à la place de deux hommes, il tranchait, par sa faconde, avec le tempérament silencieux et distant de Jean. Son expérience française sur les champs de bataille de l'Empire naissant l'avait accoutumé à obéir comme à commander Quant à Lafon, qui de tout temps avait préféré les soirées au coin du feu aux expéditions en haute mer, il tenait comme il le fallait son rôle d'ancien et de cartographe. Ainsi formé, le commandement de la *Diligente* tenait la mer et en imposait.

La ligne plate des *keys*[1] de Floride était en vue lorsque les nuages, ayant vidangé durant une semaine, se dispersèrent à l'ouest. La goélette avait souffert, de l'eau pénétrait sous la poupe ; il faudrait calfater dès l'arrivée à La Nouvelle-Orléans. Pierre avait conseillé de rejoindre la côte pour réparer.

— Pas question, avait tranché son cadet. Il y a là-bas des Espagnols ou des Anglais parfaitement capables de nous retenir.

On pousserait jusqu'aux passes du Mississippi et tant pis pour l'étoupe. Jean observait le rivage à la lorgnette, lorsqu'il aperçut un brick. Un espagnol aux voiles à demi brassées, en panne sur l'onde enfin apaisée.

— Il est seul et à l'arrêt, Pierre. Il a souffert lui aussi, son cul est enfoncé dans l'eau d'au moins trois mètres. D'après toi, combien d'hommes à bord ?

— Comment savoir, ces bâtiments peuvent embarquer jusqu'à soixante hommes. Tu as une idée dans la tête. Sache cependant que ces rivages sont doublés assez loin par des bancs de sable. Ce navire est peut-être bien prisonnier d'un de ces pièges.

Les deux frères échangèrent un long regard. Loin de la puissance de feu rêvée par son capitaine, la *Diligente* possédait pour seul armement quatre couleuvrines et deux canons de huit achetés par Youx au capitaine d'un trois-mâts français. Rien ou presque. Jean décida.

— On va voir.

Pierre Laffite avait bien vite compris qu'en accueillant son cadet en Louisiane, il avait offert l'asile à de la graine de conquérant. Des hommes comme Jean, les batailles de la Révolution en avaient révélé quelques centaines, quant à celles de Napoléon, elles en faisaient des maréchaux de vingt-cinq ans.

— On va voir, répéta Jean.

---

1. « Clés ». Chapelet d'îles entre la pointe de la Floride et Cuba.

Le soir tombait, humide, encore lourd de ses déluges tropicaux. Jean prévint les hommes que l'on approcherait pacifiquement le brick, en marchands. Sous pavillon français. Ce qui fut fait dans l'heure. L'espagnol, un civil, répondit au salut des Louisianais par une salve de mousquets dont les impacts se perdirent à une vingtaine de brasses de la *Diligente*. La *Dorada* était armée léger, des couleuvrines en poupe et à la proue. Elle gîtait ; à son bord, on devait sans doute colmater une brèche dans la cale. Youx distingua une chaîne humaine en train d'écoper, à grands lancers de seaux. Jean gronda :

— Tudieu, tu as vu ça, vieux frère. Quel accueil !

Pierre affichait une moue de scepticisme. Prudent.

— On ferait mieux de laisser ces gens à leur besogne.

Youx était hilare. Pour refuser ainsi la solidarité des gens de mer, l'espagnol devait héberger la moitié du trésor des Incas. Jean serrait les poings, furieux.

— Tu n'as donc pas de mémoire ? lança-t-il à son aîné. Ou alors, tu as pris l'habitude de te faire canarder par ces Castillans de malheur ? Nom de Dieu, l'envie ne me manque pas d'aller voir ce que celui-là tient fermé dans ses cales.

Il fit carguer cependant. On virait de bord et on s'en allait.

Les lumières de la *Dorada* ondulaient dans l'obscurité. Passé quelques heures de calme, le vent s'était levé à nouveau, accompagné de bourrasques de pluie.

Une dizaine d'hommes avaient pris place dans la chaloupe qui s'approchait du brick. Tous volontaires. Jean avait décidé de faire demi-tour dans la nuit. Si la *Dorada* était toujours en panne, on tenterait de la prendre. Youx était partant, Pierre hésitait. Les hommes de la *Diligente* l'avaient déjà servi, certains d'entre eux pratiquaient la contrebande depuis quelques années sous les ordres de capitaines de rencontre. Mais assaillir un bâtiment en pleine mer était une autre affaire.

— Je vous mènerai, avait promis Jean. On ne nous a pas accueillis de cette manière sans quelques bonnes raisons.

Accroupi à la proue de l'esquif, deux pistolets et une dague à la ceinture, il guetta le moment où l'on toucherait l'espagnol. Des coups résonnaient dans le ventre du navire, on s'activait nuitamment, sous la ligne de flottaison. A tribord, la chaîne d'écopage fonctionnait toujours, dans la faible lumière de lanternes. Ainsi inclinée, la *Dorada* s'offrait avec une grâce un peu lourde, comme ces femmes de la Caraïbe ouvrant leurs cuisses bien nourries sous les moustiquaires.

Jean repéra les préceintes et la barre d'arcasse qui lui serviraient d'échelle. C'était à un angle de la poupe, tout près de la cabine des officiers dont il apercevait les silhouettes derrière les vitraux dépolis. Son cœur battait à se rompre tandis qu'il s'agrippait aux montants de la coque. En même temps, il sentait sa lucidité totale, ses gestes, pertinents et précis. Le souffle hybride de la mer et du vent, le fort clapot contre la coque, tout s'alliait tandis qu'il progressait vers la lisse. Levant la tête, il distingua un profil, entendit les soupirs de l'homme de quart s'apprêtant à pisser par-dessus le bastingage de la dunette. Un dernier effort le hissa derrière lui. Il l'assomma d'un coup de crosse, le fit prestement basculer en arrière, se figea lorsque le corps percuta la surface de l'eau.

L'Espagnol n'avait pas eu le temps de crier. Jean déroula l'échelle de corde qu'il portait à l'épaule, l'arrima au bastingage. En moins de deux minutes, ses hommes se retrouvèrent alignés sous la lisse, prêts à bondir. Il fut le premier à prendre pied sur le pont. A moins de dix pas, on continuait d'écoper, avec des gestes d'automates, des jurons, des insultes. Les Louisianais furent aussitôt sur les matelots et les Laffite, suivis de Youx, dans l'étroite coursive menant aux chambres des officiers.

Le lieutenant sur lequel Jean fit feu dès son entrée dans le carré portait une barbiche à l'ancienne, anachronique. Il eut l'air un peu étonné, chuta devant ses compagnons, lesquels s'immobilisèrent dans leurs attitudes de joueurs, des cartes entre les doigts. La table autour de laquelle ils s'étaient installés portait, outre des tarots, des bouteilles de vin et de liqueur, des livres. Sur une commode massive étaient empilées des assiettes à côté d'une marmite où des restes de poulet marinaient dans une sauce brune. Jean ordonna que l'on ne fît plus le moindre mouvement.

— Messieurs, nous prenons possession de votre navire et de sa cargaison, dit-il en castillan.

— Au nom de qui, s'il vous plaît ?

Le capitaine de la *Dorada* s'était levé. Pâle, pressentant le pire, il contemplait, incrédule, le cadavre de son compagnon allongé en travers de la porte. Il leva vers Jean un regard plein d'incompréhension. Il ne semblait pas faire le rapprochement avec le bateau croisé avant la nuit. D'où sortait donc ce diable ruisselant, qui s'exprimait dans sa langue ?

— Au nom de l'empereur Napoléon, lui dit Jean. Nos pays sont en guerre, les corsaires de France ont droit de prise sur vous comme sur les Anglais.

Ce n'était pas tout à fait vrai. En installant son frère Joseph sur le trône madrilène, Napoléon avait fait de l'Espagne un vassal en rébellion travaillé en permanence par les agents anglais, occupé en partie par les armées de Wellington ; un champ de bataille en vérité, dont les Français tenaient les villes et les forteresses, quelques cases sur un échiquier trop vaste pour eux.

On ne finasserait pas trop sur ces points de détail, cette nuit-là. L'Espagnol avançait vers Jean, qui le somma de s'arrêter. Lorsque l'officier eut brusquement levé la main vers lui et saisi le revers de sa veste noire, il tira, couchant l'homme dans l'instant, réalisant aussitôt qu'il avait déchargé ses deux pistolets. L'affaire pouvait vite tourner à son désavantage. Les trois survivants reprenaient leurs esprits, il les vit qui se levaient avec prudence, cherchaient leurs ceintures posées sur des chaises avec leurs épées au fourreau. Il recula, entendit une cavalcade dans la coursive, des cris aussi et des coups de feu sur le pont où l'on devait commencer à se massacrer. Il s'apprêtait à se battre au poignard, lorsque Youx fit irruption dans la pièce, arrêtant net les velléités des officiers.

— Calmez vos hommes, là-haut, ou vous êtes morts, leur cria Jean en les poussant devant lui. Vite, nom de Dieu.

Ils hurlèrent des ordres. A l'extérieur, on se battait au sabre, quelques cadavres balisaient le pont entre poupe et grand mât, tout était confus, incertain, dans l'obscurité où brûlaient des torches aux fugaces lueurs. Assez vite cependant, les marins s'exécutèrent, à contrecœur pour certains ; puis ils se rassemblèrent au milieu du pont, sous la menace de Pierre Laffite et de ses marins. Un mot jaillit.

— Pirates !

— Corsaires, rétorqua Jean, piqué au vif.

En Europe, des Malouins et autres Dunkerquois harcelaient pareillement la volaille ennemie. Cela se passait dans la Manche, au large de la Bretagne, dans les eaux anglaises et très loin de là, jusqu'aux rivages des Indes. Jean ne voyait pas de différence entre ces faits de guerre et son premier engagement armé.

Il avait tué. Pour la première fois, dans le feu d'une action brève, efficace. Déjà, son souci était de faire ramasser les armes, d'inventorier la cale. Son équipage de portefaix et de contrebandiers s'était comporté avec vaillance. Un Italien avait reçu un coup de sabre dans la cuisse, un Irlandais laissait deux doigts dans la bataille. On s'empressa tandis que les vaincus s'occupaient également de leurs blessés. La reddition évitait le pire. C'était simple en fin de compte, d'un côté la volonté de prendre, de l'autre celle de survivre. On s'arrangeait, la raison trouvait là son compte, l'honneur quant à lui s'en accommoderait.

— Ça pue, constata Pierre.

Ils étaient descendus dans la cale, lanternes en main. Réveillées par le vacarme, des poules encloses dans un bâti sommaire de planches caquetaient sur de la paille Des tonneaux de farine, de saumure étaient alignés, délimitant un couloir au fond duquel luisaient les barreaux métalliques d'une cage.

— Ça vient de Guinée, dit Youx.

De la chiourme nègre s'entassait là, en route vers la Nouvelle-Grenade[1]. Jean vit des regards terrorisés, des visages protégés par des bras. Une vingtaine de corps occupaient le réduit, serrés l'un contre l'autre, certains accroupis ou assis, d'autres courbés sous le plafond trop bas. Ils faisaient silence, craignant la mort qui s'approchait d'eux.

Jean fit ouvrir la cage. Les esclaves seraient transbordés sur la *Diligente*. Deux d'entre eux n'y parviendraient jamais ; repliés sur eux-mêmes au fond de leur prison, le visage encore

1. Possessions espagnoles englobant les actuels Venezuela, Colombie et une partie de l'Equateur.

empreint de souffrance, ils dégageaient des senteurs méphitiques de pourriture et de diarrhée. On les jetterait aux requins avant de prendre le brick en remorque.

Youx s'inquiéta.

— Tu veux vraiment ramener cette épave en Louisiane, Jean ?

— Elle a cessé de prendre l'eau. Si elle tient le coup jusqu'à Lafourche, tu la récupéreras.

Il était le chef, consacré par ce coup de main hasardeux autant que hardi. Youx était admiratif. On n'avait pas pris de navire d'une telle manière depuis la fin des boucaniers de la Caraïbe, les Barbe-Noire et autres pirates, dont la légende errait sur le golfe, comme leurs âmes ténébreuses. Maréchal d'Empire ; Jean se moulait sans peine dans cet habit. C'était pitié que la France se fût amputée des immenses territoires de la Louisiane, au moment où commençait leur vraie conquête. Pareils hommes y auraient eu leur place, sous les trois couleurs.

Jean fit mettre les chaloupes de la *Dorada* à la mer. Le rivage de Floride était à portée de vue, les Espagnols y enterreraient leurs morts, après quoi, si ça leur chantait, ils rejoindraient les forts amis à travers les marais.

— Je vous conseille plutôt de souquer vers l'est ou le nord, leur dit-il au moment où ils embarquaient, munis de vivres et d'eau pour une semaine. Les « clefs » vous abriteront. Ensuite, vous trouverez des Anglais à Pensacola, peut-être même à Biloxi.

Il leur souhaita bonne chance. Dans le carré, il avait éprouvé l'envie de faire place nette de ces gens par les armes. Cette pulsion de mort lui laissait un goût amer dans la bouche. Pierre lui dirait qu'il avait bien agi. On ne tuait pas des êtres désarmés, par plaisir ou même par vengeance.

Les hommes de la forge s'étaient rassemblés derrière le plat-bord de la goélette. Ils étaient là une vingtaine, murmurant, échangeant des regards. Jean marcha vers eux, un pistolet chargé dans chaque main. Il fallait sans doute mettre quelques points sur les i.

— Eh bien, messieurs, vous semblez avoir un souci en tête, leur lança-t-il.

Youx s'était rapproché de lui. La tension du combat ne s'était pas encore apaisée ; les yeux brillaient de flammes mauvaises, les visages demeuraient fermés. Il s'était passé quelque chose d'inhabituel, les ombres de la banale contrebande orléanaise s'étaient faites assassines, le temps d'un abordage sanglant. Jean s'impatienta.

— Quelqu'un pour parler ?

— C'est rapport au partage, monsieur, osa un Français.

Court sur pattes, râblé, les cheveux rejoignant la barbe sur les tempes et jusqu'au milieu des joues, il s'enhardissait. Jean remit posément ses armes à la ceinture, croisa les bras. On n'avait guère eu le temps de parler de ça. Les choses étaient claires cependant.

— Le capitaine garde pour lui vingt pour cent de la revente totale, dit-il, les seconds, dix pour cent. Le reste est réparti entre vous, à égalité. Si d'aucuns contestent ces chiffres, qu'ils le fassent dans l'instant. Pareil pour ceux qui voudraient s'approprier le tout, mais là les termes de la discussion ne seraient plus les mêmes.

Il souriait, bonhomme ; suivit, plus amusé qu'inquiet, les mimiques des matelots sous les tourments du calcul mental. C'était là de la pâte malléable, bonne à commander et à gratifier avec assez de générosité.

— Nous participerons tous au soin des blessés, ajouta-t-il. Un denier sera mis de côté pour eux tant qu'ils ne seront pas capables de reprendre la navigation. S'il devait y avoir des veuves et des orphelins, nous agirions de la même manière. Il va sans dire que les réparations des navires sont quoi qu'il arrive à la charge de leurs capitaines. Si quelqu'un a une meilleure proposition à faire, je suis tout prêt à l'écouter.

Il attendit, dans un silence recueilli. Porta le coup décisif, la main haut levée vers le sud.

— Il va sans dire également que nous allons répéter l'engagement d'aujourd'hui. Ces espaces sont à personne et à tout le monde. Donc à nous. S'il en est parmi vous qui préfèrent rester à terre désormais, sachez qu'ils sont libres autant qu'on peut l'être. Nous les débarquerons près du confluent du Mississippi et du bayou Lafourche et que Dieu les garde.

Sachez aussi qu'ils seront toujours les bienvenus à bord de ce navire, ou de n'importe quel autre nous appartenant.

Il vit les sourires sur les visages, les hochements de tête approbateurs.

— Le rhum de l'espagnol, c'est pour tout de suite, conclut-il, on en a trouvé trois ou quatre cents gallons dans la cale. Percez donc ces boucauts, nous boirons aux femmes qui nous attendent en Louisiane et ailleurs.

Il y eut des hourras ; bonnets, chapeaux et tricornes volèrent. Jean croisa le regard de son frère. Admiratif, tout de même. Tout cela n'était guère compliqué, en somme.

Suivie de sa proie docile, la *Diligente* mit cap au nord-ouest dans une mer à nouveau méchante, animée de vagues courtes et profondes. On éviterait les passes du grand fleuve et les vaisseaux américains, pour chercher l'entrée du bayou Lafourche et les chemins de halage facilitant la remontée vers le nord. Il y avait, près de Donaldsonville, la plantation Labranche où Pierre avait ses habitudes. On vivait là pour la France et sa gloire ; des exilés royalistes y avaient autrefois trouvé refuge, et si un jour l'Empire subissait le même sort que la monarchie des Bourbons, il en serait de même pour ses bannis.

Jean se pencha sur les blessés, leur parla avec compassion. Ainsi l'action impliquait-elle que le sang coulât. C'en était fait des rêves un peu enfantins qu'il avait caressés ; on s'y rendait maîtres des navires au bout de brèves négociations, on se saluait entre capitaines avant de remettre paisiblement à la voile. Les choses de la course en allaient différemment ; il faudrait se battre, souvent, exposer sa poitrine aux tireurs d'en face, canonner si l'adversaire manifestait des velléités de défense.

— Mon Pedro, je t'ai emmené à l'aventure, dit-il tandis qu'avec son frère il humait l'air à la poupe de la goélette.

Pierre grogna.

— Je dois t'avouer ceci, j'ai fait deux prises sur le *Bellona* de Lafon, il y a cinq ans.

— Tu ne m'en avais pas parlé.

— Bast. Ces choses-là ne se clament pas sur les toits. Marie n'est pas très favorable à ce genre d'activités.

— Pardieu, je le sais ! Raconte.

— A cette époque, la brusque décision d'interdire l'importation du bois d'or avait jeté la panique chez les planteurs. On a saisi un goddam[1] avec une vingtaine de Sierra-Léonais dans ses cales, devant Pensacola. Une aubaine, tu imagines. Cinq cents dollars la pièce. Comme les Anglais venaient de prendre Haïti et se montraient menaçants, Jefferson avait tendance à laisser faire. Ça l'arrange qu'on éloigne les gêneurs, à l'époque c'étaient les Anglais, maintenant les Espagnols. Sauf que les Etats-Unis n'arment pas de corsaires. La bannière aux étoiles en haut de ta *Diligente*, ce n'est pas pour demain. Il te faudra trouver autre chose.

Jean observait le lent balancement de la *Dorada*. Ses doigts se mirent à trembler, soudain. Il entendait à nouveau les cris des blessés, revivait l'instant où il avait tiré sur le capitaine espagnol. Il alluma un cigare, s'obligea à respirer profondément, plein d'un mélange amer de terreur et de jouissance. Tous les contrebandiers de Louisiane ne tuaient pas, mais l'opinion publique bien-pensante ne s'embarrassait pas de nuances ; pour elle, tous étaient des pirates et des assassins.

— Il faut que nous nous assermentions, toi et moi, dit-il.

— Est-ce bien utile ?

Pierre avait prévu la requête. Continuer la course supposait que l'on se dotât d'un code. Il y aurait bien sûr la solidarité avec les hommes, le partage, le respect des compagnons en charge des bâtiments. Autre chose aussi, entre Jean et lui ; un pacte, qui survivrait au meilleur comme au pire.

— Pas besoin de serment, petit frère, dit-il d'une voix douce. Nous deux, c'est dans le cœur, la cervelle, les tripes. Intangible. On ne se trahit pas, chez les Laffite.

Des hommes s'activaient à la lessive sur le pont de la goélette. On avait déchiré de la toile de chemise au cours de la prise, certains de ces vêtements n'étaient plus que chiffons effrangés, impropres à vêtir qui que ce fût. Jean saisit une de ces guenilles, rouge sang, prolongée par un bout de manche qu'il déchira d'un geste vif.

— Les pavillons noirs et autres bannières à tibias croisés sur

1. Sobriquet donné aux Anglais.

des crânes sont d'un autre temps, dit-il. Je te propose celui-ci pour oriflamme. Sans blason, initiales ou devise. Un simple linge écarlate visible de loin.

Pierre acquiesça. Il acceptait sans barguigner la tranquille autorité de son cadet. Dans l'aventure à venir, les rôles se distribueraient naturellement. Jean s'y imposait d'ores et déjà comme chef de guerre et cela convenait à son frère.

Les rives du bayou Lafourche disparaissaient par endroits sous les hautes eaux de printemps. Ailleurs, la double ligne de ses digues naturelles prolongée par des talus, filant vers le nord, longeait des fermes acadiennes isolées telles des balises au milieu de lacs boueux. Paysage de décrue. Les anciens de la colonie se souvenaient des désastres du siècle d'avant, depuis, on avait consolidé les digues existantes, créé des contentions nouvelles ici et là, prié, beaucoup, pour que la nature veuille bien épargner le plat pays du delta.

— Insuffisant, constata Pierre.

La navigation devenait hasardeuse. La *Dorada* fut détachée de son guide, amarrée dans une anse du bayou encore dotée d'une rive. Youx y séjournerait avec une petite équipe, le temps de finir de la colmater.

— Tu changeras son nom, lui recommanda Jean. C'est un joli bâtiment. Pourquoi pas *Dominique* ? Le prénom est doux à prononcer. Et puis, de l'ours poilu à la donzelle bien dotée, il convient aux deux sexes !

On n'avait guère pris le temps de rire depuis la saisie du brick. L'action avait soudé les hommes, engendré de l'amitié, assombri aussi les mines le plus souvent. Un cap avait été franchi, en vérité une limite au-delà de laquelle la simple contrebande virait à la prédation. Jean se persuadait que la guerre en cours de l'autre côté de l'océan justifiait de tels actes. Cela faisait maintenant près de quinze ans que les rivages d'Europe donnaient asile à toutes sortes de héros et de pilleurs. Il y avait eu Trafalgar et la nécessité de changer de tactiques. Des noms étaient apparus, claquant au vent comme des voiles. Surcouf, Barbaron, Le Vaillant, des Malouins pour la plupart. Corsaires ; leur terrain d'action privilégié : l'océan Indien, où ils mettaient à mal par dizaines les unités du roi

George III. Il était permis de vouloir ressembler à ces hommes-là, de suivre à distance leur sillage. Dans la réalité américaine.

On se sépara. Jean songeait déjà à l'avenir. Face aux immensités désolées de la crue, il imaginait des itinéraires, des poursuites, des abordages. A ses côtés, Pierre redoutait qu'une de ces rencontres ne fût précisément celle des douaniers de Clairborne. Armes et tonneaux pouvaient passer, la trentaine d'Africains représentait en revanche une violation flagrante de la loi sur l'importation. Moins rêveur que son cadet, il craignait aussi qu'ayant perdu le fil du bayou, la goélette n'allât se perdre dans le marais et ne s'y échouât comme quelques autres avant elle. Il fit diminuer la voilure et sonder en permanence, de quoi occuper son équipage.

Labranche était une jolie plantation de tabac et de sucre, assez éloignée du Mississippi pour être demeurée au sec. La rallier n'avait pas été une mince affaire ; la jonction du grand fleuve avec le bayou Lafourche était un lac encombré de troncs d'arbres et de quelques autres débris, quant au géant, mieux valait se laisser glisser aussitôt dans son cours et prier pour ne pas être embroché par un de ces fûts en transit.

Des pontons avaient résisté, face au domaine. La *Diligente* y fut amarrée, sa cargaison déchargée, puis conduite en lieu sûr.

Les champs de canne étaient au repos. La terre en avait été labourée et sarclée ; uniformément brune, elle retenait encore les plants qui jailliraient d'elle à la fin du printemps pour languir dans la sécheresse de juillet. Sur cette glèbe encore nue, des oiseaux s'activaient par centaines, à la recherche de vers. En contrebas, des poulains folâtraient dans des enclos.

Benoît Labranche portait sa soixantaine avec allure. Les tempes largement dégarnies, le regard franc et clair, la taille fine, serrée dans une jaquette noire, il imposait avec naturel son aisance de vieil aristocrate. Il accueillit ses visiteurs comme des amis. Cela faisait quelque temps déjà qu'il se fournissait à la forge. Prisant fort peu la gent américaine, nostalgique de la gouvernance française, l'homme parlait aussi haut qu'il ouvrait grande sa porte.

— Vous êtes nombreux cette fois et bien fournis, apprécia-t-il.

— Ces nègres se trouvaient sur un transport espagnol que nous avons saisi au large de la Floride, expliqua Pierre. Nous ne pouvions les laisser à leurs convoyeurs. Deux de nos hommes ont reçu quelques coups de sabre.

Labranche donna des ordres. Son village d'esclaves, dont on apercevait les cases de bois et de torchis sur le chemin menant aux champs de coton, hébergerait les Africains. Quant aux blessés, on s'en occuperait séance tenante.

— Dans la conjoncture actuelle, dit-il, votre chargement sera apprécié. Nul doute que ce bois d'or sera vendu dans la semaine, si toutefois le fleuve et le bayou nous rendent les sentiers qui les bordent.

Il séjournait à la plantation en compagnie de deux de ses filles et de leurs époux. A la vue des marins aux souliers crottés n'osant marcher sur les tapis de son salon, il sourit. La compagnie lui plaisait, elle avait de la gueule et des choses à raconter.

— Tout ce qui peut contourner la loi de ces Yankees du Cabildo m'agrée, vous le savez bien. Vous n'ignorez pas davantage à quel point les Français de Louisiane apprécient que l'on chatouille leurs nouveaux maîtres. Allons voir vos blessés, ensuite nous passerons à table.

Pierre s'excusa. On arrivait en nombre. L'hôte balaya l'objection d'un geste de la main.

— Nous autres créoles avons bien des défauts. Le pire serait de ne pas honorer nos traditions.

Le souper avait été bien arrosé, les marins de la *Diligente* étaient allés dormir dans les communs. Pour leurs chefs, qui en terminaient avec huit semaines de mer, une saisie assez mouvementée et la remontée vers le Mississippi, la soirée avait quelque chose d'irréel. Deux jeunes femmes silencieuses cousaient dans des bergères tandis que les hommes, calés dans de profonds fauteuils de cuir, devisaient en fumant des cigares. « Faire le sucre et faire l'amour » : la devise prêtée aux maîtres des plantations louisianaises ne devait pas être bien difficile à tenir.

Ainsi on avait abordé un brick espagnol armé de quelques canons ! L'affaire ne manquait pas d'originalité. Labranche ouvrait de grands yeux, opinait, questionnait. Les journaux de La Nouvelle-Orléans mentionnaient de temps à autre la plainte de tel ou tel capitaine croyant reconnaître son bâtiment à quai.

— Ces gens ont de l'aplomb ; on leur laisse la vie et ils ratiocinent devant le juge.

L'illégitimité de ces pratiques ? Baste ! Les Espagnols pillaient la Nouvelle-Grenade, le Pérou et jusqu'au cap Horn depuis trois siècles ; ils pouvaient bien en laisser un peu aux voisins. Quant aux Anglais, tout le monde en Louisiane était d'accord pour penser que moins on en verrait rôder dans le golfe, mieux on se porterait.

L'hôte était soucieux.

— On spécule de plus en plus fort sur les esclaves. Mes gendres ont vu récemment à Baton Rouge des nègres passés par Natchez, à six cents dollars la pièce. Six cents dollars, vous vous rendez compte ! C'est le prix d'un attelage et de son cocher.

Les gendres acquiescèrent. Ils se ressemblaient, pareillement sveltes et blonds, cavaliers aux mains blanches et lisses de joueurs de vingt-et-un. Les prix ne pourraient pas monter ainsi indéfiniment, la loi devait être abrogée, mais comment ? La Louisiane n'était pas encore dans l'Union, mais les ordres y parvenaient tout de même de Washington. Labranche se frappa les cuisses.

— Ce Nord huguenot, quelle pesanteur ! Vous savez qu'ils ont dans la tête de nous faire remplacer notre façon de vivre par la leur ? A peine débarqués de leur Massachusetts, les voilà qui nous jugent, nous tancent en catimini. Demain, ils nous donneront des leçons de morale chrétienne. Parlons franc ; nos curés ne sont pas toujours commodes, ils ne manquent pas de nous rappeler à nos devoirs. Mais ces pasteurs, mordieu ! Ils ont l'humeur assortie à leur costume et la Bible pour s'abriter de la pluie, même. Vive la soutane et le vin de messe, mes amis ! Nous ne connaissons pas notre chance.

Il riait de tous ses chicots jaunis par le tabac et la bonne chère.

— Enfin, nous allons monnayer vos prises au mieux de vos intérêts, dit-il, sérieux.

— Un dollar la livre, pour nous, monsieur Labranche, lui dit Pierre. Le reste ne nous concerne pas.

Jean ne put cacher son étonnement. Ainsi se mettait-on en marge d'un marché atteint de frénésie ? Pierre n'en démordrait pas. Personne ne savait de quoi demain serait fait en matière d'importation, mais les choses iraient comme cela pour le moment. Un dollar la livre. Jean n'insista pas, à chacun sa fonction dans la confrérie naissante. Son frère tenait les comptes depuis le début et se méfiait des spéculateurs, c'était là son côté petit-bourgeois. La découverte d'une marchandise nouvelle ne changeait pas la coutume. Labranche écarta les mains. Ses gendres se rangeraient quant à eux facilement à la modération de Laffite. Pierre se détendit.

— L'usage, cher hôte et ami, nous savons vous et moi à quel point il est important de ne pas le laisser se corrompre.

Les contrebandiers s'apprêtaient à larguer les amarres devant la plantation, lorsqu'ils virent le maître arrêter son coupé le long du court ponton d'accès. Benoît Labranche était accompagné d'un esclave déjà âgé, portant un sac de toile.

— J'y ai pensé ce matin, juste après votre départ de la maison, leur cria le créole.

Il prit le nègre par le bras, lui fit monter les marches menant à l'embarcadère.

— Il s'appelle Lubin, c'est un de mes cuisiniers. Le bougre est expert dans l'art de mélanger les épices, vieux garçon et peu désireux de convoler de surcroît. Donnez-lui de la cannelle et de la muscade seychelloises, du piment fort ou de la Jamaïque, il vous concoctera les meilleurs gombos[1] de toute la Louisiane. Quant à ses gâteaux au gingembre, je ne vous en dis pas plus. Emmenez-le sans tarder, on va faire la gueule à Labranche, aujourd'hui.

1. Gombo : soupe au légume caraïbe.

L'homme se laissait mener sans émotion apparente. On l'offrait à des amis, la chose ne se discutait pas.

— Tu pourrais t'entendre avec une mama de Saint-Domingue cuisinant le poisson comme personne ? lui demanda Pierre.

— Ah ça oui, missié Laffite.

— Il a envie de vivre à La Nouvelle-Orléans, renchérit le planteur. Bon danseur ! Il sera à son aise à la bamboula du dimanche, place Congo.

Jean avait vu cela. Les esclaves citadins y avaient quartier libre, un jour par semaine. Leurs calebasses, leurs chants frénétiques ou de nostalgie s'entendaient loin dans la ville ; les Orléanais s'en allaient parfois en promenade pour les regarder se trémousser des heures durant, à demi nus.

Pierre interrogea son frère du regard. Les nègres de Louisiane étaient réputés bons officiers de bouche.

— Soit, dit Jean. Je le prendrai avec moi si je dois m'installer un jour.

— Conclu, dit Labranche, satisfait.

— Alors, à bientôt rue Bourbon pour un souper, lui lança Pierre. Si toutefois on y parvient entiers.

La Nouvelle-Orléans

Des fêtes, il y en avait une somme à « Croissant-Ville[1] », pour tous les goûts, pour toutes les bourses. Elles étaient gratuites la plupart du temps, offertes comme en conjuration des ouragans, des épidémies tueuses d'enfants, des crues du fleuve ou des insectes dévoreurs de récoltes. Ainsi en allait-il depuis l'aube de la colonie, parce que sous un tel climat de miasmes, de vents fous, d'eaux en furie et de mortels frissons, il convenait de vivre assez intensément pour ne pas attrister des existences en général brèves.

On fêtait à peu près tout ce que la chrétienté imposait de rites, cela culminait au mardi gras dans des excès où le sacré ne trouvait plus forcément sa place. Masques et apparences,

1. Parce que construite dans une courbe du fleuve.

tricheries sur le sexe, sur l'âge, sur la beauté ou la laideur, tout était mensonges, ripailles, séduction aveugle, sous l'œil assez contemplatif de la garde. L'irruption des visiteurs venus du nord n'avait pas tardé à donner à cette célébration le beuglement, la rudesse, la brute humanité dont elle s'était jusque-là protégée.

Car tous en Louisiane n'étaient pas de cette race créole dont le seul souci du jeu, du plaisir, du discours et du jabot heurtait les puritains. Déjà, le fossé se creusait entre les planteurs orgueilleux, lascifs possesseurs de la terre et des esclaves, et les entrepreneurs pressés de voir les quais du port s'allonger, les entrepôts sortir de terre, les temples protestants s'ériger face aux chapelles catholiques. « La râpe et le fromage, lequel finira en miettes, va savoir », plaisantait Pierre. Et puisque ces deux mondes ne semblaient pas près de se mélanger, on avait pris assez tôt l'habitude de se frôler à la danse ou devant les buffets, de se montrer à son avantage, d'un côté ceux que la naissance avait dotés, de l'autre ceux qui, surgis de nulle part, ne faisaient pas mystère de leur féroce désir de posséder et de s'étendre à leur tour.

Ainsi évitait-on autant que possible de se retrouver assis côte à côte, ne fût-ce que pour s'épargner la traduction de cette langue absconse parlée par des rustres en gilet et des pimbêches aux voix de poulies mal graissées. Souci de dominants. Les Américains n'étaient pas en reste, qui se demandaient comment les créoles pouvaient comprendre leur propre langue.

Les Yankees ! On s'étonnait, chez les coloniaux, de leur ardeur au travail, de la conviction que leur réussite balaierait l'ancienne et féodale structure. « Nous ne serons les serviteurs de personne et personne ne nous empêchera d'être servis », prétendaient-ils. Eh bien, qu'ils le démontrent ! Outre leur incapacité à parler correctement le français, on raillait leur maintien pincé, leur façon de se tenir à table ou de s'appeler à grands cris dans la rue. On les trouvait finalement amusants à force de sommarité, de pauvres manières, d'impertinence involontaire. Et le mépris égal que l'on percevait dans leur jugement en devenait presque gratifiant.

C'était dans l'une de ces hautes maisons de brique rouge de la rue Sainte-Anne, construite en style andalou après les grands incendies. En quittant la Louisiane, les Espagnols avaient laissé derrière eux cette architecture si propre à contrer la lourde chaleur du tropique. Les frais patios aux palmes doucement agitées par la brise du soir remplaçaient les cours austères et les jardins des demeures françaises. Adieu, colombages et murs bousillés, poteaux en terre et lucarnes. Le Carré se nommait encore français, mais ses façades aux balcons de fer forgé arboraient avec grâce et fierté les couleurs d'Ibérie ; la vie ainsi abritée autour des pièces d'eau, bercée par les épais feuillages bruissants d'oiseaux, y gagnait en secrète et douce langueur.

On fêtait ce soir-là les fiançailles d'une donzelle Maisonneuve suffisamment dotée pour doubler la fortune du promis, éleveur de bovins à la Prairie. Une société brillante, mélange de planteurs, d'armateurs, de négociants français et américains, se mouvait entre buffets et salle de bal, rehaussée par la présence du gouverneur Clairborne. Un événement ; quelque temps auparavant, le vomito avait tué sa deuxième épouse. Une fatalité accablait cet homme.

Aussitôt entré dans le salon de l'armateur Maisonneuve, Jean avait aperçu une jeune femme, et depuis il s'arrangeait pour ne pas perdre de vue son chignon noir noué, à la manière des quarteronnes, par un large foulard de soie multicolore.

Elle avait le teint pâle, des yeux immenses à l'expression tour à tour amusée, intéressée, faussement tragique. Son corps était bien fait, joliment arrondi par sa robe de mousseline serrée haut sous le buste. Elle rendait une bonne demi-tête aux femmes présentes ce soir-là, mais à observer le regard des hommes posé sur elle, on savait qu'elle régnait sur la soirée.

Andalouse, pensa Jean, et il continua son petit manège jusqu'à ce qu'enfin leurs regards se fussent croisés, l'espace d'une seconde.

— Elora Almagre, de Carthagène, lui souffla quelqu'un à l'oreille.

William Livingston était l'avocat de Pierre Laffite et de pas mal d'importateurs. Grand et racé, réputé pour sa parfaite connaissance du droit et donc de ses lacunes louisianaises, l'homme avait connu les trois régimes successifs du pays. Son amitié pour l'aîné des Laffite était réelle, comme l'était son influence auprès du gouverneur et de ses hommes. Un notable, doublé d'un fin politique, et, à l'image du président Jefferson, un amateur de vins de Bordeaux.

— Venez, dit-il. Quelqu'un a entendu parler de vous.

William Clairborne était en discussion avec le commodore Patterson. Les deux hommes les plus puissants du territoire face à l'un de ces contrebandiers du lac Borgne dont on tolérait les agissements, faute de pouvoir leur donner la chasse dans les marais.

— Monsieur le gouverneur, voici Jean Laffite, dit Livingston.

Clairborne toisa Jean de son œil bleu. Il y avait de la candeur dans son visage, comme une confiance accordable sans barguigner. Trompeuse impression sans doute, comme celle que donnait son corps un peu replet d'amateur de bonne chère. Jean savait ce qui se disait de lui en ville. Clairborne était un proche de Jefferson, opiniâtre et patient, défenseur des fermiers et des éleveurs, peut-être comme lui lecteur d'Ovide et de Virgile. Rêvait-il secrètement, comme son mentor, d'une civilisation américaine des pâturages et des étables, débarrassée de ses fantasmes guerriers ? Certes non, pensa Jean. Le gouverneur plaçait ses hommes, privilégiait volontiers ses amis, entretenait avec la presse des relations plutôt houleuses. Un homme secret, autoritaire et partial pour les uns, démocrate et juste pour les autres.

— De paisibles commerçants orléanais se commettant avec des officiers de la marine anglaise, voilà qui fait quelque peu désordre, mister Laffite, dit-il en bon français mâtiné d'un fort accent de la Nouvelle-Angleterre. Ainsi êtes-vous de nature duelliste.

Il aurait pu ajouter que l'on commençait à remarquer la haute silhouette du jeune Laffite dans les rues de La Nouvelle-Orléans. Toujours vêtue de noir sous un chapeau à large bord. Reconnaissable dans les cafés de la ville et les tavernes du Swamp.

— Il n'est pas nécessaire de porter un uniforme pour répondre à une insulte, monsieur le gouverneur. Vous rappelez une histoire déjà ancienne, semblables faits ne se sont pas reproduits.

— Certes, remarqua Patterson. Nous ne savons pas très bien qui des officiers anglais ou de votre compagnie avait engagé le fer. D'autres incidents du même genre ont eu lieu depuis, le port de La Nouvelle-Orléans devient trop souvent le théâtre de pareils règlements de comptes. Il est regrettable que les guerres d'Europe trouvent leur prolongement chez nous. Comme il est dommageable pour la morale que des esclaves entrent illégalement en Louisiane. Les lois sont les mêmes pour tous.

Il observait Jean de son œil sans chaleur. Clairborne acquiesça. Son regard s'était durci tout à coup.

— Vous possédez une forge familiale rue Saint-Philippe, dit-il d'une voix neutre. On me dit que cette affaire est assez florissante.

Jean songea à sa sortie en mer. Saisir un espagnol sans autorisation du Cabildo pouvait être considéré comme un acte de piraterie, mais l'opinion publique, reflétant celle des gouvernants, ne verrait pas d'un mauvais œil la chasse opérée contre la puissance concurrente. Se trouver en face du gouverneur de la Louisiane quelques jours à peine après la course à la *Dorada* était excitant.

Jean vit que la Colombienne l'observait, par-dessus l'épaule de Clairborne. Il sourit. La femme eut un haussement de sourcils, comme un salut rendu. Clairborne attendait sa réponse. Jean le toisa à son tour. Pierre l'aurait averti qu'il prenait là un risque.

— La Louisiane est un pays de chevaux, dit-il. Et aux chevaux il faut des fers.

— La Louisiane est aussi un pays de ferronnerie guerrière, renchérit Patterson. Les poignards et les sabres y sont plus longs et effilés qu'ailleurs. D'où êtes-vous, mister Laffite ?

— Je suis né français, de la Gascogne qui fut longtemps anglaise.

Clairborne eut un pâle sourire.

— Notre territoire est doux à vos compatriotes, dit-il, qu'ils soient de la Gascogne ou d'ailleurs. Je prendrai de vos nouvelles comme je le fais de ceux-là. Il y a en Louisiane un grand nombre de bateaux, de toutes sortes. Monsieur Patterson et mon administration s'emploient à en dresser la liste la plus exacte possible. Je compte sur votre aide pour leur faciliter la tâche, monsieur Laffite. L'instauration de la démocratie dans des territoires aux lois encore approximatives exige que l'on tienne précisément ce genre de comptes.

Jean s'inclina tandis que les deux Américains s'éloignaient. Livingston avait assisté à la brève passe d'armes. Il eut une moue de scepticisme. Clairborne ne pouvait ignorer que les Laffite et leurs amis transitaient souvent par les marais du Nord. Il fallait se montrer plus diplomate avec ce genre de personnage. Jean haussa les épaules.

— La démocratie, voilà un joli mot, monsieur Livingston. En France, elle a duré le temps de quelques utopies ; elle a conduit à l'Empire en passant par la Terreur. Quel parcours ! Menez-moi vers la señora, voulez-vous.

L'avocat cachait mal sa surprise. Le cadet des Laffite n'était pas fait du même métal que l'aîné. A son charme, Jean ajoutait une confiance en lui frisant l'insolence. Une personnalité complexe, redoutable, capable de caresser et de mordre dans la même seconde.

Jean se laissa conduire vers Elora. La jeune femme et ses compagnes créoles étaient déjà fort entourées. La mode parisienne aimait décidément les femmes. Liserés coquins à mi-buste, tailles joliment bouffantes, mousselines laissant paraître les chevilles, l'art vestimentaire de l'Empire tempérait les délires du Directoire, concédait aux corps la liberté de se laisser deviner. Elora se tourna ostensiblement vers Jean, tandis que les premières sonorités d'un orchestre de danse réduisaient opportunément le groupe de jeunes gens.

— La señora Almagre séjourne trop rarement à La Nouvelle-Orléans, déclara Livingston.

Jean fixait la jeune femme avec intensité. Elle avait la peau très blanche, semée de grains de beauté, des rides minuscules en patte-d'oie au coin des paupières, un beau regard où la curiosité se mêlait par instants à une certaine tristesse.

— Carthagène est en rébellion ouverte contre l'Espagne, poursuivit l'avocat. Le gouverneur a dû fuir, les bourgeois de la colonie se sont constitués en république. Nous sommes au début de grands événements dans toute la Nouvelle-Grenade et même plus loin. Ça bouge au Mexique, au Venezuela ; Ferdinand va avoir du mal à contrôler tout ça, sa forteresse cubaine risque de ne pas lui suffire. Je ne parle évidemment pas de Jérôme Bonaparte, qui tient sur le trône d'Espagne comme un tabouret sur des marches d'escalier.

La señora daigna sourire. Que faisait donc une femme seule au milieu de ces tempêtes ?

— Je vends et j'achète, dit-elle. Le golfe est dangereux, mais comment faire autrement que le traverser en tous sens. Ni Dieu ni loi, sur ses eaux.

Son mari était mort sur un sloop coulé par les Espagnols au large du Yucatán. Exécuté peut-être bien, pour avoir été l'un des meneurs de la rébellion. Elora reprenait ses affaires avec, parmi ses havres, La Nouvelle-Orléans.

— Les Laffite sont des forgerons, dit Livingston. Il leur arrive aussi de commercer un peu avec le Sud. Vous devriez parler de ces choses sans ma présence de vieux barbon. J'ai grand-soif, de toute façon, je vous abandonne.

Jean la convia à danser. Cette soirée lui plaisait. Une femme désirable virevoltait avec grâce devant lui, un gouverneur dont il bafouait l'autorité faisait également le beau à quelques mètres de là, face à sa diaphane et ravissante troisième épouse. On se frôlait, on s'épiait aussi.

— Quand repartirez-vous, madame ?

— Je quitte la Louisiane demain matin, pour Haïti.

Il ne cacha pas son dépit. Elle rit tandis qu'à la faveur d'un pas de danse il la tenait contre lui.

— Carthagène est à dix jours de navigation d'ici, dit-elle. Possédez-vous un bateau ? Votre commerce avec le Sud laisse supposer que oui.

Un mouvement de son buste livra au regard de son cavalier un spectacle aussi charmant que fugitif.

— Une goélette, dit-il. La *Diligente.*

— Notre jeune république délivre depuis peu des documents, des lettres de marque qui vous permettent de naviguer sous son pavillon.

— De naviguer.

— Entre autres. Il se peut qu'à ces occasions vous croisiez des navires espagnols en guerre contre les nôtres. Ce qui vous donnerait des droits de course, dès lors que vous hisseriez nos couleurs. Rouge, jaune et vert avec une étoile à huit branches au milieu. Leur harmonie vous plaît-elle ?

Il la contemplait, ému par la grâce naturelle avec laquelle elle lui proposait de devenir corsaire de sa république. Pierre lui avait parlé de ces contrats. La proposition eût pu être faite par un capitaine, entre les quatre murs d'un bureau. Elora Almagre était une très séduisante messagère, dont le zèle avait sans doute déjà opéré en Louisiane et ailleurs.

La danse s'interrompait. La jeune femme prit le bras de Jean. Elle avait soif, maintenant.

— Des volontaires se lèvent pour ce grand projet, un peu partout dans le golfe et jusqu'aux lointaines côtes du Brésil. Nos couleurs se montrent sur l'océan, sur un certain nombre de bâtiments, c'est une reconnaissance de la justesse de notre cause.

— Qu'en pense monsieur Clairborne, ici présent ?

La señora entrouvrit les lèvres, qu'elle avait pulpeuses.

— Demandez-le-lui, dit-elle d'une voix douce.

Elle s'exprimait dans un français parfait. Observait Jean à la dérobée. Combien d'invités à cette fête avait-elle convaincus de la suivre dans l'aventure révolutionnaire ? La question amusa Jean. Le salon de Maisonneuve hébergeait ce soir-là des négociants, des planteurs, des banquiers, un lot assez relevé de braves et pacifiques citoyens a priori peu tentés par l'aventure corsaire.

— Je n'ai donc pas tout à fait leur tête pour que vous vous intéressiez à moi ? s'étonna-t-il, faussement inquiet.

— Les équipages doivent inclure des marins de Carthagène, dit-elle en guise de réponse. Les prises sont partagées à égalité entre la république et les corsaires. On ne fait pas couler le sang des civils ou celui des femmes. Moyennant quoi, toute liberté est laissée aux capitaines pour le choix des cibles et la manière de les saisir. Eh bien, monsieur Laffite, vous semblez dubitatif. Quelque chose vous chiffonne dans ce contrat ?

Il avait repéré l'étrangère que l'on pouvait séduire par jeu, sans la connaître, comme derrière un masque de mardi gras. Elle n'était plus la même personne. Frêle et secrète, elle révélait sans malice sa forte nature en même temps que sa fonction d'agent. L'espace d'un éclair, Jean croisa le regard de

Livingston. Hasard ? Elora pressait doucement son bras, interrogeait, de ses yeux profonds comme la mer. Il acquiesça, d'un lent mouvement de la tête. Son rêve de grand large trouvait une raison d'être.

— Je serai de retour chez moi dans trois mois, je pense, dit-elle. Si vous venez à Carthagène, on vous conduira à la calle Acevedo, où je réside. Point n'est besoin de vous le rappeler par écrit, n'est-ce pas ?

On la réclamait auprès du gouverneur. Jean saisit sa main, qu'elle dégagea d'un geste un peu vif après qu'il l'eut baisée. Il suivit des yeux sa silhouette, jusqu'à ce qu'elle ait disparu dans la foule joyeuse des invités. Il se sentait frustré, soudain. Autour de lui, les gens parlaient de leurs activités, de leur gloire ou de leurs difficultés commerciales. On était là entre notables et puissants, avec la respectabilité pour lien, l'aisance aussi. Les avatars d'une forge ne pesaient pas bien lourd face à une telle muraille d'argent, de relations, de connivences.

Il chercha en vain Livingston. L'avocat servait-il de passerelle entre les révolutionnaires et la Louisiane ? Pierre en était convaincu. Tout ce qui pouvait nuire à l'Espagne et à l'Angleterre servait les intérêts des Etats-Unis. Derrière les politesses de la diplomatie couvait un conflit entre la jeune nation et ses vieilles voisines ; une affaire dans laquelle il faudrait prendre parti un jour ou l'autre. Jean soupira. Sans qu'il sût pourquoi, la fête lui devenait hostile, les jeunes gens empressés auprès des donzelles à marier, insupportables. Il vida un verre de rhum, se vêtit de sa cape. Puis, ayant récupéré son chapeau et son pistolet au vestiaire, il sortit dans la nuit, pressé d'écouter le clapot du fleuve contre la coque de la *Diligente*.

5

Côte du Honduras, février 1823

Elora.

La chaleur s'était alourdie. Jean avait sommeillé, le temps d'un rêve. Il parvint à s'asseoir, au bout d'un long et douloureux effort. Son flanc lui faisait mal, la charpie qui le ceinturait s'était rougie au fil des heures d'une gangue poisseuse autour de quoi des mouches bourdonnaient, obstinées. Il s'entendit gémir, serra les dents pour s'aider à se mettre debout.

Tudieu, la belle pourriture.

Il se leva, crut défaillir ; alla, titubant, jusqu'à l'ouverture où il s'appuya, incapable d'aller plus loin.

L'horizon était plongé dans un crépuscule de nuées grises, cela venait de l'est en une masse compacte blanchie au loin d'éclairs. Jean étouffait. Des fièvres, il en avait connu, comme tout un chacun ou presque en Louisiane, à terre ou en haute mer. C'étaient des frissons intenses, des suées profuses, une fatigue de tout l'être qui faisait du moindre geste une épreuve. Cette fois, c'était différent de la malaria ; quelque chose de plus sourd, une pesanteur dans le thorax et ce dard brûlant au côté, tenu par une main invisible, cherchant un passage entre ses côtes.

Il se pencha, aperçut dans le prolongement de son havre les maisons basses d'un village, couvertes de branchages. On l'avait porté dans une cabane aux planches disjointes, cernée par un maquis de broussailles et d'arbustes épineux. Tout, autour de cet abri sommaire, était courbé par les vents, arbres aux cimes torturées, tiges étiques nées du sable ocre et jusqu'aux habitations elles-mêmes dont certaines, à l'abandon, s'écrouleraient bientôt sous la poussée.

Le garçonnet avait disparu. Le village était désert, les pluies en avaient raviné les abords, des sabots animaux avaient creusé des fondrières sur le chemin longeant les masures. Jean vit du linge mis à sécher sur des cordes ; des jupes indiennes aux couleurs vives, des pantalons de pêcheurs, du drap effiloché que le vent agitait comme des oriflammes.

— Ils m'ont jeté sur le rivage murmura-t-il.

Ses pensées se remettaient en ordre. Il y avait eu une canonnade, des mâts brisés net, des voiles en feu. Les Espagnols étaient à bord touchant ; ils passaient dans un panache de fumée blanche. Laffite ferma les yeux, respira plus fort. Ça gueulait, sur le pont du schooner dont le nom dansait dans sa tête. *General Santander.*

— Il a donc coulé ? Alors, où sont les autres ?

La question le taraudait. Il la chassa de son esprit, huma l'air chaud. Son torse ruisselait. C'était souvent comme ça, autrefois, lorsque les fortes chaleurs l'invitaient à s'étendre. Il suait, inondait ses draps. Une femme menue, à la peau ambrée, s'amusait alors à glisser sur lui comme sur une planche savonnée, ça la faisait rire aux éclats. Lui sentait ses petits seins le parcourir puis, insensiblement, le caresser, s'attarder ici et là, partout. Il gémit à nouveau, pris par une de ces impatiences dont il savait les effets. Agir, sans délai, prendre la mer ou le fil d'un bayou, aller vers une rencontre, un défi, un danger quelconque qui le désennuyât.

Il voulut appeler. La douleur le figea. A quoi bon de toute façon ? Les hommes du village devaient être sur leurs pirogues et leurs barques, les femmes, Dieu sait où, à malaxer des pâtes à tamales ou à nourrir des moutards.

— La mer.

Un front opaque blanchi d'écume marquait sa frontière avec le ciel, un murmure de ressac s'en élevait comme un souffle oppressé. La tempête approchait. Jean plissa les paupières. Les pêcheurs ne resteraient pas longtemps encore au large. Il grogna. Lorsque les capitaines, regrettant d'avoir tardé à chercher un abri, se déroutaient vers la côte de Louisiane, il jaillissait de son repaire, ivre de vent, de vitesse, porté par les remous précédant la bourrasque. Et l'imprudent que la crainte du coup de tabac avait fait virer de bord voyait fondre sur lui le fauve couché sur l'onde au point de sembler pouvoir s'y abîmer à tout instant.

Une nausée l'envahit, venue du fond de ses entrailles. Il lui était parfois arrivé d'éprouver un tel malaise, au moment de l'abordage. Il n'y avait pas grand-chose à faire contre ça. Vomir, simplement, et si cela ne suffisait pas, se dire que les premières secondes de l'action effaceraient tout.

Il retourna s'asseoir sur le grabat, demeura un long moment le buste fléchi, la main contre le flanc, puis avec précaution, il se laissa doucement retomber sur le côté, replia ses jambes en chien de fusil, dans la seule position qui calmât un peu la douleur. Que vienne enfin la tempête, même si elle ne rafraîchirait rien. Ce serait comme ce jour d'été, suant de pluie, au large de la Floride, où il avait dû vomir et vomir encore, à l'abri des regards, pour seulement apaiser sa peur.

— *Dorada.*

En donnant l'assaut au brick espagnol, il avait rejoint dans sa propre légende les Malouins, Olonnais, Brestois dont le récit des exploits avait bercé son enfance. Et les autres, nés depuis dans ces pays de France enfantant les héros. Il était de leur tribu amante de l'océan, de leur petite famille d'aventuriers, de leur société d'hommes libres. Les Yankees de La Nouvelle-Orléans pourraient toujours lui donner du monsieur en pensant « pirate », il ne s'était jamais considéré comme tel. L'Histoire lui avait simplement offert une destinée différente de celle des Surcouf et des Duguay-Trouin parce que américaine. Il ne regrettait rien.

Il s'acagnarda contre les planches de la cabane. Un médecin eût fouillé son flanc de son scalpel, abrasé et pansé la plaie après en avoir brûlé les chairs. Mais au Honduras à peine libéré du joug espagnol, il fallait compter sur la providence divine pour survivre à de telles blessures.

Le sang. Il y avait eu d'autres prises, certaines pacifiques et faciles, d'aucunes au sabre et au poignard. Youx avait canonné pour la première fois à vingt milles à peine de l'embouchure du Mississippi. Les six pièces bâbord de sa *Dominique* avaient craché leur fonte sur un schooner de Cadix qui refusait de ralentir. Jean serrait la prise à distance. Un carnage, pour de la miroiterie, de l'huile, du parfum et du vin transbordés juste avant le naufrage. Youx était bon artilleur et voyageur fantasque. Il lui arrivait de disparaître deux ou trois mois. Jean le soupçonnait d'entretenir des maîtresses à la Caraïbe, mais le bougre n'était guère disert sur les raisons de ses absences.

— Dominique, pardieu, où navigues-tu, à c't'heure ? gémit-il.

Peut-être le géant roux, l'ami des premières heures louisianaises, s'apprêtait-il, fuyant un coup de tabac, à venir s'abriter dans une anse de la Bahia, celle, précisément, où « le jeune chien de Bordeaux », comme il l'appelait avec affection, se putréfiait. Il y avait eu parfois de ces rencontres fortuites sur la côte caraïbe. En avait-on percé, des tonneaux de rhum, pour fêter ces retrouvailles-là.

Youx ne viendrait pas, ni Pierre ni aucun des compagnons d'autrefois. Maintenant, Jean espérait que l'ouragan viendrait dissiper le malaise contre quoi il luttait. Ne pas bouger, attendre, dans ce village perdu sur une côte hostile, tant de fois longée. Il cherchait un nom enfoui dans sa mémoire, un souvenir en forme d'utopie.

— Barataria.

Sa jeunesse, son ambition, sa soif d'espace avaient triomphé dans cet endroit où il s'était taillé un jour un royaume. Il sentit un sanglot serrer sa gorge. Elles avaient donc existé, ces îles du delta partagées avec les grands oiseaux. Il y avait débarqué, ivre de vent, plein de désir, de fougue et de la certitude que personne, jamais, ne se hasarderait à vouloir l'en déloger. Un sentiment d'impunité l'habitait, le poussait vers les platitudes désolées de ce néant, désert sublime à conquérir.

— Barataria.

Au sud de la Louisiane, décembre 1809

Il voulait revoir le grand Sud de sa première découverte, cette fois à bord d'un vrai navire, avec un équipage à ses ordres. Un nom étrange chantait dans sa tête, le souvenir de ces langues de terre interposées entre la baie et l'océan le hantait.

Pierre avait exploré le bayou Lafourche en son temps ; dédaignant le marécage désespérant qui le séparait du Mississippi. Trop vaste, trop cruellement vide, sans intérêt pour le commerce. Jean l'avait défié.

« Tu décides du prix de la livre nègre. Moi, de l'endroit où installer un nid. Tu comptes les sous, moi les lieues marines. Laisse faire, mon Pierre, la chose m'est apparue aussi clairement que le lever du soleil à l'est, chaque matin. »

A quelques heures de navigation de la grande levée, une succession de courts bayous au fil tortueux conduisait au lac Salvador. De là, passé d'étroits goulets entre bancs de sable et buttes de terre brune, on débouchait sur la vaste baie de Barataria. Jean se souvint de sa traversée solitaire. Il reconnaissait les chênaies sur les îles parsemant la baie, les horizons de ciel et d'eau mêlés dans de très lointaines brumes. Quant aux habitants, ibis et autres hérons, ils avaient l'air d'être restés aux mêmes places, guettant son retour.

— Et ça en plus, dit-il, la main levée.

Deux aigles tournoyaient avec lenteur au-dessus d'une île. Ailes noires, ventres blancs. Maîtres du ciel.

Poussée par une aimable brise de terre, la *Diligente* glissait sans bruit sur l'onde plate, suivie des deux felouques chargées de matériel et de nourriture. Il y avait, pour les voyageurs en quête d'un havre, de ces moments suspendus dans le temps et l'espace. Jean jubilait.

— Belles vastitudes, vraiment.

C'était un mot que son père employait parfois, lorsqu'il parlait de la grande lande de Gascogne. Vastitudes. Jean rayonnait, donnait ses ordres. Il fallait ne pas se tromper de ligne. Ses marins lui faisaient confiance, certains avaient déjà navigué dans ces parages dangereux où l'on n'était guère gênés par le trafic ; les esquifs de la Balise ne devaient pas y traîner bien longtemps.

On avait passé une nuit au sortir d'un de ces goulets, écouté le silence rompu de temps à autre par les cris d'amour des ouaouarons[1]. Pour la seconde fois depuis qu'il avait posé le pied sur la terre d'Amérique, Jean s'était senti chez lui dans ces immensités. Comme à l'intérieur d'une maison sans toit ni murs, ouverte au vent, un château de sable où nul ne posséderait quoi que ce fût sauf la liberté, loin des offices et des bureaux où se décidait le sort des gens.

1. Grosses grenouilles du marais.

— Ce sera là, Pierre.

C'était à l'extrémité est de Grande-Terre, face à un chenal de quelques dizaines de mètres à peine qu'il fallait emprunter pour passer de la baie au golfe du Mexique. Un mamelon couvert d'une chênaie dominait l'une et l'autre de quelques mètres à peine. De là, le regard parcourait le terrain dans son entier jusqu'au rivage de la voisine, Grande-Isle. Ainsi disposées, séparées par un simple gué, soumises aux marées changeantes du golfe et à l'assaut de leurs vagues écumantes, les deux jumelles barraient la baie de Barataria aussi bien que l'eût fait une digue. Jean était sûr de lui.

— Entre Mississippi et Lafourche, quiconque ne peut quitter la Louisiane ou y entrer sans se montrer à un moment ou à un autre devant ce poste. Morgan y avait songé, figure-toi. En fouillant les lagons et les petits bayous, nous trouverons peut-être bien sa trace.

Cent ans après le célèbre pirate, personne n'avait encore songé à établir là une base permanente, ni les militaires pourtant désireux de surveiller Espagnols et Anglais, ni ceux-là, occupés ailleurs, pas davantage les contrebandiers pressés de remonter leur marchandise vers La Nouvelle-Orléans.

— Barataria, répétait Jean. On y pêche la truite et le carrelet, on y ramasse des coquillages succulents. Ainsi Don Quichotte nommait-il le pays de ses rêves.

Ils furent bientôt à terre. Des restes de feux jalonnaient la butte, on séjournait là le temps d'une nuit, d'un échange clandestin, d'un coup de vent. Jean réunit ses hommes. C'était un assemblage hétéroclite de marins aguerris et de traîne-bottes du Swamp et du port. Une hiérarchie s'était établie entre ceux qui avaient pris la *Dorada* et les autres, que la rumeur du coup de main avait alléchés.

Jean expliqua.

— Nous allons construire une ville ici, messieurs, cela nous épargnera à tous les allées et venues trop nombreuses entre La Nouvelle-Orléans et la mer. Ces rivages seront utilisés comme un port. Il y aura des felouques ancrées devant ces chênes, des sloops et même des schooners, je vous le dis. Nous bâtirons des entrepôts, et bientôt on viendra du Sud tout entier pour faire provision chez nous.

Les hommes se regardaient sans trop y croire. Une ville, à Barataria ! Jean les observait depuis leur départ de La Nouvelle-Orléans. Aucun n'avait l'envergure d'un capitaine, l'activité illicite de passeurs et de contrebandiers suffirait à leur sommaire bonheur. Les chefs étaient ailleurs, comme Youx, en maraude au large de Carthagène sur sa *Dominique* dûment calfatée et repeinte, ou Desfarges, que des affaires d'huîtres et de volaille retenaient à la frontière de la Floride. Ceux-là seraient les bienvenus à Grande-Terre et le plus tôt possible, avec d'autres qui ne manqueraient pas de se joindre à la chefferie.

— Vous vivrez ici dès maintenant, assura Jean à sa troupe. A l'ombre des palmiers, des chênes, dans l'odeur des lauriers-roses. Un paradis, vous verrez, où les femmes, légitimes ou non, seront les bienvenues. Le matériel embarqué à La Nouvelle-Orléans servira à bâtir les premières maisons. Il convient de ne pas perdre de temps si nous voulons dormir au sec. Nous sortirons en haute mer dès que possible. Des capitaines vont bientôt nous rejoindre, ces lieux pourront accueillir plusieurs centaines de leurs matelots.

Il y aurait salaires, en proportion de la tâche accomplie, des risques encourus, des absences plus ou moins prolongées. Et partage, entre ceux qui auraient participé à des prises. Les blessés demeureraient dans l'île, nourris, soignés et logés par la communauté, tant qu'il le faudrait. Qu'elle comptât vingt membres ou deux cents, celle-ci fonctionnerait sur ce contrat d'une absolue simplicité. Avec ses lois propres ; tout homme convaincu de brutalité sur une femme innocente serait banni, les meurtriers de compagnons, pendus après jugement.

— Nous sommes ici loin des juridictions du territoire, dit Jean d'une voix forte. Je vous offre un lieu pour vous installer ainsi que la perspective de vous enrichir sans avoir de comptes à rendre à quiconque hors de cet établissement. Ceux qui choisiront de retourner à la ville le feront librement dès demain matin. Ceux qui resteront devront observer ce code de conduite sans lequel la barbarie triompherait très vite. Moyennant quoi, ils pourront séjourner ici aussi longtemps qu'ils le désireront.

Sidéré, Pierre découvrait son cadet. Le pingaï de dame Laffite avait pris du mollet, du pectoral, de l'assurance et bien d'autres choses encore. Il y avait du Bonaparte chez ce jeune homme de vingt-sept ans, jusque dans sa chevelure débarrassée du ruban noir qui la tenait jusque-là en arrière. Jean dominait les hommes et l'espace de son regard noir. Il en prenait possession comme un conquistador de vallées andines et des tribus y croupissant.

— Vingt-sept ans, l'âge des maréchaux d'Empire.

Drôle d'empire. Du sable et de l'océan à perte de vue, deux îles dont des arbres figuraient les sommets, un accident de la nature à peine visible au-dessus des marais mais placé à merveille entre terre et mer, fleuve et golfe. « Ton frère est allé jeter sa gourme dans les endroits à filles », prétendait Marie tandis que, rue Bourbon, on guettait autrefois, anxieux, le retour de l'explorateur. Pierre imaginait la quête du puîné, sa folie du bayou et des eaux libres ; il comprenait en même temps son mépris pour les hiérarchies, les chefs, les lois et leurs officiers. Son cadet n'était pas de leur monde, pas plus que de celui des planteurs et des citadins, ses clients.

— Ton contentement fait plaisir à voir, lui avoua-t-il tout en moulinant des deux bras sous les assauts des maringouins. C'est par là que nous sommes différents. J'ai relâché ici quelquefois avec comme souci d'en repartir le plus tôt possible. Tu vois pourquoi. Les bestioles vont se charger de saigner la compagnie.

Les hommes s'étaient mis à la tâche sans délai, qui à préparer des feux, qui à décharger la goélette de sa ferraille, de ses planches et de son chaume. Il allait falloir enclouer, scier, raboter, calfater les huttes et les cabanes comme on le faisait des navires. A cet ouvrage, il ne manquerait aucune des recrues de Jean Laffite. Trente personnes, tel se compterait le premier peuplement humain de Barataria.

— Rentre à La Nouvelle-Orléans sur une felouque, lança-t-il, rieur, à son frère. Lafon et toi êtes de la ville. Rejoins-le. Nous allons avoir besoin de bons bourgeois gérant leur bien comme des banquiers.

A côté de cet oiseau capable de séduire, de commander, de tuer à l'occasion, Pierre réalisait ce qu'il était en vérité, un boutiquier d'un genre un peu particulier, embourgeoisé pour de bon, en effet, même s'il se révélait encore capable de courir sus à l'espagnol, deux pistolets à la ceinture.

Jean serrait les poings. Qu'apercevait-il du haut de ses six pieds de taille ? Sa stature dépassait la moyenne, son culot aussi sans doute. Pierre s'approcha de lui. Jean respirait fort, ses narines battaient, comme pour mieux s'emplir de l'air marin.

— Sens-tu à quel point nous sommes libérés de tout dans cet endroit, Pierre ?

Son regard brillait. De plaisir, d'impatience, de faim. Et si un cartographe facétieux ou simplement pris de boisson avait omis d'attribuer ces bancs de terre à la Louisiane ? Ils appartiendraient dès lors à qui y planterait sa bannière.

Il éclata de rire.

— Crois-tu que j'exagère ? Il n'est âme qui vive ici plus que le temps d'une nuit, d'une sieste, d'une tempête. Nous allons mettre un peu de vie dans ces silences, les pélicans et les crotales nous feront de la place, et si le Dieu des hommes libres éprouve pour nous quelque amitié, nous n'aurons pas besoin de chercher ailleurs une terre à aimer.

Golfe du Mexique, février 1810

Le golfe grouillait de voiles. Au fil du voyage, on s'était amusés à imaginer des courses, terminées par des prises, des manœuvres d'abordage, des tirs de semonce et des assauts, toute une simulation de ce que serait la chasse si l'on revenait saufs de la mission.

A mesure que la *Diligente,* poussée, sous un ciel de lait, par un zéphyr sans méchanceté, approchait la côte de la Nouvelle-Grenade, un flot de souvenirs remontait à la mémoire de son capitaine. Enfant dans le Bordeaux des marchands de rhum et d'esclaves, Jean avait écouté des soirs durant les histoires de pirates que lui racontait son père. Des tueurs aux visages couverts de barbes principalement noires et rousses écumaient les mers chaudes, poussant leurs attaques jusque sous les remparts de forteresses dont les noms résonnaient comme autant d'appels vers le large. Et parmi ceux-là, le lieu de toutes les convoitises, le port duquel se détachaient les galions bourrés jusqu'à la gueule d'or et de pierres précieuses.

Carthagène.

Dès sa fondation, aux petites heures de la colonisation, tout le monde y avait eu quelque chose à vendre ou à acheter. L'or arraché aux Indiens avait transité massivement par là. Depuis l'époque des conquistadores, la ville servait de relais à toutes sortes de trafics, le dernier en date étant celui des esclaves, stimulé par la prohibition de Jefferson.

Jean avait imaginé un à-pic vertigineux, visible à des centaines de lieues, ceint de murailles crénelées plus hautes que des cathédrales. De là, des sentiers reliant d'imprenables redoutes descendaient en lacets vers la mer. Gueules ouvertes entre des rochers en forme de canines, des requins et autres monstres affamés pullulaient, à qui des guerriers formidables jetaient les restes de prisonniers coupés en petits morceaux.

Enfance. Les felouques et les barques de paisibles pêcheurs, croisées à une heure de la ville, n'évoquaient pas vraiment ce tableau noirci par un habile conteur. D'un rivage plat bordé à distance par quelques collines émergeait cependant la puissante silhouette d'un fort.

— San Felipe, annonça Youx.

Il avait lu des choses là-dessus. Construction française à la Vauban, c'était un peu étonnant, une telle propension des Français à bâtir pour les autres, à marquer de leur empreinte des territoires bientôt récupérés, conquis ou vendus. L'Histoire avait de ces facéties ; au chapitre des occasions manquées, des illusions perdues, des cocufiages notoires, la France y figurait en première place. Etrange patrie, dont Jean sentait parfois, bien qu'il s'en défendît, la corde durcie vibrer encore en lui.

Une longue bande de terre barrait une baie profonde, en vérité la défense de la place. Point n'était donc besoin d'escarpements, de vallées encaissées, de falaises pour se protéger. L'arrivant se voyait de loin sous le soleil et risquait fort de s'échouer par nuit noire. Jean inspecta le décor à la lunette.

— Qui tient ça tient la Caraïbe et plus loin encore.

Il avait vu semblables sites en gravures, chez Pierre, sur des cartes de Lafon aussi. Son voyage initiatique lui en avait fait découvrir quelques-uns aux confins de la Louisiane et de la mer. Les eaux du golfe aimaient à lécher ou à battre ces bancs de sable et de terre à peine visibles, derrière quoi les oiseaux, toujours mieux renseignés que les hommes, établissaient depuis la nuit des temps leurs colonies, à l'abri des tempêtes.

La ville au bord de laquelle des navires de toutes tailles alignaient leurs mâtures était protégée par de hautes fortifications aux portes ogivales. A bien la regarder, la forteresse San Felipe avait les proportions d'un monstrueux gâteau à quatre côtés, dont le plateau laissait apercevoir des toits de tuiles. Là était le souci des Espagnols. Chassés de la ville, les amiraux de Ferdinand ou de Joseph Bonaparte pourraient toujours en faire le siège. Des rangées de canons balayaient le rivage, et si cela ne suffisait pas, les fortins bâtis aux deux extrémités de la baie assuraient son étanchéité militaire.

Les Louisianais mouillèrent à une centaine de brasses du rivage, mirent à l'eau leurs deux canots et débarquèrent. A l'intérieur de ses murs, la ville n'était que couleurs, arcades et façades bleues, jaunes, ocre ou rouges, éclatantes sous la lumière de midi. Une cité coloniale épanouie, toute en sueur sous son drap de tropique. Balcons fleuris comme à La Nouvelle-Orléans, ruelles étroites, moucharabiehs et persiennes finement ajourées lui donnaient des allures cordouanes.

— A boire, par pitié, implora Youx.

Il devinait des patios fleuris de roses, de bougainvillées, de rhododendrons, derrière les lourdes portes cloutées. Jean huma longuement l'air chaud de Carthagène. Son casanier de frère avait eu bien tort de ne pas se joindre à l'équipage. La halte valait la peine du voyage, les longues attentes dans les calmes plats, la routine de la vie à bord d'un navire.

Les hommes s'égaillèrent, la perspective d'aller tremper leur biscuit dans des entrecuisses grenadines éclairait leurs faciès boucanés par le soleil ; on se retrouverait au bateau le lendemain soir. Jean et Dominique se mirent en quête du palais gouvernoral ; on leur indiqua celui du Presidente, une longue bâtisse à l'austère façade d'Escurial, jouxtant le palais de l'Inquisition. A cette heure de la journée, tout y était clos, quant à l'édile suprême, il faisait la sieste et ne pouvait être réveillé qu'en cas de grande urgence guerrière.

— Toute révolution a ses limites, agréa Youx.

Ils choisirent pour dîner une auberge, sous les arcades de la calle Major. Une population de marins et de bourgeois y cohabitait dans le bourdonnement de centaines de mouches. Youx repéra aussitôt les deux étrangers attablés près d'une fenêtre. Des Américains, l'un en uniforme bleu ouvert au col, l'autre, un civil, en manches de chemise, le jabot fatigué par la chaleur.

— Je ne connais pas le marin, dit Youx à voix basse. Le bûcheron à tête d'enfant de chœur est à Clairborne. Tu as dû le croiser à la noce Maisonneuve.

— Le bouclé ? Pour sûr.

Le nez chaussé de bésicles qui lui donnaient un faux air d'étudiant, l'homme lisait un document. Jean se souvint. Il suivait le gouverneur de Louisiane comme son ombre portée. Livingston le lui avait même présenté. Son nom ?

— Merde, dit Jean, me voilà avec une devinette en tête. Merci, Dominique.

— Browman, Ron de son prénom. Il règne depuis quelques semaines sur la milice de La Nouvelle-Orléans et sur bien d'autres choses encore, pour son chef Patterson. Le genre accort, bon camarade, l'esprit dans des contrées connues de lui seul, où tu n'aborderas jamais. Un bon agent, en somme.

Amiral sans flotte ou presque, le commodore Patterson réclamait expressément à Washington les moyens de mettre de l'ordre sur le réseau fluvial de la Louisiane. En attendant l'embellie, il utilisait le tout-venant des fonctionnaires territoriaux. Jean félicita son ami. Accaparé par l'installation à Grande-Terre, il négligeait quelque peu le travail pourtant nécessaire de renseignement. Youx s'essuya la bouche d'un large mouvement de manche.

— Carthagène doit grouiller de gens comme lui, à commencer par des Espagnols déguisés en rebelles. Ces deux-là sont américains jusqu'au bout de leurs boyaux. Laisse. Ils ont autant envie de nous parler que nous de boire un coup avec eux. D'ailleurs, ils se retirent.

On échangea un regard en forme de vague salut. Au fond, le golfe était un village où tout le monde devait finir par se connaître. Jean avait faim. Il dîna de viande grasse et de légumes frais, but du vin de Xérès et du café. La ville était bien approvisionnée, des salaisons pendaient aux poutres de l'auberge et dans le cellier reposaient autant de tonneaux d'alcool que de sacs de riz, de patates ou de haricots. Quant au tenancier, il pesait bien deux cents livres. Youx avait des certitudes.

— Signe de bonne santé, Jean. Pour lui, pour son auberge et pour sa ville aussi. Le Presidente peut poursuivre sa sieste tranquillement, la citadelle est bien gardée et renferme de quoi tenir un long siège.

Au sortir de sa sudation quotidienne, le Presidente en question, Manuel Rodriguez Toricès, était de bonne humeur. Il offrit à ses hôtes du vin de Rioja, s'enquit de leur traversée, vaguement inquiet.

— Pas de mauvaises rencontres, j'espère. Il flotte des pavillons assez peu recommandables entre ici et la Floride.

Il avait le sourcil charbonneux, le visage en lame de sabre d'un moine inquisiteur, les manières sans grâce d'un caporal-fourrier en garnison à Tolède. Ainsi les révolutions accouchaient-elles de ces castes approximatives. Jean le remercia dans un espagnol correct. Il rendrait longtemps grâce à son père de lui avoir fait ingurgiter cette langue essentielle au commerce caraïbe.

— Señor Laffite. Des gens m'ont parlé de vous. Les schooners espagnols vous intéressent, mais la vigilance de nos amis américains vous gêne un peu. Enfin, vu d'ici, il s'agirait plutôt d'une sorte de neutralité. Je sais que des bandes d'assassins hantent les rives du Mississippi, loin vers le nord. Ces pirates de rivière détroussent les braves gens du Tennessee ou de l'Ohio, ils les tuent pour quelques dollars ! Quelle pitié, quand on sait où se trouve le vrai garde-manger de toute l'Amérique.

Il s'esclaffa, le doigt pointé vers la mer. Rappela la règle du jeu. Carthagène ne pouvait cautionner des meurtres gratuits comme ceux des Caboteurs[1] de Baton Rouge ou de Natchez.

— Nous engageons des corsaires et leur offrons notre drapeau. Carthagène n'est pas un repaire de pirates mais une république libérée du joug tyrannique de l'Espagne, qui aspire à la paix dans la liberté. Il nous faut assurer notre ravitaillement et pour cela éviter les flottes de Jérôme Bonaparte.

Il éclata de rire.

— Le nouveau roi d'Espagne ! Il règne sur Madrid et sur quelques villes où ses armées attendent les assauts de Wel-

1. Bandits de grand chemin fluvial.

lington. Pour nous, un Aragon ou un Corse, cela ne fait pas de différence, sachez-le. Les navires marchands de l'un ou de l'autre nous intéressent tout autant.

— Vous vous donnez licence de les saisir.

— Exact, señor. Je suppose malgré tout que vous connaissez les différences entre une goélette et une frégate. L'Espagne est puissamment armée, sa compagne anglaise du moment aussi. Cela fait beaucoup de gros vaisseaux et quelques centaines de canons, entre ici et les bouches du Mississippi.

Ce fut au tour de Jean de rire de bon cœur. On se comprenait, personne ne se lancerait à l'assaut d'un tueur des mers équipé de trente ou quarante pièces. La course n'était pas la guerre. Toricès pointa le doigt vers Youx.

— Votre ami ressemble à nos hôtes d'il y a un siècle.

— C'en est peut-être un, allez savoir, ces hommes-là étaient plutôt durs à cuire. Il y a des gens pour prétendre que leurs âmes mauvaises rôdent toujours entre les îles et le continent. Mon compagnon est peut-être la réincarnation d'un de ces fantômes.

— Fariboles, señor Laffite. Nous autres sommes bien vivants, aux prises avec des réalités très matérielles.

L'artilleur interrogeait Jean du regard.

— Le gouverneur te fait savoir qu'il te trouve une belle gueule, Dominique.

— Ah ?

— De pirate, à l'ancienne ! Barbe-Noire ou quelque chose comme ça.

Toricès avait entrepris de rédiger le document. On scellait une alliance sans les fastes et cérémoniaux généralement associés à ce genre d'événement. D'un geste assez peu protocolaire, Jean se leva de son fauteuil, alla vers la haute fenêtre par où il apercevait un bout de mer sous le ciel blanc. Des courants l'irisaient, leurs traînées indiquaient des caps, fusionnaient, dessinaient des sortes de reliefs, des rivières argentées, jusqu'à l'infini. Il ferma les yeux. Il y avait, passé les portes de la citadelle, un royaume sans autre frontière que l'horizon, un espace pour des hommes libres, affranchis des contraintes, qu'elles fussent du roi ou de la république, des vieilles ou des jeunes nations.

Lorsqu'il en eut terminé avec sa rédaction, Toricès se leva à son tour, relut sa prose tout en marchant vers son hôte.

— Señor Laffite, voilà qui vous donne officiellement le droit de chasse et de prise sur tout bâtiment espagnol transitant de ce côté-ci de l'Atlantique. Et de l'autre, si le goût de la chasse vous pousse jusqu'en vue de l'Europe. L'Atlantique est à vous. Si ce texte vous convient, je le ferai recopier pour tous les capitaines susceptibles de vous suivre dans cette aventure.

Il y avait dans sa voix une solennité un peu ridicule, une emphase et une hauteur assez castillanes. Jean se retint de sourire. Aux yeux des Etats, la république de Carthagène ne bénéficiait que de sa propre reconnaissance. Une baie de quelques lieues carrées tenant tête à la puissance espagnole même entamée, même pourrissante, toujours capable de ruer et de mordre, tel un fauve aux dents cariées, aux griffes usées ; les notables de Carthagène prenaient des risques, il faudrait bien de la complaisance aux Espagnols pour donner crédit à la moindre de leurs décisions. Mais ainsi allaient les choses à la Caraïbe, en ce début de siècle.

Jean brandissait la lettre de marque comme un sabre. Il éprouvait une furieuse envie de trépigner, de danser en faisant claquer ses talons, comme les Acadiens du bayou Lafourche.

Youx plaisanta :

— Nous voici munis de solides alliés, à c't'heure. Je serai curieux de passer en revue la marine de Carthagène.

— Nous sommes la marine de Carthagène, Dominique. Quel rang te ferait plaisir ? Amiral ? Ecris-moi ta requête, je verrai ce que je peux faire. Et cesse de parler d'alliés. Cela n'existe pas dans ce coin de la planète. Des compagnons de route ou de mer, voilà ce que nous sommes nous-mêmes pour les autres. Penses-tu que si nous croisions demain une flotte envoyée à la reconquête par Bonaparte ou par Ferdinand, ce document nous sauverait de la noyade ?

Il riait, de son rire enfantin, contagieux.

— Les Américains, tout de même, hasarda Youx.

— Oui, en tout dernier. Je vais te dire, Dominique. Notre ami, comment l'appelles-tu déjà, Browman, le bouclé avec son air d'angelot fraternel, nous tolérera au nom de Jefferson ou de ses successeurs. Jusqu'à ce que les Espagnols aient quitté le Texas, la Floride, le Mexique et tout le reste. Passé ce cap, gare à nos fesses. Pas d'alliés, amiral Youx, juste des compagnons de voyage. *Remember !*

Le soleil déclinait. Des femmes tenant des ombrelles sortaient de chez elles. Jean se retourna, charmé par le gracieux mouvement de leurs mousselines. Ainsi l'ambiance de la ville n'était-elle pas vraiment celle d'une cité en danger. Il y devinait des paresses, des nonchalances, des soupirs. Il frissonna. La nuit viendrait.

— J'ai à faire, Dominique, dit-il, sibyllin. Rendez-vous avec les autres demain, ou dans une heure à l'auberge, ou jamais, c'est aussi une possibilité. A propos, toi qui connais bien la région, saurais-tu où est la calle Acevedo ?

Et sans attendre la réponse, il planta là son ami éberlué.

Une négresse coiffée d'un tignon couleur de soleil conduisit le visiteur vers un salon aux murs couverts de tapisseries, assez lourdement meublé de bois précieux et de marqueterie espagnole. Chaque fois qu'il pénétrait dans de semblables décors, Jean ressentait le poids de sa propre enfance. Il y avait eu, dans sa vie bordelaise, des pièces pareillement agencées, chez les Laffite ou dans des demeures amies ; l'odeur de la cire, des rires de femmes préparant un souper, l'ordinaire de vies paisibles d'où les enfants bien nourris envisageaient le monde avec les yeux de l'innocence.

— Monsieur ?

Il sursauta. Doña Elora Almagre se tenait près de lui, l'air intrigué.

— A quoi pensiez-vous ainsi plongé dans la rêverie ? Vous avez tenu votre promesse, quel bonheur.

Elle paraissait sincèrement ravie, gardait ses lèvres entrouvertes sur un sourire plein de surprise, de contentement aussi. Il prit sa main, qu'il baisa, longuement. Elle se laissait contempler, caresser de cette manière. Finit par rompre, laissant toutefois ses doigts captifs entre ceux du visiteur.

— Voyez cela, dit-elle. J'ai chez moi des hôtes de La Nouvelle-Orléans. Vous serez entre pays. Venez, cher.

Le salon donnait sur un patio murmurant. Des enfants y jouaient à l'ombre d'immenses ficus, sous la surveillance d'une esclave. Installés dans de profonds fauteuils d'osier, deux hommes sirotaient des jus de fruits. Jean reconnut les Américains de l'auberge, qui se levèrent à son arrivée. L'un ou l'autre pouvait bien être l'amant de la belle, cette pensée l'amusa. Une inclinaison de tête, de chaque côté. Le colonel Davies appartenait à l'armée du général Jackson, en Floride.

— Monsieur Browman seconde le gouverneur Clairborne, annonça Elora. Vous avez dû vous voir chez l'armateur Maisonneuve. Seigneur, quelle jolie soirée, je m'en souviens encore.

Jean n'aimerait pas cet homme à l'expression faussement joviale ; un crotale, sous l'apparence polie du diplomate. Un maquignon, jaugeant l'autre derrière ses petites lunettes rondes, l'évaluant, cherchant chez lui la faille par où s'engouffrer. Ils écoutèrent tous deux, sans se quitter un instant des yeux, la présentation qu'Elora faisait de Jean. Puis il y eut un long silence, rompu par le colonel.

— Les nouveaux maîtres de cette citadelle offrent généreusement l'hospitalité. L'asile et, comment dire, le droit d'inventaire en même temps. Les épices caraïbes vous intéressent donc à ce point, monsieur, que vous ayez fait un aussi périlleux voyage pour vous en procurer ? Il y a des pirates dans le golfe et pas grand monde pour les dissuader d'agir.

Plaisantait-il ? L'octroi de lettres de marque n'était un mystère pour personne. Browman parut gêné. Jean se détendit. Davies mettait les pieds dans le plat comme il aurait sabré un clan de Séminoles dans les marais de Floride.

— Monsieur Laffite est forgeron, dit Browman. De façon annexe, il fait négoce de quelques biens de première nécessité. Farines, épices, fruits de la Caraïbe, bois précieux. Il possède de surcroît la plus jolie goélette de Louisiane, sans doute la plus rapide aussi. Carthagène est une halte nécessaire pour des hommes comme lui, aujourd'hui.

Jean le considérait, un petit sourire narquois au coin des lèvres. Il fallait lire entre les lignes de cette prose pour initiés. Pierre eût abondé dans ce sens-là ; ouvrant grands ses yeux, opinant du bonnet, il eût parlé des difficultés de la navigation en ces temps de troubles, des coûts parfois prohibitifs de l'armement, du pourrissement des denrées avant leur arrivée à La Nouvelle-Orléans. Un marchand, très concerné par les taxes et le prix des chaînes d'ancre. Jean ne saurait jamais tenir ce rôle de candide préoccupé par la conjoncture. Il éluda, curieux d'en apprendre sur la politique de Carthagène.

— Délicate, lui répondit Elora. Nous avons fait un pas décisif vers la liberté, mais les Espagnols ne resteront pas longtemps sans réagir. La vieille peau se flétrit mais elle n'est pas encore en lambeaux !

Son rire aigu s'adressait à lui. Tandis qu'elle emplissait des verres devant une table à roulettes portant des carafes de jus aux diverses couleurs, elle le dévorait de ses yeux couleur de nuit andalouse.

— Mangue, papaye, maracuja ? proposa-t-elle. Ces trésors-là n'intéressent guère les reîtres des rois d'Espagne. Ils nous les laissent, alors nous en faisons des boissons rafraîchissantes.

Quel était le degré de connivence entre elle et les deux Américains ? Jean supposa qu'ils avaient eux aussi rendu visite au Presidente. Les politiciens de Carthagène sacrifiaient aux bontés de la sieste ; cela ne les empêchait pas de jouer à la grande nation. Il recentra la discussion sur le présent de la colonie, les lèvres dans son breuvage, caressé à distance par la maîtresse des lieux.

— Il faudra que j'aille faire un tour à votre forge, dit Browman lorsque l'on eut épuisé le sujet. Mon père pratiquait ce métier en Pennsylvanie. Les flammes qui crépitent, les jets d'escarbilles en fusion, le métal qui se tord sous les coups de marteau, quel univers ! Vous exerciez déjà ces talents à Bordeaux ? Ou bien avez-vous toujours été homme de mer ?

Il se forçait à une joviale et brusque franchise qui eut le don d'agacer Jean. Le ton amical de sa conversation, sa manière de s'exprimer un peu cauteleuse, tout chez lui sonnait faux. Jean prit le temps d'allumer un cigare.

— Je navigue, actuellement, dit-il, évasif. C'est une activité non dénuée de risques. Rien à voir avec la forge. Je pense cependant que s'il nous arrivait quelque chose au large, notre industrie permettrait à nos familles de survivre quelque temps. Il faut toujours penser à sa famille, n'est-ce pas ?

— Prudent, apprécia le colonel, doigt levé.

Celui-là faisait le Jacques pour de bon, à moins qu'il ne fût réellement stupide. On était décidément entre gens de théâtre, la seule à s'en amuser semblait être Elora, qui proposa que l'on continuât à boire.

— Vous n'avez pas goûté le punch aux quenettes. C'est la saison dans les Antilles.

Les Américains s'étaient déjà désaltérés. Ils refusèrent poliment, se levèrent afin de prendre congé ; une décision que Jean trouva intéressante. Cela faisait assez longtemps que l'on débitait des banalités forcées, dans ce patio. Browman s'inclina devant son hôtesse, qui s'interposait ostensiblement entre lui et Jean, une façon bien féminine de montrer qu'elle laissait partir les uns et retenait l'autre.

— A très bientôt, señora Almagre.

Le colonel serra la main de Jean avec une effusion exagérée de vieil ami. On avait devisé de rien ou presque mais entre gens de bonne éducation. Le salut que l'homme de Clairborne adressa à Laffite contenait en revanche son lot de frustration ; de l'aversion aussi.

— Vous serez aimable de saluer le commodore Patterson de ma part, lui dit Jean dans un sourire. Nous ne nous croisons guère et je le regrette. Peut-être les événements en cours nous permettront-ils d'établir enfin des relations dénuées des arrière-pensées et autres suspicions qui, sincèrement, me navrent.

— Le commodore est un homme fort occupé. Son souci est de pouvoir bientôt disposer d'une flotte capable de faire respecter l'ordre dans les eaux de la Louisiane. Il faut souhaiter que ses efforts soient rapidement couronnés de succès. La curée va se prolonger sous du vernis officiel, dans le golfe du Mexique, mais, sachez-le, les Américains ne supporteront pas indéfiniment que l'on se massacre à portée de canon de leurs côtes.

— A vous revoir, monsieur, dit Jean, glacial, soudain.

La chasse à l'espagnol s'ouvrait légalement, si tant est que ce mot ait jamais eu un sens entre Louisiane et Colombie. Un jeu commençait qui ressemblerait au poker. Pour l'heure, on se mettait en place devant des cartes empilées au milieu d'une table. Les poches plus ou moins pleines, le sourire aux lèvres, dans la belle et rassurante espérance des débuts de partie.

— Comment avez-vous trouvé notre Presidente, señor Laffite ? fut la première question d'Elora lorsque les Américains eurent quitté sa maison.

— Fort occupé. Maîtriser la situation de votre ville ne doit pas être facile.

— Vous n'avez pas croisé d'armada hérissée de canons, en route pour ici, au moins ?

— Dieu merci, non. Mais comme vous le dites, les Espagnols ne toléreront pas longtemps ce poignard dans leur dos.

Elle haussa ses épaules rondes. Le souci serait pour plus tard. On vivait, qui savait l'avenir ?

— Alors, nous avons un répit. Vous détenez les documents si importants pour nous tous ? Toricès les a signés ?

— Vous le savez bien, doña Almagre. C'est bien vous qui m'avez en quelque sorte conduit jusqu'ici.

Il lui montra la lettre de marque. Il devait s'en écrire plus d'une à Carthagène en ces temps de trouble. Tandis qu'il soutenait le regard de son hôtesse, Jean songeait à l'essaim de corsaires, d'aventuriers et de vrais pirates que cette facilité de caisse allait attirer dans le golfe. Si, des frontières du Brésil à celles du Mexique, s'allumait le feu de la révolte générale, le tropique tout entier deviendrait un champ clos de rapine et de pillage.

— Je vous emmène sur la terrasse, lui dit-elle. Vous avez le droit de garder votre verre de mombin ; faites attention tout de même, liqueur et soleil ne font pas toujours bon ménage.

A son tour, elle lui prit la main pour le mener dans un escalier de bois brun. Divine ascension. Sans grande pudeur, elle souleva le bas de sa robe, montrant à Jean ses chevilles et jusqu'à la moitié de ses jambes. Sa peau blanche éclairait la pénombre, c'était un joli moment de séduction, une promesse par quoi il se laissa mener, ravi.

La maison Almagre occupait le sommet d'un mamelon, au point le plus haut de la ville. De sa terrasse, on découvrait la baie et son cordon protecteur, les dizaines d'embarcations de pêcheurs voisinant avec les bricks, goélettes et trois-mâts en escale. Gardienne de poids, la forteresse veillait là-dessus comme un gros chien assoupi. Pierre reconnut la silhouette de son bateau, son gréement sagement brassé, sa mâture hardiment dressée vers le ciel. Il en éprouva du plaisir. En vérité, tout dans cette ville bariolée, alanguie derrière ses murailles et ses façades gorgées de soleil, invitait à cela.

Jouir. De la vie brève et du moment. Il baisa de nouveau la main d'Elora.

— Vous avez occupé mon esprit tout au long de ce voyage, murmura-t-il.

Elle eut une moue enfantine, le coin de ses yeux se plissa.

— Autant que vos documents, vraiment, monsieur Laffite ?

— Quels documents, señora ?

Elle rit, vint contre lui, frissonna lorsqu'il se fut penché vers son cou. Ce qui viendrait était écrit depuis quelque temps déjà ; un acte sans encre ni papier ou cachet, rédigé entre eux à La Nouvelle-Orléans. Elle s'écarta de lui tout à coup, le laissant coi.

— Eh bien, que se passe-t-il ?

— Les officiers de ces navires ancrés dans la baie s'adonnent parfois à une sorte de jeu, expliqua-t-elle à voix basse. Ils visent les terrasses et les balcons dans leur lunette, ça leur fait passer le temps et leur offre parfois un spectacle inhabituel. Surtout la nuit.

Elle l'attira à l'abri d'un mur. Une porte donnait là, ouvrant sur la moustiquaire d'une sorte de casemate cimentée à la terrasse. Un lit, une chaise, une table de nuit en constituaient le mobilier, le minimum pour qui cherchait un peu d'air marin dans les touffeurs du plein été. Jean se souvint de son invitation « à la maison de la veuve ». Maintenant, il tenait dans ses bras cette femme désirable entre toutes ; aux portes de l'océan, dans une ville amie dont il entendait le murmure.

Elle marcha, contre lui, vers la chambre. Il pressentait un accord, une fusion. Le temps s'arrêtait. Le sourire d'Elora, la crispation de ses doigts sur ses épaules, son corps offert épousant le sien, tout invitait à aimer, en liberté.

Les Américains feraient leur rapport dès leur retour à La Nouvelle-Orléans. Il pensa « allez vous faire foutre », trébucha sur la moustiquaire qu'il arracha en tombant sur le lit, se retrouva piégé avec Elora dans ce filet à petites mailles. La jeune femme éclata de rire, ses lèvres s'ouvrirent, son souffle s'accéléra. Elle serrait sa prise ; s'ouvrait, chuchotante, captive.

Il la contemplait s'habillant avec lenteur, comme après une longue sieste. Ses doigts tremblaient ; toucher encore ce corps un peu lourd, charnel, démentant l'austère finesse du visage, sentir dans son cou, sur son torse et jusque sur son ventre le souffle de l'amante.

— Tudieu, la beauté se cache bien, à Carthagène.

Il pourrait aussi lui dire « je reste ici, dans cette ville, au creux de tes reins et au diable la course, les lettres de marque, les Espagnols et leur train d'or ». Elle se laissait regarder, nouant ses cheveux en vague chignon d'un geste qui tendait son buste. Repue. L'esprit ailleurs peut-être bien.

— Je saurai où tu te trouveras, Jean Laffite, dit-elle, tout se sait très vite dans le golfe. Je plaindrai les Espagnols ou les Anglais qui te croiseront par malchance entre ici et la Louisiane.

Il s'appuya sur un coude, caressa sa peau comme décolorée par une maladie de langueur, compta, par jeu, les grains de beauté qui la ponctuaient. Elle le laissait partir, de cette façon détachée qu'ont souvent les femmes rassasiées d'étreintes et peu désireuses de les répéter. Elle eut un sourire un peu amer. Murmura :

— Te voilà libre, joli corps, ni Clairborne ni ses gens ne pourront t'empêcher de courir la mer. Et moi, pas davantage. Ainsi le veut la fatalité des amants ; cette fois, c'est toi qui t'en iras demain.

Elle avait à voyager de son côté. La haine des Espagnols la poussait vers l'isthme et le Mexique, où couvaient des vengeances, des bains de sang, de la révolution sous le soleil, bonne à vivre et à exporter. Elle parlait de ça et ses lèvres se crispaient sur un rictus. Enlaidie, comme l'étaient les harpies hurlant à la mort autour des guillotines de la Terreur. Jean avait vu ces choses, les cahots jetant les uns sur les autres les condamnés en chemise, aux mains liées dans le dos, et ces foules trépignantes devant quoi l'on mettait les enfants afin qu'ils ne perdent rien du spectacle. Il avait craint alors l'existence, ce théâtre morbide où tout devait finir comme les têtes des suppliciés, dans des paniers dégouttants de sang.

Il s'étendit, les poings serrés. Elora lui avait donné un plaisir intense, autre chose que les simulacres des filles du Swamp ou des Remparts. En vérité, derrière sa mâle assurance de jeune homme, il n'avait jamais connu pareille expérience. Maintenant, sa maîtresse d'une nuit avait autre chose à faire. S'encombrer d'un homme n'était pas dans ses projets immédiats, plus tard, peut-être, quand la mission qu'elle s'était assignée aurait été remplie.

— Je prends la mer comme toi, demain. Je dois rencontrer un jeune chef de la rébellion en Nouvelle-Grenade. Loin d'ici, sur la côte du Venezuela. Il s'appelle Simón Bolívar. Peut-être le croiseras-tu un jour. Agrafe ma robe, veux-tu.

Elle s'était prestement habillée. L'amour rehaussait sa beauté mais le charme était passé. Jean se retint de la déshabiller aussitôt.

— Veux-tu dormir avant de rejoindre tes amis ? lui proposa-t-elle. Tu peux rester ici, pendant que je prépare mon bagage.

Le soleil s'enfonçait à l'ouest, derrière la forteresse. Youx se serait aisément laissé convaincre de séjourner plus longtemps à Carthagène. Il y avait, parmi l'équipage de la *Diligente*, des habitués de son port et des bouges attenants. On pourrait en finir avec ce séjour de taverne en taverne, chercher d'autres rencontres, retourner, ivres, à la goélette pour mettre à la voile au bout de quelques nuits. Elora vint vers Jean, s'agenouilla sur le lit, aida son amant à boutonner sa chemise, d'un geste de mère attentive. Etrange femme, tour à tour possessive et détachée, féline et raide.

— Eh bien, tu vois, dit-elle presque gaiement, ainsi ne connaîtrons-nous aucun de ces tourments quotidiens des couples, la jalousie puis l'habitude et sa sœur jumelle la routine. Encore moins l'ennui, qui finit par tout recouvrir et donne la même couleur terne à toutes choses. Sais-tu ? Je te trouve désirable même quand tu te renfrognes.

Jean caressait ses cuisses. Elle se dégagea, éclata d'un rire qui s'enfonça dans son cœur comme une dague. Il y avait en elle deux femmes, la bouillante amante et la veuve revancharde, deux contraires en fusion permanente. L'une s'était emplie de Jean, de sa vigueur, de ses assauts, étouffant les échos de sa jouissance sous la morsure de ses petites dents acérées ; l'autre, lucide et dégrisée, envisageait l'avenir en solitaire. Entre les deux, rien qu'un amoureux transi puisse transformer en terrain de conquête.

— Dominique, j'ai traversé l'après-midi d'un être peu ordinaire, avoua-t-il dès qu'ils eurent embarqué.

— Ce ne fut pas notre cas. Les horizontales de Carthagène sont à l'égal des autres, elles puent de la gueule, entre autres orifices, et les bourses qu'elles convoitent ne sont pas celles qu'on les aimerait voir caresser.

— Comment appelles-tu une femme que la rage occupe au point qu'elle confie ses enfants à des duègnes et à des esclaves, le temps d'aller concevoir des massacres à trois cents lieues marines de chez elle ?

Youx fit mine de réfléchir, caressa sa barbe, l'œil brillant d'une lueur malicieuse. Répondit :

— Au choix et, s'il te plaît, ne me perce pas la couenne dans dix secondes.

— Dis.

— Un capitaine qui ne déparerait pas ton bord.

— Et puis ?

— Une foutue femelle qui t'a fait chauffer du café avant de te renvoyer en Louisiane !

Il attendit. La bourrade ou le coup d'épée.

Ce fut la bourrade ; et, face au soleil levant, la mine perplexe puis le rire enfantin d'un ci-devant corsaire de la république de Carthagène gentiment rejeté à la mer au sortir d'un lit.

6

On avait croisé assez d'espagnols pour imaginer une cache vaste comme dix forges de la rue Bourbon, un repaire bourré jusqu'à la toiture d'or et de fusils, de tapisseries, de canons et de cent autres objets bons pour la revente. Les Orléanais défileraient devant un étalage comme ils n'en avaient jamais vu. On percerait des tonneaux de rhum et de cognac auxquels liberté totale serait donnée à tous de venir s'abreuver. A ce jeu des fantasmes réjouissants, Youx n'était pas le plus mauvais. Mais le temps n'était pas à la chasse. On se contentait d'observer le champ de courses dans sa brute réalité : l'océan, confondu avec le ciel à ses quatre horizons.

Laffite rêvassait. Il demeurait dans les parfums, les odeurs, la sueur, d'Elora. Parfois, il avait l'impression d'être encore imprégné de son eau, couvert par son corps, caressé par sa peau. C'était un mariage excitant et douloureux, le souffle du large et cette moiteur intime dont il gardait la mémoire jusqu'au fond de sa gorge, de ses narines, jusqu'au bout de ses ongles.

Il y avait eu de longues journées de calme avant que le vent se décidât à fraîchir. On était à l'est de Cuba, dans le détroit du Yucatán. Une ligne noire, plein nord, annonçait une fin de voyage aléatoire, les hommes, occupés jusque-là à jouer aux cartes ou à dormir, s'étaient remis à la manœuvre, carguant les fortunes, bordant les focs. On allait à la rencontre d'un coup de tabac. En fin d'hiver, ils étaient plutôt rares et brefs mais subits. Il faudrait peut-être virer de bord et fuir celui-là, sans trop tarder.

— Une voile, par bâbord avant, annonça Youx. Elle vient vers nous, et plutôt gaillardement.

Il tendit la lunette à Jean. Un brick, avançant assez vite sous un vent que la *Diligente* tardait encore à toucher.

— Tu vois son pavillon ? s'inquiéta Dominique.

— Il ne l'a pas encore hissé. En revanche, il a l'air armé.

La marine de guerre américaine possédait quelques-uns de ces bâtiments rapides et maniables ; ses capitaines ne rechignaient pas à les pousser assez loin vers le sud, au contact des Anglais et des Espagnols pareillement dotés, histoire de se montrer, de gesticuler un peu, sans plus. Jean décida que l'on glisserait vers l'est sans toutefois donner l'impression de rompre. Youx était sceptique. La *Diligente* naviguait sous armement sommaire, quatre canons de huit et des couleuvrines, tous en position de recul derrière les sabords fermés. Sa petite quinzaine de marins, même munie de fusils et de sabres, ne pèserait pas bien lourd face à un intrus animé d'intentions belliqueuses. Jean fit un constat.

— Il garde le cap et nous prend de vitesse. Nom de Dieu, on lui rend l'équivalent d'une demi-voilure. Ce n'est pourtant pas une frégate.

La *Diligente* peinait à accélérer. Jean gardait l'œil collé à sa lunette, guettait la montée des couleurs sur l'arrivant. Son cœur battait fort au spectacle des mâts inclinés vers l'écume, des voiles gonflées comme des pis, des vergues tendues sous les rafales. On serait au contact dans une grande heure.

— Américain, laissa-t-il tomber, soulagé. Dominique, dis-moi si tu vois des officiers là-dedans.

Il tendit la lunette à l'artilleur, qui observa longuement. Il y avait bien une quarantaine d'hommes sur le brick. Et des civils, apparemment, pour les commander. Jean eut une moue de dépit. Le ciel était encore clair au-dessus de sa monture, l'avantage était à l'arrivant, qui fuyait le coup de vent. L'intrus avait montré son pavillon mais ce militaire avait des allures de corsaire, au mieux. Lorsque le premier coup de semonce eut fait jaillir de la mer son chapeau d'écume, à cent brasses de la *Diligente*, Jean replia sa lunette.

— On hisse les bandes et les étoiles de l'Union, Dominique. On ferme les sabords et on affale. Civils jusqu'au bout des étais de hune, voilà ce que nous sommes.

— Nom de Dieu, grogna Youx en trifouillant nerveusement sa barbe, nous voilà rendus à l'état de prise. Ce ladre doit sortir d'une crique de Cancún ou de Cozumel.

Il pestait. Ses maraudes l'avaient déjà conduit dans les parages du Yucatán mais dans la peau du chasseur.

— Il nous tient, mon vieux, lui dit Jean d'une voix parfaitement calme, une seule chose peut l'emmerder, à c't'heure.

— Tu m'intéresses, grinça l'artilleur.

— Ça.

Il pointa du doigt la mer qui se creusait, les vagues rageuses. On était entre nous dans cette affaire, de toute façon. Il ne s'attarda pas à bavarder, ordonna à ses hommes de monter un maximum de tonneaux vides sur le pont tandis que les voiles, lentement, étaient mises à faseyer. La goélette s'immobilisa, secouée par le vent forcissant. Il n'y avait plus qu'à attendre pour voir les cartes, comme au jeu.

— Nous avons une paire de trois et sept mille dollars de mise sur le tapis, murmura-t-il. Et c'est nous qui demandons à voir !

Le *Old Friend*, si tant est que cela fût le véritable nom de l'agresseur, possédait en vérité un armement assez disparate quoique redoutable. Jean repéra des bouches de huit et de douze, une puissance de feu supérieure à la sienne. Un pirate. Jean se mordait les lèvres. Youx avait raison de grogner, en fin de compte, la course et le combat auraient pu être envisagés.

Il leva haut les bras, signalant son accord pour une prise paisible. Il vit le brick affaler à son tour et se placer parallèlement à la *Diligente.* D'anciennes prières lui revinrent en mémoire, au moment où il se rendait.

— On fait comme moi et on agite les mains en signe de paix, ordonna-t-il aux hommes demeurés près de lui.

La mer avait gonflé, anarchique. Des vagues mauvaises se brisaient contre les deux navires qui tanguaient et roulaient de plus en plus fort. Le *Old Friend* avait quelque peu négligé cet aspect des choses ; maintenant, il ne pouvait aborder directement sa proie sous peine de courir le risque de s'envoyer par le fond avec elle. Jean spéculait sur l'appât du gain, plus fort que le simple plaisir de trouer la coque d'une cible facile. La vue d'une chaloupe mise à la mer et aussitôt chahutée par elle le conforta. Une dizaine d'hommes s'installèrent à bord ; la prise se ferait d'une manière plutôt pacifique.

Les hôtes n'auraient pas à se lancer à l'abordage. On leur déroula des échelles de cordes. A voir les têtes des arrivants, Jean se dit qu'il avait recruté son équipage dans les mêmes eaux troubles du golfe. Il y avait de tout là-dedans, du Latin au poil noir et du Yankee au bon teint de rouille, de l'Asiate et de l'Indien du Mexique, le tout commandé par une espèce de bouledogue blond, dépoitraillé, alourdi par ce qu'il fallait de ferraille et de poudre pour inspirer le respect.

— Monsieur, vous êtes mon hôte désormais, annonça le conquérant lorsque, au bout d'une ascension rendue périlleuse par les mouvements de la *Diligente*, il eut posé le pied sur le pont.

— Ça ne se refuse pas, dit Jean. A qui ai-je l'honneur ?

— William Mitchell. De Baton Rouge.

Jean sourit. Il montrait ostensiblement sa ceinture vide de toute arme. Mitchell le considérait, satisfait, soulagé lui aussi de n'avoir pas eu à engager le feu. Jean écarta les bras.

— Nous sommes de La Nouvelle-Orléans. Petite prise pour vous, nous revenons presque à vide de Saint-Domingue, avec un équipage réduit. Si je puis vous donner un conseil, monsieur, c'est de ne pas trop tarder dans votre entreprise.

Il pointa le doigt vers le ciel noircissant de menaces. Il se sentait soudain détaché de la situation dans laquelle il avait délibérément plongé ses hommes. Face à lui, l'artillerie tribord du *Old Friend*, braquée sur la goélette, lui indiquait très précisément la marge de manœuvre, infime, dont il disposait.

Mitchell avait remis ses pistolets à la ceinture. On ferait vite en effet. Il donna quelques ordres. La cargaison ne serait pas facile à transborder, il se contenterait des armes, s'il y en avait, et de l'argent rapporté de Saint-Domingue. Jean se tenait les reins des deux mains, l'air navré, soudain.

— Un peu de rhum des Antilles, dans ces tonneaux. Et deux mille dollars à votre disposition, monsieur Mitchell. *Hey, you* !

Il avait crié. Mitchell le regarda, surpris. Des tonneaux rangés au pied du grand mât jaillit le restant de son équipage, pistolets en main. Dans la même seconde, Jean sortit de derrière son dos une dague qu'il appuya sur le cou du Louisianais.

— On ne bouge plus, messieurs !

Youx et ses hommes tenaient le pont et ses occupants dans leur visée. C'était assez amusant à voir, des troncs dans des barriques, des demi-marins prêts à faire feu. Jean se pencha à l'oreille de Mitchell. Suave.

— Dépêchez-vous, cher ami, le temps se gâte et nous sommes vous et moi dans la même foutue situation. Un mot de vous et tout s'arrange avant le bain de sang.

Il maintenait sa pression ; déclara qu'on avait mieux à faire que s'entre-tuer. Se présenta, enfin.

— Sommes-nous entre gentilshommes, monsieur Mitchell ?

— Je le crois. Je connais votre nom.

Jean relâcha doucement sa pression. Autour de lui, les hommes s'étaient préparés au feu de part et d'autre, avec entre leurs mains de quoi armer une compagnie de marine. Le silence qui s'était abattu sur les deux navires fut rompu par le geste de Laffite, levant la main puis remettant avec lenteur son poignard à la ceinture. Au risque de se faire trouer la peau dans la seconde.

Mitchell esquissa un sourire, ce qui, même en temps normal, devait lui demander un effort. Lorsque, à son tour, il eut fait signe à son bord que l'affaire était terminée, il y eut une double bordée de hourras.

— La prise vous aurait déçu, lui dit Jean. Sauf ce que je vais vous montrer.

Tandis que sur le pont de la *Diligente*, passé la tension des premiers instants, les hommes se mettaient à se parler entre marins, comme de simples pêcheurs au retour d'une campagne, il précéda son hôte dans son étroite cabine, exhiba les documents de Carthagène.

— Permis de chasse, monsieur Mitchell. Cet exemplaire vous épargnera le voyage en Nouvelle-Grenade. Si la course à plusieurs et le partage qui en découle ne vous rebutent pas, alors nous pourrons nous considérer comme associés.

Mitchell avait vaguement entendu parler de cela. C'était un chasseur solitaire, un loup sorti un jour des bouches du Mississippi avec la sommaire intention de fondre sur tout ce qui passait à sa portée. Jean lui en imposait par sa tranquille assurance, son mépris de la mort, sa mine d'aristocrate et ses manières policées.

— Je peux me mettre à votre service, monsieur Laffite.

— Il n'est pas question de cela. Personne ne se met à mon service. Il y aura simplement un code de conduite et une répartition des bénéfices en fonction des risques, des nécessités commerciales et bien sûr des saisies elles-mêmes. Cela vous agrée-t-il ?

L'Américain était subjugué. La ruse de Laffite l'avait pris de court. Il aurait pu, sur cette erreur d'appréciation, perdre lui aussi son navire. Accouru pour remorquer une goélette après l'avoir pillée, il se retrouvait associé d'un seigneur.

— Soit, dit-il. J'accepte.

Jean lui tendit une lettre signée par le gouverneur Toricès. La *Diligente* roulait de plus en plus fort, il fallait remettre à la voile, et cette fois tourner carrément le dos au coup de vent. Jean se fit grave soudain. Les lettres de marque ouvraient le golfe et la Caraïbe à qui saurait s'y imposer. Ce n'était pas pour autant le signal d'une curée aveugle.

— On ne course pas les navires battant pavillon français et on regarde passer les Américains. Le commodore Patterson possède une flotte certes assez faible mais dont les capitaines rêvent de se lancer un jour à nos trousses. Anglais et Espagnols suffiront à vous rassasier, monsieur Mitchell. J'ai votre parole ?

— Vous l'avez.

Ils se serrèrent la main. Puis Jean déroula une carte, pointa du doigt ses îles.

— Vous pourrez jeter l'ancre à votre convenance, au nord de Grande-Terre, cela vous épargnera de passer devant la Balise avec vos prises. En attendant, ne vous encombrez pas de remorques. Si vous saisissez, laissez repartir les bâtiments. Vidés, simplement. Nous nous verrons à la forge que je possède rue Bourbon. Je vous raccompagne.

Des bourrasques de pluie noyaient les ponts. La mer se mettait pour de bon en colère. Il était grand temps de se séparer.

La Nouvelle-Orléans, juillet 1810

Les mamas avaient bien fait les choses. La salle de bal de la rue Royale brillait de cent chandelles artistement disposées entre les buffets, les coins de pénombre où l'on pouvait bavarder discrètement et l'espace réservé à la danse. Des rangées de hauts miroirs, sous lesquels de profonds canapés offraient aux invités leurs coussins de velours rouge, agrandissaient l'espace, démultipliant la foule au point que le vacarme de la musique, du galop des danseurs, de leurs cris et de leurs rires, en paraissait lui-même augmenté.

Les peaux ambrées des métisses prenaient les reflets du velours dans la lumière adoucie. Ce n'était, de toutes parts, que grâces et élégances, épaules dénudées sous les mousselines, tignons étincelants de leurs bijoux, triomphe de la jeunesse. Heureuses créatures, qu'un bon Dieu amateur de café teintait ainsi dès leur naissance. Aux côtés des femmes déjà casées promenant avec majesté leur assurance de maîtresses entretenues, paraissaient les jeunes pousses accompagnées des mères ou des chaperons, et tout ce gynécée louvoyait avec grâce, à l'aise comme les poissons dans les eaux d'un bayou.

On avait émigré de Cuba, de Saint-Domingue, de la lointaine Guadeloupe. La Louisiane américaine attirait les donzelles aussi sûrement que le sirop de sucre les guêpes. Passé les expériences des quelques pionnières du siècle d'avant, le plaçage, puisqu'il fallait bien donner un nom à la chose, devenait une petite industrie du charme, entrait dans les mœurs masculines comme des ciseaux dans un corsage de tulle. Les puritains pouvaient gloser, critiquer, détourner le regard, ce commerce à peine déguisé avait pris une fois pour toutes sa place dans la société louisianaise.

Jean n'avait pas remis les pieds à La Nouvelle-Orléans depuis plusieurs mois. Il pénétra avec prudence dans le lieu où se tenait ce marché. Il se savait attendu, ayant eu ici ou là l'occasion de goûter de ces fruits caraïbes, sans toutefois prolonger l'idylle au-delà de quelques nuits assez grassement payées. Les échos de la forge, l'aisance relative de ses propriétaires, ces produits de toutes sortes, libres de taxes, étalés chaque dimanche sur des tables, entre la levée et la cathédrale, entretenaient la rumeur et le mystère sur des commerçants d'un genre assez particulier. Tout concourait à donner des Laffite l'image d'une famille certes productive mais en marge de la société. De quoi attiser les curiosités ; un célibataire qui plus était, bien fait de sa personne, possédant les plus belles dents de la ville et le sourire qui allait avec. Qui, en fin de compte, décrocherait le lot ?

Il reconnut des visages. Les femmes qui évoluaient sous ses yeux ne faisaient pas mystère de leur projet. Elles étaient toutes ravissantes, répandaient autour d'elles le mystère ineffable de leur origine mêlée. A les voir ainsi, séductrices en liberté surveillée, il se dit qu'une société sans ces êtres hybrides y perdrait en sel, tout comme une société faite uniquement d'eux.

Ce n'était pourtant pas le marché aux esclaves. Ici, pas de brutales exigences, de gestes sans humanité, de marchandage public. L'ambiance était à la gaieté, au rire, aux éclats de voix, avec ces accents impossibles à imiter. Aux buffets couverts de fruits, de marmites de soupe, de riz diversement accommodé, on pouvait à loisir boire du rhum et du vin de France tout en contemplant le spectacle, repérer dans la foule les yeux, le buste, le cul sur lesquels on jetterait son dévolu. Tout devait se faire suivant les usages du beau monde, sans mouvements voyants ou intempestifs, sans scandale à jeter en pâture aux bigots. On séduisait de part et d'autre, par de lascives ondulations suggérant les nuits d'amour à venir, par des œillades à deux mille dollars la rente, par toutes sortes de grâces sensuelles autant qu'intéressées. Que voguât la jeunesse sur ses esquifs parfumés ; les mères et les tutrices mettraient bien vite dans tout cela l'ordre coutumier sans lequel cette fête fût demeurée sans objet.

L'orchestre jouait une contredanse. Des couples s'étaient formés, la jeunesse créole des plantations ne se faisait pas prier pour se lancer à la conquête des belles. Jean repéra des rejetons de familles célèbres, des pères et des oncles aussi, dans un joyeux mélange d'intentions, de ronds de jambe et de galanterie. L'industrie naissante transcendait les générations. Pas d'Américains ou alors d'une grande discrétion, les coutumes de la gent française, horrifiques reliquats de l'Ancien Régime bons à faire jouir des papistes libertins, servaient là de repoussoir. Enfin, pas tout à fait, constata Jean ; il y avait tout de même assez de ces Yankees, libérés des interdits et des carcans, pour s'être fait inviter à ce bal, mais au moins ceux-là ne braillaient-ils pas comme au théâtre ou dans les tavernes.

Le nom de Laffite avait circulé parmi les invités. Jean salua des clients de la forge. Il n'y avait aucune gêne à se retrouver là, cela faisait déjà quelque temps que la petite entreprise des Bordelais avait noué des contacts commerciaux avec les uns et les autres. Et puis, on était entre Français pour l'essentiel, dans la complicité de la langue et de l'histoire. De quoi tolérer quelques manquements à la loi des Américains, par défi, par jeu aussi.

Jean admira les tignons de toutes les couleurs arborés par les femmes, fleurs en perpétuel mouvement, danse à l'intérieur de la danse. On était là dans un autre monde ; la fantaisie de ces gens, leur bonheur de vivre affiché haut comme une enseigne du port, leur originalité assumée sans honte donnaient à ces soirées un goût de liberté, autre, un peu sauvage, et l'envie de mordre dans les beaux fruits exposés sous les lustres.

« Monsieur Laffite » ne tarda pas à être entouré, certes sans quoi que ce fût d'ostentatoire mais avec assez de prévenance pour qu'il se sentît à l'aise, observé et choyé en même temps. Etait-il bien servi en jambalaya[1] ? Désirait-il un de ces mélanges d'alcool et de fruits comme seules les femmes de Saint-Domingue savaient en préparer ? Et comment allait monsieur son frère ? On ne voyait pas souvent Marie Villars dans ces sortes de fêtes, elle était pourtant payse mais se montrait peu. Dommage. Et les robes de Paris ? Il s'en vendait quelques-unes hors des boutiques de la ville, pourquoi n'en trouvait-on pas davantage à ces prix si intéressants ?

Il se laissait faire, rendait les sourires avec générosité. Il promit, écouta, promit de nouveau. Il verrait ce qu'il pourrait obtenir des vendeurs. Le moment était venu de choisir une partenaire pour la danse.

— Confiez-vous au hasard, lui ordonna un astre noir tout vêtu de blanc. Fermez les yeux.

Il s'exécuta, faux aveugle cherchant de l'aide pour traverser une rue. Des femmes le firent tourner sur lui-même. Au sort de décider pour lui. Une main aux doigts si fins qu'il pouvait les briser d'une simple pression saisit la sienne. Il entendit un rire d'enfant, cristallin, ouvrit les yeux.

— Mais je te connais, toi.

Une ravissante se tenait devant lui, la tête légèrement inclinée, s'éventant.

---

1. Riz mêlé de viande, de crevettes ou de poisson, épicé.

— Catiche ? Mais que fais-tu ici ?

— Ce qu'une quarteronne encore pas mariée à seize ans a coutume de faire, tonton café-chocolat.

Il voulait lui dire qu'il n'était pas son oncle et puis aussi qu'il avait rarement vu tant de joliesse et d'autres choses encore. Bouche bée, il la détailla des pieds au tignon rouge sang. Que s'était-il donc passé pour que la « menuchette » plutôt gauche, encombrée de ses formes toutes nouvelles, se fût ainsi transformée ?

— C'est que vous n'avez pas reparu à la maison depuis beaucoup de mois, lui dit-elle.

— Ah tiens.

Il y eut des rires. On ne savait pas très bien comment cet homme vivait. La rumeur favorable des créoles en faisait un corsaire assermenté à Carthagène, un héros des rébellions caraïbes épris de liberté, pour lui comme pour les autres. La critique des puritains, outrée, le décrivait en revanche sous les traits d'un fauve, d'un chasseur tapi dans son repaire du Sud, hantant nuitamment les rues de La Nouvelle-Orléans pour s'y livrer à ses odieux trafics.

Il se pencha vers sa belle-sœur, baisa sa tempe. Corsaire ou pirate, il avait négligé la famille. Absent, le temps d'une éclosion.

Catherine Villars gardait des traits de l'enfance, ses joues étaient encore pleines des tartines à la confiture, des gombos et des gâteaux de maïs de la rue Bourbon, mais ses sourcils, ses lèvres, ses tempes étaient d'une femme. Quant à son corps, il restait liane, presque maigre, avec un buste encore menu, une taille que deux mains suffisaient à enserrer, des fesses arrondies sur quoi le regard des hommes se posait, insistant. Du charme plein la jeunesse, en attendant la beauté sans défaut de l'âge mûr, qui viendrait.

— Vous êtes bien songeur, mon… au fait, comment dois-je vous appeler maintenant ? Mon beau-frère unique ? Monsieur Laffite ? Monsieur Jean ? *Michié té bon*[1] ?

— Arrête. Jean suffira bien. Mais dis-moi, coquine, qui t'autorise à sortir en ville sans chaperon, à dix-sept ans ?

— Moi-même.

1. « Monsieur très bon ».

— Marie ne t'accompagne pas ? Ou ta mère ?

— Mais non, j'ai des amies ici. Des créoles nous ont accompagnées. Et des garçons aussi, nous les avons rejoints.

— La délurée ! Ils ont payé les deux dollars de ton entrée. J'espère qu'ils se sont entrebattus pour ça.

Elle fit une révérence. Avec ses mèches bouclées, noires comme des plumes de corbeau, collées sur les tempes et le front, elle ressemblait à la créole de la Malmaison. En plus foncé.

— Moka, murmura-t-il.

— Pardon.

— Rien. Je pense t'avoir trouvé un petit nom, Catiche, c'est d'un commun.

Ils se regardèrent, également surpris, elle, tenant son éventail, un peu gauche, lui guère moins emprunté, regrettant de ne pas avoir un chapeau à rouler entre ses doigts. Ce fut elle qui proposa de valser, après tout, on était en famille au milieu de quelques dizaines d'étrangers et d'amis. Au diable les convenances, ce bal en était la bruyante et joyeuse négation.

Jean vit la déception des cavaliers empressés autour de Catiche ; jeunes planteurs ou fils de bourgeois du Carré, ils avaient établi un tour et se disputaient, inquiets, fervents ou faussement impassibles, la proie charmante censée choisir l'un d'eux pour amant. Puisque tel était l'objet principal de la soirée.

Il se laissa entraîner au milieu du champ de danse où papillonnaient les tignons. Il y avait là les plus jolies filles du territoire, exposées à la concupiscence des invités, sous le regard des mères et des marraines. Loin de ce lieu où l'on négociait le plaçage aussi âprement qu'à la halle les esclaves ou le tabac, les épouses de ces messieurs trompaient leur ennui en jouant aux cartes devant les gâteaux dont elles s'empiffraient, arpentaient, le jour durant, la rive du fleuve ou du bayou longeant leur plantation. Heureux maîtres de la Louisiane, qui jetaient ainsi leur gourme, souvent bien au-delà de l'âge convenu.

— Où diable as-tu appris à danser ? s'étonna Jean.

— Et vous, tonton tafia ? Mes soupirants vont être jaloux de vous. En plus de vous craindre.

La tête inclinée sur le côté, bercée par les mouvements de la valse, elle le scrutait de ses yeux couleur d'eaux dormantes. En même temps, sa hanche venait se coller contre la cuisse de Jean.

Tous les couples ne gambillaient pas de cette manière-là, la plupart maintenaient une distance somme toute réglementaire, quand bien même l'on était rassemblés pour un marché aux femmes. Il en fut troublé. La main de Catiche serrait la sienne ; la jeune fille s'abandonnait avec grâce dans ses bras, cherchait son regard. L'image d'Elora s'offrant à lui traversa, fugace, son esprit. Il y avait eu d'autres femmes depuis, aux Antilles et à la Caraïbe, où l'on relâchait souvent, entre les courses.

— A quoi pensez-vous, Jean Laffite ?

— A une bien jolie surprise, Catherine. Toi, guettée par une meute de jeunes chiens ; ma foi, je comprends tous ces chasseurs. Grandmoman Villars a bien travaillé.

— Si j'étais blanche, je rougirais, tonton bel homme. Vous n'êtes guère plus vieux que ces animaux-là.

— La danse se termine, dit-il. Je te rends à ta cour, j'ai du monde à voir.

Il avait croisé des clients de la forge, des gens du Sud aussi, intéressés par les produits détaxés. La Prairie s'ouvrait au commerce des Baratariens, on allait étendre les réseaux jusqu'aux lointaines Attakapas. La conjoncture était bonne, la défaite de Wellington à Burgos ouvrait un peu plus le golfe aux entreprises des corsaires.

— Pour les affaires ? s'inquiéta-t-elle.

— Et pour quoi d'autre, d'après toi ?

— Je ne sais pas, tonton caraïbe. Pour meubler votre maison du Sud, peut-être. Mais elle est sans doute déjà bien fournie en volaille. En poules bien grasses de Cuba par exemple, en dindes de Géorgie ou de Caroline. Vous ne rapportez pas beaucoup de poisson dans vos filets, à ce que l'on dit.

Il éclata de rire. Il avait bien en face de lui la Catiche de ses premières heures en Louisiane. En devenant femme, la petite diablesse de la rue Bourbon n'avait rien perdu de son vif-argent.

— Sois sage, lui dit-il, le doigt levé. Je verrai bientôt les femmes de la maison Laffite. J'espère ne pas avoir à leur raconter de vilenies sur toi.

— Marcher à côté de l'homme le plus mystérieux et le plus beau garçon de La Nouvelle-Orléans, sous le même chapeau les deux, j'ai de la chance, pas vrai, tonton corsaire ?

Ils avaient quitté la fête, la tête pleine de musique, de bruits de talons sur le plancher, de quadrilles, de contredanses. Les quarteronnes savaient recevoir. On sortait de leur bal un peu gris, dans les vapeurs du rhum habilement mariées au sucre de la papaye, de la mangue, de l'ananas, du lait même. Redoutables commerçantes, ces mamas n'eussent pas déparé les ventes à Grande-Isle. Rares étaient les chalands dont le jabotant furetage, la chasse plus ou moins discrète, le zèle à se laisser séduire ne trouvaient pas leur récompense dans ce marché aux femmes de la rue Royale.

— Va pour le mystère, concéda Jean. Le reste est affaire de goût.

Ils avaient traversé le Carré français rendu au silence de la mi-nuit, longé la place d'armes éclairée par ses lanternes jaunes, monté les marches de la grande levée. Une lune roussie, énorme, émergeant des bois et des marais du Sud, jetait à travers le Mississippi une longue traînée à peine brouillée par les ondulations et les remous du flot.

— Ainsi, tu pensais te placer auprès de quelque créole de Chalmette ou de Donaldsonville, dit-il, ironique. Toute seule, sans chaperon ?

Elle s'était éloignée de quelques pas, contemplative, attendant qu'il la rejoignît ; elle fit volte-face avec brusquerie, rompant leurs aimables considérations sur les invités, la fête, l'apprêt des uns et des autres. Cinglante.

— Et vous, mon cher beau-frère, oncle ou je ne sais quoi, dans quelle colonie espagnole de la Caraïbe cherchez-vous à vous placer depuis tout ce temps ? Vous pensez vraiment que le bruit de vos dévergondages ne court pas la ville ? Le Swamp est tout près d'ici. C'est votre auberge à La Nouvelle-Orléans, à ce qui se raconte. Et la rue des Remparts, où l'on couche contre des mulâtresses ? On leur fait des petits de la même couleur que moi, ne me dites pas que vous en ignorez les recoins, les grands lits avec des couettes, des pots de nuit et tout le reste. Osez prétendre le contraire. Je dirais que vous êtes un menteur, sauf le respect que je vous dois.

Il la dominait d'une bonne tête et demie, affrontait son regard plein de courroux. L'assaut de la donzelle valait bien l'abordage d'un brick anglais. Il cessa de sourire. Il n'avait plus en face de lui l'adolescente qui plongeait, soupirant de plaisir, ses doigts dans les jattes de crème à la vanille ou au chocolat, mais une femme, vent debout, blessée, jolie à faire se recoucher la lune. Il écarta les bras, contrit, balbutia une excuse qu'elle balaya d'un revers de main.

— Je te demande pardon, Catiche, répéta-t-il. Je n'aurais pas dû te parler ainsi.

Il l'avait fait pourtant. Peut-être le spectacle de la jeune fille enlacée par des garçons en extase au point d'en paraître parfois ridicules, avait-il instillé en lui la pointe de jalousie qui l'étonnait soudain. Il n'avait été ni le barbon de sa belle-sœur ni son tuteur. Cela se pratiquait assez souvent, pourtant ; pubère ou non, la filleule passait du contrat de parrainage au lit du bienfaiteur, de l'adolescence à la soumission. A l'âge où des benêts de dix-huit ans auraient naturellement essayé de les rouler dans le foin, elles s'allongeaient, bouche fermée, sous leur protecteur.

Il posa la main sur la joue de la petite métisse. Les sang-mêlé de La Nouvelle-Orléans jouissaient d'un statut particulier. Placés par le hasard de leur naissance entre Blancs et Noirs, ils subissaient la concupiscence des premiers et le mépris des autres, avec en prime le dégoût affiché des puritains. Marchandise. Jean sentit sa gorge se serrer. Catiche était devant lui, sans défense ; une enfant dans un monde sans grande pitié, longtemps protégée par la marginalité de sa famille. On frayait avec les *coloured* chez les Laffite, mais au moins personne ne s'était jamais permis de leur en faire la remarque.

Il se détendit.

— Pardonne-moi, Moka, lui dit-il à voix basse. Je ne voulais pas te faire de mal.

Elle appuya son visage contre sa paume, leva les yeux vers lui. Pardieu, c'était un joli spectacle. Il caressa ses cheveux, ses boucles de jais.

— Je suis allé chez les quarteronnes parce que j'aime danser, dit-elle. Et puis aussi parce que Pierre m'avait dit que vous peut-être y seriez. Voilà tout. Il y a bien longtemps que je vous ai vu.

Il lui releva le menton. L'accent de Catiche, ses libertés avec la syntaxe égayaient son désarroi subit. Ces femmes-là n'étaient vraiment pas faites pour le chagrin.

— Et si tonton danseur t'avouait qu'il est peut-être bien amoureux de toi ?

Elle le regarda avec une intensité presque tragique, dans la pénombre laiteuse de la pleine lune. Les Indiens prétendaient que cette période du mois était propice aux épanchements du cœur et de l'âme.

— Je le croirais, dit-elle, mais s'il mentait, je le tuerais alors.

— C'est un honnête marché.

Elle était contre lui, levait les bras pour enserrer son cou. Une femme, pour de vrai, féline, offrant la souplesse de son corps, sa carnation sans pareille d'Africaine. Et ses lèvres, plus douces qu'une mousseline.

— Tu es le premier, lui chuchota-t-elle à l'oreille.

Elle avouait son inexpérience, sa longue patience, les illusions qu'elle avait longtemps prises pour des rêves. Et lui, vaniteux, qui laissait la rumeur exagérer ses prouesses de séducteur ! Et là, maintenant, Jean Laffite, le clandestin du lac Borgne et de Barataria, penché sur une mulâtresse de dix-sept ans qu'il osait à peine toucher. Il prit le visage de Catiche entre ses mains. Lui dit qu'il lui avait fait du mal pour la dernière fois.

— Parole de pirate ? lui demanda-t-elle dans un sourire.

— Parole de corsaire, Moka.

La joie de Dominique Youx faisait plaisir à voir. Et à entendre. La Salle chinoise résonnait de ses éclats de rire. Avec son compère Desfarges, ils seraient les témoins des tourtereaux, si toutefois ces deux-là décidaient un jour de se marier.

— A la plus jolie fiancée de La Nouvelle-Orléans, de la Louisiane et des contrées annexes !

Pierre et Marie levèrent leurs verres de tafia. On s'était réunis avec Lafon et Desfarges pour fêter l'événement. Le temps n'était pas si ancien où l'on avait fraternisé, en ce lieu précisément. Depuis, une amitié, réelle et profonde, liait entre eux ces pionniers d'un genre un peu particulier. Point n'était besoin de contrat entre eux, de clauses écrites. « Liberté chérie », répétait Youx. On irait, ensemble ou non, au bout de l'aventure, chacun dans ses rêves, ses projets.

— Au gouverneur Clairborne, qui scellera un jour ou l'autre cette union, lança-t-il, la pinte tendue vers une table voisine, d'Américains.

Les Yankees trinquèrent. Pierre se pencha vers l'artilleur. Il avait un souci, un souvenir aussi.

— S'il te plaît, Dominique, ne te sens pas obligé d'en référer au roi d'Angleterre ou même au président des Etats-Unis, cette fois. Chante-nous quelque chose de pacifique, je te prie.

— Tu vois comme je sais caresser les gens dans le sens du poil, le rassura son ami. Et puis, pardieu, il n'y a pas d'Anglais ici. Nous faisons ce qu'il faut pour cela, on devrait nous en remercier.

Quelques semaines auparavant, Desfarges et lui avaient pris la cargaison d'un schooner de Southampton. De quoi équiper deux compagnies de fusiliers. Et les abreuver de malt par la même occasion. Un vrai trésor mis à l'abri au bayou Lafourche. Desfarges leva son verre. Il suppléerait son ami défaillant contre l'ennemi abhorré.

Voir le dernier Anglais à son dernier soupir,
Moi seul en être cause et mourir de plaisir !

Youx entonna une chanson où il était question de femmes éplorées, de quais de Saint-Malo, de coups de tabac et de goélands. Des Français la connaissaient, on fut bientôt une dizaine à la beugler sous les lustres de la salle. Puis ce fut au tour des Américains d'y aller de leur complainte. Des femmes pleuraient sur les quais de Baltimore, des tempêtes engloutissaient leurs hommes sous les ailes des goélands. Youx s'esclaffa.

— Eh bien, Pierre Laffite, voilà comment on bâtit une nation. Avec des chants de marins, du whisky et de cet horrible tafia dont tu raffoles Dieu seul sait pourquoi !

Catiche venait contre Jean, et lui se grisait de ce contact. La plus jolie donzelle de Louisiane s'était donnée à lui, elle attendait ce moment depuis leur première rencontre. La vie avait de ces malices. Seule Marie avait su ; les mélancolies de sa cadette avaient une source qu'elle avait fini par découvrir. Inquiète. La manière dont Jean Laffite envisageait l'existence n'était guère rassurante. Mais baste ! Sa cadette mettait enfin son tonton fiancé sous clef, du moins s'en persuadait-elle.

— Il y a des vents tièdes, au large de ce pays, murmura-t-il à l'oreille de sa maîtresse, tandis que le chœur franco-américain reprenait de plus belle. Et des petits drapeaux colorés comme les vitraux de ces fenêtres, qui flottent en haut des mâts autour de mon chiffon rouge. Tu verras ça, ma jolie. Les puissants de ce monde peuvent interdire ou permettre, punir ou récompenser, nous vivrons assez loin d'eux pour ne pas subir leur chape de tristesse. Pardieu, je ne les aime pas, ces bougres.

Elle le suivrait, au grand dam de sa sœur. Elle se moquait bien des rivages, des vents et des océans, des mâts et de leurs bannières. Ses insolences de gamine, ses colères fondaient dans les bras amants qui faisaient d'elle une femme. Vivre auprès de l'homme qu'elle chérissait depuis toujours, cela seul comptait. L'éloignement, les longues saisons dans ce Sud que Jean lui promettait ne l'alarmaient pas.

Elle se pencha à son tour vers lui.

— M'aimeras-tu autant que je t'aime, Jean Laffite ?

Il posa ses doigts sur son cou, caressa sa nuque gracile encombrée de mèches folles.

— Je ne sais pas, ma jolie. Mais tant que j'aurai un souffle de vie, je t'aimerai. De cela, oui, je suis bien sûr.

7

Octobre 1810

La *Diligente* s'approchait de Grande-Terre par le nord. Depuis le lever du jour, Catiche découvrait la baie de Barataria, les cordons de sable peuplés çà et là de chênaies, les défilés d'eau étale entre les îles aux rivages de terre boueuse. Des oiseaux survolaient par centaines ce lac où la jeune femme cherchait en vain des repères semblables à ceux du fleuve et des bayous ; le toit d'une plantation, la pente infime d'un champ de coton, le reflet vert d'une rizière. Rien de tout cela pour accrocher l'œil, sauf la ligne inégale des bois avec ses courbes, ses creux, ses perspectives cent fois renouvelées.

Assis sur des ballots de tissu et de farine, l'esclave Lubin se morfondait. Mal de mer et contrariété. L'homme se fût passé de ce voyage vers nulle part. Il gémissait, dodelinait de la tête, priait, les yeux au ciel. Jean le tança.

— Tu demandes à ton Créateur de te ramener à La Nouvelle-Orléans, Lubin ? Ne rêve pas, les vents nous sont favorables ce matin et nous allons résolument vers le sud.

Jean avait dû insister auprès de son frère pour qu'il consentît à se débarrasser de son cuisinier. Marie, vent debout, avait menacé de ne plus jamais se remettre aux fourneaux si on lui enlevait ce précieux inventeur de recettes épicées ; mais ainsi était Jean Laffite, persuasif et charmeur. Il lui fallait un officier de bouche à Grande-Terre ; il avait acheté celui-là à sa propre belle-sœur, assez cher pour que Marie en trouvât rapidement un autre, aussi talentueux.

A l'inverse de l'esclave, la doyenne du bord ne vivait pas son voyage comme une station de plus sur un long chemin de croix. Grandmoman Villars s'était déclarée volontaire pour aller vivre loin de la ville puante où elle traînait l'ennui de sa vieillesse d'une pièce à l'autre de la maison Laffite. L'idée même de retrouver, à près de soixante ans, les décors de sa jeunesse à Saint-Domingue avait amendé ses douleurs de hanches, balayé ses mélancolies, dissipé ses soupirs de rhumatisante.

— Je t'y ferai la cuisine avec cette vieille saucisse de Lubin, avait-elle lancé à Jean, dans son savoureux mélange de français et de créole. Et si tu ne m'emmènes pas cette fois, j'irai seule, sur une pirogue indienne.

Marie s'était assise devant ses fourneaux, assommée. On lui enlevait sa mère et son cuisinier, du même élan.

Jean sourit. Ils avaient l'air malins, les deux reliquats de la colonie ; le nègre habitué aux douceurs de la ville et la fille d'esclaves désireuse de les fuir, l'un comme l'autre attachés à la maison des maîtres au point de sembler faire partie depuis toujours de son mobilier.

— Eh bien, que le diable vous y emporte, avait concédé Marie.

— Non, ma chère, juste ton beau-frère, s'était défendu Jean. N'aie crainte, de toute façon. Nous verrons si ces aventuriers de pleine mer méritent qu'on les inscrive sur la liste des passagers. A la moindre incartade, je te les renvoie sur la première felouque en partance pour Crescent City[1] !

Jean semblait soucieux. Il avait promis une surprise, une fin de traversée que sa maîtresse ne serait pas près d'oublier. Scrutant le rivage de Grande-Terre à la lunette, il parlait à voix basse avec Youx, indiquait des directions, se tournait vers Catiche, l'air grave.

— Voilà qui est étrange, Moka. Tout était encore là il y a une semaine. Une tempête, peut-être bien.

Elle ne comprenait pas. Appuyée sur la lisse de la goélette, le visage caressé par la brise, elle observait ses compagnons, partageant leur souci sans en connaître la raison. Les vents avaient soufflé jusqu'au début du mois, comme chaque

1. Croissant-Ville.

année. En ville, il avait fallu se réfugier plusieurs fois dans les maisons tandis que de monstrueux orages noyaient les rues. Ainsi était la destinée de La Nouvelle-Orléans, soumise aux colères du ciel, léchée en même temps par le géant subitement grossi, qui affleurait la grande levée de son flot boueux. « Sodome ! » tempêtait l'évêque. Un jour ou l'autre, le Seigneur, las de contempler le vice et la débauche dans lesquels assez d'Orléanais se complaisaient, déciderait de l'engloutir une bonne fois pour toutes. Mais pas cette année-là.

— A la chaloupe, décida Jean.

On était partis en balade vers le sud, sous un ciel enfin purifié de ses nuées, comme une bande de jeunes gens pour un déjeuner de campagne, et voilà que cela semblait mal tourner. Jean marmonnait, ses hommes gardaient le silence. Il prit lui-même une rame, souqua, en rythme avec ses hommes. Le rivage de Grande-Terre se révélait peu à peu, encoché par des criques sablonneuses, piqué de chênaies. On aborda au pied d'une butte au boisement fourni. Il faisait chaud soudain, des maringouins bourdonnaient autour des visiteurs.

Jean prit la main de Catiche.

— Ferme les yeux et laisse-toi mener.

Elle obéit. « Comment peux-tu te laisser enfermer dans un pareil enfer, oublié de tous et de Dieu même, sauf des crotales ? » s'était emportée sa sœur. Elle respira fort. Le chemin de sable sur lequel elle marchait était doux à ses pieds. Elle entendit des cris. Jean serrait fort sa main. Tout à coup, il se mit à rire.

— Miracle, tout est réapparu. Ouvre donc tes quinquets, ma jolie.

On avait marché vers le rivage du golfe. Catiche demeura bouche bée. Le long d'une plage de sable et de gravier s'étendait un hameau de maisonnettes et de paillotes entre lesquelles des gens vaquaient, des hommes en chemise ouverte sur leur torse, en pantalon serré aux mollets, coiffés de bonnets, de feutres, de tricornes ; des femmes, aussi, enjupées telles des paysannes, portant des paniers de linge ou des cruches et, pour certaines, des nourrissons ficelés sur leur dos à la manière indienne.

— Eh bien, souffla Catiche, c'est un village de pêcheurs où tu m'as emmenée.

Youx s'esclaffa. Des pêcheurs en effet mais peu soucieux de ramener des tortues dans leurs filets.

— Au fait, comment appeler ça, Jean ? Une colonie ? Un comptoir ? Une base secrète ?

— Barataria, voilà qui suffira, Dominique. Si tu veux y ajouter quelque chose, ce sera peut-être le mot république.

Catherine découvrait la bourgade à l'ouest de laquelle, à l'abri dans une anse boisée, se dressaient les mâts d'une dizaine de navires au mouillage. Jean la précéda vers ce port aux précaires accastillages, obliqua au bout d'une centaine de pas vers un bouquet d'arbres masquant en partie une construction plus importante.

C'était assez impensable en un pareil lieu ; une maison sur courts pilotis, dotée d'un étage et d'un balcon-galerie, toute de bousillage et de poteaux en terre. Ses bâtisseurs n'avaient pas eu le temps d'en peaufiner les détails. Les planches de la façade attendaient d'être peintes, la toiture de chaume et de brande était d'une ferme acadienne plutôt que d'une demeure orléanaise, mais l'ensemble, trapu, s'accrochait avec efficacité au terrain bosselé.

— Au milieu des bois, souligna Jean avec fierté. Voici ton port d'attache, ma jolie. Tu choisiras tes saisons pour y séjourner, comme les dames des plantations. Tu agenceras l'intérieur à ta guise, je n'ai pas de goût pour ces choses. Si la vie ici te déplaît, tu resteras en ville et c'est moi qui te rendrai visite.

— Vous êtes sûr qu'il existe une cuisine dans cette masure à sucre ? s'inquiéta Grandmoman.

Elle avait suivi hardiment la colonne des marcheurs, inquiète de savoir si son train de marmites, de casseroles et de poêlons suivait. Transpirante, en guerre contre les maringouins qui l'assaillaient, elle s'amusait de la mine déconfite de Lubin à la découverte du palais promis, transformé en grosse cabane de pêcheur par quelque sorcier chocktaw.

— Ne vous fiez pas à l'aspect de ces bâtiments, vous deux, leur assura Jean. Vous aurez tout. Le nécessaire et le superflu. La vaisselle des rois d'Espagne et les épices de leurs colons grenadins, les meilleurs vins de France et du Portugal, les fruits les plus étranges de la Caraïbe, mille autres choses bonnes à mettre au pot. Pour le reste, ces îles regorgent de gibier, d'huîtres, de poissons gros comme des couleuvrines. Le Paradis, vous dis-je. Lubin, tu devrais remercier ton Créateur de t'avoir fait mettre pied à terre ici.

Des gens les avaient rejoints devant les quelques marches menant aux pièces de vie. Des visages que Catherine reconnut ; ils avaient parfois hanté la maison de la rue Bourbon. Des hommes coiffés de chapeaux à deux ou trois pointes, d'autres de ces galures de matelots, en tuyau de poêle. Certains arboraient des uniformes bleu et blanc d'officiers mais sans galons, la plupart étaient en pantalon serré aux mollets et chemise sans jabot, les pieds chaussés de mocassins. Il y avait là quelques femmes aussi, leurs compagnes. Jean leur présenta sa maîtresse. Il leur parlait avec une distance confinant à de la sécheresse.

— Les capitaines de Barataria et leurs marins, dit-il à Catiche. Grande-Terre est leur havre. Le beau temps revenu les dispersera dans le golfe.

Ils habitaient tous le village dont la hiérarchie apparaissait à Catiche, le maître des lieux dans sa résidence sur pilotis, les capitaines sous les toits des maisonnettes et les marins pour occuper huttes et paillotes. C'était là un assemblage assez hétéroclite de recrues, les unes portant avec des restes d'élégance les attributs de positions sociales reconnues, les autres, débraillées, peu soucieuses de leur allure, toutes de passage dans l'île entre deux échappées en haute mer. Des Italiens et des Grecs, des Irlandais, quelques Français que le « boss », ainsi l'appelaient-ils, réunirait tantôt.

Catiche peinait à croire ce qu'elle découvrait. Jean avait monté son affaire en si peu de temps ; ainsi son frère et lui, les paisibles fumeurs de pipe et de cigares de la rue Bourbon, le père de famille attentionné et le célibataire flamboyant sur qui il arrivait que des femmes se retournent dans la rue, avaient-ils créé de toutes pièces ce repaire. Pour le moment, elle en apercevait la précaire apparence. Et ces barbares assoiffés de sang, à propos desquels les citoyens de La Nouvelle-Orléans colportaient les histoires les plus sanglantes, étaient-ce vraiment ceux-là, qui ressemblaient à de simples marins à l'escale ?

— Tu sais désormais la raison de mes absences, lui dit Jean. Voilà ce que des hommes libres peuvent créer en Amérique. Que penses-tu de ta nouvelle maison ? La Folie Laffite !

Elle rit. Derrière son joli nom fait pour la rêverie, les doux zéphyrs et la grâce lascive de ses habitants, la Louisiane était un pays de démesure où les excès des hommes rejoignaient ceux de la nature. Barataria était de ce monde-là, résolument, une lubie d'aventuriers, une folie en effet.

Elle gravit l'escalier de guingois menant à un étroit perron, pénétra dans un couloir blanchi à la chaux, plein d'une senteur de bois humide et de résine. Là était entreposé, le long des murs, un capharnaüm d'objets en vrac ou entoilés, de meubles, de tableaux. Jean s'excusa.

— On n'a pas encore tout rangé, des cargaisons sont arrivées ici pendant mon absence. Tu feras mettre de l'ordre. Viens, j'ai assorti le mobilier du salon à la couleur de ta peau.

La grande pièce aurait elle aussi besoin d'un sérieux rangement. En tas ou en piles, alignées le long des murs ou couvertes de drap blanc, les prises de Laffite et de ses hommes occupaient la majeure partie de l'espace. Partout, du bois précieux aux teintes brunes, ici une bibliothèque espagnole, là un vaisselier vide, ailleurs un coin de meuble aux pieds droits, cannelés, comme on en sculptait sous le Directoire. On trouverait dans les ballots suffisamment de linge pour emplir l'armoire en chêne profonde comme une alcôve ; dans les caisses en bois, la porcelaine et l'argenterie, le cristal propre à éclairer la pièce.

Catiche souleva des draps, dévoilant marbres et marqueteries, miroirs et guéridons. Il y avait là de quoi meubler trois demeures comme celle-là. Avec pour témoins les visages des anciens propriétaires dans leurs cadres dorés ; narquois ou pleins d'eux-mêmes, en gilet devant des globes terrestres ou l'épée au côté, cuirassiers dédaignant des champs de bataille couverts de cadavres, de blessés agonisants, de drapeaux. Jean expliqua.

— Le surplus de ce fatras sera vendu bientôt sur Grande-Isle, au Temple aussi ; c'est un ancien sanctuaire indien sur la rive est de la baie. Tu verras ça, Moka, toute la bonne société de Louisiane au marché parallèle, j'en connais même qui viennent de Natchez et de Baton Rouge pour cela. Tu connaîtras du monde, je te le promets.

Il jubilait comme un enfant récompensé, contemplait son butin avec l'air satisfait du créancier enfin remboursé. Catiche frissonna soudain. Tout ce luxe en ballots ou en caisses, ficelé, empaqueté, prêt au partage, ce fatras comme l'appelait Laffite, était à portée de canon des autorités du territoire. Etrange république en vérité que celle de Barataria, sans capitole ni cathédrale, archives ou même état civil. Tout s'y opérait au jour le jour, entre gens satisfaits de se retrouver loin des juges et des tribunaux, sous les vents capables de tout balayer en quelques minutes.

Jean prit Catiche par les épaules, baisa son cou, ses lèvres.

— Maîtresse des lieux et de leur fondateur. Tu agiras ici comme bon te semble. Si ça t'amuse, tu pourras t'inventer une de ces lignées espagnoles remontant au Christ ou à peu près. Regarde-les, ils se sont fait peindre avec assez de complaisance. Veux-tu un aïeul trucideur d'Aztèques, une petite cousine infante encore dans ses langes, une nounou duègne suceuse de rois ? Tout est possible pour toi, même devenir impératrice de Grande-Terre, ha !

Elle le trouva pathétique, beau au milieu de ses trésors. Fort de sa jeunesse, de ses élans capables d'emporter les cœurs comme les navires, avec dans ses yeux les éclairs d'une sorte de démence qui la troublaient. Jean Laffite ; ainsi était-il pour de bon le pirate du golfe dont la ville murmurait le nom, l'égal des Morgan et des grands prédateurs d'antan ? Un gentilhomme français égaré dans le pillage, qu'à La Nouvelle-Orléans on assimilait par défi aux ombres du Swamp, aux bateliers querelleurs et aux maquerelles avinées ? Et ces gens, libres et clandestins comme lui, promis à la corde ou à la noyade en eaux troubles, tolérés par la société pour autant qu'elle y trouverait elle aussi son compte, étaient donc ses compagnons de route et d'aventure ?

Catiche se laissait caresser. Il y avait en son amant des parts obscures qu'elle prendrait le temps d'explorer.

— Je veux un enfant de toi, lui dit-elle. Jusque-là, le reste m'indiffère ou à peu près.

Elle ne tarda pas à prendre ses aises dans la maison comme dans l'île. Elle était la « femme du boss », devant qui l'on ôtait son chapeau. Les capitaines de passage, que par une habitude prise depuis le début Jean conviait à sa table, découvraient en face d'eux une femme vive et gaie, nullement affectée par un aussi lointain exil, menant sa maison à sa manière de métisse, sans y manifester la moindre autorité et souvent entourée de quelques femmes de l'île, pour la leçon de cuisine des deux maîtres queux.

Jean pouvait compter sur elle. Marchands yankees ou vachers acadiens de la Prairie, planteurs à particule ou armateurs de la rue Chartres, tous les invités du maître subissaient sans déplaisir le charme de sa compagne, la simplicité chantante de son parler, son ignorance de tant de choses affichée par son rire enfantin, la spontanéité ingénue émanant d'elle comme une vapeur sucrée d'un bol de café au lait.

Elle était sensible aux efforts que faisait Jean pour lui rendre la vie plus agréable. Si la demeure du boss se donnait des allures de plantation créole, son architecture intime avait vite montré ses défauts sous les caprices du climat et il n'était de semaine où l'on ne fût obligé d'y faire boucher une gouttière, rafistoler une fenêtre ou cimenter un coin de mur. L'étage et ses chambres pâtissaient un peu de la préférence du maître pour le rez-de-chaussée, où l'on recevait avec éclat. Jean s'en montrait navré. Catherine le rassurait aussitôt ; tout allait bien comme cela. Une caresse sur la joue de son homme, un haussement d'épaules. Voulait-elle revoir les siens, embarquer sur le navire d'un capitaine pour monter à La Nouvelle-Orléans, comme il disait ?

— Je suis bien ici, avec toi, répondait-elle.

Il lui avait trouvé un lit en cerisier, d'une largeur inhabituelle, parfaitement accordé à son teint. Le meuble n'avait pas été saisi ; il venait en vérité d'une maison créole des Opelousas, laissé en gage par un capitaine pressé de vider ses cales avant de prendre la mer. « L'endroit où je voudrais mourir, dans tes bras », lui disait-il.

Elle s'enfermerait avec lui, satisfaite par avance de ce qu'il lui offrirait dès lors que son feu amoureux ne faiblirait pas. « J'ai des choses pour toi », lui annonçait-il au bout d'absences longues parfois de plusieurs semaines. Elle s'agaçait d'être ainsi considérée comme une enfant gâtée, exigeait d'être aimée avant toute chose. Le golfe du Mexique ne manquait pas de ports et d'îles où les marins rompaient leur solitude dans des bras étrangers. Cela lui était indifférent si son amant revenu au bercail la caressait avec la même tendresse, la prenait avec la même fougue, plongeait dans ses yeux son regard de braise ardente en lui murmurant des mots amoureux.

Il contemplait, apaisé, son corps ruisselant, sa peau de joli fruit caraïbe tendue sur ses formes de jeune fille. Elle se donnait avec des soupirs rauques, une énergie animale, une force quasi masculine, venus, pensait-il, des lointaines forêts d'Afrique. Ensuite, une chatte repue ! Menue et gracile, ses ongles, dont il garderait la trace dans son dos, repliés dans ses paumes. Il s'endormait, la joue posée sur son ventre, tandis qu'elle songeait à l'enfant qui naîtrait en elle. Mais de cela, ils parlaient rarement.

— Un petit, pourquoi pas. Je ne suis pas sûr d'être un modèle de père. Sais-tu ce que l'on dit maintenant à ceux de Louisiane pour qu'ils se tiennent sages ? « Cesse de nous tourmenter, sinon le méchant pirate de Barataria viendra te prendre. » Que dirai-je au mien s'il fait bamboula au lieu de s'assoupir ?

Il songeait parfois à Elora. L'éloignement qu'il ne cherchait pas à rompre, préférant laisser à ses compagnons le soin de livrer la dîme aux autorités de Carthagène, faisait son œuvre. Les traits de la señora s'effaçaient parfois de sa mémoire, fuyaient dans la brume pour réapparaître brusquement et s'effacer à nouveau. Seules survivaient de cette brève aventure des sensations, intactes, un parfum, une carnation d'Europe, un peu amollie, douce au creux de ses mains.

Desfarges lui avait rapporté un jour un courrier d'elle. « Puisque vous verrez bientôt monsieur Laffite, portez-lui ceci. » Elle évoquait la situation politique en Nouvelle-Grenade, les pressions espagnoles pour récupérer Carthagène, les incertitudes, les espérances et les angoisses de ses compatriotes. Un laconique « Mon cher Laffite, j'aurai plaisir à vous revoir » et des vœux de bonne santé dans un monde très incertain concluaient la missive dont un journaliste en mal de copie sur la rébellion grenadine aurait pu s'inspirer.

Allongé sur le lit, il contemplait, rêveur, Catiche à sa toilette devant la glace ovale de sa coiffeuse. Ses fantasmes se dissipaient peu à peu. Il croisait le touchant sourire de sa maîtresse dans le miroir. La bouche de Catiche demeurait fermée, seule sa lèvre supérieure bougeait un peu, en une moue d'enfant gourmande. Il regardait sa nuque, ses reins cambrés sous la chemise de nuit, sentait naître le désir. C'était étrange.

Sa nature aventureuse aurait dû le pousser sous la moustiquaire de la señora, pour parfaire sa conquête. Il n'en avait jamais éprouvé l'envie. Sans doute vieillissait-il plus vite que d'autres, avides quant à eux d'étreintes portuaires, voire de séduction forcée en haute mer. Il avait rangé ses dérives au Swamp dans les tiroirs de sa jeunesse, mettait de l'ordre dans sa vie. Un jour, lorsque son royaume de sable et de vent aurait été reconnu, il demanderait à Catiche de l'épouser.

Mais pas un vendredi. C'était le jour du bourreau, à La Nouvelle-Orléans.

Il aimait les brouillards montés lentement de la terre détrempée, les abats d'eau subits, les torrents pissés par le ciel de plomb. Les brusques amoncellements, à l'horizon, de nuées noires comme du bois brûlé le faisaient frissonner, comme autrefois ses peurs enfantines. En même temps, tout ce qui interrompait les actions humaines ou les masquait, tout ce qui lui donnait un sentiment délicieux de solitude, les orages et les ouragans, l'étoupe de la brume, les îles désertes où l'on dissimulait les canons et la poudre, l'attirait et le fascinait.

Il risquait avec la même insouciance sa goélette dans les bains de moiteur du solstice et les stridulences de l'équinoxe, certain que rien de grave ne pourrait lui arriver. Une voix douce lui revenait à l'oreille, sortie, comme dans un rêve, de ces effrayants cocons. « Eh bien, mon Jeannot, que vas-tu faire dehors par des temps pareils ? Regarde, même ton frère aîné se terre à la maison. »

— Je sors au monde, mère.

Des soleils pâles se montraient entre les ventres de monstres crachant la foudre ; la mer se creusait, martyrisant les coques, des souffles de géants courbaient les mâts, crevaient les voiles. Il fallait fuir le coup de vent. Le temps pour le chasseur de calculer la trajectoire de sa proie et ce qui lui restait de minutes avant d'être balayé par la bourrasque ; la leçon heureusement gâchée par Mitchell n'avait pas été oubliée. Caressant le bord extrême de la tempête, penché sur l'onde au point d'embarquer de l'eau sur son bord, sa bannière écarlate effilochée par les rafales, Jean surgissait au flanc du fuyard, terrifié, et le forçait.

— C'est Laffite !

On criait ça en espagnol et en russe, en anglais, en portugais ou en batave. Pas de chaloupe pour aborder mais deux ou trois bordées de douze ou de quatorze. Le reste était affaire de rapaces ; les hommes lançaient les grappins, déroulaient les échelles de corde. Hurlant et gesticulant, ils étaient déjà sur les ponts adverses, emportés par leur furie autant que par la peur d'être brisés par l'océan. Parfois s'organisait contre eux une brève défense qui excitait leur rage. Armé ou non, le vaisseau assailli par une telle troupe changeait alors de mains en quelques minutes.

Desfarges ne rendait pas grand-chose à Jean Laffite dans ce genre d'opérations. Le fantasque poète déclamant les classiques se transformait en fauve, en chien enragé. Jusqu'à saisir un jour un sloop de Virginie que Jean l'avait obligé à restituer à son capitaine, séance tenante. Avec sa cargaison de tabac. Et des excuses.

— Pas d'Américains, ami !

— J'avais compris « pas d'amis américains ».

Puis, faussement contrit :

Pour grands que soient les rois, ils sont ce que nous sommes,
Ils peuvent se tromper comme tous les autres hommes.

Jean pardonnait. Desfarges avait pour de bon des instincts de chasseur. Et une forme de fantaisie assez réjouissante, propre à égayer les soirées à Grande-Terre. Lafon ne naviguait plus guère pour lui-même, Youx avait pris fait et cause pour les insurgents[1] du Mexique et s'engageait de plus en plus souvent dans les parages du Yucatán. Les autres, recrutés au fil des mois, les Gambi et Beluche, Cadet et autres Louis, ne séjournaient pas suffisamment à Barataria pour qu'il éprouvât l'envie de s'en faire des amis. Alors, quand les anciens montraient leur trogne sur le rivage, il en éprouvait une joie réelle.

— O solitude des monarques, avait plaisanté Desfarges un jour où, revenant de La Nouvelle-Orléans après y avoir fait calfater sa goélette, il avait posé sur la table du boss le *Moniteur de la Louisiane*.

1. Nom donné aux révolutionnaires d'Amérique du Sud.

— Regardez, sire, c'est en haut de la deuxième page.

On s'y posait quelques questions brûlantes sur les activités maritimes des corsaires de Carthagène. Et sur leur chef, élu par un journaliste admiratif empereur de Barataria.

Novembre 1810

Noyée dans un halo annonciateur de brumes, une demi-lune diffusait sur le rivage et sur la baie une lueur grisâtre. C'était une de ces nuits comme Jean les aimait, toute de silence, bercée par la mer étale. Même les animaux bruissant d'ordinaire dans les feuillages semblaient observer la trêve de ces heures de douce pénombre.

Les vieux amis étaient loin, en maraude le long des côtes du Mexique, de Cuba ou de la Nouvelle-Grenade. Des capitaines nouvellement recrutés avaient accosté, déversant dans les entrepôts de Barataria leur écot à l'entreprise corsaire. Une routine s'installait, confortant, chez les habitants de l'île, un sentiment d'impunité dont Jean se méfiait toutefois.

Un homme de sa garde rapprochée, Russe déserteur d'un vaisseau de guerre du tsar Alexandre, était venu toquer à sa porte en pleine nuit. Il se passait des choses étranges à la pointe est de l'île. Jean s'était arraché sans bruit à l'étreinte de son amante endormie. Habillé à la diable, il s'était armé, avait rejoint la dizaine d'hommes rassemblés devant la maison. Le Russe ne cachait pas son inquiétude.

— Un sloop, ancré à deux cents brasses au sud et des barques en route vers ici.

— Tu as vu des militaires ?

— A vrai dire, boss, on ne voit pas grand-chose par des nuits comme celle-là.

Rien ne laissait supposer un coup de sang des autorités. Au contraire, le Cabildo ne considérait pas d'un œil franchement hostile la chasse faite aux Espagnols au large de la Louisiane, même si pour le public il laissait paraître une irritation de façade.

On se mit aussitôt en selle sur des montures amenées au gîte par Lafon, un mois auparavant. Jean avait songé à vendre ces bêtes comme le reste, préférant en fin de compte les conserver à l'enclos, sous les arbres. La chevauchée fut brève, quelques minutes à peine pour rejoindre les abords de la passe.

Les barques approchaient dans la lueur vacillante de torches. Jean percevait les soupirs des rameurs couplés au choc mat des rames entrant dans l'eau. Quelqu'un cria « amis, ne tirez pas ! » A l'instant où les esquifs abordaient, une vision traversa l'esprit de Jean. Par une nuit comme celle-là viendraient des soldats tenant haut levés des brandons avec lesquels ils mettraient le feu au village. Les beuglements des fuyards retentiraient, la lumière des incendies jaillirait vers le ciel et c'en serait fini du royaume et de ses sujets.

Il chassa le fantasme, avança, une lanterne à la main, son sabre d'abordage dans l'autre, vers la troupe qui débarquait, soudain bavarde. Il y avait là une bonne trentaine de personnes, gémissantes pour la plupart. Ça hurlait, tirait et poussait, trébuchait, tombait en une mêlée confuse comme une fin de bataille. De la négritude, luisante, apeurée, avançait à genoux sous les fouets, les gourdins, les insultes.

Jean hurla :

— Qui mène cette chienlit ?

— Mitchell.

Il reconnut son hôte d'autrefois. L'homme de Baton Rouge n'avait guère changé. Dégarni de quelques cheveux sur les tempes et le haut du crâne, il conservait son apparence de taureau mal réveillé, son rictus, ses mauvaises manières.

— Laffite, c'est bien toi, comme on m'a dit ça.

Il avait fait quelques progrès en français, peut-être au contact de capitaines rochelais ou bayonnais arrêtés net dans leur voyage. Il paraissait au bout du rouleau, vociférait.

— Merde noire ! Je les ai pris à des Hollandais il y a dix jours, au large de Puerto Rico, où la moitié de mon équipage avait déserté. Refoulé de l'île avec six hommes pour tout équipage et ces nègres qui menaçaient de se jeter à l'eau. Ils voulaient nous tordre le cou, tu imagines ! J'ai dû en occire une demi-douzaine avant de les mettre à la raison.

Des captifs enchaînés passaient près de lui. Il leva son fouet, distribua une grêle de coups, que Jean interrompit d'un geste vif.

— Hé ! Tu me laisses faire, oui ? protesta Mitchell.

— Non, monsieur, ça suffit.

Il n'eut pas le temps de saisir le pistolet qu'il portait à la ceinture. Jean lui piquait déjà le ventre de sa lame.

— J'ai dit « ça suffit » ; sinon vous serez le premier de mes hôtes que je balancerai aux requins. Décidément, c'est une habitude, vous entrez dans ma vie pour essayer de jouer avec, c'est assez désagréable. Pour vous parler franchement, j'éprouve désormais une furieuse envie de vous passer cette lame au travers du corps.

Mitchell se tassa sur lui-même, puis se laissa tomber assis, la tête dans les mains. L'angoisse, la veille, l'insomnie le terrassaient. Jean donna des ordres. Il y avait, à cent pas de là, un long abri de branchages sous lequel on entreposait barques et pirogues. Le bois d'or y serait tenu, le temps de lui trouver une destination.

Jean fit éclairer le lieu, grimaça. Le spectacle avait de quoi retourner les tripes. Les passagers du *Baton Rouge* avaient souffert du voyage autant que des transbordements, leurs corps n'étaient que purulences, hématomes, croûtes plus ou moins sanguinolentes. Jean aperçut des visages déformés par la terreur, la fatigue, le dégoût. Une humanité réduite à l'état animal, vautrée dans ses déjections, puant la mort à trente pas.

— De l'eau, tout de suite, et de quoi les nourrir, ordonna-t-il. Qu'ils boivent et fassent toilette. Qu'on les habille en même temps. Chemises et pantalons. Messieurs nos hôtes doivent savoir que j'abattrai dans l'instant tout donneur de fouet.

Puis, apostrophant Mitchell, qui le rejoignait, hagard.

— Quel intérêt peut-on trouver à laisser des hommes se corrompre d'une telle manière ? Qui voudrait de cette sanie ?

Le Louisianais argumenta. Il avait cru saisir des clous et de la cannelle, de l'or en doublons, des tapisseries de Hollande et de la dentelle de Bruges, au lieu de quoi le schooner batave débarrassé de son équipage ne recélait que cette cargaison-là, trente-cinq Africains en route pour Cuba. Il était déjà louable de ne pas l'avoir envoyée par le fond avec le navire.

— Ils sont à moi, conclut-il, et cette certitude eut l'air de le réconforter.

Jean l'éclaira de sa torche.

— Vous avez oublié notre bavardage d'autrefois, ami. En ce

cas, reprenez-les séance tenante et foutez le camp, chargez-les à nouveau dans vos canots et regagnez votre bord.

— A cette heure ?

— Parfaitement.

— Vous plaisantez.

— Certes pas. Et j'apprécie que vous ayez cessé de me tutoyer.

Mitchell jeta un regard vers ses hommes vautrés contre les poteaux de l'abri. Sa troupe de geôliers ne valait guère mieux que celle des enchaînés. L'homme du Mississippi eut un geste fataliste. On n'avait plus les moyens de discuter, l'histoire se répétait en effet. Jean imagina le flot de bile remontant de son estomac. Mitchell était pour de bon un loup solitaire. A la différence de pas mal de capitaines, il n'avait jusque-là jamais montré sa trogne à Grande-Terre. Les arrangements entre flibustiers ne lui convenaient pas.

— Soit, encore une fois, admit-il, ravalant sa rage.

Il avait sommeil et son lit était loin, à Baton Rouge. Il n'allait pas risquer de ne plus jamais y dormir pour quelques cadavres ambulants dont aucun planteur ne voudrait en l'état.

— Vous êtes mon invité, j'ai une chambre pour vous, cher et fidèle ami, lui dit Jean avec un large sourire. Pour le déjeuner, café ou chocolat ?

Catherine avait été réveillée par les lueurs des torches et des lanternes. Jean se déshabilla prestement, se glissa près d'elle sans un mot.

— Tu es inquiet ? lui demanda-t-elle.

Il ne savait pas encore très bien ce qu'elle pensait du lieu où il l'avait conduite, des habitants de Barataria, des activités que l'on y menait. Il grogna, fit mine de s'endormir, puis, sentant le souffle de la jeune femme sur son épaule, il se tourna vers elle et lui conta son aventure de la nuit.

Il lui caressa la joue, prit sa main, qu'il garda sur son torse. Une habitude lui venait, de s'endormir ainsi avec sa « petite fille » contre lui. Il rit. La déconfiture de Mitchell l'amusait ; en même temps, il avait hâte de voir le Louisianais mettre les voiles et disparaître à l'horizon.

Jean observait le visage de Mitchell, son expression stupéfaite. L'homme de Baton Rouge avait eu droit à une chambre d'hôte, près de celles de mystérieux invités qu'il découvrait maintenant, attablés aux côtés de Laffite. Devant eux, sur une longue nappe de drap blanc, un déjeuner de seigneurs, servi dans de la vaisselle de Chine et des argents étincelants, exhalait ses senteurs de café, de pain chaud, de gombos et d'épices. Jean se leva, désigna une chaise droite sur laquelle Mitchell s'assit. L'homme avait du mal à détacher son regard des trésors étalés devant lui, des meubles que Catiche avait fait disposer contre les murs. Machinalement, il passa la main sur le bois de l'épaisse table, apprécia du bout des doigts sa serviette brodée, aux initiales surmontées d'une couronne.

— L'Américain n'est pas très gras, constata Grandmoman. Nous allons lui préparer des petits plats pour le faire grossir un peu.

La vieille Africaine surveillait de près les allées et venues du couple d'esclaves, tout de blanc vêtus et gantés, qui assurait le service. Grandmoman Villars prenait très à cœur son rôle de maîtresse des fourneaux. La satisfaction des pensionnaires du boss devant ses poissons, ses daubes, ses civets et ses pâtisseries suffisait à son bonheur.

— Monsieur Mitchell est de Baton Rouge, dit Jean en guise de présentations.

Les invités saluèrent l'arrivant. Il y avait là un capitaine et trois officiers espagnols en compagnie de deux femmes très brunes et très pâles qui fixaient leur assiette, l'air pincé. Jean se tourna vers Mitchell.

— Le capitaine Melendez réside ici depuis quelques jours avec ses amis et son équipage. Nous avons pris le contrôle de sa *Santa Cruz* au large de la Floride. Je dois dire que les choses se sont passées de façon fort civile.

Catherine rejoignait la table. Les hommes se levèrent d'un même élan, puis se rassirent après qu'elle se fut installée aux côtés de Jean, de la manière la plus naturelle du monde.

— Bon appétit à tous, lança le maître en espagnol.

Par la fenêtre donnant sur le golfe, les captifs pouvaient apercevoir les trois mâts de leur hermaphrodite. Jean l'avait coursé lui-même avec Desfarges comme second et pris au bout d'un bref abordage. Une affaire peu sanglante ; la *Santa Cruz* était assez pauvrement armée.

— Monsieur Melendez se plaint comme vous de la désertion d'une bonne partie de ses hommes, expliqua Jean à Mitchell. La liberté que nous leur avons laissée ici même est fort mal récompensée. Ces ladres ont volé des pirogues et Dieu seul sait où le courant les aura menés. Il devient difficile de recruter des équipages de valeur sous la bannière des Aragon.

Les yeux écarquillés, Mitchell découvrait l'ordinaire du maître de Grande-Terre, sa compagne empressée auprès des hôtes, inquiète de savoir s'ils avaient bien dormi et les servant elle-même ; cette insolence de Laffite, enfin, qu'il avait eu à connaître par deux fois, comme sa générosité qu'il goûtait à nouveau, ce matin-là. Quant à la matrone coiffée d'un tignon, l'aïeule encourageant ses invités à se resservir, anxieuse de savoir si l'on avait apprécié sa cuisine, elle achevait de donner à la scène un tour proprement irréel.

— Nous aurons du jambalaya pour le dîner, annonça Grandmoman. Les Acadiens le font avec des crevettes, moi, je préfère le porc et le poisson avec assez d'épices pour les marier. Il faut que ça emporte la gueule, un plat comme ça.

Elle rit, de toutes ses gencives édentées, sous le regard amusé de son gendre.

On trinqua à la Louisiane puis à la liberté. Au bout de quinze jours de captivité on avait pris des habitudes. Longues promenades sur le rivage, jeux de société, étude de documents portuaires et de cartes succédaient aux discussions animées sur les marines des uns et des autres. Melendez avait même déniché dans son équipage un guitariste sommé de donner à Laffite quelques leçons, à la fraîche, devant des verres de jus de fruits.

Ce jour-là, Jean avait une bonne nouvelle pour le capitaine.

— Nous ne conserverons pas votre *Santa Cruz*, cher ami. La cargaison en a été dispersée au nom de la république de Carthagène. Vous allez donc pouvoir reprendre la mer avec ce qui vous reste d'équipage. Je suppose que vos dames ont hâte de débarquer à Cuba.

Le soulagement des deux Espagnoles le fit sourire. Grandmoman et Lubin leur avaient dévoilé quelques recettes pour accommoder poissons-chats et écrevisses. Les vins succulents, les mets inventés par les deux maîtres queux, les paisibles soirées sous le feuillage murmurant, au son de la guitare et des chants andalous, figuraient un bagne très acceptable. Rien à voir avec les horribles récits colportés, puis amplifiés par la rumeur publique, d'équipages massacrés, d'enfants égorgés, de duègnes violées puis jetées à la mer. On n'était plus au temps de Morgan et de ses buveurs de sang.

Melendez s'inclina longuement. Sans doute souhaitait-il, au fond de lui-même, voir un jour le cadavre de son geôlier se balancer au bout d'une vergue. Sa bonne éducation et peut-être aussi le respect très saumâtre que lui inspirait Laffite l'empêchaient de le montrer.

L'Espagnol s'en tirait bien toutefois. Il était arrivé à Jean de botter les fesses d'hôtes persuadés, bien que captifs, de maîtriser encore la situation. Des orgueilleux, anglais assez souvent, qui refusaient de rendre hommage aux talents culinaires de Lubin et de Grandmoman. Jean entrait alors dans de violentes colères. Quittant son fauteuil, il se mettait à tourner autour d'eux, vitupérant leur morgue, crachant à leurs visages de vieilles haines, d'effrayants souvenirs.

« Pendus aux vergues de vos navires, les pieds ballants, dans le vide ! Mes parents, mes frères et d'autres qui fuyaient Saint-Domingue, je les ai vus se balançant à quinze mètres de hauteur, les yeux crevés par les oiseaux de mer, la langue sortie, comme ça. »

Il mimait des agonies, ajoutait des détails plus horribles les uns que les autres, fixait Catherine de ses yeux fous comme s'il fallait qu'elle aussi se persuadât de la véracité de ses dires.

« La curée, messieurs, le massacre des Innocents, l'achèvement par vos soins des malheureux rescapés de la révolte nègre. Qu'avaient-ils fait au Seigneur pour mériter un pareil châtiment ? Nous autres, pauvres planteurs, pris pour des pintades et traités comme telles par vos officiers. Quelle honte ! S'il avait appris de quelle manière vous vous conduisiez, votre roi George nous aurait certainement dédommagés, offert de la terre en Ecosse ou aux antipodes, mais voilà, en pleine mer, personne ne vous entend crier. »

Il jouait de la situation comme un enfant, trouvait cocasse l'air pénétré avec lequel ses invités écoutaient ses soudaines diatribes. Ces matamores avaient envie de vivre encore un peu, leur superbe fondait comme une gelée de janvier à la surface du bayou. L'Angleterre, ah oui ! Toujours à rôder autour de la volaille sans défense, criminelle capable d'avoir entassé le peuple tout entier d'Acadie dans ses cales pour en jeter les restes sur les côtes hostiles de ses colonies.

« Marâtre sans âme ni tripes ! Vieille peau flapie, gelée de fruits blets ! Je vais vous livrer aux Acadiens de ma troupe, ils vous raconteront les malheurs de leurs parents. »

Il inventait des jurons et des insultes, de la misère et de l'exil, des fuites en Egypte devant les baïonnettes, toute une fantasmagorie de la défaite et de l'humiliation. La nécessité vitale de sa vengeance apparaissait enfin, très inquiétante pour ceux qui allaient la subir. Il guettait les réactions, tançait vertement les uns, massait aimablement le cou d'autres, comme pour les aider à se détendre un peu. Ayant vomi sa bile sur les convives pétrifiés, il appelait sa garde de ruffians et faisait reconduire les captifs sous leurs huttes, pour ce qui serait peut-être bien leur dernière nuit. Puis, demeuré seul en face de Catiche, séparé d'elle par les assiettes encore encombrées de fruits, de crème, de biscuits, il souriait puis se mettait à rire.

« Je m'améliore, tu ne trouves pas, Moka ? Ces dos-de-homards[1] prétentieux vont passer une abominable nuit. Tant mieux. Ils iront au diable sous peu et diront à qui voudra les entendre qu'en fait je n'ai rien du bourreau tant redouté. »

— Vous laissez repartir ce beau bâtiment ? s'étonna Mitchell tandis qu'il inspectait la *Santa Cruz* en compagnie de Jean. Des hermaphrodites comme celui-là, voilà qui ne court pas les océans.

Il en bavait d'envie ; sa concupiscence amusa Jean. Son *Old Friend* avait sombré un soir de décembre sous les coups de canon d'une frégate anglaise. Depuis, il se traînait dans le golfe à bord d'un sloop d'à peine douze tonnes, gréé à l'ancienne. Jean le considéra avec condescendance.

1. Sobriquet donné aux soldats et officiers anglais, porteurs de vestes rouges.

— Je pourrais vous le vendre en effet, ou l'échanger contre vos Africains, mais voyez-vous, monsieur Mitchell, j'aime assez la nature de son capitaine. Nous avons quelquefois croisé le fer. Il me domine à cet exercice et aurait pu me percer à sa guise. D'autres l'eussent fait aux dépens de leur vie, celui-là s'est contenté de me donner la leçon, tout comme son hunier musicien. Je lui en sais gré. Il faut savoir sonder ses propres failles, c'est là un exercice salutaire que je vous recommande vivement. Commençons, voulez-vous. 1803 ; la date vous évoque-t-elle quelque chose d'important ?

— Ben oui. La cession de la Louisiane par l'empereur Napoléon.

— J'ai dit important, sir.

Mitchell hochait la tête, incrédule. Jean eut une moue de déception.

— C'est la meilleure année pour le vin de Bordeaux, depuis des lustres. Vous êtes donc aussi inculte qu'avide, mon cher, comme quelques autres qui transitent parfois par ici. Tout, tout de suite, aux dépens de l'essentiel, au risque de tuer inutilement par une sorte de routine stupide. Vous me faites penser aux banquiers de La Nouvelle-Orléans, à leur crédit cannibale, à leur désir de tout posséder, votre bien, le reste et vous-même en fin de compte, comme dépouille. Leur sourire de crotales vous trucide, aussi sûrement que votre fouet les pauvres nègres. Tenez, allons voir votre prise, en espérant qu'elle aura survécu à vos mauvais traitements.

Les Africains avaient mangé et dormi sans chaînes ni liens. On les avait vêtus de linge propre. Accroupis sous de précaires toits de branchages et de mousse espagnole, ils récupéraient, n'osant bouger. Jean inspecta leur troupe misérable d'hommes et de femmes jeunes pour la plupart. On leur trouverait de la besogne sans difficulté, sucre et coton réclamaient des bras pour leur récolte. Jean se tourna vers le Louisianais.

— Vous tombez à point, monsieur Mitchell, les planteurs hurlent à la mort de leurs domaines faute de personnel pour en travailler la terre. Et les autorités maintiennent leur veto à l'importation comme vous savez. Subtile et profitable hypocrisie, qui permet à la chaîne commerciale parallèle de prospérer et aux prix de s'envoler comme des oiseaux, tout cela sous le regard pour le moins distant du Cabildo. Allez, si vous discutez comme il le faut à Donaldsonville ou chez vous à Baton Rouge, ce contingent de miséreux vous rapportera dans les quinze mille dollars. Jolie culbute, comme on dit dans la finance.

Mitchell avait déjà fait ce calcul dont un élément le tourmentait visiblement. Quelle part abandonner aux gens de Barataria ? Jean pointa le doigt vers une mâture isolée à l'arrière des autres.

— La *Niña Hermosa*, un nom charmant, vous ne trouvez pas ? J'en ai renvoyé l'équipage à Cuba, sur des felouques. Elle est à vous, pour remplacer votre antiquité.

— A moi ?

— A vous. Pour sept mille cinq cents dollars. Elle est assez bien armée ; quatre couleuvrines et autant de canons de douze, un peu court pour effrayer une frégate mais suffisant pour courser du gibier ordinaire.

Mitchell manqua s'étrangler. Le marché était fort simple ; les Baratariens feraient voyager les esclaves jusqu'à Donaldsonville, après quoi, les ayant vendus, le Louisianais reviendrait prendre possession de sa nouvelle monture. C'était à prendre ou à laisser, tout de suite. Jean s'esclaffa. L'homme de Baton Rouge était atterré, l'achat lui coûtait la moitié de sa prise.

— Eh bien, soit, concéda Mitchell.

Jean lui tapota aimablement l'épaule.

— Mon cher ami, ce serait un honneur pour moi de vous compter parmi mes capitaines, si toutefois vous n'étiez pas irrémédiablement crotté de l'esprit, et du cœur.

8

La Nouvelle-Orléans, décembre 1810

Lorsque Marie Villars découvrit les affiches placardées par Jean sur les murs du Carré, elle manqua s'étrangler. Les gens de Grande-Terre y invitaient benoîtement la population à s'en aller visiter l'exposition d'objets variés rassemblés là-bas pour elle. Revêtue de son habituelle robe noire et de son tablier de cuisinière, une spatule à la main devant son fourneau, elle ne décolérait pas.

— Jean, pardieu, vous exagérez ! Comment pouvez-vous croire que ceux du Cabildo vont vous laisser agir ainsi ? Leur tolérance a des limites. Et Pierre qui ne vous dit rien, ma foi, je ne vous comprends pas, tous les deux.

Pierre haussa les épaules. L'époque était aux grandes libertés, et puis Espagne et Angleterre, alliées du moment, rôdaient un peu trop près des côtes américaines. Il y avait une sorte de morale dans tout cela ; en saisissant par dizaines leurs navires, les corsaires forçaient les flottes hostiles à de longs détours. Jean argumenta.

— Il n'y a pas que de la toile de sac et des clous de girofle dans ces cales-là. Poudre, pierres à fusil et canons font l'ordinaire.

— Et alors ! Vous comptez revendre ça à monsieur Clairborne ou au président Madison ? Pour un prix d'ami sans doute. Tout ça finira mal, c'est trop d'insolence.

Elle les provoquait du regard, cherchait l'assentiment de sa sœur, mais Catiche était suffisamment éprise de Jean pour ne pas l'entendre. C'était lors d'un des rares séjours du couple en ville. Jean avait pris ses longs quartiers dans le Sud, où

Pierre le rejoignait parfois pour une de ces expéditions que Marie redoutait plus que tout.

— Ça finira mal, répétait-elle. Laissez au moins ma mère revenir ici, les chaleurs et les bestioles du Sud vont la tuer.

— Elle se plaît trop à Grande-Terre, plaida Jean, ses recettes de poisson et de soupe de tortue sont désormais célèbres jusqu'à la Jamaïque. Demandez à Catiche, elle vous confirmera ce fait remarquable.

Les certitudes des Laffite sur leur impunité mettaient Marie hors d'elle. Pierre avait beau lui démontrer que les Orléanais soutenaient en majorité leurs actions, qu'en vérité il travaillait avec son frère pour le gouvernement du territoire, elle demeurait convaincue de la fragilité d'une telle position. Jean lui montra le *Moniteur de la Louisiane*. Il y était question de cette vente, du danger anglo-espagnol tenu ainsi à distance. Les Français admiraient ouvertement l'audace des corsaires de Barataria.

Marie protesta.

— Les Orléanais ne sont pas tous à vous regarder avec autant de complaisance. Je ne sais pas lire mais j'écoute ce qui se dit au marché ou devant la cathédrale. Certes, les Français de Louisiane vous soutiennent, certains vous admirent même, mais ils sont bien les seuls. De l'autre côté, il se dit des choses assez différentes, comme quoi il serait temps de mettre un terme aux méfaits des empereurs de Barataria. On demande au gouverneur d'agir.

Empereurs de Barataria ! Le mot fit rire Jean. Quant à l'autre côté dont parlait sa belle-sœur, il se servait lui aussi à la revente.

— L'autre côté, soupira-t-il.

Catiche caressait les chevelures bouclées de ses adorables nièces. Elle tenta de détendre un peu l'atmosphère. Elle connaissait les soucis de son aînée, comprenait son angoisse. Elle-même s'occupait assez de sa maison pour ne pas trop avoir à penser à Jean lorsqu'il partait en mer. Ainsi allaient les choses, nulle menace ne pesait sur la famille. De guerre lasse, Marie se pencha sur la poule qu'elle avait mise au pot dans un bain d'épices, d'herbes et de patates bouillies. Jean fut troublé de voir des larmes couler sur ses joues. Les métisses avaient du sentiment, parfois même en excès.

— Eh bien, conclut Pierre d'une voix lasse, un de ces jours, nous ouvrirons une boutique au port ou par ici. Nous y vendrons du ruban, des canevas et des chapeaux en regardant pousser nos petits-enfants. On ne peut quand même pas dire que nous vivons comme des planteurs de Donaldsonville ou comme des grainetiers du quartier américain.

Il avait fait faire quelques travaux dans la maison familiale de la rue Bourbon. La toiture en était neuve, comme les fenêtres, la cuisine avait été déplacée dans le jardin. Pour autant, on n'habitait pas le palais d'un empereur ; comparée à celles des nouveaux riches de La Nouvelle-Orléans, la demeure faisait plutôt figure de dépendance.

Il se mit à téter son cigare, rêveur, tandis que Jean se plantait devant les magnolias du jardin, observant sa belle-sœur à la dérobée. Marie n'avait jamais voulu mettre les pieds à Grande-Terre. A la différence de Catiche, elle se contentait, de plus en plus mal, de son existence orléanaise, souhaitant la mener à l'abri des remous et des violences du monde extérieur.

— Peut-être le jeu ne vaut-il pas la chandelle, en effet, dit-il. Du ruban et des canevas. J'en connais qui sont en train de bâtir des fortunes avec ça. Des Bostoniens ou des négociants de New York. On vend de tout pour faire fortune, à Croissant-Ville.

C'était étrange ; cette réunion familiale à portée de fusil de la garde territoriale, la perspective d'un dîner pacifique où l'on parlerait des filles et de leur éducation chez les Ursulines, le silence de la ville à l'heure de midi. Catiche se leva de sa chaise, rejoignit son amant devant les arbres immobiles. Elle avait pris son parti de la vie que Jean lui faisait mener, guettait, impatiente, le jour où elle ressentirait la grossesse au plus profond de son ventre. L'avenir se bornait pour elle à ces sensations intimes qu'une fortune malicieuse retardait. Un jour, elle aurait un enfant de l'empereur de Barataria. Le reste lui importait peu. Elle se serra contre lui. Les affiches et leur insolence, les risques pris, les incertitudes de l'avenir, elle s'en moquait.

Baie de Barataria, décembre 1810

La vente suivait son cours sous l'œil patelin de Dominique Youx. C'était au lieu-dit « le Temple », en vérité nulle part. A mi-chemin entre La Nouvelle-Orléans et Grande-Terre, le rivage de la baie de Barataria dessinait une courbe devant quoi l'on pouvait amarrer des bateaux. Les Indiens Houmas[1] y avaient eu autrefois un sanctuaire, abandonné depuis des lustres, et dans ce décor lacustre aux rives couvertes de coquilles, habité à l'ordinaire par les insectes, les ibis et les serpents tueurs, l'exposition des frères Laffite semblait plutôt irréelle.

Il y avait là, alignés sur le sable à l'ombre des chênes verts, léchés par des pendeloques de mousse espagnole, des tonneaux de poudre et de grain, des meubles, de la vaisselle et de l'argenterie, des ballots par dizaines contenant métaux et poudres médicinales ; de la cannelle et toutes sortes d'épices, des étoffes précieuses et de la ficelle, des pièces de drap russe, des cochons et même des mouchoirs en soie dont Youx avait épinglé un modèle à sa veste.

Felouques et pirogues attendaient d'être chargées, à quelques brasses de la rive. Venus des plantations et des villes du Nord par les bayous, une centaine d'acheteurs se pressaient devant l'étalage. Marché parallèle ou caverne au trésor, à ciel ouvert ; chacun pouvait trouver là ce qu'il était venu chercher. Avec, comme une sorte de prime accordée au charme et à la civilité, la présence de quelques épouses ou concubines, abritées sous des ombrelles et à qui Catiche, en bonne maîtresse de maison, servait des jus de fruits et offrait des biscuits.

Jean avait eu l'idée ; utiliser ce lieu médian pour éviter la lente et trop longue remontée des barges et des canots de Barataria vers La Nouvelle-Orléans. Ainsi évitait-on la flotte de la douane, quand l'afflux des capitaines vers Grande-Terre et l'abondance des prises donnaient au repaire des Laffite de vraies allures de comptoir commercial.

— Le Cabildo nous rend visite, annonça Youx.

Une felouque approchait, arborant le pavillon étoilé. Six hommes en uniforme se tenaient à bord, parmi lesquels Jean reconnut aussitôt la silhouette un peu rondelette de Browman.

— Amis ou ennemis ?

— Eh quoi, Clairborne ne nous a pas déclaré la guerre, dit Youx.

Le gouverneur de Louisiane envoyant ses agents acheter des produits détaxés ? Jean caressa la crosse de son pistolet. Il

1. Tribu indienne du sud de la Louisiane.

était difficile de connaître les intentions du pouvoir. Pierre s'était précipité. Les Baratariens se comptaient sur les doigts d'une main ce matin-là, au Temple.

— Amis, constata Youx. Ils ne sont guère nombreux pour un assaut en règle. Et sur une simple felouque.

L'esquif s'échoua. Trois Américains sautèrent à l'eau, marchèrent jusqu'au rivage, sans armes.

— Laffite !

Ron Browman ôta son bicorne, salua. Jean ne l'avait plus revu depuis leur rencontre chez Elora. Il répondit au salut d'un coup de menton, s'inquiéta.

— Vous êtes en route vers le Texas, monsieur ? C'est encore loin, vous devez savoir qu'il existe une route plus sûre par la Prairie.

Les visiteurs étaient en mission, il n'était pas utile de les tancer de cette manière mais comme souvent, Jean remettait à plus tard les effets de ses arrogances. Browman le toisait, un petit sourire au coin des lèvres. Leurs sentiments mutuels n'avaient pas varié. L'Américain écarta les bras. Son doux regard de myope fouillait le rivage, inventoriait l'étal improvisé. Derrière le sourire du passant heureux de mettre pied à terre au bout d'un voyage fatigant, Jean devinait la vigilance tendue, la même méfiance qu'à Carthagène.

— J'ai lu votre affiche, comme tout le monde à La Nouvelle-Orléans, mister Laffite. Mais je ne viens pas vous voir pour des raisons commerciales.

Les acheteurs s'étaient prudemment mis à couvert sous les arbres, prêts à remonter dans leurs embarcations. Browman ricana, la situation l'amusait. Il prit Jean par le bras, l'invita à faire quelques pas le long de la grève. Ce qu'il avait à dire pouvait se passer de témoins.

— Mister Laffite, l'Angleterre est assez menaçante en ce moment pour que mon gouvernement croie utile de vous donner, comment dire, de l'air et de l'espace pour vos activités.

— Vous avez parcouru vingt lieues pour me dire ça ? Il était plus facile de m'aborder en ville. Je ne m'y cache pas.

— J'ai préféré venir à votre rencontre pour vous livrer cette bonne nouvelle qui vous intéressera, vous et vos amis. Enfin, je l'espère.

Il plissait les paupières, considérait Jean avec une curiosité distante. Les gens du Cabildo ne se risquaient guère vers le sud, sauf par le Mississippi. Les voir s'ébattre dans la baie de Barataria n'enchantait pas le maître des lieux. Browman se fit presque amical soudain.

— Je serais bien descendu jusqu'aux îles qui barrent le golfe, mais voyez-vous, j'ai craint de m'ensabler. Mes marins ne connaissent pas très bien la région, ils ne sont pas d'ici. Eux.

Il s'amusait, pour de bon. Jean lui fit une proposition.

— Un séjour à Grande-Terre vous agréerait, mister Browman ? J'y retourne dès demain matin. Nous avons là-bas une tradition d'accueil dont on parle jusqu'au Brésil. Ainsi pourriez-vous compléter votre connaissance de la région, perdre un peu d'argent dans notre salle de jeux et même offrir à vos hommes le repos du guerrier dans des bras accueillants. Un bordel vient de s'ouvrir, on y joue même du piano pour les visiteurs.

L'Américain était au regret de devoir refuser. Il repartirait vers le nord aussitôt sa mission remplie.

— Une autre fois, peut-être. Nous avons de bonnes cartes marines, mister Laffite, ne vous inquiétez pas pour ça, quant aux plaisirs de la chair, mes compagnons ont coutume de les éprouver chez eux, en famille. Revenons à l'essentiel. La licence que vous accorde le gouvernement des Etats-Unis est purement verbale. Il n'y aura ni document ni signature, nous ne sommes pas à Carthagène et l'Union n'entretient pas de mercenaires. Pour ce qui concerne...

A peine gêné par les énormités qu'il proférait, il cherchait un mot. Ce fut au tour de Jean de sourire.

— Les prises ?

— De vos équipages, oui, voilà.

— Corsaires ou mercenaires, monsieur Browman ? Ce n'est pas tout à fait pareil. Il convient de nous dénommer avec précision.

— Disons flibustiers.

— Un mot anglais conviendrait mieux. Je vous propose *privateers*. Vos pères fondateurs ne dédaignaient pas d'en utiliser lorsque, assez démunis de navires, ils arrachaient votre indépendance aux Anglais avec l'aide des amiraux de Louis XVI. Mais brisons là. Votre gouvernement réclame une partie des saisies ?

— Ce gouvernement est aussi le vôtre. Mais brisons là comme disent les Français. Nous nous contenterons de la moitié des saisies effectuées sur les Anglais. Ils harcèlent nos navires au large de la Nouvelle-Angleterre, nous leur devons bien ça. Mais uniquement sur eux. La moitié, c'est bien ce qui se pratique ailleurs, n'est-ce pas ?

Jean se retint de s'esclaffer. Marie Villars avait tort de s'alarmer. Le gouvernement des Etats-Unis d'Amérique décidait de se servir à son tour sur la bête anglaise, comme un vulgaire mouvement révolutionnaire de la Nouvelle-Grenade sur le coffre-fort espagnol. Roueries de la politique ; les pirates sanguinaires allaient devenir des gens respectables, des patriotes acquis à une bonne cause ; bientôt, les dames du quartier américain les écouteraient conter leurs aventures, charmées, le petit doigt levé à l'heure du thé.

Naviguerait-on sous pavillon américain ?

— C'est hors de question. Ni pavillon ni lettres de marque.

On ne mourrait donc pas pour l'Union, à l'occasion. Dommage. Browman avait l'air satisfait de sa proposition. Jean éprouva l'envie de le saisir par le col, d'enfoncer sa face de poète inoffensif dans la vase. Pierre eût été plus à l'aise que lui à ce bavardage, ou même Youx.

— Avez-vous eu l'occasion de revoir la señora Almagre ? s'inquiéta l'Américain.

Il suivait du regard les femmes sous leurs ombrelles. Il y avait là une société, assez étrange, de maîtres et de serviteurs au marché ; des enfants, même, emmenés en promenade par leurs parents dans cet endroit pourtant sauvage et pour qui les femmes de Grande-Terre avaient cuisiné des pralines au sucre de canne et des gâteaux.

Mâchoires serrées, Jean lui fit comprendre que non. Browman eut une moue de considération.

— Une femme intéressante que cette Elora. Et quelle beauté. Savez-vous qu'il est arrivé que l'on s'entre-tuât pour elle, à Carthagène ? Veuve et parfaitement désirable, de quoi faire rêver au-delà des mers.

Il se recoiffa avec lenteur. Jean peinait à avaler sa salive. Que Browman lui demande d'être son messager, et il lui brûlait la cervelle.

— Si des objets vous intéressent ici, monsieur, dites-le-moi, dit-il d'une voix rauque. Nous avons largement de quoi meubler la demeure d'un officier des Etats-Unis. A condition toutefois que le style espagnol vous convienne.

Browman ajusta son chapeau, sourit à la vue de ses hommes découvrant, effarés, le butin des Baratariens. Et ses clients. Ainsi la presse ne déformait-elle pas la réalité, les gens les plus respectables de La Nouvelle-Orléans et des plantations se retrouvaient là, à ciel ouvert, contournant aimablement la loi devant des pâtisseries et des paniers de friandises.

— Je pense plutôt à de l'anglais, dit-il, disert, ou à ces grosses armoires en chêne comme on les fabrique en France. Le cyprès louisianais me paraît, comment dire, un peu brut. Mon épouse apprécie les coffres londoniens, vous savez, ce genre d'objets assez massifs où l'on peut entreposer toutes ces choses plus ou moins utiles. Tenez-moi au courant de vos futures trouvailles, je pourrais bien être votre client, un de ces jours.

Il rameuta sa troupe, rejoignit la felouque sous les regards en alerte des Baratariens. Jean ordonna à ses hommes d'aider à remettre l'esquif à flot. Il était partagé entre deux sentiments contraires. L'intrusion de Browman signifiait de la liberté en plus et la reconnaissance officieuse de Grande-Terre. En même temps, l'agent du président Madison menaçait, à sa manière habituelle, cauteleuse, toute de fausse jovialité.

Jean regarda la felouque s'éloigner. Les chalands du jour seraient heureux d'apprendre que le commerce connaîtrait bientôt l'embellie. On allait courser en meute l'Anglais amateur de chasse au renard ; à chacun ses menus plaisirs et ses grandes jouissances. Jean repéra la robe bleue de Catiche, sa silhouette gracile au milieu des femmes. Il se détendit. Il avait là son phare, à l'horizon d'une mer changeante.

— Qui es-tu, Jean Laffite ?

Elle lui posa cette question alors qu'ils s'en revenaient vers Grande-Terre à bord de la *Diligente*.

Elle l'interrogeait avec d'imperceptibles haussements de sourcils et dans les yeux une candeur qu'il trouva un peu forcée.

— Eh bien, Moka, je suis Jean Laffite, pour te plaire, enfin pour tenter d'y réussir.

Sa moue de déception lui indiqua qu'elle attendait autre chose. Il s'accouda près d'elle sur la lisse, contempla longuement le sillon d'eau claire creusé par le flanc de la goélette ; constant, indéfiniment recommencé, il tranchait le lac absolument étale de la baie, comme des ciseaux de la soie. Catiche se mit à rire. Elle le mettrait sur la voie, au besoin.

— Soit, ma jolie. J'ai sur moi assez de dollars pour acheter ensuite ton silence sur mes turpitudes, mes défauts, mes tares même.

Elle fit mine de réfléchir, le regard perdu dans le grand ciel tout bleu.

— Tu méprises les gens puissants, surtout ceux du Cabildo.

— Ce n'est pas du mépris, Catiche. Nous ne sommes pas taillés dans le même bois, c'est tout. En vérité je les respecte pour autant qu'ils n'entravent pas ma liberté. Ce n'est pas l'envie qui leur en manque, crois-moi, j'en connais parmi eux qui rêvent de pleine mer et de rencontres sonnantes et trébuchantes. Ceux-là seraient heureux de venir fouiller dans tes armoires avec la permission du gouverneur Clairborne, même si pour le moment ils songent plutôt à me laisser les remplir. Le fier marin de poissonnerie que tu as aperçu ce matin, Browman, fait partie de cette famille. Il attend son heure.

Il vomissait le pouvoir et ses créatures prêtes à tout pour s'imposer, régner, peser sur le sort du plus grand nombre. Les planteurs créoles, héritiers de domaines où l'on faisait travailler l'esclave de la même manière depuis près d'un siècle, n'avaient guère d'efforts à fournir pour cela. D'où leurs codes immuables, leur manque cruel d'imagination sauf pour le jeu et la danse. Des nains prétentieux dans un monde créé pour des géants. Et assez orgueilleux pour croire que leur domination sur la Louisiane, ce don de Dieu, était éternelle.

— Tu y as des amis pourtant, Jean Laffite. Eux te trouvent bon compagnon plutôt.

— Plutôt bon compagnon, Moka, la corrigea-t-il.

Cela ne faisait pourtant pas longtemps qu'elle observait son amant et celui-là n'était pas d'une espèce loquace. C'était l'amour, le simple amour, qui, prétendait-elle, lui donnait le pouvoir d'inventorier les recoins de son âme. Il se défendit.

— En effet, il m'arrive de perdre de l'argent à leur table, ou de leur en prendre, admit-il. Tout en devisant agréablement sur les bizarreries de l'époque.

Il leur vendait des hommes et des épices, de la semence en tonneaux, du vin espagnol et des secrétaires en acajou. Certains l'honoraient de leur amitié. Une commune origine française offrait à leur relation un peu de ces ciments que l'Histoire dépose parfois sur les êtres différents les uns des autres. On ne serait jamais du même monde pour autant.

— Tu as vu cette ville, et la vitesse à laquelle elle change, dit-il, étonné. Ces quartiers protestants à l'ouest du Carré, avec l'exutoire du Swamp à leur marge, un monde inconnu il y a quinze ans à peine. Ces gens-là vont tout bouffer, je te le dis. Il faut défendre sa place, dans un pareil univers. Créoles et Yankees ont les moyens pour cela, nous autres, les petits, devons nous battre chaque jour pour ne pas disparaître. Quitte à regarder les autres s'entre-dévorer.

Les courtiers, notaires, banquiers, armateurs et autres négociants quittant par dizaines les rivages de la Nouvelle-Angleterre pour les moiteurs du grand Sud ne mettaient pas longtemps à jauger le voisinage. Il y avait là, alanguie à côté d'eux, une race oisive confondant un peu abusivement la naissance avec le talent, l'impression de travailler avec les fatigues de la chasse, la tolérance distinguée avec les débauches du jeu ou de la chair. En permanent arrangement avec ce qu'ils considéraient comme de simples imperfections, ces nantis daubaient sur les demeures puritaines plus hautes que les leurs, dressées à l'horizon de leur quartier, sur les fortunes amassées en quelques mois, sur les temples où la vérité révélée sortait de la bouche des pasteurs.

Jean ricana.

— Les nouveaux Louisianais sont des gens somme toute normaux. Ils ont un œil sur la Bible et l'autre sur les appas des femelles exposés au Swamp. Mais leur acharnement à la besogne et leur soif inextinguible pour l'argent mettront un jour ou l'autre mes amis créoles à la raison. De toute façon, ma jolie, nous ne sommes toi et moi ni d'un bord ni de l'autre.

— Tu cherches pourtant leur reconnaissance, enfin, je crois. Oh, regarde, là-bas.

Elle tendit le doigt vers des rondins échoués sur un banc de sable. Une dizaine d'alligators s'y livraient, immobiles, à leur occupation favorite, sommeiller, l'œil à demi ouvert. De temps à autre, l'un d'entre eux se décidait à ramper sur quelques mètres, puis se figeait à nouveau le museau tendu vers une proie trop éloignée. Catiche regarda Jean, l'air grave. La vie à Grande-Terre ressemblait à cela par bien des aspects. Des prédateurs y attendaient le passage de leur pitance. Tels ces sauriens faussement assoupis, ils se jetaient d'un coup à la mer, sans autre bruit que celui de leurs voiles prenant le vent.

Elle frissonna, se blottit contre son amant. Elle ressentait les tourments de Jean Laffite, partageait ses moments de joie enfantine comme elle respectait ses silences qui pouvaient durer un jour entier. Savait-il vraiment ce qu'il désirait, au fond de lui-même ? Son goût pour la liberté suffisait-il à expliquer le choix d'une telle existence ? Elle devinait en lui des élans morbides, des frustrations, des colères enfouies sous les apparences d'une éducation bourgeoise semblable à mille autres. Et ce besoin, vital, de ne dépendre de personne pour exister.

— Tu es de ceux qui ne font que passer dans ce pays, dit-elle.

— Sans doute, Moka. Tu as raison.

Bien que leur commerce lui répugnât, il se sentait plus proche des braillards avinés du Swamp que des notables du Carré ou du quartier américain. Bateliers du Kentucky ou de l'Ohio parvenus au delta sur des planches pourrissantes dont on faisait les murs des tripots ; putains blanches au gosier plein d'insultes, de whisky, de râles, de foutre ; marins de vingt pays répandus dans la nuit une bouteille à la main, ramassés ivres morts par la garde, tous ceux-là parlaient une langue de misère et de solitude qui le touchait. Des passants, oui, exilés, fuyards, mal-aimés, dont on retrouvait parfois les cadavres au coin d'une rue ou au bas de la grande levée. Une sorte de fraternité le reliait à ces ombres dont certaines avaient trouvé un jour l'abri de Barataria. La fulgurance de leurs destinées ressemblait à la sienne, leur jeu avec les possédants et les puissants l'intéressait, comme la nécessité pour eux de vivre vite et fort quand rôdaient partout la maladie, la puanteur sociale et la mort.

— Frères en destinées.

S'il devait inscrire un jour quelque chose sur son pavillon rouge, ce serait vraisemblablement ces simples mots que son frère trouvait tout de même quelque peu cyniques. Frères en destinée. « Va pour ceux qui te suivent, protestait Pierre, quant aux autres, qui doivent te céder leur bien avant l'heure, ils se passeraient de t'avoir connu, tout de même ! »

— Nous allons tous au même endroit, murmura Jean.

Il sourit. Catherine l'étonnait. La donzelle avait à peine plus de dix-sept ans et jetait sur le monde le regard lucide des grands voyageurs. Avoir connu l'exil et la nécessité de survivre, posséder dans son sang la part esclave de l'Amérique et sa négation blanche, aimer un clandestin aux insolences d'aristocrate, ces éléments éparpillés composaient en elle un personnage plein de contradictions. Indifférente au sort des captifs africains qui transitaient par l'île, simplement satisfaite de savoir que Jean les traitait avec humanité, elle se comportait en sœur avec ceux de sa maison, exigeant qu'ils disposent de temps pour le repos, la prière, la promenade, interdisant aux gens du village de les malmener, même en paroles.

— Et toi, Catherine Villars, qui es-tu ? lui demanda-t-il.

Il la vit qui tentait de cacher son sourire. Elle était la compagne de sa vie, celle qu'il avait choisie au milieu de cent autres. Peut-être Jean Laffite avait-il, comme beaucoup de ses capitaines, des maîtresses dans les havres lointains de la Caraïbe ; de ces filles guettant l'arrivée des navires, comme les hérons les ombres des poissons sous la surface de l'océan. C'était de la pitance d'escales, de la chair pour exorciser les peurs et les angoisses, réparer les fatigues de longs voyages. L'étranger, soulagé d'avoir survécu aux tempêtes, aux abordages, aux fièvres, plantait ses crocs dans ces viandes plus ou moins avariées comme si c'était la dernière fois. Pour conjurer les menaces.

— Je suis celle qui t'aime depuis toujours, dit-elle. Et qui jouit de toi.

— Alors, nous sommes seuls, l'un pour l'autre. Quant à la Caraïbe et à ses vapeurs de femmes, sache que tu occupes assez mon esprit pour que mon corps ne fasse que s'y reposer. Seul.

Janvier 1811

Cela couvait depuis quelque temps, au sud de La Nouvelle-Orléans. Une dizaine d'esclaves fuyant une plantation d'aval avaient été traqués puis repris après une course folle à travers marais et cyprières. Déboussolés, affamés, se nourrissant depuis plusieurs jours de racines, de baies, de grenouilles crues, les « marrons » avaient fini par se faire serrer dans les bois de la plantation Villeré. Rendus à leur propriétaire, les plus chanceux, car estimés sous influence, avaient été amputés d'une main, les autres, considérés comme les meneurs, pendus sans autre forme de procès.

Depuis cette affaire, les échos de la colère nègre montaient des cases et des villages, se répandaient jusqu'à la ville. Bien qu'aucun d'entre eux ne rechignât à la tâche dans les champs de coton, d'indigo ou de tabac, les hommes chantaient plus fort et plus douloureusement que d'habitude ; quant aux femmes, mutiques face à leurs maîtres, on les voyait en longs conciliabules dans les cuisines et près des moulins à canne, chuchotant des insolences, ricanant, préparant à l'évidence quelque chose.

C'est dans cette ambiance délétère que la *Diligente*, de retour, bredouille, d'un long séjour dans les parages de Haïti, s'engageait dans la grande passe du Mississippi. Le mât de misaine avait souffert d'un coup de vent, une voie d'eau s'était déclarée sous la ligne de flottaison bâbord. Il fallait réparer, peut-être bien changer le mât, à La Nouvelle-Orléans.

— « Blessé jusques au fond du cœur, d'une atteinte imprévue aussi bien que mortelle… »

Desfarges aimait aussi déclamer les grands textes du répertoire sur des eaux calmes. Le bras tendu, le jabot faseyant, il se plantait à la proue du navire, saluant des publics de spatules, de cormorans et d'alligators totalement indifférents à ses citations. Au grand amusement de Jean. On aurait pu se morfondre ; un mois de course n'avait rien donné d'autre que l'amer et désespérant constat d'un océan vide, déserté par l'Espagne, pour d'obscures raisons.

— Le hasard, Jean, simplement le hasard, supposait le poète.

On avait même dû faire escale à Port-au-Prince pour y acheter de la cannelle, des piments et du rhum, comme de simples commerçants. Un comble. Ainsi la bonne humeur de Desfarges amendait-elle la frustration du boss.

— Il y aura d'autres courses, Jean Laffite. Madison ne nous a-t-il pas offert une sorte de blanc-seing pour trucider de l'Anglais et percer quelques bedaines goddams, en son nom ?

Justement, pestait Jean. C'était le moment de profiter au maximum de l'espace et de la liberté consentis. Pareil cadeau ne se referait pas souvent.

— « Et le désir s'accroît quand l'effet se recule », avait conclu le chantre de Grande-Terre.

Le Mississippi s'ouvrait devant l'étrave de la goélette, au grand soulagement des hommes harassés. On s'était octroyé double ration d'alcool en attendant de remettre ça au Swamp.

— Un gentil vent arrière pour nous conduire aux délices d'un sommeil mérité, apprécia Desfarges.

Le soir venait, la nuit serait noire, obligeant le bateau à s'ancrer jusqu'à l'aube face à la rive gauche du fleuve. Ce fut Jean qui, le premier, aperçut une colonne de fumée grise, loin au nord-ouest.

— Une grange qui brûle, dit-il.

— J'en vois quelques autres, corrigea Desfarges.

A la lunette apparaissaient plusieurs incendies, groupés autour des premières plantations du Sud. Loin encore.

— C'est donc la guerre ? s'étonna Jean.

Le golfe bruissait de rumeurs inquiétantes. Alliés en Europe, Anglais et Espagnols préparaient un coup, peut-être bien l'invasion des Etats-Unis. Les uns pour récupérer leurs colonies, les autres pour protéger les leurs des convoitises yankees. Qu'y avait-il de vrai là-dedans ?

— Il faut aller voir, décida Jean.

Il fit augmenter la voilure avec ce qui restait de toile utilisable. C'était une gentille soirée de godille, comme disait Desfarges. Brise légère, moiteurs de tropique et ciel de lait dans les derniers feux du couchant. Deux heures plus tard, tandis que les épais bois de charmes, de chênes et de cyprès bordant le fleuve se fondaient dans l'obscurité, la *Diligente* stoppa à une demi-lieue des feux les plus proches.

Jean mit pied à terre en compagnie d'une vingtaine de marins, tous armés de fusils et de pistolets. On ne connaissait pas très bien cette rive du Mississippi, trop proche de la Balise pour qu'on en ait fait un itinéraire habituel. De vagues chemins s'enfonçaient dans les bois ; par endroits, des zones de marais obligeaient à de longs détours au bout desquels les marcheurs, éclairés à la torche et à la lanterne, butaient sur des taillis, des parterres d'arbustes, tout un fouillis aux basses branches, traîtresses, giflant leurs joues, griffant leurs mollets.

— Ça flambe pour de bon, répétait Jean, tendu.

Une lueur orange couronnait la forêt. On fut bientôt en limite des champs de canne et de coton. C'était D'Harcourt, la plus méridionale des plantations du grand fleuve. L'incendie principal dévorait la demeure des maîtres, une construction de plain-pied aux graciles colonnades. Les bâtiments annexes étaient eux aussi la proie des flammes ; les granges et remises à outils, les entrepôts, écuries, étables et ateliers, les bacs à décantation pour la canne et l'indigo, tout partait en fumée dans un crépitement de feu d'artifice.

— Les esclaves sont en révolte, constata Desfarges. Regarde, Jean, ils se sont organisés, et ils ont trouvé des armes. Ils ont choisi la période du grand sarclage du coton pour se mettre en bandes. C'est le coup de Saint-Domingue qui recommence, tout aussi bien.

— Ils ont dû forcer sur la *cuite*, ironisa Jean.

Pour fêter l'an nouveau et la fin des grands travaux de récolte, on donnait aux esclaves licence de bâfrer et de boire du sirop de sucre relevé de rhum, à la santé de leurs maîtres. Une bamboula de campagne qui durait tout le jour et se terminait par des danses et pas mal d'autres choses moins avouables. C'était aussi le temps des mariages et des reventes ; des cadeaux enfin, pantalons et souliers, tissus et drap pour ces serviteurs peu rechignants à la besogne.

Desfarges ne cachait pas son inquiétude.

— Ils ont vidé le cellier, si tu veux mon avis. La cuite et le reste. Nom de Dieu, ça gesticule autrement que sur la place

Congo. Ils sont fin saouls, avec du sang sur les machettes, je pense.

Des groupes de nègres couraient devant les brasiers, coordonnant la destruction de la maison principale et de ses dépendances. Il y avait, en temps ordinaire, une bonne centaine d'esclaves à D'Harcourt, leurs maîtres avaient dû être assaillis par surprise et il n'y avait guère de chance pour qu'on les retrouvât vivants. Jean décida de rebrousser chemin, tout serait consommé dans moins d'une heure. Au moment où il faisait éteindre torches et lanternes, il se rendit compte que son petit groupe avait été repéré.

— Ils nous tombent dessus et nous sommes bien éclairés, à c't'heure. Dans les bois, messieurs, ordonna-t-il.

Ça déboulait des bâtiments en flammes, une meute hurlante portant des torches. Jean garda son second ainsi qu'une dizaine de matelots près de lui, leur fit mettre un genou à terre, tandis que le reste de sa troupe rejoignait le couvert de la forêt.

— Visez sous les lumières et que Dieu nous garde. Feu ! ordonna-t-il.

Il vida en même temps ses deux pistolets, tandis qu'une salve de mousquets suivie d'une pétarade de coups isolés brisait net l'élan des révoltés. On avait tiré un peu au jugé. Des hommes tombèrent, hurlant de douleur.

— Ils refluent, constata Jean. On s'en va, maintenant.

Il retrouva ses hommes qui l'attendaient, rassemblés sous un long tunnel de charmes. On ne traînerait pas aux abords de la plantation D'Harcourt, cette nuit-là. Desfarges fut le dernier à rejoindre la *Diligente*. L'affaire lui avait remis en mémoire quelques vers d'un inconnu célèbre[1] qu'il était bien le seul, dans toute la Louisiane, à avoir lu. Il se planta à la proue de la goélette, la main tendue vers le reflet de la lune sur le fleuve.

Epouvantable nuit, qui tes cheveux noircis
Couvres du voile obscur des ténèbres humides
Et des antres sortant, par tes couleurs livides
De ce grand Univers les beautés obscurcies.

1. Philippe Desportes (1546-1606).

— Comment peux-tu, nom de Dieu ? lui lança Jean, encore plein des bruits et des cris de l'engagement.

— Je peux, ami, c'est ma nature.

La Nouvelle-Orléans

C'était une vraie rébellion, généralisée au sud de la capitale. Des bataillons conduits par des Spartacus en haillons s'étaient constitués, s'armant au fil de leurs destructions, poussés par leur propre élan vers la capitale du territoire. Passé la stupéfaction des premiers jours, les autorités, voulant calmer sans délai la panique qui jetait déjà les planteurs du Sud vers la ville et les plus couards de leurs administrés sur les routes de l'exil, ne tardèrent pas à réagir. On recruta en hâte, sans trop barguigner ; des planteurs et des miliciens, quelques réguliers, la piétaille avinée du Swamp. Quant à la marine de Louisiane, incapable de surveiller à la fois les côtes et les rivières en temps normal, elle fut renforcée bien malgré elle par quelques corsaires peu désireux de voir leurs navires saisis, brûlés ou coulés par les rebelles.

— Regardez ça, tempêta Jean en jetant le *Courier* sur la table. Voilà qu'on nous soupçonne maintenant d'attiser la révolte en important du bois d'or en Louisiane. Mais qu'ils abolissent une bonne fois pour toutes ! Ça leur évitera de se complaire ainsi dans leur hypocrisie.

L'article en anglais ne donnait pas dans la nuance. Les contrebandiers et autres corsaires affidés à Carthagène, fournisseurs clandestins des plantations, avaient transporté dans leurs cales la bombe à mèche longue qui dévastait désormais la moitié du pays. Responsables des malheurs qui s'abattaient sur la Louisiane, ils devaient payer d'une manière ou d'une autre. Quand saisirait-on enfin les butins de ces insolents pirates dont les modes de vie, les méfaits et l'impunité scandalisaient les gens jusqu'à New York et Boston ?

Jean était las de servir de bouc émissaire à tous ceux qui jouaient de leur influence dans le territoire. Pierre lui fit signe de se calmer. Quand les juges auditionnaient un certain nombre de leurs compagnons pris en flagrant délit de contrebande, les Laffite avaient encore la chance étonnante de ne jamais avoir été cités devant le tribunal. On les croisait en ville, des gens venaient vers eux pour leur serrer la main, les remercier, leur demander qui un service, qui un contact commercial, ou leur passer une commande. Les provoquait-on, ailleurs ? Jean était bon bretteur, sa réputation de duelliste courait dans toute la Louisiane, quelques imprudents l'avaient éprouvée dans leur chair.

Des notables, voilà ce qu'ils devenaient au fil des mois. Vivant comme tels, au café comme au bal, côtoyant en liberté les puissants et les humbles, sous l'œil de plus en plus critique, voire furibard, du gouverneur et de sa coterie.

Jean ricana.

— Colère officielle. On nous voue aux gémonies tout en nous envoyant Browman au Temple. Dans cette affaire, c'est à qui aura les nerfs les plus solides.

— Calme les tiens, lui dit Pierre. Et n'oublie pas les leçons de l'Histoire. A la fin du XVIIe siècle, les puritains de Boston, assiégés par les Indiens et les Français du baron de Saint-Castin, ont fait brûler quelques sorcières à Salem pour exorciser leur terreur. Il faut toujours des innocents sur les bûchers pour apaiser les troubles des consciences honnêtes. Nous devons rester vigilants, c'est tout. Un moment d'inattention, et nous serons nous-mêmes flambés en place publique, au nom de la morale républicaine.

Le mot « innocents » amusa Marie. La ville était pleine de braves gens occupés à des activités parfaitement officielles. Ceux-là n'étaient en rien coupables. Jean alla jeter le journal au feu. La duplicité du président Madison et de ses agents le mettait hors de lui. Quant à Marie, il suffisait bien qu'elle s'occupât de nourrir et de torcher son quatrième rejeton, une fille prénommée Rosa.

— La ville est pleine aussi de vide-goussets, d'ivrognes et d'assassins, s'emporta-t-il. La risée de l'Amérique en vérité. La milice fait la sieste et les séides de Clairborne démissionnent l'un après l'autre, épuisés par l'ampleur de la tâche. Trop de réfugiés, de nègres, de viande saoule et de jeux d'argent. Alors, que chacun balaye devant sa porte. Je ne serai pas la victime expiatoire de Clairborne ou de Patterson. Moi, je commerce en prenant des risques, et les gens m'en savent gré. Si les révoltés de D'Harcourt m'avaient troué la peau, on me citerait comme héros de la Louisiane. Maintenant, on nous laisse faire en lorgnant sur nos magasins. Quelle foutaise !

Il ne s'était pas engagé dans la troupe hétéroclite chargée d'arrêter l'offensive des esclaves. Courir sus à des pauvres bougres armés de flingots, de fourches et de gourdins ne l'intéressait pas. Ses hommes avaient eu la liberté de s'enrôler, mais aucun ne l'avait fait. Il les louait pour cela, comme il trouvait étrange, depuis toujours, que des Noirs libres, anciens serviteurs affranchis ou migrants de la Caraïbe, s'offrent à leur tour des esclaves.

Dès que la *Diligente* serait réparée, il irait rejoindre Catiche à Grande-Terre. Sans elle, le séjour à La Nouvelle-Orléans lui semblait fade et ce n'était pas sa belle-sœur qui tempérerait cette impression. Marie ne cachait pas son angoisse ; la réussite des Laffite, leur habileté, leur chance aussi ne l'impressionnaient pas. A ses yeux, les plans de Pierre et de Jean sur la comète américaine n'étaient qu'illusions.

Dans cette ambiance qui se tendait au fil des jours, Jean ne tenait pas à séjourner plus longtemps en ville. Il reprendrait la mer dès que la goélette serait réparée. Pierre avait à faire au Nord quant à lui. Le commerce avec les plantations de Baton Rouge et de Natchez continuait, la confusion régnant autour du Cabildo ne lui disconvenait pas. Il y avait d'autre part des navires à entretenir, des équipages à compléter, ce qui coûtait cher.

— Les révoltes d'esclaves, on s'en fout, dit-il. Tout ça sera réglé dans le mois. Si les Américains pensent que nous en sommes responsables, c'est leur affaire. Ils sont bien contents de nous voir monter la garde à notre façon, sur le golfe. Le reste, c'est de la manœuvre de politiques, du sirop pour faire jaser dans les dîners mondains. Qu'ils nous citent en justice, nous saurons bien leur mettre le nez dans leur pot de nuit.

Pierre avait vu juste. Il avait tout de même fallu à l'armée disparate de Clairborne trois bonnes semaines pour mater la révolte nègre. Une vraie campagne militaire, des coups de main, des embuscades de part et d'autre, des batailles rangées. Les esclaves s'étaient battus avec l'énergie de ceux qui, n'ayant rien à perdre, se sacrifient jusqu'au dernier. Disloqués, pourchassés, leurs bataillons faméliques avaient été anéantis, les rares survivants de cette guerre s'étaient dilués dans les marais où la traque leur était encore donnée, par jeu de chasseurs bien plus que par nécessité militaire.

Au fil de son voyage vers la Balise, Jean découvrit les séquelles de combats sans merci. Des plantations détruites subsistaient des murs noircis, des remises vides et les planches éparpillées des villages d'esclaves. Les vainqueurs avaient tenu à dissuader les velléitaires, nostalgiques ou possibles revanchards ; les croix, piquets et tas de pierres balisant d'ordinaire les chemins avaient été remplacés par des têtes coupées, des bras et des mains plantés en terre ; garde-manger pour insectes, au-dessus de quoi tournoyaient par dizaines les vautours et les oiseaux de mer. On avait équarri la rébellion, au fond d'un abattoir.

Jean longea ces cimetières de cauchemar. On pouvait méditer, là-devant, sur les cruautés de la société louisianaise. A Boston, à Baltimore, des voix de plus en plus nombreuses s'élevaient pour que l'esclavage fût aboli sur tout le territoire de l'Union. Des Carolines au golfe du Mexique, la réponse à cette révolte des consciences et des esprits serait uniforme ; le Sud s'était bâti sur ces réalités. On y vivait sur des domaines immenses où le travail ne pouvait s'y concevoir autrement. Les fermiers de la Nouvelle-Angleterre, rivés à des lopins à peine assez vastes pour nourrir leurs familles, auraient beau jeu de dénoncer ce système. Comment feraient-ils, ces seigneurs aux dix arpents, si leur besogne quotidienne s'étalait subitement sur des milliers d'acres ?

Les yeux vitreux des suppliciés fixaient, étrangement neutres, les cimes des chênes et des cyprès, le spectacle de leur souffrance oubliée n'était guère supportable. Mais on n'aurait pas le temps de donner à ces centaines de bornes noires des sépultures chrétiennes. Jean abandonna vite son projet de parcourir le domaine saccagé ; au sud de La Nouvelle-Orléans, le pays suait la mort par ses moindres chemins. Il fit mettre à la voile, pressé de respirer les moiteurs du grand Sud.

9

Parfois les eaux du golfe, apaisées, ressemblaient à celles de la baie ; deux miroirs jumeaux au ressac infime d'où le sable de Grande-Terre émergeait, blond sous le soleil mourant.

Surgis des quatre horizons, des milliers d'oiseaux traversaient le cordon insulaire dans une cacophonie de cris et d'appels, pressés de rejoindre leurs gîtes. Certains soirs, en fin d'automne, leur nombre était si grand que l'occident rougeoyant en était presque entièrement couvert, et dans ce décor de feu, le bruit de leur orchestre immense couvrait les conversations des hommes.

Jean guettait le vol des pélicans au milieu de ce désordre cohérent, les trajectoires de ces frôleurs d'eau le fascinaient.

— Regarde ça, Moka. Ceux-là savent bien où aller, droit devant.

Groupés par trois, dix, vingt, proches au point de paraître devoir se heurter à chaque coup d'aile, fonçant au ras du flot, de leur élan parfaitement rectiligne, ils traversaient le paysage à la vitesse des flèches indiennes, sans dévier d'un centimètre. Jean cherchait un défaut dans leur course, mais une main invisible écartait tout obstacle, tout gêneur, devant leur bec pointé comme un artimon.

— Ils sont si grotesques, posés à terre, s'étonnait Catiche.

— Le Seigneur les récompense ainsi de leur laideur. Il se dit qu'Il a eu la main un peu lourde en leur donnant ce maintien de notaires pensifs.

Jean et Catiche en terminaient avec leur promenade, un rituel en ces journées de répit entre les coups de vent déferlant de la Caraïbe. C'était l'heure divine. La fraîcheur un peu moite du soir balayait lentement la canicule tandis que le soleil achevait de se noyer dans son sang, le ressac murmurait ; au quai, le bêlement d'une pipe écossaise annonçait la marée basse.

— Là-bas, le Texas, Moka.

Les pieds dans l'eau tiède du golfe, main dans la main, ils contemplaient le grand mystère du couchant, quand l'astre semblait s'enfoncer dans des terres connues des seuls oiseaux. Jean avait parfois longé ces rivages aussi désespérants de platitude que ceux de la Louisiane. Il y avait, là-bas aussi, des îles, des baies, des bayous. Texas ; le mot indien signifiait « amis ».

Dans ces moments de grâce, Jean ne savait plus s'il était de la mer ou de la terre. L'envie lui venait d'aller vers les deux en même temps, de saisir entre ses mains les horizons avant que la nuit ne les effaçât. Et de jouer avec. S'il détenait un réel pouvoir en ce bas monde, c'était peut-être celui de se fondre un jour dans ces espaces du grand Ouest où les pélicans, les aigles, les alligators régnaient. Son expérience de jeunesse lui laissait dans la bouche un goût de liberté absolue qu'en ces instants de paix, loin des remugles de la ville, de ses combinaisons, il se réjouissait d'avoir retrouvé.

— Tu dois avec tes capitaines souper, Jean.

— Souper avec mes capitaines, Moka.

Il y avait toujours une raison pour que le charme se rompît. Un navire à l'approche, traînant parfois une prise derrière lui ; Youx, Desfarges, Lafon ou un autre s'en revenant au bout d'une longue absence. Des captifs que l'on aurait à table, autour de bonnes bouteilles, ou bien encore une expédition à finir de préparer. Catiche avait appris à tenir sa place dans cette société-là.

— La femme d'un Portugais a enfanté. Il faut que j'aille la voir.

A la différence de Jean, qui maintenait avec les Baratariens une distance jugée par lui nécessaire à sa propre sécurité, Catiche se mêlait volontiers aux gens du village. Des enfants étaient nés sous les paillotes et dans les maisonnettes ; il fallait aider les mères, surtout lorsque les hommes étaient au loin ; coudre, cuisiner, jacasser et commérer, tout pareil ; l'humanité rassemblée à Grande-Terre n'avait rien d'exceptionnel, on s'y chamaillait comme partout ailleurs, pour des histoires de voisinage, de petites jalousies ou de grandes saouleries. Les femmes y pleuraient parfois des amours contrariées, quant aux hommes, il arrivait qu'on en vît coursés par des harpies vociférantes décidées à les castrer pour d'obscures raisons.

Ce village de migrants dont les habitants ressemblaient de loin à de paisibles pêcheurs prenait l'eau par cent gouttières. Il fallait sans cesse le rafistoler au décours des tempêtes, et même protégé par d'étroits murets, il demeurait exposé sans réelles défenses aux ouragans comme aux possibles incursions militaires. La crainte qu'il inspirait à La Nouvelle-Orléans et plus loin encore était bien une réaction de bourgeois. Jean savait pertinemment que n'importe quel *gunboat* suffisamment armé, conduit par un capitaine décidé, nettoierait la place en moins d'une journée.

Mais telles étaient les données de ce jeu où le bluff comptait autant que les cartes elles-mêmes. Les hommes de Barataria s'étaient bâti une réputation qui leur servait de cuirasse. A observer la précarité de la vie dans l'île, Jean se disait que tout cela tenait plus du coton que du fer. La fortune des pirates, les butins fabuleux enterrés dans des caches inaccessibles, faisait le miel des journalistes, de la Louisiane au lointain Massachusetts. La réalité était quelque peu différente. Hormis les armes dissimulées dans une île de la baie, le trésor était de ficelle et de drap, de vaisselle, de souliers de cuir ou de cacao en paquets serrés, parmi d'autres biens très ordinaires dont le maître des lieux gardait le meilleur pour Catiche et pour lui. Le reste ? Du consommable vite revendu, comme les esclaves dont le commerce se faisait le plus souvent dans les parages de Donaldsonville. En secret.

Il y avait, sur les allées pavées longeant la place d'armes de La Nouvelle-Orléans, des alignements de minuscules boutiques par où s'écoulait ce qui pouvait être vendu ouvertement. Les Yankees appelaient l'endroit « Pirate Alley ». Le samedi, on trouvait là à peu près tout ce qu'on était venu y chercher, les gens s'y pressaient au point que les curés de la cathédrale Saint-Louis se plaignaient de la concurrence ainsi faite à leurs offices. Un vaste bazar, une caverne à ciel ouvert à laquelle les Orléanais venaient s'approvisionner, toutes castes mêlées, attirés par les cris des camelots. Contre cela, il ne pouvait y avoir de plainte vraiment sincère.

Loin de ces étalages, Jean scrutait l'horizon du golfe, vide. Un jour ou l'autre, des mâts et des voiles en meute le peupleraient. Anglais, espagnols ou même américains, ils fondraient sur Grande-Terre pour brûler la pustule qui horrifiait tant les bonnes gens du quartier américain, de Baltimore ou de New York. C'était dans l'ordre des choses, il n'y avait aucune illusion à se faire là-dessus. Jusque-là, il faudrait vivre, jouir des plus infimes moments de liberté qu'autorisait cette vie hors les lois. Les lois ? Toutes n'étaient heureusement pas encore écrites au fronton de la Louisiane.

Il guettait la tombée du jour. Des feux s'allumaient dans le village, des fumées montaient des maisons et des paillotes, droit vers le ciel. Tout pouvait arriver, la lourde canicule de juin et les ouragans d'automne, le gel et les brouillards de décembre précédant les grands bleus de février. Le temps cessait de couler. La nuit engloutissait Grande-Terre, une sourde angoisse faisait battre un peu plus vite le cœur de Jean Laffite.

La Nouvelle-Orléans, septembre 1812

L'entrée de la Louisiane dans l'Union n'avait pas changé les habitudes des Orléanais. L'arrivée imminente, en provenance de l'Ohio, du vapeur *Nouvelle-Orléans*, premier du genre, constituait même pour eux un événement plus important que la guerre déclarée en juin par Jefferson.

D'arraisonnements de navires en coups de main d'Indiens armés et manipulés par les agents de Londres, l'été de cette année-là avait vu éclore les fruits vénéneux d'un conflit couvant depuis quelques années. La tension qui montait comme une tempête tropicale à l'horizon du golfe enfantait un affrontement que les diplomates avaient longtemps essayé d'éviter. Du Canada anglais aux Etats américains du Sud, on s'armait. Déjà, quelques rencontres navales avaient amoindri la flotte de Sa Majesté George III, desserrant un peu le blocus anglais à Chesapeake et sur les Grands Lacs.

Au large de la Nouvelle-Angleterre, les capitaines de Londres et de Liverpool fondaient telles des guêpes sur leurs proies, au grand dam du gouvernement de Washington. On appelait ça la « presse » des navires de l'Union. Et si le Sud ne participait pas encore directement au conflit, il était clair pour les stratèges de Jefferson que les agresseurs finiraient tôt ou tard par s'y intéresser. L'affaire était à ce point sérieuse que les assureurs de Londres avaient dû hausser leurs primes de quinze pour cent, un événement exceptionnel qui faisait grand bruit à La Nouvelle-Orléans.

Pour Jean Laffite et ses capitaines, l'occasion était belle de mêler leur élan civil à la mobilisation militaire. La suspicion envers eux, engendrée par la révolte nègre, n'avait pas eu de suites. Un arsenal de lois répressives avait été mis en place, rognant les quelques droits des esclaves, confortant le pouvoir absolu de leurs maîtres. Dans cette ambiance apaisée, le commerce des hommes de Barataria prenait au fil des mois les allures d'une véritable industrie. Les armateurs et les planteurs sevrés par le blocus anglais ne pouvaient plus en fin de compte se ravitailler que grâce aux corsaires du Sud, ceux-là mêmes dont on demandait régulièrement les têtes dans la presse.

Par tous les petits bayous du pays, Tèche, Villars, Sauvage, Bienvenue et dix autres, par l'Atchafalaya, Plaquemine, Bœuf, transitait la manne saisie en haute mer sur les Anglais et les Espagnols. Lafourche était devenu l'artère principale de ce corps ardent, la voie royale semée de caches et de relais, par quoi une bonne partie de la population était nourrie. Etrange paradoxe, qui voyait les pirates honnis se transformer en nourrices.

Le marché français bruissait de sa foule habituelle. Devant les étals aux couleurs de la Caraïbe et de l'Amérique du Sud déambulaient les promeneurs. Entre tempêtes et orages tropicaux, les journées étaient assez belles pour que l'achalandage se fît jusqu'à la place d'armes. Des mâtures alignées le long de la grande levée au Cabildo exhibant fièrement ses bannières, la ville n'était que flots ininterrompus de gens, d'objets à vendre et à acheter, de fruits et de nourritures de toutes sortes, une vaste fête, boueuse quelque peu, au milieu de laquelle tables et bancs accueillaient les promeneurs. Là, pour quelques cents, on dégustait des huîtres, des moules, des gombos et du jambalaya. Le vin de France coulait des boucauts à peine débarqués, le rhum aussi et le whisky, pour ceux que puer de la gueule ne gênait pas plus que cela.

Ce matin-là, assis au marché français devant des assiettes d'huîtres, d'écrevisses et de pastèque, Jean laissait le soleil lui caresser le visage. On était entre deux bourrasques, le fleuve, paisible, reflétait la couleur limpide du ciel. Loin des côtes rocheuses où se jouait le destin de l'Union, à mille cinq cents kilomètres des golfes et des baies atlantiques où l'on se canonnait entre cousins, les habitants de La Nouvelle-Orléans sacrifiaient aux douceurs un peu moites de l'automne louisianais.

Jean avait cédé aux souhaits de sa maîtresse. Catiche séjournait depuis assez longtemps à Grande-Terre pour avoir éprouvé l'envie de retrouver les bruits, les spectacles, les gens de La Nouvelle-Orléans, ses odeurs aussi : les effluves des sucreries, des ateliers de torréfaction, des brasseries, les puanteurs des poissonneries même ; et les arômes de cent épices mêlés à ceux des fruits, du filé[1], de l'okra et des légumes. Fragrances et remugles, entre les quais, les pontons de bois, les ruelles du port et les jardins fleuris de la place d'armes.

« Je comprends que tu n'aies pas trop le temps de te montrer là-haut. J'irai avec Desfarges, avait-elle proposé. Il me dira la poésie.

— Des poésies, Moka. Quant à me montrer en ville, ma foi, je ne manque jamais de le faire, en toute liberté. L'état de guerre nous installe en première ligne sur le golfe. Hier pirates, nous voici pour beaucoup défenseurs des côtes de la Louisiane. Patriotes, tout à coup ! Eh bien, soyons-le pour de bon, nous ne saisissons pas de navires américains, que je sache. Et puis laisse-moi te dire, j'ai envie moi aussi de marcher à tes côtés dans les rues. Pardieu, tu enjoliveras cette ville. »

Assis sur des bancs, devant de longues tables, les dîneurs faisaient ripaille, servis par de la valetaille transpirante. Il y avait là de la pitance pour tous les goûts ; moules, huîtres grasses et écrevisses, grillades de porc et dix sortes de poissons de mer ou de bayou. Des marmites de riz, fumantes, passaient de main en main, d'un bout à l'autre des tables, au

1. Poudre de feuille de sassafras.

milieu de montagnes de goyaves et de pastèques, de mangues, d'ananas. Cela fleurait le piment et le gombo, la muscade et le poivre des Antilles, par-dessus tout le plaisir de vivre et de profiter des bontés d'une des natures les plus généreuses du monde, loin, très loin du Nord soumis au blocus anglais.

Les femmes des quartiers bourgeois étaient assorties aux harmonies culinaires dont l'œil ne se lassait pas. Partout, ce n'était qu'élégances et charme, épaules dévoilées sous les ombrelles, capes de soie et escarpins vernis. Esclaves en blanc, Acadiennes au strict vêtement bleu ou gris, coiffées de lin clair, filles du port dépoitraillées, cherchant le regard des hommes, métisses et quarteronnes aux tignons colorés comme les fruits de leurs lointaines patries complétaient la fresque vivante, joyeuse, bavarde, du gynécée orléanais.

— En as-tu vu qui montraient leurs seins sous le tulle, à part les truies putains du Swamp ? s'amusa Catiche. Dépêche-toi, les nouvelles de Paris ne sont pas bonnes pour tes yeux. On va remettre des boutons aux corsages et du tissu sous les mousselines.

— Truies ou putains ? Il faut choisir, s'étonna-t-il.

— Les deux, c'est du même au pareil.

Elle affichait le rouge du fruit jusque sur ses joues, des pépins de pastèque avaient sauté dans ses cheveux.

— J'aime ça pour de bon, dit-elle entre deux bouchées gourmandes. On dit qu'en France il n'y a pas la moitié de toutes ces bontés de la terre.

Elle prisait aussi l'alligator, qu'elle cuisinait elle-même depuis toujours, au grand effroi de sa sœur. D'un geste de la main, Jean fit voleter les mèches folles qui s'échappaient de son chapeau de paille couronné de fleurs blanches. Il n'avait pas aperçu de tétons sous la gaze des robes créoles. Quant aux filles des quais, cela faisait beau temps qu'il ne les regardait plus.

— J'ai envie de mordiller les tiens, murmura-t-il. Ils me suffisent, les autres, c'est juste pour les yeux. Tu ne m'en veux tout de même pas de posséder un couple d'yeux, en bon état de marche, merci, Seigneur.

Elle essuya ses lèvres, rota. Elle faisait ça d'une façon naturelle, depuis l'enfance, prétendant qu'au Swamp c'était du dernier goût. Puis elle rit, d'un cristal qui fit tourner les regards vers elle.

Jean jeta une pièce sur la table. Les sanglants combats de molosses et de taureaux auxquels il avait assisté dans la matinée lui avaient ouvert l'appétit. Son repas le contentait. Le vin de Bordeaux, que, pour une fois, il avait payé, n'avait pas trop souffert du voyage ; il chauffait ses tempes, berçait agréablement ses pensées somnolentes.

— On va voir accoster la bête à vapeur, Moka. C'est un grand jour, sais-tu. Enfin, pour certains, qui vont s'enrichir avec ça.

— Et mes achats ?

Elle avait repéré des paletots de Paris, des robes et des souliers aussi, autant de choses qu'on ne trouvait pas toujours dans les cargaisons de Grande-Terre. Jean rit de bon cœur. Il ne saisissait pas de navire français. D'autres que lui n'avaient pas ce souci. Plusieurs fois, il avait restitué chargements et bateaux à leurs propriétaires, exigeant de ses compagnons que semblables coups bas ne se reproduisent pas. La mère patrie n'avait pourtant guère été tendre avec lui, mais c'était ainsi, pas de sang français sur les eaux du golfe.

— Eh bien, aux paletots donc ! décida-t-il en frappant des deux mains sur la table. Je te soupçonne d'espérer pour ça un joli lagniappe.

C'était le petit cadeau, un mouchoir, du tissu, de la dentelle ou une fleur, que le marchand faisait à son acheteuse. Au marché, celle-là se voyait offrir la treizième huître, deux oranges ou des écrevisses, en remerciement.

De sous son chapeau noir à large bord, Jean sentait les regards posés sur lui. Les comportements à son égard avaient changé depuis la révolte nègre. Peu de ceux qui le reconnaissaient allaient jusqu'à l'aborder. Un capitaine en relâche au port, des planteurs inquiets de savoir pour quelle raison les arrivages de bois d'or se faisaient trop rares, des marins saluant d'un geste bref. Le reste de la population se contentait de murmurer à son passage.

— Le tignon !

Jean avait enjambé le banc. Il s'arrêta net. Le cri, poussé en français, venait d'un groupe de civils attablé depuis peu à quelques pas de lui, masqué jusque-là à sa vue par d'autres dîneurs. Des Yankees ; parmi eux, Evans, un journaliste de la *Louisiana Gazette* déjà croisé à la Salle chinoise, riant sous cape, et Ron Browman, assis près de lui. Jean fit mine de chercher d'où venait l'apostrophe, marcha vers les dîneurs qu'il cita d'un coup de menton.

— Le tignon, et quoi ? Le ciel d'aujourd'hui est tout aussi assorti à un joli chapeau, non ?

Il guetta la réponse, tendit la main, ouverte, vers les Américains. Catherine s'était assise à nouveau. Il ne lui serait pas venu à l'esprit de demander à Jean si elle pouvait braver l'interdit. Porter un chapeau au lieu du foulard réservé aux esclaves et aux sang-mêlé ne se discutait pas, chez les Laffite ; personne jusque-là n'avait relevé publiquement la coupable négligence. Jean sourit, écarta un pan de sa veste, découvrant le pommeau de son épée.

— Une négresse ainsi coiffée, quel crime ! Quelqu'un ici s'en offusque. Qui donc ? Vous, monsieur Browman, votre voisin, peut-être ? Doit-on appeler la milice ? Faire se déshabiller cette charmante mulâtresse devant tout le monde. Ho ! Personne pour me répondre, nom de Dieu ?

Il avait blêmi. Un jeune homme s'était levé, repoussant d'un geste vif la main de Browman ; il portait le gilet de lin, les souliers de cuir noir, le jabot et la veste bleue des étudiants de la toute nouvelle université de Louisiane.

— Les *coloured* ne doivent pas arborer ce genre de vêtement, dit-il en anglais. C'est la loi.

— C'est surtout le désir des dames de Sainte-Marie, lui rétorqua Jean. Venez donc le lui ôter vous-même, jeune homme, si vous ne craignez pas que cela ne soit votre dernier geste en ce bas monde.

— C'est Laffite, le pirate de Barataria, avertit le journaliste.

Jean avait tiré sa lame. L'étudiant pâlit à son tour. Peut-être regrettait-il son apostrophe, sachant désormais à qui il avait affaire.

— Une épée pour ce monsieur, demanda Jean.

Au fer ou au pistolet, au poignard, au bâton ou à main nue, l'étripage pour un oui, pour un non était entré dans les mœurs citadines. Un cercle de curieux soudain attirés par un spectacle devenu banal à La Nouvelle-Orléans s'était formé autour de la table. Un murmure s'éleva.

— C'est Laffite !

L'étudiant semblait pétrifié. Un de ces bons Samaritains toujours prêts à jouir de voir couler le sang des autres lui glissa une arme dans la main, tandis que Jean se mettait en garde. Browman s'était levé à son tour et observait. Jean vit le bidet[1] à sa ceinture, une pétoire qui devait bien mesurer trente centimètres. Les choses pouvaient fort mal tourner, très vite. Jean pointa son fer vers l'insulteur, qui peinait à lever le sien et le contemplait, sidéré. Ce fut Browman qui mit fin à l'altercation en récupérant doucement l'épée, pour la rendre à son propriétaire. Jean s'étonna.

— Pas d'excuses ? Ce muscadin va s'en sortir sans grand mal, voilà qui me contrarie.

— Je pense que cela suffit, dit Browman.

Le journaliste Evans renchérit. C'était un échalas au visage grêlé, aux joues creuses d'ascète.

— Vous régnez sur votre empire d'égorgeurs, Laffite, vous devriez vous contenter de ça. Faut-il que cette ville et ce pays vous tolèrent pour que vous n'en soyez pas encore banni.

— Ou qu'ils soient en guerre contre un ennemi commun ? lui lança Jean. Les Anglais envahissent les Etats du Nord tandis que nous bavardons autour de coquilles d'huîtres. Dois-je vous rappeler ce détail, monsieur Evans ? La Louisiane est peut-être devenue le dix-huitième Etat de l'Union, je la vois pour ma part en grand danger. Mourir pour un chapeau, c'est se dispenser à bon compte de la défendre.

— Foutaises ! Vous faites entrer en contrebande chez nous des esclaves qui se révoltent et massacrent les gens. Quel manque d'humanité.

Jean le cita du menton.

— Ah oui, certes, comme porter un chapeau quand on a la peau noire, vivre d'un tel trafic tombe sous le coup de la loi. L'humanité en plus, joli mot, je vous l'accorde. Elle est sombre, l'âme du marchand de bois d'or, comme celle du planteur qui conduit au fouet cette misère. C'est vrai, la conscience de l'honnête citoyen que vous êtes doit se révolter à la vue de ces êtres enchaînés, vendus comme du mobilier,

1. Arme ancienne de fort calibre.

de la mélasse ou des clous. J'applaudis. Regardez ceux-là, pourtant.

Un groupe d'Indiens stationnait à l'angle de la place, des Chocktaws venus en ville vendre du tissu peint, des chapeaux et des paniers, des bracelets. La plupart se tenaient accroupis, quelques-uns debout, vacillants. Evans haussa les épaules. Quel rapport ? Jean s'approcha de lui, à le toucher.

— Ces gens sont la face cachée de votre belle morale, monsieur. Observez-les avec votre œil de journaliste. Ces ombres ont eu une patrie, des terres où se répandre sous le soleil, des chevaux à monter et des rêves de liberté. Pas en Afrique mais ici, en Louisiane, le long des rivières Tennessee, Kentucky, Arkansas. Vous les en avez chassés. Vous les avez humiliés, affamés. Ceux qui ne sont pas morts de honte, de chagrin ou de misère crèvent aujourd'hui à petit feu dans des flaques de whisky ou de rhum. Maîtrisés. Chocktaws titubants, comme on les appelle, je crois bien. Pas besoin de chaînes en effet pour les tenir hébétés.

Le journaliste serrait les dents, cherchait une contenance. A vingt mètres de lui, les Indiens ivres s'étaient mis à psalmodier, à danser, de leurs petits pas répétitifs, étrangeté poussiéreuse au milieu des jabots et des robes d'été, des nègres ployant sous des charges et des enfants en promenade.

— Reniflez-les, monsieur Evans, poursuivit Jean, ce sont vos compatriotes. Ils puent, ne servent à rien ni à personne. Invisibles. Et c'est vous qui les maintenez dans cet état pire que celui des esclaves, vous qui les haïssez au point de les nier. Alors, vous ne trouvez pas que leur histoire serait bien plus intéressante à raconter à vos lecteurs que celle de Jean Laffite ? Et puis merde ! Battez-vous aussi, crotale !

Catiche avait bondi. Browman était prêt à dégainer, on allait s'entre-tuer. L'étudiant demeurait coi, pétrifié. Elle se campa sous son nez, retira son chapeau avec lequel elle le gifla, à tour de bras, hurlant d'horribles insultes créoles ; jusqu'à ce qu'il se fût assis, la main protégeant son visage.

— Voilà qui est d'une femme ! cria quelqu'un dans la foule.

Catiche était échevelée, son patient épinglage n'avait pas résisté à la tornade. S'étant tournée vers Jean, elle lui ordonna de la suivre. On avait réglé le compte.

Browman agréa.

— C'est sage. La guerre qui commence suffit à mobiliser les énergies. Les temps ne sont pas à l'affrontement civil, en Louisiane, surtout pour une histoire de chapeau et de jeunesse par trop bavarde.

Le regard qu'il échangea avec Jean disait le contraire. Mais on sauvait l'honneur de part et d'autre, sans toutefois offrir d'excuses. Jean se recoiffa, fendit la foule des curieux, les uns admiratifs, les autres, plus nombreux, réprobateurs ou méprisants. Un reflet de l'opinion orléanaise du moment.

— Je te demande pardon, dit Catiche en rafistolant son chignon.

Ils marchaient sur la grande levée que parcouraient des gens très excités par l'arrivée annoncée du vapeur. Pour Jean, la fête tournait à l'aigre. Il rassura sa maîtresse.

— Pardon de quoi, mon Dieu ? Je suis plutôt fier de toi. Mais c'est habituel, n'est-ce pas ?

— Je me suis laissé emporter. Finalement, j'aurais dû nouer un tignon et puis voilà.

Elle cherchait des raisons de s'en vouloir, s'inquiétait de la mine de Jean, de la colère bouillonnant encore en lui une heure après la passe d'armes. Il s'arrêta, bras écartés.

— Voilà une année qui ne ressemble pas aux autres, nom de Dieu. La Louisiane est entrée dans l'Union, la guerre commence avec l'Angleterre et l'on m'accuse encore d'avoir voulu introduire la révolution des esclaves dans le pays. Ça fait beaucoup, non ? Ces gens du pouvoir haïssent les nègres autant qu'ils les craignent, les abolitionnistes de Boston rejoignent en cela les braves bourgeois d'ici qui, eux, en possèdent à l'occasion. Tartufes. Ils se haussent du col, brandissent les Tables de la Loi. La loi ! Bonne pour les sauvages du golfe, les esclaves en rébellion et les métisses à chapeau ! Cette Amérique-là me pue au nez.

Elle le regardait, apaisée, songeuse. Jean était comme un enfant dont un voisin plus fort, plus grand, plus malin, convoitait le jouet. Elle s'abstiendrait de le lui dire, il était assez lucide là-dessus. L'aversion grandissante du cadet des Laffite pour les Yankees la troublait, il y avait là une guerre dans la guerre, malsaine et lourde de menaces.

— Regarde les drapeaux du nouvel Etat, dit-elle. Ils y ont dessiné un pélican. Ils ont pris ton idée, quel manque d'imagination.

Il haussa les épaules. Un pélican, un esclave enchaîné ou un alligator aux dents pointues comme des lames d'épée ; ceux de Washington et du Cabildo pouvaient bien symboliser le nouvel Etat comme ils le désiraient.

— Tu ne remets pas ton chapeau, Moka ?

Le charme était passé, cela n'avait plus grand intérêt. Elle pointa son doigt vers la courbe majestueuse que le Mississippi décrivait vers le nord. Une fumée noire s'élevait au-dessus des marais et des bois. Sur la digue, les gens s'étaient mis à courir entre les arbres, à crier, adultes et enfants mêlés.

— Le vapeur ! Le vapeur ! hurlait-on.

Jean alluma un cigare. La *Louisiana Gazette* du lendemain ne manquerait pas de saluer l'événement. Et se ferait un devoir de réclamer une fois de plus que l'on purgeât la baie de Barataria de sa lie.

— Regarde, Jean, il arrive. On dit que pendant tout son voyage il a été accompagné par la grande comète. Signe du ciel !

Lorsque, après avoir généreusement noirci le ciel d'amont, le vapeur eut montré sa proue au détour de la boucle ouest, une clameur monta de la levée, du port, de la ville tout entière. Les mains dans les poches de son pantalon, Jean suivit du regard la lente approche du bateau que des aubes propulsaient dans un bouillonnement d'écume. Il désirait soudain lever le nez vers des voiles offertes au vent, écouter le chant des haubans, les grincements des drisses tendues à se rompre. Il se sentait étranger à ce qui se passait là, le monde nouveau célébré par les Orléanais devant le triomphant bateau blanc ne l'intéressait pas. Il se raidit.

— On ne veut plus de nous ici. Eh bien, soit. Nous vivrons désormais à l'écart de ces gens. Les capitaines du roi George sauront bientôt que la nouvelle n'était pas très bonne pour eux. Qu'ils aillent tous au diable de toute façon, les uns comme les autres, avec leur guerre, leurs armées, leurs putains vérolées et leurs bateaux à vapeur !

10

Septembre 1814

Cela faisait des jours que la côte sud de la Louisiane était plongée dans d'épaisses brumes. Cela venait de la mer dès le matin, porté par une brise sans force ; un mur gris défilait devant les îles avant de s'avancer, insidieux, vers les terres et de les envahir.

Comme les Indiens Houmas, déplacés par les Blancs vers ces contrées délaissées par les hommes depuis la nuit des temps, les gens de Barataria savaient que ces flous plus ou moins prolongés pouvaient cacher les dangereux amoncellements de tempêtes tropicales, voire d'ouragans. Précédés par des vents allant se renforçant, survenant parfois en quelques heures, ces coups de vent dont personne ne pouvait prévoir la puissance se ruaient sur les rivages pour les secouer, les balayer, les martyriser. Ainsi étaient les langueurs du Sud, trompeuses[1].

Ce matin-là, Jean avait longtemps humé les senteurs doucereuses du brouillard. Accoudé à la balustrade, il tendait l'oreille, mais cette fois, ce n'était pas pour chercher à capter les froissements d'ailes des pélicans ou le cri étouffé des goélands. Le cocon blanchâtre le protégeait des incertitudes, des menaces, de l'angoisse du probable coup de main américain.

Au souvenir de ce que les Orléanais avaient appelé l'affaire des affiches, il ne put s'empêcher de sourire. Quelques mois

1. 800 morts en quelques minutes à Chênière Caminada, le 1er octobre 1893 !

auparavant, sous la pression des journaux et de l'opinion puritaine, sa tête avait été mise à prix par William Clairborne. Pour cinq cents dollars. Une proclamation y était associée, mettant officiellement hors la loi tous ceux qui pratiquaient la vente comme l'achat des biens piratés dans le golfe. Quelques jours après ce coup de menton, des affiches similaires, signées de Jean Laffite, offraient mille cinq cents dollars pour la capture du gouverneur de la Louisiane. Désinvolture et culot, le mélange avait plu aux Français de Louisiane.

Catherine apparut à la porte de la maison. Elle savait le tourment de son compagnon, Marie ne s'était pas privée de lui jeter au visage l'imprudente insolence de son beau-frère. La Louisiane était un Etat de l'Union, soumis aux mêmes lois fédérales que le Maryland ou le Connecticut. Si l'on cherchait de l'aventure, de la terre et des navires à prendre hors des lois et des juges, il fallait aller au Texas. Les citoyens de La Nouvelle-Orléans en avaient assez de ces hommes demeurés trop libres dans leur repaire ; l'affaire des esclaves révoltés jetait encore sur eux la suspicion, et n'en déplaise aux créoles des plantations, l'opinion publique penchait de plus en plus ouvertement en faveur d'une intervention militaire.

— Le blanc te va à ravir, Moka, dit Jean.

Elle avait couvert ses épaules d'un long châle acadien. Jean écarta les bras ; elle vint se blottir contre lui. C'était une journée comme ils les aimaient, au fond de quoi ils se réfugiaient, ombres parmi les ombres de l'île.

— Des marins. Ils courent, regarde, dit-elle.

Trois hommes de la *Diligente* rejoignaient leur chef. Ils agitaient les bras.

— Des barques, boss, trois au moins, elles ont abordé la passe est !

— Qui les mène ?

— Un officier en veste rouge, le diable nous pique le cul si ce ne sont pas des Anglais.

Jean se botta en hâte, glissa deux pistolets dans sa ceinture.

— Tiens-toi prête à embarquer, ordonna-t-il à Catiche. N'oublie pas tes fards, c'est la saison du théâtre à La Nouvelle-Orléans.

Une petite troupe se formait au pied de l'escalier, une dizaine d'hommes au total, armés de sabres et de pétoires, prêts à foncer sus aux intrus. Jean se mit en selle, à cru, pressa son cheval du talon. Les Anglais pouvaient avoir décidé d'envahir la Louisiane par le sud. C'était une longue route, risquée, mais les stratèges du roi George se pensaient sûrement capables de devancer la minable armée de Clairborne de cette manière.

C'étaient bien des Anglais, un capitaine et deux sous-officiers armés de leurs seules épées, fantomatiques apparitions sur le rivage de Grande-Terre. Le reste de la troupe demeurait dans les barques, le rouge de leurs vestes estompé par la brume.

— Nous cherchons monsieur Laffite, annonça l'officier d'une voix ferme.

C'était un tout jeune homme à l'allure aristocratique, au teint très pâle, nullement impressionné par l'étrangeté de sa situation. Près de lui, un sergent du genre rougeaud, mal à l'aise sous son baudrier, suant à grosses gouttes. Jean se souvint d'avoir jeté par-dessus des bastingages quelques vétilleux de Bristol ou de Southampton qui leur ressemblaient ; trop lents à obtempérer pour rester plus longtemps à bord.

— Laffite ? Vous l'avez devant vous. Quelle est la question du jour ?

Il redoutait de voir surgir à tout instant l'avant-garde de l'armée anglaise, auquel cas ses seuls alliés seraient alors le brouillard et les muscles de son cheval.

— Le commodore Packenham m'envoie vers vous afin de vous remettre quelques documents fort importants. Je m'appelle Lockyer. Puis-je m'avancer ?

— Combien êtes-vous ?

— Dix. Enfin, ici. Il y en a quelques autres dans les environs, huit mille pour être précis. Et la frégate *Sophia*, ancrée par là, dans les brumes.

D'un geste désinvolte, il indiqua la direction du sud. Puis il sortit un mouchoir blanc de sa veste, l'agita au-dessus de lui en signe de paix. Souriant, comme d'une bonne plaisanterie. Jean avait un peu de mal à croire ce qu'il voyait. Après avoir brûlé Washington[1], les Anglais choisissaient-ils de débarquer

1. En août 1814.

au sud ? Les huit mille hommes annoncés par les agents infiltrés dans les dîners en ville, confirmés par Lockyer, seraient alors la très inquiétante réalité de l'opération.

Les Baratariens avaient rallié leur chef. Jean fut rassuré de les compter autour de lui, face aux ombres tapies dans les barques. Une procession se préparait, les trois uniformes rouges encadrés par les corsaires en tenues diverses, la main sur la crosse ou sur le manche de poignard, tous prêts à écorcher les visiteurs sur un simple ordre de Jean.

— J'ai donc une armée derrière moi, précisa l'Anglais d'un ton badin. Et mille canons. Nos intentions vous concernant sont cependant pacifiques.

Il devisait comme à la promenade, tenait serré contre lui une serviette de cuir aux initiales du commodore.

— J'en ai moins ici, dit Jean, suffisamment cependant pour vous y enterrer vous et votre troupe. Mes intentions à votre égard sont également d'un pacifique achevé.

— Très bien, sir. Que pouvons-nous faire ?

— Donner à vos hommes l'ordre de repartir vers votre flotte et vous confier à nous tel quel. A moins que la réputation de cet endroit ne vous décourage d'y séjourner.

L'Anglais hocha la tête. Jean le considérait sans morgue excessive, ce que Youx eût eu quelque mal à s'imposer. On pouvait se séparer là, repartir l'un à sa guerre, l'autre à ses gammes de guitare. Jean devinait l'intérêt des Anglais pour Barataria. Ainsi placés, ils contrôleraient le débouché du Mississippi et l'accès à La Nouvelle-Orléans par les bayous du Sud. A condition d'y posséder des guides.

— Soit, accepta Lockyer, fataliste.

Il donna ses ordres.

— Ils sont tous vétérans des campagnes d'Europe, expliqua le capitaine tandis que Jean le précédait, cigare aux lèvres, sur le chemin de grève. Ils ont l'habitude de batailles, comment dire....

— Moins embrumées.

— En quelque sorte.

— Vous n'avez rien à craindre à Grande-Terre, monsieur.

Lockyer en doutait. Sa garde n'avait rien de bien engageant, les soldats de Laffite portaient des tenues dépareillées laissant un doute sur leur capacité à mener un combat discipliné. Etriper à la sauvette devait en revanche être dans leurs cordes.

Jean fit entrer l'Anglais chez lui, l'invita à s'asseoir au salon selon un cérémonial bien rodé. Rhum ? Collation ? L'Anglais accepta un verre d'alcool. Il découvrait, en connaisseur de beaux objets, le lieu que les hôtes de Jean finissaient parfois par apprécier. Le boss s'installa en face de lui. On n'était pas là pour jaser du mobilier, du climat ou des pélicans. Un coup de menton. Lockyer se racla la gorge. Attaqua :

— Nous connaissons votre position au bord du golfe ainsi que vos activités au large de ces côtes et jusqu'à la Nouvelle-Grenade. Un certain nombre de nos capitaines peuvent encore témoigner de cela. Nous savons aussi que les Américains s'apprêtent à vous donner l'assaut. Votre tête est mise à prix par monsieur Clairborne, n'est-ce pas ? Dans ces circonstances, nous vous suggérons de faire un choix qui vous épargnera quelques retours de bâton douloureux.

Il y avait dans sa manière de parler un mélange de prévenance, de fierté, de mépris. L'Angleterre avait forcé le maudit Corse à l'exil, battu ses armées et ses flottes à Bailén, à Trafalgar, à Tolosa. Elle montrait en même temps sa force de ce côté-ci de l'Atlantique. Washington était tombée, le Capitole un tas de cendres, et le gouvernement de Madison un fantôme en fuite, éparpillé dans plusieurs Etats de l'Union. La jonction des forces anglaises sur le cours inférieur du Mississippi scellerait bientôt la fin des Etats-Unis d'Amérique et le retour des colonies dans le giron de Londres. Tel était le but avoué de cette guerre. Lorsqu'il en eut terminé avec ce préambule, l'officier se haussa du col, vida son verre de vieux rhum, ouvrit sa serviette, au moment où Catiche pénétrait dans le salon.

— Le capitaine anglais est de passage à Barataria, dit Jean. Il est à l'avant-garde d'une armée considérable. Nous l'hébergerons quelque temps ici. Grandmoman Villars va pouvoir se mettre aux fourneaux pour une bonne cause.

— Supportez-vous les épices, monsieur ? s'inquiéta Catiche. Nous en mettons beaucoup dans notre cuisine ; les gens de votre pays sont réputés pour les apprécier pas trop.

Les apprécier pas trop ! Jean fronça les sourcils. Catiche avait encore des progrès à faire.

Lockyer la regarda, stupéfait. Lorsqu'elle l'eut informé qu'il dormirait dans une chambre meublée depuis peu à l'anglaise, il eut un hoquet.

— Ce rhum est puissant, remarqua Jean.

Il prisait ces instants où les hôtes, à peine soulagés d'être encore vivants, découvraient l'ordinaire d'un couple de bourgeois enrichis dans le négoce. Il sourit. Huit mille hommes prêts à débarquer, traînant mille canons derrière eux, une flotte de guerre aux bouches du grand fleuve, rien de tout cela ne valait le sourire de Catiche, sa gorge joliment montrée à l'Anglais tandis qu'elle lui servait un jus de fruits et des biscuits dans une assiette.

Il se pencha vers Lockyer.

— Eh bien, mon cher, vous avez l'air étonné. Que pensiez-vous donc trouver ici ? Des sauvages à demi nus, la dague entre les dents, faisant tourner de l'Espagnol à la broche devant des harpies en transe jetant des enfants dans les brasiers ? Comme à Carthage ou chez les Mayas des temps anciens ? Ma parole, vous avez lu les journaux en anglais de La Nouvelle-Orléans.

De sa chambre, Lockyer aurait vue sur la baie et les mâts des navires à l'abri, le *Moon of November*, la *Cometa*, l'*Harlequin* et d'autres, le *Petit Milan*, le *Militia*, prises et preneurs alignés, une jolie petite flotte qui faisait impression. Une vente était prévue en novembre, sur Grande-Isle.

Jean ironisa.

— Vous en serez peut-être, capitaine, qui sait ?

Ils trinquèrent, les yeux dans les yeux, le chef d'un village de huttes et l'éclaireur d'une armée d'invasion. Jean sentit un frisson lui parcourir le dos. Les conquistadores prisaient assez la méthode, autrefois ; une ambassade pacifique dans les tribus préludait en général à leur extermination.

Lockyer ouvrit sa serviette.

— Monsieur Laffite, je suis chargé officiellement de vous demander votre concours pour la campagne qui s'annonce. Votre position est d'un haut intérêt stratégique, capable à notre avis de faire basculer le sort des armes. Votre connaissance des voies menant à La Nouvelle-Orléans nous sera précieuse pour acheminer des troupes sur les arrières de l'ennemi.

Jean releva vivement le propos.

— Les arrières ? Vous allez donc débarquer aussi à l'est. Par le lac Borgne ?

Lockyer se mordit la lèvre, leva la main. Il en avait trop dit et le regrettait visiblement. Il éluda. L'essentiel était ailleurs, au sud de La Nouvelle-Orléans, où l'on envisageait l'action principale.

— Quelles forces pourriez-vous placer aux côtés des nôtres en pareil cas, monsieur Laffite ?

Jean vit la petite lueur dans son regard, se souvint de son père et de sa formule rituelle : « C'est ici que les Athéniens s'atteignirent, que les Perses se percèrent, que les satrapes s'attrapèrent. » La rumeur publique évoquait deux mille Baratariens dotés de trente navires et de six cents canons. Un lustre de courses en mer avait bâti ce fantasme pour citadins.

— Suffisantes, monsieur Lockyer. Donc, je vous aide à prendre La Nouvelle-Orléans. Mais encore.

— Voici le texte d'une proclamation que nous vous demandons de répandre le plus largement possible. Lisez-vous l'anglais aussi bien que vous le parlez, monsieur Laffite ?

— Je me débrouille, surtout pour les chiffres. Le plus facile, n'est-ce pas ?

Il lut. Le message valait son pesant de pudding. Les habitants de la Louisiane, lassés de la tutelle américaine, reconnaissaient le roi George III comme leur guide pour se libérer du joug. Les hommes libres de Barataria se joignaient à eux pour en finir avec cette sujétion.

— Je connais près d'ici quelques Acadiens qui liraient ce document avec intérêt, lieutenant. Les Acadiens, cela vous dit quelque chose, tout de même ?

— Ma foi non. Vous savez, j'ai passé les cinq dernières années à me battre contre Napoléon, en Espagne et en France même. Avec monsieur Wellington. Je découvre à peine l'Amérique.

— Les Acadiens étaient des colons français du Canada qui rechignaient à prêter le serment d'allégeance à votre roi. Vos gens les ont déportés, laissés crever comme des chiens. Quelques centaines de survivants se sont installés sur Lafourche, Terrebonne, Bœuf, les bayous du Sud. Ils se foutent bien des guerres et de ceux qui les font, ma foi, je les comprends. J'en compte une poignée sur cette île, nous tâcherons d'éviter que vous ne les rencontriez sans témoins, surtout par temps de brouillard. Donc, en résumé, je rallie ce petit monde à votre cause, je rassemble mon armée et nous ramons tous ensemble vers La Nouvelle-Orléans.

Lockyer prit le parti de rire. L'assaut d'esprit lui plaisait, comme la présence silencieuse de Catiche, comme le lieu invraisemblable où il allait devoir séjourner quelque temps. Tout ayant un prix, notamment les trahisons, il exhiba une feuille noircie de chiffres, dûment signée elle aussi par le commodore Packenham.

— Nous vous offrons le grade de colonel ainsi qu'une solde pour vos hommes, plus trente mille dollars pour vous. Vous lirez aussi que nous vous donnons des terres, à votre choix, quelques milliers d'acres en Floride ou en Louisiane, ainsi qu'une rente à vie versable en Angleterre où vous serez bien sûr le bienvenu.

Satisfait, il se tut, but quelques gorgées de jus de fruits. Il montrait cette propension assez insupportable des Britanniques à posséder les réponses aux questions avant même qu'on les leur pose.

— La rente, de combien ?

Lockyer n'avait pas le chiffre en tête, Jean s'en étonna. Le capitaine se pencha vers le document.

— Là. Vous voyez. Soixante-quinze livres sterling.

— Journalières ?

— Euh, non, annuelles, je pense. En effet, regardez, c'est écrit également.

Il réalisait le grotesque de la proposition. Quel stratège digne de ce nom pensait acheter un corps d'armée avec un tel appât ? Jean ne releva pas. La proposition se terminait par une menace explicite, un refus signifiant l'obligation de restituer les bâtiments et cargaisons détournés depuis quelques années. C'étaient bien là les manières anglaises.

— Si je comprends bien, capitaine, tout ce qui est à vous est à vous et tout ce qui est à moi est en quelque sorte négociable.

— A votre profit ! Trente mille dollars pour vous, monsieur Laffite, n'oubliez pas. Le prix d'un beau vaisseau, voire de plusieurs, avec armes et équipage.

Catiche se leva. Grandmoman Villars était entrée à son tour dans le salon, le tableau de famille se complétait devant l'hôte éberlué. Un dîner allait être servi, après quoi le maître des lieux emmènerait son invité en promenade. Jean vit la perplexité de Lockyer derrière son sourire. Elle lui convenait. L'Anglais demeurerait suffisamment longtemps à Grande-Terre pour que les bonnes décisions fussent mûries. Et prises.

Les mains croisées dans le dos, songeur, Jean marchait de long en large dans la chambre. De temps à autre, il se campait devant la fenêtre, regardait les mâts immobiles de la flotte corsaire, derrière les cimes des chênes verts. Une aiguille entre les doigts, Catiche ravaudait un de ses pantalons troué aux fesses par de longs séjours à cheval. Lorsqu'elle eut suffisamment observé le boss, elle se décida à l'interpeller.

— Eh bien, Jean Laffite, tu te demandes ce qu'il faut faire à présent. Tu n'as pas encore pris ta décision, voilà qui guère te ressemble.

— Qui ne te ressemble guère, Moka. Un peu de rigueur, s'il te plaît.

Il finit par se tourner vers elle, d'assez mauvaise grâce. Catiche avait appris à lire dans ses attitudes. Celle-ci reflétait un vrai tourment.

— La guerre se rapproche, dit-elle. Les Espagnols assiègent Carthagène et tu crains chaque jour davantage l'attaque de Clairborne et de ses hommes contre toi. Il y a des moments comme ça, où tout se trouble. C'est comme un grand jambalaya avec un peu dedans de tout.

— De tout dedans, Moka.

Elle rit. Au diable la leçon de parler français. Il y avait là une recette très pimentée, de la poudre et des uniformes, des canons et des navires, des agents secrets et des cordes au bout de quoi pendaient les traîtres. Jean la considéra, l'air sévère. Comment pouvait-on plaisanter quand tout risquait de basculer d'un jour à l'autre ?

Il demeurait silencieux, comme souvent. Distant avec ses hommes quoique juste et généreux, disert, souvent drôle, avec ses chers prisonniers ou ses amis de La Nouvelle-Orléans. Mutique avec Catherine des jours entiers, sans raison, ou capable de soudaines espiègleries, de niches enfantines, bon amant, chaque nuit que Dieu faisait. Il y avait en lui une galerie de personnages, dont un journaliste intéressé, sans partialité excessive, par la piraterie dans le golfe et la personnalité de ses héros ferait peut-être un jour son lait.

Elle soutint son regard, la tête légèrement inclinée. Jean ne s'était pas rendu compte à quel point sa « petite fille » avait changé. Son corps s'arrondissait un peu, les dîners inventés par Lubin y étaient peut-être pour quelque chose, tandis que ses joues se creusaient. A vingt et un ans juste passés, la pingaïette café au lait était devenue femme. D'un coup de menton, il la somma d'en dire plus. Que pensait-elle de Lockyer et de sa proposition ? Elle devint sérieuse, son regard brillait.

— Tu te vois avec une veste rouge sur le dos, courbé devant le roi d'Angleterre, et puis après ça vieux traître dans la campagne de Londres, où il pleut chaque jour à ce qu'on dit ?

— Tu sais bien ce que je pense là-dessus.

— J'espère le deviner.

Elle trancha le fil d'un coup de ses dents petites et pointues, exhiba le pantalon comme une bannière.

— Ton vêtement ordinaire, boss de ma vie.

— Je me fous bien de cette culotte. Va au bout de ta pensée.

— Tu te dis que les Anglais vont peut-être bien prendre La Nouvelle-Orléans, et les Espagnols Carthagène, où tes intérêts sont. Tu as peur de ne plus être bientôt nulle part chez toi, tu songes à t'éloigner de tout cela. Et pourtant, tu resteras en Louisiane.

— Et pourquoi donc ?

Elle se leva, eut un geste d'évidence.

— Mais parce que tu dois avant tout offrir tes canons et tes fusils à tes grands amis du Cabildo. Et pourquoi feras-tu cela ? Parce que, au fond de toi, tu détestes encore plus les Anglais que le reste du monde. Et puis il y a autre chose.

Elle laissa sa phrase en suspens, guetta son mouvement d'humeur, qui vint. Que voulait-elle dire ?

— Si le sort t'épargne et moi avec, si les Anglais ne prennent pas La Nouvelle-Orléans, si tous les si du monde te sont favorables, tu auras peut-être enfin ce que tu cherches : la reconnaissance des gens, des Français et des Américains, de Clairborne et de tous les autres, le droit de marcher au milieu des rues sans être accusé de piraterie, de meurtre, de trafic ou d'incitation à la révolte des esclaves. Le droit de vivre tranquillement, une bonne fois pour toutes, avec ta Catiche à côté de toi pour ravauder tes culottes.

Elle avait parlé d'une voix égale, sans passion ni dédain. Il demeura un long moment sans parler, hochant la tête. Catiche lisait dans ses pensées comme une prêtresse vaudoue dans le sang des poulets et des crotales.

Offrir ses services au gouvernement des Etats-Unis. Il n'avait en vérité jamais supposé agir autrement. L'arrogance anglaise valait la sienne, on aurait pu s'entendre à ceci près que les vestes rouges tenaient fort rarement leurs engagements. Là où l'Espagnol plaçait son orgueil démesuré, son sentiment de supériorité qu'il nommait sens de l'honneur, là où le Français montrait son scepticisme, sa finesse de langage et sa rigueur de jugement, l'Anglais installait sa rouerie au service exclusif de son intérêt personnel. C'était ainsi, et Lockyer tiendrait peut-être un jour la corde au bout de laquelle son hôte trop confiant se balancerait, à peine terminée une guerre absurde.

Jean prit sa maîtresse dans ses bras. Avec le temps, il lui semblait qu'une sorte de mélancolie l'envahissait. Passé leurs ébats toujours aussi fougueux, inventifs et apaisants, elle semblait se lasser de sa vie à Grande-Terre comme de l'espoir qu'elle avait d'enfanter. Ses gestes devenaient mécaniques, ses rires moins aigus, les leçons d'écriture et de lecture que lui donnait Jean moins amusantes. Il la serra contre lui, triste lui aussi de ne pas sentir son ventre arrondi et tendu, contre le sien.

— Tu as mille fois raison, Moka. Il va se passer des choses imprévisibles, un peu partout. Les Américains déplacent de Floride leur général Jackson avec une troupe de réguliers, à toute vitesse. Ils font bien ! Sans ce renfort, les sept cents miliciens de Louisiane ne tiendraient pas une heure face aux Anglais. Une offre de service à ce monsieur nous épargnerait l'assaut de Patterson et de ses sicaires sur Barataria. De toute façon, il faut agir. Les rumeurs de guerre et la présence de Lockyer rendent les gens d'ici nerveux, ils craignent de se voir piégés par les dos-de-homards, jugés et condamnés. Eux non plus ne prisent pas trop le commodore Packenham et sa troupe.

Il ne croyait pas si bien dire. Des hommes frappaient à sa porte, assez excités. Une coterie s'était formée autour de l'Anglais, prête à lui percer la berdouille avant que ses amis viennent le délivrer. Jean se précipita vers le village. Lockyer s'y trouvait, au centre d'un cercle hostile que le boss fendit brutalement, un pistolet à la main, un fouet dans l'autre.

— Etes-vous devenus fous ? hurla-t-il. Vous voulez voir l'escadre anglaise au complet alignée devant cette île ? J'abats le premier qui porte la main sur lui.

Un homme s'avança, un Irlandais du nom d'O'Driscoll réputé querelleur, recruté par Desfarges dans le Swamp.

— Laissez-le-nous, menaça-t-il. Je connais ces goddams de malheur. Vous ne voyez pas que celui-là passe son temps à repérer les lieux. Donnez-lui une mine et du papier tant que vous y êtes, il fera des plans pour mieux nous saisir.

Jean avait pâli. L'homme cherchait l'assentiment des autres. Ces situations survenaient parfois sur les navires, au bout de courses hasardeuses et risquées. Il y en avait alors parmi l'équipage pour mettre en doute les choix des capitaines. Jean perçut la tension des marins, leur angoisse de devoir bientôt rendre des comptes à ceux qu'ils harcelaient et plumaient sans merci, depuis des années.

O'Driscoll avançait vers lui, poings fermés. Il fit feu d'instinct, vit la face de l'Irlandais éclater littéralement, pensa qu'il allait subir le même sort dans la minute. Bouche bée, Lockyer regarda le marin s'affaisser et tomber assis, grotesque. Il y eut un silence. Jean dégaina son épée. D'anciens compagnons lui faisaient face ; il affronta leur regard jusqu'à ce que l'un d'entre eux, Duprat, un Français de Bayonne, se décidât enfin à repousser doucement les autres, un par un.

— Vous avez raison, leur dit Jean. Ces affaires ne doivent pas s'éterniser, le capitaine va être rendu aux siens. Quant au mutin, enterrez-le séance tenante.

Il reconduisit l'officier jusqu'à la maison. Au fil des jours, Lockyer s'était laissé charmer par ses hôtes, au point de s'être accoutumé aux piments boutefeux de Lubin. Son séjour se terminait abruptement. Jean s'en excusa. Tandis que l'Anglais se remettait de ses émotions devant un verre de rhum, il écrivit une lettre au commodore Packenham, dans laquelle il lui demandait deux semaines supplémentaires de réflexion.

— Votre offre m'intéresse, mais comprenez-moi, expliqua-t-il à l'officier, je suis dans une situation compliquée. Vous voyez l'ambiance qui règne ici ; les gens sont nerveux. Il me faut de toute façon régler quelques affaires avant de vous rejoindre.

L'Anglais ne pouvait s'empêcher d'admirer le héros sulfureux qui venait de lui sauver la vie. Voir le pirate Laffite tranquillement installé devant un secrétaire après avoir brûlé la cervelle d'un homme, achevant sans trembler une missive qui scellait peut-être son destin, le sidérait.

Jean cacheta la lettre.

— Vous aurez pu constater la précarité des destinées dans nos régions, en temps de guerre notamment, dit-il, badin. Il faut reconnaître, capitaine, que la politique anglaise met bien du désordre dans tout cela et ce n'est pas d'aujourd'hui. Nous avons souffert de vos agissements dans l'affaire de Saint-Domingue. Maintenant, c'est la Louisiane que vous envahissez, en vérité, vous ne faites pas grand-chose pour vous rallier les populations. Allez, monsieur, vous ferez votre paquetage, et je vous conduirai moi-même au rivage.

Il regarda la felouque disparaître à l'horizon, alla vérifier que l'Irlandais avait été enterré selon les règles, entre village et chênaie. Il y avait là une dizaine de tumuli surmontés de croix hâtivement assemblées. Des marins vinrent à lui, penauds. C'était cette foutue menace américaine, doublée maintenant de celle des Anglais. Il ne manquait plus que les soldats du roi d'Espagne pour compléter le tableau.

— Ils viendront aussi, un jour ou l'autre, leur dit-il.

Il regagna sa maison de maître, où Catiche s'activait auprès de sa mère comme si de rien n'était. Cette fille avait de la moelle et du jugement. Comment aurait-elle réagi si l'on était venu lui annoncer que son amant avait été lardé de coups de poignard par une faction aux abois ?

Il baisa son cou, lui chuchota des mots tendres. Puis il se remit à l'écriture, rédigea une lettre au gouverneur Claiborne, surpris de se voir enfiler ses propres turpitudes comme des perles sur un collier. Il se mettait au service de la Louisiane et des Etats-Unis, reconnaissait avoir dépassé les bornes en mettant à prix la tête de l'homme le plus respecté de l'Etat. Il demandait l'amnistie pour ses compagnons prisonniers et pour les autres aussi, qui rejoindraient aussitôt l'armée de Jackson. Il attendait les ordres de ses chefs et tenait son arsenal à leur disposition.

Ralliement ou reddition. Sa décision tenait des deux.

La Nouvelle-Orléans, octobre 1814

Pierre Laffite s'était fait rare à Grande-Terre. L'hostilité croissante de Marie envers les activités des corsaires de Barataria le conduisait à séjourner la plupart du temps à La Nouvelle-Orléans, où il menait une existence plutôt rangée. Au fil du temps, malgré les nuages qui s'amoncelaient sur lui et les siens, il s'était fait à l'idée que sa paisible existence de négociant le mettait à l'abri des poursuites. Il acquittait avec conscience les taxes de la douane, donnait aux uns et aux autres, à l'Eglise comme aux ligues de tempérance. Ses enfants n'étaient-ils pas baptisés, sa maison bien tenue, ses deux esclaves bien traités ? C'était au tour de Jean de se moquer.

— Tout sera rayé d'un trait de plume, mon pauvre Pierre. Le jour où il sera décidé que nous ne servons plus la stratégie de Washington, ils nous tomberont dessus pour nous éliminer. Tu auras beau claironner ta citoyenneté américaine, ton amour de la patrie, agiter tes amitiés politiques, ils te mettront aux fers, te traîneront en justice, et si tu possèdes encore quelque bien, ils se serviront dessus sans vergogne.

— La guerre présente occupe bien assez les esprits, plaidait Pierre.

Et, bonasse, tirant sur son cigare, il contemplait la taille de Marie, épaissie pour la cinquième fois.

Au bout de deux années d'escarmouches, d'engagements navals, de massacres d'Indiens et de combats pour le contrôle du Canada, les Anglais, enfin débarrassés de Napoléon en Europe, avaient fini par débarquer en Nouvelle-Angleterre. Un coup d'éclat, quelques milliers d'hommes embarqués à Bordeaux avaient remonté le Potomac sans tirer un seul coup de feu. A leur arrivée à Washington, la débandade de miliciens totalement novices leur avait ouvert la ville. Un désastre achevé par la fuite de Madison, de son cabinet et de sa femme Dolly, laquelle, avisée, avait fait tout de même emporter l'argenterie ainsi que le portrait de George Washington. Laissant en place un dîner encore fumant devant lequel l'amiral anglais Cockburn s'était attablé avant d'ordonner la destruction par le feu de tous les bâtiments publics, y compris le Palais[1].

La pitrerie avait fait sourire, certes un peu jaune, jusqu'aux frontières du Mexique. Washington était bel et bien occupée par l'ennemi. Au sud, le général Jackson revenait en hâte de Floride, à la tête d'une armée de réguliers et de miliciens, pour organiser la défense de La Nouvelle-Orléans. Déjà, les pleutres s'étaient éloignés de la ville tandis que les prudents s'interrogeaient sur le meilleur endroit où aller les imiter. Quant aux autres, prêts à s'engager, ils attendaient, inquiets de se voir protégés par des troupes aussi disparates.

Dans cette ambiance, Pierre avait choisi de se faire discret. Les circonstances lui étaient plutôt favorables, du moins le pensait-il. Les affaires de Barataria devenaient secondaires aux yeux des autorités, les vaisseaux anglais demeuraient bons à chasser et à saisir au nom de la résistance américaine. Une sorte d'union sacrée se faisait même jour entre gens habitués à cohabiter sans se mélanger.

— On nous fout la paix, je te le dis, répétait-il à sa femme au point qu'il avait réussi à s'en persuader lui-même.

En ville, la tension était palpable. Les nouvelles du Nord se succédaient, identiques. Aussi incroyable que cela parût, l'Angleterre était en passe de réussir le pari insensé de récupérer ses colonies. A l'incrédulité s'ajoutait au fil des jours l'angoisse de voir sa flotte s'engager dans les passes du Mississippi. Etrange époque, jamais on n'en avait connu de telle, de Natchez à la Balise.

Des carrioles chargées de miliciens sillonnaient les rues du Carré français. Par sa fenêtre, Pierre apercevait les bonnets de

1. Future Maison-Blanche.

castor des Tennessiens et des Kentuckiens accourus du nord, les hauts-de-forme emplumés des réguliers en route vers des cantonnements encore assez mal délimités.

— De quoi faire sourire les envahisseurs, dit-il. Si Jackson tarde encore à rappliquer, ils prendront La Nouvelle-Orléans aussi facilement que Washington.

Dans sa main, il tenait une lettre de Jean détaillant les intenses activités des corsaires. Le blocus anglais, qui se renforçait dans le golfe, ouvrait des perspectives insoupçonnées. Le ravitaillement de la Louisiane devenait une priorité, il fallait être aveugle, sourd et du quartier américain pour faire semblant de ne pas s'en rendre compte.

— Ton frère fait-il toujours autant de fautes d'orthographe en écrivant ? s'inquiéta faussement Marie.

Pierre la considéra sans sourire. Jean avait depuis toujours des problèmes avec ça. Qu'il transmettait à Catiche, d'ailleurs, en bon précepteur.

— Il y a plus important, dit-il.

— Jean se retire à Carthagène ? Il a des amis là-bas, à ce qui se dit. Il n'a pas reparu à La Nouvelle-Orléans depuis près d'un an et demi, remarque, c'est aussi bien pour lui, ceux du Cabildo se souviennent de la comédie des affiches. Et sa tête est toujours mise à prix. Prudent, ton grand pingaï.

— Tu me chauffes les oreilles, Marie. Les conditions de la guerre ont changé. Nous sommes d'accord, Jean et moi, pour faire allégeance aux Etats-Unis, voilà qui devrait te rassurer une bonne fois pour toutes.

La décision du cadet convenait à l'aîné. Pierre posa la lettre de son frère sur le rabattant de son secrétaire. L'empereur de Barataria avait résisté aux sirènes anglaises, c'était une bonne chose. Il parlait aussi de l'urgence à se mettre au service de l'Union. Même proscrits. Rallier les Américains en danger ; le geste avait de la gueule, de la part d'apatrides stigmatisés comme tels. Conduits par un chef lucide, les hommes de Barataria pourraient se prévaloir d'avoir choisi leur camp en toute connaissance de cause. Un message de Jean en ce sens avait été porté au gouverneur.

Pierre s'assit dans le fauteuil à bascule d'où il pouvait, en temps ordinaire, observer la rue tout en lisant le journal. C'était un meuble acadien en cyprès, rustique, correspondant à ses goûts. Jean le raillait gentiment à ce sujet. On avait tout de même de quoi s'équiper un peu plus bourgeoisement, chez les Laffite.

— Pour répondre à ta question, mon frère n'a guère fait de progrès en orthographe, dit-il en allumant un cigare.

Lorsqu'il aperçut la demi-douzaine de soldats en uniforme bleu se diriger vers sa maison, il pensa tout d'abord au cheminement devenu banal des futurs assiégés dans la ville. C'était autre chose ; l'escouade se disposa en demi-cercle devant sa porte. Un lieutenant s'avança, toqua. Il avait le visage fermé des gens en mission, tenait en main un document enrubanné de rouge. Pierre vit les canons des fusils s'abaisser, sentit son cœur s'accélérer tandis qu'une bouffée de chaleur lui montait aux tempes. Il voulut marcher vers l'escalier, renonça aussitôt. Ses lèvres tremblaient, son crâne résonnait d'un infernal vacarme, sa bouche s'emplissait d'une étoupe qu'il tenta vainement de cracher.

Mettre les enfants à l'abri. C'était ce qu'il avait là de plus cher, ses quatre petits abricots, innocents des guerres et des combinaisons humaines. Marie s'était précipitée dans l'escalier. Il entendit des voix, des cris, un amphigouri auquel il ne comprenait rien. Soudain, sa paupière droite s'abaissa tandis que, s'étant levé à demi, il s'écroulait dans son fauteuil. Il s'entendit mâcher des syllabes, feuler comme un animal ; les doigts de sa main fourmillaient.

Des soldats empêchaient Marie de pénétrer dans la pièce. Un officier se tenait devant Pierre, qui le contemplait, hébété.

— Pierre Laffite, par ordre de monsieur le gouverneur Clairborne, vous êtes en état d'arrestation, déclara en anglais le lieutenant.

Marie avait rompu le barrage bleu et blanc. Il s'était passé quelque chose de grave. Elle se rua, aussitôt rejointe par les soldats, qui la jetèrent à terre avant de saisir Pierre sous les aisselles et de le traîner vers l'escalier.

— La négresse, fermez-la ! hurla l'officier.

Il tenait à sa merci l'un des personnages les plus redoutés de tous les Etats-Unis. A sa place, beaucoup eussent passé une corde sur une poutre et pendu le monstre sans jugement.

Pierre était une chiffe sans la moindre réaction. Persuadés qu'il simulait une quelconque crise, les hommes se mirent à le frapper à coups de poing et de pied, puis lorsqu'ils le virent pantelant, les yeux révulsés, le visage tordu par une horrible grimace, ils réalisèrent qu'ils brutalisaient un malade et leur ardeur se calma.

Marie implorait. Les fillettes, accourues de leur chambre, hurlaient, cherchant la protection de leur mère. Le lieutenant avait des ordres. Les hommes se penchèrent vers le moribond ; l'ayant empoigné à nouveau, ils le portèrent dans l'escalier et l'allongèrent à l'arrière d'une carriole. L'affaire avait duré quelques minutes à peine. Ce fut de derrière leurs vitres que les voisins alertés par les cris virent le convoi d'hommes et de cavaliers s'éloigner vers la place d'armes.

Lorsqu'il s'éveilla, Pierre eut l'impression que le port de La Nouvelle-Orléans était entré tout entier dans sa tête. Un roulement de tambour, incessant, y tenait lieu de bruit de fond, des vrilles s'enfonçaient dans ses tempes, il bavait, incapable de retenir sa salive. Au bout d'un long effort, il parvint cependant à s'asseoir sur le sol terreux de l'étroite cellule chichement éclairée par un fenestron, où on l'avait enfermé.

— Pierre, ami, comment te sens-tu ?

Il eut du mal à reconnaître Dominique Youx. L'artilleur avait coupé sa barbe, ses sourcils broussailleux en paraissaient plus épais. Ainsi transformé, il avait le visage d'un vieux bébé aux joues rebondies.

— Que fais-tu là ? demanda Pierre d'une voix pâteuse.

— La même chose que toi, j'en ai peur. Ils m'ont serré à la Balise, je revenais de Carthagène sans la moindre prise, nom de Dieu. Grande-Terre est sous mauvais vent à c't'heure, j'aurais mieux fait d'y relâcher au lieu de me jeter dans le piège. Quant aux Anglais, ils préparent une sacrée flotte à la Jamaïque. Tu n'as pas ta tête ordinaire.

Pierre le fixait de son œil ouvert. Les idées se remettaient en place dans son esprit à la vitesse d'une barge remontant le fleuve à contre-courant, halée par des chevaux de trait. Où était-on ? Pourquoi y avait-il si peu de lumière ? Youx lui expliqua. Clairborne était passé à l'acte, Patterson, Browman et les autres n'étaient sans doute pas pour rien dans sa décision, et Barataria allait être liquidé. Pierre avait soif. Il s'était souillé. Les Anglais, Clairborne, Barataria, les mots se bousculaient dans sa cervelle. « Mon pauvre ami », répétait Youx. Pierre balbutia.

— La trogne.

— Eh quoi, la trogne ?

Pierre eut un geste vers sa propre face. Il avait l'impression terrifiante que le coin de sa bouche pendait jusqu'à son cou, comme un jabot de dindon. Youx le rassura ; sa paupière était à demi close mais ses lèvres s'ouvraient et se fermaient à peu près correctement.

— Bois, Laffite. Nous sommes au Calaboso, la prison de cette ville unique, cités à comparaître dans les semaines à venir. Livingston viendra nous voir, c'est un bon avocat, il nous a déjà tous sortis de quelques pétrins.

Il pouvait, le bougre, on l'arrosait telle une plante depuis assez longtemps pour ça. Sa fortune s'était en partie bâtie grâce aux Baratariens, qui avaient souvent à se défendre contre des étrangers furieux de s'être fait assaillir en haute mer. Pierre s'assit contre le mur. Les crues du Mississippi avaient détrempé les souterrains de la vétuste prison, cela puait la moisissure. Pierre s'inquiéta de Jean. Etait-il prisonnier lui aussi ?

— Non. Enfin, pas que je sache.

Si Pierre était parvenu à se donner les apparences d'un bon bourgeois orléanais, son cadet n'avait jamais fait mystère de son goût pour la clandestinité. Celui-là, les Américains se feraient un plaisir de le suspendre à une branche de magnolia, sans même passer par le tribunal. Pierre se força à respirer calmement. Il se souvenait de l'officier tenant son arrêt dans la main, de Marie en pleurs penchée sur lui, du parquet sur lequel on le traînait.

— Grande-Terre, c'est foutu, murmura-t-il. Comme le reste.

Youx se voulait rassurant. Tout en parlant, il malaxait avec douceur les doigts de son ami, éprouvait leur force par chance intacte. Le mal avait frappé à la tête. C'était sans doute à cause du souci permanent, du jeu avec les autorités, des courses en mer qu'un père de quatre enfants aurait dû éviter.

— Livingston fera lanterner le juge, affirma l'artilleur, conjuratoire. Et puis merde, quoi ! Nous irons ailleurs, plus loin. Les rivages du Sud s'étalent sur des milliers de kilomètres, Pierre ; il y a les îles aussi, enchâssées comme des perles sur un diadème. La Caraïbe, les Antilles. Et le Yucatán. J'y ai des amis, des compagnons.

— Bah !

La curée avait peut-être déjà commencé à Barataria. Main basse sur l'or des pirates. Les nettoyeurs étaient intéressés aux prises opérées au nom de l'Etat de Louisiane. Finalement, il y avait là une espèce de morale. Officiels et clandestins jouaient avec les mêmes cartes, biaisaient et combinaient de la même manière. Les plus rapides, les plus retors, ceux qui se serviraient le plus habilement des lois et de leurs carences, emporteraient la mise.

Temps étranges. Sur terre, où l'on plaidait devant une justice partiale, sur mer, où l'on se servait sans autre forme de procès. Pierre était épuisé, l'attaque d'apoplexie l'avait vidé, comme si son corps avait lutté des heures durant contre un vent d'ouragan ou transbordé à lui seul une cargaison entière. En même temps, l'aîné des Laffite acceptait son sort contraire comme une fatalité annoncée, un passage obligé sur un chemin dangereux.

— Quel jour sommes-nous, Dominique ?

— Le huit du mois d'octobre.

Pierre se souvint des gâteaux préparés par ses filles. On devait y planter des bougies, quatre pour les dizaines, autant pour les unités. Quarante-quatre ans. Il les fêterait sur le sol glaiseux d'une cave.

11

Novembre 1814

Il faisait grand soleil sur le golfe et sur la baie. Jean ne s'attarda pas à contempler le ciel. Il fit le compte des voiles et embarcations présentes ce jour-là à Grande-Terre. Profitant de l'embellie, une bonne centaine d'acheteurs avaient bravé interdits et menaces officielles pour assister à la vente.

Il rejoignit ses visiteurs devant les tentes où le butin d'un trimestre de courses en mer était exposé. Certains clients séjournaient chez lui depuis plusieurs jours. On avait eu largement le temps d'évoquer la situation ; les Baratariens emprisonnés, la menace anglaise, les troubles sur l'île même dont l'écho avait traversé chênaies et bayous. Les nouvelles allaient vite en ces heures incertaines.

La vente avait de la gueule, planteurs et négociants découvraient l'alcool et le tabac, les tissus, le mobilier et surtout les armes, fusils, pistolets et lames, alignés devant des dizaines de ballots, de caisses, de sacs et de barils de poudre. L'invasion anglaise des Etats-Unis suscitait des vocations patriotiques, des envies d'en découdre. On s'équipait pour des opérations de harcèlement, des coups de main sur les arrières ennemis. Des Acadiens de Lafourche ou de Terrebonne avaient fait le déplacement. Ceux-là avaient suffisamment souffert du zèle anglais pour envisager de saigner les intrus à la moindre occasion. Quelques Noirs libres et métis aux côtés d'esclaves commis au transport des marchandises mettaient une note colorée dans le tableau. Au total, chalands et indigènes mêlés, il y avait plus de quatre cents personnes sur l'île.

Jean était nerveux. L'arrestation de son frère annonçait des poursuites, des captures, des procès et sans doute quelques pendaisons. A plusieurs reprises, il avait dû répondre aux interrogations des marins. L'île était faiblement défendue. A bout d'arguments, il avait fini par faire placer la *Diligente* en travers de la passe est, ses six canons de tribord braqués vers le large. Des hommes patrouillaient le long du rivage, des faisceaux de mousquets et de fusils avaient été disposés de place en place.

Les chalands n'avaient pas de ces soucis. L'atmosphère guerrière du lieu leur importait moins que les bonnes affaires permises par cette vente. Jean allait de l'un à l'autre, cachant son inquiétude derrière son habituel discours d'hôte attentif et disert, conseillant ici, marchandant là, arbitrant litiges et chicaneries. Clairborne n'avait pas répondu à sa lettre pourtant parfaitement explicite.

Lorsqu'il aperçut la *Misère* de Desfarges, à demi démâtée, venant mouiller face au village, et la barque qui s'en était détachée approcher à grands coups de rames, il se précipita. Le déclamateur de vers antiques moulinait fort des bras, les nouvelles toutes fraîches qu'il apportait n'étaient pas rassurantes.

— Jean, c'est une petite armée qui se dirige vers ici. Je les ai esquivés de justesse, ils m'ont percé la coque en moult endroits et rompu le grand mât. Regarde dans quel état ils m'ont mis.

— Anglais ?

— Certes non. C'est le *Carolina* de Patterson escorté par le *Sea Horse* avec au moins cent hommes à bord et assez de bouches à feu pour trouer l'île comme un fromage.

La flotte américaine de Louisiane ne comptait guère plus d'une dizaine de bâtiments, mais le *Carolina* inspirait le respect. Deux rangées de canons le hérissaient, sans compter les mortiers que l'on débarquerait avec la troupe.

Pierre donna aussitôt l'alerte et ce fut en quelques instants comme un coup de pied dans une fourmilière. Cela courait de toutes parts, Blancs et Noirs mêlés, vers les embarcations sagement rangées au nord de l'île, felouques et pirogues, barques acadiennes et goélettes orléanaises. Jean courut prévenir Catiche. Desfarges la protégerait et la conduirait à la plantation Labranche avec le bagage sommaire que l'on tenait prêt depuis quelques semaines.

Elle regimbait, prétendait pouvoir tenir un fusil comme quelques autres qui défendraient l'établissement. Jean la sermonna.

— Foutaises. On ne joue pas ainsi à la guerre quand en plus on est sûr de la perdre. Et puis, tu manquerais une frégate à dix mètres.

L'affaire risquait de ne pas s'éterniser, on se reverrait bien avant l'invasion anglaise.

— Je te la confie, ami, dit-il à Desfarges. Prends-en soin, tu sais le chagrin que j'aurais à me retrouver sans elle.

— Tu restes ici ? protesta-t-elle. Ils se feront un plaisir de t'exécuter, pire, de te pendre.

— Je retiens la nuance !

Grandmoman Villars était désespérée. On avait prévu une table de vingt personnes pour le souper ; des amis, habitués de l'île et des clients nouveaux, de ceux qu'elle aimait surprendre par ses recettes. Lubin la pressait de rejoindre les autres, mais la vieille femme s'entêtait. Ses faitouts, ses casseroles, ses sacs d'herbes rares, tout était resté dans la cuisine ; on pouvait au moins sauver la fonte, culottée depuis des années, il fallait bien deux lustres pour élever des marmites d'une telle qualité.

— Fichez le camp ! la tança Jean. Lubin, occupe-toi d'elle, on fera ripaille ailleurs, ce soir.

Il était déjà loin. Les capitaines présents sur l'île s'étaient réunis, scrutaient l'horizon piqué à moins de cinq cents brasses par les trois mâts du *Carolina*. Jean apprécia. Les Américains n'avaient pas traîné en route. Suivant au plus près la côte au risque de s'échouer, ils surgissaient, par l'est, de derrière une presqu'île plantée d'arbustes et de quelques chênes.

— Messieurs, annonça-t-il, je me propose de retarder le plus possible le débarquement, afin de laisser à nos hommes le temps de se retirer vers la baie. Vous êtes libres de me suivre jusqu'à la *Diligente*.

Un petit groupe d'une demi-douzaine de volontaires se forma, entraînant à sa suite un équipage improvisé, tandis que le village se vidait de sa population, comme une cruche fendue de son vin. Jean avait à peine posé le pied sur le pont de sa goélette que le *Carolina*, tous sabords ouverts, croisant parallèlement à la côte, ouvrait le feu.

— Voilà comment on nous félicite de nous rallier à la cause ! Merci, commodore Patterson ! hurla-t-il.

Les gens du Cabildo n'avaient donc pas reçu sa lettre. Impossible. Ils l'avaient lue et sans doute mise au feu. Il aurait le temps de réfléchir plus tard à cette bizarrerie ressemblant fort à un traquenard.

Des gerbes d'une eau écumeuse fleurissaient autour de la *Diligente*, une façon pour les canonniers yankees de régler le tir. Atterré, Jean réalisa qu'on allait échanger avec les Américains autre chose que des coups de feu de contrebandiers dans la nuit des bayous. Un navire étoilé de blanc attaquait des corsaires de Louisiane quand un ennemi infiniment plus dangereux investissait le cœur des Etats-Unis. L'affaire avait de quoi faire sourire ; c'était une guerre dans la guerre, un règlement de comptes longtemps mûri. Jean sentit une rage d'enfant le submerger. Trois bouches de dix et autant de huit contre la puissance du *Carolina*, la joute était perdue d'avance.

— N'attendons pas qu'ils nous étripent. Feu, ordonna-t-il.

Il fouillait le pont du brick de sa lunette, apercevait les pantalons blancs et les vestes bleues des soldats se préparant à débarquer sous les ordres de leurs officiers coiffés de plumes. Un assaut en règle, que ne perturberaient guère les quelques impacts perdus devant la proue du *gunboat*. Et la réponse du *Carolina* ne tarda pas, une bordée de douze et de quinze qui fit mouche, abattant le mât de misaine, projetant des corps à la mer.

— Boss, on a des morts ! cria un homme.

Jean brûlait d'une colère assassine. Il s'était désarmé, persuadé que Clairborne et ses stratèges accepteraient son offre. Coupable imprudence, le silence du gouverneur aurait dû l'alarmer. Son arsenal de canons avait été mis en lieu sûr, loin au nord, dans la baie, son armée de va-nu-pieds se débandait, le sang coulait. Il éructa.

— Youx, pardieu, pourquoi n'es-tu pas ici ?

On tirait au fusil, de part et d'autre. Le *Carolina* abattait vers l'ouest, affalait ses voiles. C'était foutu, pour de bon, il fallait se retirer avant d'être piégés comme des lapins et massacrés sur place. Jean donna l'ordre qui livrait Grande-Terre aux assaillants. On ramassa en hâte les morts, deux marins de Youx, puis l'on souqua ferme jusqu'à la rive.

Le village s'était vidé de sa substance humaine comme sous l'effet d'un ouragan, seuls y demeuraient quelques chiens hurlant à la mort devant des paillotes. Tandis que les barques du *Carolina* étaient mises à l'eau, les hommes quittèrent leur repaire sans un regard pour les trésors abandonnés face à la mer. On courut à travers les chênaies jusqu'au rivage nord débarrassé de sa flotte à l'exception de quelques felouques, du *Militia*, du *Petit Milan* de l'Orléanais Gambi vers lequel on rama avant de s'y ruer. Jean fut soulagé de constater que Desfarges et sa *Misère* avaient disparu derrière les îles septentrionales.

Les hommes restés à bord avaient hissé les voiles. Lentement, le *Petit Milan* pivota, puis, ayant mis cap au nord, s'éloigna de l'île. Le navire avait à peine parcouru une demi-lieue lorsque les premiers soldats américains déboulèrent sur la plage. Gambi tendit sa lunette à Jean.

— Vous voulez voir ça, Laffite ?

— Certes pas.

A quoi bon contempler le désastre. Il laissait derrière lui pour deux cent mille dollars d'un amoncellement de richesses comme il n'en avait jamais étalé d'un coup. De quoi satisfaire les appétits de Patterson et de ses seconds. Jean en était convaincu ; ceux-là profitaient de la menace anglaise pour mener un raid personnel sur Barataria. Ou bien Clairborne, perdant la raison, décidait d'éliminer son seul point d'appui au sud de La Nouvelle-Orléans.

— Absurde, murmura-t-il.

La loi accorderait vingt pour cent de la prise aux vertueux prédateurs. Le reste serait dispersé par la douane après que l'on se fut partagé quelques dépouilles supplémentaires. On piratait sous la bannière étoilée, ni plus ni moins.

Un homme tendit à Jean une flasque de rhum qu'il repoussa d'un geste vif. L'alcool n'apaiserait en rien sa fureur. Gambi avait allumé un cigare. Lui avait encore pignon sur rue dans le Carré français. Oserait-il réintégrer ses pénates, comme un fonctionnaire du Cabildo les siens, une fois sa journée de travail terminée ?

— De quoi se donner l'envie de rejoindre les Anglais, vous ne trouvez pas, Laffite ?

Jean savait qu'il en était capable. Vincent Gambi était pourtant de Louisiane, né à La Nouvelle-Orléans, ce qui ne faisait pas pour autant de lui un patriote américain. Jean balaya la suggestion. Par moments, il désirait se perdre dans le bayou, disparaître, laisser les uns et les autres s'expliquer sur d'inutiles et sanglants champs de bataille. Et puis très vite, la perspective de devoir se fondre dans la masse le heurtait. Il levait les yeux vers le ciel, trouvait que le vent ne soufflait pas assez fort, que le navire n'avançait pas assez vite.

— Je n'ai pas abattu toutes mes cartes, Gambi.

— Nous sommes ruinés, vous et moi, Laffite. Cette vente était la plus grosse que nous ayons jamais réunie. Youx et notre frère sont enfermés au Calaboso et nous n'avons plus de refuge. C'est Trafalgar, à la louisianaise.

— Vincent, vous savez bien que le jeu consiste à mentir sur sa propre force.

Gambi ricana, désabusé.

— Pour jouer, il faut être accepté à une table, disposer de cartes et savoir que les règles n'ont pas été changées. Rien là-dedans ne nous concerne, à c't'heure.

Dans son parc de magnolias, de cèdres et de chênes, léchée par le Mississippi au bas d'une très longue pente d'herbe rase, la plantation Labranche paraissait hors du temps, des guerres, des colères du ciel même. Jean reconnut avec soulagement la bâtisse carrée dont le perron s'ornait d'une colonnade grecque sur laquelle s'appuyait l'élégante galerie de l'étage. La clémence du climat, ce jour-là, invitait à la paresse, au jeu, à la danse, à tous ces plaisirs auxquels les créoles de Louisiane s'adonnaient sans retenue.

C'était la pleine saison de récolte de la canne. Les champs avaient pris leur teinte d'automne, purpurine. Par dizaines, les esclaves s'activaient, leur machette à la main, montrant l'arrondi de leur dos au-dessus des hautes herbes. Des charrettes allaient et venaient, dans une suite ininterrompue, que l'on remplissait à ras bord de tiges fraîchement coupées, direction les broyeurs et les fourneaux. Cette année-là, la saison plutôt sèche autorisait la récolte tardive de plants très mûrs, gorgés de jus. Une embellie financière pour les maîtres du sucre, quand les temps politiques tournaient franchement à l'orage.

Gambi avait amarré son *Petit Milan* au milieu des flatboats de la plantation. Jean sauta à terre, le cœur et l'esprit encore vibrants de colère. Catiche était là, d'autres aussi, que les bruits de la guerre prochaine éloignaient des villes, des enfants s'étaient égaillés sur les pelouses, et dans le parc des domestiques s'affairaient un peu partout, dressant des tables, portant des chaises ; en temps normal, il eût semblé qu'une de ces grandes fêtes créoles se préparait là, pour plusieurs jours.

Jean serra sa maîtresse contre lui. La retraite des Baratariens s'était effectuée en ordre très dispersé. On se séparait brutalement après quelques années d'une existence aux codes bien établis. Les points de ralliement étaient cependant connus de tous ; si le sort tournait à nouveau en faveur des hommes libres de Grande-Terre, on se retrouverait au Texas, à Carthagène ou au Mexique peut-être bien, où l'aventure corsaire pourrait renaître de ses cendres.

— Tu as changé, mon beau, dit Catiche en caressant la joue de Jean.

— Je suis fatigué, c'est tout.

Il compterait bientôt sa fortune, quelques milliers de dollars en ville, le reste dans sa poche. Son armée s'était volatilisée. Clairborne pourrait afficher ses mines de vierge innocente, il avait purgé Barataria de sa chienlit sans même prendre la peine de répondre au courrier de Laffite. Labranche, qui s'empressait auprès de ses hôtes, vint à son tour embrasser le fugitif. L'avocat Livingston était là aussi ; bon nombre de ses clients convergeaient vers le domaine ami.

Labranche était profondément choqué.

— Ils vous accablent au moment où leur seul véritable ennemi se prépare à les vaincre. Quels aveugles ! Je tiens à vous dire que beaucoup en ville voient là un scandale et une injustice. Votre réputation grandit en bien, mon cher Laffite, les gens sont au courant de votre offre aux autorités. Quand je pense que ce sont des Patterson, des Browman et autres galefretiers qui vont se partager vos dépouilles.

Jean s'inquiétait du sort réservé à son frère. Livingston avait pu lui rendre visite.

— Il se remet tant bien que mal, le gouverneur l'a fait installer dans une cellule un peu moins sommaire. Quant au procès, il semble inévitable. J'ai argué la situation exceptionnelle du Sud en ce moment, la nécessité de rassembler les forces d'où qu'elles viennent. Peine perdue. Vous suscitez depuis trop longtemps haines et convoitises.

Il avait maintes fois recommandé à Jean de se montrer prudent, de rabattre un peu de son orgueil, aussi. La Louisiane se poliçait lentement, une société nouvelle s'y constituait que la loi achèverait un jour ou l'autre de régir. L'affiche avait fait rire, mais était-elle bien utile ?

— Je suis bien d'accord avec monsieur Labranche, admit-il. En laissant ses lieutenants vous abattre, Clairborne prend le risque d'ouvrir en grand l'entrée du Mississippi aux Anglais. Je lui ai plusieurs fois déconseillé d'en arriver là, mais que voulez-vous, quand l'avidité prend le pas sur la raison...

Jean bouillait déjà d'en découdre. Il rassemblerait séance tenante suffisamment d'hommes pour s'en aller délivrer son frère, après quoi l'on s'en irait en Arkansas ou au Texas, quelque part où l'on pourrait encore respirer à l'aise. A le voir ainsi désemparé, tout entier pris par une méchante fièvre, Catiche s'alarma. Il fallait se reposer, prendre le temps de réfléchir. Jean avait sauvé sa vie à défaut de son royaume, le reste pouvait attendre encore un peu.

— Votre charmante compagne a raison, dit Labranche. Regardez ce lieu, mon ami. Il est vôtre et celui de vos hommes, personne ne viendra vous y chercher. Les temps sont incertains, nous serons peut-être tous sujets de Sa Majesté le roi d'Angleterre avant la fin de cette année. Eh bien, nous allons organiser ici une petite colonie autonome, comme une île sur le fleuve, et des îles pour gens libres, Laffite, ça ne manque pas en Amérique, vous le savez bien !

Catiche avait tenté de l'en dissuader. Une tête mise à prix, cela se glissait très aisément dans un nœud coulant. Un jour, alors qu'elle était encore enfant, elle avait assisté à la pendaison d'un bougre accusé d'assassinat.

— La langue sort de la bouche, elle est énorme, toute bleue, grosse comme une de ces limaces du bayou. Les yeux sont pleins de sang, le corps danse la gigue.

Jean avait éclaté de rire.

— Et la semence du condamné vient engraisser la mandragore !

Les semaines se succédaient à la plantation Labranche, on annonçait chaque jour les Anglais aux passes du Mississippi, quant au général Jackson, il avait enfin fait son entrée à La Nouvelle-Orléans à la tête d'une armée disparate de miliciens, de réguliers et de volontaires louisianais. Catiche n'en démordait pas.

— Aller le voir dans ses quartiers, mais tu es fou ! Si tu veux vraiment te faire tuer, il vaut mieux que tu ailles frapper à la porte du gouverneur Clairborne, à la main une corde. Tu gagneras du temps.

— Une corde à la main, Moka.

Elle lui avait toujours fait confiance, comme si rien de grave ne pouvait lui arriver pour peu qu'il ne la trahisse pas. Il y avait entre elle et lui un pacte assez solide pour gommer angoisses et incertitudes. Cette fois, Jean prenait un risque vital. Il s'était vivement défendu.

— Eh quoi ! Les canons du *Carolina* m'ont épargné. Crois-tu qu'un général de l'armée des Etats-Unis pousserait le déshonneur jusqu'à laisser des rapaces dépecer devant lui un homme armé de sa seule épée ?

Elle se moquait bien du général et de ses scrupules, quant aux raisons profondes de la guerre en cours, elles passaient largement au-dessus de sa tête joliment bouclée. Simplement, elle désirait vivre en paix auprès de l'homme qu'elle aimait. Marie n'avait pourtant pas manqué de la mettre en garde ; les hommes de Louisiane n'en faisaient qu'à leur tête, surtout ceux que leur soif étrange de liberté poussait aux extrêmes limites de la tolérance officielle.

Livingston avait abondé dans son sens.

— Laffite, vous n'ignorez pas que Jackson vous traite vous et vos hommes de *hellish banditi*[1]. Votre frère peut à la rigueur

1. Bandits infernaux.

se sortir de sa situation actuelle, mais vous, c'est une autre histoire. Vous avez, comme on dit, poussé le bouchon assez loin.

— Eh bien, nous verrons, avait tranché Jean.

La décision qu'il avait prise lui redonnait verve et moral. La plantation Labranche était un paradis où il se sentait peu à peu couler au rythme langoureux du Mississippi. Les bras de Catiche, ce berceau au creux duquel il s'endormait comme un tout-petit, étaient eux aussi un piège. Labranche lui avait proposé un poste de régisseur payé cinq cents dollars le mois, en attendant une possible reprise de la course en mer. On se souciait de lui, ces attentions le touchaient. L'humiliation qu'il ressentait à la seule idée de bénéficier d'une quelconque charité emportait tout comme une crue du fleuve. Plutôt crever que subir la compassion des autres, fût-elle née des élans du cœur les plus sincères.

Décembre 1814

La ville se vidait, pour de bon cette fois. On emportait le nécessaire pour un exil dont personne ne pouvait prévoir la durée. Malles et ballots, esclaves, marmaille et attelages, la bourgeoisie de La Nouvelle-Orléans quittait ses pénates l'angoisse au cœur, laissant derrière elle qui un fils, qui un chef de famille, volontaires pour épauler la milice.

Lorsqu'il se présenta devant la tente du général Jackson, à l'extrémité est du quartier Marigny, Jean eut une pensée pour Catiche. Un simple mot de l'officier et il se retrouverait en cour martiale voire au gibet sans même passer par le tribunal. Catiche aurait tôt fait de dépenser les quelques centaines de dollars qu'il lui laissait pour tout héritage, quand la rumeur publique le créditait d'une des fortunes les plus conséquentes de Louisiane. Les légendes avaient la peau dure.

Officiers et miliciens, civils et soldats, le camp à peine installé grouillait de gens affairés. On y croisait des Tennessiens coiffés de castor, des Indiens Chocktaws, des Noirs libres aussi, venus s'engager par dizaines. Et même des esclaves de ville, volontaires eux aussi pour bouter l'Anglais hors de la Louisiane.

Des chevaux avaient été parqués à proximité. On rassemblait des canons et leurs affûts ; des charrettes de fourrage, d'uniformes, de ravitaillement, sillonnaient le sol boueux, en route vers des entrepôts de fortune. Cela sentait fort la hâte et l'improvisation ; Jackson avait fait route vers l'ouest à marche forcée, prenant Pensacola au passage. Maintenant, il devait attendre les premiers mouvements anglais pour choisir de positionner sa défense.

La sentinelle, un régulier au casque emplumé de dragon, cartouchière en travers du torse, barrait l'entrée de la tente. Laffite ? Son sourire niaiseux montrait qu'il connaissait ce nom. Avoir soudain en face de lui le pirate le plus recherché de tout le Sud américain le pétrifiait. Jean lui souffla la fumée de son cigare au visage.

— Hé, l'homme, réveil ! Va prévenir le général que j'ai là un document susceptible de l'intéresser bougrement.

Il tenait en main une liasse de feuilles percées, reliées par une fine cordelette. Attendit. Il jouait gros et le savait. Ecrasa son cigare sous le talon de sa botte. Lorsque, ayant pénétré sous la tente, il aperçut le gouverneur Clairborne, le commodore Patterson et Ron Browman au milieu d'un groupe de civils et d'officiers, il crut rêver. La canonnade de septembre résonnait encore dans sa tête, mêlée aux échos de sa propre fuite, aux cris des blessés.

Il s'avança. Les hommes firent silence.

— Laffite ! s'exclama Jackson. Un de ces foutus hellish banditi. On ne vous a pas encore collé contre un poteau et mis douze balles dans le corps ?

Il faisait la même taille que Jean, grisonnait autour d'un visage racé au regard de métal froid. Jean remarqua ses rides profondes, son air harassé, ses bottes crottées, ses doigts surtout, incroyablement longs, triturant un cigare éteint. Jean eut un geste d'excuse. Non, en effet, il n'avait pas encore été exécuté. Jackson ricana.

— J'ai à faire, garçon, et je sais qui vous êtes, alors je vous conseille de ne pas noyer le poisson.

Jean prit le temps de dévisager les présents, Browman, qui s'amusait visiblement, Patterson, gêné, fuyant son regard, Clairborne, enfin, pincé, désapprobateur, dans son rôle de gouverneur outragé.

— Les Anglais ne passeront pas par le Mississippi, annonça-t-il. Ils vont attaquer à Mobile puis monter vers ici par le nord-ouest et le bayou Plaquemine. Votre action à Pensacola les y oblige.

— Et comment diable savez-vous cela ?

— Un de mes compagnons, le capitaine Beluche, a fait une prise accidentelle en remontant le golfe vers la Louisiane, il y a quelques jours à peine. Par habitude de hellish banditi, sans doute. Un anglais, qui détenait ceci à son bord. J'ai pensé qu'il était de mon devoir de citoyen américain de vous porter ça sans tarder.

Il avait un peu cherché ses mots, crâne, fixant Patterson et Clairborne. Tendit le document au général qui le parcourut, sourcils levés.

— Nom de Dieu, il dit vrai, ce pirate. C'est tout le plan de Packenham à la patrouille près. Nom de Dieu de nom de Dieu ! Ils vont débarquer au lac Borgne et s'étaler entre Pontchartrain et les plantations d'aval, avec Villeré comme point d'appui principal.

Son cigare éteint à la bouche, il se mit à marcher de long en large devant ses hôtes médusés ; s'arrêta net devant Jean, qu'il dévisagea, un œil à demi fermé, tel un maquignon jaugeant une bête dans un lot.

— Citoyen des Etats-Unis, de Carthagène ou de la lune, on s'en fout. Quelle est cette légende, monsieur ? Vous posséderiez six cents canons, deux mille hommes, de quoi nourrir le Sud tout entier pendant un an, que sais-je encore ?

Jean avait la confirmation de ce qu'il avait supposé. Par un de ces hasards pleins de malice, les décideurs de l'assaut sur Barataria se trouvaient face à lui, sous la tente d'un arbitre neutre et pressé d'agir. Ces hommes-là avaient donné priorité à leurs appétits sur la nécessité de défendre les côtes sud de la Louisiane.

Il ironisa.

— Il y a des gens ici qui ont fait ce qu'il fallait pour disperser cette armée et saisir son ravitaillement. Cela malgré un engagement formel de ma part, adressé dès septembre à monsieur le gouverneur de Louisiane et demeuré sans réponse jusqu'ici. Je lui indiquais déjà à l'époque l'essentiel de la stratégie possible des Anglais. Je lui signalais aussi mon ralliement et celui de mes hommes à la défense de l'Union. Monsieur Clairborne peut sans doute me donner maintenant les raisons de ce silence qui fait de moi un homme ruiné.

— Plus tard ! trancha Jackson, excédé. Je me fous de vos histoires. Où est la vérité concernant vos forces ? Vous n'êtes pas tout seul depuis tant d'années, tout de même.

Jean vit briller dans son regard une lueur d'intérêt. Ce n'était pas encore de la sympathie, mais il ne désespérait pas que cela vînt. Il abattit son jeu.

— Je peux réunir quatre cents hommes habitués à se battre, faire apporter ici quatre-vingts pièces de tous calibres et rassembler aussi les artilleurs pour les servir. Je vous fournis sept mille armes en tous genres, fusils à court et long canons, pistolets, et les pierres qui vont avec. Je vous donne aussi notre connaissance des bayous et marais de Louisiane du nord au sud, au bras mort près. Voilà la vérité au complet, monsieur, le reste n'est qu'exagération et fantasmes.

— Le prix de ce trésor ? Vous ne travaillez pas pour rien, à ce qui se dit.

Jean se raidit sous la pique.

— La liberté pour mon frère et ses amis, c'est tout ce que je demande, outre l'amnistie du président Madison pour le crime d'avoir si longtemps protégé les côtes de Louisiane des Espagnols et des Anglais.

Jackson eut un geste du menton vers ses hôtes.

— Les pirates de Barataria se sont évadés ce matin, révéla Clairborne, cramoisi de honte et de colère.

L'éclat de rire du général résonna sous la tente. Enfin quelque chose de vraiment amusant. Décidément, les hellish banditi de Grande-Terre et autres lieux maudits avaient de la moelle ainsi qu'un goût vraiment étonnant pour le grand large. Jean Laffite était déjà à demi exaucé.

— Pour l'amnistie, je verrai avec Madison, promit Jackson.

Jean profita de son avantage provisoire. Il voulait récupérer son bien séquestré sans raison valable. Jackson éluda de nouveau.

— Désolé, Laffite, ceci n'est pas de ma compétence. Il y a des avocats pour cela, des lois et des juges. Ne vous plaignez pas, si demain tout cela devient anglais, je ne donne pas un cent de votre requête. En attendant, vous aurez rang de capitaine, sous les ordres du commodore Patterson. Votre mission sera d'éclairer la défense partout où ce sera nécessaire, à commencer par la région de Barataria que vous devez assez bien connaître. Vous au sud, votre frère ou n'importe qui d'autre ici et vos canonniers au milieu. Combien de temps pour tenir votre promesse ?

Jean devrait rameuter sa troupe débandée. Il y avait du Baratarien réfugié un peu partout en Louisiane, chez les Acadiens des bayous, dans les plantations, les villages et jusque sous les cabanes des vachers de la Prairie. Quant aux canons, à la poudre et aux armes, un brick suffirait à les ramener des îles de la baie où ils étaient dissimulés.

— Une semaine, général.

— C'est bien mais c'est un maximum. Ne perdez donc pas de temps. Disposez, capitaine Laffite.

— Une chose encore, si vous permettez.

— Dites.

— Pardonnez mon irrévérence, vous possédez cet objet depuis longtemps ?

Il y avait, sur la table de campagne du chef de guerre, un presse-livre en ivoire ; deux éléphants serrant une bible.

— Ma foi non, dit Jackson, surpris.

Jean vit son regard vers Browman. Sourit.

— On ne l'a pas payé bien cher, et sans l'accord du propriétaire. Vous pouvez donc considérer que c'est moi qui vous l'ai offert.

Il salua, sortit, le cœur léger. Il ne possédait plus rien sauf l'incroyable fierté d'avoir donné ce qui lui restait, pour la beauté du geste. Catiche pourrait à nouveau lui poser la question : « Qui es-tu, Jean Laffite ? » D'autres répondraient à sa place, sous l'œil goguenard du général Jackson ; un pirate, certes, un patriote, pourquoi pas, un joueur, sans doute, qui s'asseyait à nouveau à la table et misait du vent sur une fin de partie parfaitement hasardeuse.

Pierre Laffite et Dominique Youx avaient trouvé refuge dans les profondeurs du bayou des Rigolets. Là, sur la route marécageuse du lac Borgne, des chasseurs d'ours avaient bâti quelques cabanes à l'abri d'arbustes, de mousses, de charmes et de chênaies en fouillis quasiment inextricables. Ce fut Lafon qui se chargea d'aller les y chercher. Le cartographe n'avait pas revu son ami depuis son incarcération. Il le trouva vieilli, amaigri par les privations et la maladie, sous la garde vigilante de l'artilleur.

— Je lui cuisine des écrevisses et du pluvier, révéla Youx ; le bougre se ferait presque prier pour en manger, vous vous rendez compte, Lafon, un gourmand comme lui ?

— Que se passe-t-il à La Nouvelle-Orléans ? s'inquiéta Pierre, à qui sa paupière à demi fermée donnait des expressions reptiliennes.

Leur évasion, facilitée par les préoccupations autrement plus sérieuses des geôliers, n'avait guère fait de bruit et pour cause. Lafon était encore sous le choc.

— Ton frère a brillamment plaidé sa cause et la nôtre aussi. Tu te rends compte, Jackson l'a nommé capitaine et toi tout pareil par la même occasion. Quant à Youx, il sera comme moi lieutenant. Lieutenant Dominique Youx, en charge d'une batterie de canons ! Ce n'est pas l'Empereur qui t'aurait fait sortir ainsi du rang !

Il convenait de regagner sans tarder la ville, où le front s'organisait. La situation mettait en joie le lieutenant Lafon.

— Les Anglais vont débarquer au lac Borgne. C'est notre Beluche qui a saisi leurs plans devant les passes du Mississippi. Pardieu, mes amis, nous allons servir nos assaillants de Barataria au-delà de ce que nous pouvions imaginer. Pour dix dollars par mois !

Les corsaires connaissaient le lac Borgne aussi bien que les fils d'eau le reliant au lac Pontchartrain et au Mississippi. Lafon et Jean Laffite en avaient dressé les cartes désormais empilées sur le bureau du général Jackson. Cent fois, leurs équipées clandestines les avaient conduits à travers le réseau des bayous et des rus, jusqu'à la pleine mer. Où les quillards ne passaient plus, les pirogues se faufilaient, et les hommes à pied, dans l'eau jusqu'aux aisselles, lorsqu'il le fallait. Pierre eut un pauvre sourire.

— Pardieu, si les goddams se hasardent par ici, ils trouveront assez vite leurs tombeaux. Ils ne pouvaient choisir pire chemin pour prendre La Nouvelle-Orléans. J'avoue que j'aurais eu autant de plaisir à y attendre Patterson, Browman et les autres.

— Tu vas leur faire gagner cette bataille, lui dit Youx.

Le paradoxe avait de quoi horripiler. On leur avait offert en prime l'artillerie et les armes patiemment thésaurisées dans la baie.

— Eh bien, si c'est ainsi, allons affronter dame Laffite avant toute chose, proposa Pierre d'une voix lasse. On dormira aussi un peu, dans de vrais lits et sans toutes ces foutues bestioles qui nous accablent.

Marie découvrait à son tour l'évadé du Calaboso. Tandis que Youx dépeçait un poulet à grands coups de canines, elle s'empressait auprès de Pierre sous l'œil paterne de Lafon. Jean était parti en mission vers le sud, Catiche restait à la plantation Labranche, et tandis que les troupes se préparaient à prendre position à l'est, la ville achevait de se vider de ses civils. Marie s'alarmait.

— Tu vas vraiment te mêler de cette affaire, Pierre Laffite ? Dans un tel état d'épuisement ?

— Le moyen de faire autrement ?

Il n'éprouvait pas les élans nouvellement patriotiques de son frère. L'acharnement des autorités à le détruire occupait son esprit, entamait sa résistance à la maladie. Il rendrait pourtant le service promis par Jean en essayant de le monnayer le plus tôt possible. Marie l'écoutait, effondrée de le retrouver aussi plein d'amertume, détruit. Ne valait-il pas mieux s'enfuir avec les enfants vers un de ces territoires encore libres, Arkansas ou Texas, et tenter de s'y construire une nouvelle vie ?

— Il n'en est pas question. Notre parole est engagée, Marie, et nous avons du bien à récupérer. Il y a ici des gens qui tiennent le haut du pavé grâce à la spoliation des terres indiennes. Est-ce qu'on arme des flottes et des compagnies de fusiliers pour leur faire rendre gorge ? Nos courses à l'espagnol valent mieux que ces massacres de Chocktaws ou de Houmas, je suis bien convaincu de cela.

— Il n'y a plus grand monde ici pour en discuter, remarqua Youx entre deux bouchées.

— Juste, confirma Lafon. Les rats quittent le navire en plein naufrage. Place aux gens d'armes et aux héros. Nous en sommes.

On restait entre soi. Libres, tout de même, mais le cœur enragé. Si d'aucuns devaient payer pour que ce flot de bile s'écoulât des gorges baratariennes, les Anglais du commodore Packenham feraient l'affaire. Marie Villars avait cessé d'argumenter. Les femmes se faisaient rares à La Nouvelle-Orléans, y compris celles du Swamp, parties dans les fourgons et les carrioles de leurs clients. Leur place était à l'arrière. Marie quitterait la ville pour la plantation Labranche dès le lendemain, avec les cinq enfants.

— Tu m'as fait ces petits, lui dit Pierre, ce n'est pas pour les voir déportés comme esclaves à la Jamaïque ou dans quelque autre colonie goddam.

Les filles avaient fait leur paquetage, en bonnes petites ménagères. Avec Zabeth, elles s'occuperaient des deux autres, un tout menu frisé comme un mouton et le puîné encore aux langes. Tout ce petit monde attendrait sagement, à l'abri, que la guerre soit terminée. Marie écarta les bras. Les gens étranges ne manquaient pas en Louisiane, c'était peut-être le climat qui agissait ainsi sur eux et les rendait imprévisibles. Elle obéirait, certaine que son beau-frère, courant encore après son ombre, avait tout fait pour impliquer Pierre dans cette affaire de guerriers.

— S'il vous plaît d'aller jouer ainsi dans le marais, de la boue jusqu'au menton, eh bien, faites à votre guise, grogna-t-elle. Quand je pense que ma pauvre mère fait en ce moment la cuisine pour des planteurs créoles ; drôle d'époque, vraiment.

12

Sur la rive gauche du Mississippi

C'était à dix lieues de La Nouvelle-Orléans, face au village de Chalmette ; une zone de terre meuble donnant sur un immense marécage, entre des bois épais de cyprès, de charmes et de chênes. Rien ne prédisposait cet endroit semblable à mille autres à devenir un champ de bataille. Seule la décision du commodore Packenham de concentrer ses troupes à l'est de la bourgade avait conduit Jackson à y installer l'essentiel de ses défenses.

Le froid était tombé sur la Louisiane, il gèlerait peut-être cette année-là, c'était un temps assez particulier au pays des bateliers, des planteurs, des esclaves et des corsaires. Comme pour marquer le caractère exceptionnel de ces dernières semaines de l'année 1814, l'artillerie anglaise à peine débarquée avait donné de la voix. Cela roulait d'un bord à l'autre de l'horizon avec des bruits d'orage et des éclairs dans la nuit, à la surface des lacs et des bayous. Les Américains avaient aussitôt répliqué. Quand les derniers habitants de La Nouvelle-Orléans se terraient dans les échos de la canonnade, ceux du front se jaugeaient, s'amusaient à l'occasion. On prenait des paris, comme sur tout, en Louisiane ; avait-on touché ? Où tomberait le prochain envoi anglais ?

Youx avait fait ranger son artillerie sur une petite butte d'où l'on dominait tout à la fois la rive du fleuve et le terrain dégagé sur quoi se répandrait sans doute le flot ennemi. Et annoncé sa présence par quelques tirs de réglage. Il avait eu bientôt la réponse, un éclat de dix-huit lui avait percé le mollet de part en part sans autre conséquence qu'un fort saignement et vingt dollars gagnés par Lafon.

Passé les battements de cœur que cette musique avait provoqués chez les défenseurs de La Nouvelle-Orléans, on s'était organisés. La symphonie royale recherchait l'effet d'annonce bien plus que la précision du tir. Par centaines, les boulets allaient se perdre dans les immensités du marécage. Vite indifférents à leur inutile vacarme, les Louisianais et leurs renforts s'en étaient allés prendre leurs positions sur le front étalé du lac Pontchartrain aux premières plantations du Sud.

S'il avait fallu à Pierre Laffite un remède à sa fatigue, à ses maux de tête, au défaut pérenne de sa vision, nul médecin ou sorcier chocktaw n'eût été capable de lui proposer l'incroyable spectacle des premières heures de la bataille. Le *Carolina*, bourreau de Barataria, touché par une bombe incendiaire, brûlant telle une énorme mèche d'amadou, en plein milieu du fleuve. Un coup au but des plus chanceux, que l'on vécut de manière contrastée, les uns atterrés, d'autres, moins concernés, regardant le navire s'enfoncer dans les flots avec des hochements de tête et à l'âme un certain sentiment de justice rendue.

— Eh bien, monsieur Patterson, comment voyez-vous désormais la suite des événements ? Nous voici comme qui dirait au bord du gué.

Les dernières lueurs du naufrage s'étaient éteintes. Pierre se tenait campé devant son chef, un sourire crispé sur sa face dissymétrique. Jean eût trouvé à cet instant des mots bien à lui, son ironie pointée comme une baïonnette sous le nez de l'officier eût fait mouche. Pierre attendit. Patterson était peut-être orléanais, commodore de la flotte de guerre louisianaise, sa connaissance des zones humides au sud de la ville ne valait pas celle d'un chasseur de cerfs, ou d'un contrebandier. Pierre poussa un peu son bouchon.

— Nous sommes ici au royaume des passe-murailles, des mangeurs de lune, des ombres honnies. Voyez-vous quelque chose à changer dans le placement que j'en ai fait pour vous plaire ?

L'officier ne réagit pas. Il était entouré d'un mélange hétéroclite de vestes bleues et de bonnets de castor, soldats réguliers et miliciens, tous plus ou moins troublés de recevoir des ordres d'un pirate à peine sorti de prison. Pierre s'approcha de l'officier. Sa voix était rauque.

— Monsieur, au risque d'être accusé de trahison, je ne vous cacherai pas avoir éprouvé du plaisir à suivre le *Carolina* dans sa descente aux enfers. Un navire contre un autre, celui-là pour rejoindre la *Diligente* et ses marins morts. Jolie préparation au temps de paix, allez savoir ?

Patterson choisit de rompre. Pierre lui avait donné assez d'indications sur les rivages du lac Borgne et les pièges que rencontreraient les Anglais pour qu'il supportât l'assaut avec stoïcisme. Laffite et ses amis n'avaient pas ménagé leurs efforts ; chevauchant d'un poste à l'autre, dévoilant aux officiers médusés leurs itinéraires secrets, faisant déplacer hommes et matériels vers les endroits précis où se jouerait le sort des combats, ils avaient rempli leur contrat sans barguigner.

Pierre se pencha vers le brasier autour duquel les hommes venaient de temps à autre se réchauffer les mains. Il distingua les visages des combattants dans la pénombre, les joues boutonneuses des aspirants, les barbes drues des Kentuckiens voisinant avec les faces blêmes des volontaires orléanais. Etonnantes armées américaines, hétéroclites et vaillantes, depuis toujours rétives à la discipline, où civils et militaires coexistaient dans le désordre et la ferveur.

Le sort de celle-ci dépendait pour beaucoup des artilleurs, ce matin-là, et les proscrits de Barataria y tenaient leur rang. Youx, Desfarges, Gambi, et les autres. Pierre avait forcé Patterson à leur tendre la main ; l'un après l'autre, les hellish banditi avaient planté leur regard dans celui de leur exécuteur devenu leur chef de guerre. Un moment de grâce et d'amère jouissance. Devant eux, des pièces de vingt-quatre et trente-deux livres, des monstres aux gueules noires, larges comme la mort, prêtes à cracher leur fonte ; pour les servir, le gros de la troupe corsaire, quatre cents hommes surgis de leurs caches, au coude à coude avec les volontaires de Floride et du Tennessee. Une étrange armée, vraiment.

— Nous ne déparons pas la compagnie, ricana Pierre. La lie du peuple défendant la ville pour huit dollars par mois, voilà qui a tout de même de la gueule. Si je suis tué dans cette affaire, j'aurai au moins vécu ça.

L'hiver était tombé sur la baie de Barataria. Froid, gluant, éclairé par un soleil de misère. Sous une lumière grisâtre, chênaies et cyprières surgissaient, fantomatiques, d'un décor de sable et d'eau mêlés dans des teintes de pastel vieilli. Les oiseaux eux-mêmes paraissaient figés par le gel, piqués, immobiles, au bord des îlots.

Dans cet univers d'aube du monde, Jean s'attendait à tout sauf à voir flotter de la voile anglaise au vent mollasson. Totalement ignorants des choses du marais, privés de la complicité des corsaires, les envahisseurs avaient choisi une autre voie pour atteindre La Nouvelle-Orléans. Les informations des Laffite se révélaient pertinentes, d'une grande importance pour Jackson et ses stratèges. Grâce à elles, on s'épargnait le risque de devoir dégarnir le front nord.

Debout près de l'homme de barre, Jean songeait à cette façon inattendue d'entrer dans l'histoire, tandis que le brick *Maryland* louvoyait avec lenteur entre bancs de terre et de sable. Il avait pour mission de déterrer son artillerie pour la remettre aux Américains, après quoi il veillerait à l'inspection des côtes de la Louisiane, fastidieux voyage sur une mer vidée par les échos de la guerre.

— Hey, mister Laffite, pas même un petit sloop à se mettre sous l'épée ?

Le capitaine Beevor était de Baltimore. Un jeune Yankee à l'œil clair, au maintien strict, sanglé dans son uniforme bleu de la Navy. Voguer en compagnie d'un de ces hellish banditi dont la réputation s'étendait jusqu'aux Grands Lacs l'excitait. A New York, à Boston, les journaux donnaient à leurs exploits les traits sulfureux du brigandage, sans crainte d'exagérer. Le sang coulait à flots sur les eaux du golfe, des femmes périssaient, hurlantes, sur des vaisseaux en flammes, vergues et artimons supportaient des cadavres de pendus, par dizaines, comme des arbres morts les fruits de la plus noire des barbaries.

— Les temps sont à la pêche au poisson-chat, dit Jean dans un sourire. Pour remonter des vestes rouges dans vos filets, il vous faudra naviguer ailleurs.

Il percevait la nervosité des hommes d'équipage obligés de coexister avec la vingtaine de ces tueurs des mers rameutés par leur chef. Marins du Connecticut ou du Maryland, serrés par une stricte discipline, ces hommes aussi frustes que leurs passagers découvraient la face cachée de l'art maritime, et pour beaucoup la potion ne passait pas.

Beevor voulait savoir, faire le tri entre légende et réalité. Tandis qu'il lui répondait, évasif, quelque peu mystérieux, face aux rivages déshabités de son royaume détruit, Jean pensait à Browman, commis comme lui à la défense du Sud. Charmes amers de cette guerre ; on contraignait les ennemis à s'entendre, pour le bien du plus grand nombre.

Clairborne, Patterson, ceux-là n'étaient pas atteignables. Capables de déclencher des opérations militaires sans même en référer au gouverneur, ils étaient en fait les véritables maîtres de l'Etat, pesant sur les juges, plaçant leur intérêt personnel à la même hauteur que celui du peuple. Browman leur servait d'épée. Un agent, parmi d'autres, à leur service sous le vernis de la cause américaine.

En fin de compte, on était entre gens du même monde, au milieu d'honnêtes citoyens priés de donner leur vie pour la bannière étoilée. Sans poser de questions.

Jackson déboulait dans ce jeu pour initiés avec ses bottes crottées, son œil malin, sa force armée très aléatoire à laquelle on offrait une guerre. Le sort des armes en ferait un vieillard proscrit ou un président des Etats-Unis. Vaincu, il radoterait jusqu'à son dernier jour ; trahison, moyens insuffisants, subordonnés incompétents et troupes dérisoires. Victorieux, il paraderait, concédant, s'il avait du cœur sous ses dehors de bravache galonné, un peu de sa gloire aux autres.

— Barre à gauche, ordonna Jean. Il y a des sables affleurants à un mille devant.

Beevor était sincèrement admiratif. Jean lui montra une ligne d'arbres, en plein milieu de l'horizon. Semblable à dix autres dans la baie. Là était dissimulé ce que d'aucuns appelaient le trésor des Laffite.

— Votre promenade chez les pirates de Barataria va bientôt prendre fin, monsieur, l'avertit Jean. On peut aborder cette île par un bayou et réduire la durée du chargement.

Il donna ses ordres. Piloter un bâtiment de l'Union, dont les boulets auraient pu tout aussi bien s'abattre sur son établissement trois mois plus tôt, le laissait froid. Comme l'indifférait la saisie négociée de ses armes. Seule la proximité de Grande-Terre le mettait mal à l'aise ; un chagrin, non exprimé, une amertume gîtaient en lui, assortis à la couleur du ciel.

Les canons avaient été recouverts de toile, de planches, de branchages et de mousse espagnole. Alignés comme à l'aube d'une bataille, ils attendaient un ennemi invisible, au cœur d'un bois de chênes. Une quarantaine de grosses pièces, des rangées de couleuvrines avec, denrées tant recherchées par les armées de l'Union, des dizaines de caisses de mousquets, des pierres à fusil, des tonneaux de poudre et des ballots de mèche.

— L'Espagne est généreuse depuis toujours, plaisanta Jean. Les Mayas du Yucatán et les Aztèques du Pérou peuvent en témoigner.

Il devinait la question muette de l'officier. L'or. Les coffres débordant de pierreries, de pesos. Un peu déçu de ne pas avoir hébergé un Laffite épouillant sa barbe, affublé d'un bandeau sur l'œil ou marchant sur des pilons de bois, le sabre à la ceinture, le capitaine Beevor fouillait du regard la végétation de l'îlot, cherchait des cachettes possibles. Jean l'affranchit, désolé.

— L'or ne m'intéresse qu'au cou de ma compagne. Quant à l'argent, il me brûle les doigts quand il ne sert pas à calfater mes navires. Mais si cela vous intéresse, je vous dirai comment restaurer Grande-Terre et vous y installer à ma place. Ici, je vous le jure, il n'y aura plus rien ce soir, sauf des hérons, des crotales et des alligators.

L'officier se raidit, piqué au vif, conscient en même temps d'avoir par trop chatouillé le fauve assoupi. Jean lui toucha amicalement l'épaule.

— Vous aurez tout de même deux ou trois choses intéressantes à raconter à vos petits-enfants, lui dit-il. Il y aura bien assez de vos contemporains pour rédiger un jour leurs mémoires et s'y mettre en bonne place à mes côtés.

Le *Maryland* ne relâcherait pas avant d'être parvenu à la Balise. Le chargement à peine terminé, le brick mit cap au sud, vers des îles dont le voisinage fit battre le cœur de Jean.

Il reconnaissait la moindre parcelle de sable, les perspectives les plus lointaines et jusqu'au ciel de plomb d'où suintait de temps à autre un crachin imprégnant capes et voiles, et les âmes aussi, de sa mélancolique constance.

A l'approche de la passe où la *Diligente* avait sombré sous les coups de Patterson, il décida de descendre dans le carré des officiers. Seul devant une bouteille de rhum, il célébra à sa manière l'événement, en longues et lentes rasades. Par pudeur, les Américains avaient décidé de le laisser s'enfermer ainsi.

Des cartes du golfe étaient fixées aux parois de la pièce exiguë. L'ironie du sort voulait peut-être qu'elles aient été dessinées par Lafon. Il en suivit les courbes fantasques, il les connaissait par cœur, d'un point à l'autre de leurs sinuosités. Souvent, il avait eu comme alliés les pièges de ces côtes aux allures de plages sans fin. Des proies poussées par la panique allaient s'y échouer, s'offrant ainsi sans même qu'on eût à les combattre.

Il demeura là jusqu'à ce que le brick se fût enfoncé loin sous la grisaille. Lorsqu'il remonta sur le pont, le suroît forcissant fouetta son visage rougi par l'alcool. Les officiers l'observaient, respectueux, quelques-uns parmi ses hommes s'étaient joints à l'équipage, bordant des voiles, serrant des haubans. Incliné sur l'onde écumeuse, le navire filait vers l'est sous la bannière étoilée claquant au vent.

Il rejoignit le reste de sa troupe assis entre des boucauts, c'était un instant étrange, une simulation de ce que l'on avait vécu, libres, au fil des ans. Mains croisées derrière le dos, il se campa devant les Baratariens et l'on se regarda ainsi, sans un mot, longuement, chacun dans ses pensées, tandis qu'apparaissaient les rivages désolés des grandes passes et de la Balise.

Le bâtiment de la douane aurait pu être pris et détruit par un simple coup de main anglais, réduit en cendres par une flotte pressée de remonter le fleuve. Au lieu de quoi le poste transformé en dépôt de munitions, léché par les eaux boueuses du Mississippi, affichait son parfait état de conservation.

Des goélettes, des schooners, mouillaient contre la rive droite du fleuve, dans une courbe bordée de bois épars. Pirogues et felouques les cernaient de toutes parts. On stationnait là en attendant que les militaires permettent la remontée du fleuve.

Le capitaine Beevor avait fait mettre une chaloupe à l'eau. Jean se prépara à débarquer. Ses hommes resteraient à bord, on avait besoin d'eux pour défendre La Nouvelle-Orléans. Il leur serra la main, leur souhaita bonne chance, sans plus d'effusion qu'autrefois, à Grande-Terre. Ainsi était le boss, qui pouvait charmer des prisonniers terrorisés et garder vis-à-vis de ses marins cette distance que beaucoup trouvaient souvent excessive, voire cassante.

Le capitaine ôta son chapeau rond à bord étroit, s'inclina. Jean le remercia pour son hospitalité.

— Nous reverrons-nous, monsieur Laffite ?

— S'il y a un Dieu pour les pirates, peut-être.

— Il y en a un pour tous les gens de mer.

— Alors, soit dit sans vouloir vous offenser, prions pour qu'Il nous épargne des voyages comme celui-ci.

La Balise hébergeait du monde. Civils et soldats mêlés, marins et voyageurs. A une extrémité du bâtiment se trouvait le logis du chef de poste transformé pour l'occasion en salon d'accueil. A peine y était-il entré, Jean reconnut Elora. Cigare à la bouche, assise jambes croisées dans un profond fauteuil de cuir, elle devisait tranquillement avec Ron Browman.

Il s'avança vers eux, troublé. Il y avait eu une scène semblable quelques années plus tôt, dans un décor différent. Elora avait changé, son visage s'était creusé, amaigri comme le reste de son corps. La pasionaria de Carthagène était vêtue d'une chemise de grosse toile sous un gilet de cuir noir, d'une jupe et de bottes de cavalière. Elle sourit à l'arrivant, tendit sa main, qu'il baisa. Vautré sur une chaise, Browman reconnut Jean sans émotion particulière.

— La république de Carthagène est en grand danger, annonça aussitôt Elora, autant que la Louisiane et les Etats-Unis. Espagnols et Anglais se sont alliés pour reprendre leurs colonies. Je ne vous apprends rien, cher, la guerre est partout désormais.

Elle en terminait avec un long et périlleux voyage vers des amis dont elle avait espéré en vain le soutien. Les Américains l'avaient écoutée avec intérêt. Ouvrir un front avec l'Espagne, alors qu'ils étaient eux-mêmes envahis, n'était pas d'actualité. On manquait de moyens et même si la flotte étoilée avait infligé de lourds revers à celle du roi George à Chesapeake et sur le lac Erié, le sort des armes n'avait pas encore choisi son camp. La bataille pour La Nouvelle-Orléans s'annonçait décisive. Jean savait cela, en effet.

— Je vous attendais, Laffite, dit Browman sur un ton bonhomme. Nous avons de l'ouvrage en perspective.

Il arborait des galons de major sur un uniforme de l'infanterie. Jean le couvait de son œil noir, une amère jouissance au cœur. Les événements les réunissaient à distance des canonnades, aux marges des champs où l'on s'entre-tuerait pour d'absurdes raisons. Entre agents aux objectifs différents.

— Je vous admire, Elora, avoua Jean sans quitter Browman des yeux. Vous avez l'amour de votre patrie chevillé à l'âme. Comme cela doit être exaltant de risquer sa vie pour de simples idées. Et navrant de supporter la compagnie de ceux qui vous regarderont souffrir et peut-être même disparaître sans bouger le petit doigt.

Paupières plissées derrière la fumée de son cigare, un mince sourire au coin des lèvres, Browman écoutait sans réagir. Il avait joué son rôle, tenté d'intercéder pour les hommes libres de Carthagène ; les circonstances n'étaient pas favorables aux mouvements insurrectionnels du Sud. Jean fut soudain convaincu qu'ils étaient amants, elle et lui. Cela n'avait guère d'importance, il ne se battrait pas pour le savoir.

— Vous êtes décidément un homme très occupé, monsieur Browman, dit-il. Un jour à Philadelphie ou à Washington, le lendemain à Grande-Terre, aujourd'hui à la Balise.

— Je voyage, comme vous. N'est-ce pas le rôle d'un officier de renseignements des Etats-Unis ?

— Nous aurons sans doute le temps d'en parler, la guerre est assez éloignée d'ici pour favoriser les longues conversations entre vieux amis.

Jean crânait. Tout en lui puait la défaite, la soumission. Il se sentait floué. Dépossédé, humilié bien que réhabilité par une sorte de malicieux miracle, il ne représentait plus que lui-même, face à un prédateur aux griffes plus acérées que les siennes. Ainsi offrait-il à ses ennemis des bâtons pour se faire battre, lui, l'empereur de Barataria. Je n'ai pas la bonne donne, pensa-t-il.

— Il nous faut de l'aide, plaida Elora. Je retourne à Carthagène les mains vides, mais je ne désespère pourtant pas d'obtenir le soutien des Etats-Unis avant l'assaut espagnol.

Un soutien officiel à de lointains révolutionnaires ? Le ricanement de Jean fit enfin se lever Browman. Souhaitait-on ici ou là la victoire de l'Angleterre ? Jean posa la main sur son épée.

— Rien de tel, vous le savez bien. Je souhaite seulement que vous me rendiez raison des misères que vous me faites depuis assez longtemps, major Browman.

Il avait fait un pas vers lui, brûlant de toute la haine du monde. C'était un supplice aiguisé par la perspective d'en être enfin délivré, une situation insupportable qu'il s'imposait en obéissant aux ordres de Jackson. Browman gronda.

— Capitaine Laffite, un mot encore, et je vous fais mettre aux arrêts. Un geste sur moi en présence de mes hommes, et c'est le peloton d'exécution. La loi martiale autorise à régler ainsi ces sortes de différends.

Ils étaient livides tous deux. L'éclat avait fait taire les conversations autour d'eux. Jean se tourna vers Elora.

— Alors, madame, vous ferez savoir au major Browman qu'une fois la défaite anglaise consommée, il me répondra du massacre qu'il a fait de mes marins, de la ruine de mon établissement, de la situation chaotique dans laquelle il nous met, moi et les miens. Vous lui direz aussi que l'on peut porter un uniforme de commandant ou une écharpe d'échevin et posséder des manières de reître, des appétits de crotale et une morale qui par tout cela ressemble fort à ce que l'on dit de la mienne.

Browman acquiesçait. Il tenait en main les bonnes cartes, depuis longtemps ; cela valait bien de tolérer l'insulte sans broncher. Elora écrasa son cigare sous son talon, prit le bras de Jean.

— Je vous l'enlève, Ron, dit-elle. La cause américaine a davantage besoin de soldats en état de se battre pour elle que de héros morts avant la bataille.

La Balise était bâtie sur une langue de terre ocre. Un chemin unique la longeait, conduisant vers des marais confondus avec la mer. Passé un coude herbeux, la marche y devenait hasardeuse, entre des flaques d'eau croupie. Témoins de très anciennes forêts, des troncs d'arbres morts, plantés tels des pieux dans la vase, donnaient là un sentiment de solitude et d'abandon.

— Mon univers, dit Jean.

Cela ressemblait à ses îles perdues, en plus sinistre. Bout de fleuve, bout du monde égaré aux limites extrêmes du delta.

— Ce paysage me parle, dit-il, sombre. Quant à vous, vous avez l'air d'un moine de l'Inquisition.

Elle avait jeté une cape noire sur ses épaules, coiffé un drôle de bonnet indien qui lui couvrait les oreilles. L'altercation la laissait indifférente, ses angoisses prenaient le pas sur tout le reste.

— S'ils prennent Carthagène, les Espagnols n'y feront pas de quartier, mon cher Laffite. Le vent tourne vite à la Nouvelle-Grenade. Bolívar s'active au Venezuela, Saint-Martin en Argentine. Intolérable pour Madrid. Nous sommes le verrou de cet empire branlant, la place à reconquérir en priorité. Prévenus que les gibets y seront aussi fournis que la mangrove. Vous savez, lorsqu'ils ont pris mon mari en mer, ils l'ont attaché à la roue de leur navire, les membres aux quatre points cardinaux. Ils l'ont laissé là, le temps qu'il meure de soif et de faim, tournant doucement comme un Christ marin, au gré des décisions du pilote. Je me bats aussi pour que justice soit faite de telles tortures.

Il l'observait tandis qu'elle parlait. La mère de famille servie à table par ses esclaves, la veuve priant au couvent, toute vêtue de noir, menait plutôt bien sa guerre, et il fallait les ambiguïtés de la politique américaine pour la faire douter. Pas d'Européens en Amérique, telle était la doctrine de Madison. Pas de guerre à l'Espagne pour autant. C'était dommage. Un jour viendrait pourtant où le Texas, convoité, tomberait dans l'escarcelle de l'Union. Que de temps, d'énergies, de vies, on aurait sacrifiés pour en arriver là.

— Je sais tout de vous, dit-elle soudain. Vos capitaines en escale à Carthagène sont bavards.

— Je n'ai plus guère de capitaines, Elora, vous parlez d'un temps révolu.

Elle lui fit la description de sa propre existence à Grande-Terre, de cette quarteronne aussi, dont il se disait qu'elle était l'une des plus jolies femmes de Louisiane.

— Vous êtes casanier en fin de compte, Jean Laffite. J'aurais dû vous retenir à Carthagène, où vous n'êtes jamais revenu.

Puis, dubitative :

— Mais non. Boutiquier sous les arcades de la place San Lorenzo, vendant des cartes du golfe, des boussoles ou du linge féminin, rentrant le soir calle Acevedo pour souper, quelle horreur ! Vous avez eu raison de préférer à cela votre belle aventure. J'ai plaisir à vous revoir, croyez-le.

Elle le dévisageait, magnifique, inquiète. Et lui, se mordant les lèvres, encore haineux, cherchant comment il pourrait régler son compte à Browman. Ce n'était pas un bon endroit pour des retrouvailles, les esprits étaient ailleurs, au sort bien aléatoire des guerres. Elle eut un geste fataliste.

— On va m'attendre pour lever l'ancre et j'ai des adieux à faire. Ne tuez pas le major tout de suite, cher, il lui arrive de travailler pour nous malgré tout. Et prenez garde, c'est un bretteur assez redoutable.

Elle se détourna, brusquement.

Chalmette, 8 janvier 1815

Pierre s'éveilla avant l'aube, le nez plein d'une senteur familière de brume humide. Le jour serait blafard et paresseux, un de ces temps propice à la chasse à la sarcelle ; au bout d'une nuit silencieuse, les hommes prenaient un court repos, endormis les uns contre les autres sous des couvertures, devant les braises encore rouges des feux de camp.

Il y eut quelques heures de cette grâce, puis la canonnade des envahisseurs se déclencha, proche soudain, précise. Des salves labourèrent la terre, firent naître du marais des colonnes d'eau grise mêlée de vase, de terre brune, de débris d'arbres. Des hommes tombèrent, blessés, parmi lesquels Gambi et Youx, touché cette fois au bras, bavant de rage, hurlant, couvert de sang, se relevant pour mettre à feu lui-même une bouche, tandis que miliciens et soldats, surpris, se terraient derrière leurs remparts de terre et de ballots de coton.

Pierre scrutait à la lunette la bande de terrain à peine large de deux cents mètres qui s'étendait face à lui. Il avait convaincu Patterson de placer les canons des Baratariens à portée de ce champ ocre, plat, déserté par les oiseaux. Peu familiarisés avec la marche dans les marais, les assaillants viendraient par là, dans le but tout simple de prendre pied sur la levée du fleuve et de pousser ensuite vers la ville. Lorsqu'il vit les éclaireurs regagner le camp au galop, il regretta de ne pas avoir pris quelques paris. Il était midi et l'assaut anglais se déclenchait.

Les Baratariens se serrèrent la main. On était là dans un emploi assez inhabituel mais après tout, canonner en haute mer ou dans ce décor de platitudes terrestres ne faisait guère de différence.

— Affaire de circonstances, dit Pierre.

Il rejoignit la double rangée de ses hommes alignée aux côtés des réguliers et des miliciens. On allait recevoir les meilleurs soldats d'Europe, les vainqueurs de quelques fameuses batailles contre les Français, sous les ordres de Wellington. Les roulements des tambours de Packenham, mariés au son des cornemuses, le firent frissonner. Cela s'approchait au pas de marche ; alla s'accélérant, interminable, jusqu'à ce qu'enfin, dans une brume légère, apparaissent les premières vestes rouges, suivies des kilts écossais en lignes serrées. Le capitaine Pierre Laffite fit mettre en joue. Un compte rapide lui révéla cette chose à peine croyable ; précédés de leurs officiers, les Anglais attaquaient par rangs d'une soixantaine d'hommes, baïonnette au canon, sur toute la largeur du terrain. Comme à Fontenoy.

— Pas encore ! hurla-t-il.

L'artillerie de Packenham ne pouvait plus donner. Les pièces américaines prirent le relais. Dans un panache de fumée blanche, une première salve partit, clouant sur place les assaillants, créant dans leur masse compacte des vides aussitôt comblés par les rangs suivants. Pierre aperçut le lieutenant

Youx, des charpies autour du bras et de la jambe, donnant ses ordres pour une seconde bordée, tandis que les Anglais reprenaient leur progression.

— A nous, les hommes libres de Grande-Terre ! Feu !

D'un bout à l'autre des lignes américaines, cent capitaines poussaient le même cri, au même instant. Tennessiens et Kentuckiens tueurs d'ours et de cerfs, visant en priorité les officiers, citoyens de La Nouvelle-Orléans, Blancs et Noirs côte à côte, maîtres de plantations, corsaires, la troupe supplétive du général Jackson ne se le fit pas dire deux fois. De ses rangs jaillit une salve que la masse rouge et blanche reçut de front.

— Nom de Dieu, c'est comme aux quilles de huit[1], souffla Pierre au moment où une nouvelle grêle de boulets s'abattait sur l'ennemi.

Des ballots de coton avaient pris feu, dégageant une épaisse fumée au-dessus des défenseurs. Tandis que retombaient, dans un nuage de poussière, des morceaux de corps en pluie multicolore, Pierre vit les lignes anglaises se reformer tant bien que mal puis, comme poussées par un vent arrière, avancer à nouveau ; cela durerait tant qu'il survivrait dix fantassins capables de se former en carré. Les Américains n'en attendaient pas tant, leur pétarade retentit une fois de plus.

— Ils y vont encore, admira Pierre. Ils n'ont plus d'officiers, pardieu, ces goddams ont tout de même de la sanquette, comme on dit dans les Landes. Achève-les, Dominique.

Des sergents et des caporaux tentaient de remettre en marche ce qui restait de la troupe ennemie. Métronomiques tueuses, les bordées de Youx poursuivaient leur œuvre. Il devait jubiler, l'artilleur de Napoléon, on refaisait Austerlitz sur la terre d'Amérique. La bataille avait commencé depuis une heure à peine et deux mille corps jonchaient la plaine de Chalmette. C'était fini. Ou presque. Pierre vit une haute silhouette, dressée sur ses étriers devant la troupe exsangue des envahisseurs. Sabre brandi, le commodore Packenham se démenait, hurlait des ordres dérisoires. Une cible parfaite, qu'un Tennessien ajusta posément et coucha, d'un seul coup de son mousquet.

1. Jeu gascon.

Cette fois, c'en était fait des bataillons anglais. Ce qui en restait refluait vers le lac Borgne et les embarcadères. Il y aurait, au panthéon de l'art militaire, la précision des frappes baratariennes à Chalmette, leur ravage méthodique, froid, leur efficacité.

Des hourras montèrent des rangs américains où une vingtaine de combattants manqueraient à l'appel. Une floraison de bonnets, de chapeaux, de queues de castor, monta vers le ciel.

— On s'en va déjà dîner ? s'étonna Lafon.

Il en aurait rajouté quelque peu, lui et d'autres, excités par la fulgurance de la victoire. Pierre se tassa sur lui-même, la furie de l'engagement l'avait débarrassé pour un temps de ses courbatures et de ses douleurs ; c'était comme dans l'amour, un répit trop court pour les petites et grandes souffrances. Il marcha, voûté, jusqu'à la ligne des canons, rejoignit son vieil ami Youx, que l'on soignait contre un affût.

— Ils me visaient personnellement, hé, Pierre ?

Ils se regardèrent, longuement. Leur existence ne suivait pas le cours paisible des bayous. Qu'en ferait-on désormais ? Youx n'en savait trop rien. Il n'avait jamais possédé grand-chose, courait le golfe tant pour le plaisir de la chasse que pour les renseignements qu'il faisait passer aux consuls de France à La Nouvelle-Orléans. Depuis près de dix ans.

— Tu savais ça, Pierre ?

— Non, enfin, peut-être. Tu es le seul d'entre nous qui soit resté français jusqu'au fond de ses tripes.

Il s'assit près de l'artilleur. La France était loin, et Saint-Domingue et même Grande-Terre, ces lieux où l'on n'avait fait que passer sans jamais s'y amarrer vraiment.

— Tu me vois vendre des épingles à chapeau et de la fanfreluche pour les dames ? plaisanta Youx en grimaçant. De la cannelle et du canevas ? Plutôt retourner planter des choux en Bretagne.

Des cavaliers arrivaient du nord, où l'on affrontait des détachements anglais. La guerre continuait, plus loin, on y réclamait « l'empereur de Barataria ». Pierre se releva. Il titubait. On lui présenta un cheval sur lequel il se hissa avec infiniment de peine. La rémission des péchés était une longue et douloureuse contrainte. Youx lui fit un petit signe. On se reverrait assez vite, pour décider quoi faire de sa vie.

Des vestes rouges avaient fait mouvement vers le nord-ouest de la ligne de front, menaçant de percer les défenses dans une zone de bayous et de marais tenue par des Kentuckiens. Personne n'était foutu de se repérer là-haut, au pays des crotales, des alligators et des trafiquants de tabac cubain.

Pierre toisait le chef de zone, un major au poil noir et aux sourcils épais, botté de cuir noir, impeccablement sanglé dans son uniforme. Sous son bicorne emplumé, un bon sujet de dessin pour une gravure de mode. L'homme était dans l'embarras. Il avait un besoin urgent de compétences géographiques, les lieux n'apparaissaient sur aucune carte détaillée, les quelques chemins empruntables s'arrêtaient devant une mer d'ajoncs, d'eaux croupies, de néant infesté d'alligators et de mocassins.

— Ces serpents-là peuvent vous tuer en moins de deux minutes, comprenez-vous, dit-il, une lueur d'inquiétude dans le regard.

Pierre prit un air préoccupé.

— Vos promenades du dimanche ne vous menaient pas par ici, c'est dommage.

L'officier éluda. Il était de Boston, ville où les sauriens et les reptiles tueurs étaient généralement empaillés.

— Il y a des Anglais là-devant, dit-il. Nous ne pouvons tolérer ces troupes sur le flanc gauche de Jackson, qu'elles soient nombreuses ou pas. Les Kentuckiens se sont repliés vers le nord, le terrain ne leur convient pas. J'ai ici trois cents réguliers et deux compagnies de Tennessiens.

Pierre connaissait chaque fil d'eau, chaque banc de sable, chaque bras mort de la région. Il trouvait la situation cocasse, comme le reste de cette guerre. Le major attendait son avis. Une amitié de guerre aurait pu naître de pareils moments. Rien de tel entre gens aussi dissemblables.

— La patrie est en danger, grogna Pierre. Unissons-nous, et nous vaincrons. On vous a conté ce qui s'est passé à Chalmette, je suppose.

— Au fait, monsieur, le temps presse.

— C'est simple. Il faut que vos hommes avancent dans le marais, tout droit, vers la ligne d'arbres que vous apercevez, à l'est. C'est en vérité le seul endroit sûr de ce front, le mieux disposé pour recevoir les visiteurs, ou pour leur tomber dessus.

On s'étonna parmi les vestes bleues réunies autour du chef. Aligner des hommes dans la vase jusqu'aux genoux, c'était bien là une idée de pirate.

— De corsaire, gentlemen. Il y a de la terre ferme là-bas, c'est à une demi-lieue. Les Anglais seront obligés d'y mettre le pied au sortir d'une marche hasardeuse. Des bois vous permettront de vous dissimuler et de les attendre tranquillement. Vous vouliez mon avis, vous l'avez. Si l'entreprise vous désagrée, les quarante compagnons qui vont bientôt me rejoindre peuvent la conduire à votre place. Il leur est arrivé de camper à cet endroit précis.

L'officier fit mine de réfléchir, comme s'il organisait une stratégie qui le dépassait. Un jour, il se pavanerait en vainqueur aux côtés des siens, oubliant au passage ceux qui avaient installé les escabeaux et les passerelles conduisant à sa gloire.

— Soit, admit-il. Vous nous y mènerez.

— J'ai passé l'âge pour ce genre d'équipée, monsieur.

— C'est un ordre. Que je sache, vous faites aujourd'hui partie de ceux qui en reçoivent.

Pierre avait tiré à demi son épée. Il se ravisa. Le major n'avait pas bougé, ses hommes un instant sidérés avaient sorti les pistolets serrés à leur ceinture. Un peloton d'exécution que Pierre considéra, sceptique.

— Gardez ça pour vos ennemis, dit-il. Et si l'on doit traverser cette fange pour complaire au général Jackson, qu'on le fasse sans tarder.

Il avait fini par s'endormir, assis à même la terre, appuyé contre son fusil. Rêvant à un lit bien souple, à la couette cousue par Marie, à ses filles lui servant son café avec du pain bien blanc et des oranges. Ses hommes l'avaient rejoint au moment où la colonne entamait la traversée du marais ; des Baratariens assez épuisés eux aussi, suivis par la troupe du major jusqu'à la terre ferme où, couverts de vase et de lentilles d'eau, l'on avait installé un campement de fortune.

Sa première pensée du jour fut pour Jean, qu'il n'avait pas revu depuis son départ pour le Sud. Les canons étaient bien arrivés à Chalmette, à temps pour la bataille, ainsi que les fusils, les pierres et la poudre. Les hellish banditi n'avaient pas failli dans leur engagement, leur en saurait-on gré ? Jean avait dû retourner à Grande-Terre, visiter les ruines de l'établissement corsaire. Le bougre serait bien capable de planifier quelque chose pour l'avenir, dès lors que la guerre finissait avant l'heure. Pierre ne pourrait lui en vouloir. Son cadet avait l'aventure chevillée à l'âme, la crainte que les nettoyeurs de Grande-Terre ne lui rendent rien ou presque devait assez l'enrager.

Comme si on leur avait ordonné de se présenter à tout coup de la même manière, les quelques centaines d'hommes constituant le reste de l'armée de Packenham se présentèrent en ligne à l'orée des bois où on les attendait. La prévision de Pierre s'avérait juste. Le feu immédiat des Américains coucha quelques rangées de soldats avant que le reste reflue en désordre vers ses bases. L'affaire n'avait rien coûté d'autre aux défenseurs qu'une marche forcée dans la fange du marais.

On laisserait sans regrets la place aux hérons, aux spatules et aux crotales, légitimes propriétaires de ces lieux sans humanité. La reconquête des colonies par l'armée du roi George III s'achevait ainsi en désastre, devant des marécages. Pierre Laffite en fut soulagé ; il avait redouté les probables tribunaux de Sa Majesté, la nécessité de les fuir et l'exil une fois de plus, à travers un golfe du Mexique devenu bien étroit. Bientôt, il s'amuserait d'apprendre que l'Angleterre et les Etats-Unis avaient signé la paix en Europe quinze jours avant la bataille de Chalmette !

Les Etats-Unis triomphaient au bout d'un combat longtemps incertain, leur loi pèserait désormais un peu plus lourd sur la Louisiane. Il faudrait se battre, désarmés, contre les vainqueurs, les Clairborne, les Patterson et d'autres, qui s'étaient partagé les dépouilles des corsaires. Au terme de son équipée militaire, le capitaine Pierre Laffite était devenu un héros de la liberté. En vérité, il était nu, ruiné, diminué par la maladie. Une ombre sans cap sur la surface étale du marais. Et ce n'était pas la vision du major rendu à l'état de statue de boue, puant la vase à dix pas, effaré de découvrir ses mollets livrés aux sangsues, qui égaierait ce jour-là son humeur de chien battu.

DEUXIÈME PARTIE

GALVESTON

Golfe
et Caraïbe
0
500
1000
1500
2000 kilomètres
CALIFORNIE
ARIZONA
NOUVEAU-MEXIQUE
OKLAHOMA
ARKANSAS
ALABAMA
MISSISSIPPI
GÉORGIE
LOUISIANE
FLORIDE
TEXAS
Baton Rouge
Mobile
Pensacola
Nouvelle-Orléans
Galveston
Barataria
MATAGORDA
OCÉAN ATLANTIQUE
Keys
MEXIQUE
GOLFE DU MEXIQUE
La Havane
CUBA
HAÏTI
PUERTO RICO
Saint-Domingue
I. Mujeres
Cancún
Mérida
I. Cozumel
Campeche
JAMAIQUE
Mer des Caraïbes
Mer des Antilles
BELIZE
Îles de la Bahia
HONDURAS
GUATEMALA
EL SALVADOR
NICARAGUA
I. Providence
Carthagène
OCÉAN PACIFIQUE
COSTA RICA
PANAMA
VENEZUELA
COLOMBIE
BRÉSIL
ÉQUATEUR
PÉROU

1

La Nouvelle-Orléans, juillet 1815

L'été de cette année-là saluait à sa façon la gloire de la Louisiane et la victoire d'Andrew Jackson. Il faisait très chaud, un grand ciel bleu éclairait La Nouvelle-Orléans, la crue de printemps s'était retirée, laissant derrière elle des ornières desséchées par la canicule. La ville s'était repeuplée de vainqueurs, les fuyards de janvier étaient revenus, bombant le torse, en héros de la dernière heure, comptant sur le temps pour faire oublier leur prudent éloignement ; avec eux, le flot recommencé des migrants, des chercheurs de Sud et de fortune, des nouveaux riches et de leurs banquiers.

« Chapeau à cocarde tricolore », avait décidé Jean.

Catiche avait choisi pour sortir un couvre-chef de la couleur du jour, une sorte de jardinière fleurie de rubans avec les couleurs de la France au milieu, comme sur un bicorne de maréchal d'Empire.

— Amusant, Moka. Voilà qui va plaire à Youx.

Il la trouvait parfaitement assortie au moment, son teint tranchant avec la blancheur de sa robe largement décolletée. Une des plus jolies filles de La Nouvelle-Orléans, vraiment, irradiant sa jeunesse comme un soleil de triomphe.

— Gentleman Laffite est content de sa Catiche ? s'inquiéta-t-elle.

— *Of course, dear.* Pourquoi cette question ?

Ils marchaient dans Bourbon, en vue des toits du Cabildo et de la cathédrale Saint-Louis. Catherine eut l'air grave, soudain. La tête inclinée sur le côté, elle observait son compagnon, rêveuse.

— Sans raison, comme ça. Gentleman Laffite !

Elle éclata de rire. Elle avait entendu ça plusieurs fois dans la rue, à la Salle chinoise ou au marché. Gentleman Laffite ! Jean ne s'était pourtant guère montré durant la bataille, les seuls combats auxquels il avait assisté opposaient, dans le Sud, serpents et alligators entre eux. Mais telle était la renommée que les Baratariens partageaient avec les miliciens, les soldats et les volontaires civils. Les hellish banditi devenaient des citoyens fréquentables ; n'avaient-ils pas, aux yeux de certains, sauvé la ville et peut-être bien le pays tout entier ?

— Gentleman dépossédé, Moka. Et dont la guerre ne fut pas particulièrement glorieuse.

Il avait passé son séjour dans le delta à fuir la rencontre avec Browman, croisant devant les côtes sur des goélettes de la Navy, à la recherche, par avance vaine, d'ennemis. Obéissant aux ordres, la rage au cœur, ressassant jour et nuit la mise à sac de Grande-Terre. Patterson et ses affidés jouissaient déjà du butin que la justice n'avait même pas encore eu le temps de leur attribuer officiellement. Le maintien de la loi martiale par Jackson les protégeait, comme s'ils avaient besoin de cela, en plus. La vertu faisant les poches du vice au nom de la morale publique, on était pour de bon entre vide-goussets. Mieux valait en rire ou penser à autre chose. Jean y éprouvait bien du mal. Son frère n'avait pas tout à fait raison ; les morts n'étaient pas les seuls perdants des guerres.

— Gentleman Laffite !

Des gens le saluaient en le croisant. Otaient leur chapeau. S'inclinaient. Des inconnus, tout fiers d'avoir approché le personnage et le montrant à leurs enfants, d'autres, dont Jean connaissait les visages, édiles et bourgeois yankees aux lèvres de qui le murmure approbateur remplaçait depuis peu l'anathème. Des amis enfin, ceux des tavernes et ceux des plantations, ombres sordides ou brillants maîtres du coton et du sucre, qui traversaient la rue pour lui serrer la main.

— Tu n'es pas seul, mon beau, lui chuchota Catiche. Si seulement cela pouvait apaiser ton esprit.

Il la prit contre lui, contempla le fleuve assorti au ciel comme au chapeau de sa maîtresse. Cette fille avait de la trempe. De Saint-Domingue à Barataria, son chemin avait été pavé d'incertitudes, de doute et de pas mal de dangers. Elle y avait survécu avec une grâce intacte, apparemment épargnée par les peurs, les angoisses, indifférente au bruit des armes. Quand son aînée portait le tablier plus souvent que la soie ou le velours et se confinait dans son emploi ménager, elle semblait traverser la vie, légère comme une voile sous la brise, endurante à l'errance, anxieuse du seul bonheur de son amant. Jean caressa son ventre.

— Je sais ce que tu attends, Moka. Je ne t'ai pas fait mener la meilleure des vies pour ça. Le fils de Jean Laffite rechigne à venir dans le monde de son père. Je le comprends.

Elle éluda, pointa du doigt les grands oiseaux qui filaient vers le sud.

— Je vois bien que tu t'en vas avec eux. Avoue, gentleman Laffite, le Sud te manque.

Beaucoup auraient décidé de s'arrêter enfin, pour respirer l'air du temps, emprunter aux banques, ouvrir, rue Chartres ou rue Royale, une boutique de fanfreluches parisiennes ou d'outils de jardin. Jean s'obstinait dans ce qui ressemblait fort à une illusion. Récupérer ce qu'il considérait comme son bien.

— Je t'accompagne, dit-elle. Aujourd'hui comme demain. Mais il faudra que tu me reviennes, toujours.

Il la regarda longuement. Les événements l'avaient mûrie. C'était presque imperceptible, un peu de gravité dans sa voix, de la mélancolie, fugitive, dans ses yeux. Il la serra dans ses bras, sous le regard surpris de passants peu accoutumés à ce genre d'exhibition.

Il y avait foule ce soir-là au théâtre français de la rue Saint-Philippe. On y donnait un opéra suivi d'un vaudeville, un genre dont les habitués anglophones du théâtre concurrent d'Orléans, nourris quant à eux de dramaturgie shakespearienne, se gaussaient ouvertement. L'occasion pour les « Johnny crapauds » et les « Méricains coquins[1] » de se côtoyer dans la passion très contrastée de la culture européenne.

Jean avait invité Youx, sachant son aversion pour ce genre de spectacle.

1. Surnoms mutuels des Français et des Américains.

— Mon vieux, pas question de refuser ; l'air de la France te fera le plus grand bien. C'est chanté, en plus. La soprano est de Paris, tu lui présenteras tes hommages. Et puis quoi, il n'est jamais trop tard pour ouvrir son esprit aux belles choses.

La pièce légère clôturant la soirée serait pleine d'outrance et de grossièreté, comme d'habitude ; il fallait reconnaître que les Yankees de La Nouvelle-Orléans ne manquaient pas de goût en en fuyant les échos tapageurs. Jean partageait leur penchant pour la tragédie anglaise, mais la venue de troupes parisiennes en Louisiane était aussi l'occasion de fêtes, de retrouvailles, de rencontres. En ces temps où l'euphorie de la victoire retombait peu à peu, il n'était peut-être pas inutile de rappeler aux populations le sacrifice que les braves corsaires de Grande-Terre avaient fait pour la cause commune.

Youx renâclait un peu. Jean avait été catégorique.

— Les foules ont besoin de héros, Dominique. Ton élan patriotique à Chalmette les a bouleversées. Il convient d'entretenir cette gloire vivante, c'est là une denrée périssable.

La foule des grands jours s'était donné rendez-vous au Saint-Philippe. Des planteurs créoles, nombreux, au parterre et dans les loges ; ils raffolaient du genre ; des bourgeois orléanais, américains et français, au bras de femmes si légèrement vêtues qu'on pouvait les croire capables de s'envoler. Au premier balcon, quarteronnes et métisses rivalisaient de couleurs et d'excentricités vestimentaires sous l'œil des esclaves de ville assis au-dessus d'elles sous le plafond du théâtre. Ainsi les nègres, étrangement fous de fanfares et de chant, jouxtaient-ils le seul endroit où ils auraient une chance de se reposer un jour, le ciel. Et pour compléter le tableau, des bateliers kentuckiens, reconnaissables entre autres au bruit qu'ils faisaient en cassant sans cesse des noix, s'étaient installés sur les banquettes latérales du parterre, d'où ils s'apostrophaient dans la fumée de leurs cigares.

Jean avait conservé son chapeau à large bord sur la tête. Ainsi se montrait-il désormais, vêtu aux couleurs du deuil et des pasteurs. De la cravate aux bottes damasquinées d'or en passant par le gilet, la veste et le pantalon, tout sur lui était noir, sauf la chemise, blanche comme une fleur de magnolia. Reconnaissable de loin, à la mesure de sa haute silhouette.

Il fit asseoir Catiche dans un fauteuil des derniers rangs. Dans ce genre d'endroits, on montrait sans vergogne qui sa maîtresse, qui son amant, qui soi-même la plupart du temps, en majesté, en puissance financière, en réussite ou en progéniture. Une sorte de mardi gras à l'envers pendant lequel, sans masque, les classes fort disparates de la société louisianaise jouaient à se frôler pour le seul supposé plaisir de la musique. A ces « plastronnades », Jean préférait une certaine discrétion.

Des créoles s'en vinrent saluer le couple, d'anciens clients du Temple et de Grande-Terre, des amis heureux de fêter le pirate notoire qui, avec ses compagnons, les avait tirés d'un assez mauvais pas. On s'inquiétait. Où en était-il de ses démarches juridiques pour récupérer ses biens ? Le juge finirait bien par admettre la spoliation. Tout de même, deux cent mille dollars saisis sans l'aval du gouverneur ni la moindre commission officielle, il y avait là des vices de procédure criants.

— Garantissez-vous en retour l'innocence de monsieur Clairborne ? leur demandait-il, narquois.

Pierre Laffite avait écrit au président Madison, à Jackson aussi, que l'efficacité des canons baratariens avait empli d'une admiration non feinte. Au bout d'un proconsulat rigide et parfois brutal, le général avait rejoint Washington pour une carrière politique au bout de laquelle certains, déjà, lui promettaient la présidence des Etats-Unis. Ni l'un ni l'autre n'avait répondu. Le temps passait, Livingston voyait ses requêtes échouer régulièrement, mentait pour ne pas avouer aux Laffite que leur affaire avait fort peu de chances d'aller à son terme.

— Beluche[1] a récupéré son *General Bolivar*, dit Jean. Je ne désespère pas de rentrer pour ma part en possession de felouques et de quelques cargaisons. C'est peu, la *Diligente* est au fond et Patterson fait jouer sa préemption sur à peu près tout ce qui reste de Grande-Terre. Ces procédures risquent de durer.

— Quand on parle du loup, remarqua quelqu'un.

Le commodore faisait son entrée au parterre au milieu d'un essaim d'officiers à peine plus jeunes que lui, vers qui convergèrent aussitôt bien des regards féminins. Les échos de la bataille

1. Un de Barataria, compagnon des Laffite.

étaient encore dans tous les esprits, la parade des vainqueurs en uniforme se prolongeait ainsi dans les rues, les auberges, les églises et les théâtres. Il y eut des applaudissements, quelques hourras. Jean croisa le regard de l'Américain. Il y avait eu entre eux une espèce de fraternité de combat, une obligation de se tolérer à distance pour affronter l'ennemi commun. Jean se força à sourire ; la nature de chacun reprenait ses droits, la mutuelle antipathie occultée par la guerre surgissait, intacte.

— Laffite est parmi nous, cria un homme. Vive gentleman Laffite !

Il y eut des remous dans la salle. Pierre et Jean avaient hérité d'un anoblissement à l'américaine qui en faisait des personnages importants de la cité. Les hourras redoublèrent, on était tout de même en territoire français, fût-ce devant le rideau de velours d'un théâtre. Lorsque retentit la Marseillaise, poussée par une dizaine de voix dont celle de Dominique Youx, les Kentuckiens se levèrent, tandis que Patterson, qui s'apprêtait à s'asseoir, demeurait figé dans une attitude de rhumatisant, la main sur l'accoudoir, le temps pour quelques nostalgiques d'en terminer avec leur hymne.

Jean répondit à l'hommage, tandis que les bateliers reprenaient leur broyage de noix. L'eau du Mississippi avait coulé le long de la grande levée depuis la bataille de Chalmette, emportant avec elle quelques illusions. Les Français de La Nouvelle-Orléans mettaient un point d'honneur à montrer à leurs gouvernants qu'ils possédaient eux aussi des héros, aussi éclatants aujourd'hui qu'ils avaient été couverts de boue par la presse en anglais.

Jean rejoignit Catiche.

— On va refaire une guerre, gentleman Laffite ? s'inquiéta-t-elle, malicieuse.

Les regards se posaient sur elle, sur son chapeau de tulle enrubanné dont on se souvenait que l'empereur de Barataria pouvait se battre pour lui. Catherine Villars avait une histoire, confondue avec celle de son amant. La destruction de l'établissement corsaire y ajoutait le piment de la légende. De tout cela, Jean se sentait fier malgré tout, même si la conjoncture financière faisait de lui un débiteur bien plus qu'un créancier.

— Ce n'est rien, ma jolie, lui glissa-t-il à l'oreille, nous sommes au spectacle, c'est tout.

Les propriétaires du Saint-Philippe avaient vu un peu grand, comme à leur habitude. Il manquait assez de musiciens dans l'orchestre pour que les élans symphoniques de *L'Enlèvement au sérail* se réduisissent à une maigre cacophonie de violons et de hautbois. Les voix n'arrangeaient pas la sauce, ce soir-là tout particulièrement. Au mieux mal placées, il leur fallait une force aux limites de l'humain pour survivre aux instruments. Des créoles se pâmaient ; à quatre-vingts dollars l'abonnement annuel, c'était assez cher payé pour de tels moments de grâce. Youx ne manqua pas de signaler le désastre à Jean. Goguenard. On avait entendu des tuailles de cochon à peine plus mélodieuses.

Jean le fusilla du regard.

— Mon pauvre Dominique, sais-tu que cela pourrait être pire à Saint-Louis ?

Nerveux, mal à l'aise dans son gilet et sa veste trop serrés, il quittait en pensée ce lieu où, déchu de sa couronne d'empereur, il était pourtant encore prince. Son domaine ressemblait aux sables du delta, ses vaisseaux avaient rejoint les carcasses des navires espagnols et anglais coulés au large de Grande-Terre. Le vent avait tourné, portant avec lui une tempête aussi dévastatrice que les ouragans caraïbes.

Ici et là, on se relevait pourtant. Gambi avait gréé en hermaphrodite son *Petit Milan* rebaptisé *Eagle*, avec lequel il croisait à nouveau devant la baie. Youx avait décidé de le rejoindre et mettrait bientôt le cap sur le Mexique où un pouvoir insurrectionnel semblait disposé à signer des lettres de marque. Quant à Desfarges, il déclamait du Corneille face à la forteresse de Carthagène en attendant l'assaut espagnol annoncé. La chasse allait reprendre, des personnages nouveaux apparaissaient entre Mississippi et golfe ; Humbert, Toledo, Gutiérrez et un Français, Aury, qui parlait comme eux du Texas et recrutait dans les tavernes du Swamp.

D'autres choisissaient la discrétion bourgeoise. Pierre Laffite reprenait des forces, rédigeait ses dossiers pour le tribunal et promenait ses enfants sous l'œil vigilant de Marie. Quant à Barthélemy Lafon, qui pissait, en les faisant tinter contre le métal de son pot de nuit, les cailloux d'une douloureuse gravelle[1], il avait

1. Calculs des reins signalés par des coliques néphrétiques.

ouvert une échoppe de livres et de cartes rue Chartres, où l'on se retrouvait pour parler du bon vieux temps devant des bouteilles de rhum et de cognac.

Jean se mit à suer à grosses gouttes, soudain. Il éprouvait un vertige, comme au début d'une de ces fièvres tierces de la malaria, ou comme lorsqu'il grimpait au grand mât de la *Diligente*, passé les vergues basses. Il dénoua son foulard de soie rouge, dégrafa son col, sentit la main de Catherine dans sa paume moite. La chaleur qui baignait le théâtre l'incommodait au point qu'il fut fort soulagé de voir arriver l'entracte.

Il se leva avec peine, livide, passa devant les banquettes que les Kentuckiens, s'étant rendu compte à quel point le chant européen leur était décidément étranger, avaient désertées pour quelque fontaine à whisky du quartier portuaire. Jean sentait le regard des officiers posé sur lui. Des nègres en livrée circulaient entre les spectateurs, offrant des verres de jus de fruits et de rhum. Il se servit au passage, but d'un trait. Les jeunes Américains se poussaient du coude, le hellish banditi avait assez mauvaise mine. Catiche vit son regard soudain différent, brûlant de haine comme lorsqu'il se plaisait à pétrifier de peur ses prisonniers. Elle lui prit le bras.

— Laisse-moi, Moka.

Il se campa devant les officiers, les cita du menton.

— Quelque chose vous intéresse, de ma tenue, messieurs, ou de mon visage ? Vous cherchez un souvenir, une date peut-être, le 8 janvier de cette année ? Chalmette, où nos canons de contrebande ont taillé en pièces vos ennemis. Vingt-cinq ans après Yorktown, il eût été regrettable que vous redeveniez anglais. Autre chose ?

Les jeunes gens le fixaient sans bouger. Patterson avait replié le programme de la soirée qu'il parcourait, ses lorgnons sur le nez.

— Eh bien, personne ne me répond, ici ? questionna Jean d'une voix forte qui fit se retourner des gens. Quand vous aurez fini de me contempler, je vous autoriserai à retourner sucer le sein de vos mamans.

Il s'était adressé à eux en anglais, langue exclusive du quartier américain, des autorités ainsi que d'une majeure partie de l'armée.

— Jean, souffla Catiche, tu déraisonnes.

Elle connaissait ses vraies colères, ses subits accès de rage. Il était alors comme un adolescent rendu fou par une vexation. Un lieutenant s'était levé. Jean l'entendit prononcer le nom de Browman. Il lui colla son verre sous le nez.

— C'est du rhum, monsieur, je peux vous le faire avaler, et mon épée avec, au lieu qui vous conviendra.

— Assez ! ordonna Patterson à ses lieutenants, on ne se commet pas sous l'uniforme.

— Bien dit, il n'y a aucune urgence à mourir. Votre chef est un brave homme, admirons son calme, sa vertueuse patience. Il sait, lui, ce qu'il adviendra de notre gloire commune, pour moi la nostalgie et la ruine, pour lui l'hiver paisible dans mes canapés, les pieds au chaud sur mes tapis, à raconter comment il a sauvé la Louisiane en danger et l'Union avec. Vous n'êtes pas en uniforme quant à vous, monsieur Patterson.

Le commodore se borna à sourire. Tout cela n'était pas très grave et il ne se commettrait pas davantage. On devait laisser à la justice le soin de régler ces sortes de litiges, quant à la gloire des vainqueurs, mieux valait pour eux qu'elle ne fût point posthume. On vivrait avec, il y avait pire destinée.

— Nous étions tous à Chalmette, dit-il en guise de conclusion.

Jean se laissa entraîner à l'extérieur par Youx. Catiche se hâta tandis que dans la salle la soprano reprenait avec fougue son entreprise de démolition d'un chef-d'œuvre. Youx alluma un cigare, déboutonna son col, desserra la cravate qui le mettait au supplice depuis trop longtemps. La nuit, douce, sentait la fleur de magnolia, un ciel d'opéra l'éclairait avec la lune pleine au milieu et les toits des maisons du Carré comme un décor découpé aux ciseaux. Jean se laissa tomber à même le sol, les genoux entre les bras.

— Tu as entendu ça, Moka ? Ce scélérat s'est servi sur mon cadavre et le voilà qui me parle de gloire posthume. Nom de Dieu, Dominique, nous avons tout de même fait ce qu'il fallait pour ce pays, jusqu'à risquer nos peaux pour lui. Et c'est ainsi qu'il nous remercie. Diou biban, je n'en peux plus de cette situation.

Youx et Catiche devaient penser la même chose. C'était bien Jean Laffite qui parlait, ce rêveur à la guitare s'arrangeant avec sa propre histoire, oubliant, dans sa fureur, par quelles voies il avait constitué sa fortune désormais dispersée. On était entre gens du même monde à ceci près que les uns s'agitaient au bout des ficelles tenues par les autres.

Youx tirait sur son cigare, pensif. Il avait souhaité pour l'empereur Napoléon des victoires aussi simples et éclatantes que celle remportée par les Américains à Chalmette. Mais il y avait eu Waterloo, en juin. Il se remettait mal de cette fin. Servir les Bourbons ne l'enchantait guère, lui aussi se retrouvait le cul par terre, sous les étoiles.

— On ne peut jamais embrocher tout le monde, dit-il. Clairborne et sa suite gagnent la partie, Jean. La Justice qui fermait les yeux sur nos activités couvrira les manigances de Patterson et de ses amis avec la même tête d'honnête bonne femme. C'est ainsi.

— Nous allons foutre le camp, Dominique, mais auparavant je serai allé voir Madison, j'aurai parlé à Jackson. Nom de Dieu, Pierre et moi nous battrons jusqu'au bout. C'est tout de même nous qui avons reçu du plomb et des pointes de dagues en chassant. J'en ai les traces plein le corps.

Youx soupira.

— Tu rêves, mon bon Laffite, les puritains n'aiment pas l'insolence ; venant en plus d'un corsaire français, elle les enrage. Tu as lu leurs journaux : « On pardonne leurs crimes et en plus ils demandent à être remboursés ! » Comment veux-tu qu'un pasteur du quartier américain tolère ta demande ? Tous ces braves citoyens savent bien que nous avons gardé des caches, des repaires, des réseaux d'amitié, ils voient des navires descendre à nouveau le fleuve avec à bord des hommes qui nous ressemblent. Remets simplement le pied sur une felouque pour une promenade du dimanche à Pontchartrain, et tu verras l'effet sur la presse orléanaise. Je vais te dire une chose. Il y aura bientôt un grand ménage en Louisiane, la loi fédérale va y être appliquée plus durement qu'ailleurs, ne serait-ce que pour décourager les esclaves de se révolter à nouveau. Quant aux Français qui ricanent des Yankees, de leur langue et de leur accent, je ne leur donne pas vingt ans avant d'être engloutis par la vague venue du nord. L'aventure est ailleurs désormais.

Catiche avait fait quelques pas dans la rue. La conversation des deux hommes l'attristait moins que l'état dans lequel se trouvait Jean. Youx prêchait un converti. Jean l'écoutait sans paraître l'entendre, le regard ailleurs, les mâchoires serrées. Son orgueil le dominait, lui qui avait cru assez naïvement que gouverneur, militaires, juges et autres gens de pouvoir le rétabliraient dans son droit.

— Tu vas vraiment reprendre la mer ? demanda-t-il d'une voix neutre.

— Le Mexique se soulève. Et Carthagène va être bientôt assiégée par les Espagnols. Cuba reçoit des renforts en hommes, en armes et en navires, j'ai toutes sortes d'informations là-dessus. C'est notre gagne-pain qui est en jeu. A défaut de travailler pour le gros Bourbon[1], je vais le faire pour moi-même. Avec mon statut d'ami des Laffite, ce qui vaut bien un capitanat à Grande-Terre.

Jean se releva, rejoignit Catiche. Le projet de convaincre les gens de Washington lui collait à l'esprit comme de l'étoupe entre des lisses. Il irait au nord, à Philadelphie et à Washington, avec un chargement quelconque, frapperait aux portes, argumenterait. On finirait forcément par entendre celui que les journaux en anglais eux-mêmes, grisés par la victoire, avaient surnommé une fois ou deux le « pirate-patriote ».

— Pirate et patriote ! Ces gens me demandent de choisir maintenant entre les deux. Les Etats-Unis ? Pourquoi pas. Mais qu'ils me rendent justice auparavant. On ne sert pas plus avant ceux qui vous ont jeté au caniveau et vous y contemplent croupissant.

Catiche se laissa aller contre lui. Elle sanglotait, riait en même temps. Il lui releva le menton, sentit le ventre de sa maîtresse se presser contre le sien. Elle essayait en vain de parler.

— Eh quoi, ma petite fille, tu es grosse ?

Il avait dit cela sur le ton de la plaisanterie. Elle fit oui de la tête, renifla bruyamment. Le visage de Jean s'illumina brusquement.

— Dominique ! Elle est grosse !

— C'est le docteur Lubet qui me l'a dit, chuchota-t-elle. Je voulais en être sûre avant de t'en parler.

— Elle est grosse. Mon Moka ! Dominique, tu te rends compte ?

1. Louis XVIII.

— Eh bien, dit Youx en se grattant la barbe, voilà de quoi éclairer les humeurs les plus maussades.

La soirée n'était pas banale. Au Saint-Philippe, on se mettait à plusieurs pour saluer la nouvelle. Un vrai massacre. Jean ne croyait pas aux augures, aux coïncidences, aux fantasmes des superstitieux. Mozart serait cependant le parrain présentable de cette annonce, même si dans sa tombe lointaine, ayant ouï ce que l'on faisait de son œuvre à La Nouvelle-Orléans, il devait implorer que cessât son martyre.

2

Côte du Honduras, février 1823

Lorsqu'il s'éveilla, il distingua des visages penchés sur lui dans la pénombre. Des hommes au faciès indien, une demi-douzaine de pêcheurs aux mines perplexes, échangeant entre eux des paroles murmurées. Il se souleva sur un coude. La nuit venait dans les sifflements du vent, des bouffées d'air chaud entraient dans la pièce, étouffantes.

— *¿ Usted, Juan Laffite ? ¿ Pedro Laffite ?*

Celui qui lui parlait devait être le chef du village. Un homme encore jeune, aux traits marqués par la mer, le soleil, la vie précaire de son clan. Jean ne répondit pas, hocha négativement la tête. Ce qu'il redoutait depuis son arrivée sur la côte du Honduras risquait bien d'arriver. Ces gens ne s'embarrasseraient pas de scrupules pour lui faire avouer où se trouvaient ses pesos d'or.

— Je suis français, dit-il dans une grimace.

Il répéta, en castillan. Raconta que des pirates avaient attaqué le bâtiment sur lequel il était second. Les Français croisaient au même titre que les autres. Comme tout le monde, ils se faisaient courser et saisir. Le chef le considérait, sceptique. Jean montra son flanc d'où sourdait une sanie malodorante que l'Indien inspecta sans émotion particulière. Il y eut un long silence, chacun réfléchissait à la situation.

— Tu as faim ? demanda le pêcheur.

Jean se détendit un peu. Manger lui serait insupportable. Il éprouvait une intense nausée, des pointes de feu lui traversaient par instants les entrailles, crispaient sa bouche. Les

Indiens se regardaient, leurs yeux brillaient. Si le vent se calmait, ils retourneraient en mer le lendemain, à la recherche des restes d'un navire. Cela arrivait, dans le golfe, des morceaux de bois s'échouaient sur les plages, des tonneaux parfois et des corps, que l'on enterrait dans la forêt toute proche.

Le chef donna des ordres. On ferait venir des femmes avec du linge propre et de l'eau. Jean se laissa retomber sur sa couche, vaguement soulagé, sous le regard scrutateur de l'Indien. Il avait envie de dormir ; savait qu'il n'y parviendrait pas. L'air moite l'écœurait. Il se tourna vers le mur, entendit les pêcheurs quitter la pièce en discutant. Ferma les yeux.

Philadelphie.

Ce nom occupait son esprit sans qu'il pût s'en débarrasser. Le vent le portait jusqu'à lui, insistant, répétitif, dans ses rafales.

Philadelphie. Jean s'y était rendu à la fin de l'été 1815, en vainqueur d'une bataille devenue célèbre. Le temps avait passé, on avait réuni ce qui restait d'argent, emprunté, armé le *Francis* pour y embarquer une cargaison de coton, de brandy et de sucre. Légale, celle-là, visée par les autorités orléanaises, dûment contrôlée à la Balise. La perspective d'aller plaider sa cause à Washington le stimulait, aiguisait son impatience. Ce que Livingston ne pouvait obtenir des tribunaux louisianais lui serait accordé par le président Madison. Un homme juste, bien conseillé par Jackson.

Pierre doutait d'une telle aventure à laquelle Marie, vent debout, lui avait interdit de participer. Il suffisait bien de se tenir coi à La Nouvelle-Orléans quand les rumeurs d'une reprise de la piraterie à Grande-Terre s'amplifiaient. Que Youx s'en soit allé chercher des lettres de marque au Mexique et Desfarges saisir des espagnols au large de Carthagène suffisait à l'encolérer. Ces oiseaux-là pouvaient aller se poser où ils voulaient ; dans l'état où le laissait son apoplexie, Pierre ne se mêlerait pas de ces affaires.

« Philadelphie, Washington, c'est si loin », soupirait Catiche.

Son ventre commençait à peine à s'arrondir, comme ses joues. Jean avait tergiversé avant de prendre sa décision. Il avait envie d'assister à la naissance de l'enfant, ce cadeau si longtemps espéré. Mais la lenteur des procédures de justice l'exaspérait. Il traînait en ville, vitupérant les uns, tançant les autres, en garde pour un mot, un regard, excédé par la rumeur selon laquelle Livingston couvrait en réalité les Baratariens depuis le début. L'ambiance délétère de la ville le plongeait peu à peu dans le marasme. Les soucis financiers, les soupçons alimentés par la presse en anglais le minaient. Triste autant que lasse de voir son amant se laisser ainsi aller, Catiche avait accepté une séparation qui la broyait.

Jean ouvrit les yeux sur la traînée luisante qu'un insecte avait laissée sur les planches. Il la suivit du regard, la détailla. C'était comme une route, ou un fleuve, montant vers le plafond, un Mississippi en miniature, ponctué de chiures de mouches. D'autres points noirs, à l'est, figuraient des villes.

Philadelphie.

Il y avait appris l'exil de l'Empereur à Sainte-Hélène et la prise de la Guadeloupe par les Anglais. Malheureuse France ! Elle s'effaçait définitivement du paysage, vaincue, ramenée à ses frontières royales. Youx avait dû vider quelques bouteilles de rhum dans sa carrée pour oublier ça.

La vente de la cargaison traînait, le pécule du voyageur fondait dans l'automne de Nouvelle-Angleterre. Jean avait rencontré Joseph Bonaparte, celui-là même qui, roi d'Espagne par la volonté de son frère, avait offert bien malgré lui aux Baratariens l'essentiel de leurs prises. Etrange rencontre entre le vaincu d'Europe et le vainqueur de Chalmette, tous deux déchus en fin de compte de leurs royaumes. Bonaparte cherchait des terres pour y installer les proscrits français ; lorgnait vers le Texas, le Mexique. Des lubies.

Dès son arrivée à Washington, Jean avait fait le siège de la Maison-Blanche, écrit à Madison, signant « Jean Laffite, le pirate patriote » une succession de missives demeurées sans réponse. Peu à peu, tandis que venait l'hiver, il avait senti monter en lui une de ses colères à jeter un équipage entier à l'océan. Qui étaient ces gens refusant d'écouter celui qui leur avait permis de garder leur position, leur influence, leur fortune ? Il avait saisi à la gorge le jeune conseiller à peine sorti des langes qui, benoîtement et pour finir de le décourager, lui avait affirmé les yeux dans les yeux que le président des

Etats-Unis ne pouvait recevoir l'homme qui pillait depuis si longtemps les vaisseaux espagnols. On l'achevait. Un mendiant main tendue dans l'entrée d'une banque n'eût pas été plus hypocritement éconduit.

— Foutaises, murmura-t-il, recroquevillé, les genoux et le front contre les planches de la cabane.

Les Américains armaient et soutenaient les révoltes contre l'Espagne. Le danger anglais écarté, ils lorgnaient ouvertement vers l'ouest, s'arrogeaient un droit de regard sur la rive ouest de la Sabine, la rivière séparant la Louisiane du Texas. Dans ce lent déplacement de masses énormes, Laffite n'était à cette époque-là même plus un pion, ou une énigme. Rien.

Washington, janvier 1816

Dans l'ombre des légations, la ville grouillait d'espions, cela venait de tous les pays reconnus et des autres, en devenir. Les hommes de Bolívar et de San Martín y croisaient ainsi ceux du roi d'Espagne, de l'empereur d'Autriche ou de Louis XVIII, dans une sorte de *gentleman's agreement* contrôlé tant bien que mal par les agents de Madison. Il y avait même, entre Philadelphie et Washington, un parti de quakers[1] décidé à fomenter une révolte nègre contre l'Espagne dans toute l'Amérique du Sud. C'était à qui surenchérirait dans toutes sortes de plans sur la comète, jusqu'aux Anglais, défaits militairement et déjà de retour, leurs commerçants en civil à la place des vestes rouges du commodore Packenham.

Jean s'était laissé porter quelque temps par sa rogne. Le fond d'espoir qui survivait en lui s'était dilué dans la fumée des tavernes du Nord, laissant derrière lui l'évidence de l'échec. Les Américains s'estimaient quittes, apuraient leur dette par la signature du président au bas d'une amnistie générale. Et détournaient désormais le regard de cette lie assez longtemps tolérée, renvoyée aux oubliettes de l'histoire.

1. Communauté nordiste, religieuse et patriote.

L'hiver serrait la capitale dans ses glaces, au point que la reconstruction du Capitole avait dû être interrompue. Les gens ne se risquaient guère dans les rues, le reflet de la lune sur le Potomac gelé ajoutait à l'impression de paralysie que donnait la ville tout entière.

Jean ne se souvenait pas d'avoir connu pareille froidure ; comparés à ce piège dur comme de la roche, les frimas bordelais tenaient de la Louisiane. De rares attelages, glissant sur le verglas, transportaient des passagers frigorifiés vers des maisons dont les cheminées, alimentées à jet continu, crachaient vers le ciel limpide de longues colonnes de fumée noire.

Jean sortait de l'une de ces demeures, à quelques encablures du Capitole. Il eût traité d'idiot quiconque lui aurait prédit qu'un jour de janvier 1816 il dînerait à la table d'un proche de l'ambassadeur d'Espagne aux Etats-Unis. Etrange dîner. Convié à une réunion d'amis par Arsène Latour, un géographe français de Baton Rouge rencontré dans un bouge, il avait côtoyé des prêtres et des spadassins, des diplomates et des négociants, un parti inquiet des visées américaines sur le Sud, prêt à tous les compromis pour obtenir documents et renseignements. Laffite le tueur admis à la table de ses victimes préférées ! La vie des équipages de Sa Majesté Catholique n'avait guère plus de valeur qu'une paella valenciana dans des assiettes d'argent.

Vautré au fond de la calèche qui le ramenait à son auberge, l'empereur de Barataria savourait le cigare que lui avait offert le père Sedella ; un drôle de bonhomme dont la bure de dominicain pouvait aussi bien cacher des poignards que les Evangiles. Petit, l'œil porcin, la voix gourmée, écoutant longuement avant de donner un avis que tous recevaient avec infiniment de respect. Un genre de confesseur royal, redouté pour ses silences autant que pour ses jugements.

« Tout péché mérite sa rédemption, señor Laffite, avait-il susurré à l'oreille de son voisin de table. Dieu sait reconnaître les hommes de passion parmi ses brebis égarées. Il leur pardonne et le monarque fait de même pour lui plaire. »

Il savait bien des choses sur les Louisianais, dont il partageait le quotidien à La Nouvelle-Orléans. Son souci officiel allait vers ses compatriotes colons installés entre Lafourche et

Mississippi. Pour le reste, tractations et renseignement devaient occuper l'essentiel de son temps. En s'asseyant à côté de lui, Jean s'était demandé s'il sortirait vivant de ce souper. Quelques heures plus tard, il se retrouvait sur le chemin de son auberge, à un tournant de son existence et plutôt satisfait de la tournure que prenaient les événements.

La calèche longeait le fleuve. Que penserait Pierre de l'accord non écrit conclu par son frère avec ceux qui les eussent écorchés vifs sans l'ombre d'une hésitation ? Il admettrait que le nom de Laffite signifiait encore quelque chose en Amérique, que l'aventure pouvait continuer à l'ouest, vers le Texas, que des espaces nouveaux s'ouvraient pour des hommes peu disposés à supporter la morgue de leurs débiteurs.

Jean baguenaudait en pensée sur des rivages inexplorés lorsqu'il remarqua la silhouette d'un passant marchant le long de jardins enneigés, dans la clarté lunaire. L'homme allait d'une démarche pressée. Ce corps un peu lourd aux épaules portées vers l'avant, ce profil de vieil enfant de chœur... Jean paya le cocher, le congédia, il mit pied à terre, jura, manquant chuter sur la glace. Il voulait en avoir le cœur net ; l'inconnu venait maintenant vers lui. Il le dévisagea, le chapeau incliné bas sur le front, fit quelques pas.

— Ron Browman ?

L'homme se retourna avec précaution. Il portait une épée au côté, cherchait lui aussi son équilibre.

— Monsieur ? A qui ai-je l'honneur ?

Jean s'approcha de lui, souleva son chapeau. Browman eut un rictus, mélange de surprise et de contrariété.

— Vous êtes là pour continuer à me nuire ? lui demanda Jean.

— Laffite. A Washington. Vous nuire ? Pourquoi dites-vous cela ?

— Parce que vous avez sûrement appris ma présence ici. Parce que j'essaie en vain d'ouvrir les portes de vos amis depuis deux mois. Parce que, cette fois encore et comme à La Nouvelle-Orléans, on s'amuse de ma ruine. Parce que enfin vous êtes une cause infiniment agaçante et obstinée de cette déchéance et qu'à cette heure je vous en demande raison.

— Vous plaisantez ?

— En ai-je l'air ? Vous pouvez encore me signer la restitution de ce que vous avez indûment détourné à Grande-Terre. Mais vite, je suis pressé de quitter cette ville.

La rue était totalement déserte, plongée dans la pénombre et le silence. Browman recula d'un pas. Il avait à faire lui aussi. Le siège de Carthagène par les Espagnols le préoccupait, la citadelle était peut-être bien tombée à l'heure qu'il était. Carthagène, la patrie d'adoption des Baratariens. Jean s'approcha de lui, à le toucher.

— A l'heure qu'il est, je me fous de Carthagène, monsieur Browman. De ça et des gens du Cabildo. Nous sommes tous deux loin de ces lieux, des guerres et des stratégies militaires. Vous demeurez en dette envers moi depuis plus d'une année, en vérité depuis l'assaut du *Carolina* contre Grande-Terre. A ce titre, vous détenez une part non négligeable de mes biens. Il est encore temps de régler ça à l'amiable, mais c'est ici et maintenant.

Browman eut un rire bref, incrédule.

— Je ne vous dois rien, ni moi ni personne d'autre. Vous et vos amis plaidez à tout bout de champ en Louisiane. C'est la juste voie pour d'honnêtes citoyens, persévérez, vous avez de bons avocats, on murmure qu'ils sont aussi vos associés.

Les lèvres de Jean se mirent à trembler. Browman devait en dire plus. Jean attendait cela, comme un enfant cherchant une bonne excuse pour se colleter à l'arrière d'une église.

— On vous rendra mille dollars et quelques felouques, une goélette, peut-être, si le juge est de bonne humeur. Bonne nuit, Laffite.

Jean le saisit au cou, d'une main. Il possédait une griffe puissante, éprouvée en haute mer par quelques-uns de ses adversaires. Browman se débattait, cherchait son épée. Son chapeau tomba. Au moment où il affermissait sa prise, Jean glissa, libérant l'officier qui dégaina immédiatement et se rua sur lui. Jean ressentit une vive douleur à la cuisse. Browman était sur lui, la joute sur la glace prenait un tour grotesque. L'Américain tentait de piquer le Français, mais la longueur de son épée l'en empêchait. Jean le repoussa violemment, se mit à genoux, sortit la dague qu'il portait sous sa veste. Comme Browman, il était gêné par sa lourde cape de laine.

Son membre blessé se dérobait, l'obligeant à prendre appui d'une main sur le sol.

— Tudieu, je te perce, maintenant, promit-il.

Browman ne parvenait pas à se relever, donnait des coups d'épée tout en reculant sur les fesses. Un nuage cacha brusquement la lune. Quand la lame de l'Américain se fut fichée dans sa cape à hauteur de l'épaule, Jean s'abattit sur lui et, d'un geste de bûcheron, lui planta son poignard au milieu de la poitrine.

Il écouta le sifflement que faisait en expirant l'agent de Madison et de Clairborne, demeura un long moment soudé au cadavre de Browman, le cœur battant à se rompre. Puis, s'étant relevé avec peine, il tira le corps sur la glace jusqu'à une prairie gelée où il l'abandonna.

Sa blessure lui apparut sous la lune brillant à nouveau ; un séton plus douloureux que sanglant, à l'extérieur de la cuisse. Il cassa de la glace, qu'il appuya sur son pantalon, ramassa son chapeau, se mit en marche en boitant. La rencontre n'avait pas eu de témoins, c'était un peu regrettable, elle se fût ainsi parée des formes d'un duel.

Jean avait longtemps supposé qu'il retrouverait un jour son compagnon de route à l'arrière de la cathédrale Saint-Louis, dans le jardin carré où l'on se donnait rendez-vous pour en découdre. Le sec refus des Américains, leur condescendance de vainqueurs, leur mépris affiché l'avaient fortifié dans cette attente. Le hasard en décidait autrement, l'affaire était sans éclat. Il s'en sortait avec dégoût, comme si le ciel avait déversé sur lui de la fiente d'oiseau.

— Eh bien, on pensera qu'un vide-gousset aura eu raison du pirate galonné, plaisanta Latour en posant de la charpie sur la blessure de son hôte. Ici, ce n'est pas le Sud et ses excès, mais les couteaux et les pétoires s'y portent tout aussi librement, surtout depuis cette guerre absurde.

Il était de petite taille, roux, ses yeux au regard aigu riaient avec malice, son visage couvert d'éphélides lui donnait des airs d'adolescent irlandais. Jean avait posé chez lui son maigre bagage. Au bout de six mois de voyage, son pécule avait fondu, mais à voir comment Latour, apprenant qui il était, l'avait considéré, il se disait que son nom possédait encore de la valeur marchande.

— Nous ne traînerons pas à Washington, Laffite. Dès que vous serez rétabli, nous prendrons la route de l'Arkansas. Les Espagnols nous dotent pour y passer quelque temps. Ils redoutent une invasion américaine du Texas par cette voie et nous demandent d'établir des cartes de ces territoires avant qu'ils ne deviennent un Etat de l'Union.

Il rit, dévoilant une denture noircie par des chicots.

— Vous serez de cette expédition, ami ? Vous et moi, sur la route de La Nouvelle-Orléans, avec quelques détours par des terres encore inexploitées. Excitant, non ?

Jean accepta d'une voix lasse. Son esprit se vidait à mesure que s'achevait cette soirée de cauchemar. Latour le scrutait, derrière le masque de sa joviale hospitalité. Jean s'assit devant la cheminée où brûlaient des pièces de chêne, se prit la tête dans les mains. Il y avait, au fin fond de la Louisiane, un salon ressemblant à celui-là, avec ses tapis et ses fauteuils, son âtre devant quoi l'on se chauffait les fesses dans des senteurs d'épices.

— Nom de Dieu, Latour, je suis bien fatigué.

Il tira de sa veste la lettre qu'il avait reçue de Jackson après la victoire, lut.

— « C'est un acte de justice, et pour moi un bien agréable devoir en même temps, que de signaler les services rendus par vous-même et vos amis lors de la récente invasion de notre pays. Monsieur, à l'un de ceux envers qui le pays est le plus en dette, j'éprouve un grand plaisir à donner ce témoignage de votre valeur et à y ajouter la promesse de mon amitié personnelle et de ma haute estime. »

Il replia la missive, la balança entre ses doigts.

— D'après vous, Latour, que fait-on d'un semblable passeport quand toutes les portes vous ont été claquées au nez ? Old Hyckory, le « Vieux Noyer », c'est ainsi que l'on surnomme désormais Jackson. J'en connais qui me pendraient avec plaisir à ses branches.

— Ne la jetez pas aux flammes, Laffite ! Ce serait une erreur.

Jean se retenait pour ne pas sangloter. La question, somme toute amusante, de savoir si son hôte travaillait en réalité pour les Espagnols, les Français, voire les Américains, devenait dérisoire, comme ces quelques lignes prises à tort pour un laissez-passer officiel.

Catiche lui manquait, soudain, peut-être aurait-il dû attendre qu'elle enfantât avant de se jeter ainsi sur les fleuves et les routes. Brave fille que cette métisse, et courageuse. Enfreignant ses ordres, elle avait embarqué la dernière à Grande-Terre, anxieuse de laisser derrière elle des femmes et des enfants ; elle eût accompagné son amant dans son errance au nord, si Jean ne s'y était pas opposé avec fermeté.

Que se passait-il à La Nouvelle-Orléans, maintenant que l'euphorie de la victoire avait dû y retomber tout à fait ? Encore mal remis de son apoplexie, Pierre avait sans doute repris des contacts avec leurs anciens compagnons. Des Baratariens se reformaient en équipages, prêts à larguer des amarres et à border des voiles. Déjà, en août, les journaux signalaient des mouvements de navires sur le lac, autour des îles et jusque dans les eaux du Texas et du Mexique. Allait-on recréer Grande-Terre, chercher des lettres de marque chez les rebelles du Sud, affronter à nouveau Clairborne et ses séides ?

— J'ai bien du tumulte dans la tête, murmura-t-il. Trop de choses contraires, des élans brisés net, des illusions

— Buvez ceci, Laffite, voilà qui vous ravivera.

Jean vida d'un trait le verre de marc alsacien que lui tendait Latour. L'homme avait de l'assurance, un corps de trappeur et des envies de voyage. Les Arkansas. Pourquoi pas ? Il y avait là-bas des immensités bordant le fleuve, des terres à prendre, de la belle liberté à respirer, la gueule grande ouverte. L'espace d'un instant, Jean s'imagina fermier sur la rivière Rouge, chevauchant au cul de troupeaux sur des pâturages sans limites, dans des nuages de poussière.

Il se souvint que Carthagène allait peut-être tomber. Coup dur pour les écumeurs de la Caraïbe. Tout allait vite en ces années de guerre, de reconquêtes et de rébellions, de manœuvres et d'incertitudes politiques. L'Espagne ! On la servirait donc ? Poularde vieillissante, jamais lasse de se laisser plumer, la voilà qui parrainait ses prédateurs et les expédiait sur les chemins tortueux de ses angoisses. Un jour, elle se retirerait du Texas et même du Mexique, de la Nouvelle-Grenade comme de Cuba. Les Etats-Unis s'étaient longtemps serrés entre Atlantique et Appalaches. Propriétaires de la Louisiane pour le prix remarquable de six centimes l'acre, ils boufferaient le reste et ne partageraient plus leur continent avec quiconque.

— Elora, murmura Jean.

— Vous dites ?

— Rien. Des vieilleries.

Il se mordit les lèvres. Sa *Diligente* gisait au fond d'une passe, la felouque *Francis* et son chargement avaient été vendus à Philadelphie, l'argent dépensé à lécher les bottes de fonctionnaires infatués ; courir à la défense de Carthagène imposait que l'on possédât au moins un sloop. Et puis, à quoi bon ? Tout cela se passait ailleurs, très loin en mer, dans un autre monde.

— Tout va bien, Latour, ne vous en faites pas pour moi, dit-il dans un sourire. Cette soirée agitée fait suite à une course longue de quelques années. Vous savez ce qui nous est arrivé dans le Sud, vous connaissez les suites déplorables de cette histoire. Je dois en être un peu ahuri, au fond de moi-même. Vous avez raison, sans doute ai-je besoin d'explorer des horizons nouveaux. Votre proposition m'agrée, décidément. Je suis votre homme.

Latour l'observait, bras croisés. Jean s'étira. Il n'aimait pas montrer ses faiblesses ou ses doutes, ainsi avait-il tenu les Baratariens, capitaines de navires ou simples matelots. Ainsi était l'orgueil, en lui, depuis toujours.

Les journaux de Washington titrèrent sur un crime de rôdeur. Chose étrange, le mort n'avait pas été dépouillé. En guise d'oraison funèbre, Ron Browman fut présenté comme un des héros de Chalmette, un de ces hommes modestes voire obscurs grâce à qui la victoire avait été possible. La lecture de ces approximations historiques familières à la gent journalistique, de Washington comme d'ailleurs, fit sourire Jean, au moment où, ayant bouclé leur paquetage, Latour et lui s'apprêtaient au départ pour les Arkansas.

Long voyage, au milieu duquel Jean emprunta la coupée d'un de ces bateaux à vapeur entrevus à La Nouvelle-Orléans. La flotte s'étoffait, la fin de la guerre avec l'Angleterre libérait l'énergie des armateurs et la finance de leurs banquiers. Latour était formel.

— C'est l'avenir, Laffite. Ces boîtes à chaussures sont capables de remonter le fleuve à la seule force de leurs aubes. Adieu les chemins de halage, adieu les rameurs aux bras gros comme des troncs de cyprès, on les emploiera à enfourner du bois dans les chaudières.

Latour eût fait physiquement un corsaire acceptable mais il manquait de poésie, voyant du progrès partout, imaginant des architectes et des villes sur les rives désertes du Mississippi, des machines à vapeur lancées par dizaines, à toute vitesse, sur le fleuve. Jean plaignait son dédain pour la voile gonflée par le vent, l'attente de la brise dans les calmes plats du golfe, les bruits et les silences d'une goélette croisant devant les forêts profondes du Yucatán.

— Allons, Laffite, ne vous inquiétez pas, je suis avant tout géographe. Quoi de plus innocent qu'un géographe ?

Jean lui raconta comment il avait lui-même exploré et dessiné les bayous et les lacs de Louisiane, dans sa jeunesse américaine. De cette expérience similaire naquit entre les deux hommes une sympathie propre à rendre agréable la traversée des Arkansas.

Les Espagnols avaient raison de craindre un possible déferlement des Américains par cette voie royale ouverte en grand sur le Texas. Le territoire ressemblait à une large avenue bosselée de collines, sillonnée de rivières, destinée aux troupeaux, ce qui désespérait le dessinateur Latour. Passé le confluent avec le Mississippi, le terrain était presque totalement déshabité. Des trappeurs et des chercheurs d'or, un aristocrate castillan nommé Villemont, passé à l'Union et tenant un relais de poste au milieu de nulle part, des créoles à la recherche de terres à cultiver, souhaitant quant à eux le retour du territoire à l'Espagne, composaient la population très hétéroclite du probable futur Etat. Avec pour toute défense contre d'invisibles Lipan[1] un poste militaire américain dans une crique nommée Cadron.

Chaque matin, don Carlos de Villemont hissait la bannière

1. Tribu indienne des Arkansas.

étoilée devant sa baraque en planches, sous le regard des colons qui rêvaient d'y voir flotter le drapeau espagnol, tandis qu'à trois lieues de là les soldats de l'Union passaient le plus clair de leur temps à laver leur linge et à chasser le renard.

— Nos amis de Madrid et de Cuba devraient envahir les Etats-Unis par ce fantasme de pays, ironisait Latour. Ils seraient à Washington en moins d'un mois.

Las d'attendre que son compagnon en ait fini avec ses repérages, Jean s'était joint aux chercheurs d'or de Cadron Creek. L'eau de la rivière, limpide comme les rêves de ces aventuriers, charriait en principe le sucre blond de très hypothétiques fortunes. Silencieux, obstinés, incapables de parler d'autre chose que du sable magique chichement déposé par le flot au fond de leur tamis et dont ils emplissaient des sacs minuscules, les utopistes de Cadron Creek touchaient, par leur naïve confiance, l'âme de Jean. Ces terriens collés comme de la mousse aux roches de la rivière eussent mérité de connaître l'aventure maritime des Baratariens, leur teint hâve de gratte-vase en eût pris un peu de couleur.

— Santa Fe peut être prise par les Yankees au bout d'un raid de trois semaines. Les Espagnols doivent stopper l'immigration américaine au Texas et renforcer leur frontière avec les Arkansas. C'est évident.

Telle fut la conclusion de Latour lorsque, au retour d'une exploration interrompue par la grêle de flèches d'une tribu Lipan, il fut décidé que la mission avait suffisamment duré. Les collines et les plaines du territoire n'étaient pas tant que cela désertes. On s'y activait, des contacts avaient lieu régulièrement entre les vestes bleues et les Indiens. En bon agent, Latour avait sondé les créoles ; les tribus participeraient un jour ou l'autre à des attaques contre le Texas.

On en savait assez pour rejoindre le fleuve que les Indiens nommaient « Père des Eaux » et se laisser glisser sur lui jusqu'à La Nouvelle-Orléans.

Arkansas. Un domaine possible pour les proscrits de Joseph Bonaparte, pensait Jean. Vaste comme deux provinces françaises, offert à qui saurait le prendre. Latour demeurait sceptique.

— Moins gras de terre que le Texas, Laffite. Le Texas, mon cher, voilà le véritable enjeu des temps à venir, les Espagnols seraient avisés de le coloniser massivement, au lieu d'y laisser des garnisons étiques. C'est comme la vapeur sur le Mississippi. Qui la possède dominera le fleuve et ses gens. A laisser les Américains s'infiltrer au sud de la rivière Rouge, nos bienfaiteurs perdront et le fleuve et le Texas. Ma foi, c'est leur problème, comme on dit.

3

La Nouvelle-Orléans, 1816

Grandmoman Villars était morte aux premiers jours du printemps. Lubin était allé la réveiller, comme chaque matin ; il l'avait trouvée inerte, dans son lit, les yeux et la bouche grands ouverts, semblant pétrifiée devant un spectacle extraordinaire. Le malheureux avait eu bien du mal à s'en remettre. Il perdait la seule compagne qu'il eût jamais eue dans la vie, avec laquelle il savait si bien travailler, rire et se chamailler. Au cimetière, près de ses maîtres fleurissant la tombe de la vieille femme, il avait posé son offrande, un poêlon acheté avec sa maigre solde de cuisinier.

Pierre avait craint que le chagrin ne gâtât son talent. A tort. « G'anmom Ma'gu'ite » continuait depuis à l'inspirer, au grand soulagement des habitants de la maison Laffite. Mais le cœur n'y était plus tout à fait. Marie, héritière naturelle des recettes et des instruments, ne le rudoyait pas de la même façon, et bien souvent on entendait encore le grand nègre au tablier blanc sangloter devant le fourneau.

Catiche observait son amant allant et venant dans la maison de la rue Bourbon. Jean n'était plus le même. Il venait d'avoir trente-quatre ans. Ses traits s'étaient durcis, son sourire de jeune conquérant affadi. En moins d'une année, le boss de Barataria était passé de l'insouciante insolence à un état pérenne d'impatience morose. Que ferait-on désormais ?

Marie avait la réponse. Du commerce ordinaire, avec l'Europe, avec les Indiens Houmas ou avec la Terre de Feu, mais débarrassé de ses ombres, purgé de sa clandestinité, libéré de la chape de silence et de soupçon pesant sur lui. La famille s'agrandissait, une demi-douzaine d'enfants égayaient la demeure, parmi eux, le petit dernier, le « moutard à l'empereur », comme se moquait gentiment Pierre.

— Installez-vous en ville et cessez de rêver, marmonnait Marie. L'amnistie vous a été accordée, l'avocat Livingston plaide pour tous ceux qui s'estiment floués. Cessez de naviguer dans vos caboches, les temps ont changé depuis que vous avez massacré les Anglais. Si vous regardiez la ville avec l'esprit clair, vous verriez que votre gloire est passée.

La guerre était finie depuis longtemps, quant à la ville, elle croissait et se développait à la vitesse stupéfiante des bateaux à vapeur. On pouvait mener une vie normale dans ce monde nouveau, observer en bons parents la génération des petits prenant sa place dans la maison. Se donner le temps de vivre, sans provoquer davantage le destin.

Tout en écoutant sa belle-sœur d'une oreille distraite, Jean contemplait son œuvre, prénommée Jean-Pierre. Un vrai quarteron aux yeux de nuit, à la peau légèrement ambrée, douce comme un velours espagnol. Qui assaillait le sein de sa mère avec des appétits de hellish banditi tout en échangeant avec son père d'interminables dialogues muets. Il y avait là un mystère que Jean Laffite cherchait à comprendre. L'enfant né pendant son absence semblait le reconnaître et le fêtait par d'intenses gesticulations. Un bon petit, vraiment, couvé par une mère que l'on pouvait encore prendre pour sa sœur aînée, tant la maternité lui redonnait l'éclat juvénile de son adolescence.

— Je vois bien que des idées te trottent dans la tête, Jean, s'inquiétait Marie, obstinée à percer les pensées des deux frères.

L'aînée des sœurs Villars ne cachait pas son anxiété. La boutique de la rue Royale, fermée avant la guerre sur ordre de Clairborne, n'avait pas été rouverte, la spoliation de l'année précédente semblait en partie oubliée, l'argent circulait pourtant à nouveau. D'où venait-il ? Pierre était évasif. On écoulait quelques réserves abandonnées à Barataria par les Américains.

— Ne t'en fais pas, ma bonne, tout est dans l'ordre des choses, lui répétait-il.

Sa paupière droite s'était un peu relevée, pas assez cependant pour corriger son air de paysan dubitatif. L'argent des Laffite était toujours espagnol, simplement, on ne coulait plus de navires pour le gagner. Le père Sedella tenait ses promesses, les relevés de Latour et le zèle de ses espions aux Arkansas avaient fait forte impression. Ses agents recevaient leur écot avec régularité ; c'était là un emploi sans la moindre brillance mais lucratif, de quoi se donner le temps d'échafauder des projets, d'aller à la recherche des compagnons éparpillés, de consulter plans et cartes. De rêver à d'autres rivages.

Jean souriait à son fils, l'esprit ailleurs.

— Je te connais, toi, lui dit un jour Catiche. Tu es comme ces oiseaux qui restent sans bouger pendant des heures, puis s'envolent d'un coup, va savoir pourquoi. Ni moi ni d'autre personne ne pourra changer ça.

— Ni personne d'autre, Moka. Tu m'as assez manqué, l'hiver dernier, pour que je ne te laisse plus jamais derrière moi.

— Tu dis ça. Parole de corsaire ?

— Parole de pirate.

Elle acceptait l'aventure, jetait sa jeunesse au vent pourvu que l'homme qu'elle aimait restât à ses côtés. Marie pourrait encore la mettre en garde, radoter en torchant ses moutards. Catiche avait traversé l'épisode de Barataria sans se plaindre une seule seconde, côtoyer des hellish banditi ne l'avait aucunement gênée. Elle avait confiance en son amant et le défendait, sachant Jean assez fort pour se relever et encore assez souple pour parer les coups. En vérité, elle était devenue sa complice au fil des ans, il n'y avait pas là de quoi troubler ses nuits.

— Tu as une cicatrice sur la cuisse, pas très ancienne. Qui t'a fait ça ? interrogea-t-elle, curieuse.

— Une affaire d'honneur, à Washington. Un seton, assorti à quelques autres. Ma peau est le reflet assez exact de mon existence.

Ils s'étaient étreints, au chaud sous une couette cousue par les aînées de Pierre. Catiche allaitait, ses seins gonflés, parcourus de fines veines, bleues comme l'eau de la baie au couchant, plaisaient à Jean, qui s'y attardait, câlin, dès que son fils, repu, les abandonnait.

— Je vais te raconter ça.

Il ne lui cacherait rien. Au bout de ces années de secrets, il éprouvait le besoin de se libérer d'une charge partagée jusque-là, par petits bouts, avec Youx, Lafon et quelques autres. Seul Pierre savait tout, mais l'aîné était le double du cadet, son sosie mental, télépathe et devin.

Elle écouta, sage et concentrée, hochant la tête comme un prêtre recevant une confession, le récit des frasques de Jean à Carthagène, de ses retrouvailles avec Elora à la Balise, de ces amours étranges, devenues immatérielles, remises à jamais, éteintes. Browman, une affaire d'honneur ? Voire. La joie saumâtre éprouvée à le voir mort au terme d'une querelle de ruffians était celle d'un assassin bien plus que d'un vengeur cherchant à réparer une injustice. Il avait joui de tenir sous lui, encore chaud, le corps d'un homme qu'il connaissait somme toute fort peu, de peser dessus comme Browman avait pesé sur sa destinée. Cela n'avait rien à voir avec les duels en haute mer, ces brèves embrassades entre le rapace et la proie, destinées à terroriser la volaille survivante. Sur la terre gelée de Washington, il avait eu l'impression de s'être accouplé avec un cadavre, d'en tirer du plaisir ; une monstruosité qui le souillait encore.

— C'est la nuit partout, Moka, la nuit, toujours, celle des contrebandiers et des pirates, celle des combinaisons qui tuent, des règlements de comptes, de la politique et de ses crimes de canailles.

Elle caressait sa nuque tandis qu'il parlait, le front contre son sein, d'une voix monocorde. Soudain, elle dit :

— Tu ne resteras pas à La Nouvelle-Orléans, ni en Louisiane. Dans ton cœur, tout cela est passé, inutile et blessant.

— Vrai, Moka. Les puissants de l'Union m'ont enragé contre leur patrie, je peux dire honnêtement qu'ils ont fait ce qu'il fallait pour ça. Gentleman Laffite, ha ! La haine, ça oui. Je me mets à éprouver ce genre de sentiment, de plus en plus souvent, dès que je traîne en ville. Vivre ainsi jusqu'à mon dernier instant, dans ce cloaque de plus en plus yankee chaque jour, me débecte. Autant s'en aller, y revenir par accident, juste pour voir les magnolias fleurir et les quarteronnes arborer leurs tignons sur la place d'armes, au printemps. Pierre risque bien de séjourner encore quelque temps ici. Espagnols, Anglais ou Américains, je crois qu'au fond il les déteste pareillement, mais tu vois comme il tient à sa vie de bourgeois. Ça lui suffit pour les supporter, grand bien lui fasse.

Il la contemplait, appuyée sur un coude, dans sa nudité épanouie de nourrice. Avait-il maintes fois pensé à ces instants de paix ! Sidéré par leur précaire brièveté, frissonnant, il serra sa maîtresse contre lui, comme si, en l'enfermant ainsi dans ses bras, il se protégeait une fois de plus du temps, et l'arrêtait.

Carthagène était tombée dans une orgie sanglante, au bout de quinze semaines d'un siège impitoyable. Des débris de la garnison rebelle parvenaient aux bouches du Mississippi. Des civils aussi, fuyards que les corsaires, associés à la défense de la citadelle, avaient embarqués à la hâte, aux dernières heures de la tuerie.

Youx était en ville. Occupé auprès de la junte révolutionnaire mexicaine, il n'avait pas participé à la bataille. Jean le retrouva à la Salle chinoise, en compagnie de Lafon et d'un des derniers défenseurs de la cité rebelle, Aury.

— Dominique, tu es magnifique, le complimenta Jean. Et à la mode.

L'artilleur d'Austerlitz avait réduit sa pilosité, coupé sa barbe et conservé sa moustache en bataille, laissant d'épais favoris envahir ses joues. Sa bedaine aussi avait changé ; arrondie par la bonne chère, la bière.

— Désargenté quelque peu mais toujours capable d'épouser les bonnes causes, dit-il, sceptique. Tu connais Aury de nom et de réputation, eh bien, le voilà parmi nous, échappé de justesse d'un foutu guêpier.

— L'Espagne a récupéré sa colonie au canon et à l'épée, sept années de patience ont aiguisé ses crocs, expliqua l'homme. Pour la nouvelle année, les menuisiers de la colonie ont eu à assembler plus de gibets que d'armoires à porcelaines, vous pouvez m'en croire.

Il n'avait pas vingt-cinq ans et possédait six vaisseaux mouillés devant une île du Texas, Galveston. Grand et svelte, il avait noué en catogan sa longue chevelure de la couleur des blés, qu'il lissait d'un mouvement répétitif. Sa voix portait loin, son regard ne quittait pas Jean tandis qu'il racontait. La pénurie dans la ville assiégée, la canonnade incessante crachée par le millier de canons de l'armada espagnole, le débarquement des ennemis, les corps-à-corps dans les rues et jusqu'à l'intérieur des maisons.

Brûlant d'impatience, Jean finit par l'interrompre :

— Calle Acevedo, il y avait une famille. Almagre.

Le visage d'Aury s'éclaira.

— Doña Elora ! Tudieu, la belle nature. Habile au mousquet autant qu'au pansement des blessés. Sa tête avait été mise à prix vingt mille pesos, une somme ! Elle a réussi à sortir de la nasse en compagnie du gouverneur Toricès et de quelques édiles.

— Sur votre navire ?

— Non.

— Sur la *Misère* de Desfarges, alors ? s'empressa Jean. Il était bien avec vous, là-bas.

— Exact. Il a filé vers les Antilles avec un peu de l'argenterie sauvée du pillage.

Youx s'esclaffa. On avait emporté quelques cuillères, une manière de se payer des risques encourus. La moindre des choses en pareilles circonstances.

— C'est Mitchell qui les a embarqués, révéla Aury. Nous avons forcé ensemble le blocus, de nuit, puis l'obscurité et la forte mer nous ont séparés. Vous connaissez ce compagnon ?

— J'en ai peur, dit Youx.

— Il a séjourné à Barataria, précisa Jean.

— Ah oui, Barataria, releva Aury. Le nom court loin vers le sud comme un roulement de tambour. Nous nous accompagnons à distance depuis quelque temps, Laffite, la vie est étrange, il était temps que nous nous rencontrions.

Jean ne put s'empêcher de sourire. Aury ressemblait au jeune homme qu'il avait lui-même été. Sûr de lui, de sa chance, de ses anges gardiens. Un de ces météores sortis du néant le sabre à la main et la parole facile, des étoiles plein la tête, avec au ventre le désir, forcené, de s'imposer. Celui-là était d'un calibre intéressant. A Grande-Terre, il eût fait un capitaine de valeur, et sans doute un prétendant au trône.

Jean s'inquiéta. Savait-on où était Mitchell ?

— Je sais qu'il s'est fait coincer à la Balise il y a quelques jours, dit Aury. S'il n'est pas rentré chez lui, à Baton Rouge, il doit traîner par ici.

— Vous savez des choses, Aury, dit Jean en se penchant vers lui. Mitchell en bon Samaritain, recueillant des réfugiés à son bord et les nourrissant, pour expier ainsi ses crimes, c'est une jolie fable pour simples d'esprit. Les pandores de la Balise ont peut-être bien fait de jolies prises sur son bateau. Je me trompe ?

— Possible, Laffite, répondit Aury, sibyllin. Les exodes de ce genre se font en général dans le chaos.

Il s'était passé des choses en haute mer. Jean n'en apprendrait pas plus de sa bouche. Le Parisien, autrefois enseigne de Napoléon, préférait parler de son établissement à Galveston, de la caution des insurgés mexicains qu'il partageait avec Youx, des perspectives ouvertes à l'ouest, loin de Clairborne, de Patterson et de cette Louisiane si ingrate pour ses héros.

— Ma première prise n'est guère ancienne, Laffite, trois mois seulement. Imaginez ; une paire d'as, la *Pétronille* et le *General Artigas*, en route pour Cuba. A bord, près de trois cents nègres de Guinée et pour sept cent mille dollars d'indigo et de cuivre. Tout ou presque est passé ensuite en Louisiane par des chemins détournés. Je vais avoir besoin de relais ici même, à La Nouvelle-Orléans. Il me semble que votre frère et vous serez les mieux placés pour vous en assurer.

— Le Texas, Jean ! Dépêche-toi de nous rejoindre, renchérit Youx.

Il ouvrait grands ses yeux sur ce rêve. Lui avait choisi de servir les rebelles mexicains. Il naviguait sous leur pavillon, saisissait en leur nom, menait sa vie quasi officielle de corsaire, pour une cause à laquelle il finissait par croire. Jean n'avait rien d'un tel pécule ; ni bannière sous laquelle se ranger, ni bateau capable de se risquer sur l'océan, ni cause à défendre. Il naviguait à terre grâce à la solde d'un prêtre espagnol. Quelle gloire !

Il avait du mal à avaler sa salive. Le jeu consisterait à avertir Sedella que Galveston serait bientôt une base de la rébellion peuplée de pirates, une nouvelle Barataria aux couleurs des insurgents. Il soutint le regard de son ami ; un mot lui taraudait la cervelle, un sale mot, « trahison ». Il piqua du nez dans son verre de rhum, fit mine d'observer les clients de la Salle chinoise. Des bourgeois pour la plupart, lisant le journal ou dégustant des cafés, quelques Noirs libres fort élégamment vêtus, des Français et des Américains parlant affaires dans le murmure bavard de l'immense pièce.

— J'ai à faire, dit-il.

Il se leva, récupéra sa canne et son éternel chapeau noir à large bord. Aury lui tendit sa main, qu'il serra. Le pionnier de Galveston était avenant, enthousiaste, pressé de réussir une aléatoire entreprise. Un petit Laffite, vraiment, jaugeant les anciens à son aune, cherchant des havres, des hommes, des armes, de l'argent. Et sûr de les trouver.

— Je t'accompagne, Laffite, décida Youx. Salut, Louis ! On se reverra.

Ils se retrouvèrent rue Saint-Philippe, dans l'animation bruyante et colorée d'une fin de journée.

— Tu es bien pâle, constata l'artilleur. Je vois bien que tu es embarrassé. C'est d'être commandé par Aury un jour prochain qui te met dans cet état ? Allons, mon ami, nous ne sommes pas le conseil d'une banque ou d'une ville. Tout peut changer en une nuit ou en une heure, chez nous. Tu as vu ce drôle. L'ambition lui sort du col, des manches et du bicorne. Vaillant, les réfugiés de Carthagène pourront en témoigner. Il tenait encore les remparts quand la troupe avait déserté. Maintenant, il est aux insurgents et s'offre Galveston. Il a raison.

Youx tenait la Louisiane et sa capitale pour terres mortes. Un jour, l'importation des esclaves serait autorisée à nouveau, les taxes tomberaient, rendant la course en mer totalement inutile.

— Tu sais, mon vieux, poursuivit-il, notre bonne vieille Espagne vacille comme une duègne pintée à la vodka. Elle reprend son bastion caraïbe mais tout le reste se fissure. Si les Bolívar, Sucre et San Martín reculent en ce moment, c'est pour mieux fondre sur elle et l'achever. L'Espagne a pressé son Amérique comme une serpillière pendant trois cents ans, l'or a fondu dans ses mains ou coulé dans l'Atlantique. Reste la misère, Jean, une grande misère, crois-moi. L'Eldorado n'est plus en Nouvelle-Grenade, au Mexique ou au Pérou. Il est ici, mais au Texas, en Floride. Ton frère en est bien conscient, d'ailleurs, il suit de près les avatars d'Aury et de ses Carthagénois. Vous allez vous refaire très vite, Aury a vraiment besoin de gens comme vous ici, pour établir ses relais. Je te trouve vraiment soucieux.

— Tu prêches un converti, Dominique. J'ai le Texas en tête depuis un moment.

— Et alors ! Pourquoi fais-tu cette tête d'huître fermée ? Ta voie est tracée, sur laquelle ta Catiche t'accompagnera. La vie est belle !

Ils marchaient vers la levée. Jean lui fit le récit de son voyage au nord, celant sa rencontre avec Sedella.

— J'ai tué Browman par une nuit de gel, à Washington.

— Bonne action, j'espère que tu n'en n'as pas le remords.

— Je pense à la señora Almagre.

Le *Nouvelle-Orléans* était à l'amarre devant une foule de badauds, son pont noir de clients en partance pour Saint-Louis. Son armateur de Philadelphie devait se frotter les mains. D'autres vapeurs étaient en construction, il y aurait bientôt une ligne régulière tranchant l'Union de part en part. Voie royale, fil de vie et d'argent.

— Té, dit Jean, regarde un peu vers l'amont. Aury avait raison.

Un schooner était à l'ancre, à quelques encablures de la digue. Jean reconnut la silhouette de Mitchell. Occupé à enrouler des cordages, bras nus, l'homme de Baton Rouge semblait seul à bord. Jean se mit en quête d'une barque.

— Pardieu, le gouverneur Toricès payait bien ses défenseurs. Un schooner, même désarmé, ça a de la gueule. Tu viens avec moi, Dominique ?

— Abordage ou simple visite ?

— J'ai peur que la visite ne finisse en abordage, si tu veux mon avis.

— J'en suis. Ce sire-là ne m'a jamais fait battre le cœur.

Ils souquèrent jusqu'au navire, hélèrent leur ancien compagnon qui, les ayant reconnus, leur lança une échelle avant de descendre dans sa cabine. Jean se hâta. L'évidente contrariété du Louisianais le troublait. Il assura son court pistolet de salon dans sa ceinture, se hissa sur le pont, descendit aussitôt dans les entrailles du navire. Mitchell sortait de sa cambuse. Il vint vers lui, un sourire contraint aux lèvres.

— Laffite. Je pensais vous voir en ville.

— Vous aviez des documents à ranger, Mitchell ?

Youx les avait rejoints. Jean repoussa fermement le Louisianais vers l'arrière. La table de la petite pièce aveugle était encombrée de papiers. Une serviette en cuir à soufflets, ouverte, y voisinait avec une bouteille de rhum à demi vide. Jean toisa son hôte.

— Que s'est-il passé au sortir du blocus de Carthagène, Mitchell ?

— Ça, dit Youx, le doigt pointé sur une feuille. Soixante mille dollars, vingt esclaves, de la poudre et des fusils, saisie des officiers de la Balise il y a dix jours. Ils délivrent des quittances, désormais. Aury a raison, décidément, nous ne sommes plus faits pour ce pays de gratte-papiers.

— On s'en fout. Avant ça, William ?

— Avant ?

L'homme de Baton Rouge cherchait à gagner du temps, lorgnait vers sa veste posée sur le dossier d'une chaise. Jean vint contre lui. Mitchell était musculeux, sans doute meilleur lutteur que lui, mais ainsi pressé sur la défensive, sommé d'expliquer, il perdait aussi de cette supériorité-là. Jean dévoila la crosse de son pistolet.

— Vous avez recueilli le gouverneur Toricès et des civils en fuite, sur ce navire. Aury me l'a dit. Où sont-ils ? Où les avez-vous débarqués ? Car vous les avez bien débarqués quelque part.

— On s'est battus jusqu'au bout pour cette foutue citadelle.

— Où sont-ils, par toutes les putains vérolées de Baton Rouge ? Allez-vous enfin répondre ?

Mitchell était livide, incapable, soudain, de proférer une parole. Jean réalisa soudain ; l'homme s'était débarrassé de ses passagers en haute mer. Il sortit son pistolet.

— Vous les avez tués. Toricès et la femme qui l'accompagnait. Car il y avait une femme au moins parmi ces fugitifs. Où est-elle, Mitchell ? Parlez, ou je vous brûle la cervelle.

Il renversa la serviette, répandit son contenu sur la table ; des pesos et des dollars en or, des bracelets, un collier de diamants, des boîtes de fard, un médaillon, enfin, qu'il ouvrit sur une miniature d'Elora. La pasionaria y souriait de son air un peu grave.

— Nom de Dieu.

Il referma le médaillon et dans le même mouvement, ayant empaumé son pistolet, il en gifla Mitchell, de toutes ses forces.

— Il l'a tuée, Dominique.

Il répétait ça, serrait le cou du Louisianais. Il trébucha, entraînant Mitchell dans sa chute, gueulant : « Il l'a tuée, il a noyé cette femme-là ! »

Youx se précipita. Mitchell s'asphyxiait, sa langue pendait, ses yeux lui sortaient des orbites. L'artilleur dut produire un violent effort pour tirer Jean vers l'arrière.

— Laffite !

Il réussit néanmoins à lui faire lâcher prise, s'interposa, tandis que Mitchell, cramoisi, toussait et crachait avec des bruits de forge. Jean se releva, empoigna la lanterne à alcool qu'il alluma en tremblant.

— Foutons le camp d'ici avant que je l'assassine, Dominique.

Il remonta sur le pont. Au moment d'agripper l'échelle, il lança le fanal dans l'escalier, entendit le verre se briser.

— Qu'il crève, ce chien !

Youx se mit à la rame. Il convenait de ne pas trop traîner. Les deux hommes prirent pied au bas de la digue, tandis que des flammes s'élevaient de la goélette. Alertés, des gens criaient au feu et se mettaient à courir.

— J'ai vu notre ami sauter à l'eau, dit Youx. Il aura emporté son pauvre butin.

Jean marchait à pas pressés. Parvenu sur la place d'armes, il se laissa tomber sur un banc, face à la cathédrale rosie par le soleil couchant. En bon compagnon, Youx s'assit près de lui, silencieux, observant la foule qui se ruait au spectacle de l'incendie.

Jean faisait le sombre bilan d'une aventure de sept ans terminée comme elle avait commencé, par des meurtres. Elora avait échappé aux Espagnols, espéré, sans doute, avant de comprendre qu'elle effectuait son dernier voyage. Elle connaissait Bolívar et San Martín, luttait depuis des années pour un idéal noble auquel elle sacrifiait sa famille et jusqu'à ses amours. Admirable femme.

— J'étais à Washington, Dominique, quand elle défendait sa ville. Mourir ainsi, comme des rats dans un piège.

— Je n'étais pas non plus à Carthagène en décembre, remarqua le canonnier. On ne peut pas être partout à la fois, tu le sais bien. On fait des choix, on se fie à l'instinct.

— La belle affaire.

Youx posa la main sur son épaule.

— Je vais repartir pour le Mexique. Viens avec moi, dit-il, fraternel.

Puis, avec un peu de malice :

— Barataria héberge quelques fantômes. Je serais bien étonné que Pierre n'ait pas posé des lignes entre ici et la baie, pendant ton absence. Je crois entendre les récriminations de sa femme. Tu as de la chance, toi, la petite Villars ne voit pas la vie de la même manière. Elle te fera escorte.

— Pierre commerce avec le Kentucky. Une part au jour et l'autre pour les nuits noires. Tabac, alcool, des nègres aussi. C'est vrai, il se donne l'apparence d'un bourgeois mais derrière, il plonge à nouveau.

Jean alluma un cigare. Ils étaient bien tous pareils, les fantômes de Barataria. Perdus en terre, cherchant des vents favorables, incapables de s'envisager les pieds au chaud devant une cheminée de Lafayette ou de La Nouvelle-Orléans. Il se frotta les mains. Il sentait encore le cou de Mitchell entre ses doigts. Comment le Louisianais avait-il massacré ses otages ? Il ne pouvait se défaire du visage d'Elora. Etrange femme, chaude au lit, froide au combat, qui se servait de ses amants comme un gouverneur de ses agents. Elle s'était sûrement défendue avant de mourir.

— Dieu m'est témoin que je ne me suis jamais souillé de cette manière, même avec les plus insupportables des Espagnols. L'épée, d'homme à homme, Dominique, et l'abordage, auquel il faut survivre. Le reste n'est que crime gratuit.

Des soldats passaient devant eux. La ville avait conservé une garnison de réguliers que les projets de Patterson et de Clairborne destinaient peut-être à une offensive sur le Texas. Des rumeurs couraient en ville là-dessus. Les deux corsaires se regardèrent, ne purent s'empêcher de sourire. Se sentir en marge de ces agitations-là leur faisait oublier la fuite inexorable du temps.

— Jérôme Bonaparte leur adjoindra ses colons et fera la guerre à Madison, plaisanta Jean. Un Texas français, voilà qui aurait de la gueule, pas vrai, Dominique ?

Le père Sedella serait satisfait d'apprendre la mort de Toricès et d'Elora. Jean se garderait de lui parler de sa rencontre avec Aury. Il avait relâché plusieurs fois à Galveston. Le site était quasiment jumeau de celui de Grande-Terre ; un cordon d'îles d'à peine dix pieds de haut protégeant une baie, un paradis pour les crotales, les cerfs, les canards et les oies, un garde-manger d'huîtres, de tortues, de crabes. Une passe large d'à peine trois cents mètres, trop peu profonde pour laisser passer les gros navires à marée basse, verrouillait l'ensemble.

— Galveston, murmura Jean dans un nuage de fumée.

— Ha ! fit Youx, joyeux. Tu reprends tes esprits, à la bonne heure. Aury t'intéresse ? Il a l'oreille de Bolívar et une petite flotte d'amiral. Il est fantasque, plus encore que toi, ce qui n'est pas peu dire. Mais lui n'a pas la tête près du bonnet.

Il rit, se leva, contempla la place. Le spectacle était terminé. Les gens revenaient de la levée, assez excités. Ils avaient vu couler le bateau en flammes d'un pirate délesté de son trésor à la Balise. Les journaux avaient donc raison, ces diables battaient toujours le marais.

Jean abaissa le bord de son chapeau sur ses yeux. Il n'avait pas envie d'être reconnu.

— Des bras t'attendent, Dominique ?

— Pas ce soir.

Jean connaissait les habitudes sentimentales de son ami. Quand d'autres se complaisaient dans les bouges du Swamp, l'artilleur d'Austerlitz se laissait circonvenir par des veuves encore vaillantes au lit. Ainsi hantait-il, dans les quartiers français ou américain, quelques niches douillettes, chaussant, l'âme en paix, les pantoufles de chers disparus activement remplacés.

— Alors, tu es des nôtres à souper. Je te préviens, l'ambiance n'est pas à la gaudriole, mais Catiche sera heureuse de te savoir toujours vivant, la tête bien posée sur les épaules. Tu es le parrain de son fils, n'est-ce pas ?

4

Ile de Galveston, Texas, mars 1817

Catiche revenait de sa promenade à la pointe est de l'île. Chaque fois qu'elle se rendait à ce bout de terre affronté à l'océan, le souvenir de Barataria lui revenait, obsédant. C'était un décor identique à celui de la Louisiane, sans les chênaies pour l'adoucir, cependant. Mais le même flot troublé par le sable venait pareillement s'échouer sur le rivage ocre en vaguelettes pressées, devant une passe de quelques centaines de mètres à peine, gardée par six canons. Des navires de toutes sortes approchaient le repaire, leurs voiles à demi brassées, leurs hommes à la manœuvre ou guettant, cordages en main, le moment de l'accostage.

Jean-Pierre avait trouvé là son théâtre favori. Applaudissant dès qu'il repérait une mâture à l'horizon du golfe ; saluant à grands cris les arrivants, jouissant du spectacle de toute son innocence d'enfant.

— Bateau, père.

— Bientôt, *tit Janpié.*

Catiche se morfondait. Jean avait quitté l'île depuis près de deux mois. Ainsi allait le fil des jours depuis que l'on avait quitté La Nouvelle-Orléans pour le Texas. Les Américains avaient rondement mené leur affaire. Tous responsables, prétendait Jean. Ils l'avaient dépouillé, humilié, réduit à la mendicité dans les antichambres du pouvoir. Maintenant, il fallait repartir de zéro ou presque. Pierre ne bougerait pas de la rue Bourbon, ce serait au cadet de refaire le chemin, à l'envers.

Sévère apprentissage de l'humilité. Jean avait rejoint Louis Aury au moment où le héros de Carthagène se faisait nommer gouverneur de Galveston par des insurgents mexicains au bord de la déroute. La résistance à l'Espagne se fissurait de toutes parts, Madrid posait à nouveau sa griffe sur ses colonies. Au milieu de ces reflux, le Texas, trop vaste pour les armées de Ferdinand, représentait l'un des derniers refuges où la volonté de se battre pouvait encore se manifester.

Catiche se souvint de leur arrivée dans l'île. C'était à bord d'une grosse felouque, le *Flying Fish*, achetée près de deux mille dollars à un armateur du quartier américain. Le voyage avait été pénible, sur une houle d'octobre semée de grains, de coups de vent, d'angoisses et de pleurs d'enfant. Jean Laffite rejoignait ses nouveaux compagnons de route, une vie nouvelle commençait pour celui que, à part quelques anciens de Grande-Terre croisés en ville, plus personne n'appelait le boss.

« Patience, Moka, ici les gens vont et viennent mais souvent, ils ne reviennent pas. »

De la patience, il en fallait à Catherine Villars. Jean s'embarquait comme second sur les navires qu'il avait découverts ancrés devant le village de cabanes. Des schooners et des goélettes portant des noms superbes, *Jupiter*, *Patriote*, *General Arismendi*. Hérissés de canons, dotés d'équipages de soixante-dix hommes et plus, des bâtiments comme jamais on n'en avait vu à Barataria. Aury savait s'y prendre et Catiche sentait bien à quel point son compagnon peinait à se plier à son rôle de simple partenaire.

Jean haussait les épaules.

« Il faut accepter, ma jolie, c'est le jeu. On peut changer une carte ou deux dans sa donne mais ensuite, il faut aller au bout avec ce qu'on a. Ou se retirer. De toute façon, je n'ai pas voyagé jusqu'ici pour attendre la vieillesse dans un fauteuil à bascule. »

Catiche s'amusa des découvertes de son fils. Des coquillages, des galets aux couleurs mêlées du ciel, des petits crabes derrière lesquels il courait, n'osant les attraper, exultant au spectacle de leur marche arachnéenne, de leurs arrêts subits, antennes frémissantes, leurs yeux roulant d'un bord sur l'autre comme des billes dans une assiette creuse.

L'enfant se releva, montra du doigt le sud où paraissait une voilure hermaphrodite. Lorsque Catiche eut reconnu le *General Arismendi*, que commandait le corsaire Guy Champlin, elle sentit son cœur danser une jolie chamade. Jean était à bord et revenait de sa longue course.

— Ton papa, *tit janpié*. Viens, nous allons l'accueillir au port.

Elle prit son fils par la main, marcha vers le village. Une centaine de cabanes dominées par les maisonnettes des capitaines avaient été érigées autour d'une place où, chaque matin, une troupe militaire aux uniformes dépareillés saluait les couleurs des insurgents mexicains. Quelques magasins tenus par des Italiens, une douane, un café donnaient à l'ensemble des allures civilisées. Catiche ne s'attarda pas devant les boutiques de tissu, de cacao, de fruits secs ou de ferraille. D'autres femmes, alertées elles aussi, se hâtaient vers les pontons de bois. Il y avait là un vrai port, à côté de quoi les accastillages branlants de Barataria figuraient une copie bâclée.

Les gens de Galveston étaient semblables aux clandestins de Louisiane. Aury avait rameuté sa compagnie à Carthagène ; un peuple aléatoire d'Européens et de Yankees mâtiné de latinos, commandé par des Français. La tradition se maintenait, Youx eût été satisfait de constater que sa mère patrie dominait encore, de cette manière peu orthodoxe, des confettis d'Amérique. Mais comme Lafon, Desfarges et les anciens de Grande-Terre, l'artilleur naviguait ailleurs.

Le *General Arismendi* était intact. Chargé de *goods* jusque sur son gaillard d'arrière. Des boucauts par dizaines, des sacs, des caisses enclouées. Les canons de Champlin avaient montré leur efficacité. Comme sur tous les ports du monde, il y eut des vivats, des cris, du bonheur et de la liesse. Lorsque le brick eut tiré le coup de canon et hissé le drapeau blanc réglementaires, Catiche installa Jean-Pierre sur ses épaules. Debout à la proue du navire, d'où il dirigeait la manœuvre d'accostage, Jean répondit d'un ample mouvement du bras au salut de son fils.

— Regarde comme est beau ton père, *tit Janpié*.

Jean dominait les hommes d'équipage d'une bonne tête, son allure de capitaine le distinguait des autres. Comme autrefois.

Une troupe de marins et d'esclaves s'activait déjà au portage, ployant sous la futaille. D'autres navires étaient attendus, les « Associés » de Galveston avaient réussi leur pari : faire de leur base un véritable comptoir commercial, sous la bannière mexicaine mais en vérité autonome, hors de toute juridiction étrangère. Il y avait même, au village, un tribunal doté d'un juge et de deux assesseurs pour régler les affaires courantes et apaiser les litiges.

Jean quitta le bord en dernier, dans les pas de Champlin, un rondelet au torse puissant, aux mains carrées de hisseur de focs. L'homme était de New York ; passé par les plantations de Baton Rouge et de Natchez, contrebandier puis corsaire sous pavillon de rencontre, il suivait une trajectoire somme toute classique.

Catiche se précipita. Il y avait ainsi, le plus souvent, une récompense aux interminables attentes des quelques femmes de Galveston. Ici, l'inquiétude était plus vive qu'ailleurs, on était en territoire espagnol, dans une sorte de liberté surveillée où l'on redoutait autant les tempêtes d'automne que le zèle des frégates, qu'elles fussent de Ferdinand ou de George. Jean serra sa compagne contre lui. Il semblait heureux, soucieux en même temps. Catiche remarqua les fils d'argent plus nombreux dans sa longue chevelure, la fatigue aussi, sur ses traits.

— J'ai vu de loin un américain tirer sur un brick espagnol, il y a deux jours, dit-il. As-tu vent d'une guerre à terre ?

On venait à Galveston d'un peu partout dans le golfe, les nouvelles y arrivaient aussi vite que dans les salles de rédaction de La Nouvelle-Orléans ou de Washington. Une guerre ? Catiche n'avait rien entendu de tel.

— Il faut que je parle à Aury. Sais-tu s'il est rentré ?

— Prends tout de même le temps de respirer un peu, protesta Catiche. Regarde-toi, tu es maigre comme un coquelet.

Il rit, se détendit un peu.

— Un bon coq est un coq maigre, prétendait ma grand-mère des Landes.

Il chercha, parmi les mâtures alignées le long des pontons, l'oriflamme à damier bleu et blanc de celui que les Mexicains et les rebelles de Carthagène appelaient « don Luis ». En vain. Le gouverneur de Galveston était encore en mer sur son *Jupiter*.

— Jean, nous sommes là, ton fils et moi !

Il vit la contrariété de Catiche. Tous avaient des soucis sur l'île, ce n'était pas une raison pour les montrer de cette manière, à un moment comme celui-là.

— Tu as raison, Moka. Est-ce qu'un clavecin te ferait plaisir ? On en a trouvé un qui sonne à peu près juste, j'ai mis un gage dessus pour toi et ce petit ladre.

Il se fit bavard, soudain. Le *General Arismendi* avait rôdé jusqu'aux parages du Brésil. Il se passait des choses étranges dans le golfe ; les américains se montraient, sabords ouverts, le commodore Patterson avait donné à ses canonniers la permission de chauffer leurs fûts contre l'espagnol. On ne préparerait pas autrement un assaut contre le Texas ou la Floride.

— Où voudrais-tu installer un clavecin ? plaisanta Catiche, tandis que Jean posait son sac sur le plancher de bois brut de sa maison.

Maison que cet assemblage rouge de torchis, de poteaux en terre, de chaume et de pierre dépareillée abritant une pièce commune et une chambre ? Cabane convenait mieux pour décrire l'impression éprouvée en y entrant. Tout était là sommaire, bâti à la hâte. L'ordinaire des hommes de Barataria, pensait parfois Jean. Ou celui des clans Houmas les mieux logés.

— J'ai acheté du canard à la boutique de vénerie, dit Catiche. Il est cuisiné d'hier, c'est un homme du *Patriote* qui en a tiré une dizaine au bayou de l'ouest.

Jean s'était laissé tomber dans un fauteuil ; assailli aussitôt par son fils. Un abordage en règle, à grands coups de coudes et de genoux. L'enfant était magnifique ; le métissage le dotait des yeux fauves de sa mère, de sa carnation ambrée, de boucles châtain clair dont on ne savait trop d'où elles venaient. De son père, il tenait les lèvres gourmandes, le front large, le regard aigu où brillait une petite flamme de malice.

— Pardieu, je suis bien content d'être ici ce soir, dit Jean.

L'enfant battait des mains, exigeait que l'homme en noir, ce mystère dont il était question chaque jour, s'intéressât à ses mimiques, à son discours incompréhensible. Jean caressa ses cheveux, regarda Catiche. Un jour, il y aurait pour eux trois un havre définitif où l'on prendrait enfin le temps de vivre.

Allongé à demi nu près de sa maîtresse endormie, il ne parvenait pas à trouver le sommeil. La campagne du *General Arismendi* n'avait pourtant pas été sanglante. Les saisies s'étaient effectuées plutôt civilement ; comme Laffite, Champlin répugnait à expédier des navires par le fond, préférant les vider avant de les laisser poursuivre leur route.

C'était autre chose, en maraude dans son esprit, allant et venant avec le sifflement du vent sur la terre sableuse du village. Il parcourait un labyrinthe, au bout duquel il butait avec constance contre des murs, comme dans un rêve éveillé dont il ne pourrait se libérer avant les premières lueurs de l'aube.

Sa tension, ses mouvements de nervosité finirent par éveiller sa compagne. Catiche se pencha sur lui, caressa son visage, les cicatrices boursouflant ici et là la peau de son torse. Plombs et pointes d'épées. Il avait eu de la chance jusque-là, comme ces oiseaux migrateurs volant trop haut pour se faire transpercer. La mort l'avait effleuré à quelques reprises, frappant plus loin, à côté de lui, parfois. Survivre au fil des empoignades avec sa destinée valait bien son lot d'indifférence pour quelques balafres.

Lorsqu'il avait quitté Galveston, huit semaines auparavant, il s'était embarqué avec l'enthousiasme du jeune conquérant qu'il avait été aux premières heures de son séjour en Amérique. Commander en second, sous les ordres d'un capitaine de Louis Aury, ne le contrariait pas. Au contraire, il se sentait proche de Champlin, envisageait les choses de la course de la même façon. L'homme avait de la faconde, un sens inné de la mer, un courage physique signalé lors du siège de Carthagène. Et puis, il fallait de toute manière se remettre à l'ouvrage pour posséder à nouveau un navire digne de ce nom au lieu de la barcasse à deux voiles sauvée du naufrage louisianais.

— Tu te tourmentes, mon beau, dit Catiche à voix basse. Champlin t'a causé du souci ?

Il fut soulagé d'entendre la voix de son amante.

— Il m'a traité comme son égal. Ma foi, c'est un compagnon fort agréable. Je pense plutôt au danger d'une guerre ouverte entre l'Union et l'Espagne. Elle nous placerait au beau milieu d'un fameux guêpier.

Il tairait le reste. Dans le dédale de ses pensées secrètes croisaient un certain nombre de personnages à la recherche eux aussi de la sortie. Le père Sedella, avec sa tonsure, son miel d'agent diplomate, ses pressions financières et ses promesses de pardon. Pierre avait pour mission de le faire patienter, de lui livrer à la passoire les informations que Jean était supposé fournir aux Espagnols. Le commodore Patterson, prêt à lâcher ses quelques bâtiments aux basques de tout ce qui n'était pas américain. Et Aury, le héros de Carthagène, inféodé aux rebelles mexicains et chef de la compagnie des Associés, une fiction dont Jean faisait désormais partie.

— Nous sommes ici sur un territoire de plus en plus clairement revendiqué par Washington, dit-il, sous le regard intense de Catiche. Savoir la flotte étoilée croisant au large de Galveston ne me dit rien qui vaille. Je n'ai pas oublié le traquenard de Barataria.

Catiche se contenterait de cette part de vérité. Le reste gîtait au fond de la conscience de son amant. Sedella attendait des renseignements sur les projets d'Aury et de ses hommes. Le vertige de Jean, sa sensation d'avancer sur une corde tendue au-dessus du vide, venait de cette compromission-là. Il faudrait haïr les uns et les autres du fond de l'âme, pour la vivre jusqu'à son terme.

— Doux, Jean Laffite, murmura Catiche. Je suis là, près de toi.

Il la devinait penchée sur lui dans l'obscurité, menue et forte en même temps. Il leva les mains vers ses seins adorables, son cou d'oiseau, ses lèvres entrouvertes. Là était la fin rêvée de ses voyages, le port où il devrait déjà se reposer depuis longtemps. Mais telle était l'errance des corsaires du golfe, brûlant la terre sous leurs pieds, ouvrant sans cesse des horizons vers lesquels ils se hâtaient avec des impatiences de jeunes gens affamés.

— Ma petite fille. Je te fais mener la vie des Tziganes de Gironde. Et pourchassée comme eux par la terreur publique.

Elle serra son visage de ses doigts tremblants. Son choix était fait depuis toujours ; il lui coûtait le seul prix de l'absence et du silence. Elle se moquait bien des guerres et de leurs menaces, des capitaines et des stratégies ; s'il fallait répéter ça mille fois à l'oreille de son amant, elle le ferait. Son trésor dormait à deux pas d'elle, dans l'ombre du père une fois de plus retrouvé. La justice rendue à ces attentes se nommait amour. La chose la plus simple du monde.

Il cessa de penser. Les bras de Catiche l'emprisonnaient, son ventre palpitait contre lui.

— Je t'aime pour de bon, Moka-syntaxe, lui chuchota-t-il à l'oreille. Pardieu, tu es l'être le plus chérissable du monde.

Il ouvrit les yeux sur la lumière grise du petit jour, filtrée par les persiennes. Il avait dormi profondément, d'un sommeil de terrien. Dehors, des cris retentissaient, se couvrant les uns les autres. Il s'assit d'un élan subit, écouta. Un assaut eût été précédé de semonces, mais ces coutumes chevaleresques avaient tendance à disparaître. Il se leva, enfila hâtivement son pantalon de toile, sortit, le torse et les pieds nus, son sabre à la main.

Le village s'animait autour d'un groupe de marins fraîchement débarqués. Jean reconnut des hommes d'Aury, les uns armés, les autres, chemises ouvertes et poignets liés dans le dos, jetés à terre, où ils tressautaient et rampaient comme de la volaille au marché français de La Nouvelle-Orléans. Jean s'approcha. Une mutinerie avait eu lieu à bord du *Jupiter*. Une course épuisante, des prises trop maigres et pour finir, un capitaine peu enclin à partager aussitôt. Il avait fallu se battre contre une faction haïtienne décidée à abréger le voyage au Yucatán. Aury ne manquait pas de qualités ; le recrutement de ses équipages n'en faisait pas partie.

Le gouverneur de Galveston était allongé sur une civière de toile. Jean se précipita. Aury avait la poitrine et les mains en sang, son jabot noirci par la poudre pendait, déchiré. Des mains inexpertes avaient appliqué sur ses blessures des pansements vite transformés en charpies. Jean s'agenouilla près de lui. L'homme était en piteux état mais bien vivant. Appuyé sur un coude, grimaçant, il surveillait les mutins comme un berger son troupeau dans une combe aux loups.

— Rude affaire, Laffite, dit-il, grinçant. Cette pourriture a bien failli nous emporter. J'ai perdu quatorze hommes dans la rixe.

Champlin avait rejoint l'attroupement. Il fit mander le chirurgien du village, un toucheux de Sologne devenu marin au hasard des campagnes napoléoniennes mais qui savait mélanger les herbes, cautériser les plaies et amputer même, aussi précisément qu'autrefois le baron Larrey[1] sur les charniers d'Europe. Du moins le prétendait-il.

— Des cordes, cria Aury. Portez-moi jusqu'à la chênaie. Nom de Dieu, j'aurai du plaisir à voir ces fils de putassiers gigoter sous des cravates.

— Il faut changer vos pansements, lui dit Jean.

Don Luis se foutait bien de ses blessures. On le soignerait, certes, mais pas avant que les rebelles se fussent balancés aux branches des rares chênes de l'île. Une procession se mit en route vers les abords ouest du village, le chef sur sa civière, les pénitents sur leur chemin de croix et la foule grossissant à mesure que l'on avançait.

— Où est Ducoing ? s'inquiéta Aury.

C'était le juge de Galveston, assermenté auprès des insurgents. Présentement en chasse à l'espagnol, quelque part entre la Jamaïque et la Guadeloupe. La situation pouvait paraître compliquée. Aury la simplifia d'un revers de main.

— On se passera de lui. Il faudra tout de même consigner l'acte sur son registre.

Jean fut soulagé de ne repérer aucun de ses anciens marins parmi les six condamnés. Les vainqueurs de Chalmette s'étaient débandés ; quelques-uns s'étaient faits laboureurs, ouvriers portuaires, cordonniers ou rémouleurs, les autres, plus nombreux, avaient repris la mer dès la fin de la guerre. Il en passait parfois à Galveston, débarquant de navires amis ; l'occasion de parler des climats de Barataria.

Jean suivit de loin l'exécution ; une affaire rondement menée. Il eût été aussi simple de balancer les mutins ligotés

1. Chirurgien des armées de Napoléon.

par-dessus le bastingage du *Jupiter*. Aury tenait à faire un exemple, en cela il avait raison. Comme n'importe quelle autre famille de marins, la société des Associés ne pouvait tolérer que l'on se rebellât à bord d'un bâtiment.

On laisserait les suppliciés suspendus jusqu'au lendemain. Puis on les mettrait en terre, sans prêtre ni *sheriff*. Galveston n'hébergeait ni l'un ni l'autre de toute manière ; les choses allaient bien ainsi.

Aury ressemblait à une momie inca en cours d'embaumement. Le toucheux l'avait enduit de poudres et d'onguents, sous des linges bouillis. C'était miracle que le gouverneur de Galveston n'ait pas perdu deux ou trois doigts dans l'aventure, mais à le voir ainsi soigné, Jean n'était pas sûr que le traitement fût moins dangereux que la colère des mutins.

— Messieurs, je suis assez heureux de vous voir, dit don Luis.

Il présidait son conseil des capitaines, au bout d'une table en bois massif des Asturies. Sa maison n'était guère plus solide que les autres, mais on y était servis par deux esclaves, dans du mobilier de très grande valeur. Laffite s'assit face à lui. On était entre Français ce matin-là, cela facilitait la discussion et lui donnait un caractère plus intime.

— Les insurgents me demandent d'aller renforcer leur garnison de Matagorda, annonça le gouverneur.

C'était dans la concavité du golfe, à trois jours de mer de Galveston ; une lagune verrouillant une grande partie de la côte orientale du Mexique.

— Ils ont raison, poursuivit Aury. Avec nous autres ici, Youx dans les parages du Yucatán et une base solide à Matagorda, ils piègent les Espagnols à la perfection. Dès que je serai rétabli, j'emmènerai trois cents hommes pour...

Il laissa sa phrase en suspens, eut un geste vague. La mission serait d'une durée indéterminée. La ponction en hommes et en matériel affaiblissait les défenses de l'île, c'était assez contrariant, mais on pouvait difficilement faire autrement.

— Il est entendu que je demeure gouverneur de Galveston, reprit-il en fixant son vis-à-vis avec insistance. La communauté prendra les choses en main. Nous disposons d'une belle organisation, enviée jusqu'à Washington ; un commandant des forces militaires, un directeur des douanes, un juge et même un chef du port et de la marine. Je peux partir tranquille.

Il éclata d'un rire d'enfant, très bref.

— Tudieu, la joie me fait mal à la poitrine. Foutus Haïtiens, ils auraient pu tout aussi bien me percer le poumon, ou le cœur.

Il y avait à régler des affaires courantes, des bisbilles sur des parts, des frais communs à calculer pour la réparation de navires endommagés par les tempêtes, des pensions à verser à des blessés et à des veuves. A entendre cela, Jean ne pouvait s'empêcher de penser à Grande-Terre, à ses codes d'honneur identiques, à cette liberté essentielle dont il retrouvait en partie le goût, comme au sortir d'un long tunnel. Des compagnons l'entouraient, que la société bien-pensante des Etats-Unis abhorrait. Etaient-ils donc si différents des hommes d'affaires de Baltimore, de Savannah ou de La Nouvelle-Orléans, prêts à vendre leur mère pour un coup financier ? Ou des caboteurs du Mississippi guettant les attelages au coin des chênaies de Baton Rouge ou du confluent ? Où même des politiques, ces tueurs souriants inaptes à reconnaître leurs erreurs, parfaitement rodés en revanche à charger les épaules des autres de leurs propres fautes ?

Aury lui plaisait, mais de là à se mouler dans ses ambitions, il y avait un pas que Jean ne franchirait pas. Ses angoisses s'étaient dissipées avec le jour et son tumulte justicier. Il y aurait des choses à dire au père Sedella. Accessoires. Vagues projets d'Aury sur la Floride, gesticulations de la marine américaine au sud du Texas et de quelques aventuriers à la solde de Madison, au nord. Gagner du temps, persuader les Espagnols que l'Union était bien plus dangereuse et menaçante que la pauvre compagnie des Associés ; la marge était encore appréciable pour des manœuvres de ce calibre.

— A quoi pense notre ami Laffite ?

Jean sursauta. Aury l'observait, son habituel petit sourire au coin des lèvres.

— Mon frère Pierre m'écrit à propos de Jim Bowie[1] et de son cadet. Ils ont trouvé la méthode pour faire entrer le bois d'or en Louisiane. Ces garçons du Kentucky ne manquent

1. Héros légendaire américain, mort à Alamo en 1837.

pas d'astuce. Ils dénoncent le passage des cargaisons aux douanes de Clairborne dès leur arrivée sur la rive gauche de la Sabine et s'entendent avec les fonctionnaires de la Balise, cinquante-cinquante, commission incluse. L'unité passe ainsi de cent trente dollars à près de mille cinq cents, au marché officiel. Saisie-vente par l'Etat américain, qui se sert en dernier mais plutôt bien ! Voilà un commerce qui arrange tout le monde mais dont la presse en anglais ne parle guère, et pour cause. Une telle vénalité, vous vous rendez compte !

Aury apprécia. La préférence de ses capitaines pour des reconnaissances de dettes plutôt que pour le placement de l'argent commun dans les banques de La Nouvelle-Orléans l'irritait. Ce manque de confiance à son égard le choquait. On se regarda en coin, autour de la table.

— On verra ça à mon retour, trancha-t-il. Champlin expédiera les affaires courantes.

Il désirait se reposer ; son sommeil n'était pas bien fameux, les pansements du toucheux d'Aubigny le martyrisaient et les insurgents étaient pressés de le voir prendre la mer pour Matagorda.

— Avec ces mains-là, vous imaginez !

Il leva la séance, alla aussitôt s'allonger sur un canapé, le bras devant les yeux. Jean se retrouva avec Champlin sur le pas de la porte. Les deux hommes avaient à préparer le *General Arismendi* pour un séjour dans les parages du Yucatán. Aux lisières sableuses du village, les pendus de balançaient, tournaient sur eux-mêmes, bercés par les sautes d'un vent sans méchanceté. Champlin les observa longuement, puis, se tournant vers Jean :

— Vous êtes amateur de gibier, Laffite ?

— Chevreuil. Palombe, autrefois en Gascogne. Garenne. Ça manque assez par ici.

— Moi, c'est la bécasse. Mon père les laissait faisander dans un cellier. Ça puait, mon pauvre. Mais c'était bon à mettre au pot quand la tête se détachait du reste, pas avant.

Au moment où le brick de Champlin venait au contact de son jumeau espagnol, Jean eut une pensée pour Catiche. La course avait été plaisante à vivre, comme ces courtes escapades au large de Barataria, lorsque l'on sortait les navires fraîchement réparés, pour les éprouver. Des femmes montaient à bord, en récompense des services rendus à terre, de leur soin des maisons et des enfants, de leur patience et de leurs prières, surtout. On forçait la voile, tout se mettait à grincer, à gémir, à gîter. Balades au beau vent d'est.

— Ils vont se battre encore, constata Champlin. Serrons-nous la main, ami, j'ai eu plaisir à vous connaître.

Son bâtiment avait un peu souffert. Deux boulets de dix en avaient brisé l'artimon dont les focs faseyaient, inutiles. Une salve de ses canonniers avait réduit la *Madre Sagrada* au silence, bouchain percé, sabords éclatés. L'abordage devenait possible.

Les Espagnols tiraient au mousquet, de façon sporadique. Accroupi derrière le bastingage du *General Arismendi*, Champlin attendait que ses hommes aient lancé les premiers grappins. Au signal, il se dressa, enjamba la lisse, Jean à ses côtés, sa troupe en bon ordre derrière lui. Poussé par soixante bouches, un hurlement accompagna l'élan des deux capitaines.

Le pied à peine posé sur l'espagnol, Jean fit feu d'instinct. Des hommes tombèrent devant lui tandis que les assaillants déferlaient sur le pont. Champlin ferraillait au sabre sur le passavant. Jean vit le canon de fusil braqué sur l'Américain depuis le gaillard d'arrière. Un officier le mettait en joue. Le cri que poussa Jean se perdit dans le vacarme de la bataille. Le plomb de l'Espagnol n'avait pas touché.

— Gardez-vous, Champlin, on vous cherche !

L'officier avait saisi un autre mousquet, visait à nouveau le chef des assaillants, posément. Jean lança son poignard dans sa direction, sans l'atteindre. Champlin s'arrêta net, porta la main à sa tempe, le temps pour un Espagnol de lui passer son épée au travers du ventre.

Jean décapita le marin d'un coup de fauchard, se pencha vers son compagnon. Champlin le fixait de ses yeux grands ouverts, cherchait à parler. Jean lui soutint la nuque, le temps d'une brève agonie. Puis il empoigna les deux pistolets du capitaine, se rua vers les marches de bois menant au gaillard. Des officiers s'y étaient réfugiés, formant un carré d'ultime défense qu'un nuage de fumée craché par vingt canons de fusils coucha dans l'instant.

Il chercha le meurtrier de Champlin. L'homme, seul survivant de sa compagnie galonnée, s'était adossé au cornier, prêt à basculer en arrière. Jean marcha vers lui, ses deux armes pointées sur sa poitrine.

— C'est la guerre, señor, fit l'Espagnol, l'épée pendante.

— Votre nom, monsieur.

— Simon Tabo. Vous êtes une chiennerie pirate, du gibier de vergue, des charognes.

Il était gras, luisant de sueur et de suif, dardait sur son vainqueur un regard aigu de reptile acculé dans un coin de murs. Il répéta « *carognas* ». Jean le gifla. L'Espagnol, un tonsuré dont le bicorne vola sous l'affront, s'essayait à garder une contenance. Jean le saisit par le col, le jeta au bas du gaillard. L'assaut était terminé. Sanglant. Les deux partis avaient perdu du monde, le pont était couvert de cadavres, d'éclopés geignards, de sang.

Jean hurla :

— Les morts, à la flotte, les autres aux chaloupes ! Sans vivres, qu'ils aillent au diable !

La mort de Champlin le rendait maître du navire, fou de colère en même temps. A quarante ans passés, le New-Yorkais abordait encore l'adversaire avec l'enthousiasme et la belle inconscience d'un lieutenant. Il avait choisi une cause en homme libre et s'y tenait, loin des compromissions, des calculs, des allégeances. Un corsaire, au fond de l'âme. Jean releva l'Espagnol à coups de pied dans les fesses. Autour de lui, le silence, troublé par les plaintes des blessés, avait remplacé les beuglées du combat. Il y avait souvent de ces instants étranges où les vivants se comptaient, épuisés et soulagés en même temps, vidés d'un coup de leur violente haine.

Jean était couvert de sang. Sa veste avait été percée par des pointes de fer, par du plomb aussi. Il s'en débarrassa, la jeta à l'eau. Groupés sous la grande vergue de la misaine, les Espagnols baissaient la tête, anxieux. Déjà, les deux chaloupes de la *Madre Sagrada* avaient été mises à l'eau, prêtes à les embarquer.

— Monsieur Laffite, venez voir ça...

Un homme de Champlin le guida jusqu'au gaillard d'avant.

— L'artimon est habité, dit-il.

Un cadavre y était cloué par les mains et les pieds. Bras tendus, il avait l'air de s'étirer au sortir d'une sieste. Jean s'approcha. L'homme avait été en partie pelé au couteau, son thorax laminé en longues lanières rougeâtres ; ses yeux pendaient sur ses joues, on lui avait coupé la langue et d'autres choses aussi, une bouillie brune s'étalait sur son bas-ventre.

— Il y en a un autre, qui fait la figure de proue. Vivant, dit le matelot.

Jean se pencha. Un supplicié avait été ficelé en haut de l'étrave, sa tête pendait, appuyée contre la sous-barbe de la civadière. Jean ordonna qu'on le détachât. Celui-là avait eu de la chance ; on devait compter sur les vagues et les oiseaux de mer pour l'achever. Jean rejoignit les prisonniers, tança leur officier.

— On traite encore ainsi les mutins, sous les couleurs du roi d'Espagne, señor Tabo ?

Il cracha par terre.

— Des hommes de Bolívar, expliqua l'Espagnol. Ils essayaient de soulever l'équipage.

Jean dégaina sa lame.

— Señor, vous êtes une belle canaille, dit-il. Je vous laisse le choix. Mourir de ma main en vous battant ou rejoindre vos marins. Mon nom est Jean Laffite et vous avez occis le capitaine Champlin.

Un murmure parcourut les prisonniers. Le nommé Tabo avait envie de vivre. Il était de ces mollusques dressés à courber la nuque sous la caresse des puissants pour mieux donner du fouet sur l'échine des humbles. Une larve. Jean lui remit son bicorne sur la tête.

— En ce cas, ne tardez pas, on vous attend au Mexique. S'il vous plaît, emportez ce pistolet. Il est chargé, on ne sait jamais ce qui peut arriver.

Tabo ne comprenait pas. Jean lui sourit aimablement, prit son bras pour le guider vers la chaloupe. On débarrassait le pont des cadavres ibériques et corsaires mêlés. La côte était trop loin pour qu'ils y fussent enterrés, la chaleur qui putréfiait les corps en quelques heures obligeait à expédier les funérailles. Jean observa la manœuvre des embarcations. Tabo avait glissé le pistolet à sa ceinture, donnait ses ordres, debout au fond de l'esquif. Jean s'arma d'un fusil qu'il prit le temps de charger, grimpa sur le bastingage, où il s'adossa à des haubans.

— Señor !

L'officier se tourna vers lui. Avant même qu'il ait pu esquisser le moindre geste, Jean le foudroya d'une décharge au visage.

— Pour Champlin, murmura-t-il.

On ne s'attarderait pas à regarder les Espagnols ramant vers le sud. Il ordonna qu'on encordât la prise et mît aussitôt à la voile, cap sur le Texas.

Dominique Youx guettait l'approche du *General Arismendi* en compagnie de Catiche et de son fils, au port de Galveston ; un spectacle propre à égayer un peu la sombre humeur de Jean. Le retour avait été pénible ; des blessés avaient trépassé, la mer désordonnée, excitée par des vents instables, avait fait envisager plus d'une fois le largage de la prise. Le brick était cependant réparable. Jean se l'appropriait, *Le Brave* serait son nouveau nom.

— Je désirais revoir mon filleul, dit Youx en serrant son ami dans ses bras. Et j'ai bien des choses à te raconter, ça remue bigrement entre ici et les Arkansas. Au fait, que je te dise, William Clairborne est mort. Il venait d'être élu sénateur. Grand deuil à La Nouvelle-Orléans.

— Ah, fit Jean d'une voix neutre. Aury te croyait au Yucatán.

Il avait hissé l'enfant sur ses épaules, esquissait quelques pas de gigue, pour le faire rire.

— J'y fus. Et ailleurs aussi, lui dit l'artilleur.

Jean reposa son fils à terre, s'ébroua.

— Je suis bien fatigué, ma Catiche, murmura-t-il.

Il caressait la nuque de sa maîtresse, cherchait son regard. Au moment d'aborder la *Madre Sagrada*, il avait pour la première fois de sa vie éprouvé un frisson ressemblant à de la terreur.

— On a livré ce pauvre Champlin à l'océan, dit-il. Son équipage s'est bien comporté, tous se sont battus avec vaillance.

On venait aux nouvelles, du village. Le magot espagnol serait équitablement réparti entre les primes au courage et les pensions des estropiés.

— Tu grisonnes un peu plus, remarqua Catiche.

On vidait les cales du *General Arismendi* et de sa prise. Des barriques d'antimoine, de la verrerie, des caisses de vin de Málaga par dizaines, des sacs d'herbes médicinales, des barres de fer et de la soie, des fards, du savon, des épices, une véritable échoppe ambulante déversait sur les pontons de Galveston son trésor de cacao, de cigares, de girofle et de chaînes d'ancre. La garnison de l'île y trouverait son compte via une centaine de fusils, des sabres et de la poudre voisinant avec du lin allemand et du canevas de canard.

Youx apprécia.

— C'est comme si Patterson te rendait les biens de Barataria. Tu n'as pas rapporté de ces extraits de fougères qui soignent les asticots géants, par hasard. Mon pauvre, je chie des vers gros comme des crotales, ça vient du Mexique. Ils me bouffent de l'intérieur, la nuit, je les sens qui m'explorent les tripes, tu parles d'une compagnie.

— On va te soigner ça, lui promit Jean. Si ça peut te consoler, il m'arrive aussi d'en héberger.

Il fut soulagé de pouvoir s'affaler dans un fauteuil. Catiche s'empressa autour de lui, tandis que Youx se servait assez de whisky pour endormir ses annélides.

— Eh bien, Dominique, tu dois me révéler des secrets, dit Jean d'une voix lasse. Que se passe-t-il ? Jackson attaque la Floride ? Cinquante vaisseaux de ligne espagnols fondent sur nous ? Ou les deux en même temps, ce qui finira bien par arriver un jour.

Il suivait des yeux sa maîtresse. S'il devait y avoir une réparation des peurs, des lassitudes, de la vague honte à vivre depuis si longtemps d'une telle manière, ce serait de poser ses mains sur elle et les y laisser à jamais.

Youx dégustait son alcool. A le voir ainsi bonasse, pénétré en même temps de ce qu'il avait à dire, Jean ne put s'empêcher de songer à la proposition faite par Pierre au père Sedella ; livrer le comptoir aux Espagnols afin de pouvoir y demeurer, à l'abri des appétits américains. L'insolence touchait là au sublime. On tiendrait tête ainsi au successeur de Clairborne, à Patterson et aux autres, qui lorgnaient sur le gâteau texan. L'idée d'une république indépendante taraudait quelques esprits, Galveston avait reçu des visites ; des chefs de bande descendus du Nord, prêts à s'y proclamer rois, présidents ou empereurs. Des grotesques commandant quelques centaines de mercenaires.

— *Hey, you !* Tu vas réfléchir encore longtemps avant de parler ? s'écria-t-il, impatient.

L'artilleur se frotta les mains, de son geste familier.

— Voilà. J'ai rencontré des agents de Joseph Bonaparte en Alabama. Il y a deux projets français en ce moment à Washington. Implanter une colonie au Texas et délivrer l'Empereur à Sainte-Hélène.

— Ha !

Jean éclata de rire, s'excusa aussitôt, désolé de ne pouvoir refréner son hilarité. Son fils l'avait aussitôt imité, quant à Catiche, elle béait, interdite, craignant que la moquerie ne vexât son hôte.

— L'Empereur, bien sûr, pourquoi pas, renchérit Jean, le visage empourpré. Mais des Français au Texas, c'est une plaisanterie. J'y avais pensé tout en parcourant les Arkansas. Sottises. Jamais Madison ne tolérera une telle intrusion. Sais-tu que nous sommes déjà hors la loi ici, à ses yeux. Quand l'Union revendique, on ferme sa gueule et on se fait tout petit, même si elle a échappé au naufrage grâce à des gens comme toi et moi.

Une France texane, sous contrôle bonapartiste ! Chaque jour ou presque apportait son lot de billevesées. Le responsable des opérations s'appelait Lallemand, présentement occupé à lever son armée parmi les exilés du Maryland, du Massachusetts et de New York. Avec rang de général. On parlait d'une première vague de quinze cents hommes puissamment armés. Le reste suivrait, des femmes notamment ; difficile de créer une colonie sans elles. A mesure qu'il écoutait son vieux complice lui débiter les utopies des émigrés, Jean entrevoyait le projet auquel Youx n'avait sans doute pas pensé.

— D'accord, Dominique, l'interrompit-il. Laisse-moi deviner la suite. Ces gens vont débarquer ici, et il s'agira de les empêcher de se noyer dans les bayous, de caresser les crocodiles et d'aller contempler les ouragans sur la plage. Nous allons avoir les agents de Madison sur le dos dès le mois suivant et ceux de Ferdinand qui observeront tout ça à la lunette.

Tes rescapés de Waterloo vont faire lever des orages sur nos têtes fragiles.

Youx écarta les bras. On n'avait rien sans quelque risque, au Texas plus que partout ailleurs, certes, mais enfin, la France remise en selle sur son ancien domaine !

— Ça a de la gueule, tout de même.

Jean se leva de son fauteuil, se mit à faire les cent pas dans la pièce, les mains croisées derrière le dos.

— Tu peux faire quelque chose pour moi en échange, Dominique.

Il se tourna vers lui.

— Aury n'a pas reparu ici depuis plus de huit semaines, Champlin est mort, Dieu ait son âme ; notre formidable armée occupe les cent acres carrées de Matagorda et Galveston est plutôt déshabitée en ce moment. Combien as-tu d'hommes ?

— Une trentaine.

Jean croisa le regard de Catiche. Il y lut plus que la surprise ; une réelle inquiétude. Youx n'avait guère besoin d'explications supplémentaires. Jean voulait prendre le contrôle de l'île.

— Aury est ton ami, Dominique, vous êtes tous deux aux insurgents, clairement. Il n'y a là rien qui me gêne, bien au contraire. Nous trouverons un arrangement s'il revient. De toute façon, il faut quelqu'un pour tenir le lieu, les soldats ont toujours besoins de chefs, tu sais bien cela, mon vieux, toi qui as commandé la batterie 43 à Chalmette.

Il souriait de toute sa denture, tendait les bras. Le jeune chien de l'Atchafalaya, l'explorateur, l'empereur de Barataria, le tueur des mers, autant de personnages fondus en un seul Jean Laffite, tendu vers un but évident, d'une telle simplicité. Pierre en Louisiane et lui au Texas, Galveston passait dans le giron des Orléanais. Aury et ses Carthagénois demeureraient associés, après tout, le terrain n'appartenait à personne.

— On peut voir ça, Jean, fit Youx, un vague sourire aux lèvres. Aury n'est pas vraiment homme de pouvoir.

— Moi non plus, Dominique. J'ai seulement besoin d'une base. Tu sais, je porte encore le deuil de Barataria. Ce lieu avait été placé par le Seigneur sur le chemin des poules d'eau. Ici, nous sommes plus loin du triangle enchanté que forment Cuba, la Floride et le Yucatán. Des types loufoques arrivent par le nord, pleins d'idées de conquête. Nous devons tenir solidement la place, empêcher les intrusions. Je compte sur toi, mon vieil ami. Tu me donnes le coup de main, en échange, je materne tes émigrés.

Youx hocha la tête. Il se rendait. Jean lui tapota le ventre.

— Merci, Dominique. Le pauvre Laffite de Washington et des Arkansas ne possédait plus grand-chose. Le gouverneur de Galveston va te fournir gratuitement de l'herbe à vers, sur ses réserves personnelles. Si cela t'agrée, nous irons nous en exonérer ensemble, au rivage nord. L'air y est propice aux grandes actions humaines !

5

Côte du Honduras, février 1823

Jean ne supportait plus l'exiguïté de la cabane, le manège des araignées dans les angles du toit, l'odeur fade émanant de son propre corps. Il puait le miasme, le pourrissement de sa chair, la mort à venir. Ces odeurs-là ne trompaient pas. Souvent, les marins gangrenés en emplissaient l'air à des mètres à la ronde. Amputer ou attendre que les gaz méphitiques aient envahi le bonhomme tout entier, c'était selon l'humeur du chirurgien, ou sa compétence.

Il dut serrer les dents pour se mettre debout. Des mains charitables, ou simplement pressées, avaient déposé une cruche d'eau propre sur le sol, à l'entrée de la pièce. Boire. Il en avait envie, se sentait incapable de se décider à marcher. Il s'appuya contre les planches du mur, rampa des épaules et du cou, obligeant ses jambes à suivre le mouvement. Puis il se laissa tomber à genoux près du pot d'argile cuite, s'attendant à voir son corps se disloquer et se répandre en morceaux sur le sol bosselé.

Le ciel s'était noirci. Ce n'était pourtant pas encore la nuit mais un de ces seuils de tempête tropicale, monstrueux, épousant la mer dans une suie opaque. Malheur à celui qui se laissait piéger par ces étouffants édredons. Vingt fois par de pareils climats, Catiche était restée sur le rivage de Barataria ou de Galveston, guettant l'apparition d'une voile jusqu'au moment où les bourrasques déferlant du sud menaçaient de la renverser.

Catiche.

Elle avait fini par penser que son amant était indestructible. Comme le jour où il avait annoncé à la centaine de marins présents qu'il dirigerait désormais le comptoir. Il y avait eu des remous dans la petite foule rassemblée devant la masure nommée hôtel de ville. Aury y avait ses fidèles. Allait-on se battre ? Youx avait calmé les mécontents, mis les sceptiques dans sa poche en quelques mots, déclenché enfin l'enthousiasme de ceux qui de toute façon eussent adoubé n'importe qui pourvu qu'il fût un chef.

Jean avait aussitôt formé son conseil sur le modèle de son prédécesseur. Un juge, un responsable de la douane, un directeur du port et de la marine. Et un ami solide, Youx, pour lier la sauce autour de quelques tonnelets de rhum et de whisky. L'annonce, quelques semaines plus tard, qu'Aury était assiégé à Matagorda par une flotte espagnole, avait achevé d'établir son pouvoir sur le repaire des Associés.

Il but, longuement, l'eau tiédie, en aspergea son visage, puis il la fit couler doucement le long de son flanc, comme si ce ridicule filet pouvait traverser la charpie et laver la souillure. Il lui sembla cependant que ce vague contact amendait un peu la douleur.

— De l'eau, encore, nom de Dieu, murmura-t-il.

Des pirogues s'échouaient sur la plage. Il vit les pêcheurs les haler jusqu'à de frêles abris de feuillage bâtis dans la pente. Il était rare que la précaution suffît à leur épargner le pire, en cas de vraie tempête.

— *¡ Hey, hombres !*

Le vent couvrait ses cris mais peut-être sa voix ne portait-elle pas plus loin que la frange d'arbustes bordant le chemin. Il se releva, fit un pas, puis deux, trébucha. Les monticules de terre devenaient sous ses pieds des collines à escalader, les épineux des jungles encombrées de racines, sur la rive d'un bayou.

Les villageois avaient autre chose à faire que s'occuper de lui. De toute façon, ils avaient remis son sort à la bienveillance d'un ou l'autre de leurs dieux. Voire à celui des gringos, cet étranger que les prêtres espagnols tentaient en vain de leur faire entrer dans l'âme. Jean décida d'aller vers la mer.

Prenant appui sur un morceau de bois mort déposé loin du rivage par quelque ouragan, il clopina, surpris de le faire de mieux en mieux ; traversa le chemin, entra dans la mangrove où, soudain épuisé, fouaillé par la douleur, il se laissa tomber, le dos contre un tronc de palétuvier.

L'orage se rapprochait, le vent forcissait à mesure que le rivage disparaissait, à l'est, comme happé par les nuées. Jean s'emplit les poumons de l'éther humide. Tout sauf crever dans une cahute aux dimensions de cercueil. La pluie allait tout laver, son corps et son âme, après quoi il irait se perdre en terre, comme l'armée du général Lallemand dans les vastes plaines du Texas.

Les cent cinquante Français de la future colonie étaient arrivés à Galveston en février 1818, au bout d'un voyage épouvantable, sous des ciels semblables à celui-là. Dormant à quatre en travers d'une simple couchette, serrés au point que l'on ne pouvait s'y tourner qu'ensemble, comme à l'exercice. Démolis par la diarrhée, le mal de mer, couverts de pouillerie, effrayés à l'idée de devoir voisiner avec les bandits les plus redoutables de toute l'Amérique. Venus, enfin, prendre possession d'un morceau de Texas avec six cents fusils et douze tonnes de poudre. Et sans leur chef, qui les avait rejoints un mois et demi plus tard.

Jean ricanait.

« Foutaises ! Ces petits nobliaux d'Empire tout juste bons à se battre en duel ne seront jamais foutus de tenir une bêche. Ils sont là pour bien autre chose que le sarclage du coton. »

Il avait interdit à Catiche de communiquer avec ces gens dont les disputes retentissaient jusqu'au village. Des stratèges peu au fait des besoins vitaux du fantassin en campagne leur avaient prévu huit jours de rations. La catastrophe s'annonçait lorsque Lallemand, un baron hautain, endurci par quinze années passées à traverser l'Europe en tous sens, avait décidé, à peine arrivé à Galveston, de débarquer enfin sur le continent.

« Le Champ d'Asile, Moka, ainsi ont-ils appelé leur fortin. Tu verrais ça, de la terre boueuse, une herbe dont les chevaux ne veulent pas. Cette bouture-là n'a strictement aucune chance de prendre. »

Jean s'y rendait de temps à autre. Passé le lever matinal des couleurs, on y faisait des manœuvres à cheval, du graissage de bottes et de fusils, de la musique militaire et des simulations de combat. De colonisation, point. Ces militaires ne se sentaient pas la fibre laboureuse.

« Comme prévu, constatait Jean. Le reste aussi, hélas. Monroe[1] n'a pas traîné pour leur envoyer ses émissaires, quant aux Espagnols, ils envisagent tout bonnement d'aller détruire ce nid. Indécrottables Français. Ils ne savaient donc pas que les Etats-Unis ne veulent d'eux en aucune façon ! Ils semblent même ignorer que le Texas appartient à l'Espagne jusqu'à plus ample informé. Ce peuple est étonnant. Il conquiert l'Europe avec l'armée la plus puissante jamais réunie et songe à coloniser le Texas par la grâce de cent cinquante ahuris. Youx a bien du mérite à croire à des fariboles de ce calibre. »

Jean ricana, ce qui lui fit très mal au flanc.

Pour donner un peu de grain à moudre à Sedella, Pierre avait fait croire aux Espagnols que la France s'en allait peupler massivement le territoire. L'information avait provoqué un branle-bas de combat chez ses financiers, au point de leur faire envisager de monter une expédition militaire contre le Champ d'Asile. L'offensive américaine sur la Floride, en mai, avait brouillé les cartes. Acrobaties et turbulences. A l'ouest, l'étau s'étant desserré autour de Matagorda, Aury était allé saisir de l'espagnol au large de Mobile et de Pascagoula. En ces temps de grand trouble, quand le golfe devenait un champ d'obscurs affrontements, il s'avérait difficile pour les capitaines de savoir qui était à qui et pour lequel des multiples partis en présence l'on se battait.

Jean avait eu à faire en Louisiane. Il désirait voir Sedella ; d'autre part, l'établissement d'une voie sûre entre Galveston et La Nouvelle-Orléans exigeait que les chemins en fussent aussi précisément balisés sur terre que sur l'océan.

« Cela prendra quelques semaines, ma Catiche. Le golfe est trop dangereux en ce moment pour que je t'emmène.

1. Elu président des Etats-Unis en 1817.

N'importe qui peut y canonner n'importe quoi ; il faut que tu sois raisonnable. »

Elle l'avait supplié, en vain. Le temps où les Baratariens, maîtres du Sud, se montraient en majesté à La Nouvelle-Orléans était révolu.

« Les Français du Champ d'Asile t'accueilleront s'il arrive quoi que ce soit de grave. J'ai donné des instructions ici pour qu'on s'occupe de vous deux en priorité. »

Il avait pourtant promis de ne plus jamais se séparer d'elle. Il s'était fâché, avec une brusquerie vite regrettée. Même si elle n'en parlait jamais, Catiche ne se plaisait guère sur l'île texane. Elle avait fini par accepter, à contrecœur. L'embarras de Jean, son expression d'avocat à bout d'arguments, l'avait fait sourire.

« Quelques semaines. Parole de pirate ?

— Parole de corsaire, Moka. »

La Nouvelle-Orléans, été 1818

La ville soupirait, abrutie de chaleur, le soleil au zénith triomphait des hommes et des bêtes, chassait comme par un jeu brûlant les moindres recoins d'ombre dans les rues désertes. Terrés dans leurs maisons, allongés sur leurs lits ou sur les dalles des patios, les Orléanais attendaient, immobiles, en sueur, que leur implacable bourreau daignât amorcer sa descente vers l'ouest.

C'était l'ordinaire de juillet en Louisiane. Cette année-là, pourtant, l'angoisse était montée lorsque les premiers cas de fièvre jaune avaient été signalés au quartier du port. Comme souvent, il s'agissait d'hôtes de passage, bateliers ou courtiers, marins à l'escale et des enfants aussi, dans le quartier Marigny.

La maladie sévissait depuis quatre ans, par coups de boutoir longs de deux mois. Les prêtres y voyaient la colère du Seigneur contre une population débauchée par le jeu, le lucre, la saoulerie, le concubinage et dix autres plaies sociales. Les médecins, moins catégoriques quoique parfois sensibles, par ignorance, aux arguments des religieux, redoutaient la survenue des premières manifestations du mal. Une certitude commune hantait les esprits. Il y aurait des morts, comme chaque année. Une dizaine ou un millier, à part les fossoyeurs qui creusaient le jour durant la terre du cimetière, personne ne pouvait prévoir quoi que ce fût.

Pierre Laffite avait décidé d'aller au port, où Jean avait peut-être débarqué. Le « gouverneur » de Galveston s'était fait rare de ce côté-ci du golfe, ses affaires sur la Sabine l'occupaient assez, et puis Jean avait fini par prendre La Nouvelle-Orléans en grippe. Il trouvait la ville ingrate envers lui, hostile, s'américanisant au rythme haletant des bateaux à vapeur, pleine de gens qu'il n'avait pas envie de rencontrer ; et d'inconnus, de plus en plus nombreux, de plus en plus étrangers à sa façon d'être et de penser.

Pierre quitta à pas feutrés la maison où ses enfants, accablés par la chaleur, dormaient sous des moustiquaires. Il se retrouva dans la rue, plissa les paupières. La ville était morte, la lumière insoutenable, réverbérée par les murs blancs des anciennes maisons. Seules les façades espagnoles et leur brique rouge offraient à ses yeux fatigués un peu de repos.

Il marcha tout en se grattant les doigts avec férocité. Une gale le tourmentait depuis plusieurs semaines, aux palmures, au cou, sous les aisselles. Les onguents du docteur Lubet se révélaient impuissants à calmer ce prurit. Marie en avait hérité ; leurs soirées étaient épuisantes, cocasses parfois, et bien que, craignant d'être encore enceinte, elle rechignât de plus en plus à aller au déduit, elle consentait, soulagée le temps d'une étreinte par cette médecine plutôt efficace.

Barthélemy Lafon habitait au-dessus de son échoppe de cartes marines, au coin de Toulouse et de Sainte-Anne. Pierre vit la fenêtre de sa chambre ouverte, étrangeté dans une semblable fournaise, anomalie en temps d'épidémie où tout, des hauts volets donnant sur les galeries aux lucarnes des greniers, était clos.

Il appela, en vain. Lafon vivait seul depuis toujours. Pierre ne l'avait pas revu depuis quelque temps, l'homme recru d'aventure avait tiré un trait sur sa jeunesse de brigand. Parfois, l'esclave de ses voisins, des courtiers en tissus, venait faire un peu de ménage chez lui. Lafon. Un vieux garçon, plongé le jour durant dans ses livres et ses documents, quittant nuitamment les courbes de ses cartes pour celles des filles du Swamp.

Pierre entra dans l'étroite boutique empoussiérée, prit l'escalier. Quelqu'un gémissait dans une chambre. Allongé de biais sur son lit au drap trempé de sueur, son ami râlait, les yeux grands ouverts, fixant le plafond. Pierre s'approcha. Lafon était apparemment en proie à une de ces fièvres souvent qualifiées de tierce ou de quarte, une banalité en Louisiane. La jaunisse en plus. Et un visage de cauchemar ; paupières gonflées, lèvres fissurées, joues et front veinés de bleu.

Pierre se sentit pâlir. Il avait déjà vu ça ; les gens frissonnaient sous les assauts du mal, leur peau prenait la couleur des citrons, leur esprit partait en cavale dans des délires. Après une accalmie d'un ou deux jours, ils se mettaient à dégueuler une glu noirâtre, perdaient conscience et mouraient, couverts de ces repoussantes sanies.

— Vomito negro, murmura-t-il.

Lafon baguenaudait dans les ailleurs des agonisants. Son souffle, râpeux, irrégulier, ses plaintes témoignaient d'une extrême souffrance, d'une lutte à corps perdu, d'un refus inconscient. Jean vit qu'on avait disposé autour de lui des coupelles emplies à ras bord d'oignons en rondelles censés retenir en eux le mal. Il se retira.

Les Indiens, qui avaient quelque avance sur les verbeux savants de Louisiane, traitaient ces acmés par des décoctions d'écorces que l'on trouvait chez l'herboriste de la rue Bourbon. En chemin, Pierre croisa une carriole tirée à bras par deux hommes. Des corps y reposaient sous des draps, leurs pieds étaient cuivrés comme ceux des vieux Chocktaws.

— Qui est là-dessous ? demanda-t-il.

— Fontanel, deux, et un petit Gannes, lui lança un porteur. On les enterre sur-le-champ. Il y en a d'autres à aller chercher ensuite, rue Chartres et au quartier américain aussi.

Familles de planteurs. Les Laffite avaient été en affaires avec eux à la belle époque de Barataria. Pierre vit des femmes en pleurs sortir de chez elles, courir vers la carriole. Des parents suivaient, des mouchoirs sur les yeux et la bouche. Pierre s'étonnait. Les Louisianais de souche ainsi que les Noirs étaient réputés plus résistants à la maladie que les étrangers nouvellement installés ou de passage. Foutu mal. La grande épidémie que l'on redoutait tant avait peut-être bien commencé.

A cette époque de l'année, les activités commerciales sommeillaient, comme les gens, la ville se vidait en partie. Entre les récoltes de coton et de tabac, on fuyait les longs accablements des jours et des nuits pour des climats moins suffocants. Les échos de la fièvre tueuse accéléraient ces mouvements. Chez les nantis, en tout cas.

Pierre se hâta vers le port, où Jean avait accosté depuis une heure à peine.

— J'ai passé la Balise avec une cargaison de clous, de binettes et de manches de pioche, annonça le gouverneur, hilare. Du très officiel de temps à autre, ça fait un drôle d'effet.

Pierre le serra dans ses bras, écourta leur rituel de petites tapes dans le dos et de mots de bienvenue. Il était inquiet.

— Il y a le vomito ici. J'ai vu des morts de chez Fontanel il y a cinq minutes à peine. On va les inhumer à la six-quatre-deux. Pour le reste, c'est comme d'habitude, prières à la cathédrale, nègres de chaîne pour aider à enterrer les macchabées et cadavres du Swamp jetés directement au Mississippi. A chacun sa manière.

— Eh bien, Orléans me salue comme il se doit, ironisa Jean. Cette ville m'offre l'asile sous la vase de son cimetière. Merci bien, elle attendra. J'ai des choses à te raconter, vieux frère. Jackson va prendre Pensacola, Youx veut libérer Napoléon et les Français de Joseph Bonaparte songent sérieusement à conquérir le Texas.

— Plus tard, Jean, je n'ai pas le cœur à plaisanter. Lafon est en train de crever dans sa chambre. Nom de Dieu, regarde ça.

On sortait du Cabildo des corps escortés par des soldats. Jean ricana.

— C'est peut-être bien Patterson, sous le drap. Imaginons une hécatombe chez nos amis de la Navy. Monsieur Monroe appellerait à l'aide et nous verrait accourir comme à Chalmette. Récompensés illico. Le commodore Pierre Laffite avec son cadet comme brillant second !

Pierre trouvait son frère acerbe, cassant. Ridé au front, aux commissures des lèvres, encadré par des favoris et des cheveux striés de blanc, le visage de Jean accusait ses trente-six ans et plus encore.

— Donne-moi des nouvelles de Catiche, dit Pierre, tandis qu'ils marchaient à pas pressés vers la boutique de l'herboriste. Marie sera déçue de ne pas la voir.

— Elle va, quoique le climat texan ne lui convienne pas vraiment. Pour se distraire, elle parfait son apprentissage de la lecture en aidant à l'impression de la *Gazette de Galveston*, seul journal de tout le Texas. La syntaxe y règne sans partage, notre pauvre père en serait très fier. Nous y vilipendions les Espagnols. Avec leur argent, sous le drapeau des insurgents, la soupe a tout de même un goût étrange, tu ne trouves pas ?

Pierre écoutait son frère d'une oreille distraite. L'herboriste lui vendit un sachet de poudre de quinquina, qu'il délaya, au chevet de Lafon.

— Pauvre bougre, dit Jean. Il pue la mort à dix pas.

Le mourant exhalait une espèce de feulement, son teint virait à l'olive. Jean écarta ses lèvres fissurées, entre lesquelles Pierre fit couler un filet de la potion avec pour effet immédiat un arrêt du souffle qui s'éternisa.

— Ce pauvre Barthélemy a agonisé tout seul, dit Jean. Ses voisins doivent se terrer chez eux avec de la toile épaisse sur le nez. Ou des masques de mardi gras.

Lafon hoquetait. Brusquement, il se mit à éructer, puis un flot de bile noire lui sortit de la bouche et des narines, achevant de l'étouffer. Le temps pour Pierre de mouiller un linge et de lui en bassiner les tempes, il avait trépassé, les yeux grands ouverts, une expression d'effroi sur son visage déformé par la souffrance.

— Mon plus vieil ami d'Amérique, il aura vu la grande comète et le drapeau français que l'on apportait, dit Pierre en guise d'oraison.

Il fallait faire vite. Ils l'emballèrent dans une toile nouée aux deux bouts. Jean fit un tas de ses draps et couvertures, des vêtements qu'un adolescent non encore pubère aurait pu porter. Il fallait brûler ça sans tarder. Puis ils descendirent le corps qu'ils posèrent sur le plancher de la boutique. Après quoi, imprégnés d'empyreume, craignant d'héberger désormais des miasmes, ils allèrent quérir la garde et les cochers mortuaires.

Le père Sedella ressentait des courbatures. Assis sous un vitrail, au fond d'un bas-côté de la cathédrale Saint-Louis, il priait, épuisé par des jours et des nuits passés à oindre des mourants, à consoler des familles, à suivre des cortèges funèbres. Sa besogne de religieux se doublant de quelques activités de renseignement, le prêtre aspirait au repos. La vue des frères Laffite debout devant la porte latérale de l'édifice le contraria quelque peu ; il souhaitait à ce moment précis aller s'allonger sur un lit et dormir.

Il se leva pesamment, rejoignit les visiteurs qu'il salua d'un bref coup de tête. L'église n'était pas le meilleur endroit pour parler affaires.

— Sortons, décida-t-il, nous serons mieux sous les arbres de la place d'armes. Le Seigneur peut se dispenser de tout connaître.

Pierre objecta que les enfants Laffite avaient tous été baptisés à Saint-Louis, que l'on pouvait être corsaire et bon chrétien, qu'enfin la maladie donnait à tous, puissants ou miséreux, la mesure de leur fragilité et de leur égalité. Sedella n'avait pas envie de philosopher.

— Corsaires, maugréa-t-il, les yeux au ciel, un rictus de dégoût aux lèvres. Vous avez exagéré les forces des Français dans leur champ d'alizés.

— Champ d'Asile, rectifia Jean.

— Bon. De toute façon, nous irons sans doute nettoyer la région avant que les Américains décident de le faire eux-mêmes. Personne ne veut des Français là-bas, ni même ailleurs en Amérique, les choses sont assez compliquées comme cela.

Ils s'étaient assis sur un banc, à l'ombre des magnolias. A l'heure de midi, les passants étaient rares ; canicule et vomito tenaient les gens chez eux, sauf les esclaves de ville, à qui l'on trouvait du travail à toute heure. Sedella s'épongea le front. La piraterie coûtait cher à l'Espagne, déjà un million de dollars depuis que Galveston avait été investie par Aury et ses Carthagénois.

— Il faut que cela cesse, maintenant, señores Laffite. Vous nous promettez depuis assez longtemps de réunir les flibustiers du golfe sur l'île afin que nous les capturions d'un coup. Où en est ce projet ? L'argent que je vous verse généreusement sert à cela, dois-je vous le rappeler ?

— J'ai fait apporter le drapeau des insurgents mexicains, éluda Jean. C'était une première étape. Nous nous sommes affranchis de toute tutelle. Pas d'allégeance à quiconque, à

Galveston. Quant au projet dont nous sommes tenants vous et nous, il avance, croyez-le.

Il argua la difficulté d'attirer tout ce petit monde dans l'île texane. Les quatre cents habitants très occasionnels des lieux étaient de grands voyageurs, un jour à Matagorda, le mois suivant à la Jamaïque ou au Belize, minuscule colonie enclavée à l'est du Yucatán.

— Je sais bien où se trouve le Belize, se braqua le saint homme. Vous n'allez tout de même pas m'apprendre la géographie de l'Amérique espagnole.

Jean toucha son bras. On plaisantait. Il valait mieux se concentrer sur le problème posé par Lallemand et ses bonapartistes. Ceux-là préfiguraient une véritable invasion du Texas. Sedella n'était guère convaincu ; les Français avaient l'art de l'annonce et du goût pour l'utopie. Sur le terrain, c'était une autre affaire. Tandis que Jean discourait, il regardait Pierre avec l'air de penser que l'on se moquait un peu de lui.

— Notre situation est délicate, plaida Jean.

Sedella le coupa. L'argent illégal inondait La Nouvelle-Orléans, la Sabine pouvait être rebaptisée « rivière au Bois d'or » sans exagération, quant au pillage des navires du roi Ferdinand, il permettait à quelques-uns de s'acheter des maisons bourgeoises dans le Carré français, et à d'autres, comme Jean Laffite, de s'en faire construire une à Galveston. Il y avait des situations plus délicates que celles-là.

— La mienne, par exemple, dit-il. Mon consul à La Nouvelle-Orléans perd patience, Madrid et La Havane lui demandent des comptes. Il faudra que nous le voyions ensemble, d'ailleurs. L'épidémie va encore durer quelques semaines. Si elle nous laisse en vie, nous nous occuperons de ça.

Pierre n'était pas prêt à rompre. Il se répandait contre l'Espagne dans toute La Nouvelle-Orléans, manière de donner le change. Avec succès jusque-là. Les Américains voyaient en lui une sorte d'allié susceptible de les aider à débarrasser le golfe de la bannière aragonaise. Sedella haussait les épaules. Le temps des premières rencontres à Washington était loin, les informations des agents 13[1] se révélaient décevantes et les

1. Numéro de code donné aux Laffite par les Espagnols.

insurgents, un temps repoussés vers les montagnes de la Nouvelle-Grenade, reprenaient du poil de la bête. Il n'y avait pas là de quoi se réjouir.

— Sainte Vierge, murmura-t-il, je désirerais bien me reposer.

Ses paupières cillaient, signe d'une profonde fatigue.

— Nous avons surtout saisi des Russes, ces temps-ci, hasarda Jean, l'air de s'excuser.

— *Carogna !* s'emporta le prêtre en se levant subitement du banc. Les Russes ne sont guère nombreux à la Caraïbe, autant pêcher la tortue ou le requin. J'attends d'autres résultats de votre part. Les pirates, capturés tous ensemble par nos troupes, voilà la mission. Faites vite, messieurs, je ne pourrai plus contenir très longtemps le désir de vengeance de nos amiraux. Depuis plus de dix ans, ces officiers-là rêvent de vous ligoter eux-mêmes à la roue et de laisser les oiseaux vous crever les yeux.

Il mimait des becs avides piquant de la viande avec férocité.

— Ils naviguent à portée de Galveston, cela veut dire que vous êtes également à portée de leurs canons, n'oubliez pas ça, ajouta-t-il, l'œil mauvais.

— Le Seigneur fera le tri, hasarda Jean.

Il se coiffa de son chapeau noir, sous le regard courroucé de Sedella. Dieu était bien la dernière personne à faire intervenir dans ces sortes d'affaires. Quant aux amiraux de Ferdinand, ils risquaient d'attendre encore quelque temps l'occasion de purger le golfe de sa chienlit.

Torse nu, les cuisses moulées dans une culotte de coton, Jean se lavait au milieu du patio, à brocs entiers que l'esclave Lubin, riant de toute sa magnifique denture, lui déversait sur la tête. Tout en se frictionnant, Jean découvrait la demeure que Pierre avait achetée plus de cinq mille dollars grâce aux subsides du religieux et à la manne de Galveston. A l'angle de Saint-Philippe et de Bourbon, l'aîné des Laffite avait jeté son dévolu sur une haute maison de brique rouge précédée par une galerie profonde de dix pieds. Trois cheminées la chauffaient en hiver, une cuisine extérieure hébergeait fourneaux et ustensiles, dans un jardin planté de magnolias, de ficus, de bougainvillées.

— Bourgeois, plaisanta Jean.

— Quinze dollars au Kentucky en produisent cinq fois plus ici. Ce que tu fais passer de Galveston par les Bowie et consorts complète le tableau. C'est l'embellie, Jean. Nous avons suffisamment pris de coups pour la vivre au mieux.

Ils avaient fait le point sur la situation en Louisiane et au Texas. Leur marge de manœuvre, bien qu'étroite, leur laissait tout de même loisir de manipuler les uns et les autres. C'était un jeu dangereux, mais les Espagnols aux abois réclamaient de manière vitale qu'on les informât sur ce qui se passait autour du Texas. Les Etats-Unis revendiquaient de plus en plus ouvertement le territoire, il y aurait une guerre, un jour ou l'autre, pour la possession de ces terres fertiles, vastes comme un pays d'Europe. L'époque était favorable aux agents de renseignements comme aux hardis corsaires peu regardants sur les méthodes.

— Jean Laffite à la toilette, le spectacle vaut la peine d'être regardé.

Marie se tenait à l'entrée du patio, les mains sur les hanches. Pierre lui avait offert un domaine dont elle se serait volontiers passée. Trop grand pour elle, reflet d'une clandestinité qu'elle n'acceptait toujours pas. Elle échouait à transformer son époux en brave négociant. Catiche pouvait bien faire ce qu'elle voulait, on n'était pas sous le même toit, ni dans le même pays. Elle se souvenait de l'arrestation de son mari, des soldats le traînant par terre, des enfants terrorisés, hurlant à la porte de leur chambre. Rien ne changeait, l'argent qui brûlait les doigts des Laffite surgissait d'un enfer où l'on risquait bien de plonger tous ensemble un jour ou l'autre.

Jean lui sourit. Il se détendait au fil des heures, comme les aristocrates bordelais de son enfance au soir d'une chasse harassante. Les bruits de La Nouvelle-Orléans ne franchissaient pas les murs de cette maison, des enfants devenues adolescentes s'activaient entre cuisine, patio et salon ; les miasmes de la fièvre tueuse paraissaient tenus à distance de l'endroit et des gens qui y vivaient.

— Lafon est mort, dit-il.

Elle ne releva pas. Le cartographe s'était sagement rangé de sa vie tourmentée. Marie ne manquait pas d'arguments pour rabâcher à son mari la pertinence de ce choix.

— Il aurait mieux fait de m'accompagner au Texas, dit Jean, l'air de rien.

Marie se détourna. Son beau-frère l'exaspérait. La famille tout entière devait-elle suivre ce conseil, s'armer de baluchons et se mettre en route pour un Barataria de l'ouest que les Américains ou les Espagnols ne manqueraient pas de ravager bientôt ?

— Arrête de l'asticoter ainsi, protesta Pierre.

A demi allongé dans un large fauteuil d'osier, il fumait un cigare tout en observant son frère aux ablutions. Jean baissa un peu sa culotte, lava son bas-ventre, ses cuisses.

— Browman t'a joliment épinglé, remarqua Pierre.

On pouvait parler de cela d'une manière diserte. Le vent avait tourné, jamais les affaires n'avaient aussi bien marché, quant aux vieilles créances, elles moisissaient dans la mémoire des avocats et des juges. L'embellie, que l'esclave Zabeth, de retour du marché, assombrit quelque peu.

— C'est le vomito qui se répand, monsieur Pierre, dit-elle, les yeux blancs, arrondis comme des boules de billard. Il y a des morts de plus en plus, un peu partout.

L'émotion lui faisait manger les mots, plus que de coutume. Pierre la morigéna.

— Remets-toi, cruchon. Je sais bien ce qui se passe. A force d'en avoir peur, tu vas t'attirer le mal.

La négresse se signa plusieurs fois. Pierre la laissait participer à des séances de vaudou comme aux bamboulas du dimanche, place Congo. Le paganisme halluciné de son esclave l'amusait, et puis on ne se bardait jamais assez de superstitions, en temps de calamités.

Jean en avait terminé avec sa douche, ruisselait. Il se laissa frictionner par Lubin, pensif. La mort de Lafon le troublait ; jusque-là, les capitaines de Barataria avaient tous survécu à leurs années de chasse, même cette ordure de Mitchell, gracié par Youx. La maladie pouvait-elle détruire ce que la course avait épargné ? Mourir dans son lit, peut-être, mais pas de cette abomination.

On avait enterré Lafon en fin d'après-midi, en même temps que quelques autres, dans un de ces caveaux surélevés pour cause de crues. Le cimetière de La Nouvelle-Orléans ressemblait ainsi à ceux d'Europe ; une exception en Amérique du Nord, qui permettait aux sculpteurs d'exercer leurs talents funéraires.

Le souper fut morose, empreint de gravité malgré les facéties et les rires sous cape des enfants. Des nuées de nostalgie planaient au-dessus de la table, tandis que dans la rue passaient les carrioles charriant des cadavres. De passage à La Nouvelle-Orléans et plutôt pressé de s'en éloigner, Arsène Latour s'était joint aux Laffite. On parla des Arkansas, de Youx, qui revenait du Mexique les poches vides, les voiles noircies par la poudre d'une frégate espagnole.

— Dominique est un grand enfant, dit Jean.

L'artilleur songeait sérieusement à monter l'expédition vers Sainte-Hélène, les bonapartistes de Louisiane et de Washington se disaient prêts à financer l'opération. Trois navires seraient armés, embarquant quatre ou cinq cents hommes. Une maison avait même été achetée rue Chartres, où l'Empereur serait logé. Ce qui en temps normal eût été l'objet de quelques amicales railleries, tombait à plat. Le cœur n'y était pas, la nuit venait et l'angoisse avec elle, une tension s'installa, écourtant les conversations.

— Les douanes de l'Etat sont à cran, faites bien attention, prévint Latour en quittant ses hôtes. Quant à Galveston, mon cher Jean, Monroe fait savoir qu'Espagnols, Français, Polonais ou Patagons, il ne tolérera personne à la barre sur un territoire revendiqué. Avis.

— Tu prêches un converti, Arsène.

Latour s'était rangé, comme pas mal d'autres. Il souffrait de l'estomac et fondait une famille, à près de cinquante ans. La mission aux Arkansas lui assurait une rente espagnole qu'il bonifiait par des études de terrain pour les autorités de la Louisiane. D'un râtelier à l'autre et sans la moindre gêne, « trente secondes à pied de Sedella au Cabildo », comme il se plaisait à en rire.

Jean dormait, nu, sous une moustiquaire, lorsqu'il fut réveillé par des voix à l'étage, vite transformés en appels. Il se vêtit à la hâte, aperçut Zabeth debout à l'entrée de la chambre des filles, une chandelle à la main. Pierre et Marie entouraient le lit de Catherine-Coralie. Jean comprit aussitôt. Un frisson secouait l'adolescente. Catherine-Coralie remontait son drap sur elle, puis le repoussait vivement ; réclamait de l'eau et qu'on mît fin aux fulgurances douloureuses qui lui traversaient la tête. Jean s'approcha. Le visage de Marie se décomposait. Pétrifié à ses côtés, bouche bée, Pierre semblait attendre que l'on agît à sa place.

— Zabeth, de l'eau et des linges, ordonna Jean.

Marie s'assit au bord du lit. Il fallait courir chez l'herboriste, faire ingurgiter à l'enfant des poudres fébrifuges.

— Malaria, dit Pierre d'une voix éteinte, conjuratoire.

— Bien sûr que non, s'emporta Marie.

Elle se pencha sur sa fille, souleva sa paupière.

— Elle jaunit, Pierre, regarde.

L'adolescente s'était recroquevillée contre ses oreillers, terrorisée. Marie avait interdit à ses enfants de sortir en ville dès les premières annonces de l'épidémie. Ainsi le mal pénétrait-il dans les maisons les mieux fermées. C'était dans l'air, un miasme invisible, une diablerie venue de la mer ou du ciel. Marie regarda les hommes, éperdue.

— Je vais chercher les écorces, dit Jean.

— Lubin, fais immédiatement brûler de la corne et du sabot de bœuf dans le jardin, ordonna Pierre. Il y a des peaux de castor et d'ours à la remise, tu les jetteras au feu également.

Jean s'abstint de commenter. Il ne croyait guère à ces méthodes-là. Les Américains pratiquaient assez généreusement la saignée, administraient du calomel ou plongeaient les malades dans l'eau froide, au grand effroi des médecins créoles ; lesquels préféraient des techniques plus douces, purges au sulfate de soude ou lavements. A chacun ses impuissances et ses illusions.

Une carriole passait dans la rue déserte, chargée d'un corps. Les Louisianais veillaient leurs morts jusqu'au matin.

Celui-là ne devait pas avoir de famille à La Nouvelle-Orléans. Jean pressa le pas. Peut-être les Indiens, qui soignaient par les racines et les feuilles séchées, détenaient-ils une part de la vérité médicale.

Ils veillèrent toute la nuit au chevet de l'enfant. Le mal procédait par à-coups plus ou moins violents et prolongés. Parfois, Catherine-Coralie se couvrait de sueurs et grelottait, puis, après une accalmie de quelques heures, elle bouillait, le visage cramoisi, les yeux injectés. Ses murmures, ses accès de souffrance entrecoupée de courtes somnolences, tout était mystère. On lui avait fait boire la décoction de l'herboriste. Marie priait, à genoux près du lit, les deux esclaves se relayaient pour éponger le front de la malade, changer ses draps humides, tenter de lui faire avaler quelques gouttes d'eau. On avait mis les petits à l'écart au rez-de-chaussée, où, inquiets et nerveux, ils avaient tout de même fini par s'endormir à nouveau.

En retrait, adossé au mur de la chambre, Jean observait son frère, ressentait son angoisse. La mort de Lafon les obsédait tous deux, comme le bruit des carrioles roulant sur la pierre sableuse de la rue Bourbon. Il y avait depuis toujours un jeu morbide avec la maladie, un exercice d'enfant évitant des cailloux lancés par une fronde et le désir humain, primaire, de voir la pestilence pondre ailleurs ses œufs. Le voisin, l'ami, le frère ou soi-même plutôt que les petits, les innocents, les anges, livrés ainsi sans défense.

Marie s'était relevée. Jean croisa son regard et ce qu'il y décela lui fit serrer les mâchoires. Une colère, un cri, pressé de sortir, une révolte. Et un défi. Pensait-elle à une punition divine ? Les prêtres manquaient rarement l'occasion de mettre leurs ouailles devant leurs responsabilités face à l'incompréhensible. Que chacun regardât au fond de sa conscience et peut-être l'expiation des fautes en serait-elle abrégée. Jean baissa les yeux, Marie était une braise ardente sur laquelle soufflait la mort.

Lorsque, au petit matin, Adèle s'éveilla couverte à son tour de suées profuses, il y eut dans la maison un silence au creux duquel ils semblèrent tous se réfugier. Les récits des grandes épidémies du siècle passé leur revenaient en mémoire. Et ces tombereaux chargés de corps, là où d'ordinaire s'alignaient les tonneaux et les sacs !

— Sortez vos morts !

Le cri venu de la rue les pétrifia. Les carrioles allaient passer ; on y déposerait des corps déjà en partie décomposés, d'autres encore chauds, derrière lesquels une humanité se mettrait en marche, dans les gémissements, les pleurs, la rage inutile.

Incapable de subir plus longtemps la chape écrasant sa famille, Jean sortit de la maison. Il avait besoin de respirer, de penser à son fils. « Ils n'en mouraient pas tous mais tous étaient atteints », la fable tournait et virait dans sa tête, comme une de ces musiques dont on n'arrive pas à se débarrasser.

Il y avait un rassemblement devant le Cabildo, tranchant avec le désert presque total qu'était devenue La Nouvelle-Orléans. Des gens au visage tendu, inquiets, venaient aux nouvelles, attendaient des instructions. Jean reconnut le planteur Labranche, qui séjournait à sa maison de ville pour acheter du grain et des outils de ferme.

— Les boutiques et les entrepôts sont fermés, je ne vais pas m'éterniser ici, Laffite. Déjà une centaine de trépas, on atteindra le millier sans doute. Je vous conseille de vous éloigner avec les vôtres. Beaucoup l'ont déjà fait, nous avons de nouveau du monde à la plantation. La fièvre va triompher là où Packenham et ses vestes rouges ont échoué. Les travaux de ce pauvre Clairborne pour assainir la ville ne s'avèrent pas d'un grand effet.

Persuadé, comme beaucoup, que la fièvre jaune se transmettait par les détritus, les sanies des canaux d'irrigation, la boue, le défunt gouverneur avait sévèrement réglementé le transport et l'entreposage des ordures. Mettant à l'amende ceux qui s'obstinaient à empuantir rues et ruelles de leurs déjections. Peine perdue, les vieilles habitudes n'avaient pas tardé à réapparaître, les caniveaux et rigoles à se combler d'une boue infecte.

Labranche avait besoin d'esclaves. Il s'agrandissait, défrichait, plantait de la canne. Jean lui répondit évasivement, le trafic sur la Sabine connaissait des hauts et des bas, comme l'humeur de la douane américaine.

— Corrompre les agents du Cabildo est une entreprise aléatoire, expliqua-t-il. On ne sait jamais comment ils vont réagir. De plus, les gesticulations des bonapartistes agacent Washington. Des Français s'implantant au Texas, vous imaginez. Les conseillers de Monroe ont déclenché les signaux d'alerte. Ceux-là préféreront cent fois voir arriver des Anglais. Ils sont de la même tribu, même s'ils se sont fait la guerre ici même. N'oublions jamais ça.

— Vous êtes clairvoyant, Laffite.

— Il le faut bien. A Galveston, je vois passer tous ceux qui rêvent de se tailler un royaume au Texas. Au moins n'ai-je pas cette prétention. Je seconderai même les Yankees dans leur conquête s'ils consentent à me laisser libre de commercer à ma manière.

Labranche sourit. Son ami avait sa place parmi les utopistes fascinés par ce Sud encore inexploité.

— Ma maison vous reste ouverte en toute circonstance, lui dit-il, la main tendue. Soyez prudent, Laffite, les espaces de liberté se réduisent à mesure que Washington avance ses pions. Enfin, disons plutôt que la liberté d'entreprendre risque d'être donnée à d'autres.

— Je ne suis pas un pion du président Monroe.

— Certes. Raison de plus pour vous garder de ce côté-là aussi. Adieu, mon ami.

Se reverrait-on ? L'épidémie en déciderait peut-être, ou le président des Etats-Unis, ou la balle d'un mousquet, quelque part dans le golfe du Mexique. Le planteur battit le rappel de sa petite troupe ; son régisseur, des esclaves commis au portage des sacs, tous pressés de quitter La Nouvelle-Orléans sans délai. Jean les regarda charger les attelages. Régner sur un domaine de cinq cents acres, hérité d'une lignée de pionniers, devait être doux à l'âme.

Il appréhendait son retour chez Pierre. Son frère avait besoin de lui cependant, ses regards ne mentaient pas, sa détresse était réelle, profonde. Pierre Laffite n'était aux yeux de beaucoup qu'un trafiquant, un hors-la-loi, un gibier de potence que la justice finirait par abattre. Pour Jean, il figurait l'aventure américaine comme lui-même l'avait imaginée avant de la vivre, avec, pour point d'orgue et frontière ultime, Galveston, où l'on prêtait le serment de ne dépendre de personne.

C'était cela, la liberté. Jean avait beau marcher dans une ville florissante, une ruche que l'épidémie sidérerait le temps d'un été fiévreux, il s'accrochait au fantasme d'une société où les faibles seraient nourris et soignés par les forts, où le fruit du labeur, fût-il clandestin, criminel, hérétique, serait partagé comme chez les Indiens, au mérite mais avec le souci de ne laisser personne mourir de froid ou de faim.

— Fantasmes, murmura-t-il.

Des Indiens, il y en avait près de la grande levée. Ivrognes inutiles ignorés par les uns, humiliés par les autres, rejetés par tous, ils ne pourraient même pas compter sur la maladie pour se soustraire à leurs bourreaux. Malicieuse, la fièvre les épargnait, comme pour les forcer à se montrer en ville, vivants et détruits, déracinés mais encore capables de se gorger de rhum et de whisky, tandis que passaient devant eux les carrioles du cauchemar.

Il y avait dans tout cela une morale, une philosophie de la destinée propres à éclairer l'humeur de Jean. Il revint sur ses pas. L'envie d'embarquer aussitôt pour le Texas l'avait effleuré. Il s'en voulut de l'avoir éprouvée. Il lui fallait demeurer près des siens, aller au bout de ce mystère où vie et mort se côtoyaient dans le mouvement du mal.

Il y eut l'espoir, au bout de la première semaine. On savait bien que la fièvre s'offrait la plupart du temps un répit de quelques heures avant d'attaquer à nouveau et d'emporter ses victimes. Mais au milieu du désastre, il y avait des miracles implorés à genoux, jour et nuit, à la cathédrale, dans les chapelles et dans les temples ; des gens sortant de la maladie comme des spectres d'un tombeau. Décharnés, flétris, citrons confits qu'épuisait le plus infime effort, vaguement remis sur pied au bout d'une très longue convalescence. Mais vivants.

Entrer dans la chambre des filles de Pierre Laffite était une épreuve insoutenable. Une senteur lourde, écœurante, y régnait, les souffles mêlés des deux adolescentes y composaient une musique râpeuse et tout cela s'étendait loin dans la maison, comme si un démon en feu, brûlant son soufre et crachant des venins, occupait la pièce. La vie qui continuait dans la maison paraissait suspendue, artificielle. On s'y livrait à de banales occupations, c'étaient, tout le jour, de longs silences, des pas feutrés, des chuchotis et le temps prolongé pour les gestes les plus ordinaires.

Jean évitait de se montrer en ville. L'épidémie gagnait chaque jour du terrain, les navires évitaient la ville où les gens allaient de par les rues telles des ombres masquées, pensant se protéger ainsi des miasmes mortels. Le pays tout entier retenait son souffle, attendant le reflux du mal comme il guettait, chaque année, le lent apaisement du Mississippi en crue. Les Laffite avaient bien quelques affaires à régler, des gens à voir, des contrats à envisager, mais la plupart de leurs clients, alertés par la rumeur, avaient rebroussé chemin sur les bayous et le fleuve, ou se terraient chez eux.

Trêve, pensait Jean. Humbles ou puissants, tous sont dépassés, inutiles, tremblants de peur. Comme nous.

Beaucoup de choses devenaient secondaires, les plans, les stratégies, les calculs, les arrière-pensées. Que l'on fût corsaire, édile au Cabildo, banquier du quartier américain ou fille à marins dans le Swamp, on était pareillement nu face à la Camarde jaune. Terrible épée de justice frappant au hasard. La mort. Maîtresse du jeu, contre qui les tricheurs les plus habiles, leurs partenaires et leurs juges n'étaient qu'enfants tourmentés jour et nuit par la même terreur.

Marie Villars était méconnaissable. Le visage gonflé par l'angoisse et l'insomnie, elle déambulait dans sa maison, s'occupant à des tâches sans objet ; s'enfermait dans la cuisine pour y déverser, seule, son trop-plein de chagrin. Tout en elle accusait les gens, les événements, l'épreuve inhumaine imposée par la fièvre. Parfois, elle s'asseyait dans le patio, indifférente à la chaleur, aux moustiques, aux gestes des uns et des autres. Le regard vide, elle se balançait doucement, jambes écartées, mains pendantes devant ses genoux, tandis que Pierre allait et venait dans le couloir de l'étage.

Les tensions s'effaçaient derrière un abattement général, à mesure que la maladie achevait son œuvre. Tous savaient ce que signifierait la soudaine résurgence de la fièvre, survenant après sa brève et trompeuse sédation. Il fallait attendre, on ne pouvait faire que cela, et prier dans le silence troublé de temps à autre par un murmure, par un cri d'oiseau dans le patio, par la voix d'un enfant épargné, posant une question ou jouant avec sa catin[1].

— Jean.

Pierre regardait son frère d'un air bizarre. Jean le suivit dans la chambre. Il fallait serrer les dents, affronter le spectacle d'une double agonie. Car il s'agissait bien de cela désormais. Suivant son cours, la fièvre noyait les deux malades dans le vomito. Déjà, Adèle s'étouffait, le visage couvert de bile noire, tandis que Catherine-Coralie, la tête tournée vers son aînée, dégorgeait le jus noirâtre par petits à-coups. Jean appela les esclaves épuisés qui somnolaient à même le sol, au bout du couloir. Il fallait des draps, des serviettes, toute une lingerie devenue en vérité inutile.

— Jean, c'est la fin, n'est-ce pas ? dit Pierre d'une voix rauque.

Marie les avait rejoints au sortir d'un bref somme. Trop épuisée pour réagir à ce qu'elle découvrait, elle s'affaissa sur le plancher, évanouie.

— C'est aussi bien comme ça, dit Jean en l'allongeant sur le petit lit de camp installé pour la veille de nuit.

Pierre s'était agenouillé entre ses filles, des sanglots muets le secouaient. Debout près de son frère aîné, la main posée sur son épaule, Jean guetta l'instant où les bruits atroces de l'agonie cesseraient.

Adèle fut la première à expirer. Puis, au moment où Marie reprenait connaissance, Catherine-Coralie mourut à son tour.

— Elles ont passé, Marie, dit Jean. Toutes les deux.

— Alors, il faut les toiletter, dit-elle sur un ton neutre.

Elle se leva comme une vieille, ahanante. Les deux esclaves contemplaient le désastre en se signant, leurs lèvres tremblaient. La maladie épargnait aussi les nègres, un mystère de plus. Marie leur tendit des linges, les morigéna, ordonna aux Laffite de sortir de la chambre.

— Ce n'est pas de l'ouvrage pour vous.

1. Poupée.

Jean releva son frère, l'emmena, titubant, dans le couloir où les petits, conscients que quelque chose d'irrémédiable s'était passé, s'étaient mis à pleurer.

— Tu crois que nous payons, Jean ?

Pierre avait le regard des fous. Et si Marie avait dit vrai. Si, comme elle le murmurait de plus en plus souvent devant ses fourneaux, la vengeance d'un Dieu ulcéré se manifestait de cette manière. Jean le prit par les épaules, le secoua.

— Alors les enfants des pasteurs du quartier américain seraient rappelés à Lui parce que leurs pères ne Le serviraient pas assez bien ? Et ceux des pauvres Acadiens des bayous parce que leur souffrance à tous, leur déportation et tout le reste n'étaient pas suffisants. Expier jusqu'au sacrifice de ta propre famille ! Ha ! Le beau contrat que voilà. Biblique !

Ils se turent. Pierre secouait la tête. On lui enlevait ses princesses. Pour elles, il avait rêvé des existences hors du besoin, loin des ragots, des suspicions, des calomnies.

— Elles ont été élevées chez les Ursulines, Jean. Tu te rends compte. Comme les enfants des créoles les plus riches.

Il était touchant et grotesque. Le mal était égalitaire, heureusement. Que l'on eût sur les mains de l'encens, de l'encre, du fard, de la confiture ou du sang, on payait tous ensemble le même prix.

Marie passa devant eux sans paraître les voir. Elle se murait dans le silence et le sublime, bien au-delà de la réprobation.

— C'est foutu, dit Pierre.

Il y avait les petits, dédaignés par la Faucheuse. Ils survivraient, mais rien ne serait plus jamais pareil. Les tentatives de vivre comme tout le monde, le recours à l'avocat Livingston et au droit pour défendre la clandestinité, le trafic, la piraterie déguisée en course au large, tout ça ne servait décidément à rien. Jean regardait la pauvre face de son frère ; le chagrin y réveillait les vieilles grimaces de l'apoplexie. Un vieillard.

Jamais Jean ne s'était senti aussi proche de lui. Tout allait pourtant les séparer désormais. Il y aurait eu pourtant le rêve, l'irrationnel, le sang jumeau qui les avait poussés tous deux à l'action, hors des cadres étroits de la vie sociale louisianaise. Et cette commune incapacité à s'inventer l'existence des armateurs, des courtiers, des médecins.

— Il vaut mieux que tu abrèges ton séjour à La Nouvelle-Orléans, dit Pierre d'une voix tremblante. Assez de dégâts comme ça. Tu as un fils à Galveston. Occupe-t'en avant que la prochaine épidémie n'aille se répandre au Texas. Je t'écrirai.

Une noria de charrettes mortuaires, d'attelages, des files de gens en deuil se croisant entre les tombes du cimetière Saint-Louis et les fosses à peine creusées ; tel fut l'ordinaire à La Nouvelle-Orléans, en juillet de cette année-là.

La cérémonie fut brève, les fossoyeurs irlandais se donnaient du courage en chantant des refrains grivois. On avait eu les moyens d'offrir aux enfants un mausolée de pierre recouvert de plâtre, avec des stucs et une statue d'ange aux ailes ouvertes, au-dessus de la grille d'entrée. Au moins ne subissait-on pas le spectacle désolant des morticoles debout sur les cercueils des humbles, tapant des pieds et se balançant pour les enfoncer dans la boue.

Jean prit congé. Dans le regard de sa belle-sœur, il lut la malédiction sur les Baratariens. Un jugement sans appel. Il pensa à Catiche et à leur fils, à Galveston, ce lieu si semblable à Grande-Terre. Au Texas maritime, noyé comme sa voisine dans le marais, le bout de monde, le néant.

Pierre sanglotait. Jean le pressa longuement contre lui. On se reverrait. Jean chancelait lorsqu'il se hissa à bord de son sloop. Avec sa fausse torpeur, son drap de vertes et odorantes frondaisons, sa pulsation vitale malgré la mort partout présente, la ville lui faisait horreur. Plutôt les déserts, l'éponge détrempée des rivages texans que cette fournaise. Regrets et remords viendraient plus tard. Pour l'instant, il n'avait qu'une hâte : mettre à la voile et disparaître. Avec Lubin, nommé cuisinier officiel du gouverneur de Galveston.

6

Galveston, août 1818

Il s'appelait John Graham. Sa mission auprès des Français du Champ d'Asile s'achevait par la retraite de Lallemand et de ses cent cinquante improbables colons. Le baron ne s'était pas fait prier bien longtemps, quatre mois à peine après l'installation de la base militaire, l'échec des bonapartistes était patent. Lallemand acceptait l'hospitalité américaine où que ce fût. On enverrait son corps d'armée rendu à la vie civile en Louisiane ou en Alabama.

— Monsieur Laffite, conclut Graham au bout d'une longue discussion où il avait été question de l'Espagne, des mouvements insurrectionnels, de La Fayette et de Bonaparte, vous savez pertinemment que le président ne tolérera aucune république ou prétendument telle sur le sol d'un territoire revendiqué.

Il était mince, racé, s'exprimait avec une distinction naturelle signant son diplôme de Harvard ou de Duke[1]. Un Anglais, dans les manières, le parler un peu nonchalant, le regard froid démentant une affabilité de façade. Jean lui avait offert un dîner que l'envoyé de Monroe semblait avoir apprécié. Vins de Bordeaux, gibier, liqueurs, pâtisseries, Lubin s'était surpassé sur ordre de son maître. Apparu en fin de repas à la porte de la salle à manger, le cuisinier avait même eu droit à quelques applaudissements.

Jean souriait à Catiche, tandis que Graham, assez poli pour avoir gardé les menaces pour la fin du repas, dévidait sa lita-

1. Université américaine à Raleigh, en Caroline du Nord.

nie d'arguments. Le visage du lieutenant Lockyer lui revenait à la mémoire, il y avait, dans la répétition des événements à trois ans de distance, une ironie que, par défi, il expliqua à son hôte.

— C'était alors pour me demander de trahir l'Union. Décidément, l'on me rend à chaque fois visite pour des raisons d'une haute importance. Servir les causes justes ne m'a jamais tourmenté la conscience, encore faudrait-il me reconnaître ce penchant. Vos gouvernants éprouvent bien de la difficulté à cela, mais j'ai l'habitude, vous savez. Aider les Etats-Unis dans leur projet texan ne me posera pas plus de souci que la livraison de l'arsenal de Barataria au général Jackson.

Graham connaissait l'histoire. Simplement, on n'était plus à la veille de la bataille de Chalmette mais à celle d'opérations militaires d'envergure au Texas. Les contrebandiers et autres flibustiers du golfe du Mexique n'avaient pas leur place dans ces stratégies d'Etats. L'homme cachait à peine le mépris dans lequel il tenait les corsaires et les trafiquants, qu'ils fussent ou non mandatés par des insurgents pour piller et massacrer. Jean réagit, piqué au vif.

— Nous avons sauvé La Nouvelle-Orléans grâce aux canons du capitaine Youx, approvisionné le pays alors qu'il était soumis au blocus de Packenham, mis nos navires au service de monsieur Clairborne, sans rien demander d'autre que la liberté pour nos compagnons emprisonnés.

— Et le pardon de quelques excès. Le président Madison a tenu sa parole, à l'époque.

Jean se retint de lui rappeler à quel point les gouvernants de la Louisiane, ces cœurs si purs et si désintéressés, ces beaux esprits seulement préoccupés du salut de leur patrie, s'étaient engraissés sur ses dépouilles. A quoi bon. Ce débat était clos d'avance, la raison d'Etat n'avait que faire de ce genre de considérations et les appétits des vainqueurs étaient les mêmes au soir des guerres, depuis la nuit des temps.

Graham était peu sensible au charme de son hôte et de Catiche, à leur étrange conception de l'existence qui les tenait ainsi à l'écart de la vie du monde, dans des îles où rien ne poussait sauf les piles de sacs, de caisses ou de ballots rapinés en haute mer. Jean fut soulagé de le voir prendre congé. On était encore entre gens bien élevés, à quelques lieues d'une république d'opéra qu'une menace verbale suffisait à démanteler.

— Galveston est défendue par douze canons, sur un brick placé en travers de la passe, révéla Jean à Graham après que son invité lui eut fait compliment de son accueil et de sa cuisine. C'est une vieille technique expérimentée à Grande-Terre, dans un site semblable. Elle peut amuser ou inquiéter. Dissuader une force légale chargée de l'écraser ? Je ne pense pas. Disons pour être franc qu'elle laisse le temps aux rats de quitter leurs garde-manger pour quelque trou susceptible de les abriter. Et aux chasseurs celui de mettre la nappe et le couvert en attendant de se servir. Je vous le dis pour vous épargner d'y envoyer des éclaireurs.

Il bouillait de rage. Face à lui, l'agent de Monroe gardait son calme, ajustait avec lenteur son bicorne d'officier sur son crâne. On avait bu des vins délicieux, une simple felouque ramènerait le visiteur sur le continent ; la nuit serait calme et limpide, toute de silence et de paix, loin des bureaux et des offices où se décidait le sort des gens. On pouvait rêver au triomphe de la raison.

Jean s'inclina.

— Je suis gouverneur de ce comptoir, monsieur Graham, au nom d'un groupement commercial orléanais honorablement connu en Louisiane. Avec mission de le défendre. Nous ne sommes pas encore aux Etats-Unis, dans cette île. Les appétits américains sont certes compréhensibles, les intérêts de l'Union sacrés, le destin du Texas scellé, à l'évidence. Il convient tout de même de respecter les règles élémentaires du droit.

L'Américain lui tendit la main. Un pirate lui donnait une leçon d'éthique internationale. Cocasse. On se comprenait toutefois, la politique de Washington consistant à annexer un jour ou l'autre des territoires qui ne lui appartenaient en aucune façon.

— Si vous le désirez, dit l'émissaire de Monroe avec des accents de sincérité, nous vous aiderons à vous rapprocher à nouveau des mouvements insurrectionnels d'Amérique du Sud. Ils reprennent de la vigueur et harcèlent les Espagnols en attendant de les affronter à nouveau. Intéressant, pour des hommes comme vous.

Jean fulminait. Comme il l'avait prévu, les colons de Joseph Bonaparte avaient attiré l'attention conjointe des Américains et des Espagnols.

— Youx me met dans une position intenable, dit-il, tandis que Catiche rangeait la vaisselle du souper dans un coffre de vice-roi des Indes occidentales.

Il sirotait un fond de bordeaux, relief rubis du repas. La vision de son fils apprêté pour la nuit, d'ordinaire apaisante, ne le détendit pas. Il embrassa l'enfant, lui promit qu'il n'y aurait pas de serpent à sonnette dans sa chambre. On les avait tous tués.

— Petit corsaire rêvera de catins et de canons en bois, dit-il. Curieux mélange, tout de même.

Une angoisse l'étreignait. Graham ferait son rapport sur les défenses de Galveston. Cela n'avait guère d'importance, Lallemand avait dû en informer très tôt l'agent de Monroe afin de s'attirer ses bonnes grâces. Sur l'échiquier du golfe, il n'était pas une pièce qui ne fût biaisée.

Catiche lui caressa la nuque. S'il devait un jour emporter avec lui les fantômes de sa vie, il y aurait ce geste-là, et le spectacle de sa maîtresse dénouant ses cheveux devant un miroir, avant de le rejoindre au lit.

— Tu es inquiet, dit-elle, les lèvres sur sa tempe. Dominique Youx est à la France, tu ne le supposais donc pas ?

Il se tourna vers elle, la considéra avec étonnement. Catiche ne se mêlait jamais des affaires de son amant. Les dîners avec les capitaines, les parades devant les captifs médusés, les entrevues avec les visiteurs sur le perron de la maison lui en avaient cependant appris suffisamment sur les uns et sur les autres.

— Comment peux-tu affirmer ça, toi, Moka ?

Elle haussa les épaules. La loyauté de Youx n'était pas en cause mais derrière sa faconde, sa rugueuse amitié, l'homme gardait en lui une part secrète de ses pensées. Elle avait vu son regard, parfois, remarqué sa manière d'écouter et de réfléchir tandis que les autres parlaient.

— Comme toi, sans doute, mon beau. Comme vous tous, depuis le début.

Il eut envie de tout lui avouer, une bonne fois pour toutes, de dégager sa conscience des scories dont elle s'encombrait au fil des mois. Il décida néanmoins que le moment n'était pas encore venu. Après tout, il n'était ni à l'Espagne ni à l'Union. Debout et seul, en équilibre sur le fil tendu entre ces deux masses grondantes.

— Bien sûr que Youx est à la France, dit-il. Un joli gâchis. Graham a raison, nous ne sommes plus au lendemain de la bataille de Chalmette. Les cartes ont été redistribuées, ma petite fille. Dominique est hors du jeu texan, si tant est qu'on l'y ait accepté un jour. Il lui reste le Mexique et ses paysans experts en décapitation à la machette. Terrain mouvant là aussi.

Elle s'était assise face à lui. Ils se regardèrent longuement, sans dire un mot. Qu'il vînt des vaisseaux de ligne espagnols ou des fantassins de l'Union, le sort de Galveston serait scellé comme l'avait été celui de Barataria. C'était une simple question de temps.

Catiche comprenait l'amertume de Jean. A la différence de Pierre, citadin et plutôt casanier, le cadet des Laffite n'avait en vérité jamais rien possédé d'autre que son goût immodéré pour la liberté. Pas de maison en ville, de parts dans les banques ou les salles de jeu. Les navires, les îles perdues au bout de terres improbables, les horizons caraïbes avaient été ses demeures et ses royaumes. Par cela, il eût mérité qu'on le laissât en paix, mais Catiche savait bien que ses choix, comme ses actions, l'exposaient aux coups.

Il se leva brusquement, mû par un pressentiment, le cœur plein d'angoisse.

— Vous allez prendre la mer pour La Nouvelle-Orléans, toi et le petit, dès que l'épidémie sera terminée. Je ne veux plus que vous restiez ici.

— Certainement pas.

— Tu as oublié comment nous avons quitté Grande-Terre ? Galveston ressemble à Barataria comme une sœur jumelle. Elle subira le même sort.

— Non, bien sûr, je n'ai pas oublié ça. Mais voilà, c'est ainsi, je ne te laisserai seul plus jamais, que nous allions en Louisiane, au Mexique ou au diable cornu. Et puis je sais très bien que la passe ne permet l'entrée que d'un seul bateau à la fois, alors, tu vois, nous aurons tout le temps de nous en aller.

Elle se butait. Il n'insista pas. La méfiance des Français envers les gens de l'île n'empêchait pas les relations de voisinage. Des felouques étaient ancrées à l'abri de la baie, il serait toujours possible d'y embarquer pour le Champ d'Asile si toutefois les bonapartistes étaient encore là au moment de l'assaut. Jean prit sa maîtresse contre lui. La lourde moiteur des jours caniculaires d'août ajoutait à sa sensation d'oppression. L'univers rétrécissait autour de lui, des menaces rôdaient partout, imprécises, en mer comme à terre.

— Tu as raison, Moka, murmura-t-il. Nous serons tout aussi bien ensemble pour affronter les hommes et la maladie. Pardieu, je suis bien heureux de te savoir là, près de moi.

Il ferait croiser une ou deux goélettes armées le long de la côte, inciterait les capitaines en escale à reprendre la mer le plus tôt possible. Cette fois, on ne laisserait rien derrière soi, le trésor de Galveston serait dispersé avant que les vautours de La Nouvelle-Orléans ne posent leurs griffes dessus.

— Nous ne sommes pas encore partis, café-chocolat.

La proposition de Graham le hantait. Ainsi y avait-il encore deux poids et deux mesures pour les Américains. On expulserait au besoin les Français tout en laissant une chance aux corsaires de s'engager à nouveau pour les insurgents. C'était peut-être cela, le rêve inavoué de Jean Laffite, courser sous un pavillon qui ne fût pas de hasard. Comme Bart, Duguay-Trouin, Surcouf et tous ces seigneurs de l'océan qui saisissaient pour un roi ou pour un empereur.

Pour la république ? L'affaire aurait du piment, mais il était bien tard pour une telle entreprise.

Septembre 1818

C'était un brick, un hermaphrodite, que la bourrasque encore lointaine couchait sur l'onde, au risque de le faire s'y abîmer. L'œil rivé à sa lunette, Jean observait les voiles de l'arrivant encore blanchies par un soleil de victoire, ses mâts inclinés, sa fuite éperdue, sur un fond d'horizon sombre comme la peau d'une esclave de Gambie.

— Tudieu, celui-là aura du mal à se sortir de la tempête, dit-il, les dents serrées.

Il avait fait doubler l'ancrage des bâtiments alignés dans la baie, ordonné que chacun s'occupât à consolider comme il le pouvait son logis. Des trois coups de vent affrontés par le village depuis le milieu du mois d'août, celui-là s'annonçait comme le plus redoutable. Des signes, déjà, ne trompaient pas, la grisaille du ciel précédant le gros des nuées, les rafales sous lesquelles les quelques cimes de l'île ployaient, cet astre couchant, enfin, qui ne se décidait pas à rompre devant la menace et donnait au décor de mer, de sable et de ciel, des couleurs surnaturelles.

C'était peut-être Aury qui se hâtait ainsi vers son ancien repaire. Le Parisien avait été aperçu au large de Pensacola, puis à la Barbade. Etrange compagnon de route ; Jean avait vu en lui un concurrent voire un adversaire, mais le bonhomme avait lui aussi les grands souffles de l'aventure dans la tête, à sa manière de mercenaire. La Barbade était le verrou du Venezuela, où Simón Bolívar poursuivait son œuvre rebelle. Souvent, les visiteurs de Galveston, anciens tenants de la citadelle de Carthagène, mettaient le cap vers ces rivages où se décidait le sort d'un continent. Insurgents, jusqu'au fond de l'âme.

Lorsque, au bout d'une très longue patience, Jean eut enfin reconnu son *Brave*, confié à Desfarges pour un voyage en Haïti, il éprouva de la joie. L'homme et le bateau lui tenaient à cœur, de tous les capitaines qu'il avait côtoyés, celui-là était le plus fidèle et désintéressé, happant la vie comme au sortir du ventre maternel, méprisant absolument la mort, riant des autres comme de lui-même. Cette fois, Desfarges ne traînait rien derrière lui, la prudence l'avait peut-être bien conduit à se débarrasser d'une prise en cours de route. Jean l'encouragea.

— Borde, ami, tu n'auras pas trop de tes trente-cinq marins pour sortir de ce piège.

Le *Brave* paraissait voler sur les flots. Bientôt, il fut comme happé par le rideau gris de la pluie. Jean fit allumer des feux sur la plage, à la pointe ouest de la passe. Indifférent à la bourrasque qui forcissait, anxieux de voir le brick s'échouer ou venir étraver la défense de l'île, il assista à l'arrivée du navire que le vent arrière poussait vers la baie comme sur la crête d'un mascaret.

Il fallait faire vite. Déjà, la mer montait à l'assaut du rivage, en vagues serrées, écumantes, confondues avec la pluie horizontale. Desfarges fit affaler les voiles en partie déchirées, puis jeter l'ancre sur laquelle le navire se mit à tirer aussitôt.

Il y avait à peine cent mètres entre le brick et la plage. Jean sauta de son coupé. Marcher devenait difficile, il fallait se courber, peser sur les cuisses. Il vit les deux chaloupes du *Brave* tomber à l'eau, les hommes se laisser glisser le long de la coque et chuter dans les embarcations ou à côté d'elles, dans l'eau en furie.

Ça souquait ferme dans les esquifs ballottés tels des bouchons. Les hurlements du vent couvraient ceux des rescapés. Lorsque les barques s'échouèrent, Jean se précipita. Il y avait des blessés, du sang sur les visages et sur les chemises.

— Desfarges, emmène-les tous chez moi !

Les hommes se hâtaient vers le village, courant ou clopinant. Desfarges était indemne, peu disposé, cette fois, à déclamer du Racine sur fond d'apocalypse. Jean vit l'attelage disparaître, cheval emballé, coupé disloqué, dans la grisaille d'eau et de sable mêlés.

— Tout va casser ! hurla-t-il.

C'était soudain comme une retraite militaire, il fallait s'éloigner le plus vite possible d'un désastre. Mais pour aller où ? Les hommes du *Brave* tentaient de rester debout ; chutaient, se mettaient à ramper, tandis que les deux capitaines, titubants, embrassés tels des ivrognes à la sortie d'une taverne, luttaient de conserve dans les tourbillons.

C'était autre chose qu'une simple tempête tropicale, qu'un de ces coups de tabac auxquels les marins du golfe étaient accoutumés depuis toujours. Des objets de toutes sortes traversaient l'espace comme des boulets ; madriers et branches d'arbres, ballots désamarrés, chaumes de toitures, outils et crosses de fusils. Les entrepôts de l'île avaient cédé, il était impossible de parer quoi que ce fût désormais.

Il y avait des cadavres sur le chemin menant au village, écrasés par la chute d'un gros chêne ; des blessés, coincés sous des branches, appelaient à l'aide. C'étaient des hommes de Jean, des anciens d'Aury également. Ils en dégagèrent un, qu'ils soutinrent. Pour les autres, à demi écrasés, il n'y avait pas grand-chose à faire dans l'immédiat. Jean leur cria des encouragements qu'ils n'entendirent pas.

S'abriter. Jean avait chargé le marin sur ses épaules. Arcboutés, se tirant l'un l'autre, s'empêchant de tomber, les deux capitaines atteignirent enfin les premières maisons, ou ce qu'il en restait. Des pans de murs à demi écroulés, au bas desquels se terraient des gens couverts de poussière, de boue, de détritus divers. Là aussi, des morts et des blessés. Lorsqu'il aperçut enfin, dans une brume de pluie agitée en tous sens, la galerie intacte de sa maison, Jean fut soulagé. L'escalier du perron s'était envolé, mais la porte d'entrée tenait encore.

— Par-derrière ! beugla-t-il. Si on ouvre ça, tout fout le camp.

Le toit de mousse espagnole, de bousillage et de chaume avait en partie disparu, au-dessus de la chambre des maîtres. Jean poussa la porte de la cuisine, aperçut ses deux esclaves acagnardés dans un coin de la pièce, des paniers de fruits vides sur la tête. Il posa son fardeau sur le sol, tança les serviteurs d'une voix forte, couverte par le souffle du vent.

— Qu'est-ce que vous foutez là, vous autres ? Où est la maîtresse ? Lubin, nom de Dieu, secoue-toi.

Le cuisinier se leva ; il tremblait et grelottait comme un paludique.

— Elle s'est occupée des personnes, missié Jean, après, elle m'a dit de clouer des planches sur la porte d'entrée, maintenant, je ne sais pas où elle est.

Dès le début de la tourmente, des gens s'étaient réfugiés dans la pièce de séjour. Tandis que Desfarges inventoriait l'étage, Jean les découvrit, accroupis ou carrément allongés sur le plancher, terrorisés eux aussi. La maison craquait de toutes parts, tenue par ses poteaux en terre profondément enfoncés dans le sol. Si elle devait disparaître, il resterait d'elle ce squelette vertical, témoin d'une technique de construction éprouvée.

Catiche n'était pas là, ni l'enfant. Jean entendit la voix de Desfarges.

— Jean ! Montez, pardieu, faites vite.

La pluie s'engouffrait par la béance du toit. Torrentueuse, inondant tout au centre de la construction, ruisselant sur les marches de l'escalier. Jean se hâta. L'étage était dévasté, dans la chambre des maîtres, une poutre était tombée en travers du lit, recouvrant en partie le corps sans vie de Catiche. Jean vit Desfarges tenant son fils dans les bras.

— Il n'a rien, Laffite.

L'enfant hurlait de terreur. Desfarges le posa sur le plancher, tandis que Jean cherchait une prise pour soulever la poutre. Fou d'angoisse, il répétait « je l'ai tuée », jurait en gascon. Au prix d'un effort qui les laissa un long moment sans forces, le souffle coupé, les deux hommes parvinrent à déplacer la poutre. Jean se pencha sur sa compagne, la retourna, pensant qu'elle était morte ; découvrit une blessure couverte de sang caillé à la tempe droite, d'autres à l'épaule, au côté et jusque sur les jambes.

— Elle respire, Desfarges, elle vit, nom de Dieu.

— Il faut quitter cet étage en vitesse, Jean. A ce train, l'escalier ne va pas résister longtemps.

Le vent poursuivait son œuvre de destruction, des pans entiers de toiture s'envolaient. Jean prit Catiche dans ses bras, l'écouta gémir doucement. Elle vivait. Il suivit son compagnon, alla déposer sa maîtresse sur un canapé du salon, puis, ayant vidé une armoire de son contenu de drap, d'édredons et d'oreillers, il confectionna pour la blessée une couche sur laquelle il l'installa avec précaution.

— La maison tient par le bas, constata Desfarges.

Dévalant les marches, des flaques d'eau se répandaient de toutes parts au rez-de-chaussée ; un moindre mal. Si l'ouragan avait atteint son acmé, on pouvait espérer survivre, à condition que les arbres qui protégeaient tant soit peu la demeure ne l'achèvent pas en tombant sur elle.

Le gouverneur de Galveston contemplait le désastre. Du village, il ne restait rien ou presque. Les huttes, cabanes et maisonnettes avaient carrément disparu, de l'imprimerie-apothicairerie subsistaient les poteaux en terre, quelques pans de murs et une embrasure de porte par où les rafales adoucies, mêlées à une pluie tiède et inconstante, balayaient le sol rendu à son état terreux.

Le port semblait avoir subi un bombardement. Les pontons s'étaient volatilisés, les navires éventrés, jetés les uns contre les autres ou couchés sur l'eau brune, gisaient, mâts arrachés, irrécupérables pour la plupart. Pour une dizaine d'hommes broyés ou engloutis, le refuge à l'intérieur des coques avait été fatal. Ceux-là avaient rejoint au cimetière leurs compagnons écrasés par des arbres ou des murs, noyés sous les vagues dont le dépôt d'algues, de bois de toutes sortes, de sable et de cailloux, recouvrait les ruelles, les fantômes des pièces de vie et jusqu'aux branches les plus basses des arbres.

— Foutre, il ne manquait plus que ceux-là, maugréa Jean.

Trempés jusqu'à la moelle, le dos rond sous leurs capes, chevauchant avec infiniment de lassitude ce qui leur restait de montures, les débris de la colonie bonapartiste du Champ d'Asile débarquaient sur l'île de Galveston. C'en était fini de leur aventure au Texas. Dans sa grande mansuétude, Graham leur permettait d'aller se perdre où bon leur semblerait. Mexique, Louisiane, Alabama, n'importe où pourvu qu'ils emportassent à jamais avec eux leurs rêves coloniaux.

Le général Lallemand avait quelque peu rabattu de sa superbe. Son armée ressemblait à la flotte des Associés de Galveston, quant à elle démâtée, sabords noyés, proues dressées vers le ciel, recouvertes, comme par des suaires, de voiles et de cordages entremêlés. La nature rendait là un fier service à tous ceux dont le projet consistait à vider la région de ses hôtes indésirables. Jean en fit la remarque à Lallemand tandis que, d'une main malhabile, il tentait de faire boire un peu de chocolat à Catiche.

— Ma foi, dit le baron lorsqu'il eut rejoint son hôte sur les vestiges du perron, nous nous ferons paysans quelque part dans la Prairie de Louisiane.

— Il vous reste toujours la possibilité d'aller délivrer l'Empereur à Sainte-Hélène, dit Jean. Notre ami commun Dominique Youx est en train de lui préparer un logis dans la rue Bourbon, enfin, c'est ce qui se dit. Deux mois de mer, une garnison endormie par la routine, pas de renfort possible pour les Anglais ; une troupe comme la vôtre serait plus à son aise à l'attaque de ce rocher qu'à celle du marais texan.

A demi allongée sur une bâche de toile, la nuque appuyée contre des oreillers, Catiche le scrutait d'un air étrange, paraissait le reconnaître petit à petit. Elle était demeurée inconsciente pendant plusieurs jours, s'était réveillée, muette et perdue, secouée de sanglots, de crises d'angoisse, de terreurs enfantines. Il fallait toute la persuasion de Jean, ses gestes de nounou, sa vigilance permanente, pour la rassurer quelque peu.

Debout près du gouverneur, les mains dans les poches de son long manteau militaire, le général Lallemand avait sa mine des soirs de défaite. Ce Waterloo texan valait bien en miniature son lointain modèle brabançon. Ainsi la Nature, estimant peut-être que l'Histoire traînait quelque peu en chemin, l'accélérait-elle, à sa manière brutale.

Jean fusilla l'officier du regard.

— Voilà qui vous épargnera l'assaut conjoint des Espagnols et des Américains, dit-il.

— Nous sommes logés à la même enseigne, Laffite.

— J'étais logé à la mienne, monsieur, avant votre arrivée. L'enseigne en question était suffisante pour le petit périmètre de Galveston et ses habitants. Mais bast ! Il n'y a plus rien à détruire ici, par qui que ce soit. Vous savez, je commence à avoir vu passer pas mal de foutus rêveurs dans la région. Il ne reste plus qu'à attendre le prochain roi du Texas ou bien un président de la république libre du même nom. D'où viendra-t-il ? Avec quelle armée de traîne-poussière ? Qui l'aura doté, armé, missionné ? Mystères. Vous êtes en caleçon, général, tout comme moi.

Les avertissements du père Sedella annonçaient une opération espagnole contre le comptoir. En démolissant le repaire des Associés, l'ouragan accordait un répit à leur entreprise. Reconstruire ou s'en aller plus loin ; Jean réfléchissait à ce choix crucial. Si Graham n'avait pas été emporté lui aussi par la bourrasque, il ne manquerait pas de lui rappeler l'un des principes fondateurs de l'Union ; pas de greffon étranger sur une terre revendiquée par les Etats-Unis.

Galveston se vidait de ses reliquats humains. Une demi-douzaine de bonapartistes avaient choisi d'y demeurer ; le voyage en Alabama, au Mexique ou plus loin encore, ne les tentait guère. Au fil des jours, ils s'accoutumèrent, comme le dernier carré des marins à ne pas avoir embarqué sur les deux navires rafistolés, à voir leurs compagnons regagner le continent.

Jean les employa à rassembler tout ce qui pouvait l'être, sous des abris de fortune. On monta des expéditions destinées à ramasser ce que les vents avaient dispersé le long des rivages. Des boucauts de vin, de poudre, d'épices, de cacao, avaient résisté, quelques dizaines de ballots de tissu, de tabac également. Des rares caisses intactes, on sauva des livres et du savon, du cristal de Bohême miraculeusement épargné, des parfums, ainsi qu'une centaine de grands crucifix sévillans, destinés aux églises de la Nouvelle-Grenade. De quoi prier le ciel de demeurer en paix.

— Patterson peut toujours débouler avec ses douaniers et sa flotte rapiécée, dit Jean à Catiche. Barataria lui a rapporté bien davantage que ne le fera désormais Galveston.

La jeune femme émergeait peu à peu de sa stupeur. Une vilaine fièvre l'avait un temps replongée dans son état de mélancolie secoué par d'imprévisibles accès de panique. La métisse avait de la ressource ; amaigrie, les yeux enfoncés dans les orbites, frissonnant des heures durant, elle avait lutté heure après heure, les poings et les mâchoires serrés.

Jean passait le plus clair de son temps auprès d'elle. Privé de ses activités culinaires, commis à la surveillance de la malade et aux soins de l'enfant dès que son maître s'éloignait du salon, Lubin avait aménagé un espace au sec, dans le seul coin de la pièce où la pluie ne risquait pas de tout inonder. Ainsi s'était-on organisés au milieu des gravats et des poutres effondrées. Les ouvriers avaient déserté Galveston, on reconstruirait plus tard, ou jamais.

Jean guettait jour après jour le lent retour de sa maîtresse à la réalité. Longtemps, il avait craint qu'elle ne fût plus capable de parler. Elle portait la main à sa tempe, d'un geste mécanique, caressait sa blessure étonnamment petite, murmurait des phrases incompréhensibles. Cherchait à comprendre. Lorsque enfin, s'étant éveillée d'une de ses longues nuits de sommeil, elle se fut inquiétée de son fils à intelligible voix, Jean ressentit une joie intense. La vie triomphait, dans le chaos.

Desfarges avait quitté l'île un matin de novembre, sous voilure de fortune, avec pour mission de savoir ce que Pierre comptait faire désormais. Les temps redevenaient incertains, les rats rongeaient petit à petit ce qui restait du trésor de Galveston. Comme sidérés par le coup qu'ils avaient reçu, les quelques habitants de l'île vaquaient à de précaires occupations, pêchaient ou chassaient, attendant que quelqu'un prît quelque part une décision pour eux.

Catiche était intransportable. Jean avait songé la confier à son ami, avant de renoncer à ce projet. Mieux valait continuer à la soigner à Galveston plutôt que de courir les risques de l'océan. Les Associés de La Nouvelle-Orléans avaient perdu leur base principale ; Jean leur faisait confiance pour en trouver une autre, Isla Mugeres ou Old Providence, Trinidad ou le Yucatán ; les rivages du golfe et de la Caraïbe ne manquaient pas de sites où l'on pouvait encore installer un comptoir et reprendre le commerce où on l'avait laissé.

Il s'était allongé près d'elle, tenant sa main. Son fils dormait à portée de vue, dans un berceau indien, son ange gardien couché à côté de lui. La nuit était claire, silencieuse. Cherchant en vain le sommeil, tourmenté par cent pensées contraires, Jean fixait un bout de ciel par la béance du toit. L'ouragan était passé depuis près de deux mois et l'on tardait à réparer.

Il perçut le craquement d'une branche, entendit un juron, se leva d'un bond. Il n'y avait plus de ronde de nuit sur l'île, comme au bon temps des gouverneurs. On dormait armés, l'épée à portée de main, le maître dans sa maison éventrée, les sept Français et la vingtaine de marins sous des tentes, au milieu de ce qui avait été la place du village. Epée et pistolet aux poings, Jean se dirigea vers la porte entrouverte, attendit. On marchait à pas feutrés à quelques mètres de là.

— L'entrepôt.

Un toit de chaume, posé à hauteur d'homme sur des poteaux, abritait les réserves des insulaires et ce qui avait pu être sauvé du désastre. Jean marcha, courbé, vers la lueur chancelante d'une torche autour de laquelle des ombres s'activaient. Il en compta six. Les visiteurs, sans doute d'anciens habitants, avaient dû débarquer à l'extrémité nord de la passe. Leur ouvrage ne traînait pas ; un coup de dague pour l'inventaire des sacs et des ballots, on délaissait la farine et le riz pour épauler le tabac, les poudres médicinales, les épices. Une chaîne s'était formée ; à ce train efficace, le transfert serait achevé dans l'heure.

Jean était à découvert, il lui fallait agir vite. Il se redressa, fit les quelques pas le séparant de l'abri. Deux hommes accroupis lui offraient leur dos, les autres s'étaient éloignés, portant leur butin vers le rivage. Il pointa le canon de son pistolet sur une nuque, fit feu, distingua le visage du deuxième voleur, son expression d'étonnement, sa bouche grande ouverte à travers quoi il enfonça son épée.

— A moi ! hurla-t-il.

L'homme, debout, émettait des borborygmes de noyé, gigotait autour de la lame comme un papillon épinglé. Jean le tint ainsi relevé, observa sa gesticulation de pantin ; ayant retiré le fer d'un geste sec, il lui en porta un second coup, décisif, à la pomme d'Adam cette fois.

On accourait du village. Jean brandit la torche, tandis que les intrus décampaient.

— Au rivage nord, hurla-t-il, on nous pille !

Au moment où il s'apprêtait à suivre ses compagnons sur les traces des fuyards, il eut un pressentiment, courut vers la Maison Rouge éclairée de l'intérieur par le halo d'une torche. Deux hommes fouillaient la pièce de vie, face à eux Catiche et Lubin, blottis l'un contre l'autre sur le lit, assistaient, terrifiés, au saccage. Des tiroirs, des vêtements, des draps jonchaient le sol. Jean se glissa dans le salon, perça les reins du premier des pillards qu'il trouva sur son chemin. L'autre se retourna, une dague au poing. C'était un colosse, velu, aux mains larges comme des battoirs. Jean se jeta sur lui ; un coup de patte suffit à le projeter à trois mètres de là. Il recula sur les fesses, vit la masse sombre de l'intrus venir lentement vers lui, leva son épée, qu'un coup de botte vit voler à travers la pièce.

Il se recroquevilla, rua des deux pieds dans le vide. Ainsi achevait-il de se défendre autrefois en Gironde, quand Pierre, simulant un coup de grâce en pleine poitrine, le mettait enfin à la raison.

— Tudieu, je suis fait, gémit-il.

L'homme hésitait. Poignard ou strangulation. S'étant agenouillé, il choisit de brandir sa lame, la bouche déformée par un rictus de jouissance. La détonation le figea ainsi, stupéfait. Il lâcha son poignard, oscilla avant de tomber doucement sur Jean.

Ils s'étaient mis à deux pour opérer. Lubin et Catiche, tenant ensemble un pistolet long comme un tromblon. Pétrifiés. Jean repoussa le cadavre du pillard.

— Il y a au moins pour deux cent vingt livres, de cette viande, dit-il en se relevant.

Il éclaira les visages des agresseurs. Inconnus. La bande avait dû traverser la baie ; attirés par l'écho des trafics, les routards de ce genre ne manquaient pas le long de la rivière Sabine.

— Je vous dois une fière chandelle, mes braves, souffla-t-il. Cet ours de Pennsylvanie ou du Tennessee allait me trouer le cuir pour de bon.

Catiche contemplait le spectacle des cadavres, de la pièce sens dessus dessous, de son fils, hilare, que Lubin sortait de sous le lit. Jean la serra contre lui. Voilà qui la remettrait peut-être, un peu brutalement certes, dans le courant de la vie.

— Nous sommes à l'image de cette nuit, Moka. Démolis.

Ils avaient guetté l'aube en compagnie des Français et des marins, sur le rivage nord de l'île. Les visiteurs avaient réussi à s'enfuir, abandonnant la majeure part de leur butin.

— Démolis, répéta Jean.

La baie avait englouti les restes de l'ouragan, sauf deux mâts de goélettes inclinés comme des bouchots sur l'onde étale. Le peuple de Galveston s'était dispersé ; ceux qui restaient là n'avaient plus grand-chose à y faire. Sauf attendre. Qui ? Les insurgents à l'étape sur le chemin de Mexico ? Les Espagnols venus récupérer leur bout de terrain ? Les hommes de Graham, inspirés par l'exemple de Barataria et venant ramasser les dépouilles des Associés ?

— Nous allons retourner à La Nouvelle-Orléans, ma Catiche. Ici, c'est mort pour quelque temps.

Elle le regardait, serrait sa main. Depuis l'accident de juillet, elle était devenue une autre personne. Sa plaie avait pourtant cicatrisé, laissant une mince traînée rose sur sa tempe. C'était à l'intérieur, dans l'âme, que le changement s'était opéré. Une stupeur d'enfant craintif, le besoin d'être rassurée pour des vétilles et cette indifférence pour tout sauf pour Jean et leur fils. Et ses étreintes d'amante dans la moiteur desquelles elle retrouvait sa force charnelle, ses soupirs d'abandon, son instinct de vie. Deux femmes en une, troublantes, face auxquelles Jean se sentait désemparé.

On attendrait encore un peu. Les felouques épargnées par la tempête avaient été réparées. Pour les Français de Lallemand, le choix était clair ; ils rejoindraient leurs compagnons en Louisiane ou en Alabama. Les autres, gens de mer, se disperseraient aux vents du golfe.

7

Côte du Honduras, septembre 1823

Tout s'était immobilisé dans la chaleur suffocante : les cimes jusque-là frémissantes des palétuviers ; la mer, plate, reflétant des pans de ciel encore bleus, refoulés vers l'ouest par la masse noire des orages. Jean passa sa main poisseuse sur son thorax. Il étouffait, avec, au tréfonds de son corps, l'intense fatigue des agonisants et ce désir de repos, inaccessible, soif mortifère que nulle eau ne pourrait étancher.

Il gardait les yeux grands ouverts sur le front menaçant de la tempête. A Galveston, le navire de Desfarges lui était apparu dans un décor semblable ; une coquille d'œuf sous une masse ferreuse tenue par la main d'un invisible bourreau.

— Lâche donc, foutu ciel, gémit-il.

Desfarges ne viendrait pas le secourir. Ni lui ni les médecins de La Nouvelle-Orléans, doctes latinistes, piteux guérisseurs encombrés de leur seule inefficacité. Le toucheux d'Aubigny les valait tous. Couper une jambe gangrenée lui égayait l'humeur. D'un geste ou deux, il remettait en place l'épaule ou le coude démis. Où était-il allé traîner sa science ? Dans quelle république d'Amérique du Sud fleurie sur le cadavre espagnol ? Colombie, Mexique, Venezuela, dix autres encore ; les turbulents rejetons de la révolte trépignaient sur le ventre maternel ouvert au couteau de boucher. On aurait vu ça avant de mourir, un continent entier secouant ses chaînes et jetant son geôlier à la mer.

Youx était réapparu à Galveston au moment où Jean, désespéré de ne pouvoir rassembler ce que l'ouragan avait éparpillé, se résignait à retourner à La Nouvelle-Orléans.

L'artilleur revenait de chez les insurgents, porteur de lettres de marque devenues aussi inutiles que les compagnies espagnoles rassemblées pour donner l'assaut au repaire des Laffite. La colère des cieux avait eu pour effet de calmer l'excitation des uns et les angoisses des autres, les velléités de conquête comme les projets de résistance. Tout devait être repensé, face à la méfiance grandissante des autorités.

Pierre s'en était allé à Washington, quémander une bonne fois pour toutes le statut de corsaire pour les vainqueurs de Chalmette. En vain. Aury baguenaudait dans le golfe, Desfarges s'était installé dans le Swamp, où il achevait de dilapider sa maigre fortune dans des bras obscènes ; quant à Jim Bowie, qui ne se montrait jamais sans le long couteau attaché à sa ceinture, la déshérence du commerce des esclaves mettait en danger ses finances et ce n'était pas le petit trafic d'huîtres par les rives de la Sabine qui compenserait de telles pertes.

« Cinquante cents la caisse de mollusques à destination des estomacs orléanais ! Avec ça, Laffite, il nous faudra deux siècles pour gagner le contenu d'une seule cale espagnole. »

Le négoce du bois d'or s'était tari. Bowie tempêtait contre l'accord enfin signé entre Washington et Madrid. L'Union reconnaissait les frontières du Texas espagnol, un comble quand on cherchait à les déstabiliser depuis des lustres ! Adieu le juteux commerce des Africains, il avait fallu trouver autre chose. Des huîtres. Les Orléanais les payaient trop cher ; on leur en fournissait, détaxées, elles avaient le même goût au Texas que dans les bayous de Louisiane.

Jean esquissa un pauvre sourire. Jim Bowie avait de la gueule ; un front large, buté, un regard d'aigle, des lèvres minces, serrées en permanence. Kentuckien vite acclimaté à la Louisiane, il avait transité par Natchez, à l'image d'un autre fantôme de Galveston attiré par le Texas comme les guêpes par du sucre.

James Long.

Averti du désastre, Pierre avait rejoint son frère, amenant quelques hommes avec lui. Tous tentaient de réhabiliter le village lorsque ce bourgeois de Virginie, ancien chirurgien de la Carroll's Brigade de Jackson devenu général, avait pointé son grand nez, sa silhouette de Don Quichotte et ses éperons d'argent dans la baie.

« Monsieur Laffite, je viens de déclarer le Texas république indépendante associée au Mexique libéré. J'ai des lettres de marque pour vous, un pavillon pour vos bâtiments et assez d'argent pour installer un gouvernorat dans tout le sud du territoire. »

Sa troupe de trois cents hommes était un mélange de tout ce que l'Amérique encore sauvage pouvait attirer : Allemands et Russes, Portugais et Français, Irlandais, fondus dans un ramassis des quinze Etats de l'Union.

« Ça te rappelle quelqu'un ? » avait ironisé Youx.

Lallemand, et d'autres. Celui-là était américain, financé par un oncle de sa femme général lui aussi, impliqué autrefois dans des projets d'indépendance au Kentucky et au Tennessee. On croyait avoir tout vu à Galveston.

« Eh bien non, mon bon Dominique. Je pensais que ce pays nous avait tous rendus fous, mais la preuve est là ; nous sommes des gens raisonnables, depuis toujours. »

Long avait de l'argent. Une fois de plus, le Phénix corsaire renaîtrait de ses cendres. Des navires, il en restait suffisamment autour du golfe pour mouiller à nouveau devant l'île ou pour se faire saisir. La Maison Rouge était en ruine, on la laisserait en l'état pour loger sous des paillotes. On avait réparé les pontons, reconstruit des huttes, balisé quelques chemins. De nouveau, la menace espagnole avait plané sur Galveston, cette intolérable verrue qu'on ne tarderait pas à rayer définitivement de la carte.

« Laffite, au nom de la république du Texas, je vous nomme gouverneur général de l'île et du port de Galveston, avait annoncé Long, que la gesticulation espagnole n'inquiétait pas. Cette fois, nous tenons le bon bout. Washington nous soutient, officieusement bien sûr, l'Espagne gronde mais n'osera pas déclencher les hostilités. Nous sommes en vérité les pionniers de la conquête de ce territoire par les Etats-Unis. »

La nouvelle eût amusé Catiche, mais Jean avait décidé que, cette fois, sa maîtresse resterait à La Nouvelle-Orléans. Les pitreries de Galveston portaient en elles des foudres mortelles. Parmi celles-ci, les mille soldats espagnols rassemblés au sud du Texas pour en finir une bonne fois pour toutes avec ce corps étranger. Long les avait croisés sur le continent pour un bref tête-à-tête. Sanglant. Son frère y avait laissé la vie, et lui assez d'illusions pour se retirer loin au nord, aux Natchitoches.

« *Sic transit gloria mundi*, avait conclu Desfarges, accouru lui aussi à l'aide de son ami. Attendons-nous maintenant à voir débarquer l'armée vaticane et ses bannières papistes. »

Avec un peu de chance, les Espagnols penseraient que les clandestins de Galveston les avaient aidés à se débarrasser du général et de ses projets. Jean avait été soulagé de constater qu'en effet ses ennemis intimes lui reconnaissaient un rôle dans une affaire à laquelle il n'avait en aucune façon participé. La chance, cette fois, lui souriait et lui accordait un sursis. On sacrifierait sans regret le commerce illicite des huîtres pour retourner à celui, bien plus lucratif, des esclaves et du mobilier castillan.

— Couillonnade, murmura Jean.

Le vent s'était levé brusquement, fragmentant les nuées, poussant vers la terre une brume de pluie chaude. Il ouvrit la bouche, laissa couler dans sa gorge cette manne qui l'écœurait. Une nausée le secoua. Il se sentait terreux, souillé, trop affaibli pour retourner à la cabane.

Laver son corps, sa plaie, se lever, marcher à la rencontre de la seule femme qu'il ait aimée. Le chaos de sa vie lui apparaissait, illuminé par les éclairs zébrant la glu opaque du ciel. Qu'adviendrait-il de Catiche ? De son fils élevé dans des maisons effondrées, sous des huttes, sur des ponts de bricks ou de goélettes ? Aurait-il comme son père le goût des grands espaces offerts par l'Amérique à ceux qui enjambaient sans témoins ses frontières ? L'enfant était docile, émerveillé par les coquillages et les cailloux de Galveston, petit Orléanais que l'on avait porté à la cathédrale Saint-Louis pour le faire baptiser, par le père Sedella qui plus était ! Quelle serait sa condition de sang-mêlé dans une société organisée autour de la domination blanche ? Les filles s'y fondaient mieux que les garçons, la nature les dotait d'arguments touchant au ventre les possédants et leur progéniture.

Jean ne put réprimer un long sanglot. Ses forces l'abandonnaient, à mesure que le sang coulait à nouveau de sa blessure. Sur l'orage défilaient par dizaines des visages ; en aurait-il croisé, ceux des maîtres et ceux des vermineux, les faces réjouies des nantis et celles, assombries par la géhenne, des indigents. Les trognes des épaves du Swamp et les minois austères des jeunes filles du quartier américain, les frimousses innocentes des petits d'esclaves et les faciès détruits des Indiens forcés à l'ivrognerie par le monde qui les rejetait.

Desfarges.

Pourquoi ce visage-là ne s'estompait-il pas, à la suite des autres ? Le déclamateur de Corneille et de Shakespeare montrait sa mine des mauvais jours, semblait se plaindre qu'on l'abandonnât à son sort. Eh quoi ! Personne pour lui venir en aide quand la foule rassemblée autour de lui comme au spectacle réclamait que l'on activât la procédure ? Desfarges, l'ami des premiers temps. On n'avait rien pu faire pour lui, quand son *Brave*, capturé par les douanes américaines, avait été mis sous séquestre à La Nouvelle-Orléans. A son bord, des lettres de marque mexicaines. Et pour le mener au tribunal, un acte du Congrès américain qualifiant la piraterie de crime capital.

Galveston, novembre 1819

Desfarges avait été condamné à mort. Par cette décision sidérante, les Etats-Unis mettaient un terme à des années de tergiversations, de calculs et de ce cynisme que d'aucuns avaient pris imprudemment pour de la mansuétude.

Jean jeta sur la table le journal en anglais qu'un capitaine de passage dans l'île lui avait remis. Il avait dû relire plusieurs fois l'article d'Evans pour se persuader de sa véracité. Le pisse-copie s'en donnait à cœur joie. On avait saisi d'autres pirates et leurs prises dans les ports de Philadelphie, de Baltimore, de Savannah ; la gangrène gagnait le pays tout entier, l'exécution de Desfarges serait pour le peuple l'occasion de se réjouir d'un acte de justice hautement signalé.

Jean sortit de sa hutte. Le hasard faisait que, au moment où son ami comparaissait à La Nouvelle-Orléans, on lui avait amené un marin coupable d'avoir dévalisé un marchand et violé une femme au bayou Queue de Tortue. Les trois juges et les treize jurés désignés par leur chef avaient voté la mort par pendaison.

Jean considéra longuement le gibet installé en vue du large. Dans toutes ces affaires, bourreaux et condamnés se confondaient au fond du même cloaque. Il vida son verre de rhum, ajusta son gilet, sa veste noire et son chapeau, impatient d'en terminer sans tarder avec cette cérémonie mortifère ; après quoi il cinglerait vers la Louisiane.

Le coupable s'appelait Brown. Un homme jeune, courtaud, noir de poil et de regard, un de ces fauves taciturnes et querelleurs, vaillants à l'abordage, capables en effet d'arrondir leur solde en tuant des gens sous leur propre pavillon. Jean s'avança vers le peloton dépenaillé commis à l'exécution. Les complices du condamné avaient été conviés à y assister. Trois hommes séjournant à Galveston depuis quelques semaines, que l'on chasserait de l'île aussitôt Brown mis en terre.

— Procédez, ordonna-t-il.

Il trouvait l'événement assez grotesque, se souvint que sa tête autrefois mise à prix par Clairborne pouvait bien l'être à nouveau par son successeur, dans un avenir très proche. Mais telle était la règle chez les clandestins du Texas comme chez ceux de Barataria. On y rendait une justice après tout semblable à celle des nations civilisées. Jean croisa les mains dans le dos, tandis que les marins aidaient leur frère de flibuste à escalader les marches du gibet.

Un tabouret, une corde, un corps agité de spasmes ; tout fut vite consommé. On dépendit l'assassin dont le corps fut jeté dans une carriole et emporté en lisière de village pour y être inhumé.

Jean ne s'attarda pas parmi la petite foule des spectateurs. Il était attendu sur le rivage nord, où l'on armait pour lui une goélette, la *Minerva*, saisie par Desfarges au large du Yucatán. Ainsi, comme par une sorte de miracle maritime, la flotte des défunts Associés se reconstituait-elle au fil des semaines, sous la toute nouvelle bannière des Mexicains, une simple étoile blanche sur un fond rouge sang. Lorsqu'il monta à bord du navire où s'activaient les ouvriers de Galveston, Jean ne put s'empêcher de penser à la femme de Carthagène, aux valses de la noce Maisonneuve, au jeune homme qu'il avait été, prêt à conquérir le monde à la pointe de son épée. Les tempêtes d'automne avaient balayé tout ça, effacé les traces de ses pas sur des rivages lointains, noyé la mémoire des temps d'insolence dans leur tourmente. Et vieilli prématurément les héros de 1815.

La Nouvelle-Orléans, décembre 1819

— Nous allons pouvoir conserver la maison, dit Pierre. C'est tout juste, l'ouragan de l'an dernier nous a fait du mal.

Il se chauffait les fesses devant la cheminée. Cette année-là, l'hiver était rude, brouillardeux. Piégées par une chape de nuages bas et par l'absence de vent, les odeurs de la ville stagnaient, fétides. On les évitait en se cloîtrant dans les maisons, fenêtres fermées.

Assis à la grande table de cyprès du salon, Jean rêvassait, le menton dans sa paume. Il y avait eu une embellie estivale pour ceux de Galveston. Jim Bowie et son frère avaient repris leur trafic d'esclaves, empochant des milliers de dollars avec la complicité des douaniers de la Balise.

— Ces agents-là sont vraiment les pires de tous, maugréa Jean. Ils saisissent Desfarges et combinent en même temps avec les Bowie. Quels scélérats. Monroe a beau jeu de nous menacer de pendaison, pardieu, il ferait mieux de s'occuper d'abord de ses propres agents.

On n'allait pas dénoncer ces véreux. Leur entremise permettait aux affaires de continuer. Jean soupira.

— Je crois que c'est en quelque sorte la fin, Pierre. Les Américains se rapprochent du Texas, l'accord avec les Espagnols leur permet de peupler le territoire. J'ai vu passer de ces colons du Nord. Ils dessinent d'ores et déjà la carte du futur Etat. Un jour, il y aura là-bas des ranchs immenses, des milliers de têtes de bétail, de la richesse terrienne. Le temps des grands espaces déserts et de la mer ouverte va finir.

Il avait reçu la visite d'un brick de Patterson et de ses officiers. Une fois de plus, les Yankees venaient aux renseignements. Usant de son charme, jouant au gouverneur d'un comptoir d'opéra, il les avait persuadés de laisser Galveston en paix. Pour combien de temps ?

— Le Mexique va devenir indépendant, dit Pierre. Le reste de l'Amérique du Sud suivra.

Pour se donner les apparences de l'intégrité, les futures républiques cassaient leurs contrats avec les corsaires. Aury et Youx avaient été priés d'aller naviguer pour d'autres causes, Bolívar leur refusait désormais les pavillons longtemps concédés. Seul le Venezuela accordait encore des lettres de marque. Le vent tournait quoi qu'il en fût, poussant devant lui de sombres nuées qui bouchaient les horizons caraïbes, comme le sale hiver de cette année-là obstruait ceux de La Nouvelle-Orléans.

Jean regardait Catiche aller et venir dans la grande pièce bourgeoisement meublée. On dansait assez tristement sur un volcan, chez les Laffite. L'atmosphère y était pesante, les sourires comptés, les gestes artificiels et convenus. Pierre et Marie ne se parlaient plus, cela durait en vérité depuis la mort de leurs filles, quant aux trois enfants survivants, ils semblaient subir l'ambiance de la maison, fuyaient les contacts avec les adultes, préférant jouer et se chamailler avec leur cousin, à la cuisine ou dans le jardin.

Catiche rangeait du linge dans une armoire. Jean l'arrêta alors qu'elle passait devant lui, les bras chargés de draps et de chemises.

Il la prit contre lui, caressa son dos, ses épaules. Elle était la seule à qui le séjour rue Saint-Philippe ne pesait pas. Voir sa famille réunie autour d'elle la contentait, on avait connu des moments plus difficiles que cette morne coexistence dans l'hiver louisianais.

— Tu vas bien, voilà qui me fait plaisir, lui dit Jean en baisant son cou.

Elle se remettait chaque jour un peu plus mais Dieu, que sa convalescence était longue. Ses journées entières de silencieuse mélancolie, ses réveils nocturnes dans les suées de cauchemars, ses éclats de rire sans plus de raisons que ses colères, tout en elle déroutait. Il fallait respecter les bizarreries de son humeur, trouver les mots pour rompre l'indifférence qu'elle manifestait à l'égard des gens et de leurs affaires. Depuis la nuit de l'ouragan, Jean ne l'avait pas entendue donner le moindre avis sur ce qu'il faisait, pensait ou projetait, et cette distance l'attristait.

Marie était un reproche muet ; ses attitudes, ses regards, ses rictus témoignaient d'une fêlure intérieure irréparable. Les rendez-vous mystérieux des hommes de la maison avec les Espagnols, les planteurs ou les capitaines de Galveston, leurs apartés, leurs chuchotis, l'enrageaient. Une fois, elle avait ri, brièvement, en découvrant sur un journal en anglais la caricature de Jean tout penaud face à Clairborne et à Patterson, lors de la guerre. L'empereur de Barataria courbait le dos, son fameux chapeau noir entre les doigts, comme un élève puni par des maîtres courroucés. Et lorsque l'on avait appris que Vincent Gambi, le Louisianais ancien locataire de Grande-Terre, avait été décapité par ses hommes pour une histoire de partage en haute mer, elle avait lâché, méchante, « le vomito ne peut pas tuer tout le monde » et s'était enfermée dans sa chambre, pour y prier.

Jean libéra Catiche, considéra son frère, une moue de désappointement sur les lèvres.

— Que suggères-tu ? lui demanda Pierre.

— Ce que tu penses, très exactement.

— Il nous faut négocier l'abandon de Galveston, le droit de naviguer en paix hors de la juridiction américaine et de commercer librement, où nous le voudrons.

Jean hocha la tête. Son aîné avait raison. Il n'y aurait pas à tout coup un ouragan pour sauver l'établissement de ses prédateurs. Le Venezuela offrait son pavillon, on s'en revêtirait.

Il y avait foule au Maspero[1]. Les habitués des tractations commerciales du rez-de-chaussée y voisinaient avec les simples buveurs de l'étage, attirés par l'ambiance du café. Là, attablés devant des alcools, du thé ou du chocolat, plongés dans la lecture des journaux ou négociant des contrats dans la fumée des cigares, se retrouvait tout ce que la ville comptait de courtiers, de fondés de pouvoir, de vendeurs et d'acheteurs.

1. Maspero's Exchange Commercial Coffee House.

Une ruche que les anciens de la colonie considéraient avec un peu de suffisance, un miroir de la nouvelle société louisianaise, pourtant, où le mélange des langues épousait celui des fortunes et des disgrâces, un lit doré pour l'argent et ses contempteurs.

Pierre avait eu autrefois ses habitudes dans cette grande bâtisse carrée, aux fenêtres en ogive, de la rue Chartres. La fortune de Barataria faisait à l'époque de lui un pilier incontournable des affaires orléanaises. En ces temps déjà anciens, Jean ne dédaignait pas non plus s'y montrer, l'après-guerre l'y avait même brièvement auréolé d'une réputation de vainqueur, flattant sa vanité, gommant opprobre et suspicion. Pénétrer les poches à peu près vides dans ce lieu consacré au lucre était, quelques années plus tard, une épreuve à laquelle il se soumit pourtant, toute fierté ravalée.

Les Laffite y retrouvèrent le planteur Villeré en compagnie de quelques-uns de ses pairs du Cabildo. Ces hommes aux jabots avenants, au parler de chefs, représentaient le pouvoir réel dans l'Etat. Yankees ou Français, ralliés depuis toujours à la cause de l'Union, ils avaient fait leur l'idée simple que la loi commune devait s'appliquer en Louisiane avec toute sa rigueur. Pierre avait vu en eux de possibles partenaires, Jean s'en méfiait depuis le premier jour.

— Vous venez nous parler de votre ami Desfarges ? s'inquiéta, faussement, Villeré.

Mince et altier, s'exprimant avec des gestes racés des mains, il affichait l'aisance des possédants et l'assurance des hommes du sérail, défendait sa caste avec suffisamment d'autorité et de diplomatie pour faire oublier son appartenance au parti esclavagiste. Sa plantation avait vu passer l'invasion anglaise. On y trouvait des nègres dans les champs de coton et de canne. En les achetant au marché officiel, le créole participait comme beaucoup d'autres, et depuis longtemps, à l'entretien des flottes corsaires. En toute connaissance de cause. Mais tel était le jeu en Louisiane. On respectait la puissance financière quelle que fût son origine. « Sauf la nôtre », ironisait Pierre.

— Nous venons vous exposer un projet, répondit Jean en s'asseyant près de l'édile.

— Desfarges va être pendu, dit Villeré, une pointe de regret dans la voix. A moins qu'il ne réussisse à s'évader. Vous désirez me parler de ça ?

Pierre lui rendit son sourire.

— Desfarges a rendu quelques services à pas mal de gens ici. Nous espérons que le gouverneur lui en saura gré. Quant à le faire évader, nous ne sommes hélas plus à la veille d'une bataille décisive. La Louisiane fait désormais le tri dans ses bataillons de patriotes.

— Souhaitez-vous un nouvel assaut anglais, Laffite ?

— Je souhaite que la justice s'exerce sans haine.

Les Yankees se regardaient, un peu surpris. Les Français les étonneraient toujours, avec leur humour. Villeré acquiesça. La situation était délicate, Monroe avait décidé de faire un exemple dans chaque ville touchée par la piraterie. Deux exécutions, chaque fois. Les choses risquaient d'aller à leur terme.

Jean affronta le regard des Américains. Il les connaissait. Ceux-là n'étaient pas les plus acharnés à sa perte mais ils représentaient, en tant qu'élus, l'opinion de leurs tribus puritaines. Villeré rompit.

— Eh bien, ce projet ?

Pierre s'expliqua. On pouvait servir l'Union à distance, sans gêner davantage sa politique texane, garder une liberté d'action à laquelle on tenait et continuer à maintenir les Espagnols à distance.

— L'Espagne coloniale agonise. Il est vrai que vous vous répandez généreusement contre elle, remarqua Villeré, l'œil aux aguets. D'aucuns prétendent d'ailleurs que c'est quelque peu, comment dire, excessif.

Il pensait « forcé ». Soupira. Il n'était pas dans le secret des dieux mais pouvait en effet intercéder.

— Le commodore Patterson aura cependant du mal à vous croire, dit-il, matois. La Navy n'est guère gaillarde en ce moment, ses navires sont assez rapiécés, mais c'est tout de même la Navy, n'est-ce pas ? Dans ce même état d'abandon, elle vous a tiré dessus autrefois, à Barataria, et contraints à partir. Vous n'ignorez sans doute pas, d'autre part, que des Russes et des Anglais se sont plaints récemment d'avoir été saisis en haute mer. Nous sommes là plutôt loin de la Nouvelle-Grenade ou de Cuba. Mais bast, votre proposition d'abandonner Galveston mettra sans doute un peu d'ordre dans tout ça.

Il agréait, satisfait que ses amis partageassent son avis. Verrait ce que l'on pouvait faire.

— Messieurs.

Il se leva à demi, salua. L'entretien était terminé. Tandis que Pierre s'en allait saluer des clients de Galveston, Jean regagna la rue. Il éprouvait le besoin de calmer ses nerfs. Desfarges se morfondait à quelques dizaines de mètres de là, dans une geôle du Calaboso, on allait quitter Galveston comme on avait fui Grande-Terre, pour recommencer ailleurs, avec quelques années en plus et dans l'âme la trace des coups reçus. Il fit quelques pas dans la rue. Au bout de son chemin texan, il ne possédait toujours rien de tangible, ni maison ni office, pas même un entrepôt à La Nouvelle-Orléans. Un choix de vie qui, à défaut de le frustrer, le laissait perplexe.

— Je veux aller avec toi, Jean Laffite.

Catiche s'accrochait au cou de son amant. Il retournait à Galveston sans elle.

— Tu ne tiens pas tes promesses, ce n'est pas bien.

Elle faisait son siège, désemparée. Un jour, il partirait ainsi pour ne jamais revenir.

— Ce n'est pas un voyage pour toi, Catiche, et puis je serai de retour très vite.

— Tu mens, Laffite. Tu vas aller au Venezuela, en Colombie, Dieu seul sait où. Les Espagnols te prendront, tu vois, je comprends les choses, Marie m'a dit que les gens de La Nouvelle-Orléans vont nous chasser de Louisiane parce que vous n'avez d'amis plus nulle part. Ça m'est égal si je reste à côté de toi.

— Plus d'amis nulle part, Moka. C'est faux. Nous en avons encore et des solides.

Elle tremblait. Jean la saisit par les épaules. Ce qu'il avait à faire au Texas était dangereux, il était hors de question que Catiche y prît encore des risques. Pierre restait en ville afin de recruter pour la nouvelle campagne. On reprendrait la mer tous ensemble, dès que la mission à Galveston serait achevée.

— Ça m'est égal, répétait-elle, butée. Je t'ai sauvé la vie, une fois, tu l'as oublié.

Lorsque, à bout d'arguments, il l'eut tancée comme une petite fille, elle fondit en larmes sous le regard navré de sa sœur, ce qui mit Jean en fureur.

— Eh bien, on vit encore dans le luxe bourgeois, ici, s'écria-t-il. Cette maison, ces serviteurs, ces enfants bien propres sur eux, élevés chez les Ursulines ! Tout cela va peut-être finir, alors, il faut sauver ce qui peut l'être encore. Je sais ce qu'il faut faire, foutez-moi la paix, nom de Dieu !

On annonçait un visiteur. Jean fut heureusement surpris de reconnaître Dominique Youx. L'artilleur avait débarqué à l'aube. Ses affaires n'étaient guère brillantes.

— Bolívar ne veut plus de nous pour le moment et l'expédition vers Sainte-Hélène est reportée aux calendes grecques, expliqua-t-il. J'ai libéré mon équipage faute de pouvoir l'entretenir. On ne va tout de même pas se faire canonniers sur le *Hornet* ou le *John Adams*[1].

Il avait pris un coup de vieux. Les joues creuses, le front barré de rides, le cheveu clairsemé. A le voir ainsi fatigué, pelé comme un eczémateux, le regard sans expression, Jean eut une prémonition ; les événements lui filaient entre les doigts comme de la poudre d'or dans un sablier, il lui serait désormais impossible de les contrôler.

— Je t'emmène à Galveston sur la *Minerva*, Dominique, à moins que tu n'aies à t'occuper ici.

— Ma foi non. Et comment va notre Catiche ?

— Comme tu vois.

Pierre revenait de la Salle chinoise et du port, où il commençait à recruter. La perspective de s'engager pour le Venezuela le stimulait.

— C'est bon de retrouver les compagnons de jeunesse, dit-il en embrassant Youx. Nous allons devoir nous remettre à la rame, mon bon Dominique. Cingler vers de nouveaux horizons. De toute façon, la vie citadine nous alâchit par trop.

Il considérait sa femme avec un air de défi. On n'abattait pas un Laffite comme ça, que l'on fût du Cabildo ou de la rue

1. Navires de guerre américains.

Saint-Philippe, membre du conseil de Louisiane ou maîtresse de maison par trop revêche.

Galveston, janvier 1820

Sur la *Minerva*, ils avaient passé leur temps à boire, à se raconter les épisodes récents de leurs vies aventureuses. Comme deux anciens du collège ou de la guerre. Les vicissitudes du moment, les menaces et les plans sur la comète, le sentiment diffus d'avoir sans doute commis trop d'erreurs, tout s'estompait sous l'effet de l'alcool. Les faits, les instants, les choix, les caps mis sous la contrainte de vents capricieux, par-dessus tout les illusions nées d'aléatoires certitudes, tout ce fatras de regrets et de remords, d'amertume et de gloire évaporée, devenait secondaire.

Il leur importait peu, à ces heures de simple fraternité, que l'on croisât deux ou trois volailles bonnes à plumer, poularde espagnole, faisan de Liverpool, oie grasse de la Baltique. Ils n'avaient ni haines ni désir de prendre. Jean baguenaudait dans les vapeurs du rhum.

— L'Espagne s'est dessaisie en notre faveur de quelques trois millions de dollars en moins de quatre ans, tu te rends compte, Dominique. C'était dans le journal. On aura bien vécu, tout de même, hé, l'artilleur ?

Pour sûr. Ils avaient eu tous deux l'existence dont ils rêvaient, jeunes gens. Seulement voilà, l'horizon du golfe se fermait comme un rideau de théâtre. Déjà, la presse américaine évoquait l'inéluctable élan de l'Union vers l'ouest, la fascination des pionniers pour les immensités peuplées d'Indiens en tribus erratiques. Il n'y avait qu'à regarder une carte ; trois millions de gens serrés entre Atlantique et Appalaches puis, le Mississippi franchi, un continent vide sur lequel se déverserait bientôt le trop-plein. Là serait l'aventure des temps à venir, loin des cours de justice et des gibets du président Monroe. Jean avait des illuminations qui le faisaient hoqueter de rire.

— Tu te vois labourer la terre des Arkansas et au-delà, Dominique ? Une petite femme aux mains calleuses à tes côtés, quatorze marmousets pour t'aider à repousser les Sioux et autres Apaches et de la bouillie de maïs agrémentée de gargane[1] pour déjeuner, dîner et souper ?

— Jackson sera un jour ou l'autre président des Etats-Unis, objecta Youx. Nous pourrions aller le voir et obtenir de lui des lettres de marque pour coloniser ces déserts. Tes amis des journaux en anglais en resteraient cois. Jean Laffite, gouverneur des Dakotas ou des Arapahos, ça aurait de la gueule.

— Trop tard, Dominique. Nous autres sommes d'ici. Du fleuve et de la mer qui lui fait suite, de la moiteur caraïbe. Nos narines sont imprégnées d'épices, nos yeux s'useraient à contempler les platitudes terreuses de l'Ouest américain. Et puis, enfin, tu es aussi piètre cavalier qu'habile canonnier. Soit dit sans vouloir t'offenser, je préfère te savoir sur le pont d'un bateau que sur le cuir d'une selle.

— Tu as raison, Jean Laffite. Buvons à la mer et à ses amants.

Il restait une centaine d'hommes sur l'île. Quelques capitaines, l'Orléanais Beluche, compagnon d'Aury à Carthagène, d'autres, en escale à Galveston. Jean n'avait pas l'intention de leur donner le change sur le sort de l'établissement. Il les réunit au centre du village.

— La frégate *Enterprise* croise à moins de dix lieues marines d'ici, dit-il. Elle nous a suivis à la trace depuis la grande passe du Mississippi. La bête est assez puissamment armée ; du douze et du dix-huit, des caronades et au moins quatre-vingts hommes à son bord. J'ai obtenu des autorités de la Louisiane que l'on nous laisse fermer en paix le comptoir de Galveston. Je vous propose donc de partager ce qui est en dépôt ici, d'armer les prises au mouillage dans la baie et de nous séparer en remettant à Dieu le plaisir de nous revoir quelque part en ce bas monde.

On était face à une évidence. Youx parla des lettres de marque du Venezuela, des futures républiques sud-américaines. Le cœur n'y était pas vraiment, cela se sentait. Les exécutions prochaines des quelques compagnons capturés par les Américains ajoutaient à la morosité ambiante.

1. Haricots.

Jean écarta les mains.

— C'est ainsi, mes amis. Il va falloir détruire ce village. Si certains d'entre vous décident de demeurer ici, rien ne les en empêchera sauf peut-être les vestes bleues de l'*Enterprise* qui nous ont dans leurs lunettes et leurs pointeurs qui brûlent quant à eux de tous nous réduire en charpie. Mais nous sommes des gens libres, depuis toujours. Qui, pour s'opposer à ce projet ?

Les hommes baissaient la tête. Certains suivaient Jean et ses capitaines depuis leur installation à Grande-Terre. Douze années de maraude, de tempêtes, de grand large et de ciel parfois bleu comme en ce jour de janvier où l'on mettait fin à l'aventure.

Jean en vit qui sanglotaient ; des jeunes vieillards, accablés par d'anciennes blessures ; des clopineux et des éborgnés, des à qui il manquait des doigts, une oreille ou un morceau de visage. Pas un seul jour, ceux-là n'avaient manqué du nécessaire pour survivre. Quand les rescapés de tant de guerres, loques répugnantes abandonnées à leur sort par des chefs sans compassion, mendiaient à la sortie des églises, les maudits pirates, les hellish banditi, recevaient de leurs compagnons le pain et le vin, le tabac. La fraternité.

— Bien, conclut Jean lorsque le silence eut suffisamment duré. Nous allons procéder au partage selon la règle habituelle. La moitié pour le capitaine saisisseur plus ses cinq pour cent de commission. Le reste pour la communauté. Je laisse ma part et tant pis pour les absents. Il ne doit rien rester sur cette île, pas même une pierre à fusil. Parole de gouverneur.

On avait armé le sloop *General Victoria*, la *Minerva*, le schooner *Blanque* et son jumeau le *Cadix*, des felouques ; la flotte de Galveston était prête au départ. Des tonneaux de whisky et de rhum avaient été empilés devant les vestiges de la maison commune. Jean ordonna qu'on en perçât assez pour abreuver la compagnie, jusque tard dans la nuit. Il voulait que son exil fût salué par une vraie fête de famille, une bamboula dont on entendrait les échos à Baton Rouge et même plus loin, jusque chez les culs-serrés de Baltimore et de Washington.

On éclairerait la chose. A la mi-nuit, ivre, il tendit à Youx une torche.

— Suis-moi, vieux frère, nous allons offrir du spectacle à nos anges gardiens de chez Patterson. Pour la beauté du geste !

Il leva son brandon d'un geste de sabreur à l'assaut, le montra aux hommes rassemblés pour l'acte final. Puis, l'ayant abaissé, il mit le feu à une hutte. En quelques instants, le village tout entier ne fut plus qu'un brasier prolongé vers la lune ronde par une épaisse colonne de fumée. Jean n'était pourtant pas entièrement satisfait.

— Je veux du sublime ! hurlait-il.

Sur la grève, on lia des boucauts de poudre à la douzaine de canons dont disposait l'établissement. Des ballots de sulfates, d'antimoine et autres métaux n'avaient pas trouvé preneur ; on les entassa là-dessus, face aux eaux étales du golfe. La nuit était claire et limpide. Jean amorça lui-même les mèches de poudre le long de l'assemblage, cela courait jusqu'aux cendres des cabanes et des huttes.

— Faites, ordonna-t-il.

Lorsque les serpents de feu se mirent à onduler sur la plage, il sentit son cœur s'accélérer. C'était comme une course entre eux, chuintante. Le silence se fit, à peine troublé par le crépitement des brasiers mourants. Alignés comme pour la parade dans une lueur fauve qui jaunissait leur peau et faisait briller leurs yeux, cent spectres immobiles retenaient leur souffle.

— Ça pourrait bien retomber sur le museau de l'*Enterprise*, murmura Youx.

— On s'en fout, Dominique, ça leur chaufferait le cul, à ces bougres.

Il y eut une première explosion, assourdissante, suivie aussitôt de plusieurs autres simultanément, et le rivage s'illumina. De rouge et de jaune, de bleu, en gigantesques palmes retombant, gracieuses, dans la mer. Cela se succédait comme à Versailles, à mesure que les boucauts de poudre projetaient vers la lune les métaux en ignition.

— Ça durera ! hurlait Jean dans les hourras des hommes.

Un beau suicide, que les censeurs de l'*Enterprise* apprécieraient à sa juste valeur. Un acte infantile et sublime, une crânerie sans la moindre utilité à la fin de laquelle, hébété, tremblant comme d'une fièvre quarte, Jean marcha jusqu'à la mince frange écumeuse du ressac.

La paix était revenue sous la clarté lunaire. La plage était jonchée de débris, de boules de matière fumante, de fonte en morceaux tordus. Jean entra dans l'eau, sa torche à la main. Dégrisé, il cherchait à éclairer l'horizon, comme pour y apercevoir la silhouette du navire américain.

— Trop forts pour moi, bougres de puritains, feula-t-il, allez vous faire foutre.

Il lança la torche vers le large, de tout ce qui lui restait de force, chuta dans l'eau tiède où il demeura assis, immergé jusqu'aux épaules. Là, devant l'obscure immensité du golfe, il prit sa tête entre ses mains et se mit à pleurer.

La Nouvelle-Orléans, 24 mai 1820

La ville était en effervescence depuis le matin. Du port à la place d'armes, des parcs du quartier américain aux modestes maisons du quartier Marigny, il n'était question que de cela, comme autrefois de l'apparition du premier steamer au coude ouest du Mississippi.

Jean s'était éveillé avant l'aube, au bout d'un bref assoupissement. Incapable de trouver pour de bon le sommeil, il était resté immobile, fixant le plafond, jusqu'à ce que les premières lueurs du jour eussent enfin éclairé la chambre.

Pierre et lui avaient passé la nuit dans le jardin, à humer les fragrances à peine humides des magnolias tout en fumant des cigares. On allait vendre la maison de la rue Saint-Philippe ; les perspectives vénézuéliennes s'étaient effondrées, dissoutes dans les derniers brouillards de l'hiver. Sans commission de qui que ce fût, il fallait aux Laffite trouver autre chose pour continuer à vivre comme ils l'entendaient. Quoi d'autre qu'un navire avec son équipage ? Et pour quelle autre destination que le golfe, ce mirage après lequel ils couraient depuis près de vingt années ?

Jean se leva sans bruit. Le bras replié sur son visage, la bouche entrouverte, Catiche dormait profondément. Il quitta la chambre sans un regard pour son fils souriant aux anges derrière un paravent. Il lui semblait entendre déjà la rumeur de la ville, ce mélange de cris, de ahanements et de soupirs humains, de fer martelé, de sabots de chevaux frappant le pavé disjoint des rues, un souffle incessant, rythmé par les sirènes des vapeurs. Ce jour-là, pourtant, ne ressemblerait pas aux autres.

Pierre méditait au salon, devant un bol de café. Il salua son frère d'un bref mouvement de tête. Jean s'assit face à lui, se servit, but en silence. Il trouvait toujours étrange le décor rustique dans lequel vivait son aîné. Pierre n'avait jamais partagé le penchant de son frère pour les bois précieux, les tapisseries, les meubles de style. Tout, chez lui, tenait davantage de la ferme acadienne que d'un intérieur de négociant orléanais. Le cyprès y dominait le chêne, le cerisier, l'acajou. Migrer vers le quartier Marigny ne le dépayserait pas trop.

— Tu viendras ? lui demanda Jean.

— Certes non. Il suffira bien que tu représentes la famille à ce carnaval.

Jean vida son bol, ajusta sa cravate rouge sur son gilet noir, coiffa son feutre dont il caressa le large bord, d'un geste familier. Devant la glace de l'entrée, il lissa sa moustache, s'assura que rien ne détonnait dans sa mise, pas même le plus petit bouton de col.

— Eh bien, mon vieux, à tout à l'heure, dit-il sur un ton de promeneur de chien.

Il se retrouva dans la rue Bourbon où les gens allaient, pressés, vers la place d'armes et la grande levée ; des couples accompagnés d'esclaves tenant des enfants par la main, des gamins en bandes rieuses, jouant à se faire des croche-pieds ou se lançant des mottes de terre à la figure, des voisins étonnés de reconnaître, ce matin-là, marchant d'un pas raide, la haute silhouette de l'homme le plus mystérieux et autrefois le plus redouté de Louisiane.

Jean nota le changement de la mode féminine. La Restauration fermait peu à peu sur le corps des femmes ce que la République et l'Empire y avaient montré de plus adorablement suggestif. Signe des temps, on remballait les excès muscadins ; les puritains y trouveraient leur compte biblique, face à leurs épouses et à leurs filles à nouveau corsetées.

Les gens convergeaient vers la large butte de terre semée d'arbres majestueux, censée protéger la ville des débordements du Mississippi. La crue d'automne avait laissé des traces boueuses un peu partout, il fallait patauger, emprunter des passerelles de palplanches et de madriers pour accéder aux rares endroits secs d'où l'on ait encore vue sur la crête. Mais rien ne pouvait freiner la joyeuse curiosité des Orléanais. Le ciel lui-même, d'azur et sans la moindre tache, s'était mis de la partie.

Lorsqu'il aperçut, planté sur la levée comme une croix au Golgotha, le gibet où l'on allait supplicier Desfarges et son second, un Louisianais nommé Johnson, Jean frissonna. Le décor avait de la gueule, il était arrivé, autrefois, que l'on grimpât dans ces parages-là, aux petites heures, l'esprit embrumé de rhum, les poches emplies ou vidées par le poker. Campé face au Mississippi, le bras tendu, la paume ouverte, Desfarges y allait de ses alexandrins, tandis qu'allongés à même la terre, ses compagnons cuvaient leur alcool.

Jean rabattit le bord de son chapeau devant ses yeux. Il était à peine huit heures et il faisait déjà chaud, de cette touffeur moite annonçant les grandes suées de l'été. Les femmes s'éventaient, impatientes, des moutards braillaient dans des bras de négresses, on escaladait la levée de toutes parts, histoire d'occuper les meilleurs emplacements.

Jean reconnut le planteur Labranche entouré de quelques amis, restés à distance de la digue. On se salua. Il semblait que la majorité du public fût ce matin-là du port. Elle se réjouirait à la lecture du prochain article de monsieur Evans.

— Il manque les boutiques de paris, remarqua Labranche. Mourront-ils en moins de trois minutes ? Qui tiendra le plus longtemps ? Lequel des deux gigotera le plus ? Cette ville n'est certes plus le coupe-gorge d'autrefois, mais à voir s'agiter sa lie, on risque de devoir le regretter.

— On ne parie pas, mais les marchands d'optique sont à la fête, ricana l'un de ses compagnons.

Des camelots avisés proposaient des jumelles de théâtre, à la vente ou louées pour la matinée. On bradait aussi pour l'occasion du crucifix et de la poudre indienne contre les brûlures du soleil, des calendriers de l'année 1820, des carnets où noter les détails de cette réunion exceptionnelle et même des billets pour les combats du dimanche. Un hirsute brandissant une pancarte annonçait une joute entre un taureau et des bulldogs suivie d'une lutte à mort entre un tigre et un ours. Jean se souvint qu'il avait prisé ces spectacles barbares dont le goût lui était passé.

Labranche observait avec une moue de dégoût ce bazar où tout pouvait faire monnaie. La ville changeait, comme le pays tout entier, on pouvait s'en rendre compte assez brutalement dans des circonstances comme celle-là.

— Fin d'époque, mon cher Laffite, dit-il. Même les frères Bowie se font discrets en ce moment sur les ventes de bois d'or. Il va falloir compter avec ce qu'on a. Ainsi, vous avez brûlé votre comptoir de Galveston.

Jean n'était pas disposé à bavarder. Les problèmes des planteurs de Louisiane le concernaient d'assez loin ce matin-là, le souvenir de l'apothéose texane, entêtant, lui restait fiché dans l'âme comme un brandon entre des tonneaux de poudre. Un murmure dans la foule, vite devenu rumeur puis brouhaha, le dispensa d'expliquer.

— Voilà votre ami, dit Labranche.

Fendant la populace, un attelage de deux chevaux traînant une carriole découverte s'était engagé sur le chemin fangeux menant à la levée. C'était comme aux pires journées de la Terreur, des condamnés, blêmes, cherchant à garder leur équilibre au milieu de la bruissante cohue. Il y eut des insultes, des cris de femmes, des poings levés. Le président Monroe offrait à ses Louisianais une occasion signalée d'exorciser leurs angoisses existentielles, le peuple ne s'en priverait pas.

Desfarges et son second étaient en chemise, les mains liées dans le dos. On les fit descendre, avancer vers les marches en terre de la digue. Desfarges hurlait. Il voulait qu'on lui offrît la grâce de se tirer lui-même une balle dans la tête.

— Un pistolet, pardieu, qu'on me laisse choisir ma manière de mourir !

Pensait-il à quelque alexandrin de tragédie ? Son maintien le laissait supposer. Droit, le menton haut, la chevelure en liberté, frôlant ses épaules.

— Courage, ami, murmura Jean.

Il le vit prendre pied sur la levée puis, brusquement, courir vers le fleuve et disparaître. Au silence stupéfait de la foule succéda un concert de vociférations. On était au spectacle, pour de vrai, au vaudeville grotesque tant prisé par les Français. Allait-on se voir privés du meilleur ? Jean se prit à espérer que le fleuve aurait emporté son compagnon. Lorsqu'il le vit ramené, ruisselant, par ses gardes, il sut que le supplice irait à son terme.

On fit vite, ceux qui avaient parié sur une longue cérémonie en seraient pour leurs frais. Jean regarda l'agonie de Desfarges et de Johnson jusqu'à ce que les deux corps se fussent immobilisés. Il se sentait vide et inutile, au milieu d'une masse de gens définitivement étrangers à ses yeux.

Il serra la main de Labranche, on se reverrait, peut-être, à la plantation où le couvert était toujours mis pour les capitaines et leurs équipages.

— Vous avez vu ça ? lâcha le planteur comme il eût craché par terre.

— Le supplice ? Certes, je l'ai vu comme vous.

— Je ne parle pas de cela mais de cette foule. Regardez-moi cette orgie.

Il considérait avec infiniment de dégoût les spectateurs débraillés que frustrait la brièveté de l'exécution. Des gueulards sans la moindre éducation, pires que les sans-culottes de la Terreur, des voyeurs aux yeux injectés tout excités par la souffrance des condamnés, prêts à en chercher d'autres, n'importe qui, n'importe où, pour le plaisir de téter du whisky tout en les regardant gigoter au bout d'une corde.

— Je préférais tout de même la France coloniale, dit Labranche, interloqué. Elle possédait aussi ses failles mais savait se tenir. Ces porcs n'ont aucune conscience de ce qu'ils sont. Et vous savez quoi, ils contamineront ceux-là mêmes de leur race qui cherchent à nous ressembler.

Jean s'abstint de lui faire remarquer la grande faute des créoles de Louisiane ; penser, encore et toujours, que leur ascendant ancestral, leur culture française, leur droit du sang supposé intangible les protégeaient contre l'intrusion yankee.

— Il y a tout de même des Français parmi ces gens, remarqua-t-il. A propos de colonie, je vous rends notre cuisinier Lubin. Il est fidèle et ne désire pas vraiment être affranchi. Trop vieux, prétend-il. Mais toujours redoutable dans le mélange des épices. Il sera bien chez vous pour finir en paix ses jours. Vous le ferez chercher sans tarder. Mon frère va vendre la maison de la rue Saint-Philippe.

L'exécution de Desfarges les laissait assommés, l'esprit en baguenaude. L'un après l'autre, leurs compagnons des premiers jours disparaissaient. Vomito ou justice de l'Union, le résultat était le même.

— Je vais rejoindre Aury à Old Providence[1], dit Jean. Je sais qu'il y est. Après tout, la côte de Colombie est un lieu assez sûr. L'Isla Mugeres possède aussi un port très bien protégé, de l'eau fraîche et des bois profonds. Nous utiliserons Galveston comme un simple relais. Tu chercheras un de ces havres pendant que je ferai des prises.

Il fumait un cigare dans le patio rafraîchi par une gentille brise du soir. Des oiseaux multicolores s'étaient posés sur les hautes branches des ficus ; bruissements d'ailes et brefs appels. Les enfants de Pierre cherchaient à les apercevoir, leurs cris se mêlaient à ceux des visiteurs dans une joyeuse cacophonie.

Aury. L'homme était aussi avisé que fantasque. Il avait en vérité laissé les Laffite prendre possession de Galveston et l'administrer, préférant courir la mer sous des pavillons de rencontre. Ses appétits étaient raisonnables, son goût pour l'action solitaire plus fort que ses envies de pouvoir. Jean avait vu en lui un rival. Aury avait simplement une idée supérieure, intangible, de sa propre liberté.

— C'est un jeu dangereux, dit Pierre. Nous n'avons plus de base arrière, Bolívar fait coudre ses épaulettes de futur président et pose déjà pour les peintres officiels. Il nous refusera l'accès à ses ports. Lui et ses pareils vont se couler dans les habits de la défunte Nouvelle-Grenade. Des hommes respectables, couverts de gloire, parlant d'égaux à égaux avec les gens de Washington.

— Je sais, vieux frère, mais que faire d'autre.

Les femmes vaquaient à des occupations ménagères. On s'était fait une raison, chez les Laffite, le vent de face forçait désormais les uns et les autres à fuir la bourrasque annoncée. Jean ne pouvait détacher son regard de Catiche. Son frère était triste de devoir abandonner sa position sociale ; lui, qui n'en avait jamais eu d'autre que celle de chef d'une armée de

1. Au large du Nicaragua.

l'ombre et de l'écume, voyait dans la fragile destinée de sa compagne l'aboutissement de sa propre errance. Il allait laisser Catiche derrière lui, une fois de plus ; promettre qu'elle serait à ses côtés mais plus tard, quand on aurait trouvé un bout de terre où poser le pied tous ensemble. Des mensonges travestis en branlantes certitudes, un abandon ressemblant à une trahison.

— Tu me rejoindras, Pierre ?

— Oui. Je vais installer ma famille à Marigny, les loyers y sont fort bas. Marie et les enfants auront le pécule de la vente pour vivre à peu près décemment. La maison est à son nom. Ta Catiche y sera comme chez elle.

C'était le quartier des demi-pauvres, de part et d'autre de la rue Esplanade. Quarterons et métis voisinaient là avec un mélange de Mexicains, d'Espagnols, de Portugais ; petits métiers et gens de passage. Les Noirs libres y avaient leurs boutiques, leurs maisonnettes, leur espace concédé autant qu'ignoré par les bourgeois des quartiers ouest.

— Je garde de quoi armer un bâtiment digne de ce nom, murmura Pierre. Nous savons bien cependant, toi et moi, qu'une felouque et vingt hommes suffisamment déterminés suffisent à courser les gros ventres espagnols. Ou autres.

Ses yeux brillaient d'une flamme ancienne. Jean et lui étaient bien de la même race de gens en marge, en permanent équilibre entre terre et océan.

— On va rejoindre nos frères de Saint-Domingue, lança Marie en passant devant eux, une vasque de riz fumant entre les mains. A Marigny. Tu es au courant, Jean ? Bien sûr. Après tout, nous y serons plus à l'aise entre nègres et faux Blancs qu'ici, où l'on se bouche parfois les narines quand nous passons dans la rue.

Pierre haussa les épaules, l'air infiniment las.

— Ce sera mieux qu'aux Remparts, où l'on place des enfants de treize ans dans le lit de vieux barbons pour deux cents dollars par mois.

Ils avaient épuisé depuis longtemps leurs réserves d'acrimonie, de hargne, de colères. Pierre pourrait toujours arguer que l'on avait vécu ainsi pendant près de vingt ans, en famille, au beau milieu d'un quartier tenu par les Blancs les plus fortunés de Louisiane. Un scandale, bien sûr, accepté pour raisons financières et puis aussi parce que les frères Laffite avaient la réputation de manier aussi bien l'épée que le pistolet. Même morts, ils en inquiéteraient encore plus d'un. Ce n'était pas rien, tout de même. Marie ne l'écoutait plus.

Jean prit la main de Catiche. Il pouvait lui annoncer dans l'instant sa décision de s'installer à La Nouvelle-Orléans, de négocier du bacon, de l'acier ou du bois de cyprès au Maspero, dans le respect des douanes et des taxations. D'autres avaient pris avec sagesse ce chemin ; des tueurs des mers chaudes nourrissaient paisiblement leurs enfants en vendant de la cotonnine et de la tiretaine, des graines pour oiseaux ou des huîtres au marché français. Pour Jean, c'était encore trop tôt. En lui gîtaient des pulsions, des besoins confus, le sentiment de pouvoir courir encore quelque temps à la rencontre des vents porteurs et des bonnes grosses volailles imprudentes. Une bannière d'Etat en haut de son grand mât, pour la première fois ? Pourquoi pas. Il finirait bien par en trouver une. Youx avait raison ; en France, Jean Laffite eût fait un maréchal d'Empire ou un capitaine de frégate acceptables. S'il fallait boucler un jour prochain cette boucle-là, ce serait peut-être sous les couleurs d'une de ces républiques à naître.

8

Isla Mugeres, automne 1821

Les événements filaient à la vitesse des cyclones. Le Mexique avait conquis son indépendance, Simón Bolívar avait repris Carthagène, le Texas s'ouvrait officiellement au peuplement américain. Revenu dans les parages de Galveston, James Long, pionnier de la défunte république libre du Texas, avait été capturé, expédié à Mexico City où il avait été tué dans des circonstances mystérieuses. William Mitchell, enfin, avait lui aussi trouvé une mort conforme à ses manières de vivre, au cours d'un abordage au large du Nicaragua.

— Je pense qu'il s'agit de votre frère, dit Aury en tendant sa lunette à Jean.

Une felouque sous pavillon rouge sang, quand on attendait un brick armé d'une douzaine de canons ! Jean ne cachait pas sa contrariété. L'Isla Mugeres était certes un endroit bien placé, face au village mexicain de Cancún ; la vie y était cependant particulièrement rude, au contact de paisibles pêcheurs indiens avec lesquels on troquait de quoi survivre. Jean pesta, sidéré.

— Nom de Dieu, ce n'est pas avec cette barcasse que nous referons du capital.

Pierre était parti au printemps pour la côte atlantique afin d'armer un brick et de rejoindre l'île où l'attendrait son frère. Officiellement, il chargerait du riz, du vin, de la farine et quelques autres provisions. Sous le manteau, fusils, poudre et couleuvrines pour l'équipage recruté au tarif le plus bas, quinze dollars.

Aury ne lui proposerait pas grand-chose. En le chassant de Colombie, Bolívar l'avait coupé de ses bases arrière. On pouvait caboter entre le Yucatán et le Venezuela, guetter des proies, mais ce serait chacun pour soi. L'Isla Mugeres n'était qu'un havre provisoire, « don Luis », comme le nommaient ses anciens employeurs, gardait les yeux et le cœur rivés aux tours de Carthagène.

Pierre commandait un formidable équipage d'Italiens recrutés à Charleston, une quinzaine d'hommes pilotés par un Espagnol de Málaga à peine plus haut que sa barre. Jean vit son frère dévaler d'un pas alerte les madriers servant de passerelle à sa *Mary Star.* Il précédait une grande femme rousse coiffée d'un de ces hauts-de-forme en vogue dans les boutiques de la Nouvelle-Angleterre.

— Diou biban de diou biban ! Sais-tu ce qui m'arrive, mon bon cadet ? s'exclama-t-il en embrassant Jean. Détroussé entre la Floride et Cuba. Oui monsieur, par un Anglais, s'il vous plaît. Le bougre se souvenait de Chalmette ; j'ai craint pour ma peau, sincèrement. Il s'est contenté de vider mon *Eleanor,* me laissant repartir dessus. J'ai vendu l'animal à Mobile et acheté ça. Un canon de huit et quinze macaronis pour le servir. Mais des bons ! J'en avais une petite vingtaine. L'Anglais m'en a occis le quart avant de nous mettre à la raison. Ma passagère s'appelle Lucie Allen. Elle me suit depuis la Géorgie, l'aventure en mer lui convient, ma foi, elle a lacéré de la veste rouge comme il le fallait.

Jean avait du mal à reconnaître son aîné dans le fringant et bavard cinquantenaire s'empressant auprès de sa conquête. Lucie Allen avait de beaux yeux bleu azur, une dégaine de cavalière et la croupe d'une alezane. Jean supposa qu'elle savait faire oublier à son amant les vicissitudes de sa traversée.

Pierre riait de sa mésaventure, être piraté après vingt ans et plus de métier, voilà qui rappelait la rencontre de la *Diligente* avec l'*Old Friend* de William Mitchell.

— Et puis merde ! De toute façon, nous sommes au fond du sac. J'ai croisé des voiles, de trop loin pour me glisser dans leur sillage, bon dieu, ça donnait envie. Ne rêvons pas, cette

Mary Star prend bien le vent mais hors les esquifs de sa catégorie, elle ne coursera pas grand monde.

Il clignait de son œil valide. Rajeuni. L'Isla Mugeres, on connaissait. Cuba était à deux journées de navigation, plein est, de l'autre côté du détroit du Yucatán. Ainsi verrouillait-on le passage vers l'isthme, la Colombie, le Brésil. Jean se retint de lui dire qu'à glisser ainsi d'île en île, vers le sud, on se retrouverait bientôt aux Malouines, à courser des phoques et des chiens de mer pour les peler.

— Ne me juge pas, lui dit son frère à voix basse. L'annonce de mon départ a jeté Marie dans une telle rage que j'ai dû me réfugier à l'auberge. Des gens comme nous, tu te rends compte ! Quand je suis retourné la voir, elle m'a jeté des affaires par la fenêtre, mon paquetage, en me priant d'aller au diable. J'ai obéi, nom de Dieu ! Le séjour à Charleston me pesait. Et voilà.

Il avait perdu son bateau, gagné une maîtresse, écrit toutefois, sous la dictée de Catiche, une lettre qu'il remit à Jean.

— Don Luis Aury est des nôtres, se réjouit-il, la main tendue. Heureux hasard.

On avait à discuter. Le golfe se fermait aux corsaires comme des mâchoires d'alligator sur une tête de tatou. Dix frégates américaines y patrouillaient en permanence ; Monroe leur lâchait la bride, l'exécution de Desfarges et de son second semblait avoir aiguisé leur appétit. Gare à ceux qui compteraient sur Bolívar ou sur les Mexicains pour trouver un asile sûr quelque part à la Caraïbe.

— Restent les endroits comme celui-ci, dit Aury. Et quelques autres, de plus en plus rares, de plus en plus difficiles à approcher. Tout cela finira cependant, les nouveaux maîtres de l'Amérique du Sud font les fiers et jouent aux hommes d'Etat. Bientôt, ils se rendront compte qu'ils n'ont d'autre marine que nous.

On marchait à flanc de colline, vers le village de huttes que, par une sorte de fatalité architecturale, les hommes d'Aury et de Jean avaient bâti sur des modèles éprouvés. Les quelques dizaines d'Indiens de l'île avaient accueilli les marins blancs avec respect ; tout ce qui pouvait les libérer d'une tyrannie espagnole vieille de trois siècles était don de Dieu. Laffite, Aury, Youx, les noms des capitaines corsaires leur étaient aussi familiers que ceux de Bolívar ou de San Martín. Ces gens-là ne tuaient pas les pauvres pêcheurs du Yucatán.

Sacré vieux frère, pensa Jean à la vue de son aîné suivant sa belle prise yankee, les yeux rivés sur ses chevilles et ses mollets. Ainsi l'aîné des Laffite se choisissait-il une seconde vie, à l'âge où les capitaines fourbus déambulaient sur la grande levée de La Nouvelle-Orléans, la tête pleine d'indicibles nostalgies. Le vaudeville était bien un art français.

Jean s'arrêta en chemin. La lettre de sa maîtresse dans la main, il contempla la baie superbe, bordée de palmeraies, de mangrove et de sable blond, où se lovait le port. Catiche lui manquait cruellement. La certitude que Marie, hors ses griefs contre Pierre, protégerait sa cadette quoi qu'il dût arriver ne le soulageait pas de sa tristesse. Pour la première fois, il éprouvait de la honte à se trouver quelque part sans sa petite fille café-chocolat. C'était un sentiment très fort et bouleversant, comme la trahison ouvertement évoquée autrefois avec le père Sedella. Ces instants de doute, de frustration, de vertige, mettaient en jeu bien plus que les projets, les stratégies et leurs aléas. Une petite mort s'insinuait en lui comme un ver dans un fruit, fouillait sa chair, brûlait au fer ses entrailles.

— Que de temps perdu, murmura-t-il.

Il allait sur ses quarante ans. Sa vie se résumerait à une succession de pas de danse, un en avant, deux en arrière. Le golfe était un cadran d'horloge qu'il parcourait mais à l'envers, telle une aiguille, face à des horizons vers lesquels il tendait en vain le doigt. Du vide et du vent, comme sous l'écrasant soleil de l'Isla Mugeres, comme sous tous les soleils de toutes les îles où il avait abordé.

Il s'ébroua, lut la lettre. Des mots simples, amoureux, des prières, une espérance qui lui broya la poitrine. Catiche était à quinze jours de navigation de lui. Peu de chose, un gouffre en même temps.

Il leva la tête. La main en visière devant ses yeux, l'Américaine admirait le paysage. Sacré Pierre, vraiment. Le bougre cachait bien son jeu. Dans quel cercle de jeunes veuves de la côte atlantique avait-il déniché cette rousselle serrée dans une jupe noire et un corsage blanc boutonné jusqu'au menton ?

Etrange promenade. La nature luxuriante de l'île incitait à la sieste, au déjeuner de campagne sur des nappes propres. Il empocha la lettre, reprit sa marche. Là-haut, trente hommes prêts à l'aventure attendaient que l'on décidât de leur sort.

Octobre 1821

Le schooner *Constitution* était gros comme trois felouques, gréé au minimum. Et aussi pauvrement armé que la *Mary Star*. A cette course d'escargots, la felouque s'était montrée la plus rapide. Pierre, qui le commandait, seul, avait donné l'ordre d'abordage au milieu de la nuit, au large de Cozumel, après avoir fait donner le canon de huit et les deux pièces de douze cédées par Aury pour la somme raisonnable de trois cents dollars. Les Espagnols avaient reconnu le pavillon rouge des Laffite ; leur possible envie d'en découdre s'en étant trouvée amoindrie, l'affaire avait été réglée en moins d'un quart d'heure, sans autre effusion de sang qu'un œil crevé chez les saisis et de la peau italienne entaillée çà et là.

La prise était bonne. Un gros millier de barils de liqueur, autant d'huile, de la dentelle, du cuir et cinquante mille dollars en argent dans la cabine du capitaine. Après mûre réflexion, Pierre avait décidé de laisser le navire repartir vers le Honduras, terme prévu de son voyage. Trop lent, impropre à la course. On trouverait mieux ; à acheter, même.

— Aury est mort, lui annonça Jean.

Les Italiens débarquaient leur butin sur la plage. Pierre considéra son frère d'un œil circonspect. Jean le rassura, on ne s'était pas entre-tués.

— Il est tombé d'un rocher et s'est fracassé le crâne. On l'a enterré derrière les huttes, en lisière de forêt.

— Ses hommes ?

— Ils ont mis à la voile pour le Venezuela. J'ai négocié avec eux quatre canons de huit et un de douze. Nous voici de nouveau à la tête d'une flotte de guerre.

— Drôle de façon de mourir, tout de même, dit Pierre.

Il avait hâte de retrouver sa maîtresse. Lucie l'avait attendu, trompant son ennui en écrivant des poèmes et des nouvelles. Tandis que ses hommes armaient et réparaient la *Minerva*, Jean avait eu le loisir d'étudier sa personnalité. La veuve de Charleston était bel et bien piquée, d'un de ces grains qui font les saintes, les génies de la peinture ou les assassins. Mutique des jours entiers, volubile soudain, racontant sa vie de femme de courtier en sucre géorgien comme si cela devait passionner la terre entière. Jetant de l'encre sur le papier au long des nuits, déchirant l'œuvre à l'aube. Observant les Indiennes du village voisin pendant des heures et les dessinant, leurs moutards dans le dos, occupées à leurs travaux séculaires de teinture et de séchage de poissons. Puis les rejoignant pour savoir enfin comment on torchait les nourrissons au Yucatán.

— C'est bien, dit Jean devant l'étalage des richesses arrachées au *Constitution*. Il va falloir vendre tout ça assez vite.

Pierre avait bien travaillé, la prétentaine lui redonnait de la sanquette. On irait à Campeche, un gros bourg agricole, de l'autre côté de la péninsule. Il y avait là des fermiers mexicains que l'huile et le cuir intéresseraient. Le reste aussi d'ailleurs, dont ils feraient à leur tour le commerce. Jean prit son frère par les épaules, le serra contre lui. Il y avait de fortes chances pour que Pierre ne remît jamais les pieds au quartier Marigny. Sublime gâchis, pour ces quelques instants d'absolue liberté, devant une felouque longue d'à peine douze mètres qui se donnait des airs de frégate.

L'homme s'appelait Camara, Aury avait parfois contracté avec lui. Moustachu ventripotent, la chemise bâillant sur le nombril, il suait à grosses gouttes sous son chapeau de toile, devant le trésor que Pierre lui proposait. Les pièces de cuir de Cordoue l'intéressaient particulièrement. Il y en avait une centaine, empilées sur la plage du Yalahau Lagoon. A Campeche, ces activités-là se déroulaient dans un secret relatif ; on y mettait cependant quelques formes, la garnison toute proche de l'anse où se déroulait la vente patrouillait parfois dans le secteur.

— Je veux six mille cinq cents dollars, dit Pierre. La cargaison vous en rapportera le double.

Lucie avait tenu à accompagner la dizaine de marins embarqués sur la *Mary Star*, Jean demeurant sur la *Minerva*, à portée de canon du rivage. La jeune femme souffrait depuis la veille des mêmes symptômes que son amant ; des courbatures et des maux de tête, des frissons subits. Une fièvre paludique apparemment, qui ne l'avait pas empêchée de se joindre à l'expédition. Assise à l'ombre sur des ballots de dentelles sévillanes, elle s'épongeait le front, buvait à grandes goulées l'eau d'une gourde de peau.

— Señor Laffite, il va me falloir un peu de temps pour trouver la destination de ces objets, prévint Camara.

— Combien ? Nous sommes là depuis plusieurs jours déjà.

Pierre devait faire des efforts pour tenir droit sur ses jambes. Il connaissait bien ces attaques fébriles. Celle-ci était violente, survenant au plus mauvais moment possible. Il fallait pourtant rester vigilant, le Mexicain était lui aussi entouré de sa garde, une demi-douzaine de péons portant leurs machettes à la ceinture.

— Je ferai aussi vite que je pourrai, promit Camara. Vous vous soignerez pendant ce temps, je vais vous donner des herbes indiennes. La señora est fort malade, elle n'aurait pas dû venir avec vous.

Pierre refusa que l'on emportât aussitôt le butin. On camperait à côté des tonneaux et des sacs. Camara leva les mains.

— C'est aussi bien comme ça, señor. Il faut simplement mettre toutes ces choses à l'abri dans les bois, cela fait quelque temps que le lieutenant Molas ne s'est pas montré ici. C'est le chef du poste militaire.

Il souriait, l'œil matois. Pierre acquiesça, les dents serrées. Un intense frisson le parcourait, il avait froid, désirait se coucher.

Epuisé, les tempes bourdonnantes, il se laissa tomber contre un boucaut d'huile. Le soir venait, la cargaison avait été rassemblée sous des palmiers, loin du chemin de ronde. Ses Italiens en assureraient la garde, on n'était plus à Grande-Terre ou à Galveston, où l'on négligeait parfois cette précaution.

Il caressa la joue de Lucie.

— Tu ruisselles, ma pauvre.

Elle lui avait avoué se sentir grosse depuis plusieurs semaines.

Pierre ferma les yeux. Les herbes indiennes ne lui faisaient guère d'effet, un casque d'acier lui serrait le front. Il eut peur, soudain. D'avoir choisi le mauvais endroit pour aborder, d'avoir, bien au-delà de cela, pris un risque trop grand. Il fit allumer des feux sur le rivage, un signal pour Jean, qui devait cesser de croiser et s'approcher, s'il les apercevait.

Il était trop las pour réfléchir davantage. La fatigue alourdissait ses paupières. Il eut juste le temps de donner quelques ordres à ses hommes ; s'allongea, geignant, gagné dans l'instant par le sommeil.

L'Italien le secouait rudement. Il eut du mal à sortir de sa léthargie. Il se sentait courbatu, dans sa couverture trempée de sueur.

— Boss, il y a des gens qui viennent, fit l'homme. On pense qu'ils sont armés.

Pierre s'assit. Il fallait se préparer à tirer. Il assura son pistolet dans sa ceinture, boutonna la chiffe de lin blanc, moite, qui lui servait de pantalon. Les hommes savaient ce qu'ils avaient à faire. Ils se placèrent en silence devant la cargaison tandis que Pierre réveillait doucement sa maîtresse.

Des torches éclairaient par instants le décor de bois, de chemins tortueux et de roches plates de l'anse. Lucie voulait se lever, elle délirait à moitié, comme au sortir d'un trop long rêve. Pierre la plaqua au sol. Il entendait les voix des arrivants, leur pas de course sur le sable de la sente.

— Qui va là ? cria-t-il.

Il pointa son pistolet sur le ballet mouvant des torches, attendit une réponse, tira, au jugé, aussitôt imité par ses marins. On s'était préparé à ça, en face. Une salve retentit dans la pénombre, des hommes tombèrent de part et d'autre, hurlant de douleur. Pierre tira son épée du fourreau. De la fonte, au bout de sa main pendante. Incapable de la manier, il demeura là, debout, pantelant, au milieu des gémissements des mourants et des échos des corps-à-corps, tout près de lui.

Les Italiens avaient le dessous, quelques-uns s'étaient enfuis dans la forêt. Le combat cessa rapidement. Pierre vit, piqués en terre comme des papillons, deux de ses hommes gigoter atrocement, du sang aux lèvres, le thorax ouvert par des baïonnettes. On le saisissait, son épée lui fut arrachée de la main. Il distingua des soldats, assez dépenaillés, comme on en trouve depuis toujours aux marches éloignées des empires. Des faces cuivrées de Mexicains, des yeux noirs, brillants, dans les lueurs des torches.

— Achevez-les, nom de Dieu ! beugla-t-il en castillan.

— Qu'ils crèvent !

Un officier se tenait devant lui. Sans doute le lieutenant dont avait parlé cette crapule de Camara. Pierre titubait. L'officier donna un ordre. Lucie avait été relevée, on emmenait sans délai les six prisonniers ; ce qui restait de l'équipage de la *Mary Star*.

— On vous soignera dès que vous m'aurez dit où est le reste, señor Laffite.

Le lieutenant Molas avait l'air sûr de lui. Il détenait l'un des hommes les plus riches de Louisiane, dont la réputation allait bien au-delà du golfe. Un honneur et une chance que de l'héberger ainsi avec sa compagne, dans d'aussi pauvres locaux.

— Quel reste ? demanda Pierre d'une voix blanche.

Il n'en pouvait plus. Lucie avait été allongée dans une pièce voisine de la petite maison en terre séchée où l'officier avait amené sa prise. On était toujours près de la mer.

— *El dinero*, señor ! L'argent. Les dollars des frères Laffite.

Pierre parvint à sourire. C'était ça, une légende. Il se pencha vers le lieutenant, baissa la voix. Parler augmentait sa douleur, sa propre voix résonnait dans son crâne comme une cloche dans une sphère de métal.

— Señor Molas, un brick armé d'une douzaine de canons croise à moins d'un mille de la côte. A mon avis, il va en débarquer une trentaine d'hommes avec pour mission de me retrouver sain et sauf. Vous ne me croyez pas ?

Il jouait gros. Si Jean n'avait pas vu les feux, il en serait quitte pour une séance d'arrachage d'ongles avant le plomb dans la nuque et l'enterrement sous la mangrove. Le regard de l'officier avait changé. En alerte, vaguement inquiet. Pierre se dit que le moment était assez bien choisi pour faire de sa gloire sanglante une base de négociation. Il ne quittait pas des yeux son geôlier, souriait benoîtement, ainsi dissimulait-on sa faiblesse au poker.

— Allez donc vérifier, dit-il, ce n'est guère loin.

Molas se leva, donna des ordres. Pierre le vit qui rameutait sa troupe à l'extérieur de la cahute, une dizaine de soldats au total ; ce qui lui restait de troupe.

— Vous venez avec nous, señor Laffite, décida le lieutenant.

Pierre inspira profondément, il gagnait un sursis, mais la perspective de marcher pendant un quart d'heure sous le soleil lui donnait la nausée. Molas le poussa devant lui. La petite colonne se mit en marche sans tarder.

La *Mary Star* avait disparu avec ses deux hommes de garde. Lorsqu'il vit la *Minerva*, sabords ouverts, croisant avec lenteur à cent brasses du rivage, Pierre se retint de crier. Son frère devait l'avoir dans sa lunette. Jean savait ce qu'il avait à faire.

— Déliez-moi, lieutenant, dit Pierre.

Molas s'exécuta, stupéfait. Au moment où il rangeait son couteau, deux panaches blancs fleurirent sur la coque du brick, puis trois autres, presque aussitôt. Pierre rentra la tête dans les épaules, guetta les impacts, cinq cônes de terre et de sable en lisière de forêt, semant la panique chez les soldats qui se mirent à courir en tous sens.

Rassemblant ses forces, Pierre s'était rué sur l'officier, qu'un coup de poing à la tempe suffit à assommer. Il le débarrassa de son pistolet, se pressa vers la cahute militaire. En chemin, il tomba sur ses Italiens ; les hommes avaient vu leur garde décamper au premier coup de canon et se hâtaient vers l'anse ; deux d'entre eux portaient sans grand ménagement Lucie, inanimée.

Une barque se dirigeait vers la côte, à grands coups de rames. Seul au milieu de la plage, assis hébété, cherchant d'instinct son arme, le lieutenant Molas reprenait péniblement ses esprits. Pierre entra dans l'eau, titubant ; la vue de Jean, debout à la proue de l'esquif, tenant en main deux pistolets, ne suffisait pas à calmer l'intense malaise de tout son être. Il soulagea son estomac tandis que son cadet sautait à l'eau et venait vers lui, immergé jusqu'à mi-cuisse.

— Ils ont saisi la felouque, dit Jean, on l'a aperçue qui longeait la côte au près vers le nord.

Pierre se laissa tomber dans ses bras. Il avait la couleur des suaires, respirait vite.

— Pardieu, mon Pierre, tu es livide.

— Mène-moi vite à la cabine, Jeannot. Je ne sens plus mon corps, à c't'heure.

On embarquait Lucie. Sur les dix Italiens de l'équipée, quatre seulement regagneraient le brick, les autres étaient morts dans la mêlée ou avaient été achevés par les Mexicains.

Village de Dzilan de Bravo, Yucatán, 9 novembre 1821

Cela faisait maintenant un jour entier que Pierre Laffite n'avait pas repris connaissance. Dans la petite chambre du presbytère où l'on avait installé les malades, Jean guettait avec anxiété le réveil de son aîné. Assis près du lit, le père Cervera, curé de la paroisse de Santa Clara de Dzidzantun, égrenait son chapelet tout en murmurant la prière des agonisants. Il avait administré les derniers sacrements, attendait que le Seigneur rappelât à Lui l'âme tourmentée de Pierre Laffite.

L'attaque de malaria s'était révélée d'emblée maligne. A peine remonté sur la *Minerva*, Pierre avait souffert d'une première crise, terrifiante, de tremblements. Raide, reposant sur sa couchette par la nuque et les talons, les dents et les poings serrés ; il avait fallu l'attacher, pour l'empêcher d'être jeté au plancher par ces ondes qui l'agitaient tel un pantin. Depuis, il s'enfonçait peu à peu dans ce que les médecins nommaient le « tuphos », secoué à intervalles réguliers par une poussée trémulante du mal.

Lucie s'en sortait quant à elle. Un cadavre, creusé par une semaine de coma vigile. Incapable du moindre mouvement. Il fallait la faire boire et la laver, tenter de l'alimenter un peu. Des femmes du village s'occupaient d'elle avec compassion. On connaissait ces fièvres-là, au Yucatán.

— Il est au plus mal, dit le prêtre.

Jean se pencha. Il n'acceptait pas que son frère passât ainsi, ruiné pour de bon, loin des siens, dans cet endroit où, pourtant, on tentait de le soigner. Le couvent de Santa Clara avait subi des assauts de pirates, au siècle précédent. La mémoire de ces événements lointains s'était estompée, le nom de Laffite y éveillait même une sorte de bienveillance respectueuse.

— Pedro, mon vieux.

Pierre s'était mis à respirer comme un poisson hors de l'eau, à brèves goulées qui allaient s'espaçant. Jean le saisit par les épaules, le secoua sous l'œil réprobateur du curé. Il fallait essayer encore de le réveiller, peut-être n'était-ce là qu'un sommeil plus profond qu'à l'accoutumée, une acmé du mal après quoi tout reviendrait lentement à la normale. Pierre émettait des sons effrayants, venus du fond de sa gorge. Il s'étouffait. Jean le vit soudain prendre une profonde inspiration puis, s'étant figé quelques secondes, exhaler un long soupir, comme le souffle d'un enfant sur une vitre.

— Il est mort, dit le père Cervera.

Jean le reposa doucement sur sa couche. Pierre gardait les lèvres béantes, ses yeux embués fixaient le plafond. Jean posa doucement son front dans sa main. Depuis le jour où il avait débarqué à La Nouvelle-Orléans, nulle querelle n'était venue troubler leur relation. Ils s'étaient compris dès les premiers instants de leurs retrouvailles, le père de famille orléanais et le sabreur fasciné par les îles, le faux sage fumant ses cigares devant la cheminée et le coureur des mers éminçant de l'Espagnol et de l'Anglais, comme d'autres du jambon de pata negra[1]. Une fraternité profonde, intangible, les reliait, Jean en mesurait la force au vide immense qu'il ressentait.

— Nous le garderons dans notre terre, señor, si vous le désirez, dit le prêtre.

Jean le considéra sans paraître comprendre, les yeux pleins de larmes. On était au bout du monde, loin de tout, en terre étrangère ; mots bizarres pour des hommes qui n'avaient plus de patrie depuis longtemps. Il accepta. Les chaleurs du golfe corrompaient les corps en quelques heures. Où emporter ce cadavre déjà rongé par la fièvre, de toute façon ?

— Je n'ai plus d'endroit où aller, murmura-t-il.

Lucie lui avait dit qu'elle resterait là si Pierre venait à mourir. Cela lui convenait, il n'avait guère envie de s'encombrer de l'Américaine.

1. Race de cochons espagnols.

— Il faut faire au mieux pour lui, *padre.*

— La terre libérée du Mexique est bonne pour le repos des hommes libres, señor Laffite. Soyez prudent cependant. Les gens comme vous ne sont pas les bienvenus en ce moment, dans ce pays.

Jean sortit de la maison, contempla le village où les gens vaquaient à de paisibles occupations. Le ciel était pur de tout nuage, une brise légère animait la mangrove. Tout était beau, pacifié, autour de la petite église blanche. Un havre, au bout d'une vie tourmentée ; pour le repos des morts, le silence des vivants et le murmure du vent.

Il s'appuya contre le mur, ferma les yeux. Une envie de mer accélérait son cœur, impérieuse ; il connaissait bien cette flamme au fond de lui : un brûlot, dans ses entrailles. Le prêtre avait raison, il lui faudrait quitter le Yucatán sans trop tarder. Un port lui demeurait ouvert, le golfe. Il y vivrait avec les Italiens et les quelques autres décidés à le suivre, entre les orages tropicaux et la meute américaine.

Côte du Honduras, septembre 1823

La tempête prenait de la vigueur. De brusques rafales arasaient l'herbe mouvante, courbaient palmiers et palétuviers, des mèches blanches couraient sur la mer, se confondaient ou se heurtaient, portées par des vagues en grand désordre, masquées de temps à autre par des volutes de sable.

C'était l'heure, redoutée par les marins, où, au large, les voiles se déchiraient, où les mâts, prêts à se rompre, craquaient de toutes leurs nervures. Jean était parvenu à s'agenouiller. Il ne voulait pas rester au pied d'un arbre, désirait toucher l'océan, y plonger son corps, laver sa plaie. Il se traîna sur quelques mètres. Tout bruissait autour de lui, les arbres, la plage, l'onde en furie. Les Indiens devaient se terrer dans leurs paillotes, il en éprouva un sentiment de solitude et de défi qui le poussait à ramper, sur un coude, la main comprimant son flanc.

Parvenu à la ligne ondulante où la terre se changeait en sable, il se recroquevilla, l'œil rivé sur les lames assaillant la grève. Il lui fallait se reposer, comme dans cet hospice de

Cuba d'où, prisonnier, une épaule truffée de plomb, il avait réussi à s'échapper avant de passer en jugement.

Il lui avait bien fallu en arriver là, à force d'élargir le cercle de sa maraude. La course avec les chiens de Patterson lancés aux trousses des *privateers* était excitante. On les apercevait, parfois, naviguant à deux ou trois dans les parages de la Floride ou du Texas. Il importait alors de rompre sans traîner, de se fondre dans la nuit ou sous les ventres noirs des orages. C'était un jeu, aussi jouissif que celui de la prise, auquel il s'adonnait sans retenue depuis son départ du Yucatán.

« Jusqu'à la limite, mes amis. »

La vingtaine d'hommes demeurés à son bord avaient agréé la proposition. Il n'y avait de port, de baie, de bayou où l'on fût désormais en sécurité. La *Minerva* passerait le plus clair de son temps en mer, pour le reste, les rivages déserts d'îles ou de bancs de sable serviraient d'auberges.

Cuba. On en avait appris la géographie par la force des choses. Jean était démangé par l'obsession de savoir ce qu'il éprouverait en abordant un américain. La volaille espagnole nourrissait l'équipage, mais courser puis capturer dans la même journée un sloop anglais puis le schooner *Jay*, de Savannah, voilà qui avait eu une autre gueule. Du coton, du sucre, du rhum, la *Minerva* devenait une caverne au trésor flottante. Le sang avait coulé. Jean avait reçu une décharge de pistolet au bras gauche, avant que le *Spark*, en chasse au large de l'île, ne le coursât à son tour.

Gibara. Un village sur la côte sud-est de Cuba. Jean s'y était réfugié, comme un lapin dans la gueule d'un renard. On aurait dû l'envoyer au gibet à Santiago, ou le livrer aux Yankees. L'appât du gain avait été encore une fois le plus fort. Corrompre était un art dans lequel les Laffite étaient passés maîtres, l'exercer sur des villageois très pauvres et sur des soldats assez éloignés de leurs chefs, un jeu d'enfant. La liberté contre du rhum, de la vaisselle ou des manches de pioche.

« Et des dollars, señores ! »

Il n'avait pas attendu qu'on lui ouvrît les portes de l'hospice. Son navire était resté à l'ancre, cales pleines, il y avait parfois de ces anomalies. On avait mis à la voile en pleine nuit. A dix milles de Gibara, l'*Alligator*, un brick de la flotte yankee, ignorant la prise du *Jay* mais ayant bien reconnu l'homme et son pavillon, avait stoppé la *Minerva* et capturé son capitaine.

Jean avait atteint le rivage. Le sable tourbillonnait devant lui, griffait son visage, ses yeux ; le vacarme de l'océan lui emplissait le crâne, des rideaux de pluie, tordus en tous sens par les rafales, s'abattaient sur son dos, ses reins, ses cuisses. Il se tourna vers le ciel, ouvrit la bouche, se laissa emplir. Ses paupières pesaient, il avait l'impression que ses entrailles remontaient dans son thorax, comprimaient ses poumons, explosaient. Il éprouvait du mal à respirer, comme devant le capitaine Stockton, de l'*Alligator*, un blondinet poupin encore étonné par sa prise, ce jour de février 1822.

« Monsieur Laffite, nous allons vous ramener en Louisiane, où vous serez jugé pour piraterie.

— Vous ne pouvez pas.

— Et pourquoi donc ?

— Parce que vous m'avez capturé dans les eaux cubaines, c'est-à-dire espagnoles jusqu'à plus ample informé, parce qu'il s'agit d'un acte de guerre ou de piraterie, je vous laisse juge, parce que l'Espagne et les Etats-Unis sont en paix si je ne m'abuse, parce que enfin il y a à votre bord soixante témoins de ce que je vous affirme. Vous êtes soumis à un code, dois-je vous le rappeler ? N'importe quel tribunal militaire conclurait que vous avez outrepassé vos droits, au risque d'une crise internationale. Souvenez-vous, monsieur, vous avez appris cela à l'école de la Navy. Vous deviez y étudier le latin et la navigation, tandis que nous forcions les Anglais à quitter la Louisiane. A Chalmette. Ce nom vous dit quelque chose ? »

On l'avait assis dans le carré du brick, observé comme un fauve dans une cage de jardin zoologique. Les officiers se regardaient, interloqués. L'homme avait une réputation de culot et d'insolence. Fondée.

« Dans ce cas, nous vous renverrons dès demain d'où vous venez, avait tranché le capitaine.

— A Gibara ?

— Exact.

— Blessé comme je le suis ?

— Ma foi, ils continueront à votre profit la médecine qu'ils avaient commencée. »

Jean comprenait le soin que mettait l'officier à ne pas l'insulter ouvertement. Il avait lui-même maintes fois pratiqué cet exercice à fleuret moucheté au bout duquel, souvent, les nerfs de ses captifs craquaient.

« Soit, avait-il concédé. Pourrai-je simplement réclamer de votre indulgence que l'on m'aide à changer ce pansement. Les linges cubains sont d'une propreté douteuse, et les hospices de l'île plus aptes à nourrir les cafards qu'à soigner le pauvre monde. »

Il devinait la fascination qu'éprouvaient les jeunes officiers du brick à le voir ainsi désarmé, blessé, sirotant tranquillement un verre de cognac avant de retourner en enfer, peut-être bien. Ceux-là aussi auraient de quoi raconter ; il y avait bien à ce jour quelques milliers de personnes, autour du golfe, qui pourraient ajouter le nom de Laffite à leur histoire personnelle.

Il souriait. Les Cubains seraient plutôt contents de le revoir mais cette fois, il devrait leur payer cher le prix de sa liberté. A tout prendre, il préférait encore négocier avec eux plutôt qu'avec le juge de Charleston ou de Baltimore instruisant l'affaire du *Jay*.

Il avait cédé les deux tiers de sa cargaison aux édiles de Gibara, fait mettre toute la voilure de la *Minerva*, au moment où pointaient les premières lueurs du jour. L'*Alligator* mouillait à deux milles de la côte, il fallait s'en approcher pour prendre la route du Sud. Filant à pleine vitesse sous un vent favorable, il lui était passé sous le nez. Pour la forme, on avait échangé quelques coups de mousquets, sans autre conséquence que des trous dans les focs et des esquilles de vergues sur le pont. L'Atlantique s'ouvrait devant l'étrave du brick, la houle était porteuse. On irait où le vent entraînerait la *Minerva*.

La Nouvelle-Orléans, mai 1822

C'était, sous un toit de tuiles plates, une maison sans le moindre caractère, un cube de bois brut perché sur de courts pilotis, servi par un escalier d'accès, percé d'une porte et de deux fenêtres, le tout d'une rigoureuse symétrie. Alentour, l'architecture du quartier Marigny ne déparait pas la bâtisse ; un œil non initié pouvait même considérer la demeure des sœurs Villars comme l'une des plus remarquables de la rue Esplanade.

Des enfants hirsutes, le front ceint de bandeaux, coiffés de plumes, jouaient dans la rue. Ça piaillait et se courait après, chutait dans la poussière, trompetait au pas de parade. De loin en loin quelques adultes marchaient au bord de la rigole centrale, où stagnait un jus brunâtre aux effluves composites.

Jean vit des négresses en jupes colorées, leur tignon sur la tête, vidant des pots de nuit dans ce canal fétide. Elles riaient et plaisantaient, s'interpellaient d'une maison à l'autre, à l'heure de la vidange quotidienne. Bavarde et odorante misère. Ici, la besogne intime était un spectacle familial, quand le Carré français ou le quartier américain en faisaient la furtive affaire des esclaves et des valets.

Il enjamba le canal, grimpa les quatre marches menant au perron de la maison Villars. Son cœur battait fort. Il frappa. Ses doigts tremblaient. Le minois qui s'encadra dans la porte entrouverte lui en rappela aussitôt d'autres. Un garçonnet de six ou sept ans, à la peau couleur de cuir tanné, aux cheveux noirs, frisés, tenus en queue de cheval par du ruban rouge.

— Bonjour, dit Jean. Tu es le petit dernier de Pierre. Je te reconnais. Et de moi, tu te souviens ?

Il n'avait pas reparu en Louisiane depuis près de deux ans. Son neveu se souvenait peut-être d'un homme encore jeune, mais déjà grisonnant, droit comme un i dans ses vêtements noirs. Pas grand-chose à voir avec l'inconnu qui le dévisageait, un pâle sourire aux lèvres. Jean avait changé. Son dos se voûtait, ses traits s'étaient creusés de rides sous les narines et au front, sa tignasse avait blanchi. Seule sa denture de grand carnassier, intacte, conservait son éclat.

Il entendit des voix, un rire bref, ôta le chapeau mexicain sous lequel il dissimulait son visage depuis son retour à La Nouvelle-Orléans. Catiche lui apparut ; elle plissait les paupières, peinait à reconnaître le visiteur. Son regard n'était plus le même, comme absent. Jean retenait sa respiration. Elle aussi avait changé, les coins de sa bouche adorable tombaient un peu, ses joues avaient perdu leur rondeur.

— Jean Laffite ?

— C'est moi, Moka.

Elle se laissa aller contre lui, doucement. Elle avait espéré ce moment chaque jour de sa morne et routinière existence au quartier Marigny. Maintenant, l'émotion la privait de ses jambes ; Jean dut la soutenir tandis qu'elle nouait ses bras autour de son cou, tentant en vain de parler.

— Je viens te chercher, mon bel ange.

Elle s'était ressaisie, l'attirait à l'intérieur de la maison. Il ne fallait pas qu'on le voie en ville, le *Courier* se répandait régulièrement sur ses exploits de pirate aux abois.

— Jean-Pierre ! Marie ! cria-t-elle.

Le salon des Villars servait en même temps de chambre. Des lits d'enfants étaient alignés contre les murs. Du mobilier de la rue Saint-Philippe subsistaient la grande table acadienne et les chaises cannelées. Le reste avait été rapporté depuis, un vaisselier aux trois quarts vide, un coffre, deux fauteuils droits garnis de coussins rouges. On avait vendu l'essentiel de ce que Pierre avait laissé en partant pour Charleston.

Catiche laissait enfin libre cours à sa joie. Elle trépignait, se jetait sur Jean, le contemplait avant de l'assaillir à nouveau. Mais différente à un point qu'il n'imaginait pas.

— Dis bonjour à ton père, Jean-Pierre.

Marie poussait devant elle un enfant long et maigre à la peau légèrement ambrée. Jean se baissa, affronta le regard de son fils ; intrigué, vaguement craintif, allant de l'un à l'autre comme pour se rassurer.

— Tudieu, le beau petit homme, dit-il en saisissant le garçon sous les aisselles. Tu es bien menu, pourtant. Es-tu sûr de manger tout ce qu'on te propose ?

Marie baissait la tête. Son fils dans les bras, Jean s'approcha d'elle, caressa son épaule.

— Je sais ce qui est arrivé à Pierre, dit-elle, prévenant son explication. Les journaux en ont parlé, tu penses bien qu'on ne se prive pas de me le rappeler, chaque fois qu'il est question de toi. Mais c'est des histoires de riches du Carré ou du Garden. Ici, à Marigny, vous avez plutôt bonne réputation. Les pauvres aiment bien ceux qui font des misères aux puissants.

— Le Garden ? s'étonna-t-il.

— C'est le nom qu'on donne désormais au quartier américain. Tu verrais ça ! De l'autre côté de la rue du Canal, des palais, plus immenses que les plus grandes maisons de planteurs du Mississippi. Il s'en construit un par mois, Seigneur, il en faut de l'argent pour acheter ainsi des blocs entiers. Il y a même une église protestante maintenant et un hôtel avec plus de deux cents chambres ! Les Johnny crapauds d'un côté, les Méricains coquins de l'autre, il y a deux villes désormais, à La Nouvelle-Orléans.

Elle avait dû épuiser sa réserve de chagrin, de colère aussi, admirait avec candeur le douaire des autres. Jean la trouva apaisée, les yeux débarrassés de leurs mauvaises lueurs. Et considérant les riches des nouveaux quartiers comme des sortes de maîtres. Il hocha la tête, longuement. La fortune avait changé de camp, le vent avait définitivement tourné pour les Baratariens et leur empereur.

— Ils ne t'ont pas pris au passage ? s'inquiéta-t-elle.

— Je n'ai pas oublié les chemins de traverse, Marie. Mais je ne demeurerai pas longtemps ici. Il y a belle lurette que je n'ai plus rien à faire en Louisiane.

Il observait Catiche, perplexe.

— Elle a perdu l'ouïe, dit Marie. Presque en entier. Et ne voit bien que dans la lumière vive. C'est sans doute suite à son accident au Texas. Mais c'est toujours ta Moka, tu sais, le regard que les hommes portent sur elle ne trompe pas.

Il sentait une boule monter vers sa gorge. La gloire des Laffite était passée, bel et bien, dilapidée au fil des mois, réduite aux précaires existences des survivants. Il prit Catiche contre lui, la calma, baisa ses lèvres.

— J'ai de l'argent pour toi et les tiens, Marie, dit-il d'une voix étranglée. Les Cubains m'ont plumé, j'ai pu cependant en garder suffisamment pour vous aider à vivre. Je t'en ferai parvenir régulièrement, plus tard. Si Dieu le veut, je pourrai même te le porter bientôt ici, au grand jour.

Elle haussa les épaules, fataliste. Elle avait trouvé à s'employer chez un drapier de la rue Chartres, un ancien client de Pierre, nostalgique des temps anciens, ceux de la détaxe et des ventes au Temple. Ainsi réduite, la vie au quartier Marigny restait supportable.

Jean lui sourit, caressa sa joue. Le deuil n'allait pas si mal que ça à la veuve de Pierre Laffite ; elle avait minci, retrouvé les formes avenantes de sa jeunesse, son visage gonflé par les angoisses et les insomnies s'était détendu. Avec les ans, les deux sœurs se ressemblaient, dans leur beauté mature de mulâtresses. Les Orléanais avaient de bonnes raisons de se retourner sur elles dans la rue.

— William Livingston ?

L'avocat se retourna. Un grand escogriffe coiffé d'un chapeau mexicain, accompagné d'une femme et d'un enfant, se tenait derrière lui dans la pénombre de la rue Royale.

— Monsieur ? interrogea-t-il.

Il se pencha, intrigué. La silhouette lui rappelait quelqu'un. Laffite ! Il s'extasia.

— A La Nouvelle-Orléans, par les temps qui courent. Ne me dites pas que vous ouvrez un café-négoce derrière le Cabildo ! Et où allez-vous, chargé comme un pèlerin du *Mayflower* ?

Jean posa son sac à terre. Il avait attendu la nuit pour gagner l'extrémité ouest du port, où quatre Italiens l'attendaient à bord d'une felouque.

— En Colombie, dit-il.

— Fichtre, c'est loin.

Livingston serrait sa main avec effusion. Cela faisait un bail qu'on ne s'était vus. Jean lui conta brièvement la mort de son frère, la longue errance qui s'était ensuivie, le danger à accoster où que ce fût.

— Nous sommes entrés dans une autre époque, fit Livingston, pensif. Les espaces s'y réduisent comme peaux de chagrin. Mais c'est ainsi, à l'heure qu'il est, mes clients plaident pour des enclos de bétail mal fermés, des sacs éventrés sur le port ou des esclaves paludiques achetés au prix du neuf. Tout cela manque un peu, comment dire, d'amplitude. On ne voit plus guère de capitaines espagnols à la recherche de leur navire, comme Soubise de son armée. En revanche, on voit pousser de la richesse, encore et toujours. Regardez ça.

Jean n'avait pas fait attention à la construction de brique couverte d'un crépi clair, sortie de terre à l'angle de Royale et de Sainte-Anne. Un cube altier, aux hautes ouvertures en ogive, paré de balcons, de lanternes, de lucarnes et d'une porte d'entrée en bois massif.

Livingston se rengorgea.

— La banque d'Etat de Louisiane, mon cher. Son architecte est mort du vomito après en avoir enfanté trois ou quatre du même acabit à travers les Etats-Unis. Un spécialiste ! La ville avait besoin d'un symbole définitif, il fallait un tel coffre-fort pour mettre de l'ordre dans la finance de notre beau territoire. Signe des temps, Laffite, ici comme ailleurs dans l'Union, le vrai pouvoir, c'est l'argent. Pour l'aventure, voyez à l'ouest, vers les montagnes Rocheuses !

Il rit. Jean épaula son sac. Catiche avait fait un tri rapide dans sa garde-robe, en vérité, elle ne possédait rien ou presque. Livingston s'inquiétait.

— Vous comptez passer devant la Balise ? Méfiez-vous, même les frères Bowie ne se risquent pas trop à en engraisser les fonctionnaires, en ce moment. Monroe a lâché ses meutes, la mort de votre ami Desfarges occupe encore les esprits. La civilisation achève sa conquête de la Louisiane, Laffite. Mais j'aurais tort de critiquer cette évolution, mes affaires n'ont jamais aussi bien marché.

Ils s'embrassèrent. Les eaux de mai, encore hautes, étaient favorables à la navigation, le vent d'est portant, cette nuit-là. On se faufilerait entre les alignements de flatboats, de quillards et de vapeurs chargés des cent trésors descendus du nord, peaux et métaux, farine, grains, bétail ou charbon. On traverserait le fleuve en amont pour s'engouffrer comme autrefois dans les petits bayous du Sud.

— Je reviens sur les chemins de ma jeunesse, dit Jean. Dans trois jours, je verrai peut-être les mâts de la *Diligente*, si la passe de Grande-Terre n'est pas trop sableuse.

— Soyez prudent, Jean Laffite, et que Dieu vous garde.

— Je vous poserai tout de même une question, William Livingston.

— Dites.

— La raison exacte de votre sympathie pour nous. Certes, nous étions vos clients et plutôt bons payeurs, mais cela a quelquefois attiré sur vous la suspicion des édiles, de la presse même. Je m'en souviens.

L'avocat sourit. Adversaire de Clairborne dans pas mal d'affaires municipales, appréciant peu l'homme, il avait été en butte à son népotisme, avait affronté maintes fois en vain sa coterie. Entré récemment au Conseil de l'Etat, il jouissait désormais d'une position sociale hautement reconnue, de quoi oublier les anciennes blessures.

— La politique, mon cher Laffite. Cette bonne vieille carne de politique, tout simplement. Peut-être aussi le rêve d'enfant que vous avez réalisé à ma place. Le grand large !

9

Carthagène, juin 1822

— Monsieur Laffite, déclara Simón Bolívar dans un français parfait, je suis heureux de vous rencontrer. Le gouverneur Toricès m'avait dit grand bien de vous, c'était il y a longtemps déjà, quand la señora Almagre était encore des nôtres. Vous vous souvenez de la señora, n'est-ce pas ?

Jean s'inclina, dit qu'il se souvenait, en effet. La prédiction d'Aury se réalisait. Serré de près par les Espagnols, battu en brèche dans son grand dessein d'unifier le continent, Bolívar songeait à se constituer une marine et battait pour cela le rappel des gens d'expérience.

— La république de Grande-Colombie[1] a besoin d'hommes comme vous pour préserver son indépendance, ajouta-t-il. Je vous parlerai de ça et des conséquences qui en découlent.

Bolívar se tenait debout devant le bureau sur lequel le gouverneur Toricès avait signé sept ans plus tôt les lettres de marque des Laffite. Sanglé dans un uniforme de général aux épaulettes ornées de trois étoiles, le *Libertador* considérait son hôte avec sympathie. Les deux hommes avaient des points en commun, leur âge, leur goût immodéré pour la liberté, la France, où ils avaient séjourné.

— Votre compagne s'appelle Villars, dit-il, intéressé. A-t-elle une parenté avec une famille de Paris ? Ceux-là possédaient une particule, remarquez. Et une fille prénommée Fanny.

— Ma foi, général, c'est fort possible.

1. La Colombie actuelle plus une partie du Venezuela.

Bolívar esquissa un sourire. Veuf très tôt, il avait noyé son chagrin dans les joyeuses sarabandes du Directoire et du Consulat. La France lui restait au cœur, bien qu'il fût fort critique sur ce que l'Empereur en avait fait. Un ange passa.

— Vous avez côtoyé don Luis Aury, n'est-ce pas, monsieur Laffite ?

— En effet. J'étais auprès de lui lorsqu'il est mort.

— Un homme de parole et un beau soldat.

Regrettait-il de l'avoir renvoyé sans grands égards vers sa tragique destinée ? Jean vit une ombre passer dans ses yeux. Bolívar desserra un peu le haut col paré de feuilles d'or de sa veste.

— Que diriez-vous d'un navire battant pavillon de la Colombie, capable de faire respecter la loi de notre jeune nation sur les océans, monsieur Laffite ?

Il avait le front très haut, un peu dégarni, dardait sur Jean son regard d'un noir profond, où brillaient la passion, la hauteur de jugement, la volonté d'action. Jean écarta les mains. On se comprenait, entre gens de même fibre, l'aristocrate du Venezuela élevé par une nourrice esclave et le corsaire affranchi depuis longtemps de toute autorité. Tous deux avaient dû fuir face à des forces supérieures, risquer leur vie pour des idées simples, sacrifier leurs biens à leur farouche désir de rester libres.

— Je dirais que c'est un grand honneur, général.

— Vous connaissez le golfe mieux que quiconque, les capitaines de votre trempe ne sont plus très nombreux à y naviguer. Vous aurez rang de commandant, un schooner de trente tonnes et autant de marins pour le servir. Le *General Santander*. Nous l'avons pris aux Espagnols pas très loin d'ici. Vous verrez vous-même comment agencer son armement. Avez-vous déjà utilisé des pièces de dix-huit ?

— Non, monsieur. Mais j'ai parfois reçu leur hommage. Ça fait du bruit, au départ comme à l'arrivée.

— Vous en aurez. Il semble que vous ayez depuis toujours érigé en principe la non-agression contre les bâtiments des Etats-Unis.

— Sauf en cas de force majeure, en effet.

— C'est-à-dire ?

— Je me défends lorsque l'on veut me prendre. Les tête-à-tête sur l'océan sont des actions très particulières, obéissant à des règles aléatoires.

Bolívar écoutait, en alerte.

— Les Etats-Unis sont nos amis, dit-il d'une voix neutre. Je ne vous apprends rien, n'est-ce pas ? Votre principe est fort sage, je vous recommande de l'appliquer en toutes circonstances. Je dis bien en toutes circonstances, monsieur Laffite.

Jean s'y engagea. Bolívar s'inquiéta de son installation à Carthagène. Une cité de cent soixante-dix mille âmes, aussi riche et bien plus peuplée que La Nouvelle-Orléans, offrait à ses hôtes mieux qu'un simple havre. Jean le remercia, serra sa main, se retrouva dans un couloir aux murs tapissés de portraits de patriotes.

— Corsaire de Bolívar, nom de Dieu, murmura-t-il. Mon pauvre Pierre, tu aurais eu plaisir à voir une chose pareille.

Il croisa les regards des héros immobiles dans leurs cadres. Les austères et les matois, les désinvoltes et les farouches, ceux du Pérou et du Venezuela, de la Colombie et du Belize ; en uniformes d'officiers ou en vestes et pantalons sombres de partisans civils. Il y avait une sorte de jouissance à entrer ainsi dans leur petite famille, par la grande porte.

Il sentit son cœur battre plus fort. Quinze années d'un jeu dangereux autant qu'épuisant avec la loi et l'autorité trouvaient ici leur réparation.

— Moka dans ses nouveaux meubles. Et son héritier pour y mettre du désordre.

Il la regardait rangeant son maigre trousseau dans l'armoire de leur chambre. La maison du comandante Laffite faisait face au couvent San Lorenzo, dans une rue calme et ombragée de la citadelle. Un jardin la prolongeait jusqu'à un mur de brique rouge adossé à un remblai de fortification.

— Le petit a déjà trouvé ses aises, dit Catiche.

Immobile devant la porte-fenêtre du salon, les yeux écarquillés, l'enfant observait des couples de perruches en grand tumulte entre les feuilles ovales d'un hévéa. Jean saisit la main de sa maîtresse au passage.

— Viens là, toi.

Il fit asseoir Catiche sur ses genoux ; d'un geste familier, il caressa le creux de ses reins, son dos, sa nuque. Il avait retrouvé son amante, réinventé leurs étreintes, goûté à nouveau l'intense plaisir de s'endormir contre elle. Dans la maison de Carthagène, le temps s'arrêtait enfin, écrasé par la chaleur de juillet. Il n'y avait guère eu de ces instants-là, dans la vie de Jean Laffite.

— Tu as un bon bateau ? lui demanda-t-elle.

Le *General Santander* n'avait ni la ligne ni la vélocité de la *Diligente* mais il valait bien la *Minerva*. Son gréement hermaphrodite lui assurait une bonne prise au vent, suffisante pour jouer avec les humeurs du golfe et en tirer le meilleur. Jean contemplait sa Moka tandis qu'elle suivait, concentrée, ses mots sur ses lèvres. Une longue convalescence lui avait redonné sa complexion d'antan. Elle avait réappris à rire, à bavarder et à critiquer, parlait plus fort qu'avant cependant, craignant qu'on ne l'entendît pas.

— La mer est ma rivale depuis toujours et cela ne change pas, dit-elle, songeuse. Mais je vois bien que tu es heureux maintenant. Je reconnais celui que ton frère appelait « le chien fou », la flamme dans tes yeux, la jeunesse de tout ton corps.

Jean la fit taire d'un baiser sur la bouche. Il se mettait au service d'une nation, la situation n'était plus la même. Barataria, Galveston, l'Isla Mugeres, tout cela était loin désormais, comme les années de clandestinité, passées à esquiver, à ruser, à vivre de dangereuses illusions.

— Tu me plais, café-chocolat, murmura-t-il, la main rampant entre les cuisses de Catiche sous sa large jupe de lin. Ta rivale n'a qu'à bien se tenir, c'est moi qui te le dis. Quant à la jeunesse de mon corps, je m'en vais la mettre à ton service pas plus tard qu'à l'instant.

On leur avait alloué une servante, Mercedes, métisse d'Espagnol et d'Indienne. Jean l'appela, lui ordonna de fermer la porte et de s'occuper de l'enfant. On se dévêtirait sans délai, la chaleur était vraiment trop forte pour faire l'amour habillés.

Février 1823

La calle Acevedo était déserte à l'heure de midi. Jean avait tenu à faire cette sorte de pèlerinage avant de reprendre la mer. Il reconnut la maison coloniale au balcon fleuri dont on avait ravivé l'ocre de la façade. Bolívar n'était pas un ingrat ; ceux qui l'avaient servi avaient eu droit à leur légitime récompense ; les vivants comme les descendants des disparus. Les proscrits avaient été réintégrés dans leurs biens, les veufs et les orphelins pensionnés.

Alors que, s'étant recoiffé de son chapeau noir, il redescendait vers le port, Jean vit venir vers lui deux adolescents, un garçon et une fille devisant gaiement, qui répondirent à son salut avant de se diriger vers la maison Almagre. La jeune fille souriait. Elle avait de grands yeux noirs à l'expression mélancolique, la peau très blanche, les cheveux tirés en chignon sous un foulard multicolore. Jean fit quelques pas avant de se retourner. Elle le regardait, la main sur la poignée de la porte. Cela dura l'espace d'une seconde. Elle s'engouffra dans la maison et le silence retomba sur la rue.

Le *Colombus Ross* filait vers le nord par vent de travers, sous pavillon des Etats-Unis. Avec ses deux mâts légèrement inclinés, son foc et sa trinquette bordés au maximum, il ressemblait au schooner colombien venant vers lui ; à part son armement toutefois, deux couleuvrines dont les gueules minuscules dépassaient du plat-bord. C'était au large de l'isthme de Panamá, sur une mer formée obligeant les équipages à une vigilance de chaque instant.

Jean avait repéré dès le matin le troisième larron, un brick battant pavillon anglais, avançant à la même vitesse que lui, par tribord. Ainsi alignés sur un quart de lieue, les trois navires donnaient l'impression de participer à l'une de ces courses prisées des riches armateurs de Baltimore ou de Boston.

— Nous ne sommes pas au spectacle, dit Jean en repliant sa lunette. Cet anglais ne me dit rien qui vaille. Qu'en pensez-vous, monsieur Vasquez ?

Son second était de Caracas, comme le Libertador. Il avait participé à la prise de Carthagène et à celle du *General Santander*. L'homme avait une cinquantaine d'années, des allures de *toro* andalou sous des favoris crépus qui lui mangeaient la moitié du visage. Il partageait l'opinion de son capitaine.

— Comme nous n'allons nulle part précisément, señor Laffite, il faut supposer qu'il nous y accompagne.

— Nous, ou le Yankee ?

— Je dirais le Yankee. Celui-là, c'est de la belle dinde bien pleine, défendue par deux jouets d'enfant. Des pirogues indiennes avec trente hommes dedans suffiraient pour le prendre.

Jean agrippa un hauban, posa le pied sur de la corde enroulée. C'était là sa seconde campagne. En septembre, il avait, par défi, saisi un sloop de La Nouvelle-Orléans, au large de Mobile. Le *Sampson.* Pour le laisser en fin de compte repartir avec son chargement de sucre et de cochons. Un geste que Bolívar avait apprécié ; la mort au combat du capitaine de l'*Alligator*, Stockton, avait au même moment déclenché une violente campagne de presse aux Etats-Unis, jetant la suspicion sur les jeunes républiques et leurs corsaires.

Jean se redressa.

— La barre à droite, monsieur Vasquez. Faites border les cacatois et la misaine. Nous allons cesser de tirer des bords, le vent de travers nous approchera assez vite de ces goddams. Il nous faut indiquer aux uns et aux autres à quelle famille nous appartenons.

Il songeait à Dominique Youx, ce fauve bonhomme que la viande anglaise attirait, comme une charogne les vautours. Français et Anglais ne s'entre-tuaient plus depuis sept ans, mais le barbu d'Austerlitz se fût fait une joie de fondre ainsi sur le voisin. Comme le vin, les haines se bonifiaient plaisamment dans les vieux boucauts.

Jean n'éprouvait pas de ces sentiments-là. Ses premières saisies sous pavillon de Bolívar avaient été deux brigantins espagnols immédiatement expédiés à Carthagène, comme le stipulait son engagement. Le temps des gouverneurs autoproclamés, des insulaires hors la loi et des courses sous des pavillons aléatoires était bel et bien révolu.

— Curieux anglais, constata-t-il, l'œil rivé à sa lunette. Pas de vestes rouges à son bord, ou même bleues. Sabords ouverts sur du petit. Il m'est arrivé plusieurs fois de croiser ainsi vêtu. Et pauvre en bouches à feu.

On avait aperçu quelques bâtiments aux douteuses identités. Les anciens de Barataria et de Galveston étaient morts ou avaient définitivement brassé les voiles ; une génération nouvelle surgissait dans leur sillage, des capitaines de vingt ans quittaient les quais de Charleston, de Williamsburg ou de La Nouvelle-Orléans, appâtés par le repli espagnol vers Cuba et les îles de la Caraïbe. Ceux-là devraient faire vite, ils ne disposaient plus d'aucune base dans le golfe, d'aucun repaire. Le temps leur était désormais compté.

Le *General Santander* piquait droit sur sa cible, laquelle gardait prudemment son cap, peu désireuse apparemment de venir au contact. Lorsqu'il fut à portée de canon, Jean fit mettre la barre à gauche et tirer par tribord un coup de dix-huit, histoire d'entendre le bruit que cela faisait. Il ne fut pas déçu. Quant à l'impact, il souleva à l'arrière de l'intrus une gerbe d'écume qui monta jusqu'à son portemanteau.

— Voyons ça, à c't'heure, fit Jean, intéressé.

Ses hommes s'étaient préparés à un abordage. Lorsqu'il vit l'anglais manœuvrer pour rompre vers l'est, il ne put s'empêcher de sourire. Il avait connu lui aussi ce genre de situation. Mais à aucun moment de sa carrière, qu'il fût la griffe ou la proie, il n'avait poussé l'inconvenance et le mauvais goût jusqu'à se placer sous le pavillon du roi d'Angleterre.

Le *Colombus Ross* s'était prudemment rapproché de la côte. Jean le vit qui virait de bord pour regagner le large.

— Il reprend son cap, constata Vasquez. Vous lui avez épargné une mauvaise rencontre, la *mala suerte*, comandante.

Jean était plein d'un sentiment d'enfantine satisfaction. C'était bien la première fois que le hasard le conduisait à jouer les chiens de garde. Pour un Américain, qui plus était. Il avait agi sans arrière-pensée, mû par un de ces vieux réflexes de prédateur flairant la bonne affaire ; l'action éteinte, tandis qu'il observait le schooner yankee incliné sur tribord et reprenant de la vitesse, il se réjouit à l'idée que de tels actes feraient peut-être basculer en sa faveur l'opinion farouchement hostile des Américains. Il n'en fallait sans doute pas beaucoup pour cela, même si trois lustres de bourlingue corsaire l'avaient rangé depuis beau temps dans les tiroirs aux criminels des chaumières yankees.

— Monsieur Vasquez, nous allons le saluer et l'accompagner encore un peu. Faites monter la bannière étoilée sous le pavillon de Bolívar.

On se mit parallèles, proues pointées vers le nord-est, comme pour une de ces courses pacifiques auxquelles se livraient parfois les équipages. Ainsi cheminerait-on jusqu'à la nuit, après quoi le *General Santander* reprendrait sa maraude vers l'isthme de Panamá.

— Ils vous remercient, señor, dit Vasquez.

Groupés derrière la lisse tribord, les matelots du *Colombus Ross* agitaient les bras, tiraient en l'air. Avec ses deux couleuvrines, ses marins armés de cure-dents et de fourchettes à huîtres et son gros ventre plein d'épices et de bétail, le schooner en provenance du Brésil serait « passé au fétou », comme disait autrefois Grandmoman Villars.

Jean se campa sur le gaillard d'avant, observa les manœuvres de ses hommes. Il goûtait ces instants avec un plaisir bien particulier. Au fond, les choses étaient assez simples ; il commençait une carrière de capitaine de vaisseau à quarante-deux ans, un âge somme toute normal pour qui n'avait fréquenté d'autre école navale que des gabarres girondines et des pinasses d'Arcachon, des goélettes, des bricks et des felouques de marchands louisianais. Il avait tout appris sur le tas, convaincu depuis toujours que sa destinée se jouerait sur l'océan. Il se sentait fort, libre comme jamais il ne l'avait été, aux marges extrêmes de la légalité mais devant répondre de ses actes devant un homme digne d'être servi. Simón Bolívar.

— Vous avez connu don Luis Aury, monsieur Vasquez ? demanda-t-il à son second.

— Ah oui ! Je l'ai secondé aux créneaux de San Felipe, quand les Espagnols s'apprêtaient à investir Carthagène. Il fut l'un des derniers à faire canonner, je l'ai vu mettre à feu des mèches lui-même. Nous nous en sommes tirés de justesse. S'il vivait, le pauvre, sûr que Bolívar lui aurait redonné un commandement. Puis-je vous demander pourquoi vous me posez cette question, señor comandante ?

— Parce que l'on passe parfois auprès des êtres sans se rendre compte qu'ils sont là, monsieur Vasquez.

Il frissonna, soudain. L'envie lui venait de marcher entre Catiche et son fils sur un rivage de la citadelle, de regarder les pélicans plonger dans l'onde bleue, d'aller ensuite s'allonger sur du drap blanc, pour une très longue sieste dans la chaleur équatoriale.

— Il parlait de vous et de votre frère comme des héros de la guerre contre les Anglais, dit Vasquez avec une certaine fierté. Il rappelait souvent que les hommes comme vous et lui étaient faits pour conquérir le monde ensemble. Don Luis était un poète, la mer était sa patrie, je crois bien.

Au large des côtes du Honduras, 5 février 1823

Le ciel était un mélange de bleu et de gris, l'océan une soupe agitée par des vents capricieux. Cela faisait trois bonnes semaines que l'on croisait devant le Honduras, sans grand résultat. Jean écrivait à Catiche une de ces lettres qu'il lui remettrait un jour en paquet enrubanné. Il s'y racontait, n'omettant rien des bonnes et des mauvaises causes auxquelles il avait adhéré. Exorcisant les haines qu'il avait éprouvées, laissant couler comme eau claire les venins dont il s'était chargé au fil de ses errances.

A mesure qu'il rédigeait et se libérait, les cloisons de sa cabine se peuplaient de visages ; une galerie de faux culs assez cocasse en fin de compte ; le père Sedella distribuant ses bénédictions et les pesos du roi d'Espagne à des agents point trop efficaces, William Clairborne, régent faussement virgilien d'une Louisiane encore imprégnée de ses tares coloniales, Ron Browman et son goût du secret sous son air d'écolier puceau. Ces trois-là menaient la danse des souvenirs avec ses arabesques, ses ruptures sanglantes, ses bals de quarteronnes et ses coups de couteau. Hommes de pouvoir. Jean aurait pu appartenir à leurs coteries, devenir leur confident, les accompagner sur le chemin de leurs ambitions.

Foutaises.

Jean Laffite avait suivi son propre chemin, entraînant avec lui une foule composite de reîtres et de rêveurs, d'assassins et de philosophes. Les grands vents du tropique les avaient dispersés, aucun d'entre eux ne se tenait près de lui à l'heure où il faisait ce bilan.

Il posa sa plume. Le jeu consistait à tenter de mettre un peu d'ordre dans sa mémoire. Par instants, les événements s'y bousculaient au point qu'il devait se lever et marcher de long en large pour les ordonner. Youx prétendait que Napoléon s'aidait ainsi à réfléchir.

On frappait à la porte. Vasquez.

— Señor comandante, on aperçoit deux espagnols, par bâbord avant. Ils sont entre nous et les îles de la Bahia, à deux milles.

Jean coiffa son chapeau de feutre noir. Il ne pouvait se résoudre à porter le bicorne des officiers de marine. Pareil pour son gilet de laine noire de négociant en grains. Les hommes d'équipage souriaient volontiers de sa tenue ; ils n'avaient pas affaire à un maître ordinaire.

Il referma son sous-main de cuir sur ses écritures, quitta la cabine. Parvenu sur le pont, il déplia sa longue-vue, s'immobilisa, tel un tireur à l'affût.

— Le soir va tomber, dit-il à Vasquez. Nous avons deux grandes heures devant nous.

C'étaient des espagnols en effet. Civils. Un brick et un brigantin apparemment peu armés. Il hésitait encore ; sa chasse avait été jusque-là infructueuse, face à des rivages insulaires déshabités. Il regarda le soleil déclinant qui jouait à cache-cache avec les nuages. La mer ne lui plaisait guère, ce jour-là ; houleuse, ralentissant les navires dont les voiles se gonflaient par à-coups sous le vent inconstant.

Le second attendait les ordres.

— C'est bon, dit Jean. On les serre. Il faut tout mettre dehors. La barre à gauche, demi, monsieur Vasquez.

Les espagnols n'avaient pas tardé à réagir. Il les vit qui se mettaient en file et augmentaient au maximum leur voilure. Ce serait donc une course, pour laquelle il avait pris un peu d'avance.

Le *General Santander* était obéissant, d'une souplesse étonnante pour son gabarit un peu lourd. Il se mit à gîter, l'artimon pointé vers ses proies. Jean fit ouvrir les sabords, charger les pièces et monter son pavillon, ainsi avait-il depuis toujours coutume d'annoncer sa couleur d'attaquant. Puis, debout derrière le plat-bord, il alluma un cigare et attendit.

Ses hommes avaient de l'expérience, le schooner gagnait avec régularité sur les espagnols dont le brigantin fermait la marche dans la pénombre croissante. Lorsque, au bout d'une heure et demie de cette poursuite, il se fut porté parallèlement à lui, Jean ordonna de le semoncer par des coups de douze. A quoi il répondit aussitôt par une bordée du même calibre tandis que son compagnon ouvrait à son tour le feu.

— Diou biban, ils avaient dissimulé leurs pièces, grogna Jean.

Le brick avait infléchi sa trajectoire pour couper celle du *General Santander*. Jean fit canonner à nouveau, anxieux de recevoir la seconde volée des espagnols. Qui vint, brisant le mât de hune du schooner, crevant la misaine.

— La barre à droite ! hurla-t-il.

Il vit l'artimon du brigantin exploser, ses focs s'affaisser. Debout sur le plat-bord avant, il observait la manœuvre du brick, certain de pouvoir l'esquiver avant d'être en entier dans sa ligne de tir. C'était en fait à qui virerait de bord le plus vite. A ce jeu, le *General Santander* se montrait le meilleur. Il présenterait bientôt sa dunette à l'adversaire.

— Hardi, les hommes ! cria Jean.

Le brick avait été touché lui aussi, sa coque tribord béait, son grand perroquet faseyait. Les panaches blancs d'une dernière bordée fleurirent cependant sur sa coque tribord. Jean allait sauter sur le pont, lorsqu'un boulet vint fracasser l'un des porte-haubans du grand mât, à trois mètres de lui. Un choc violent le projeta sur le bossoir d'ancre, auquel il tenta de s'agripper. Il distingua en un éclair l'expression de stupéfaction sur le visage d'un de ses matelots, lâcha prise, plongea dans l'eau tiède comme dans du coton.

Un sentiment de mort imminente le maintint, inerte, entre deux eaux, le temps de réaliser qu'il était tombé à la mer. Il émergea au milieu de l'écume, aperçut, comme dans un mauvais rêve, la poupe du *General Santander* qui s'éloignait, entendit le sifflement du vent dans ses voiles. Il cria, but la tasse, nagea, le flanc droit brûlant. Des cadavres flottaient autour de lui, ballottés par les vagues. Il chercha d'instinct le morceau de bois auquel il pourrait se cramponner. La mer rageuse était jonchée de débris, de morceaux de toile. Dans la quasi-obscurité, il finit par toucher de la main un segment de poutre de bordé arraché à la coque extérieure du schooner, autour de quoi il se hissa jusqu'aux épaules.

Sa première pensée cohérente fut pour son fils. Le petit bonhomme aux yeux couleur de bayou qu'il ne connaissait pas ou si peu. L'enfant le regardait encore comme un étranger. C'était bien normal pour un garçon élevé loin de lui, par des femmes. Il chassa cette image, qui soudain l'effrayait, chercha la ligne ondulante des îles de la Bahia, noyée dans une brume grisâtre. Il était trop tard pour pousser le débris de bois dans cette direction. Son flanc saignait, la mer se teintait de rouge près de lui. Il décida de ne plus bouger.

L'aube vint sur une mer calmée, libre des cadavres et des restes de l'affrontement naval. Il faisait déjà chaud, le soleil qui poindrait ferait encore monter la température. Jean ne se souvenait pas d'avoir dormi, ou même sommeillé. La première chose qu'il aperçut, immobile à une centaine de brasses de lui, fut une barque vide. On avait dû la balancer pardessus la lisse du *General Santander.* Il n'y avait donc pas de courants ce matin-là, au large des îles.

La côte lui apparut, lavée de sa brume de chaleur. Il y distingua des bois surplombant la mince ligne claire du rivage, des rochers disséminés. Au prix d'un effort qui le fit gémir, le flanc pris dans un étau de feu, les doigts gourds, tétanisés sur la poutre, il parvint à rejoindre la barque et à s'y hisser, hurlant de douleur. Pétrifié, il demeura un long moment les yeux au ciel, à demi immergé. Il fallait écoper, l'eau s'infiltrait lentement par de minimes fissures entre les planches. On avait tout vérifié sur le schooner, sauf ça.

Il souleva sa chemise, découvrit, effaré, sa blessure. Un coin de bois s'était enfoncé sous ses côtes comme une lame de poignard, une esquille ronde, large comme un bouchon de bouteille. Sans réfléchir, il en saisit le bout, tira de toutes ses forces, l'arrachant d'un coup, étonné de ne pas avoir souffert davantage. Il se rendit alors compte qu'il s'était débarrassé de sa veste, pendant la nuit. Il ôta sa chemise, la noua serré par les manches, autour de sa taille, comprimant ainsi la plaie. Puis, couché sur le côté, il détacha les rames de sous le plat-bord.

— Survivre, nom de Dieu ! cria-t-il.

Son côté droit était une braise ardente. Jamais il ne pourrait ramer, ainsi diminué. Il rampa jusqu'à l'arrière de la barque, saisit la barre de sa main gauche, les yeux rivés sur le rivage.

— A la godille, diou biban, à la godille, murmura-t-il.

Il ne voulait pas mourir la gueule ouverte sous le soleil, comme un poisson au fond d'un canot. L'île était proche, c'était le bout du monde en même temps. Il se dit que Catiche l'y attendait, comme autrefois sur la grève de Grande-Terre. Il tira sur la barre, la repoussa. Lorsqu'il aurait répété mille fois ce geste, il recevrait un baiser de sa petite fille et la conduirait à la Maison Rouge.

8 février 1823

C'était une belle tempête, inhabituelle pour la saison ; de celles qui drossaient les navires à la côte et les échouaient sur les bancs de sable du golfe. A Grande-Terre comme à Galveston, il était arrivé que l'on recueillît les survivants d'équipages équarris par le vent. Il y avait une tradition pour ceux-là, qui avaient subi les colères du ciel plutôt que la rapacité des hommes. Une compassion vraie obligeait à les traiter comme des frères en détresse, qu'ils fussent anglais, espagnols, américains ou de quelque autre nationalité.

Jean Laffite se tenait à genoux face au déferlement des rafales, son corps ployé vers l'avant, usant de ses dernières forces pour se traîner jusqu'à l'écume bouillonnante du ressac.

— La mer, diou biban, la mer.

De la Gironde endormie devant les vignobles bordelais à cette crique hondurienne martyrisée par la tourmente, elle l'avait porté, accompagné, bercé, au long de vingt années de vagabondage. Longtemps, il s'était demandé ce qui le poussait à s'affranchir ainsi des lois et des contingences terriennes. La réponse venait ; une gueule grise, immense et torturée, s'ouvrait devant lui, prête à le happer, un maelström d'eaux en furie, de sable et d'algues, le citait à comparaître devant un tribunal d'une toute-puissance proprement surhumaine.

Il avait échappé à la justice de ses contemporains, jouant avec elle comme un chat avec une grosse pelote de laine. Les autres ne valaient guère mieux que lui, qu'ils eussent coutume de dormir dans la soie des riches, le jute des mendiants ou la résille de corde des marins. Tous semblables, cherchant dans le mur épais des sociétés la niche où se croire immortels. Persuadés de détenir une part d'illusoires vérités. S'agitant pour manger, posséder, dominer ou se terrer tels des vers. Dans cette comédie des apparences, il avait tenu sa place.

Il se mit debout. Il n'y avait plus ni rivage ni océan, le ciel copulait avec la mer, tout était balayé, uniformisé dans la grisaille d'un crépuscule où l'on butait de toutes parts sur d'invisibles murailles. Un cocon, prodigieux, où il allait falloir mourir.

— Catiche !

Il porta la main à son flanc. Le sang s'en échappait comme d'une source, coulait le long de sa jambe puis sur le sable où il disparaissait dans l'instant, digéré par le ressac en furie. Encore un pas, puis un autre.

Entrer dans cette matrice tiède, se sentir emporté vers le large par une force supérieure contre laquelle il ne pouvait plus rien. Passer du bruit au silence, de la souffrance à l'apaisement, des étroits désordres de l'esprit aux espaces sans limites où rêvent les hommes libres.

Postface

Il est facile pour le romancier de plonger dans les travaux des historiens comme le pélican dans les eaux tièdes du golfe du Mexique. Le poisson dans le bec, l'oiseau peut alors se réfugier sur un quelconque promontoire d'où il lui est loisible d'avaler tranquillement sa prise tout en contemplant le paysage.

L'élémentaire honnêteté consiste donc pour l'auteur, qui, à la différence du pélican, possède en principe la conscience claire de ses actes, à remettre les faits et les gens à leur place. S'agissant des frères Laffite et de leurs compagnons de course, la marge est assez confortable. Ces hommes répugnant à laisser des traces écrites de leurs actes, il fut aisé pour la légende d'y prendre ses quartiers. Aujourd'hui encore, il n'est pas rare de lire des thèses affirmant que Jean, ayant rangé ses pistolets, son pavillon et ses rêves de grands espaces, termina sa vie dans la peau d'un bourgeois de Saint-Louis après avoir pérégriné en Europe. La simple lecture du « Journal de Jean Laffite », document supposé écrit de sa main, exhumé d'un fond de tiroir familial dans les années soixante, suffit à les écarter.

Si personne ne sait très bien où son frère et lui naquirent, il semble en revanche certain que l'un succomba à une fièvre maligne sur la côte du Yucatán et l'autre dans un engagement sanglant avec des vaisseaux espagnols, au large du Honduras.

Bordeaux ? Pauillac ? Arcachon ? Bayonne comme lieu de naissance ? Mystère. Le sud-ouest de la France en tout cas, où leur nom est aussi courant que celui de l'auteur de ce roman. Pas grand-chose de précis non plus sur les circonstances de leur départ pour les Amériques. Pierre traversa le premier l'Atlantique, suivi par Jean. Les îles caraïbes, Saint-Domingue notamment, leur servirent de rampe de lancement pour leurs activités louisianaises. A une époque où les Etats-Unis commençaient à se répandre hors de leurs treize colonies fondatrices, les échanges commerciaux, culturels, politiques, sur ces eaux faussement pacifiques, étaient alors comparables, toutes proportions gardées, avec ceux que connaissait l'Europe.

Le décor historique du roman s'appuie donc sur un socle dûment expertisé. Tout le monde y manœuvre pour la défense de ses intérêts, la guerre de 1812-1815 apparaissant là-dedans comme une sorte d'incongruité absolue, un anachronisme n'empêchant pourtant en aucune façon la relation-fusion anglo-saxonne qui aujourd'hui encore sous-tend, voire régit les rapports entre Anglais et Américains.

Cette guerre fut importante pour les Laffite et leurs amis de La Nouvelle-Orléans comme de Barataria. Il est amusant d'apercevoir aujourd'hui, derrière l'affrontement entre historiens, quelques vieux comptes non réglés depuis ces temps lointains. Entre les défenseurs des pirates patriotes et les juges sans complaisance des pirates tout court, le débat fait toujours rage, calqué sur les opinions plutôt tranchées des Louisianais du XIXe siècle. A défaut d'intervenir sur ce terrain glissant, le romancier, ayant fait son choix (de cœur évidemment, bien plus que de raison), doit s'engager à son tour et suivre sa ligne.

Les Laffite donc. Hommes de liberté avant tout. Inaptes à une vie sociale « normale » quoique capables d'en revêtir les habits, ils cherchent et trouvent leur Far West à eux, en l'occurrence, un « Far South » où la possession est finalement moins excitante que les chemins par où on y accède. Moins sanguinaires que leurs grands aînés des siècles précédents, en vérité plus corsaires, au fond d'eux-mêmes, que prédateurs des mers, ils s'inventent une société où la justice n'est pas une parodie, la fraternité un vain mot, le courage physique et la tenue morale, des velléités de vulgaires tueurs sans repères de conscience. Aux marges d'un pays où la loi est encore bien souvent adaptable, pour le moins, ils préfigurent également ce que sera, quelques décennies après eux, la fantastique poussée vers l'ouest de gens pour qui la simple notion de constituer un peuple restera longtemps des plus vagues.

Pirates, certes, même sous le claquement au vent des bannières révolutionnaires. Soucieux tout de même de les hisser le plus souvent possible à leurs mâts. Esclavagistes ? Au fond d'eux-mêmes, peut-être pas, mais clairement fournisseurs du système économique sudiste. En ce sens, ils furent complices à la fois des planteurs anxieux de voir leurs champs retourner à la friche et des officiels de Louisiane, censeurs de l'importation négrière mais tolérant qu'on utilisât cette main-d'œuvre pourvu qu'elle ne fût point clandestine.

Patriotes ? Il est assez difficile de le croire. Leur engagement auprès du général Jackson est cependant avéré. Pierre se conduisit bravement à Chalmette, puis dans les marais du Nord. Jean, responsable de la surveillance des côtes, tint dans cette guerre un rôle plus effacé mais réel. Quelle fut l'importance de leur apport matériel, là aussi le débat est loin d'être clos. De six mille hommes et trois cents canons à une compagnie de deux cents volontaires dotés d'une vingtaine de pièces d'artillerie, tout est envisagé ! Un fait avéré : l'adresse de Dominique Youx y fut remarquée, comme ses blessures. Avec pour épitaphe les souvenirs du président Jackson, à qui les hellish banditi de Grande-Terre rendirent, c'est lui qui le dit et l'écrit, un signalé service.

Les Laffite, agents de l'Espagne. Ils le furent, c'est une certitude. Encore une fois, il s'agissait pour eux de disposer de suffisamment d'espace pour continuer à vivre comme ils l'entendaient. Le comportement à leur égard des décideurs américains, avant comme après la bataille de Chalmette, amorça sans doute ce changement de cap, la rapacité des justiciers de William Clairborne valant largement celle dont on parait la réputation de leurs éphémères compagnons de guerre.

Peu de personnages de l'histoire américaine réussirent à surnager aussi longtemps que les Laffite dans un tel contraste d'opprobre et de fascination, de respect et de haine, d'amitié complice et de colère vengeresse. Piégés par plus rusés qu'eux, ulcérés d'avoir été à ce point méprisés, conscients de l'inéluctabilité de la domination yankee sur un territoire pourtant encore fortement imprégné de France coloniale, Pierre et Jean placèrent définitivement leur intérêt avant toute autre considération. Et agirent en conséquence.

Comme on l'a vu, les espaces pour de telles entreprises allaient rétrécissant le long du golfe. La Louisiane, exploitée par ses planteurs, par les Acadiens des bayous, par les vachers des prairies et autres armateurs mississippiens, devenant trop petite, le Texas voisin ouvrait un exutoire naturel pour tous les bourlingueurs du moment. Et il y en eut, qui écrivirent là, de Galveston à Fort Alamo, quelques pages parmi les plus épiques de la légende américaine. Rois éphémères, présidents d'opérette, potentats et grands trafiquants précèdent, dans les immensités texanes, l'installation des colons américains, la « mise en Etat » du territoire et, finalement, sa digestion par l'Union. Entre-temps, que de fantasmes, d'utopies, de crimes !

Dans le film réalisé par John Wayne, *Alamo*, Jim Bowie, l'« homme au long couteau », trouve, sous les traits de Richard Widmark, une mort glorieuse, sans doute fidèle à la réalité ; dans le cellier du fort transformé en infirmerie, le héros succombe sous le nombre non sans avoir auparavant foudroyé quelques Mexicains.

Ce personnage est aussi passionnant que son compagnon de destinée Davy Crockett (du français Croquette, soit dit en passant). Semblant surgir de nulle part, précédé d'une aura de grand bourlingueur, d'aventurier grand ami des Indiens, il représente pourtant, avec son frère, l'archétype du trafiquant d'esclaves enrichi par le « bois d'or » et jamais rassasié de spéculer dessus. Oubli des cinéastes ? Voile pudique jeté sur la face cachée de ce type de héros inoxydable et intangible ? Le romancier se félicite aujourd'hui de pouvoir réintégrer le personnage dans sa vérité occultée.

Car ainsi fut cette époque de la genèse américaine au Sud, dure et impitoyable, fondée sur la loi du plus fort et l'exploitation des esclaves, tout entière portée vers la conquête, l'expansion, l'enrichissement, la domination. A ces jeux subtils ou au contraire brutaux, les politiques et les financiers se montrèrent en fin de compte plus habiles que la piétaille aventurière. Comme toujours. Comme partout ailleurs, quand des marrons sont à retirer du feu.

La fin des Laffite et de leurs compagnons coïncide avec l'établissement poussif mais bien réel de la loi yankee dans les territoires nouvellement acquis par l'Union. La mansuétude des Français de Louisiane pour leurs compatriotes égarés dans l'aventure corsaire se voit bientôt battue en brèche par la rigueur de nouveaux arrivants dont on raillera longtemps l'austère maintien, la critique acerbe, la crispation outrée face au laxisme des mœurs coloniales. Ceux-là verront aussi leur domination diluée dans le sang, lors de la guerre de Sécession, avec pour conséquence la ruine durable du Sud et de ses maîtres pour une fois égaux et semblables mais dans la tragédie.

Entre-temps, le monde des Laffite aura commencé à se diluer lentement dans les vents dominants. Sur les premières photographies de La Nouvelle-Orléans (1860 environ), la moitié des enseignes de la ville sont écrites en anglais. Trente ans plus tard, une sur vingt demeure écrite en français. Aujourd'hui, il faut chercher dans les musées les traces d'une prééminence qui dura tout de même près d'un siècle.

Diluée aussi, dans ces flots aussi impétueux que ceux du Mississippi en avril, l'étrange fascination des frères Laffite pour le monde métis. Et leur goût avéré pour le scandale consistant alors à prendre mulâtresses ou quarteronnes comme compagnes officielles plutôt que comme simples maîtresses dotées, mères d'enfants clandestins. Il y a là une authentique originalité, un trait de caractère que leur réputation de fins bretteurs, leur aisance de duellistes, leur insolence (les 1500 dollars offerts pour la capture du gouverneur Clairborne ont fait rire pour de bon la population de La Nouvelle-Orléans !) cautionnent aux yeux de leurs contempteurs et leur font excuser.

Les thèses sur l'origine des sœurs Villars divergent. Etaient-elles métisses, quarteronnes, octavonnes ? De Saint-Domingue ou nées en Louisiane ? Maîtresses ou épouses ? On prête à Pierre Laffite un mariage antérieur à sa liaison avec Marie. Des enfants ont été baptisés à la cathédrale Saint-Louis, certains par le père Sedella ! Quant à la fièvre jaune, on ne sait pas trop non plus lesquels de ces rejetons elle a tués. Sans doute les frères Laffite menaient-ils une existence somme toute assez rangée à La Nouvelle-Orléans, préférant se montrer eux-mêmes plutôt qu'exhiber leur famille. Bien du mystère là aussi.

Signe des temps : le XIXe siècle fut pour leur descendance celui de l'effacement le plus complet possible du « tignon » des sœurs Villars, ses grands-mères. Dossiers disparus ou introuvables, modification de dates et de noms sur les documents d'état civil, la faute de Jean et Pierre Laffite les accompagne aujourd'hui encore dans le silence et l'oubli faits à leurs coupables amours. C'est injuste, pour deux hommes longtemps attachés (surtout Pierre, Jean ayant eu tout de même une réputation de séducteur) à des valeurs familiales largement transgressées autour d'eux.

Car il y a une descendance Laffite, par Pierre, semble-t-il. Le fils unique de Jean et de Catiche est décédé à l'âge de seize ans, à La Nouvelle-Orléans. En revanche, les enfants survivants de Pierre et de Marie ont tous fondé des familles diluées par la suite dans le grand brassage américain.

On aimerait penser que Catiche et Marie Villars, toutes deux foudroyées par le chagrin, conscientes d'avoir aimé des personnages hors du commun, se seraient murées dans la solitude des compagnes d'exception. La réalité est quelque peu différente ; en ces temps étranges, la veuve quadragénaire, fût-elle dotée de nombreux enfants, était à la mode des sentiments et des pulsions. Les deux sœurs finirent ainsi par convoler, avec deux frères d'ailleurs, dont il semble bien qu'elles aient eu aussi des enfants. Belles natures que ces métisses nées à Saint-Domingue ! Elles s'éteignirent assez âgées, dans leur lit, tout comme Dominique Youx (dont certains prétendent qu'il était en réalité le troisième frère Laffite), mort à La Nouvelle-Orléans à la fin des années 1830. On imagine ces vieilles gens, derniers détenteurs de quelques secrets et de tant de mémoire, se rencontrant sur une avenue, au milieu d'une foule indifférente, sûrement ignorante, en grande majorité, de leur destinée.

A ce stade de son récit, le romancier se pose une question : à force de coller ainsi à l'histoire, lui reste-t-il un peu d'espace pour la fiction ? Bien sûr ! A l'image des grands maîtres, l'auteur dispose de la série complète des procédés romanesques, dûment assumée et revendiquée : raccourcis, ellipses, omissions volontaires, invention de scènes d'action. La tranche d'histoire louisianaise dont il est question ici est si riche en personnages de toutes sortes que l'auteur a dû faire des choix. Et puis, il y a les sentiments ! Là où l'historien doit les cacher le plus souvent pour ne pas travestir la vérité, le romancier libère sa créativité au risque, bien évidemment, de quelques interprétations très personnelles !

Assumons-les donc, celles-là aussi. Avec un aveu pour finir : du gouverneur Clairborne aux officiers Molas et Lockyer via le père Sedella et Grandmoman Villars, du fantasque Desfarges au curé de Santa Clara de Dzidzantun en passant par Dominique Youx, « don Luis » Aury, William Livingston, Arsène Latour ou les multiples rêveurs envoûtés par le Texas, tous les personnages de ce roman ont existé dans les circonstances (enfin, dans pas mal d'entre elles) ci-dessus évoquées. Sauf deux : Elora Almagre et Ron Browman.

Sont-ils pour autant « impossibles » ? Je ne le pense pas. L'époque était aux agents de toutes sortes, aux correspondances secrètes, aux doubles ou triples jeux, aux manœuvres des uns et des autres sur un échiquier aux dimensions d'un continent. Epoque de grande aventure et d'amours chaotiques, de guerres et de répressions féroces, de conquêtes territoriales et d'activités illicites servant la cause des tenants de la morale publique. La compromission est partout, la trahison, une façon de survivre comme une autre sur un terrain social et politique aussi mouvant que les sables du marais louisianais.

Tireurs de ficelles et pantins manipulés, justes observant de haut l'agitation pathétique des besogneux, braves soldats et crapules notoires, rien de bien neuf là-dedans, dans la pénombre ou la lumière des actions humaines.

Quelle combustion en tout cas, au creux de la chaudière américaine ! Alors, comme ceux qui aujourd'hui encore cherchent le trésor et les tombes des Laffite entre Barataria et Galveston, Carthagène et Dzilan de Bravo, n'ayons pas peur d'y jeter le bois de l'imagination, pour le contempler crépitant, joyeux, lançant ses brûlantes escarbilles dans toutes les directions.

Alain Dubos

P-S : la « Napoléon House », destinée à héberger l'Empereur, est visitable de nos jours, au n° 500 de la rue Chartres. Quant au *General Santander*, dernier coursier de Jean Laffite, il transporta, en juin 1823, le premier consul général de Colombie aux Etats-Unis. Ironie de l'Histoire !

Le calendrier de l'histoire

Succession des faits et dates intéressant les Laffite. Les dates importantes sont en gras.

Date	Amérique du Sud	Etats-Unis	Louisiane-La Nouvelle-Orléans	Laffite
1770				Naissance de Pierre ?
1782				Naissance de Jean ?
1788			Grand incendie : 800 bâtiments détruits.	
1791	Révolte des esclaves à Saint-Domingue. Manipulations anglaises	700 000 esclaves aux E-U.	Immigration massive de Saint-Domingue.	
1793			Machine à coton.	
1794			Journaux, théâtres, égouts. 2e incendie de La N-O. Cristallisation du sucre. Essor commercial.	Pierre à Saint-Domingue
1795		Migrations économiques vers la Louisiane.	Le Mississippi est ouvert au commerce américain. Développement portuaire	

Date	Amérique du Sud	Etats-Unis	Louisiane-La Nouvelle-Orléans	Laffite
1796		W. Clairborne juge au Tennessee.	Industrie sucrière ++ Grandes plantations.	
1800			Bonaparte récupère la Louisiane.	
1801	Massacres de colons français à Saint-Domingue.	W. Clairborne gouverneur du Mississippi.		
1802	Echec de l'expédition Leclerc. Désastre. T. Louverture emprisonné en France		Immigration d'esclaves haïtiens. Culte vaudou.	Passeport pour Pierre
1803	Espagne renforce le Texas. Rochambeau abandonne Saint-Domingue.	Lewis et Clark explorent l'Ouest américain.	Cession aux Etats-Unis. « Caboteurs » : trafics et brigandage sur le Mississippi.	Pierre, Lafon... fuient de Saint-Domingue vers la Louisiane. 1er enfant de Marie Villars.
1804	Indépendance de « Haïti ». Alliance France-Espagne.	Marine US contre les Barbaresques. Patterson prisonnier à Tripoli.	Interdiction d'importer les esclaves. Laxisme douanier. La Fayette refuse le poste de gouverneur. Fièvre jaune.	Pierre marchand à Baton Rouge. Premiers trafics. Youx défend Baracoa contre les Anglais.

Date	Amérique du Sud	Etats-Unis	Louisiane-La Nouvelle-Orléans	Laffite
1805		Jefferson boycotte les produits anglais. Tensions E-U/Espagne à Mobile.	La N-O devient communauté urbaine. Plaçage des quarteronnes. 1re Assemblée territoriale.	Pierre explore le bayou Lafourche. Achète l'esclave Zabeth.
1806		Aventuriers US au Mexique (Burr)	Tensions militaires en Floride ouest.	Problèmes financiers : Pierre séjourne et commerce à Pensacola
1807		Le vapeur *Clermont* de Fulton remonte l'Hudson.	**8-06** : W. Clairborne blessé en duel.	Pierre achète le cuisinier Lubin.
1808	Joseph Bonaparte roi d'Espagne. Alliance Espagne-Angleterre.		Bagarres à La N-O. Piraterie contre Anglais et Espagnols alliés.	Embellie pour les pirates. Complicité des Français de Louisiane.
1809	Corsaires anglais dans la Caraïbe.	Madison président.		
1810	Les Anglais prennent la Guadeloupe.	Contrôle US sur la Floride ouest. Peuplement aux Kentucky, Tennessee, Ohio.	Annexion de Baton Rouge.	Installation à Barataria. Lettres de marque de Carthagène.
1811		Visées anglaises sur les E-U. Indiens manipulés. Tension Angleterre-E-U. Navires US saisis.	**8-01** : Révolte esclave. Répression féroce. 1er vapeur à La N-O. Université créée.	Mise en place des réseaux. Ambiguïtés du Cabildo. Escarmouches.

Date	Amérique du Sud	Etats-Unis	Louisiane- La Nouvelle-Orléans	Laffite
1812		**4-06** : Jefferson déclare la guerre à l'Angleterre. Echecs US au Canada.	**30-12** : Louisiane 18e Etat de l'Union. 80000 habitants. Saisies de biens corsaires à La N-O. Procès. Echec de raids sur Barataria.	Prospérité. Apogée de Barataria. Ventes au Temple. Campagnes de presse pour ou contre. Les Laffite paradent à La N-O.
1813	Bolívar prend Caracas.	Combats navals. Madison réélu.	Blocus anglais. **24-11** : Ordre d'arrestation des Laffite.	Affaire des affiches. Sympathie des créoles. Escarmouches avec les Américains.
1814	Bolívar prend Bogotá. Revers des rebelles un peu partout.	Débarquement anglais. Washington tombe. Fuite de Madison. Incendie du Capitole. **24-12** : La paix est signée, en Europe, à Gand !	Jackson prend Pensacola. **16-12** : Loi martiale en Louisiane. **22-12** : Anglais au bayou Bienvenue. **27-12** : Le *Carolina* est coulé.	Tractations anglaises à Grande-Isle. Pierre emprisonné. **15-09** : Patterson prend Barataria. **20-09** : Jean réfugié à la plantation Labranche
1815	**22-12** : Carthagène récupérée par les Espagnols. Fuite d'Aury. Dispersion des corsaires. Notables massacrés par Mitchell. Bolívar s'exile.	Aventuriers au Texas : Gutiérrez, Mac Gee, etc.	**8-01** : Bataille de Chalmette. Youx canonnier 3 000 morts anglais. 24 US ! Pierre éclaireur au nord. Jean surveille le sud. Pertes US totales : 74 hommes.	Patterson partage le butin pris aux Laffite (200000 $) Procès. **27-08** : Jean à Philadelphie puis Washington (déc.) Echec. **4-11** : Naissance de Jean-Pierre ?

Date	Amérique du Sud	Etats-Unis	Louisiane-La Nouvelle-Orléans	Laffite
1816	Les E-U manœuvrent contre l'Espagne. Aide aux insurgents Youx au Mexique. Intenses activités dans le golfe.	Colonel Perry au Texas. Aury s'installe à Galveston. Blessé par des mutins.	Création des « Associés » Axe commercial Louisiane-Texas.	« Gentlemen Laffite ». Jean aux Arkansas. Les Laffite agents espagnols. Jean explore les Arkansas. Achat d'une felouque.
1817	Retour de Bolívar, élu président.	Monroe président. Les E-U revendiquent le Texas. Manœuvres en tous genres. **Déc** : Lallemand au Texas ! Champ d'Asile.	**23-11** : Mort de W. Clairborne.	Aury quitte Galveston. Jean « gouverneur ». Mort de Champlin. Double jeu des Laffite. Embellie commerciale. Achat d'une maison rue Bourbon.
1818	**Décembre** : Le Texas restera espagnol.	Projets US contre Galveston. **12-03** : Lallemand rembarque.	**28-05** : Jackson prend Pensacola et la Floride.	Les Laffite bernent les Espagnols. **10-09** : Galveston détruit par un ouragan. Catiche blessée ? Attaque de voleurs. Le vomito tue deux enfants de Pierre.
1819	Frontières Texas-E-U reconnues, sur la rivière Sabine. Bolívar libère la Colombie.	**Juin :** Trafic d'esclaves ++. Corruption. Long déclare l'indépendance du Texas. **Octobre** : Général Humbert chef du Texas mexicain. Confusion. Projets US contre Galveston.	**29-08** : Capture de Desfarges sur le *Brave.* **12-11** : Accusé de piraterie. **30-12** : Condamné à mort. Les Bowie font fortune avec la traite.	Les Laffite de plus en plus isolés. Isla Mugeres ? **Octobre** : Jean à nouveau gouverneur de Galveston ! Lettres de marque mexicaines. **6-11** : Jean fait pendre Brown.

Date	Amérique du Sud	Etats-Unis	Louisiane-La Nouvelle-Orléans	Laffite
1820		Monroe cible la piraterie. Développement de la marine à vapeur. Mort de George III. Esclavage interdit au nord de la latitude 36°30'.	Gambi décapité par ses hommes. **24-05** : Exécution de Desfarges et Johnson.	**Janvier** : Les Laffite se rapprochent des E-U. **27-02** : Jean incendie Galveston. Saisie de la felouque *Constitution*. Jean rejoint Aury à Old Providence.
1821	**12-01** : Bolívar chasse Aury de Colombie. **20-08** : mort de Louis Aury. **Septembre** : Indépendance du Mexique, du Honduras… Mort de Long à Mexico. Défaite espagnole au Venezuela.	Chasse aux pirates par la flotte US.	Les pirates se rangent. Pierre recrute pour se relancer. Arme le *Nancy Eleanor* à Charleston.	Vente de la maison. Installation à Marigny. **Mars** : Pierre à Isla Mugeres. **2-05** : Marie accouche de Joseph. Lucie Allen avec Pierre. Errance des corsaires. Jean rôde autour de Cuba. **9-11** : mort de Pierre
1822	**Juillet** : armement du *General Santander* à Carthagène. Bolívar dictateur du Pérou.	Flotte US autour de Cuba. L'*Alligator* livre Jean aux Cubains. **Novembre** : Capitaine Stockton, de l'*Alligator*, tué en mer.		**Avril** : Jean attaque le *Jay*. Jean, prisonnier, s'enfuit de Cuba. **28-09** : Jean aborde le *Sampson*.

Date	Amérique du Sud	Etats-Unis	Louisiane-La Nouvelle-Orléans	Laffite
1823	Bolívar crée sa marine de guerre.	Doctrine Monroe : « Espace vital US ».		**Janvier** : Jean escorte le *Colombus Ross*. **8-02** : Jean blessé au combat. Meurt.
1824	Les corsaires sont lâchés par les nouveaux Etats.	Chasse aux pirates. Baroud d'honneur. Extinction de la piraterie.		

PRODUCTION JEANNINE BALLAND

Romans « Terres de France »

Jean Anglade
Un parrain de cendre
Le Jardin de Mercure
Y a pas d'bon Dieu
La Soupe à la fourchette
Un lit d'aubépine
La Maîtresse au piquet
Le Saintier
Le Grillon vert
La Fille aux orages
Un souper de neige
Les Puysatiers
Dans le secret des roseaux
La Rose et le Lilas
Avec le temps...
L'Ecureuil des vignes
Une étrange entreprise
Sylvie Anne
Mélie de Sept-Vents
Le Secret des chênes
La Couze
Ciel d'orage sur Donzenac
La Maîtresse du corroyeur
Un horloger bien tranquille
Jean-Jacques Antier
Autant en apporte la mer
Marie-Paul Armand
La Poussière des corons
Le Vent de la haine
Le Pain rouge
La Courée
tome I *La Courée*
tome II *Louise*
tome III *Benoît*
La Maîtresse d'école
La Cense aux alouettes
Nouvelles du Nord
L'Enfance perdue
Un bouquet de dentelle
Au bonheur du matin
Le Cri du héron
Victor Bastien
Retour au Letsing
Henriette Bernier
L'Enfant de l'autre
L'Or blanc des pâturages
L'Enfant de la dernière chance
Françoise Bourdon
La Forge au Loup
La Cour aux paons
Le Bois de lune
Le Maître ardoisier
Les Tisserands de la Licorne
Le Vent de l'aube
Patrick Breuzé
Le Silence des glaces
La Grande Avalanche
Nathalie de Broc
Le Patriarche du Bélon
La Dame des Forges
Annie Bruel
La Colline des contrebandiers
Le Mas des oliviers
Les Géants de pierre
Marie-Marseille
Jean du Casteloun
Les Amants de Malpasset
Michel Caffier
Le Hameau des mirabelliers
La Péniche Saint-Nicolas
Les Enfants du Flot
La Berline du roi Stanislas
La Plume d'or du drapier
Jean-Pierre Chabrol
La Banquise
Claire Chazal
L'Institutrice
Alice Collignon
Un parfum de cuir
Didier Cornaille
Les Labours d'hiver
Les Terres abandonnées
La Croix de Fourche
Etrangers à la terre
L'Héritage de Ludovic Grollier
L'Alambic
Georges Coulonges
Les Terres gelées
La Fête des écoles
La Madelon de l'an 40
L'Enfant sous les étoiles
Les Flammes de la Liberté
Ma communale avait raison
Les blés deviennent paille
L'Eté du grand bonheur
Des amants de porcelaine
Le Pays des tomates plates
La Terre et le Moulin

Les Sabots de Paris
Les Sabots d'Angèle
La Liberté sur la montagne
Les Boulets rouges de la Commune
Yves Courrière
Les Aubarède
Anne Courtillé
Les Dames de Clermont
Florine
Dieu le veult
Les Messieurs de Clermont
L'Arbre des dames
Le Secret du chat-huant
L'Orfèvre de Saint-Séverin
Paul Couturiau
En passant par la Lorraine
Annie Degroote
La Kermesse du diable
Le Cœur en Flandre
L'Oubliée de Salperwick
Les Filles du Houtland
Le Moulin de la Dérobade
Les Silences du maître drapier
Le Colporteur d'étoiles
La Splendeur des Vaneyck
Les Amants de la petite reine
Alain Dubos
Les Seigneurs de la haute lande
La Palombe noire
La Sève et la Cendre
Le Secret du docteur Lescat
Marie-Bernadette Dupuy
L'Orpheline du bois des Loups
Les Enfants du Pas du Loup
La Demoiselle des Bories
Elise Fischer
Trois Reines pour une couronne
Les Alliances de cristal
Mystérieuse Manon
Le Soleil des mineurs
Laurence Fritsch
La Faïencière de Saint-Jean
Alain Gandy
Adieu capitaine
Un sombre été à Chaluzac
L'Enigme de Ravejouls
Les Frères Delgayroux
Les Corneilles de Toulonjac
L'Affaire Combes
Les Polonaises de Cransac
Le Nœud d'anguilles
L'Agence Combes et Cie
Suicide sans préméditation
Fatale Randonnée
Gérard Georges
La Promesse d'un jour d'été
Les Bœufs de la Saint-Jean
L'Ecole en héritage
Michel Hérubel
La Maison Gelder
La Falaise bleue
Tempête sur Ouessant
Le Démon des brumes
Denis Humbert
La Malvialle
Un si joli village
La Rouvraie
La Dent du loup
L'Arbre à poules
Les Demi-Frères
La Dernière Vague
Yves Jacob
Marie sans terre
Les Anges maudits de Tourlaville
Les blés seront coupés
Hervé Jaouen
Que ma terre demeure
Au-dessous du calvaire
Les Ciels de la baie d'Audierne
Guillemette de La Borie
Les Dames de Tarnhac
Jean-Pierre Leclerc
Les Années de pierre
La Rouge Batelière
L'Eau et les jours
Les Sentinelles du printemps
Un amour naguère
Hélène Legrais
Le Destin des jumeaux Fabrègues
La Transbordeuse d'oranges
Les Herbes de la Saint-Jean
Louis-Jacques Liandier
Les Gens de Bois-sur-Lyre
Les Racines de l'espérance
Jean-Paul Malaval
Le Domaine de Rocheveyre
Les Vignerons de Chantegrêle
Jours de colère à Malpertuis
Quai des Chartrons
Les Compagnons de Maletaverne
Le Carnaval des loups
Les Césarines
Grand-mère Antonia
Une maison dans les arbres
Dominique Marny
A l'ombre des amandiers
La Rose des Vents
Et tout me parle de vous

Pascal Martin
Le Trésor du Magounia
Le Bonsaï de Brocéliande
Louis Muron
Le Chant des canuts
Henry Noullet
La Falourde
La Destalounade
Bonencontre
Le Destin de Bérengère Fayol
Le Mensonge d'Adeline
L'Evadé de Salvetat
Les Sortilèges d'Agnès d'Ayrac
Le Dernier Train de Salignac
Michel Peyramaure
Un château rose en Corrèze
Les Grandes Falaises
Frédéric Pons
Les Troupeaux du diable
Les Soleils de l'Adour
Jean Siccardi
Le Bois des Malines
Les Roses rouges de décembre
Le Bâtisseur de chapelles
Le Moulin de Siagne
Un parfum de rose
La Symphonie des loups
Bernard Simonay
La Fille de la pierre
Jean-Michel Thibaux
La Bastide blanche
Le Secret de Magali
La Fille de la garrigue
La Colère du mistral
L'Homme qui habillait les mariées
La Gasparine
L'Or des collines
Le Chanteur de sérénades
La Pénitente
Jean-Max Tixier
Le Crime des Hautes Terres
La Fiancée du santonnier
Le Maître des roseaux
Marion des salins
Brigitte Varel
Un village pourtant si tranquille
Les Yeux de Manon
Emma
L'Enfant traqué
Le Chemin de Jean
L'Enfant du Trièves
Le Déshonneur d'un père
Blessure d'enfance
Louis-Olivier Vitté
La Rivière engloutie
Colette Vlérick
La Fille du goémonier
Le Brodeur de Pont-l'Abbé
La Marée du soir
Le Blé noir

Récits « Terres de France »

Albine Novarino
George Sand ou l'Amour du Berry

Collection « Sud Lointain »

Sylvie Anne
L'Appel de la pampa
Jean-Jacques Antier
Le Rendez-vous de Marie-Galante
Marie-Galante, La Liberté ou la Mort
La Dame du Grand-Mât
Le Sixième Condamné de l'Espérance
Erwan Bergot
Les Marches vers la gloire
Sud lointain
tome I *Le Courrier de Saïgon*
tome II *La Rivière des parfums*
tome III *Le Maître de Bao-Tan*
Rendez-vous à Vera-Cruz
Mourir au Laos
Jean Bertolino
Chaman
Fura-Tena
Anne Courtillé
Le Mosaïste de Constantinople
Paul Couturiau
Le Paravent de soie rouge
Le Paravent déchiré
L'Inconnue de Saigon
Les Amants du fleuve Rouge
Le Pianiste de La Nouvelle-Orléans
Alain Dubos
Acadie, terre promise

Retour en Acadie
La Plantation de Bois-Joli
Elise Fischer
L'Enfant perdu des Philippines
Hubert Huertas
L'Orque de Magellan
Hervé Jaouen
L'Adieu au Connemara
Eric Le Nabour
Orages sur Calcutta
Sonia Marmen
La Vallée des larmes
La Saison des corbeaux
Dominique Marny
Du côté de Pondichéry
Les Nuits du Caire
Cap Malabata
Juliette Morillot
Les Orchidées rouges de Shanghai
Michel Peyramaure
Le Pays du Bel Espoir
Les Fleuves de Babylone
Les Tambours sauvages
Bernard Simonay
Les Tigres de Tasmanie
La Dame d'Australie
Jean-Michel Thibaux
La Fille de Panamá
Tempête sur Panamá
La Pyramide perdue
Colette Vlérick
Le Domaine du belvédère

Romans

Alain Gandy
Quand la Légion écrivait sa légende
Hubert Huertas
Nous jouerons quand même ensemble
La Passagère de la « Struma »
Denis Humbert
Un été d'illusions
Dominique Marny
Mes nuits ne sont pas les vôtres
Michel Peyramaure
Pacifique Sud
Louisiana
Le Roman de Catherine de Médicis
Jean-Michel Thibaux
Le Roman de Cléopâtre

Composé par Nord Compo
à Villeneuve-d'Ascq

Achevé d'imprimer sur les presses de

BUSSIÈRE

GROUPE CPI

à Saint-Amand-Montrond (Cher)
en avril 2006

N° d'édition : 7362. — N° d'impression : 061371/1.
Dépôt légal : avril 2006.

Imprimé en France